El club social de las chicas temerarias

"Algo compulsivo para leer en la playa."

—*Entertainment Weekly*

"Divertida, emocionante, estimulante."

—Jennifer Crusie, autora de *Faking It*

"Entrega justamente lo que su título sexy promete."

—*Publishers Weekly*

"Es como la versión hispana de *Waiting to Exhale*."

—La revista *New York*

Jugando con chicos

"Una lectura intoxicante."

—*New York Post*

"Una lectura para la playa que . . . la hará reírse y sonrojarse."

—*Chicago Sun-Times*

"Una novela divertida y placentera . . . una pieza emocionante de escapismo."

—*Publishers Weekly*

"Un testamento sobre el poder de la mujer envuelto en una bella historia de Cenicienta multiplicada por tres."

—*Albuquerque Journal*

El hombre
que yo quiero

Otros títulos por Alisa Valdés-Rodríguez

Jugando con chicos

El club social de las chicas temerarias

El hombre que yo quiero

Por Alisa Valdés-Rodríguez

St. Martin's Press ⚘ New York

A mi mamá, Maxine Conant, por enseñarme a adorar las palabras. A mi papá, Nelson Valdés, por darme el coraje de ponerlas por escrito. A Patrick, el papá de mi bebé, por darme tiempo para escribir. A K.C. Porter, por la música. A J.N., por toda la información sobre las celebridades. Y a Alexander Patrick Rodríguez, por ser siempre la mejor musa minúscula que una mamá pueda querer.

www.stmartins.com

Library of Congress Cataloging-Publication-Data

Valdés-Rodríguez, Alisa, 1969–
    El hombre que yo quiero / Alisa Valdés-Rodríguez.
    p. cm
    ISBN 0-312-35371-5
    EAN 978-0-312-35371-1
    I. Title.

    PQ7079.3.V35H66 2006
    863'.7—dc22

                                                    2006042502

Primera edición: abril 2006

10 9 8 7 6 5 4 3 2 1

Reconocimientos

Gracias a Leslie Daniels, la mejor agente (y amiga) que una escritora nerviosa (¿neurótica?) y supersticiosa (¿psicópata?) pueda tener. Gracias también a Elizabeth Beier, mi fabulosa editora y la única persona que conozco que puede en realidad usar "fabuloso" al hablar y no sonar extraña: *¡Ay, lo hemos hecho otra vez, mi querida, querida!* Abrazos y gracias a Matthew Shear, alegre experto del universo del *paperback*; a Matthew Baldacci, experto del universo del *marketing*; y a John Murphy, el rey cínico del infierno que es el universo de las relaciones públicas. Gracias al experto en arte Michael Storrings por las cubiertas *sexies* inteligentes que ponen a los libros en manos de la gente. Finalmente, un montón de gracias a Sally Richardson, reina brillante y benevolente del loco universo (lo digo en el *buen* sentido, ¡de verdad!) de St. Martin's. Gracias a las chicas del Departamento de Bomberos de Alburquerque por permitirme pasar el tiempo en la estación. ¡Ustedes son fabulosas!

Prólogo

Es fabuloso, querida.

Estoy vestida con unos *jeans* Rock & Republic *superapretados*. Y tacones . . . tacones caros, ¿oíste? Y estamos hablando de un brillante sostén dorado Dolce & Gabbana. Me siento *fabulosa*. Desde mis cabellos platinados, cortos y en punta, hasta mis pies bronceados (con las uñas pintadas de blanco), me veo fa-bu-lo-sa, o como decimos aquí en Miami, la capital mundial del *spanglish*: réquete, pero réquete *fabulosa*.

La música es excitante y todo el mundo se siente bien. Y por "todo el mundo" me refiero a los doscientos invitados a mi fiesta de compromiso privada en Amika, el *mejor* club de baile en Miami. Estoy rodeada de amigas, cada una más linda y avispada que la otra. Andamos con nuestros tragos—Cristal, chica—, los bajos resuenan y ya no tengo el trasero gordo. ¿Sabes qué bien se siente una cuando se libra de su trasero gordo, de una vez y para siempre? *Te lo juro*, querida, es increíble. No hecho de menos esa grasa temblorosa. Nadie necesita tetas en la espalda, ¿verdad? Yo no, nunca más. De todos modos, mis pies se mueven con la música y he dejado atrás la torpeza. No estoy gorda. Y soy atractiva. *Chévere*. No sabía que podía bailar así. ¿Y tú?

Ah, y también te digo *querida*. Apuesto a que no te lo esperabas. Pensaste que era tímida y nerviosa. Cuando te sientes tan fabulosa, la palabra "querida" simplemente se escapa de tu boca, más o menos como la Cristal que chorrea de mi vaso. No, rectifico. Mi *copa*. Las chicas fabulosas y sin grasa como yo, no bebemos en vasos, querida. Por favor. Siempre bebemos de una *copa*. Me gusta cómo estás entrando en calor con el resto de nosotras, cómo te mueves dejándole saber al mundo que somos tremendas. ¿Notaste que el salón huele a aceite de coco y a mantequilla de mango? Me encanta.

Mira este sitio. Sus paredes de rayas multicolores, al estilo *retro* aunque de moda. Las enormes sillas blancas. Los asientos rayados de los reservados. Los suelos de madera brillante. La iluminación *deco*. Los preciosos camareros de cuerpos esculturales y rostros angulosos. Este lugar es el paraíso. Es tan elegante que casi duele, igual que pasa con el sexo cuando es muy bueno. Y no me hagas hablar de sexo. Ricky y yo hicimos el amor antes de llegar aquí, y volveremos a hacerlo más tarde. Es el mejor amante que he tenido nunca. Es . . . ¿cómo podría describirlo? Sencillamente fabuloso.

Superfabuloso. Ya sé. No es una palabra que acostumbrara a usar para describirme, antes de ahora. Pensé que se trataba de una palabra que sólo se usaba en programas como *Queer Eye*, pero ahora que yo también me he vuelto—ya saben—fabulosa, ahora Ricky Biscayne se ha *enamorado* de mí, funciona. Déjame repetirte esa última parte en caso de que no lo hubieras captado. Ricky Biscayne se ha *enamorado*. De. Mí.

Levanto la vista mientras sigo moviendo mi cuerpo, increíblemente en forma, al ritmo de la música, y al otro lado del salón veo a Ricky Biscayne, el cantante pop latino más atractivo del mundo, junto a su agente y sus amigos. No existe mujer alguna en el mundo que no reconozca su perfección única. Mi corazón se detiene un instante y muero un poco mientras lo observo. Es tan exquisito que tu interior convulsiona un poco, como si estornudaras, y tu corazón se detiene igual que se detiene también cuando estornudas. Ricky es divino.

A mis amigas podría describírselo como una versión más joven, más atractiva y más esbelta de Antonio Banderas. A aquéllas de filiación latinoamericana, se los describiría como una versión más corpulenta y rocanrolera de Chayanne, o como un Luis Fonsi más alto y musculoso. Viste una guayabera verde limón y pantalones de hilo blancos, que te pueden dar una idea de lo bien dotado que está. Y así es. Créeme.

Ricky me hace un guiño con sus grandes ojos amarillentos y me sopla un beso desde sus abultados labios rosados. Sonríe y se le marcan los hoyuelos de las mejillas. Coño, chica. Pero, Dios mío. ¿Qué buena acción habré hecho para merecer esto? Ricky, ese semental superestrella que está allí, deseado por toda mujer que se encuentra en este salón, quiere . . . es mi futuro *esposo*.

—Pellízcame—le digo a Génova, mi alta y elegante hermana.

—Con gusto—responde. Se bebe su champán y luego me pellizca el brazo con ganas, retorciéndome la piel como si se tratara del dial de la radio.

—¡Ay! ¡No tan duro!

—Tú me lo pediste—se defiende—. Ahora no te enfurruñes.

Génova disfruta pellizcándome porque es mi hermana mayor y siempre le ha gustado torturarme con pequeñeces. Pero también se siente feliz por mí. Y ella *sabe* por qué necesito un pellizco, porque no puedo creer que todas esas plegarias a la Caridad del Cobre, la santa patrona de Cuba, hayan funcionado. Durante años le he rezado a la Virgen para que me permitiera conocer y casarme con Ricky Biscayne. Y así lo hizo. Mira. Es un verdadero milagro que yo esté aquí.

Así es que ya *sabes*, ésta es la tercera vez que le he pedido a Génova que me pellizque desde que llegamos en la blanca limusina de Ricky, hace una hora, conduciendo bajo las gruesas palmeras verdes. Volví a pedírselo cuando *Entertainment Tonight* me entrevistó hace media hora. Mañana tendré el brazo morado y la gente comenzará a chismorrear que Ricky, el hombre más tierno e inteligente que puedas conocer, le pega a su mujer. No puedo imaginar nada más absurdo. De veras. Ricky es sensible, bien parecido . . . y es mío.

Sigo sintiéndome fabulosa, con morados y todo. Mis amigas del club de lectura se comportan como si pertenecieran a toda esta multitud de celebridades y modelos. Miro los rostros sonrientes y los cuerpos que se mueven, y me doy cuenta de que todos *piensan* que soy tan fabulosa como mi hermana, *diez* veces más. De que él es *mío*. Mío. De Milán Gotay, la ex vendedora de laxantes. La ex Don Nadie. La ex poca cosa de Coral Gables. La ex gorda, la ex torpe, la ex floja que vive en casa de sus padres, en el mismo dormitorio de su niñez, convertida ahora en la novia de una celebridad, a punto de casarse con el hombre cuyos carteles pegó a la puerta de su clóset durante una década.

Todos están aquí: la prensa, la gente famosa y ustedes, mis locas, borrachas, felices y absurdamente glamourosas amigas, porque Ricky, un sensible compositor y artista genial, le echó una ojeada al público durante un concierto íntimo que dio en un club en South Beach, y me escogió entre la multitud para que subiera al escenario a cantar con él. Esa noche me tomó de la mano y jamás volvió a soltarla. Esa noche regresé con él a su habitación en el hotel, y su amor fue tan intenso, tan perfecto, que lloré de dicha.

Ya sé, esto suena como una mala novela romántica. Pero estas cosas suceden. De veras. He estado enamorada de Ricky desde que era una adolescente. Pudieras decir que más bien he estado obsesionada con él. Así es que ya puedes imaginar que todo esto es para mí un sueño hecho realidad.

—Hora de levantarse—dice una de mis amigas.

La miro interrogante y ella se ríe. Me vuelvo para mirar nuevamente a

Ricky. Eso es lo único que quiero hacer: mirarlo, desde ahora hasta el fin de los tiempos. Recuerdo por qué me propuso matrimonio, y siento como si unas arañas minúsculas se arrastraran dentro de mi pecho.

Ricky dijo que se enamoró por cierto brillo especial que descubrió en mi mirada. Algo especial que nunca antes vio en otra mujer. Se divorció de su esposa, que era una supermodelo, por mí. ¡Por mí! Una humilde admiradora. Desde entonces he vivido como Julia Roberts en *Pretty Woman*, comprando con las tarjetas de Ricky, volando por todo el mundo con él en su avión privado, durmiendo en sus mansiones y *penthouses*. Sólo la semana pasada me llevé a un grupo de amigas del club de lectura para dar un viaje en el yate de Ricky. Estuvimos en el puente, todas vestidas de blanco, tomando el sol como lagartos y bebiendo los acidulces mojitos con menta que preparaba al momento el *chef* de Ricky, quien vino con nosotras.

Realmente es maravilloso.

¿Les he dicho que me siento fabulosa? ¿Qué? ¿Sólo cuatro mil veces? Lo siento.

—¿Milán?—pregunta otra de mis amigas, con una voz sorprendentemente parecida a la de mi madre—. ¿Estás despierta? Levántate. Vas a perderte la actuación de Ricky.

Me vuelvo otra vez, muevo mis caderas al ritmo de la música, le sonrío a un actor masculino que he admirado desde hace tiempo. ¿Eduardo Verástegui? Ése es su nombre. ¡No puedo creer que esté aquí! Vaya. ¿Ves? La vida siempre encuentra una forma de sorprenderte, de cambiarte, de cambiar la manera en que te trata la gente. Lo único que tienes que hacer en concentrarte en lo que deseas. Hay gente que reza. Otros trabajan duro. Yo hice *ambas* cosas y aquí estoy, escuchando el sonido del bajo que hace temblar mi corazón en el pecho, y unos *jeans* que me quedan mejor que nunca.

Mira cómo me están mirando las mujeres aquí. No soy competidora, ni insegura, ni nada de eso, y quiero a mis amigas hasta la muerte, pero siento algo excitante en el hecho de comprender que todas estas mujeres finjan *no* estar celosas de mí. Sin embargo, puedo darme cuenta de lo que sienten. Como si no quisieran que sus hombres se acercaran.

El amor te hace hermosa. ¿Cómo, si no, explicar que yo haya sido un patito feo que se convirtió en cisne? De veras lo creo. Ven que estoy enamorada y temen que mi felicidad pueda tentar a sus chicos. Está bien. No las culpo. Yo también sentía eso de otras mujeres, en especial de mi hermana roba-novios, pero esa es una historia para otro momento. En estos momentos, mi hermana—la muchacha más glamourosa que jamás saliera de Coral Gables—está junto a mí, balanceándose al compás del potente ritmo, y no creo que alguien pueda decidir quién es más atractiva: yo o Génova. Cuando se es tan fabulosa, como yo o como Génova, la gente gravita a tu alrededor, y cuando digo "gente" me refiero a los *hombres*. Sin embargo, yo no le robaría el hombre a nadie. Tengo a Ricky. Ya se lo quité a su esposa. No necesito nada, ni a nadie.

No puedo decirte por qué supe siempre que esto ocurriría, pero lo supe. Y aquí estoy. Está sucediendo. Ricky Biscayne quiere casarse conmigo. Es asombroso lo que puede hacer una pequeña plegaria cuando está bien dirigida. Una pequeña plegaria puede hacer realidad tus sueños. Mírenme a mí. No puede sucederme nada mejor que esto.

—Levántate—dice Génova, volviendo a pellizcarme—. Va a comenzar el *show*.

—¡Ay! ¡Déjame tranquila!

—Levántate.

¿Qué? ¿Levantarme? ¿Adónde?

—Tu hermana está aquí, y tú todavía estás dormida—dice. No tengo idea de lo que está hablando.

Miro a mi alrededor, en el club, a quienes bailan, a los juerguistas, y trato de entender de qué habla. Uno tras otro, dejan de bailar y me miran. La música comienza a difuminarse. El DJ parece triste y empieza a recoger sus cosas. ¡No! ¡No se vayan! ¡Regresen! Escucho mi propia voz, lejana y desamparada:

—¿Tarde? ¿Tarde para qué?

Las damiselas de vida relajada, como yo, no tenemos que ir a ninguna parte, especialmente ahora que estamos en mi fiesta de compromiso.

—Para la actuación de Ricky, hija—explica ella, sólo que ahora su voz ha cambiado y suena aguda, nasal y neurótica, como la de mi *madre*. La música termina por extinguirse, y en su lugar escucho un nuevo sonido: el resuello anémico del aire acondicionado en el dormitorio donde duermo desde mi niñez.

Abro mis párpados, que están pegajosos porque me quedé dormida después del trabajo, y antes de cenar, y me olvidé de quitarme el maquillaje y los lentes de contacto. Mi mejilla está pegada con baba a una página de la revista *People*, y ahora me acuerdo que estaba leyendo antes de caer dormida. Despego el papel y veo el artículo. Una página con fotos de una fiesta de celebridades en Amika. ¡Ah! Ahora recuerdo. Yo *no* soy fabulosa. Soy Milán, con baba en la mejilla y ojos pegajosos. Parpadeo de cara al techo de mi cuarto. Allá arriba hay pegadas seis fotos de Ricky Biscayne, y mi favorita ha comenzado a desprenderse. Miro mi reloj Hello Kitty en mi mesa de noche. ¿Casi las once de la noche? ¿Cómo es posible?

Vuelvo el rostro para ver a mi madre de pie, cerca de la cama, con el ceño fruncido, sosteniendo un vaso de jugo de naranja en una mano, y la otra extendida y lista para pellizcarme de nuevo con sus diabólicas uñas de un rojo brillante.

—¡Ay!—chillo cuando lo hace. Me incorporo y siento estremecerse la grasa de mi trasero, aún en su sitio—. ¿Por qué tienes que hacer eso?

—Porque eres una vaga—dice mi madre, que mira su reloj—. Me dijiste que te despertara si te dormías antes de que tu señor Ricky apareciera en *The Tonight Show*, y aquí estoy, haciendo lo que me pediste. Pero si quieres que te diga la verdad, yo creo que deberías canalizar toda esta disciplina que gastas en Ricky en disciplinarte para tu trabajo. Tu tío dice que no estás trabajando como deberías. ¿Qué pasa contigo, Milán? ¿Quieres que te despidan?

No respondo porque la respuesta es *sí*. Quiero que me despidan. Milán, la publicista regordeta de laxantes, no quiere estar aquí. Quiero volver a mi sueño y vivir la fabulosa existencia que me he inventado allí. Me cubro la cabeza con la delgada sábana floreada y me doy vuelta, fuera del alcance de mi madre, rogando por que el sueño regrese. En este momento me propongo conocer a Ricky de verdad y conseguir mi sueño.

—¿Qué te ocurre?—estalla mi madre, volviendo a pellizcarme por encima de la sábana—. Si no te quieres levantar, OK. Pero tu hermana está aquí, y tú la invitaste a ver el *show* contigo. Manejó desde Miami Beach, y tú . . . tú no puedes salir de la cama. ¿Qué pasa contigo, eh?

Una vez más, guardo silencio. Conozco la respuesta. Me ocurre de todo. No sabría por dónde empezar. En realidad, sí sé por dónde empezar. Empiezo por despegarme los trozos de papel de la cara y trato de no prestar atención a lo disgustada que se ve mi madre.

Ah, y por cierto . . . Bienvenidos a mi vida en Coral Gables.

El primer
trimestre

Jueves, 7 de febrero

Bienvenidos a mi cuarto amarillo y lleno de adornos. Infantil e inmaduro. Con ositos de peluche. Y no sólo de peluche, sino esa clase de Ositos Tiernos para regalos. Una vergüenza, ya lo sé. ¿No es patético tener veinticuatro años y seguir viviendo con tu madre, tu padre y *hasta* tus abuelos? ¿No es patético que todavía siga aquí, en esta casa de ladrillos blancos, en Coral Gables, cerca de Blue Road y Alhambra Circle, durmiendo en esta cama doble que una vez tuviera dosel, con las tontas pantuflas de patitos que cuelgan de mis pies regordetes, una bata de felpa rosada ceñida a la cintura, y mi cabello castaño y grasiento recogido en dos coletas medio mustias y tristes?

—*Realmente* patético.

Sí, bueno, *gracias*. Ésa que habla es mi hermana Génova, que se halla en el umbral de la puerta con una divertida expresión de superioridad en el rostro. Lleva bajo el brazo, como si se tratara de una pelota de fútbol, a su yorkie Belle. La perra jadea, haciendo que el lacito rojo entre sus orejas suba y baje como la cresta de un gallo nervioso. No soy precisamente una persona amante de los perros. No hay nada peor que ese aliento podrido y cálido que puedo oler desde aquí. Desde aquí. Detesto a esa perra y detesto a Génova.

Ya saben de quién les hablo: Génova, mi hermana de treinta años: alta, delgada y exitosa. La que parece una Penélope Cruz, algo más trigueña y algo más bonita. La que mide 5'8" de estatura y tiene una maestría de Harvard—lo opuesto a esta servidora que mide 5'3" y sólo tiene una licenciatura de la Universidad de Miami. La que tiene un grupo de amigas tan perfectas como ella y no le faltan hombres a los que llama sus "juguetes sexuales". Ésa, cuyo cuerpo felino y largas piernas transforman cualquier par de *jeans* en una obra de arte. La que me ha robado exactamente tres novios en los últimos diez años, durante los cuales sólo tuve cuatro, aunque ella asegura que no fue su *culpa* que me dejaran por ella. Más bien dijo que la culpa era mía por no ocuparme más de mi apariencia, mis ropas, mis estudios, mi trabajo y mi vida; y que luego trató de comportarse como si me hubiera hecho un favor al ofrecerme consejos de belleza y asesoramiento laboral. Esa misma. *Ella.*

Génova acaba de entrar a mi dormitorio sin golpear, vestida con sus ropas de "trabajo": un blusón de seda negra y tirantes finos que haría que cualquier otra mujer pareciera tener seis meses de embarazo; pero que, combinado con unos *jeans* estrechos, un bronceado resplandeciente y unas sandalias negras, hacen que parezca una orgullosa princesa española de piernas largas. Su largo cabello negro, retorcido en un moño apretado, deja al descubierto el pequeño, aunque intimidante tatuaje de un dragón sobre su omóplato izquierdo. También tiene un pañuelo negro y blanco enrollado en la cabeza. Cualquier otra persona que llevara un pañuelo de ese modo se parecería a la nana de Tía Jemima. ¿Pero Génova? Parece una dama de alcurnia.

No la miro a los ojos. Ya se imaginarán. Con ella es mejor no dárselas de lista, ni cosa que se parezca. Trato de mostrarme distraída y despreocupada. Tecleo en mi computadora portátil VAIO, que he acomodado entre mis dos paliduchas piernas. La tecla "n" se ha desteñido después de tantas jornadas inútiles en Internet, que incluyen comentarios en *blogs* ajenos, conversaciones en tiempo real y perfiles falsos sobre mi persona en portales individuales, sólo para ver qué tipo de respuestas recibo en diferentes ciudades. Pretendo ignorar que con ese calificativo de "patético", Génova se ha referido a mi inepta persona, al estado de mis cabellos, de mi cuerpo, de mis ropas, de mi cama y de mi cuarto.

Siento su mirada de desaprobación al contemplar mi bata.

—¿Desde cuándo tienes esa cosa, Milán? ¡Dios! Recuerdo que ya andabas con ella cuando me fui a Harvard.

Génova siempre menciona Harvard y las Torres Portofino donde hace poco se compró un apartamento. Le encanta usar nombrecitos. Descuelga el teléfono de mi tocador.

—¿Un teléfono en forma de gatito, Milán? Patético.

La ignoro para concentrarme en la computadora. Ella deja en el suelo a ese demonio de Belle y se sienta en la cama junto a mí para curiosear. Aparto la pantalla. Escucho los acostumbrados arañazos y olfateos de Belle bajo mi cama. ¿Qué habrá encontrado allí? Puedo oler el perfume de Génova, almizclado y oscuro. Una cosa cara y muy adulta. Soy consciente de que, tras un largo día de trabajo en Overtown como publicista de laxantes para la compañía "farmacéutica" de mi tío (mejor ni pregunten), apesto a cabra, aunque hace tanto tiempo que no huelo uno de esos animales que no puedo estar segura. La última vez fue en un zoológico infantil en Kendall, cuando tenía diez años. Hoy he tratado de disfrazar mi olor a cabra con esencia Sunflowers que había conseguido a buen precio en Ross, porque me sentía demasiado perezosa para tomar una ducha.

—¿Qué haces?—pregunta Génova, estirando el cuello para mirar la pantalla.

Que conste que mi hermana no entraría ni muerta a Ross ni a ninguna otra tienda que tuviera como lema "vista con menos dinero". Eso, para Génova, sería traicionar la propia esencia del vestir.

—Trato de organizar un sitio para chatear.

Frunzo el ceño ante la pantalla para fingirme más lista y decidida de lo que soy, para fingir que las críticas de Génova no significan nada para mí, para fingir que soy feliz en este cuarto, en esta casa, en mi vida.

—¿Ustedes tienen ahora conexión inalámbrica?

—Sí—digo.

Fui yo quien instaló el sistema, pero dejé que mi padre creyera que él lo había hecho. Mis padres piensan que soy una jovencita cubana apacible y consciente de mis deberes, sólo porque me he quedado a vivir en esta casa donde hago tareas como limpiar el trasero de mi abuela (demasiado rígida por su artritis) y doblar las camisetas de mi padre (su cromosoma Y le impide realizar tareas domésticas). Para nuestros padres cubanos en el exilio, y para otros miles como ellos en el sur de la Florida, las chicas como yo—llenitas, solteras, ignoradas— se quedan en casa hasta que se casan (en el mejor de los casos) o se retiran a un convento (en el peor). Sin embargo, Génova y yo sabemos la verdad sobre mí. No soy respetuosa, ni tradicional. Ni siquiera soy virgen (pero no se lo digan a mis padres, por favor). Antes bien, soy una holgazana de pura cepa. Algún día de estos, cuando me decida, haré algo.

Otras cosas que necesitan saber sobre mí. Podría ser bonita según los cánones habituales, pero como vivo en Miami, una ciudad donde lo bonito debe ser recortado, embutido y liposuccionado en algo uniforme y sumiso para ser considerado como tal, soy simplemente común. Tengo un rostro muy blanco, agradable y redondo, con pecas. La gente me detiene para pedirme direcciones. Me han dicho que parezco "cordial", pero en realidad soy egoísta y rebelde.

Génova levanta un pie y hace rotar su sandalia de tiras, provocando el crujido del tobillo que suena como una batidora llena de grillos. Odio ese ruido. Mi hermana tomaba clases de ballet, y adquirió la desagradable manía de hacer que todo traqueara siempre, especialmente sus tobillos, sin ninguna consideración hacia quienes la rodeaban. Tiene los brazos descoyuntados, pero ya no hace alarde de eso, gracias a Dios.

—¿Un sitio para chatear?—pregunta, sin darse cuenta de que el crujido de sus articulaciones me ha dado ganas de vomitar—. ¿Para quién?

—Mi grupo de Yahoo.

—¿Las Chicas Ricky?—Génova pronuncia el nombre de mi grupo con una pizca de sarcasmo. ¿O es de burla? Con ella uno nunca sabe. *Pudiera* ser desprecio. Lo dice como si Las Chicas Ricky, un foro de Internet en honor al guapo cantante de música pop Ricky Biscayne, fuera la cosa más idiota del mundo. Para ella, probablemente lo sea. Después de todo, su trabajo es organizar fiestas para los ricos y famosos que le pagan muy bien por eso, tan bien que gana cientos de miles de dólares por año y al mismo tiempo puede darse tono mencionando a gente importante . . . como si a alguien le importara realmente si Fat Joe encargó cantidades astronómicas de caviar u otra cosa para una burda fiesta de raperos. Hace poco se compró un BMW de color blanco. Por mi parte, manejo un flamante Neon de color verde vómito. Tampoco tiene necesidad, como nosotros los simples mortales, de conectarse con nuestros ídolos usando métodos más ordinarios.

Quiero aclarar que Ricky Biscayne es un cantante latino de pop miamense, mitad mexicano-americano y mitad cubano-americano, que es mi obsesión. Lo *adoro*. Lo he adorado desde que comenzó cantando salsa y desde que grabó sus discos ganadores del Grammy en el género del pop latino. Lo sigo adorando ahora que se prepara para realizar el salto al mercado pop en inglés. Me gusta tanto que soy la secretaria de Las Chicas Ricky, el club no oficial de admiradoras de Ricky Biscayne en Internet. Además de este club, también soy miembro de un club de lectura de Coral Gables, Las Loquitas del Libro, que se reúne semanalmente en Books & Books. Podría decirse que soy una grupera. Ésa es la gran diferencia entre Génova y yo. Ella traza su propio camino y espera que todos la sigan. Lo peor es que usualmente lo hacen.

Génova se recuesta en la cama y toma uno de mis Ositos Tiernos que lanza al aire, sólo para darle un puñetazo en su descenso. Luego, como si quisiera insinuar algo con eso, lanza el oso contra el cartel de Ricky Biscayne pegado a la puerta de mi clóset.

—Por si te interesa—le digo—vamos a tener un *chat* en vivo durante la presentación de Ricky en *The Tonight Show*.

Miro el infantil reloj rosado de mi mesa de noche, y luego el TV que se encuentra sobre el destrozado estante metálico de la esquina. Tiene cable. No parece que lo tuviera, pero lo tiene. Mi papá, dueño de un negocio de embalaje y exportación, cuyas costosas corbatas siempre están torcidas, lo arregló de algún modo. Supongo que con su maña cubana. Nunca botamos nada, aunque estamos lejos de ser pobres. Mi papá trata de arreglarlo todo o de inventar algo nuevo. La casa está llena de trastos. De trastos y de pájaros. Canarios. Tenemos cuatro jaulas dispersas por la casa, y entre mis muchas tareas desagradables se encuentra limpiarlas.

—¿Crees que a Ricky le irá bien cantando en inglés?—pregunta Génova con un tono que indica que ya sabe la respuesta, y que ésta es *no*. Rueda sobre su vientre e intenta nuevamente mirar la pantalla—. Es muy cursi. No sé cómo lo recibirá un público americano.

—A Ricky le va bien en cualquier cosa que intente—digo. Y me detengo para no corregir su mal uso del término "americano" con el que califica a los ciudadanos de Estados Unidos que sólo hablan inglés. Yo soy americana. Y también Ricky. Y la mayoría de los millones de admiradores de Ricky—. Es perfecto.

Génova suelta un ronquido de risa y comienza a limpiarse sus uñas cortas, mordisqueadas y destrozadas: lo único imperfecto en ella. El crujido del tobillo es malo, pero sus uñas son peores. Hace un ruidito parecido al de un auto que no arranca. Clic, *clic*. Clic, *clic*.

—¿No es algo inmaduro estar obsesionada con un cantante pop a tu edad, Milán!—pregunta—. No pretendo ofenderte, pero . . .

—*Para* ya de sonar las uñas—le digo.

—Lo siento—dice, pero lo hace de nuevo, esta vez muy cerca de mi oído.

—¿No tienes tu propia casa o algún otro sitio adonde ir?—le pregunto mientras le aparto las manos—. ¡Por Dios!

—Un apartamento—me corrige—. En el Portofino.

Claro. ¿Cómo podía olvidarme que Génova, la presidenta de una compañía multimillonaria que coordina fiestas para raperos y estrellas de telenovelas latinoamericanas, acaba de comprarse un condominio muy caro en uno de los edificios más lujosos de Miami Beach? Enrique Iglesias es vecino suyo. Y ella hasta ha bromeado de quitárselo a la glamourosa tenista rusa que es su esposa. Por razones obvias, el chiste no me pareció nada gracioso.

—¿Para qué viniste?—le pregunto. Belle ha salido de abajo de la cama con una de mis cómodas sandalias, y está tratando de matarla o de montársela—. Es tarde. Vete a tu casa y llévate esa rata, por favor.

—Mami me pidió que me quedara un rato para que la ayudara a prepararse para un programa—dice Génova. Milagrosamente le quita la sandalia a la perra—. ¿Qué? ¿No puedo quedarme un rato aquí? ¿Quieres que me vaya?

Estoy a punto de decirle que sí cuando nuestra madre Violeta, presentadora de un programa de entrevistas en una emisora local, entra lánguidamente en el cuarto llevando una bandeja con leche y galletitas, como si fuera un ama de casa de un programa televisivo de los años cincuenta. Se detiene cuando nota que las dos estamos a punto de iniciar una pelea: yo, agazapada, en actitud de huir, y Génova acercándose a mí para capturarme. Mamá nos conoce muy bien y lo muestra en su rostro . . . o en lo que queda de él. Se ha hecho tantas cirugías plásticas en los últimos años que apenas puedo reconocerla. Parece una lagartija estirada con el cabello de Julie Stav.

—¿Qué pasa aquí?—pregunta y se apoya en una cadera.

Al igual que Génova, nuestra madre es delgada y pulcra, y hace ese gesto de ladearse para aparentar que tiene caderas. Que conste que yo heredé todas las caderas que no tienen mi hermana ni mi madre. Mi cuerpo tiene forma de pera y un ligero sobrepeso, en gran parte debido a mi adicción por los pastelitos de guayaba y queso de Don Pan, pero aún tengo una cintura minúscula. A cierto tipo de hombres les gusta esa figura, pero no suele tratarse del tipo de hombres que me gusta. Me han dicho que me parezco a mi abuela mulata, aunque soy el miembro más blanco de mi familia. Los Gotay recorremos todo el espectro del negro al blanco y del blanco al negro, aunque nadie, excepto Génova, está dispuesto a admitir que lleva sangre africana en las venas.

Mi madre y Génova se parecen, o se parecían antes de que nuestra madre comenzara a semejarse a Joan Rivers con una melena rubia platino. Mamá viste pantalones de vestir de color crema y cintura alta, posiblemente Liz Clairborne, su marca favorita, con un suéter de seda negro de manga corta. Esa obsesión por el negro es algo que comparte con Génova. Los pechos de Mamá fueron remodelados hace poco, y parecen haberse acomodado con bastante buena gana en sus tiesos sostenes. ¿Sabían que cuando uno se hace una cirugía para levantar los pechos ponen algo parecido a una *tee* de golf para las tetas, pegada a las costillas, para mantenerlas erguidas? ¿No te parece desagradable? Y eso, sin contar con que no está bien que tu madre tenga unos senos más tiesos que los tuyos, ¿no?

—¿Todo bien aquí?—pregunta Mamá.

Génova y yo nos encogemos de hombros.

Mamá frunce los labios. Antes eran más pequeños. De algún modo se han inflado, como si fueran diminutas cámaras de bicicleta rosadas.

—Aquí pasa algo—insiste ella.

Deja la bandeja sobre mi tocador Holly Hobby, junto a la estatua de porcelana de la Caridad del Cobre, la santa patrona de Cuba. Tamborilea sus cuidadas uñas rojas encima de mi tocador y nos pone mala cara. O quizás ésa es su cara. Estoy aprendiendo a leer su lenguaje corporal. Es como si se hubiera convertido en un gato y sólo pudiera expresar sus sentimientos arqueando el lomo o algo así. A Mamá le vendría bien tener una cola.

—Creo que Milán quiere que me vaya—dice Génova—. Está muy antisocial, Mami.

Antes de que yo pueda protestar, nuestra madre suspira y hace lo que siempre nos hace sentir tan culpables que nos inmoviliza. Entonces me dan ganas de salvarla, me dan ganas de hacerla feliz. Me odio por desilusionarla.

—Si estuvieran en Cuba, no actuarían así.

Génova se pone de pie y se acerca a la bandeja con galletitas.

—¿Puedo coger una?—pregunta.

Mamá hace un gesto circular con la mano para decirle que coma, pero sigue mirándome con severidad.

—Si es por ese asunto de los chicos—dice—, *tienes que olvidar todo eso, Milán.*

Miro el televisor e ignoro el hecho de que acaba de decirme en español que debo pasar por alto que Génova me robe todos mis novios. Jay Leno parece estar cerrando su segmento dedicado a los animales del zoológico, mientras acaricia a un cachorro de león durante los últimos minutos. Ricky estará en el siguiente. Le quito el silencio al audio y estudio la pantalla.

—Shh—digo—. Ya viene Ricky. Cállense, por favor.

—La sangre siempre llama—dice nuestra madre, paseándose por la habitación.

Rara vez se está tranquila. Es nerviosa, eléctrica y decidida, igual que Génova. Mamá evita a Belle (mi madre y yo compartimos el mismo desagrado por los perros) y toma un montón de revistas de mi mesa de noche, todas con Ricky en la portada. Suspira y chasquea su lengua.

—Ricky, Ricky, Ricky—repite y deja caer las revistas una a una, como si Ricky la aburriera—. Estoy cansada de este Ricky.

—Siéntate, Mami—le dice Génova masticando una galleta de coquito—. Esto va a ser divertido. Quiero ver cómo hace el ridículo en un canal nacional.

Génova lleva la bandeja hasta la cama y la coloca cerca de mí. Se sienta en el suelo, con un aparatoso crujido de sus articulaciones en desuso. Belle se trepa a su regazo y lame una partícula de coco gratinado de la mejilla de Génova, a quien no parece importarle.

—¿Una galletita, Milán?

Tomo una de coco y la muerdo. Es lo bastante dulce como para hacerte fruncir los ojos. Son pegajosas, hechas de azúcar, extracto de vainilla y un denso sirope de coco gratinado. Ése es el sabor de mi infancia: azúcar y coco. Los cubanos comen azúcar como los americanos comen pan, y ni siquiera quiero pensar en el aspecto de mi páncreas. La engullo, me conecto a la página del chat y saludo al resto de las veintiuna admiradoras de Ricky Biscayne que ya están allí. Las conozco a todas por sus seudónimos. Mi madre y Génova me observan e intercambian miradas, alzando sus cejas y sonriendo con sus lindas boquitas. Está bien. Ya sé. Me encuentran patética. Una *geek*.

—Mastica por lo menos veinte veces, Milán—dice Mamá—. No eres una culebra. Estás llenándote la blusa de migajas.

—La bata de noche—la corrijo.

—Contigo es difícil saber—asegura mi madre.

—Shh—exijo—. Déjenme tranquila. Estoy tratando de concentrarme en Ricky.

—Mira este pelo—dice Génova, alargando una mano para tocar mi cola de caballo. Belle trata de morder mis mechones sin vida y por un momento imagino que le doy una patada que la lanza a través del cuarto—. Lucirías tan bien si te hicieras unos rayitos. Por favor, déjame cambiártelo, Milán. Por favor.

—Los rayitos se verían preciosos—repite mi madre.

—Shh—digo.

—Deberías dejar que tu hermana te arreglara el pelo—insiste nuestra madre.

—Shh—digo mientras tecleo mis saludos a Las Chicas Ricky—. Déjenme en paz.

—¿Cómo está tu cara, Mami?—pregunta Génova.

Mamá se hizo un estiramiento hace poco, lo cual explica por qué ahora lleva cerquillo en su melena.

—Me siento divina, mejor que nunca—asegura Mamá.

Su alegría es casi inconmensurable.

—Shh—repito.

—¿Te dolió?—pregunta Génova.

—Nada—responde Mami.

No importa cuántas cirugías y tratamientos se haga, nuestra madre siempre dice que se siente mejor después. La miro. No puedo saber si sonríe o no. *Creo que sí.* Bebe un sorbo de leche y parece sorprendida mientras toma una galleta de coco entre sus labios carnosos. Sé lo suficiente como para saber que no está realmente sorprendida. Casi nada la sorprende.

En la pantalla del televisor, Jay Leno sostiene un CD ante la cámara. El CD tiene la misma foto que tengo en la puerta de mi clóset. El clóset está lleno de ropa de trabajo barata, comprada en Dress Barn. Es triste, ya lo sé. Tengo los gustos de una chica de secundaria y me visto como una secretaria cincuentona. Pero, he hecho planes. Para cuando me vaya de aquí. Compraré muebles de verdad y cuadros de verdad o cosas así. Me compraré ropa que valga la pena tan pronto baje veinte libras. Por ahora no creo que valga la pena el gasto. En serio. Si vieran a lo que me enfrento—todos los implantes y tacones altos que recorren Miracle Mile de un extremo a otro, esos cuerpecitos perfectos que salen y entran del Starbucks sólo para que los vean—, se darían cuenta de que a menos que uno cuente con el cuerpazo espectacular de una modelo de *Sábado Gigante*, es mejor esconderse. Ésta es una ciudad donde el concepto de una belleza intacta es imposible, donde los hombres de vientres abultados, en pantalones caquis y cintos se detienen a mirar, y las mujeres gastan muchas horas y enormes fortunas en prepararse para ser admiradas. No tengo tanto tiempo. Y si lo tuviera, no tengo esa clase de paciencia. Y como publicista de laxantes, *no* tengo el dinero necesario. Así es que no me juzguen. Ya tengo suficiente de eso en casa.

Leno observa la brillante foto con el torso escultural y bronceado de Ricky, y hace un gesto como si la boca se le hubiera llenado de jugo de limón.

—¡Por Dios! —se queja—. ¡Ponte una camisa!

El público se ríe. El anfitrión sonríe y dice:

—No vayan a juzgarlo por su musculatura. Es un buen tipo, de veras. Señoras y señores, démosle la bienvenida a la más reciente sensación latina ¡Ricky Biscayne!

—Oh, Ricky —chilla mi hermana, mofándose de mí—. ¡Eres una maravilla!

Belle ladra con aprobación.

Me incorporo y aguanto la respiración. De pronto, todo lo que me rodea resulta demasiado ruidoso: la fuerte respiración de Mamá a través de su nariz operada hace cinco años; el rápido jadeo de Belle; el frío ronroneo que escapa por las rendijas del aire acondicionado, zumbando a la par del chachareo nocturno de las cigarras y de las ranas arbóreas en el patio trasero. Las criaturas escandalizan, incluso a través de la ventana cerrada. En las noches de Miami abundan cosas así: cosas con fango o con brillo en sus lomos, cosas de ojos brillantes con ventosas de succión en sus patas enormes y monstruosas. Por eso prefiero quedarme encerrada de noche. De día, Miami es una de las ciudades más hermosas del mundo. De noche, es como estar en el planeta Marte.

Génova hace sonar sus tobillos y sus uñas. Agarro el control remoto que está sobre la cama y lo subo más, y más, y más. No quiero perderme el momento estelar de Ricky.

Con un enérgico estallido de trompetas y tambores, se inicia la pegajosa canción, y Ricky empieza a bailar, aunque bailar es un concepto demasiado etéreo para lo que hace. Es más bien como si hiciera el amor con el aire, triturando, latiendo, vibrando. Oh, *baby*. Es un bailarín masculino y lleno de gracia. Eso es lo que más le llama la atención a la gente. Sus caderas, con sus empellones y giros, realizados con esa sonrisa feliz y perversa, y esos brillantes dientes blancos. Dientes de estrella de cine. Tampoco hay una onza de grasa en él, sólo pura gracia esculpida. Tiene la clase de trasero que te gustaría agarrar para clavarle las uñas. O los dientes.

La cámara panea sobre el grupo musical y se detiene un instante en un pelirrojo de incipiente calvicie que toca la guitarra con una mano y el teclado con la otra. Tiene un micrófono fijo en el teclado y canta frente a él con enorme pasión.

—Ese tipo parece un Conan O'Brian en miniatura—comenta Génova.

—Shh—exijo.

El pequeño Conan mira hacia la cámara y siento un extraño espasmo en el estómago. No posee nada parecido al físico de Ricky, pero tiene cierto atractivo. O quizás no. Quizás sólo estoy actuando como una de esas fanáticas que se acostarían con cualquier tipo de la banda sólo para echarle un vistazo al solista.

Vuelve a Ricky, pienso. ¿Por qué la cámara está concentrada en este tipo? ¿A quién le importan esos músicos del fondo cuando Ricky Biscayne está en el escenario? De veras. La cámara se aleja para regresar a Ricky, y todas las mujeres del planeta comprueban su suprema masculinidad, incluso mi madre que—me doy cuenta— ha dejado caer su rígida mandíbula ante la visión de sus contoneos. ¿Es baba lo que veo en la comisura de sus labios? *Asqueroso.* ¿O será que quizás ya no puede sentirse los labios? Me contó que para levantarle los senos tuvieron que quitarle los pezones y colocárselos de manera diferente. Algo enfermizo.

—Me casaría con él—digo en voz alta, tomando otro coquito de la bandeja de plástico rosa— sin pensarlo.

—No serías feliz—sentencia mi madre en español.

Calculo que mi madre me dice, por lo menos una vez al día, que no seré feliz haciendo algo que quiero hacer.

¿No sería feliz? ¿Con Ricky? Mmm, quizás no. ¿Pero quién necesita la felicidad cuando puede tener un cuerpo como *ése* en la cama? Estoy dispuesta a llorar todo el puñetero día y a mojar rollos enteros de papel con mis lágrimas y mocos, si eso significara pasarme la noche revolcándome con Ricky Biscayne.

Echo una mirada a Génova y, para mi sorpresa, parece embelesada con Ricky. También parece avergonzada. No recuerdo haberla visto jamás avergonzada.

—¿Ves?—le digo—. No está haciendo *ningún* ridículo.

Génova alza sus cejas, mira a su alrededor, y luego a mí.

—No—admite—. En verdad es bastante bueno. Estoy sorprendida.

—Será una sensación—le aseguro.

—Probablemente—asiente Génova—. Podrías tener razón.

—Te lo dije—insisto—. Debiste de haberme creído. A ti suelen gustarte los mismos tipos que a mí.

Génova ignora mi indirecta y comienza a revolver su extravagante carterita de flecos, con el enorme y cursi letrero DIOR a un costado, en busca de su teléfono. Lo abre, llama a alguien y comienza a explicar en voz alta que quiere tener a Ricky Biscayne como inversionista en su última empresa, el Club G, un sitio nocturno en South Beach que planea abrir a finales de este año.

—Ya lo sé—dice—. Yo también pensé que tenía que ver con cadenas al cuello y pelos largos, pero no. Es superatractivo. Creo que tiene potencial para convertirse en estrella. Es lo que estoy buscando. Ponme en contacto con su gente.

—Shhh—la hago callar.

Génova carga con su endemoniada perra y sale con su teléfono al pasillo para seguir hablando. Gracias a Dios. No la necesito aquí.

—Voy a entrar a abuelito—dice Mamá, levantándose de la cama.

Se detiene frente a mí, bloqueándome la vista con su liso trasero enfundado en pantalones Liz Claiborne. Vienen a ser los *jeans* de Mamá, sólo que son pantalones normales. Su anuncio significa que va a hacer entrar a mi abuelo, que está en el portal donde le gusta sentarse para "vigilar" a los comunistas.

—¡Quítate del medio!—le ordeno, tratando de esquivarla para ver a Ricky.

—Necesitas un pasatiempo—me dice mi madre en español y trata de pellizcarme el brazo. Cuando mi hermana y yo éramos pequeñas, solía pellizcarnos para que le prestáramos atención. Le aparto la mano de un manotazo y me advierte—: Tu obsesión con ese Biscayne es ridícula. Ya no eres una niñita.

—Entonces deja de pellizcarme. Quítate ya—le digo, empujándola.

Por un momento pienso revelarle que lo sé todo sobre su "pasatiempo" adulto en La Broward, pero me abstengo. No sería cortés decirle a tu propia madre que sabes que se está acostando con un cirujano plástico judío. Una vez la seguí para espiarlos. Él se ve bastante fuerte para estar viejo, como ese Jack La Lanne. Tiene un raro bronceado naranja y venas gordas como gusanos azules en el cuello. Hace décadas que papá se ha estado echando como amantes a rubias tontas—sus secretarias y quién sabe cuáles otras—, así es que es cuestión de justicia. ¿Y todavía se preguntan por qué sigo soltera?

Ella suspira y sale del cuarto. Me concentro con gozo en la actuación de Ricky. Tiene el cabello negro y ondulado, y unos ojos color café amarillento. Parece un Antonio Banderas más joven, más vivaracho y más atractivo. Me gustó desde su primer éxito en la WRTO Salsa, diez años atrás, y me sigue gustando de un modo palpitante y doloroso que me avergüenza. Estoy segura de que debe existir algún defecto en los genes femeninos de esta familia. Somos una partida de ninfómanas fracasadas, especialmente esa puta ladrona de hombres que es Génova . . . Perdón, no quise decir eso.

La cámara se concentra en Ricky, en sus modernos *jeans* apretados, en su ceñida camiseta índigo, casi transparente, y en sus bronceados brazos de esculpida musculatura. Me quedo con la boca abierta mientras contemplo su mirada hipnótica. Es un brujo perverso que se apodera de mi alma. Lo sé. Aunque sólo mira la cámara, no puedo renunciar a la sobrecogedora sensación de que está penetrando directamente en mi alma. Su canción está dirigida a mí. Habla del amor de un hombre por una mujer sencilla, aunque compleja y menospreciada. Nadie más que él canta a la mujer común y corriente con reverencia. De verdad. Y no es que yo sea común y corriente. Sólo lo soy en Miami. Y he aquí que existe un hombre en el mundo que aprecia que una mujer como yo sea rebelde, apasionada, enérgica, interesante.

El coro finaliza y viene un solo de timbales. Ricky comienza a bailar de nuevo con un grupo de bailarinas. Y cuando inicia un provocativo movimiento de salsa llevándose una mano masculina sobre el vientre, en ese mismo punto donde los hombres poseen una pecaminosa línea de vellos, su otra mano se extiende como si fuera a agarrar mis ardientes dedos y casi me atoro con el último de los coquitos. Por un minuto sonríe como un chico, con hoyuelos en las mejillas y labios llenos, monísimo; y al siguiente frunce el ceño con intensidad, la mandíbula decidida y osada, y ojos que brillan con oscura potencia y lujuria. Sus movimientos envían ondas expansivas por mi sistema nervioso y me ponen los pelos de punta. Ricky Biscayne es, sin lugar a dudas, el hombre más atractivo del planeta. Sus caderas arremeten y retroceden . . . y rectifico: es el hombre más atractivo de la *galaxia*.

En el instante en que abre la boca para entonar el último estribillo, comienzo a rezarle a la imagen de la Caridad del Cobre, la santa patrona de Cuba. La serena virgen me contempla con simpatía desde su sitio en el tocador Holly Hobby, mientras las olas de cerámica azul chapalean en volutas a sus pies. Sólo Dios sabe que ella me ha visto hacer un montón de cosas perversas y solitarias en este cuarto, algunas de ellas implicando a víctimas inocentes como mangos de cepillos y tubos quitamaquillaje para los ojos. No me pregunten. De cualquier manera, me sorprende que me tolere; que no me haya fulminado con un rayo por mi patética y desaforada libido.

—Santa virgen—le ruego—. Por favor, ayúdame a conocer a este hombre. Haré cualquier cosa.

—¿Cualquier cosa?—parece preguntar la virgen.

—Cualquier cosa—repito.

Hombre, estoy molida. Ayer fue otro de esos días aburridos en la estación de bomberos. Sólo un par de esas llamadas habituales: un diabético solitario y un viejo desamparado que sabe exactamente qué decir para que los paramédicos salgan. Me *está doliendo el pecho. No puedo respirar. Tengo mareos. No puedo sentirme el brazo.* Así es que entre col y col de esta consejería para gente solitaria y desesperada del sur de la Florida, levanté pesas de lo lindo en el gimnasio de la estación. Tommy y yo competimos, como siempre, para ver quién podía levantar más . . . y yo gané. Así es, les dije, la "chica" está fuerte. Aún no pueden creer que los esté superando en los exámenes físicos, pero se están acostumbrando.

No es que sea corpulenta ni nada de eso. Sólo soy fuerte, alta y fibrosa como un jugador de voleibol profesional, lo cual habría podido llegar a ser si no hubiera tenido el bebé cuando aún estaba en la secundaria. Era buenísima en voleibol. Siempre he sido muy atlética, y soy muy cuidadosa con la comida. No es que haga dieta, sino que ingiero muchas proteínas y vegetales. Mi almuerzo típico podría ser una lata de atún, que me zampo con un tenedor, y una bolsa de vegetales a la parrilla con una torta de arroz. Es soso, pero funciona. Cuando comencé en este trabajo hace cinco años, era la primera mujer en el equipo de la Estación 42.

Hubo muchas dudas por la presencia de una mujer bombero. Ya no. O por lo menos, la mayoría de los tipos no tiene ningún problema con esto. L'Roy aún parece molesto, pero eso probablemente se deba a que nunca le permití propasarse conmigo, y eso que me ha estado sonsacando desde el primer día.

Ahora estoy en mi casa de estuco verde, en Homestead, a punto de iniciar mis cuatro días de descanso. Ése es mi horario: dos días a tiempo completo y cuatro días libres. Estoy agotada y quisiera dormir, pero mi hija de trece años descansa con su cabeza afiebrada sobre mi regazo. Y moquea, luchando contra una gripe. Siento el cosquilleo del virus filtrándose hasta mi garganta, pero como bien sabe toda madre soltera, no podré darme el lujo de declararme enferma. Tendré que tomar DayQuil y café, y arreglármelas como pueda. Las madres solteras no nos enfermamos; nos *medicamos*. La buena noticia es que con cuatro días enteros libres, podría tener la oportunidad de descansar. *Podría*.

También podría tener la oportunidad de ver nuevamente a mi amigo. ¿Dije "amigo", precedido de la partícula "mi"? Vaya. (Sonríe, sonríe). Supongo que sí. No es que esté enamorada ni nada que se le parezca, pero tengo pareja. No se lo he dicho a mi hija, ni a mi madre, ni a nadie. ¿Quieren saber qué no les he dicho? Pues que he tenido varios almuerzos secretos con un policía divorciado, llamado Jim Landry. Es alto, lo cual es bueno porque mis 5'10" no me hacen precisamente bajita. Mide unos 6'3" y lleva su pelo, de un rubio oscuro, corto como me gusta. Al igual que yo, es atlético y se toma muy en serio su trabajo de proteger a la gente.

Lo único que realmente no me gusta de Jim Landry es que es cristiano renacido y le gusta hablar de Dios todo el tiempo. Va a la iglesia los martes por la noche. Tiene el símbolo de un pez en su auto. Yo respeto todo eso, pero no lo entiendo. Me criaron como católica, católica irlandesa, y me gusta leer a Joseph Campbell y pensar en las diferentes religiones del mundo y lo que significan para todos. Así es que no necesito que alguien se pase todo el tiempo tratando de embutirme con Jesús-esto y Jesús-aquello. Pero, al mismo tiempo, tampoco tengo hombres que me estén cayendo del cielo todo el tiempo, especialmente aquellos que están disponibles y son atractivos, así es que veré si puedo adaptarme a la monserga religiosa de Jim a cambio de un poco de acción.

De vez en cuando me tropiezo con él en medio de los incendios. El mes pasado me sorprendió cuando me invitó a almorzar. Hemos almorzado tres veces y, aunque suene tonto, tenemos muy buena compatibilidad química y olfativa . . . incluso cuando come cebollas. Es el único hombre que conozco que no apesta después de comer cebollas. Ayer hicimos el amor por primera vez, en su casa. Nada del otro mundo, pero sí agradable. Era la primera vez que lo hacía en mucho tiempo. Así es que, aparte de la gripe, vuelvo a sentirme joven y atractiva sólo de pensar en él. Es grato volver a tener un pretexto para afeitarse las piernas.

Acaricio el cabello oscuro y ondulado de Sophia y trato de no pensar en lo poco que dormiré hoy. Rememoro el revolcón de ayer, los ojos marrones de Jim y su cuello oloroso a feromonas masculinas. Había olvidado la sensación de paz animal que se siente, como mujer, al olfatear el aroma a almizcle en el cuello de un hombre.

Mi hija y yo estamos acostadas sobre el ligero edredón de plumas de ganso, con su funda Restoration Hardware de color violeta pálido. Es una ropa de cama demasiado costosa para mí, pero me enamoré de ella y la compré. Me encanta mirar vitrinas, y a veces cedo a la tentación y uso mis tarjetas de crédito. No suelo ser impulsiva, pero pienso que si tienes que estar sola en tu cama, es mejor que estés cómoda. Mi dormitorio es mi oasis: un retiro púrpura y crema. Sophia suspira, y quiero que se sienta bien de inmediato. Ojalá las madres tuviéramos ese poder.

Mi hija nació cuando yo estaba a punto de cumplir quince años, a los catorce. Un año más de los que ella tiene ahora. Entonces no me sentía tan joven como creo que es ella en estos momentos, pero ahora me doy cuenta de que yo también era una niña. La crié sola, y compensé la culpabilidad que sentía por mis largas jornadas de trabajo—primero como camarera y dependiente en un mercado, y durante estos últimos cinco años como bombero— compartiendo una cama con ella en un estudio. Tal vez sea un egoísmo de mi parte querer tener a mi lado el aliento cálido y tranquilizador de Sophia. Cuando ella tenía diez años, dijo que quería un cuarto propio, como el resto de sus amigas, y compré esta casita, gracias a un programa de desarrollo urbano y residencial. No quiero vivir en Homestead, pero mis ingresos limitan mis opciones. Me gusta conducir por Coral Gables y Coconut Grove mientras miro las casas. Si me ganara la lotería, allí es donde viviría, en una de esas casas antiguas, rodeadas de árboles y abundante sombra. Homestead es demasiado soleado, demasiado caliente.

La beso en la frente. La gente dice que las adolescentes no pueden ser buenas madres, pero yo lo *fui*. Fui una madre buenísima y aún lo soy. Sabía lo que tenía que hacer para ser una buena madre porque era exactamente lo *opuesto* a lo que mis padres habían hecho conmigo. No fumar, no beber, no usar drogas, no recibir ayuda estatal de beneficencia, no pegarle a mi hija, no pegarle a mi pareja delante de mi hija, no ser una desamparada, no vivir en el auto, no vender el auto a cambio de comida, no olvidarme de cepillarle los dientes a mi hija durante . . . bueno . . . años, no dejar a mi hija sin atención casi todo el tiempo. Era fácil conocer las reglas. Ella también se está convirtiendo en una buena niña: estrella de fútbol, buenas notas, amigos, participa en el coro. Una buena chica. Odio ver a mi hija enferma, pero les confieso que me encanta tenerla conmigo, aunque sea por un tiempo.

Sophia levanta la vista para mirarme con sus grandes ojos de color marrón claro y las mejillas rojas por la gripe. La gente que no nos conoce suele pensar que somos amigas, en lugar de madre e hija. Sophia es alta como yo y parece mayor de lo que es. La gente tampoco puede creer que seamos familia, debido a nuestros físicos diferentes. Yo soy rubia, de ojos azules, piel dorada y rostro más bien cuadrado. Mis cabellos cortos sobresalen en puntas desgreñadas. Me veo bien con cabello largo o corto, pero lo mantengo corto porque cuando uno entra en la escena de un incendio, no debe estar preocupándose por embutirse el cabello dentro del casco. Algunos tipos de la estación dicen que les recuerdo a una Meg Ryan más joven. Otros dicen que soy como Jenna Jameson, pero creo que esto lo dicen para ver si me molesto. Yo nunca me molesto. Me río con ellos. Es la mejor defensa.

Sophia, en contraste, tiene la piel como una castaña tostada. Ya está casi de mi estatura y posiblemente sea más alta que yo cuando termine de crecer. Es una muchacha robusta y fuerte. Sus cabellos oscuros y ondulados caen libremente por su espalda de un modo que me recuerda a las mujeres de las leyendas arturianas. Como Ginebra o algo así. Sophia no es gorda, pero sus caderas y sus muslos son más gruesos que los míos, y ya usa pantalones de mayor talla. Yo soy una diez; Sophia una doce. A veces me cuesta creer que mi hija ya sea tan grande. Parece que fue hace menos de una semana que nació. Nuestras bocas y narices se parecen mucho, y después que le decimos a la gente que somos madre e hija, notan la semejanza.

—Trata de dormir—le aconsejo.

¿Es eso mucho pedir? ¿Que ella duerma para que yo también pueda hacerlo? Pero tan pronto como Sophia acomoda su cabeza en la almohada, escucho un suave toque sobre la delgada puerta de madera del dormitorio. Estas puertas son huecas y se astillan fácilmente. Eso es un indicio de construcción barata. Me gustaría tener una casa mejor algún día. Y lo lograré. Ya verán. Cuando llegue a teniente, y luego a capitán. Por ahora, esto es suficiente.

Mi madre, Alice, que ahora tiene 46 años, asoma su cabeza y sonríe mientras alza las enormes gafas de plástico marrón sobre ese intento estrecho de nariz.

Desde que muriera mi desgraciado y alcohólico padre cinco años atrás, Alice, la suprema y destructiva criatura codependiente que no tenía ningún sitio adonde ir, ha vivido con nosotras durmiendo en el sofá convertible. Alice fuma en el portal con su bata de casa. No la dejo fumar adentro. Todavía se reúne con sus amigotes de juerga, un desagradable grupo de motociclistas groseros que exhiben sus banderas confederadas, a los que he odiado durante décadas. Algunas cosas nunca cambian. Especialmente Alice. Odio vivir con ella, pero no tengo valor para echarla. El abandono es su especialidad, no la mía. Me he inclinado hacia el otro extremo, donde se hallan la compasión y la generosidad.

—Creí que te interesaría saber quién está en el *Tonight Show*, haciéndose rico—susurra Alice.

No la llamo Mamá porque pienso que ése es un título que uno debe ganarse. Un ligero olor a excremento de gato se cuela por la puerta; necesito cambiar la arena en la cajita que está en el cuartito de lavar, junto al garaje. Los gránulos de la cajita caen al suelo y se dispersan por toda la casa. También tengo que pasar la aspiradora. Parece como si nunca hubiera suficiente tiempo para todo lo que necesito hacer. Uno podría pensar que Alice ayudaría, pero no. Eso sería demasiado considerado de su parte.

Mientras Alice regresa tambaleándose por el pasillo, con sus pantalones baratos y su camiseta Lynyrd Skynyrd, murmura:

—Un maldito mexicano hijo e'puta.

Sé exactamente a quién se está refiriendo.

Con el corazón latiéndome a toda prisa, agarro el control universal del televisor que está sobre mi mesita de noche sin barnizar, hecha de madera de arce, oprimo las baterías con mis dedos—perdí la tapa posterior del aparato hace años, y he perdido la fe en el método de la cinta adhesiva—y lo apunto hacia el pequeño televisor blanco que está en mi tocador sin barnizar. Como esperaba, allí está mi novio de la secundaria, Ricardo Batista o, como lo conoce ahora el mundo, Ricky Biscayne, cantando a todo lo que da. Se ve tan normal e inofensivo en televisión. Casi parece buena gente.

—¿Quién es ése, Mami?—pregunta Sophia, que se sienta, frotándose los ojos.

Creo que tiene conjuntivitis. Tendremos que ir al pediatra.

Contemplo el oscuro cabello ondulado de Ricardo, sus pómulos rojos de cantar; contemplo sus grandes ojos marrones, y el dolor de su inesperado abandono recorre mi cuerpo con tanta fuerza como si sólo hubieran transcurrido unos pocos minutos, y no años, del hecho.

—Es un muchacho con el que fui a la escuela cuando vivía en Fort Lauderdale—le digo con una sonrisa falsa y el recuerdo atenazante de la primera vez
que realmente me enamoré hace mucho tiempo. Catorce años, para ser exac-
ta—. Duerme un poco, hija.

Cuarenta millas más al norte, en Bal Harbour, Jill Sánchez mira cantar a Ricky
Biscayne en su televisor con pantalla plasma de 50 pulgadas que desciende del
techo del gimnasio de su casa cuando aprieta un botón. El televisor es tan grueso como una rebanada de pan. Jill, quien cree que los carbohidratos fueron in-
ventados por Satanás, no come pan desde hace cinco años. Ésta es su segunda
sesión de ejercicios del día; la primera fue a las cuatro de la madrugada. Viste un
brassiere deportivo Nina Bucci, de color gris y rosa, y unos atractivos pantalones
elastizados que hacen juego, de cintura baja y orificios a lo largo de ambas piernas. Jill Sánchez tiene su propia línea de ropa deportiva con la que gana montones de dinero, pero como se trata de una mujer de gustos refinados, ella misma
se niega a usarla, sabiendo que sus ropas se hacen con recursos baratos. Ha hecho un convenio de promoción con Nike, cuyo calzado encuentra apropiado y
conveniente. Una vez al mes le llegan por correo, gratis, alrededor de una docena de pares. Esta mañana llevaba un juego de camiseta y pantalones de yoga Lu-
lulemon, de color azul celeste: una fabulosa vestimenta para hacer ejercicios. Y
Jill sabe de eso. Siendo una bailarina profesional de danza moderna, acostumbra
a ejercitarse tres horas diarias.

Mientras mueve sus piernas en la máquina de subir escaleras, recuerda la última vez que actuó en el *Tonight Show*, dos años atrás. ¿O fueron cuatro? ¿O cinco? Santo Dios. ¿Tanto? Hace una mueca ante el paso del tiempo como si eso
fuera a detenerlo. No puede haber sido hace tanto. Jill pisa con más fuerza, con
la esperanza de mantener a raya su treintena, aunque ya está en los treinta y siete. Como norma, no toma en consideración el hecho de que pronto entrará en
su cuarentena, aunque se hace teñir el cabello cada cinco o seis días para asegurarse de que nadie vea sus raíces canosas. Llegar a la cuarentena es algo incon-
cebible para Jill Sánchez, quien aún cree que puede participar en el programa
Total Request Live de MTV junto a las ansiosas cantantes adolescentes que se
pintan de negro las uñas y se las comen. Mientras más fuerte pisa, más rápido se
mece su apretada coleta castaña con rayitos, barriendo la cima de su supremo,
redondo y famoso supertrasero.

Seis años atrás, se convirtió en la primera mujer en lanzar una película, un álbum y un perfume, todo en la misma semana. Ha pasado por el *Late Show* para cantar y bailar con esos escandalosos pantalones de color piel que algunos consideraron que descendían más de lo conveniente, revelando una ligera insinuación de vello púbico bien arreglado, recortado y fragante, pero donde también la entrevistaron sobre su nueva película y su línea de ropa. Por si a alguien le interesa, la línea de ropa le proporcionó más de $175 millones anuales por concepto de ventas en todo el mundo, porque—¿no es obvio?—todas las mujeres querían vestirse como Jill Sánchez, y los hombres también *querían* que lo hicieran.

A ciertos periodistas les gustaba decir que su estrella se estaba eclipsando, sólo porque había tenido un par de divorcios turbulentos y una serie de oportunos y bien orquestados "escándalos", incluyendo el último relacionado con las pieles. En opinión de Jill, la Sociedad para el Tratamiento Ético de los Animales es un grupo de llorones. ¿Cuántos de ellos no usaban algo hecho de cuero, eh? ¿Cómo es que alguien puede quejarse por los abrigos de piel y usar artículos de cuero? Partida de hipócritas y llorones. Deberían tratar de ponerse en el pellejo de Jill Sánchez por un día. Entonces sabrían lo que es crueldad. ¿Era culpa suya que los buitres de los medios dieran vueltas en torno a su cadáver día y noche? ¿Era culpa suya que la infame prensa se lanzara sobre cada migaja que Jill les arrojaba? Y de cualquier modo, ¿quién es "la prensa", sino un puñado de aspirantes a estrellas: unas viejas arpías envidiosas y unos tipos feos llenos de acné a los que ni siquiera les daría la hora? Todos los periodistas tienen dientes de conejo y ojos saltones. Ella no dudaba que los mismos hombres que escribían cosas horribles sobre ella se masturbaran con su imagen en privado. La tomaban con ella porque era mujer . . . y triunfadora. Muchos hombres en Hollywood tenían vidas amorosas funestas y películas horribles, pero la prensa los trataba bien. No había más que ver a ese chiflado de George Clooney. O a ese otro tipo superaburrido que siempre hablaba como si estuviera dormido o drogado . . . Kevin Costner. La prensa los trataba bien. Pero no a ella. A Jill Sánchez la crucificaban. Hollywood tenía un doble patrón para las mujeres, en especial para las latinas. Y si no, mira a Paula Abdul. La preciosa panelista del programa *American Idol* se había divorciado *tres veces*. Pero ¿acaso la prensa la crucificaba o la llamaba puta? No. Podía pasarle por encima a alguien con su Mercedes, y luego acostarse con ese participante en el concurso, pero nadie la odiaría por eso. ¿Acaso la prensa la llamaba cruel, despiadada y todos esos epítetos que le endilgaban a Jill Sánchez? No. Reservaban ese veneno para Jill.

Pero Jill Sánchez no se había convertido en Jill Sánchez quedándose de brazos cruzados mientras dejaba que las cosas sucedieran. Ella *hacía* que las cosas ocurrieran como ella quería, y así lo probaría su próximo álbum y su bien facturada película, próxima a estrenarse. Y una vez que se hubiera ocupado de todo eso, estaría libre para hallar el amor, un amor verdadero, de una vez y por todas, y quizás tener uno o dos bebés.

Y quizás existiera la remota posibilidad de que su padre la perdonara por no ser la obediente hija puertorriqueña que siempre había anhelado. Quizás aprendería a cocinar el arroz con pollo que ella solía encargar en las raras ocasiones en que su madre convencía a su padre para que la visitaran.

El padre de Jill, plomero de oficio y de olor, dice que se siente demasiado avergonzado con sus videos de "puta que menea el culo" para poner un pie en su casa o en su vida. Asegura que jamás ha visto ninguno de sus videos hasta el final, y parece favorecer a su hermana mayor, una fea maestra de primaria que nunca hace nada incorrecto. Él se lo pierde.

La madre de Jill, por su parte, suele recordarle que sólo porque el público crea que Jill tiene veintitantos años eso no significa que sus *ovarios* crean lo mismo. Desde hace tiempo, la madre de Jill critica fuertemente a Jill, su hija del medio y más atractiva. Y en cierto modo, esta crítica ha hecho que Jill logre más de lo esperado en cada aspecto de su vida con la esperanza de que su madre termine por sentirse complacida con ella.

Jill nunca ha ido a terapia y no entiende sus motivaciones conscientes, mucho menos las inconscientes, para buscar el éxito. Ella nunca irá a terapia, especialmente porque Jill Sánchez está convencida de que no tiene *ningún* problema, y la culpa, cuando hay que echársela a alguien, siempre recae en otro. Mientras tanto, disfruta de sí misma y cree que otros también lo hacen. Hasta ahí llega el asunto.

Jill observa cómo Ricky Biscayne se mata cantando y sonríe para sí. Lo que le falta en la jurisdicción del pene lo suple con creces a través de su gran diapasón vocal. Nadie canta como Ricky Biscayne. Cuando abandonó su casa el día anterior, para volar a Los Ángeles con su estúpida y lastimosa esposa, Ricky era un manojo de nervios y Jill había tratado de animarlo con una buena chingada. El presentador de *The Tonight Show* era amable, le había asegurado ella. Y él había hecho que Ricky se sintiera a gusto.

Jill y Ricky trataron de ser "sólo amigos", pero metieron la pata e hicieron el amor . . . dos veces: una vez en la cocina y otra vez en las resbaladizas losas negras del suelo de la casita junto a la piscina. Él se mortificó, como siempre, quejándose de su falta de control y de la necesidad de reajustar su personalidad, de su amor por Jasminka Uskokovic, la patética y flacucha "supermodelo" serbia con la que se había casado. Hasta había hablado del perro de Jasminka como si el perro se sintiera traicionado por él. Jill le había asegurado que sería la última vez, sabiendo que era mentira. Los actores eran buenos mintiendo. Ricky estaba herido por haberse criado sin padre y por haber sido objeto de abuso sexual a los dieciséis años, por parte de un vecino que pretendió asumir el papel de su padre . . . pero de ambos asuntos prefería no hablar, aunque ella había logrado arrancárselos en sus momentos de intimidad posterior al coito, mientras él descansaba con su cabeza sobre el vientre de ella y le llenaba el ombligo de lágrimas. Jill, como la mayoría de los depredadores, reconocía la debilidad ajena y la usaba para sus fines.

Después del sexo, el día antes, ella y Ricky habían ido al estudio de grabaciones en su casa, amplio y bien equipado, y él había escuchado con entusiasmo algunas canciones del próximo álbum de Jill, *Born Again*. La portada llevaría una foto de Jill casi desnuda, agonizando clavada en una cruz, jadeante y atractiva. Si *eso* no llamaba la atención, pensaba ella, nada más lo haría. Ricky había sugerido algunas armonías que la hicieron alucinar. Él era mucho mejor cantante que ella, pero no se trataba de algo que un corrector de voz computarizado no pudiera arreglar. Además, él no era tan inteligente para los negocios—una de las razones por las que ella había roto con él por primera vez seis años atrás. En verdad, era bastante estúpido para los negocios. Eso, y el hecho de que él se hubiera acostado con su hermana menor Natalia, con todo y su cara de caballo . . . Pero él había estado drogado, Natalia era una puta con cara de caballo, y eso ya había quedado atrás.

Sin embargo, tienen tanto en común que ella lamenta esa ruptura al menos una vez todos los días. Ambos son latinos miamenses. Jill es puertorriqueña y, como prueba, tiene sus gargantillas con la bandera de diamantes, los álbumes de Héctor Lavoe y sus pantaletas hilo dental al estilo boricua. Ricky es cubano, por parte de padre, y mexicano, por parte de madre. Ambos crecieron en hogares humildes, él en Fort Lauderdale, y ella en Wynwood, el vecindario más puertorriqueño de Miami.

Gracias al duro trabajo y a la disciplina los dos han llegado a posiciones de poder y prestigio . . . lo cual significa mansiones junto al agua en South Beach—la de ella, cinco veces mayor en tamaño y precio que la de él, pero da igual. Ambos cantan y bailan, aunque ella *sabe* que es diez veces mejor actriz que él y no siente remordimientos en decírselo. Por desgracia para Ricky, para la actuación no existe el equivalente a un corrector de tono computarizado.

Ambos adoran la moda, aunque Jill está segura de que su gusto, que se inclina hacia los abrigos de piel, el cuero, Versace y demás surtido de cosas muertas,
es mucho mejor que el de Ricky, que prefiere el tipo de cosas que le habrían gustado a un miembro de Kid'n Play: *jeans* desteñidos hasta el destrozo con parches
gigantescos al frente, largas bufandas tejidas y extraños botines de ciclista con
punteras cuadradas. Según Jill, se viste como un miembro del grupo *Menudo* antes de que comenzaran a llamarse MDO. Por suerte, existe un corrector de tono
para los hombres mal vestidos: se llama *Jill*.

Tanto Jill como Ricky quieren tener hijos algún día, y planean hacer aguje-
ros en las orejas a su niña, algo que el actual novio de Jill, blanco y obviamente
no hispano, el guapísimo actor y guionista Jack Ingroff, considera salvaje. Jill se
pasa la vida intentando explicar su cultura a Jack, y eso es extenuante.

Con Ricky, Jill nunca necesita explicar nada. Realmente es una pena que esté casado. Al principio se había sentido aliviada de quitárselo de encima. Ricky
estaba mucho más enamorado de ella que ella de él, pero aunque le juró dejar de
usar cocaína, ella no le creyó. En un principio se había sentido atraída hacia él,
eso era todo; pero cuando comprobó la pequeñez de su pene, le costó mucho
trabajo mantener el interés, bromas aparte. Si él hubiera estado mejor dotado,
quizás ella se hubiera quedado en aquel momento.

Pero en aquel entonces, con todo el asunto de las drogas y de su pito . . .
Bueno, había parecido razonable olvidarlo de inmediato. Ella decidió mudarse
con Jack, que era famoso, bastante sobrio, y con los órganos generosos y prestos
de un burro.

Esto no significaba que aún no pensara en Ricky. Ahora que la estrella del
cantante comenzaba a atraer a una gran audiencia, y ahora que Jack estaba re-
sultando ser un verdadero rufián, Jill cree que Ricky podría ser capaz de andar
con ella finalmente sin sentirse amenazado, como le ocurría a muchos de estos
tipos.

Jill trabaja duro. Y necesita que sus hombres también lo hagan. De lo contrario, la cosa no durará. Si algo ha aprendido de sus fracasados matrimonios—uno
con un barman extrañamente afeminado y el otro con un talentoso gimnasta
del Cirque du Soleil—es que una mujer de éxito debe casarse con su igual . . . o
no casarse.

Ah, ¿y lo mejor de todo? Jack está mortalmente celoso de Ricky, a quien ve
como una amenaza por su trasfondo étnico, que comparte con Jill. Jack sabe
que, aunque Jill es fuerte y poderosa, una parte de ella desea que algún machista imbécil la ponga en su lugar de vez en cuando, alguien a quien ella pueda ara-

ñar, un verdadero macho que la agarre por las muñecas para mantenerla contro-
lada. Ella añora este tipo de pasión y drama. Debido a su refinada educación,
Jack nunca será ese tipo de hombre, no importa cuán desesperado se encuentre
por complacer a la insaciable e insuperable Jill Sánchez.

Apartándonos de sus hábitos hombrunos, gracias a su madre poeta con sandalias Birkenstocks, sobacos velludos y pedigrí Nueva Inglaterra, Jack siempre
será una especie de pelele.

Jill abre la boca mientras su nuevo entrenador, un austriaco enorme llamado
Rigor, la rocía con un chorro de agua embotellada fresca y pura. Su nervioso
asistente le seca el sudor de la frente con una toalla rosada, de algodón egipcio,
que lleva sus iniciales. La prensa suele ridiculizar sus preferencias por las toallas
y la ropa de cama delicadas, pero eso sólo demuestra cuán desesperados están
por cualquier noticia y la poca experiencia que tienen ellos mismos con los te-
jidos refinados. Cualquiera que haya probado una toalla afelpada, jamás renunciará a ella. Jill ve en esto una especie de metáfora sobre su vida y su carrera.
Jamás renunciará a ellas. Jamás.

Rigor le informa que le quedan quince minutos más de ejercicios de resisten-
cia antes de comenzar la sesión de ejercicios para la musculatura. Ella se contempla en el espejo de la pared y se pregunta si todo ese entrenamiento con
Rigor no estará reduciendo demasiado su famoso trasero. No trata de ser ese saco famélico de huesos que es Renee Zellweger. Y tampoco quiere parecerse a
ella.

—A mí me conocen por esto—dice, golpeando sus deliciosas posaderas con
una mano de uñas bien arregladas—. No quiero que desaparezca. Si lo pierdo, te
despido.

Rigor asiente y Jill se relaja un poco. Tuvo que despedir a su anterior entrenador después que le sopló a los tabloides la historia de los supuestos encuentros
ocasionales de Jack con prostitutos travestis. Ambos lo negaron en público, pero Jill sabe que es verdad. Jack se parece a ella, pero se está volviendo demasiado complicado.

En la pantalla, el rostro de Ricky se tensa de pasión. Jill siente un cosquilleo
interior al recordar la última vez que vio esa expresión, mientras él apretaba su
cuerpo contra su congelador de acero inoxidable Sub-Zero. Él ha compensado
su escaso tamaño con movimientos y concentrándose en las partes femeninas, y
ella se ha habituado a eso. Nadie sabe que ambos siguen enamorados. Desde el
punto de vista estratégico, tampoco es el mejor momento para anunciarlo. Jill y
Jack co-protagonizan una comedia romántica que se estrenará dentro de dos

meses con el encantador título Llegó dando tumbos, y ella tendrá que esperar por lo menos hasta entonces para ese gran paso. Debía aparentar encontrarse felizmente comprometida, reír como una tonta en alguna entrevista con Diane Sawyer y cosas así. Después de su nominación al Oscar—si no lo gana con este papel, no sabe de qué otro modo podrá conseguirlo—, Jill estará libre de hacer y acostarse con quien le venga en ganas.

No, nadie sabe acerca de Jill y Ricky y de la feliz reunión que acecha en el horizonte. Pero lo sabrán. Jill tiene un plan, y jamás ha visto que uno de sus planes fracase. Vuelve a mirar el reflejo de su imagen y sonríe. Sí, señor. Jill Sánchez tiene un plan. No importa que Ricky esté casado. Él se conformó con Jasminka cuando no pudo tener a Jill y, seamos sinceros, ¿existe algún matrimonio en este mundo que pueda sobrevivir a la interferencia de un trasero como el suyo? Ella no lo cree.

Mi nombre es Jasminka Uskokovic, y no estoy muerta.

Tengo veintiséis año y acabo de agarrarle la mano a mi esposo Ricky Biscayne. La suya está fría. La mía, caliente. Entre ambas, corre su sudor nervioso. A menudo le sudan las palmas de ansiedad. Nos sentamos en el acolchado sofá cremosa, en la sala de una lujosa *suite* del hotel Beverly Hills. Mishko, mi perro gordo y marrón, ronca a nuestros pies, mientras vemos la transmisión del concierto de Ricky en *The Tonight Show*. Se grabó ese día más temprano. Puedo ver nuestro reflejo en el enorme espejo de marco dorado que halla al otro lado de la habitación, y compruebo que hacemos una hermosa pareja. Podríamos tener un bebé muy hermoso. Me gustaría mucho.

Respiro con fuerza y trato de identificar el ligero aroma astringente que flota en la habitación. ¿Pino? Sí, pero con algo más, algo delicioso que despeja la cabeza. ¿Menta? Creo que es pino y menta. Me pregunto por qué la habitación tendrá ese olor. No hay velas encendidas, y ningún ambientador visible. ¿Será el desinfectante que usan para limpiar, o el detergente con que lavan las toallas y las sábanas?

Los olores son muy importantes para mí, y soy capaz de recordarlos como otras personas recuerdan una conversación. En mi tiempo libre hago jabones y trato de reproducir en ellos los aromas de mi vida. Cuando regresemos a nuestra casa de Miami, haré un jabón de pino y menta para recordar este momento.

Mi cabello castaño oscuro está recogido en una cola de caballo. Siento párpados viscosos y cansados. Éste es un hombre especial. Vuelvo a mirar el espejo para vernos juntos. Me enorgullece que este hombre me escogiera. No uso maquillaje porque no lo necesito. Tengo la piel clara y suave, pómulos altos, una nariz fina, labios llenos, ojos verdes y una simetría propia de la Europa Oriental que me ha permitido tener una lucrativa carrera de modelaje. Comencé como modelo a quince años, y a dieciséis ya *Vogue* y *Vanity Fair* decían que yo era la "supermodelo" más joven de Europa del Este. Ya no tengo tantas ganas de ser modelo. Ahora quiero ser esposa de Ricky y madre de sus hijos.

Mucha gente piensa que el modelaje es algo glamoroso. Yo no. Lo asocio con la muerte. Tenía quince años cuando la casita de mi familia, que se alzaba en el fértil y montañoso pueblo de Slunj, fue dinamitado por fuerzas croatas mientras toda mi familia (menos yo) se hallaba adentro. Ese día yo andaba besuqueándome con mi novio, un chico croata de una familia simpatizante. Estábamos escondidos en un frío pinar verde, cerca de una de las cascadas más grandes en las afueras del pueblo, cuando comenzaron las explosiones y la metralla. Permanecimos escondidos, llenos de miedo, hasta que el sonido de las explosiones cesó y llegó la noche. El muchacho me rogó que no regresara a mi casa, sino que fuera con él, para hacerme pasar por croata. Dijo que su familia me cuidaría. Pero yo quería encontrar a los míos, saber que estaban bien. Quería estar con ellos. Corrí hacia mi casa, dejando atrás los muros de piedra y los majestuosos pinos, oliendo a carne chamuscada, pólvora y caos. Cuando unos soldados croatas borrachos me preguntaron mi nombre y etnia, mentí y dije que era croata. En realidad, no era del todo una mentira. Tengo—o tenía—una abuela croata. Hablo el idioma con fluidez. Todos los soldados me dieron un beso en los labios y se fueron. Había sido una victoria para ellos.

Cuando regresé a la que una vez fuera una cabañita pulcra, con tiestos sembrados de flores en el sendero de la entrada—la casa donde había crecido—, no quedaba nada, sino un montón humeante de escombros negros y rojos.

A todo largo del camino a casa, tropecé con los cadáveres decapitados de viejos que había conocido. Los soldados croatas habían preferido a los viejos en particular. Hasta hoy nunca he comprendido del todo los problemas entre serbios y croatas. Para mí, todo fue un asunto estúpido entre unos hombres que trataban de hallar maneras de matar a otros, de violar a las mujeres. Ambas partes fueron igualmente crueles. Mi propia madre jamás se había metido en política, y tanto ella como mi padre creían que las recientes "tensiones" habían sido espoleadas por Estados Unidos después de la caída de la Unión Soviética con la idea de destruir cualquier país que pudiera intentar convertirse en un bastión del comunismo . . . incluida Yugoslavia.

Por *eso*, pensé entonces mientras contemplaba los ojos turbios y helados de los muertos. Por *eso* es que los viejos yacen descuartizados en los calles. Tuve que detenerme dos veces a vomitar mientras caminaba hacia mi casa. A lo largo del camino tropecé con muchachas jóvenes y otras personas que vagaban igualmente confusas, incapaces de comprender qué había ocurrido, acompañada por el eco interminable de los cientos que sollozaban y por quienes deambulaban ciegamente hacia lo que había existido una vez, heridos y desorientados, como hormigas cuyo montículo ha desaparecido, que buscan una entrada para ponerse a salvo. Me senté junto a los escombros de mi casa y esperé durante horas, incapaz de aceptar lo que había pasado. Llamé a mi familia, pero nadie vino. Todos habían muerto. Al principio no pude llorar, porque la mente y el corazón no están concebidos para una carga de dolor tan inmensa. Un ser humano que se enfrente a semejante sobrepeso emocional, sencillamente deja de sentir, se queda sin aliento. Sabía que todos habían estado en casa. En un segundo, mi madre, mi padre, mis abuelos y mis cuatro hermanos habían desaparecido. Todo el vecindario había quedado reducido a astillas grasientas.

Me había quedado sorprendida al encontrar al único sobreviviente: mi diminuto cachorro marrón Mishko, un regalo de mi padre, cojeando y con un ojo ensangrentado, pero vivo pese a todo, moviendo su cola al verme, indiferente a sus propias heridas y capaz aún de lamerme las manos y el rostro con afecto y optimismo. Sentir los besos de ese perro impidió que me matara. Mishko me salvó la vida. Lo cargué y comencé a vagar. Escuché decir a otros, que también vagaban por las calles, que los serbios estábamos siendo expulsados del territorio, y que todos iban saliendo de la región. Así fue como me uní al resto de la gente que andaba por la carretera, rodeada de ganado, tractores, autos viejos y todo tipo de chatarra que lográbamos rescatar de nuestras vidas. Ahora me parece un sueño. Más tarde me enteraría que, ese día, los refugiados de Krajina habían llegado a 300.000. Los civiles muertos habían sido sido 14.000.

Fue en ese momento, mientras abandonaba mi suelo sin nadie que me amara en el mundo, excepto un perro tuerto, que comenzó mi larga relación con el hambre, un prolongado coqueteo con la muerte. Yo había sido rolliza y rellenita. Pero cuando me di cuenta de que había sobrevivido a la masacre debido a mi lujuria por un muchacho croata, quise librarme de mis caderas y de mis pechos. Quise desaparecer. No merecía vivir. Me odié por sobrevivir.

Semanas más tarde, mientras Mishko y yo pasábamos los días en un silencio aturdido, echados indolentemente sobre el catre de un campo de refugiados en Serbia, un hombre alto y elegante, con un traje de rayas doradas, había estado paseándose por los pasillos entre las literas, estudiando a través de sus gafas los rostros de las muchachas que encontraba como si estuviera buscando a alguien conocido. En realidad, era el cazatalentos de una exitosa y feroz agencia internacional de modelaje en París, que buscaba a alguien exactamente como yo: una joven hermosa y desafortunada cuyo rostro pudiera ser usado para vender perfumes en las revistas de moda. Finalmente regresó a Francia con veintidós muchachas serbias y un perrito. Viví en un apartamento con otras cuatro chicas y Mishko, que engordó bastante comiéndose la comida que se les prohibía a las muchachas. Muy pronto me convertí en la más exitosa de todas, pues mi expresión vacía y mis rasgos cadavéricos eran a la vez aterradoramente fantasmales y simétricos. Creo que parecía una monstruosa muñeca. Frágil, hermosa y hueca.

Los años que siguieron se me confunden en la memoria, y hay momentos en que me despierto y no sé dónde estoy. Hay veces en que acerco un cuchillo al interior de mis brazos y mis piernas, y me corto para ver si siento *algo*, cualquier cosa. A veces eso es lo único que me permite sentir algo. Tengo telarañas de rasguños por todo el cuerpo que deben retocarse en una computadora para que no salgan en las fotos. Si no me mutilara, no me sentiría conectada al mundo de los vivos.

Conocer y casarme con Ricky fue el primer acto que me hizo empezar a sentirme viva otra vez, mientras él me disuadía para que abandonara mi coraza, mientras me cantaba y yo volvía a sentir lo que era el amor. No había pensado en casarme, pero él me lo pidió, y eso significaba tener una familia, ¿verdad? Y tener una familia significaba seguir adelante. Significaba comer, no mordisquear. Pronto.

Había estado pasando hambre casi por costumbre, para seguir teniendo una esquelética talla dos, midiendo cinco pies y once pulgadas de estatura. Los cigarrillos habían sustituido a la comida, pero no me gustaba lo que hacían a mi piel o a mis nervios, y pronto los dejaría. A menudo temblaba. Quería volver a comer. Dejar de fumar. Tener hijos. Quedarme en casa y no volver a modelar. Empezar una familia y tratar de vincularme con el mundo de nuevo.

A Ricky le gusta que yo sea delgada. Cuando aparecemos juntos en público, en una fiesta o en uno de sus conciertos, mi demacrado cuerpo es fuente de orgullo para él. Al igual que otros hombres que deciden salir solamente con modelos, él afirma que el olor a acetona dulce de mi aliento, un derivado del cuerpo que se devora a sí mismo, lo excita.

No me gusta lo violento que se vuelve Ricky cuando bebe. Pero de todos modos compartimos una botella de champán Dom Perignon, regalo del gerente del hotel. Cuando el alcohol llega a mi estómago vacío, va directamente a mi cabeza y me deja aturdida, triste y soñolienta. Llevamos pijamas de seda que armonizan, de un color verde claro y alegre, parecido al de mis ojos, que compré ayer en Rodeo Drive. Observo a Ricky con atención. Es tan bello que me hace daño. Su piel dorado, ese desorden oscuro de sus cabellos y sus ojos marrones, entusiastas y casi delirantes, parecían, la primera vez que los vi, tan cálidos como puede serlo un hogar, y sentí el impulso de protegerlo y complacerlo al mismo tiempo. Era una de esas personas que parecen ser a la vez hombre y niño; el tipo de hombre al que se le perdonaría cualquier cosa que dijera o hiciera porque su sonrisa, con sus hoyuelos, su sinceridad y su belleza, hace que la gente olvide sus errores.

Tenía un tipo de piel suave y luminosa, sin mucho vello corporal, la clase de piel que te gustaría morder. Tenía tanta hambre de Ricky como de comida, y, sin embargo, jamás lo sentí unido a mí de la manera en que un hombre y su mujer deberían estar. Su mente siempre parece hallarse en otro sitio.

Ahora mismo no sé si el brillo en sus ojos es un indicio de furia o placer. En las entrevistas se muestra relajado, como la clase de tipo al que te gustaría invitar a una parrillada en casa. En la intimidad es diferente; allí se convierte en su peor crítico, obsesionado con ser mejor. Su obsesión con la perfección es una fuente de conjeturas para mí. Yo misma he dado tumbos por la vida, cometiendo todo tipo de errores sin preocuparme por corregirlos.

Durante mi carrera de modelaje, que ya tiene once años, he conocido a mucha gente rica y famosa. Pero nunca he conocido a un ser humano más perseverante que Ricky Biscayne. Huele a cigarrillos y a colonia con aroma a bosques. Su olor me recuerda a Slunj. El hogar. Siempre está intentando mejorar todo lo que hace, desde cantar hasta cocinar, pasando por hacer el amor. Si tengo un orgasmo con él, cree que no es suficiente. Hará que me venga una vez más, dos, hasta tres veces, aunque yo insista que ya estoy satisfecha y lista para quedarme dormida. No lo hace por complacerme a *mí*. Lo hace porque Ricky está siempre en escena, demostrándole algo a alguien, a Dios. Me pregunto cuándo llegará el momento en que se considere lo suficientemente bueno para complacerse a sí mismo. Es algo que me turba.

Dejo de mirar su rostro en la pantalla para estudiar su rostro real, tratando de averiguar qué estará pensando o sintiendo. Llevamos sólo un año de casados, después de conocernos en un desfile de modas de París donde yo era modelo y él era el invitado musical, y todavía me cuesta trabajo entenderlo. No es precisamente que me guarde secretos, sino que parece ocultarme marejadas de indecisiones propias que reprimen una ansiedad y una rabia que no entiendo. Si yo tuviera su talento, me sentiría feliz todo el tiempo.

—Tu interpretación ha sido *soberbia*—le digo, consciente de mi fuerte acento serbio.

Me esmero en la palabra "soberbia". No creo que alguna vez sea capaz de pronunciar "sábado", que siempre sale de mis labios como "tzá-bado".

Ricky no responde. Más bien aparta mi mano, se inclina hacia delante con los codos sobre sus rodillas y se estudia. Aspira con fuerza y se rasca la nariz enrojecida con el dorso de la mano. ¿Estará enfermo? El estrés lo está afectando. Siempre parece estar enfermo, inhalando, inhalando, inhalando . . . Me acerco y comienzo a masajear sus hombros, mientras le doy besitos en la nuca. Se libra de mí con un gesto de hombros y se concentra en la pantalla.

De pronto se levanta, cruza la habitación hasta el escritorio, y se sienta ante su *laptop* para conectarse y volver a revisar su puntaje en CDnow.com. Está obsesionado con sus cifras. Desde que comenzó el segmento, me ha dicho, ha pasado los 480.000. ¿Casi medio millón de puntos en dos minutos? Asombroso.

—Padrísimo—dice en su jerga castellana que usa cuando está muy feliz o muy furioso, dejando escapar finalmente una ligera sonrisa.

Su humor cambia con tanta rapidez como el tiempo en Miami, de nublado y amenazante un momento, a soleado y brillante al siguiente. El éxito lo enloquece de felicidad, pero sólo por un rato. Regresa corriendo hacia el sofá y da un gran salto sobre el respaldo hasta mi regazo, con gracia tersa y masculina.

Ricky es un bailarín maravilloso y experimentado. De hecho, en eso radica gran parte de su éxito como cantante. Sus actuaciones en escena son exactamente eso: actuaciones coreografiadas, excitantes, con Ricky en el centro, vibrando y pavoneándose. Cuando era más joven fue campeón de atletismo y fútbol en la secundaria. Su madre Alma aún conserva su antiguo cuarto lleno de trofeos. Ricky se ejercita como un atleta, aunque de vez en cuando disfruta de un cigarrillo. Sus músculos abdominales son duros, y en este momento no son lo único que está así.

—Te quiero, Jasminka—dice mirándome fijamente a los ojos.

Nos abrazamos y nos besamos. Ricky me carga en brazos y comienza a llevarme hacia el cuarto, cantando.

—Hey—le digo—. ¿Qué estás haciendo?

—Hagamos un bebé—dice.

Le he estado pidiendo un hijo desde que nos casamos, pero Ricky siempre me ha pedido que espere hasta que su carrera mejore porque, según dice, quisiera ser un padre involucrado en la crianza de su hijo, a diferencia del suyo que siempre estuvo ausente. Además, piensa que sería un error tener hijos siendo tan joven, porque su carrera depende de una apariencia juvenil y se supone que los jóvenes no tengan hijos, especialmente si quieren que sus admiradoras mantengan la ilusión de que algún día podrían convertirse en sus amantes. Me he preguntado en secreto cómo podrían mantener esa ilusión si él ya está casado, pero nunca se lo he comentado.

—¿Hablas en serio? ¿Estás listo?—le pregunto con los ojos húmedos de alegría, mientras me deposita suavemente en la cama.

Me mira fijamente a los ojos y contesta con sencillez:

—Sí. ¿Estás preparada para dejar el modelaje por un tiempo?

Le respondo con un beso. Estoy preparada para dejar el modelaje para siempre. Estoy preparada para regresar a la vida. La felicidad me cosquillea en el cuerpo como la luz del sol cosquillea sobre la piel helada. Cierro mis ojos y le doy gracias a Dios por hacer que Ricky se sienta finalmente feliz.

Viernes, 15 de marzo

Hola a todos. Bienvenidos a mi infernal trabajo. Soy Milán Gotay. Seré vuestra guía. Si se siente feliz, animado u optimista, lléguese un rato por mi centro laboral. Ya lo compondremos. Haremos que se arrepienta de seguir respirando. Terminará por llamar al Dr. Kevorkian. Peor aún si viste como una indigente, con un traje de hilo suelto, insípido, a la altura del tobillo y de color crema, comprado en Ross, con grandes botones de plástico, de ésos que se astillan en la lavadora como las SweeTarts bajo las muelas. Sé bien lo que digo. Pero no puedo darme el lujo de gastar mucho dinero en ropas para este trabajo. ¿Para qué iba a hacerlo? De todos modos, nadie me ve. Excepto mi tío, que es mi jefe.

Debería añadir aquí que me he vestido con esta ropa tan ancha porque mañana en la mañana me embarco en un crucero de fin de semana con mi madre y hermana y, por tanto, quiero andar escondida hoy. Por esa misma razón, tengo sobre la mesa un grasiento cartucho de papel blanco lleno de pastelitos de guayaba y queso, y un enorme café helado. Las chucherías apetitosas hacen que el día se vaya más rápido.

El crucero es una fabulosa idea de mi madre para que Génova y yo volvamos a querernos. En verdad se trata de un "Crucero de la Confianza", la estafa de una gurú genial, estilo *New Age*, para que un puñado de gente crispada y deprimida le pague dinero por caer en un mutuo abrazo. ¿Y qué opino yo? Me parece un plan funesto. ¿Hacer que un grupo de gente que se odia se dirija a alta mar para pasar dos días y una noche de amistad? ¿Qué cosa es eso? ¿Qué ha estado fumando esa tipa? Me pregunto si harán un conteo de personas. Apuesto a que el crucero regresa siempre con una o dos personas menos en cada viaje. Haré mi mayor esfuerzo para no lanzar a Génova por la borda, pero no me comprometo. No sólo se ha estado robando mis novios con alarmante regularidad, sino que continúa sugiriendo cambios en mi vestuario con base a las prendas que le sobran y que me deja dentro de unas bolsas ligeramente estrujadas de papel blanco de la tienda Neiman Marcus. La odio casi tanto como a este trabajo.

Contemplo la lúgubre pared gris de mi cubículo y pienso en la posibilidad de renunciar . . . por septuagésima sexta vez en el día. De una patada suelto bajo el escritorio mis zapatillas grises y baratas, y me froto los pies enfundados en medias sueltas, con lo cual hago un sonido áspero entre mis piernas. ¡Uf!

—No, ya *sé* que la revista *Miami Style* no suele publicar artículos sobre remedios para la regulación—explico con tanta dulzura como es posible a través de un teléfono.

—¿Se refiere a laxantes?—pregunta la periodista en el otro extremo.

—Preferimos decirles "remedios para la regulación".

La periodista suelta una risita. Odio cuando hacen eso. Miro a mi alrededor y busco alivio en una foto reciente de Ricky Biscayne que encontré en la revista *People* donde, para mi gran regocijo, acababan de nombrarlo "el hombre más atractivo del mundo". Nada que objetar. Si sólo pudiera mirarme en sus ojos, en vez de estar . . . aquí.

—"Remedios para la regulación"—repite la periodista riendo—. ¡Qué mierda! . . . ¡Vaya! No lo digo con doble sentido.

Estudio la imagen y distingo en el fondo a aquel músico pelirrojo que mira directamente a la cámara. De nuevo siento esa extraña punzada en el corazón. Es como si lo hubiera tratado o conocido. Hay algo muy inquietante en él. Por alguna razón me hace pensar en un fantasma, pero un fantasma atractivo . . . atractivo y misterioso. Cuando era pequeña solía creer que veía fantasmas. Quizás uno de ellos se parecía a este tipo.

Alzo la vista hacia el reloj redondo y blanco del pasillo. Es el mismo tipo de reloj sencillo que solía haber en mis aulas de primaria, con grandes cifras negras . . . y avanza con igual lentitud. ¿Las dos? ¿Cómo pueden ser sólo las dos? Le echo una ojeada al libreto manchado de café que descansa sobre mi escritorio metálico. ¿Realmente necesito un libreto para esto? ¿No debería ser algo así como: "Hola, soy Milán, y estoy aquí para tratar de venderte la cosa más idiota que hayas escuchado?" ¿Qué ha pasado con la honestidad en los negocios? Ah, es cierto. Estamos es Miami. Aquí nunca tuvimos eso.

Me aburre la vida que llevo. Es una vida buena, lo sé, pero jodidamente aburrida.

Tres horas más y podré irme a casa y prepararme para asistir a mi club de lectura, donde esta noche estaremos analizando la novela de Kyra Davis *Sexo, asesinato* y *latte doble*. Me encanta el club de lectura. Me encanta ese libro. Vamos, muévete, Milán. Acaba de una vez.

Leo el libreto en voz alta, como exige mi tío:

—Porque, como verá, E-Z Go es algo *más* que un simple remedio para la regulación. Es un *estilo* de vida. Desde los famosos hasta la prensa, todos tienen que ir al baño. Y si tienen que ir, ¿por qué no con la ayuda de E-Z Go?

No quisiera sonar como un puñetero robot, pero . . . ¡Por favor! El libreto es espantoso. Lo escribió mi tío Jesús, que también es mi jefe. ¿Mencioné que su redacción está al nivel de un chico de quinto grado? Sin embargo, él cree que escribe bien. También cree que nadie se da cuenta de que el pelo que cae sobre su frente en realidad proviene de la parte posterior de su cabeza y, que al peinárselo hacia delante, da la impresión de ser una cosa que murió apachurrada en el pavimento. Todos los días debo leer este libreto exactamente de la misma manera. También se supone que deba promover ese otro medicamento mierdero de mi tío para las mujeres embarazadas, pero no estoy muy segura de que sea . . . bueno, saludable para los fetos. Y no quiero asumir ese tipo de responsabilidad.

Como siempre, soy recibida con un silencio de muerte, de pueblo fantasma, un silencio donde pueden oírse volar las moscas. No hay nada que rompa el hielo, excepto el molesto zumbido mecánico del equipo del aire acondicionado. Mi tío es demasiado tacaño para instalar un aire central. Un tacaño de mierda. ¿Me ha colgado la periodista? No sería la primera vez. Se me cae el alma a los pies.

—¿Oigo?—le digo al teléfono, como si estuviera gritando al fondo de un pozo—. ¿Oigo?

Por fin la periodista responde:

—¿Es una broma? ¿Te pidió mi novio que llamaras?

—No—contesto.

En realidad, mi trabajo es una broma. Pero eso es obvio. Por lo menos es obvio para todos, menos para mis padres, quienes aún fingen sentirse orgullosos de que su pequeña Milán esté ayudando al tío Jesús en su negocito de mierda.

—Perdone, pensé que era un chiste.

—No importa—digo.

Yo soy el chiste.

Tengo que pensar rápido en algo. Tengo que inventar un cuento o estoy perdida. No he inventado un cuento desde hace semanas. Hojeo la revista *People* que tengo delante, y me detengo en una foto resplandeciente y lustrosa de Jill Sánchez, la hermosa cantante y actriz puertorriqueña que posa sobre una alfombra roja para el lanzamiento de su más reciente línea de ropa deportiva, con su rostro vuelto sobre un hombro para que tanto su enorme sonrisa blanca como su trasero se dirijan directamente hacia el fotógrafo. Siento una ligera oleada de placer sabiendo que una mujer de amplias posaderas puede ser una estrella en Estados Unidos. Pero tan pronto como experimento el regocijo ante esa idea, me atormenta el hecho de que esa mujer luzca flexible y salvaje como una pantera. Jill no tiene un trasero con grasa, sólo una magra elevación que se eleva hasta donde comienzan las costillas. Al igual que millones de personas, odio a Jill Sánchez porque *no* soy Jill Sánchez y *nunca* lo seré.

—Es posible que pronto tengamos a Jill Sánchez como vocero de nuestro producto—suelto como una idiota.

Es una reverenda mentira, por supuesto. Por lo poco que sé de ella, Jill come abundante fibra y probablemente vaya al baño por sí sola. Me siento culpable y extraña, sólo de imaginarme a Jill ensuciando, y en silencio le ruego a la virgencita que me perdone.

La periodista se ríe con más ganas.

—¡Han escogido para eso a la actriz con el culo más grande de Hollywood! Santo cielo. Jill Sánchez, la Dama de las Cagadas. Eso es para morirse, macho.

Una periodista no debería tratar a una publicista de "macho". Eso suena muy mal.

Más risas. Clic. Silencio de muerte. Tono de discar. La inquietante sensación de que quizás acabo de suscitar una gigantesca demanda contra mi querido tío. Cuelgo el auricular de plástico negro, me doy un jalón de pelo en un mechón castaño, descuidado y sin gracia, hundo mi cabeza en el apestoso escritorio y empiezo a llorar. Dejo de hacerlo porque la revista *Cosmopolitan* dice que nunca debes permitir que alguien te vea llorando en tu trabajo. Me guío mucho por las revistas, para que lo sepan. Es estúpido, pero no puedo evitarlo. No tengo otro barómetro para saber cómo debe ser la vida normal de una mujer normal. Mi favorita es *InStyle*, posiblemente porque carezco completamente de estilo. Vuelvo a mirar el reloj. *Todavía* son las dos. ¿Cómo coño . . . ? ¿Cómo es posible que aquí el tiempo vaya para atrás? Tenía que ser a mí a quien me tocara trabajar en la Zona Crepuscular. ¡Qué bien!

Escucho carraspear a mi tío en el cubículo contiguo. Ahí está tío Jesús, o más bien, la calva castaña de tío Jesús, que se asoma tras el panel divisorio, seguida por sus gafas redondas y gruesas. Parece un gran dedo miope. Casi puedo escuchar la música de terror, avisando que el monstruo se acerca. Me estaba escuchando, por supuesto. Siempre lo hace. Se pasa todo el día espiándome y, como soy de la familia, no tiene ningún inconveniente en criticar mi trabajo. Otros empleados reciben una evaluación semestral. ¿Yo? Dos por hora, si tengo suerte.

—Ya sé—le digo.

Trato de no mirarle el pelo o me echaría a llorar de nuevo. De todos modos, ya sé lo que va a decir. Me tapo los oídos con las manos, pero da igual.

—No fuiste lo bastante agresiva—dice en español.

—Ya sé.

—No puedes mentirle a un periodista. Eso no es inteligente.

—Ya sé.

—¿Por qué lo hiciste? ¿Eres estúpida?

Me da un sopapo en la cabeza con un papel. Debería entablarle un pleito por maltrato.

—No sé—respondo. Y para mí, añado: *Sí que lo soy, por aceptar este trabajo.*

—Es mejor que llames y admitas que le mentiste.

—Ya sé.

—Si no cumples la norma, tendremos . . . eh . . . que hablar—dice.

—Ya sé.

—Quiero decir . . . *hablar*.

—Ya sé.

—No quisiera tener que despedir a mi propia sobrina.

—Ya sé.

Pero no sería lo peor que pudiera pasar en el mundo, ¿verdad?

El tío tose.

—Mi sobrina favorita.

—Ya sé—digo, pero sé que miente.

Tío Jesús, como todo el mundo en el planeta Tierra, prefiere a Génova.

No puedo creer que yo, Génova Gotay, una mujer que se precia de ser diferente y radical, esté sentada al aire libre en el patio del Larios, en South Beach, como una turista más. Belle también está aquí, curioseando desde su refugio en la bolsita negra, y parece tan poco impresionada del lugar como yo. Sin embargo, es aquí donde Ricky quería reunirse. Así es que aquí estoy, esperando por el atractivo cantante y su nuevo representante Ron DiMeola. Si me hubiera dicho: "Génova, escoge tú el lugar", jamás en la vida habría escogido éste. Es demasiado turístico. Demasiado previsible. Si hubiera dependido de mí, y hubiéramos tenido que quedarnos en South Beach, habría sugerido China Grill o Pao. Algo elegante y chic. Me encanta la comida asiática, y la verdad es que aquí no hay nada exótico ni interesante en relación con la comida cubana . . . o con Gloria Estefan. Ricky escogió el restaurante playero de Gloria. Tal vez no use cadenas al cuello, pero . . .

Ha transcurrido poco más de un mes desde que viera a Ricky en *The Tonight Show*. Apenas puedo creer cuán rápido se ha organizado esta reunión y cuán rápido he logrado que se interese en mi club. Pero no debería decir esto. No estoy sorprendida. Sé cómo hacer las cosas. Es que estoy emocionada. La gente suele preguntarme cómo "lo hago", refiriéndose a cómo me las arreglo para tener éxito en los negocios y en casi todo lo que me propongo. La respuesta es simple. No tengo miedo. Si fracaso, lo intento de nuevo. Y si vuelvo a fracasar, lo intento nuevamente. Eso es todo, una y otra vez. Hay dos cosas en las que no creo: la suerte y el fracaso. Los reveses sólo consiguen hacerme trabajar con más fuerza. Por cierto, eso es también un componente cubano. Un artículo reciente en el *Herald* hablaba sobre cómo los cubanos que llegaron a Miami hace veinte años por el puente del Mariel, quienes entonces no tenían ni un centavo, pertenecen casi todos a la clase media, y ganan más dinero y tienen más éxito en sólo una generación que la mayoría de los floridanos nativos del área. Así es que no hay ni que decir que no sentí ningún temor en llamar directamente a Ricky. Y aquí estoy.

Estoy vestida con MaxMara, mi marca preferida del momento. Llevo una graciosa minifalda de vuelos, hecha de una seda estampada con flores color mostaza y crema pálido, chaqueta bien cortada con cuello chino, gafas y unas sandalias Giuseppe Zanotti, de color marrón y con hebilla. Me he llenado las muñecas con gruesas pulseras en crema y naranja, y escondo mis ojos tras un par de atractivas gafas Salvatore Ferragamo, con armaduras en blanco hueso, que compré esta misma mañana en las tiendas de Bal Harbour. Ir de tiendas me excita.

Mi largo cabello negro cae dócilmente lacio. Esta mañana me amarré a la cabeza un pañuelo con diseños en negro y crema, al estilo de las gitanas. Creo que esto del turbante será mi nuevo estilo. Estoy planeando una atmósfera exótica y mística para el Club G, y pienso que yo misma debería sentir su espíritu a toda hora, a cada momento. Debo personificar el producto que estoy vendiendo, convertirme en esa idea. Mi maquillaje se compone de tonos dorados y melocotón que dan un aspecto a la vez natural, lujoso, algo oriental y, sobre todo, una sensación increíblemente maravillosa.

Ya he conversado con el *valet* colombiano, la anfitriona uruguaya y el camarero chileno, porque uno nunca sabe a quién necesitará. El pobre camarero me preguntó si yo era una actriz de telenovelas. Dijo que me había reconocido de algún sitio. Eso sucede a veces. Qué tierno.

El mesero me trae un vaso de agua mineral que ordené para mí y un tazón de agua embotellada para Belle. Le doy las gracias en español. Nunca asuman que alguien de esta ciudad hable inglés. Siempre es mejor asumir que hablará español. Alabo sus manos y se va, todo sonrojado. Yo hago ese tipo de cosas. Me coloco en una posición de poder, emito juicios, asumo el mando, pero de una manera ambigua que hace que el otro se sienta turbadamente feliz. ¡Hay tanto poder en este método! Háganme caso. Si uno hace que la gente se enamore de uno, se puede conseguir cualquier cosa.

Miro en torno para ver la ciudad donde crecí, y me doy cuenta de lo diferente que luce después de haber vivido en Boston durante algunos años. A veces uno tiene que abandonar un sitio para entenderlo. Ahora me doy cuenta de que Miami no era nada del otro mundo hasta que los cubanos se mudaron para acá a finales de los años 50 y principios de los 60. Antes de que llegáramos, esto era una tierra de mosquitos. A principios del siglo XX, apenas había unas mil personas viviendo en Miami. En los años 60, más de seiscientos mil cubanos llegaron aquí huyendo del comunismo. Los huracanes habían destruido esta ciudad una y otra vez, y al parecer nadie, sino nosotros, tuvimos la perseverancia o la estupidez o las conexiones mafiosas o todo lo anterior, para seguir reconstruyéndola. Casi todos teníamos dinero, o la educación y el deseo de hacer dinero.

Ahora Miami es la mayor ciudad de Estados Unidos donde los hispanos son una mayoría. A los cubanoamericanos les ha ido mejor que a ningún otro grupo de inmigrantes en el país, lo cual es asombroso. Las mujeres cubanoamericanas, como subgrupo, tienen un mayor nivel de educación e ingresos que ningún otro grupo de mujeres en Estados Unidos. Y fíjense que no dije *ninguna de las mujeres hispanas*; dije que *a ningún otro grupo de mujeres*. Tenemos mayor nivel de éxito que ningún otro grupo de mujeres aquí. Yo atribuyo ese éxito a nuestra tendencia a no darnos nunca por vencidas y a pelear con cualquiera y contra cualquier cosa que se nos atraviese en el camino. Los cubanos somos una nación de boxeadores y hemos transformado a Miami en una ciudad de boxeadores. ¿No me creen? Vayan a cualquier restaurante cubano y párense cerca de una de esas ventanitas que dan a la calle donde se vende café, con todos esos hombres en guayaberas, y escúchenlos. Pelean, pelean, pelean. Eso es lo mejor que hacen los cubanos. Pelear y comer.

Con esto no estoy tratando de insultar a mi gente. Es que no somos un grupo tolerante, como se demostró en la debacle de Elián González y en la de Posada-Carriles. Una vez que sales de Miami, te das cuenta cuán demenciales les parecemos a otros. Nazis con sabor: eso es lo que parecemos. Pero no pienso caer en esta discusión con mi padre. No, señor. Aquí termina todo. Como otros muchos compatriotas, es tan tolerante de la libre expresión y la disidencia como del arsénico. Existe una razón por la cual las mayores tasas de suicidios en este continente se encuentran en las mujeres que viven en Cuba y en los hombres cubanoamericanos que viven en Estados Unidos. Los hombres tratan con prepotencia a las mujeres en Cuba y, una vez que las mujeres llegamos aquí y saboreamos un poco de libertad, nos encanta. En Miami los hombres nos odian por eso, se los aseguro.

Miro mi reloj. Vine caminando desde mi condominio, pero llegué diez minutos antes. No tenía intención de llegar tan pronto. ¿Qué haré? No hay nada peor que estar sin hacer nada, quedarse sentada para que te miren como si fueras un animal del zoológico. Especialmente aquí. Espero que no me vea alguien que conozco. Odio los zoológicos, toda esa sensación de cautiverio donde no hay nada que hacer, sino esperar a que te alimenten, te miren hasta la saciedad o te mueras; esa horrible sensación de espera sumisa e interminable. Tampoco voy sola a los cines.

Felizmente, mi celular suena. Me fijo en el identificador de llamadas. Es Ignacio, el bailarín cubano negro con el que he estado saliendo . . . uno de esos "marielitos" de los que les hablé antes, que ha prosperado aquí. Contesto el teléfono y le hablo con cariño. Realmente me emociono cada vez que llama, aunque mi intención nunca fue que esto se convirtiera en una relación seria, sino que nos acostáramos de vez en cuando. He tenido algunos compañeros sexuales negros. Siento una atracción especial por ellos, especialmente si usan gorras de béisbol con la visera hacia atrás y camisetas con letreros al estilo de "Yo le pego a mi mujer". Pero Ignacio es diferente. Es muy educado, talentoso, divertido, despierto, y temo que realmente me está comenzando a gustar.

Me invita a una actividad literaria para esta noche. Oh, oh. Nunca antes hemos salido juntos de manera oficial. Tampoco soy el tipo de persona a la que le entusiasme una lectura de poemas. ¿Para qué voy a sentarme a escuchar un poema si puedo leerlo? Y algo más: ¿es recomendable una salida oficial con el amante de turno? ¿Eso no lo arruinaría todo? ¿Tendríamos tema de conversación para tanto rato? ¿Y si me tropiezo con alguien que conozco?

Me da algunos detalles: se trata de un poeta exiliado que conoce desde Cuba. Estoy a salvo. Ninguna de mis amistades iría a algo así. Acepto. No quiero acostarme muy tarde esta noche, porque tengo que madrugar para embarcarme en ese Crucero de la Confianza que Mami ha comprado para Milán y para mí. Mi madre piensa que mi hermana y yo tenemos asuntos graves que resolver, que no confiamos la una de la otra. La triste verdad es que Milán es tan lerda que es imposible tener ningún asunto pendiente con ella. No pienso en Milán con frecuencia ni con la suficiente energía como para saber si confío o no en ella. Es una gran interrogante en mi vida. No tenemos mucho en común, no tenemos mucho de qué hablar, y prefiero dejarlo así. No desconfío de mi hermana. Para que uno desconfíe de alguien, debe importarle realmente lo que esa persona piensa.

Busco en mi bolsita Luella Carmen y saco mis productos Shiseido: base para labios, delineador, sombra y brillo, y los aplico siguiendo los cuatro pasos. Cuando termino, deseo haber tenido un periódico para leer o mi BlackBerry para revisar el correo electrónico. Pero lo dejé en el carro. Saco una pluma del bolso y, usando el menú de bebidas que he sacado de su envoltura, comienzo a hacer un listado de los conceptos clave que quisiera que la gente asociara con el Club G. Nada resulta más útil para precisar tus ideas que anotar. Yo tomo notas siempre. Todo el tiempo.

Tema y atmósfera. Colorida. Vibrante. Influencias orientales. Oro, rojo, naranja. Los colores del sol en tus párpados. Cardamomo. Mango verde. Tiendas beduinas. Cortinaje de seda. Sahara. Suelo suave. Oasis. Danza del vientre. Koi. Nuez moscada. Almizcle. Almohadones rojos. Espejitos redondos. Borlas. Tiendas privadas en los rincones para apretar con la pareja. Pliegues de telas en todas las superficies. Sensación de útero. Cálido. Tropical, pero no como Miami. Tropical, como un Marruecos intensamente seco. Palpitante. Sexual.

Personal femenino ataviado en ropajes transparentes de harén. Musculatura. Pantaletas de hilo dental. Personal masculino sin camisa y con pantalones ára-bes. Genios. Magia. Los colores del curry. Iluminación suave y sensual. Sexo. Dinero. Harén. Sexo por todas partes. Imágenes de desnudos. Fotos eróticas fuertes aunque de buen gusto, difíciles de saber qué muestran a menos que uno las mire con mucha atención o muy borracho. Sexo. Dinero. Petróleo. Poder. Pecado. Gengis Kan. Zona de placer. Poder absoluto.

Levanto la vista y veo que Ricky Biscayne se arrima a la acera, manejando su BMW 5 de color negro. Yo tengo uno blanco. Resulta interesante que tengamos autos gemelos. Por lo menos, muestra buen gusto en autos.

Está solo. Doblo el menú y lo meto en mi bolso junto a la pluma. Sale del ca-rro, le entrega las llaves al *valet*, y noto sus *jeans* desteñidos con el enorme par-che en una rodilla, su guayabera de seda amarilla y sus zapatos de vestir. Luce bien, aunque parece algo despistado en lo que a moda se refiere. Lo llamo y agi-to una mano. Me sonríe y se acerca a mi mesa, mientras la mayoría de los co-mensales lo contemplan con asombro. Todos parecen reconocerlo, que es precisamente lo que yo esperaba. ¿Para qué voy a querer que un Don Nadie in-vierta en mi club? En esta ciudad, necesitas una celebridad si quieres llegar a al-gún sitio en el negocio de los clubes. Éso . . . y un tema que te diferencie de otros.

—Hola, Ricky. Soy Génova Gotay. Es un verdadero placer conocerte.

Me levanto y le tiendo la mano para estrechar la suya, pero él me abraza con ímpetu y me da un beso en ambas mejillas, como se acostumbra en Miami. Hue-le a lechuga y tabaco, y tiene la piel fresca y ligeramente húmeda.

—¡Coño, morenita, eres más bonita de lo que me imaginaba!—dice en tono juguetón.

Hasta Ricky reconoce que parezco negra. Pero ¿mis propios padres? Ni so-ñarlo. Ellos creen que somos blancos. En Boston, todos asumían que éramos ne-gros. Le echa una ojeada a Belle, que trata de treparsele encima.

—Qué perrito tan mono—dice.

—Gracias—respondo.

Se sienta frente a mí en la mesa cuadrada, de granito crema, y se quita las ga-fas. Me he quedado excitada tras haber imaginado lo que significaría el Club G para enamorados borrachos, y al instante quiero echarme sobre él, con todo y sus insulsos *jeans*. Posiblemente sea un amante estupendo. Uno puede diferen-ciar si un tipo es una cosa o la otra. Sus ojos son su mejor rasgo, de un amarillo ambarino con pintas verdes y marrones, extremadamente inteligentes y fieros. No había notado ese matiz de furia cuando lo vi en la televisión. Por televisión, esa furia se convierte en lujuria. Aunque si realmente pienso un poco, sólo hay un paso entre ambas. Posee el proverbial aspecto del chico malo. Peligroso. El tipo de peligro que las mujeres desean como si fuera chocolate.

—Pues sí, nena—dice en broma, haciendo un gesto pandillero con las manos. Me hubiera gustado admitir que no le sale bien, pero no es cierto. Lo ha incorporado—. Facultad de Negocios de Harvard. Me hacía la idea de algo distinto. No tienes tipo de Harvard. Diablos, chica . . . ¡Hey!—Se yergue, y enseguida se anota unos puntos conmigo cuando se inclina para acariciar a Belle—. ¿Es cierto que tu madre es Violeta, la del programa radial?

—Sí.

—¡Bárbaro! A mi mamá le encanta ese programa. No se lo pierde nunca—dice tocándose un crucifijo que tiene en el cuello.

—¿De verdad? ¡Qué cómico!

—Tu mamá ha estado *deciendo* locuras—dice—. Ella es toda puñeta y pinga, mujer.

Pensándolo bien, tal vez no me acueste con él aunque me lo pida. Me gusta que los hombres peligrosos tengan al menos cierto conocimiento de gramática. Arrugo la nariz, lanzando una sonrisita condescendiente de colegiala para hacerle saber que le sigo la corriente, pero que no lo encuentro tan atractivo. Todos esos años que pasé en la escuela Ransom Everglades me convirtieron en una elitista, cuando viene al caso. Se da cuenta y vuelve la vista, moviéndose en su asiento.

—De veras—observa a la multitud y trata de no parecer lastimado—, te ves mejor de lo que pensé.—Se recuesta en su silla con las manos cruzadas detrás de la cabeza y se humedece los labios al mirarme—. ¿Tienes planes para esta noche?

—Sí, gracias—contesto—. Una lectura de poemas.

Alza las cejas y se ríe.

—Está bien, muchachita. Ahora *te* tengo miedo. 'Tas fuera 'e mi lista.

¿Y ahora por qué habla como los negros?

Decido que es hora de entrar en negocios. Miro mi reloj.

—Bueno, Ricky, ¿dónde está tu representante? Pensé que también vendría.

Se encoge de hombros.

—¿Ron? Ná. Ese mamabicho no viene. Tenía asuntos que atender en Islas Caimán. No creo que lo necesite para esto. Confío en ti.

¿Asuntos en Islas Caimán? Eso no me huele bien. Sólo los narcotraficantes y los que lavan dinero tienen asuntos que atender en Islas Caimán.

—Pero acabas de conocerme—insisto—. ¿Cómo puedes confiar en mí?

—Tienes una licenciatura de Harvard, luces espectacular, eres nativa de Miami.—Ricky respira con fuerza y se rasca la nariz con el dorso de la mano, carraspea y coloca su mano húmeda y fría sobre la mía—, así es que dime dónde firmo, preciosa.

—Estás bromeando, ¿verdad?—pregunto.

No puede ser tan fácil.

Tiene los ojos rojos e irritados.

—De ningún modo—dice.

Alguien debería aconsejar a este hombre, pienso. Alguien debería protegerlo de sí mismo. Sería capaz de vender su propia vida a cualquier muchacha. ¿Es de veras tan estúpido? Me he quedado estupefacta. Alguien debería protegerlo, pero ésa no seré yo. Esta vez, no. Lo he capturado y no pienso dejarlo escapar. Sonrío con dulzura y saco un contrato y una pluma Tiffany de mi carpeta.

Me pregunto si habrá espacio para Ricky en el Crucero de la Confianza.

Matthew Baker se sienta en el estudio de grabaciones con su habitual indumentaria de trabajo: *jeans* negros, una camiseta desteñida con un letrero sobre el Día Mundial de la Ecología, y su deforme y querida gorra de béisbol de los Marlins para protegerse la coronilla prematuramente calva. Tiene veinticinco años y ha estado perdiendo el pelo desde hace siete.

Debido a ésta y otras razones, Matthew Baker es incapaz de reconocer que muchas mujeres lo encuentran misteriosamente atractivo. Lo más atractivo de él son sus ojos, más bien pequeños y de color castaño oscuro que descienden ligeramente en sus extremos, otorgándole una mirada de aspecto cansado e inteligente; una mirada perturbadora que incita a que las mujeres quieran preguntar: "¿En qué estás pensando?"

Pero Matthew no sabe *nada* de esto, ni aunque se lo digan. Ante sus propios ojos, sólo es un individuo *patético*. Todas las mañanas espera encontrar mechones de cabellos rojos y cortos enredados en los orificios del tragante de su ducha, y todas las mañanas, mientras los recoge, los despega de sus dedos y los echa al inodoro, se siente un poco menos atractivo ante todo el género femenino.

Para empezar, dado que sus cabellos habían sido de un *rojo brillante*, cree que el universo fue especialmente injusto con él cuando dispuso los detalles de su apariencia. No comprende por qué bendita razón tuvo que ser calvo, pelirrojo, pecoso, llenito y bajito. ¿Es que acaso Dios lo odiaba? Medía unos difíciles cinco y pies y nueve pulgadas. Así es como se percibía Matthew: bajito, calvo y difícil. Difícil que volviera a tener otro compromiso, ahora que esa mujer común y corriente, aunque brillante y apasionada, había vuelto a romper con él por tercera vez.

Matthew aprieta la tecla de la computadora y la canción en la que ha estado trabajando todo el día comienza a escucharse por los altavoces. Ya está casi terminada. Es una balada llamada "La última cena" sobre un paseo en Milán, Italia, junto a una mujer tierna. Ha estado componiendo la parte del teclado, la percusión y el coro para la próxima producción en español de Ricky Biscayne. Aburrido, se ha adelantado también a grabar la canción principal. El disco en inglés de Ricky que, a decir verdad, estaba casi enteramente cantado por Matthew, está arrollando en las listas de preferencia. Ricky comentó que en lo adelante sólo quería cantar en inglés, pero Matthew lo convenció para que no abandonara su público original de habla hispana que, según piensa Matthew, seguirá amándolo cuando se enfríe toda esa estupidez de la luna de miel entre los americanos y "la nueva sensación latina". ¿Acaso Ricky no entendía que la prensa norteamericana no puede ocuparse de una celebridad latina durante más de una o dos temporadas? No importa cuánto talento tenga. Se trata de latinos, y eso significa curioso, atractivo y fugaz para la gran masa norteamericana. Cada unos seis o siete años, el país anuncia la llegada de "la moda latina" sólo para olvidarla al año siguiente, como si cada nueva oleada fuera la primera que ocurriera. Una ridiculez.

Matthew cierra los ojos para escuchar la música y la letra que ha escrito. Mientras se concentra, se le ocurre una nueva serie de armonías. Las escribe, luchando contra el impulso de regresar al estudio y grabarlas. Coño, la canción es jodidamente *buena*. Cuando se la aprenda, Ricky tendrá otro éxito en sus manos. Todos esos años de estudiar composición en el Colegio Berklee de Música, finalmente daban fruto para Matthew—o alguno que otro fruto—, a medida que el oficio fluía de él con mayor facilidad y potencia. Ricky estaba haciendo dinero a manos llenas y Matthew sabía que él debería de haber recibido una gran tajada de esos derechos, gracias a su aporte creativo; pero trabajaba para Ricky por un salario fijo. No es el mejor sistema. Pero Matthew no había sido educado para asociar los negocios con el arte y la creatividad. Nunca se acercó a la música por el dinero. Las personas parecidas a Ricky pueden acercarse a la música por dinero, pero las personas que se parecen a Matthew suelen ser músicos porque aman la música. Y punto. Matthew sabe que está jodido en cuestiones de dinero. Uno de estos días tendrá que hablar con Ricky para ver si hay algo que puedan hacer, algún arreglo al que puedan llegar que sea un poco más justo. Tal vez los padres de Matthew no le hayan enseñado a apreciar los negocios o el dinero, pero sí le enseñaron el valor de la justicia y el karma.

—Es hora de irme—se dice a sí mismo, aunque se da cuenta de que no hay razón alguna para que se apresure a volver a su apartamento. No hay nadie esperándolo ni nada que tenga que hacer cuando llegue a casa. Pero el propio principio del concepto lo hace salir. Eso es lo que hace la gente, ¿no? La gente normal. La gente normal veinteañera. Al final del día se marchan del trabajo, aunque amen tanto su arte que se quedarían despiertos toda la noche trabajando. Se van a casa y disfrutan de la vida. Matthew tiene una casa o, al menos, un apartamento. Sin embargo, el concepto "disfrutar de la vida" es algo que sigue escapándosele, especialmente en Miami, donde nunca y, posiblemente jamás, se sienta bien.

Durante años, mientras crecía en San Francisco y en otros sitios, Matthew miraba esos brillantes zapatos de vestir que había en las tiendas y se preguntaba quién *coño* usaría ese tipo de calzado con borlas o de piel blanca y negra. Se había preguntado lo mismo de los cintos. Ahora sabía. Los hombres en Miami usaban esas cosas. Nunca antes había conocido a un puñado mayor de pitucos que los tipos latinos de esta ciudad, todos ellos paseándose en medio de una nube de colonia Gucci con el tipo de *jeans* que sólo podría comprarse en Europa. Uno nunca hubiera pensado que un hombre de verdad usaría mocasines amarillos, hasta que se muda aquí . . . y no se trata de tipos maricas. Aquí los más machos usan zapatos de cuero suave y jamás parecen dejar de afeitarse. Los hombres de Miami siempre tienen una apariencia arreglada. Nunca ha visto nada parecido. Siendo un desastre en cuerpo y alma, Matthew desprecia a Miami por su falta de *hippies*, de mujeres con sobacos sin afeitar y de artistas masculinos sin aspecto harapiento. De hombres como él. Esta ciudad, en la humilde opinión de Matthew Baker, es jodidamente brillante, tan brillante que repugna.

Matthew cierra el estudio de grabaciones en casa de Ricky Biscayne, le dice adiós con la mano a Jasminka, que yace melancólicamente junto a la piscina como un trozo reseco de tasajo. En otro tiempo y lugar, lo hubiera impresionado con su belleza. Pero aquí no es nada del otro mundo. Las mujeres que llaman tu atención en Miami Beach son las gordas, porque son escasas. ¿Las mujeres hermosas? Están por todas partes. Por eso Matthew se siente como un hambriento en medio de un banquete donde le prohíben comer. Tantas mujeres maravillosas, y ni una sola interesada en él.

Jasminka levanta un brazo escuálido y debilucho, como salido de un campo de concentración, y le devuelve el saludo. Tiene los brazos llenos de marcas rojas. Matthew le ha preguntado a Ricky al respecto, y ahora sabe que la propia Jasminka se hace esos cortes. ¿Qué clase de mierda es esa? Matthew siente lástima por ella; pero más que todo eso, le da escalofríos. Es esquelética como una extraterrestre. No es normal ser tan escuálido. Y luego están las cortadas. Todo el mundo tiene problemas. No le importa cuán rico, famoso o bello seas, uno tiene porquerías que debería ocultar de los otros. La gente es rara y complicada, y en este momento él está cansado de sentir lástima por todos, especialmente por Jasminka. Matthew quisiera alimentarla todo el tiempo. Ricky jamás parece notar cuán triste está su mujer, ni cuán necesitada o deshecha. Ricky no se da cuenta.

Matthew se dirige al patio lateral para soltar su bicicleta Trek del enrejado. No sabe dónde está Ricky, y se siente extrañamente liberado en ausencia del Gran Semental. Hubo una época, hace casi diez años, en que Ricky y él fueron un par de novatos inseguros que se conocieron en Berklee. Habían sido compañeros de dormitorio y, según creía Matthew, buenos amigos que hablaban de música hasta tarde, iban a clubes, y se divertían comiendo pizzas y viendo jugar a los Celtics. En aquel entonces bromeaban sobre lo diabólicamente hermoso que era Ricky y sobre lo ridículamente atronadora que resultaba la voz de Matthew, "a lo Barry White", para su color de piel y su tamaño. Matthew creía que Ricky parecía un actor de telenovelas y Ricky pensaba que Matthew parecía un bebé que hubiera nacido de la unión de Ren y Stimpy. En esa época, los dos cantaban bien. Matthew creía que Ricky cantaba como Luis Miguel o algo así. Ricky pensaba que Matthew cantaba como Bono, lo cual quizás fuera cierto en ese momento en que era un gran admirador del cantante.

Por aquel entonces bromeaban ante el hecho de que Ricky, el "latino" de Miami, hablara un español más malo que el de Matthew, el "gringo" de San Francisco. La verdad es que los padres *hippies* de Matthew habían sido misioneros en Panamá y Bolivia la mayor parte de su infancia, y él había crecido vistiendo unos rústicos pantalones caseros que se amarraban con cordel, a menudo descalzo, moviéndose entre los pueblitos de América Latina y la pequeña cabaña familiar que se hallaba en un territorio sombreado de Oakland. Y cuando decía sombreado no se refería a árboles, sino a los techos bajo los cuales los autos se detenían a comprar comida para llevar.

Matthew comienza a pedalear hacia su casa—un apartamento de un cuarto en South Beach, con muebles de futón, una planta seca y apenas alguna cosa más. Matthew podría tener algo mejor. Ricky le paga unos ochenta mil dólares anuales. No está mal para Miami. Pero lo cierto es que Matthew no sabe decorar ni comprar. Esas cosas no le interesan mucho. Lo que le falta de muebles lo suple con instrumentos musicales. Tiene más de veinte guitarras, innumerables teclados, computadoras, percusión, todo tipo de equipos. Su apartamento parece una tienda de empeños.

Mientras pedalea, piensa en Ricky, que parece volverse cada vez más inmaduro y que últimamente va a toda clase de fiestas en hoteles playeros sin Matthew, como si prefiriera su nueva cohorte de idiotas aspirantes a modelos y celebridades. Lo más jodido de todo es que Ricky parece cantar peor ahora que hace cinco años. Como si tuviera un problema en la garganta o algo así. Tose, se ahoga y respira con fuerza, como si tuviera tuberculosis o se hubiera atragantado con una bola de pelos. Es como si no lograra concentrarse por mucho que lo intente. Matthew sospecha que esa incapacidad de Ricky para cantar se relaciona con su creciente interés por el tabaco y la cocaína, aunque no tiene pruebas sobre esto último, aparte de la nariz roja. Sabe que no debe preguntar porque a Ricky no le gusta hablar de debilidades. No, rectifica. A Ricky le gusta hablar de las debilidades de *otras* personas, no de las suyas.

El otro día, cuando Ricky lo estaba presentando ante varios miembros de su nuevo equipo administrativo, dijo en bromas que Matthew era un "Rick Astley misionero", lo cual le dolió un cojonal. ¡A la mierda Rick Astley! ¿Me oíste? Si fueras un cantante pelirrojo, *no* te gustaría esa comparación. Matthew sabe que él mismo no es lo que se dice un "rompecorazones" como Ricky, y sabe que jamás estará en ninguna lista de "los hombres del año", a menos que se trate de "los hombres más quemados por el sol". Pero Matthew tiene talento musical y una voz poderosa que usa cada vez más para reforzar la debilucha de Ricky. Eso merece respeto, sin contar con que la mayoría de las canciones de Ricky han sido compuestas o al menos coescritas por Matthew, aunque rara vez le den crédito porque es demasiado noble para reclamar, porque de algún modo su papel quedó relegado a un segundo plano en los días anteriores al éxito y, de alguna manera, nunca fue restaurado.

Mientras pedalea, Matthew silba la última melodía que se le ha ocurrido y se felicita por haber decidido montar su bicicleta para ir a trabajar hoy. Ha aumentado algunas libras en los dos últimos años. En su soledad, ha sustituido la compañía por la comida. Quiere perder peso, pero no quiere dejar de comer.

Desliza hasta sus oídos los audífonos de plástico blanco de su iPod y comienza a pedalear con sus piernas cortas y dobladas. El viaje desde la mansión de Ricky hasta el pequeño apartamento de Matthew dura unos diez minutos, y cuando llega, está extenuado. No física, sino emocionalmente.

Matthew ha vuelto a cometer el error de pasarse todo el viaje en bicicleta pensando en Eydis, la grácil cantante islandesa de la que se enamoró en Berklee. Tiene una voz que le recuerda las auroras boreales, tal como escribió en la canción que nadie sabe que es su carta de amor a ella. Tiene un sentido del humor que sorprende a todos. También habla seis idiomas y algún día quisiera vivir en Milán, Italia. Jamás ha conocido a una persona tan extraordinaria como Eydis. Casualmente también tiene un trasero primorosamente lleno—unas posaderas como el dibujo de un corazón al revés—y Matthew es un hombre que se fija en esos detalles. De todos modos, él tiene programado en su iPod el deprimente listado de sus artistas preferidos de ECM, y eso es lo que le ha dejado tan exhausto: escuchar las canciones favoritas de Eydis, el recuerdo enloquecedor y dulce de esa mujer terrible y maravillosa.

Se conocieron en la clase de historia de la música y fueron novios durante cinco años. Ella era más alta que él, pero le aseguró que su estatura no importaba. También le dijo que él tenía la mirada más penetrante e inteligente que ella hubiera visto nunca. Es la única mujer que ha conocido que lo considera más atractivo que Ricky. Le ha practicado un fabuloso sexo oral, pegándose un vibrador en la mejilla mientras lo chupaba, con lo que le proporcionó la sensación más prodigiosa y desconcertante que hubiera sentido. Compartían el mismo entusiasmo por la comida tailandesa y por Monty Phyton. Él amaba tanto su lado puro como su lado provocativo. Quería casarse con ella. Fue entonces cuando ella lo dejó por un percusionista israelí de orejas peludas, espalda peluda y culo peludo, que tocaba en el conjunto de un crucero en el que ella había empezado a salir. El tipo parecía un *wookie* guapo. Eydis es una idiota con los hombres. Se enamora de todos.

La última vez que se peleó con Matthew ocurrió seis meses atrás. Matthew se enfureció, pero durante una velada nocturna que incluyó una docena de cervezas Fat Tire, Ricky le advirtió sabiamente que eso no debería sorprenderlo dado que Eydis ya lo había engañado y botado en tres ocasiones anteriores, para luego regresar como una palomita cuando la nueva relación se agotaba, rogándole que volviera con ella. Matthew sabe que él es una especie de colchón de seguridad para Eydis, y tiene la esperanza de que algún día ella supere sus infidelidades y termine por establecerse con él. A diferencia de Ricky, que asegura detestar a los niños, Matthew los adora. Durante los años que vivió con sus padres en Bolivia y Panamá, habían sido los niños quienes se mostraron más tolerantes y optimistas. Los niños eran lo *mejor* del mundo.

Debido a ese amor por Eydis y por los niños, Ricky dice que Matthew es un flojo, y Matthew no está seguro de que Ricky ande muy errado. De hecho, si Eydis apareciera en su puerta esta noche, rogándole que vuelva con ella, lo haría. Podría ocurrir. Está en la ciudad. Él conoce su itinerario y sabe que su barco zarpa mañana. Si subiera las escaleras y le rogara, la aceptaría. Esa sería otra lista que Matthew pudiera encabezar: el mayor cretino del año. Una descripción muy apropiada. Por un momento piensa en dirigirse a los muelles para intentar hablarle antes de que su barco zarpe de nuevo. Sabe más o menos a qué hora estará allí. Podría tropezar casualmente con ella y rogarle casualmente que regrese con él. Podría funcionar.

La única razón por la cual Matthew se mudó a Miami—aparte de trabajar con Ricky—fue para poder ver a Eydis en sus días libres, cuando su barco Carnival atraca y ella desembarca para estar con él. Seis meses después, él sigue sin haber podido superar su abandono y sin salir con alguien. Según Matthew Baker, cuando uno se parece a Matthew Baker no se arriesga a pedirle a una mujer que salga con él porque, nueve veces de cada diez, corre el riesgo de que se ría de ti delante de sus amigas. Él piensa que jamás volverá a tener ninguna relación con alguien, a menos, por supuesto, que la cosa con el israelí lleno de pelos no funcione, y entonces allí estará él, rogando como un cretino.

Viernes por la noche en South Beach. Sí, compadre, va a ser de locos. Sus vecinos *gays* le dicen que en la actualidad South Beach es sólo un diez por ciento *gay*, que todos los *gays* distinguidos se han mudado a Belle Meade o Shorecrest. Pero a Matthew le parece que su vecindario está lleno de tipos así porque, por haber vivido principalmente en América Latina donde nadie habla de homosexualismo, aún no puede acostumbrarse a sentir la mirada de los hombres sobre él.

Esa idiotez del Día de San Patricio/Vacaciones de Primavera estará andando toda la noche, y habrá turistas borrachos y otros bichos raros vomitando cerveza verde por todas partes, muchachas bebiendo mutuamente de sus ombligos tragos de Jell-O y cosas así. El único lugar que podría imaginar más loco que South Beach es Río. Tal vez Gomorra, Sodoma, uno de esos sitios. Debería subir y refugiarse en su guarida.

Deprimido, Matthew observa a la multitud de autos que ya atestan la calle. Hay estudiantes con cara de haber tomado cerveza, turistas gordos con camisas claras, modelos, señoras maduras peinadas como Ann Richards, grupos de chicas narizonas y alborotadoras de Brasil y Japón, bonitas sólo del cuello para abajo, homosexuales disfrazados de mujer, tipos inmaduros de mediana edad que manejan carros deportivos a los que aceleran en las esquinas . . . Realmente no encaja en Miami, pero mucho menos en *esta* zona. Debe existir algún lugar donde se sienta a gusto. Lo más aproximado que ha encontrado es San Francisco, lo cual lo deprime aún más. Uno no puede vivir en San Francisco de la música pop. Es imposible. La ciudad es demasiado relajada para el tipo de pop duro que le gusta hacer a Matthew.

Hablando de eso, ahora pasa un auto con su canción de éxito en inglés a todo volumen. Es surrealista. El conductor canta y mira hacia Matthew como si éste fuera una escoria, como si el conductor tuviera mejor gusto que Matthew por escuchar a un cantante de moda latino, pero el conductor no tiene la menor idea de que Matthew no sólo escribió esa canción, sino que también es la voz principal de la grabación. A veces la vida es muy extraña.

Durante toda su vida, desde que era niño y escuchaba los radios despedazados en las casas y tiendas de América Latina, desde que tuvo su primera guitarra a los cuatro años, Matthew ha compuesto canciones. Fue algo natural en él; tan natural que nunca lo consideró un don. Un don le parece algo que debe incluir al menos un pequeño reto. La música es divertida y fácil. Para cuando cumplió los diez años, Matthew ya era un guitarrista consumado y había compuesto más de cien canciones. Así es y así ha sido siempre. Cuando tenía doce años, decidió que quería llegar a escuchar una de sus canciones por radio. Ahora, tras cuatro años de trabajar con (¿o para?) Ricky Biscayne, Matthew ha escuchado exactamente once de sus canciones por la radio de Miami. Es jodidamente increíble, como diría Ricky. Pero esta canción del lanzamiento al mercado en inglés, su canción para Eydis, es la primera que ha pegado duro en el mercado, y desde la presentación en *The Tonight Show* ha trepado en las listas de éxito y parece dirigirse a donde ninguna de las canciones de Matthew había llegado hasta ahora: la cartelera de los 100 éxitos de Billboard.

Matthew se siente tan feliz que hasta saluda a unos tipos con unos deshilachados *shorts* Daisy Dukes, que le chiflan desde la acera de enfrente. Ellos saben que a él le encabronan los *shorts* y el acoso. Le han dicho que quieren "mejorarlo", es decir, reformarlo. Se estremece. Mujeres. Le gustan las mujeres, muchas gracias. Todo tipo de mujer, de todos los colores. Le gustan todas. Hasta las embarazadas le parecen atractivas y sensuales a Matthew, quien piensa que las mujeres reinan en el universo con sus poderes sobre la vida.

Las únicas mujeres que ve con regularidad son la esposa de Ricky y sus amigas modelos, ellas y todas esas putas que trabajan para Ricky y que se la maman cada vez que él se lo pide; pero ésas no le atraen, todo lo contrario. Bajo ninguna circunstancia metería su rabo en una boca que ya ha mamado el de Ricky. Él bien sabe la cantidad de orificios en los que se ha metido Ricky. No, gracias. Tampoco le atraen las múltiples admiradoras de Ricky, que de vez en cuando ofrecen acostarse con Matthew si éste las presenta a Ricky. El pensamiento resulta tan poco atractivo para Matthew como pueden serlo unos electrodos en los huevos.

En su desesperación, Matthew se apuntó a un servicio de Internet que le permitirá conocer personas, pero aún no se ha decidido a concertar una verdadera cita. Las mujeres que aparecen allí lo asustan. Esas fotos grises, con su extraño efecto de pecera, dan la impresión de haber sido tomadas por ellas mismas, con cámaras digitales, mientras estaban cerca de sus computadoras. Deben de sentirse muy solas para tomar sus propias fotos de ese modo, con un brazo extendido y exponiendo una nariz demasiado grande debido al inusual ángulo. Hasta ahora sólo le ha escrito una mujer, cuya descripción revela una infancia de maltratos sexuales que le impiden confiar en la gente. Él no aceptó su oferta de reunirse en un salón de tatuajes. Tienen que estar tan desesperadas como él, y eso no es bueno.

Matthew sube los tres tramos de escaleras hasta su apartamento, se abre camino entre los fragmentos de su vida—cuerdas, teclados, guitarras y restos de comida—y abre el congelador: helado, Chunky Monkey, una pizza DiGiorno. En el refrigerador encuentra un par de botellas de Sam Adams. Ésas, y un par de horas recorriendo los canales de televisión, y estará bien. Eso. Bien, bien. Como están las cosas para Matthew, salir a la calle es costoso y no tiene sentido; y él se ha ganado esas calorías y un rato de tonta televisión.

Siento una estampida de toros en mi cráneo. La migraña viene acompañada por una molestia en la parte inferior de la espalda y dolor en el vientre, presagio de la llegada de otro glorioso período en las tierras baldías de Milán. Me gustaría tomar la píldora, como Génova, pero no quisiera que mi padre descubriera las pastillas y se enfureciera conmigo. Él cree que soy virgen, y por alguna estúpida razón eso es muy importante para él.

Mientras la decrépita hielera que hay en la cocina de la oficina al final del pasillo deja caer sus últimas ofrendas frígidas con un áspero *tum, tum, tum*, recojo mis pertenencias que consisten en una cartera y en una *lonchera* de vinilo morado que posiblemente fue concebida para niños. Me apresuro a escapar de tío Jesús, que grita por teléfono a uno de sus proveedores, y salgo velozmente por la puerta de la pretenciosa casa de remolque—las oficinas de E-Z Go—hacia la claridad gris sucia de Overtown, que muchos consideran como el barrio más miserable y sórdido de Miami. Al instante escucho las sirenas de los vehículos de emergencia que corren en pos de alguna crisis. Bienvenidos a Overtown.

Mientras troto hacia mi auto, mis pechos saltan un poco, suaves y mustios por culpa del estúpido síndrome premenstrual. Necesito apretar las tiras de mis sostenes. Soy demasiado floja para recordarlo. Siento que me inflo como la tía malvada de Harry Potter en aquella película. Necesito un cinturón elastizado. Y más pastelitos. Y café. Mmm, café. Un buen libro no haría daño. Gracias a Dios que es viernes: noche del club de lectura Las Loquitas del Libro. Apenas puedo esperar para ver a las chicas del club y escucharlas reír mientras sus cucharillas tintinean sobre la superficie de porcelana de sus tacitas: los mejores sonidos del mundo.

Escucho algo que cruje entre unas ramas, posiblemente algo típicamente Overtown como una rata merendándose el cadáver de una paloma. Miami es maravilloso, es cierto, si estás en el sitio adecuado. En los lugares equivocados, es asqueroso. Las cosas nunca se pudren dentro de los tanques de basura, sino que se llenan de moho y se hinchan y supuran . . . pensándolo bien, algo parecido a como me encuentro en estos momentos. Me siento asquerosa. Necesito una ducha. Aparto las envolturas de comida y algunos sobres de correo viejo del asiento de mi Dodge Neon verde y dejo caer mi cansado cuerpo en él. Pongo los seguros a las puertas y enciendo el aire acondicionado, que sale con olor a pies sucios y atún (¿es hora de cambiar el filtro?). Conduzco lo más rápido posible a través del vecindario y me meto en la autopista. En el *Herald* siempre salen historias de asaltos y violaciones, y la verdad es que no quiero convertirme en esa clase de historias . . . Ni en ningún otro tipo de historia, a menos que ésta incluya una boda o, por lo menos, acostarse con Ricky Biscayne. Lo cual haría en un segundo. Aunque esté casado. Si Ricky Biscayne tuviera un harén, me metería en él sin pensarlo.

Una vez que he acelerado—o que me encuentro lo más cerca posible de hacerlo en un Dodge Neon—, enciendo la radio para escuchar el programa de entrevistas de mi madre, *El Show de Violeta*. Había comenzado siendo un programa local, dirigido a la comunidad cubana en el exilio, especialmente a las mujeres, pero ahora, como la demografía hispana de Miami se ha vuelto más variada, el

programa está dirigido a todas las mujeres hispanohablantes en general. Violeta
ha estado haciendo ese programa diario durante veinte años y nunca le han pagado, lo cual nos parece un descaro tanto a Génova como a mí. Tengan en
cuenta que mi hermana y yo rara vez convenimos en algo, y que desde ahora les
digo que ese Crucero de la Confianza que tomaremos mañana no cambiará nada. Jamás, repito, jamás confiaré en mi hermana. Pero nosotras nunca hablamos
de esas cosas con Mamá. Es a ella a quien le gusta dar consejos, casi todos hipócritas, en especial los que se refieren a la fidelidad y al matrimonio, dos temas
que mis padres parecen ignorar por completo.

—Hoolaaa, Miami—grita mi madre en su famoso saludo, a través de las bocinas cuarteadas que una vez reventé cuando escuchaba a Ricky a todo volumen. ¡Santo Dios! Parece una guacamaya. Debería estar en el Parrot Jungle,
comiendo semillitas de manos de los niños. Continúa en español—: ¡Feliz viernes! ¡Bienvenidos a *El Show de Violeta*! Hoy tenemos a la sexóloga Miriam Delgado, que se une a nosotros desde el Mercy Hospital para hablar de un tema que
afecta a muchos matrimonios, pero que muchos en la comunidad no se sienten
cómodos de discutir. Me refiero al clítoris.

Busco por todo el auto en busca de algo donde vomitar. ¿El *clítoris*? ¿Habla en
serio? ¿Mi madre va a pasarse la próxima hora hablando de *eso*? A las personas
ni siquiera les gusta pensar que su madre tiene uno, mucho menos les gusta escucharla hablar sobre eso durante toda una puñetera hora. Dios. Menos mal que
mi padre nunca escucha el programa. Piensa que se trata de algo tonto, se imagina que habla sobre cocina y limpieza. No creo que haya oído ni uno sólo de
ellos en diez años. No sé cómo tomaría él *este* tema. Es bastante machista. Dudo
que sepa lo que es el clítoris, y mucho menos dónde está. ¡Puaff! ¿No sería mejor que no pensara en estas cosas? ¿No es esto una forma de maltratar a los hijos?

Mami hace una pausa efectista y casi puedo verla fruncir el ceño. Entonces,
con el mismo dramatismo de quien estuviera haciendo una escena de muerte en
una obra de Shakespeare, baja la voz y dice:

—Doctora Delgado, bienvenida al programa.

—Gracias, Violeta—dice la doctora Delgado sin pizca de humor. Suena muy
vieja, como un piano antiguo que alguien estuviera abriendo—. Es un gran placer estar contigo aquí hoy, hablando del matrimonio y del clítoris femenino.

Puaff. No, en serio, voy a vomitar. Y el tráfico que apenas se mueve. ¿Es que
existe un clítoris *masculino*? Por favor, díganme que no me salté ese capítulo del
Kama Sutra.

De pronto, mi migraña empeora y siento que algo pegajoso, elemental y primitivo brota de mí. Perfecto. No hay nada como la sangre que baja hacia el asiento manchado de tu Neon.

¿Mencioné que me gustaría cambiar de vida? Ajá. Y de auto también. Un Mercedes blanco para competir con el Beemer blanco de Génova.

El auto de mis sueños.

Mi nombre es Jasminka y todavía estoy viva.

El aroma salino del mar, parecido al olor de la sangre, se arremolina en torno a nosotros, fluyendo desde la playa que está a una cuadra de distancia. Ricky me lleva de la mano en dirección a la puerta del hotel Tides South Beach, mientras dejamos atrás a los paparazzi y a los turistas estupefactos. Llevo una túnica de algodón azul brillante y sandalias de tiras. Ricky lleva unos *jeans* y una gabardina, no sé por qué. Parece un detective de una mala película. Y actúa como uno, también.

Estoy aquí para una sesión de fotos, con vista a la edición de *Maxim* dedicada a las mejores modelos en traje de baño, y Ricky dijo que tenía que venir conmigo. Antes yo venía sola a estas sesiones, pero últimamente Ricky se muestra muy posesivo, temeroso de que yo lo engañe. Habla de eso todo el tiempo, como si yo fuera capaz de hacer semejante cosa. Jamás se me ha ocurrido esa posibilidad. Además, hoy me siento mal. ¿Por qué iría yo a estar buscando hombres con quienes engañar a mi marido? Pobre Ricky. Me pregunto qué puede estarlo alterando. Espero que no se trate de una proyección. Algunos de los fotógrafos nos llaman a gritos, nos toman fotos. Ricky coloca una mano frente a una de las cámaras y le pide al hombre que nos deje tranquilos. No soy la única modelo que está hoy aquí. Somos diez. Una cifra bonita y redonda. Y la prensa ha salido en enjambres.

Entramos al *lobby* del hotel y la gente se vuelve a mirarnos. Aspiro el fresco aroma a vainilla del *lobby* mientras todos murmuran. Es una multitud elegante que tiende a mostrarse ostentosa cuando vaga por estos hoteles. No sé por qué la vida social de Miami debe girar en torno a los hoteles, especialmente para las personas que viven aquí, pero así es. Aquí los hoteles son algo más que lugares donde hospedarse. Son lugares a los que la gente va para que la vean. A Ricky le encanta. Me doy cuenta de eso por el modo en que se pavonea. Es como uno de esos palomos que persiguen a las hembras, altanero y orgulloso. Aquí todo es tan apacible, tan refinado y blanco.

Apenas entramos, una joven con gafas negras y felinas, y el cabello rosado con las puntas levantadas a la altura de los hombros, corre hacia nosotros con un intercomunicador en la mano. Viste de negro. Asumo que es una publicista o

una asistente. Se visten así y casi nunca ríen. Me pregunto si sonreiría si le hiciera cosquillas. Huele a colonia masculina, a limón y a sal como una Margarita.

—Jasminka—dice con seriedad.

Hago un gesto de asentimiento detrás de mis gafas oscuras y muestro mi mejor sonrisa. Siento como si estuviera borracha, aunque no he estado bebiendo.
Me agarro a Ricky para no caerme. Estoy hambrienta, pero con náuseas. La mujer rezonga algo que no entiendo en su intercomunicador y se lo acerca al oído
en espera de una respuesta.

—Vendrán a buscarlos—dice.

Acabo de darme cuenta de que tiene acento británico. Cada vez soy mejor
distinguiendo los acentos. Antes, toda la gente que hablaba inglés me sonaba
igual. Quizás su perfume sea inglés.

Ricky me hala y me besa con dramatismo, como si tuviera algo que probarle
a alguien aquí.

—Te quiero—dice.

Siento el sabor a tabaco en sus labios—ese vicio secreto que trata de ocultar-
le a sus admiradoras. Veo fogonazos de luces que estallan y me doy cuenta de
que aquí también hay montones de fotógrafos. No entiendo por qué les interesan tanto la vida de dos extraños. Si lo piensas bien, ni siquiera somos demasiado interesantes . . . al menos, yo.

De inmediato, dos hombretones con las cabezas afeitadas aparecen junto a
mí. Con ellos viene un hombrecillo flaco, con gestos inequívocamente afemi-
nados, que viste una camisa que imita la piel de leopardo, demasiado corta y estrecha. No me agrada ver los pezones de un hombre a través de su camisa. Se
presenta como el director de modas de la revista. Y después que todos nos estre-
chamos las manos y todos me comentan lo fabulosa que me veo, nos llevan al
bar. La sesión de fotos se hará aquí, en el Bar 1220, me informa el director, aunque ya lo he deducido por el ejército de técnicos presentes en el lugar: gente que
se ocupa de la luz, el peinado, el maquillaje, las ropas, las uñas, todo. Cada cual
ha establecido su propio territorio en el bar y ha comenzado a instalarse.

Observo que cuatro de las modelos se han reunido en una mesa, y beben té
helado o agua. Aquí huele a bistecs en parrilla y vinagre balsámico, también a
pimiento, y pienso que debemos estar cerca de la cocina de uno de los restaurantes. Las saludo con la mano y sonrío, pero pensar en el té me marea.

Necesito sentarme   le digo a Ricky.

Él estudia la habitación y se decide por un sitio en el deslumbrante bar de
cristal grueso y azul. Un sitio alejado de todos. Me pregunto por qué nunca quie-

re socializar con otras personas cuando yo estoy cerca. Una asistente se apresura a decirnos que no empañemos el cristal, porque las fotos se harán en el bar. Ricky asiente con cara de pocos amigos. No le gusta sentirse fuera de su elemento. Es el mío, y le molesta que sentir que le llevo ventaja. Le gusta tener el control.

—Quiero que ésta sea la última por mucho tiempo—digo.

—¿La última de qué, cariño?—me pregunta.

—Sesión de fotos.

—¿Sí?

Sus ojos recorren el salón y no parece estar escuchándome. Quiero dejar el modelaje, pero no creo que éste sea el mejor momento para hablar de éso. Me entristece que no me esté escuchando, y mucho más que no haya notado que me siento mal.

—Ricky, ¿podrías buscarme un poco de agua de seltz, por favor?—le pido.

—¿Eh? Ah, claro.

Me deja en la barra y se dirige a la mesa del bufet. Aún no sé para qué traen esas cosas. De seguro, ni las frutas ni los pastelillos son para las modelos. Deben ser para los fotógrafos y asistentes y gente de revista. Ricky regresa con una Coke regular. La depresión vuelve a apoderarse de mí y, aunque siento frío, en mi frente aparecen gotitas de sudor.

—No puedo beber eso—le digo.

—¿Por qué no?

Sigue mirando a todas las modelos que van entrando al salón. Se queda con la mirada fija, justo delante de mí, como un zorro con la lengua afuera. Como si yo no estuviera presente.

—Estoy tratando de dejar la cafeína, ya te lo dije—le explico.

Creo que puedo estar embarazada, y he dejado todas las cosas que pudieran dañar al bebé. Me hice un examen de embarazo anoche y, aunque no debo hacerme otro hasta que pasen algunos días, me pareció que daba positivo. La cruz en la ventanita de los resultados significa "embarazo"; y aunque ambas líneas eran de un rosado pálido, allí estaban. Era positivo. Estoy segura. Ricky no piensa que estoy embarazada porque mis períodos suelen ser irregulares debido a que como poco, pero siento náuseas y creo que eso es un síntoma. Ricky piensa que tengo náuseas porque dejé de fumar y porque empecé a comer brócoli y a tomar vitaminas prenatales que compré en la farmacia.

—Además, con toda esa azúcar, no puedo.

Ricky pone los ojos en blanco como si yo hubiera hecho algo para molestarlo y regresa a la mesa del bufet. Me apresuro a atajarlo.

—No—le digo—, déjalo. Estoy bien. No te preocupes.

Apenas llega la última modelo y—como era de esperar, se trata de una muchacha franco-canadiense de la que todos hablan, una chica con problemas de drogas que es famosa por llegar tarde a todas partes y que posiblemente se "queme" muy pronto—, el director de modas da unas palmadas para que prestemos atención. Nos llama "muchachitas" y nos explica que vamos a estar en el bar, en bikinis, sosteniendo, pero no bebiendo, bebidas muy coloridas; el efecto general que quiere lograr es el de "muchachas congeladas y sin vida, ustedes son cadáveres *sexies*, ¿entienden, muchachitas? Están en *rigor mortis* sobre estas sillas de metal frío con las piernas abiertas y los pechos sueltos, azules y fríos, como si estuvieran esperando que el hombre de sus sueños venga a calentarlas y resucitarlas con su enorme y ardiente *uhh*". Mientras gruñe la última palabra, mueve hacia delante sus caderas de muchacha y siento que mis náuseas arrecian.

Creo que existe algo muy enfermizo en este negocio. Algunas de estas chicas ni siquiera tienen dieciocho años, pero así es cómo nos hablan todo el tiempo.

Las modelos somos conducidas hacia el sitio del salón donde está el "guardarropas", y de pronto deseo que Ricky se marche. Es el único marido que se encuentra aquí, y todas estamos a puntos de quitarnos la ropa y ponernos los trajes de baño. No quiero que esté aquí mirando a todas estas mujeres desnudándose y doblándose hacia adelante. Pero ahora se ha sentado en una silla, mientras lo observa todo con una extraña sonrisa en el rostro. Me quito la ropa y siento los pechos muy flácidos fuera del sostén, igual que cuando comenzaron a crecerme por primera vez a los once. Me siento algo mareada y ligeramente hinchada. Estoy acostumbrada a desnudarme delante de la gente, es parte de la profesión, pero la idea de que podría estar embarazada me hace sentir demasiado vulnerable y siento el impulso de ocultarme en una caverna.

El director del guardarropas escoge para mí un bikini blanco y naranja Onda de Mar, deportivo y psicodélico. Me encanta la manera en que la tela ciñe mis senos contra el pecho, y los mantiene protegidos y cómodos. Me gustaría quedarme con él. La pieza inferior es amplia, nada semejante a un hilo dental, y eso me complace. En estos momentos no estoy de ánimo para andar demasiado descubierta. No puedo. Espero que me permitan quedarme con el traje de baño. Es que después de usar un bikini, éste se convierte en algo personal, ¿no?

Trato de no fijarme mucho en las otras muchachas mientras se inclinan y se enfundan en sus trajes de baño. Hay demasiada competencia. Tengo que recordarme todo el tiempo de que soy tan buena como ellas, y que ellas son tan buenas como yo, que todas somos iguales. Pero es difícil no fijarse en sus muslos para ver si se rozan entre ellos, o de no sentirse un poquito orgullosa de que otra pueda tener una pizca de celulitis en un sitio donde yo no tengo. No me gusta ser así. No me gusto lo que el modelaje me ha hecho. Me paso todo el tiempo tasando a otras mujeres.

Nos dirigimos a la estación de peinado para que los estilistas comiencen a realizar sus creaciones. Le lanzo una mirada a Ricky y trato de usar una visión de rayos X a través de sus pantalones para ver si ha ocurrido lo que no debería, después de estar mirando a todas estas mujeres bellas y desnudas. Observa fijamente a una joven modelo negra que se inclina, mostrándole su trasero. ¿Cómo puede hacerme eso? No debería estar aquí. Estoy cansada de esto. Del modelaje, de Ricky, de todo. Lo amo. Pero ahora estoy cansada. Sólo quiero dormir sola, sin que nadie me toque.

Al final, mi cabello queda dividido en dos trenzas que caen a cada lado de mi rostro, al estilo de una princesa indígena americana, y me coronan con un enorme sombrero blanco y flexible—el tipo de sombrero que usaría Jill Sánchez, esa estrella con la que Ricky solía salir. El estilista me anuncia que intenta darme el aspecto de una Joni Mitchell moderna. No sé de quién me está hablando.

Me llevan hasta la estación de maquillaje, me siento en la silla de lona negra, y los artistas abren sus grandes valijas negras llenas de colores y pigmentos. Comienzan a darme golpecitos, a embadurnarme y a frotarme. El polvo con brillo para la piel, que despide un olor a acetona seca, invade mi nariz. No soy nada más que un marco vacío para esta gente. Después de un tiempo, olvidan que somos personas. O quizás nunca se dieron cuenta. Cierro los ojos y trato de pensar en otra cosa. Estoy helada. Escucho los conversaciones a mi alrededor. Los artistas chacharean: *Así es que le dije que de ninguna manera vuelvo a hacerlo. ¡No, no! De ninguna manera. ¿Qué se piensa él que soy? ¿Su puta privada?* Y las modelos que hablan entre ellas: *¿Laxantes? ¡Yo también! Los uso todo el tiempo, pero son un problema una vez que estás en una sesión de fotos, porque ¿qué pasa si tienes que ir al baño corriendo? Una vez hasta tuve un accidente . . .* Trato de pensar en otra cosa, pero la muerte ocupa el lugar predominante en mi mente. El perfume del maquillaje y del metal. Me imagino que así debe oler una funeraria.

Al poco rato, todas estamos listas para ocupar nuestros puestos. En algún sitio, alguien pone un CD. Bjork. Se hacen ajustes. El director de fotografía salta de aquí para allá, acomodándonos. Hay plantas sobre el bar. Exige que las retiren. Nada de vida, dice. Nada de vida. Los asistentes traen elegantes martinis y otros vasos llenos de líquidos de colores vivos que arregla a lo largo de la barra, cerca de nosotras. Miro a las otras chicas y veo que ellas, al igual que yo, llevan maquillaje gris y negro. Nos han embellecido, pero dándonos un aspecto magullado y lúgubre. Hasta nuestros cuerpos han sido embadurnados de gris y azul. El director se me acerca con la cabeza ladeada.

—¡Abre!—dice, separándome las rodillas, y se acomoda la entrepierna del traje para cubrirme—. Así. Bien, perfecto. Bella.

Le sonrío agradecida y él arruga el ceño.

—No—dice. Huele a sudor y a semen—. Nada de sonrisas. Estás muerta, muchachita, ¿entiendes? Muerta. Nada de sonreír.

Sus palabras son como puñales. Me provocan deseos de salir corriendo. Miro a Ricky para ver si las ha escuchado y se siente tan indignado como yo, pero está muy ocupado contemplando a la muchacha canadiense. Odio esto, todo esto. Es absurdo. No quiero ser una muchacha muerta. Yo he visto muchachas muertas. Me pregunto si este hombre, el director de modas, ha visto alguna vez en su vida a una muchacha muerta. Me dan ganas de preguntarle, de darle una bofetada. Quiero gritar contra esto. Quiero acurrucarme en un nido y proteger a mi bebé. Sé que estoy embarazada. ¿Por qué si no estaría tan sensible ahora? No puedo llorar. Me arruinaría mi maquillaje. Mi maquillaje de muchacha muerta. Pero no sé qué otra cosa puedo hacer.

Miro fijamente el cristal azul y frío de la barra y pienso en la piscina de nuestra casa. Nuestro hogar. El único hogar que he tenido desde que desapareció mi infancia. Amo mi hogar, la seguridad que siento en él. Me imagino que estoy allí, en el patio, el único lugar del mundo que me tranquiliza.

Ésta es mi última sesión, me repito. Ésta es la última vez que modelo. Tengo un nombre. Tengo un pasado. Soy la hija de mi madre.

Y ésta es la última vez en mi vida que hago el papel de muerta.

Apagué el programa de mi madre y, mientras escucho a todo volumen otro CD de Ricky Biscayne, conduzco mi Neon—ahora manchado de sangre—hasta la entrada de autos semicircular en casa de mis padres. No estoy muy segura cómo voy a entrar en casa como estoy, hecha un desastre, pero trataré de enfrentarlos a todos con la cabeza en alto y deslizarme pegada a las paredes o algo así. Salgo del auto y paso como una exhalación junto a mi abuelo, quien dormita en el portal en su sillón. Abro la puerta de entrada y siento el vivificante aroma a aceite de oliva que escapa de la sazón de mi abuela. Otro apasionante viernes por la noche junto a mi familia. Huele a vaca frita, una deliciosa carne de res cortada en tiras y salteada en salsa de ajo y limón. Habrá arroz blanco y ensala-

da. Quizás algunos plátanos. Me muero de hambre. Mi estómago ruge. Seguramente tendremos que esperar una hora más antes de que pueda servirse la cena
para dar tiempo a que Violeta, la experta en clítoris, llegue a casa desde la estación radial de Hialeah. No creo que vaya a preguntarle a mi madre sobre el programa de hoy. No tengo ningún deseo de escuchar.

Después de la cena, iré hasta un Blockbuster para escoger alguna película
que pueda gustarnos a todos. Les haré rositas de maíz y luego trataré de esfumar-
me subrepticiamente para ir al club de lectura . . . esta vez, con un tampón colocado firmemente en su lugar.

Eliseo, mi padre, ya ha llegado a casa después de trabajar, y aún viste su traje
azul y su corbata roja. Lee *El Nuevo Herald* en su sillón de la sala, tapizado a cuadros, y de inmediato nota mi cara larga. No, pienso. No me mires. No veas la
sangre de mi vestido. Por favor, no. No existe nada peor que el hecho de que un
padre cubano se dé cuenta de que su niñita de siempre es en realidad una mujer
velluda que sangra. Es demasiado perturbador. ¡No mires! ¡No mires!

—¡Siéntate!—me ordena. Se quita sus gafas de leer y se inclina para escuchar—. ¡Cuenta!

—Papi, déjame usar el baño. Vuelvo enseguida.

—Está bien, pero después me dices. Sé cuando algo te preocupa.

Me deslizo hasta el baño, teniendo cuidado de no tropezar con otros miembros
de la familia que pudieran invadir mi privacidad. ¡Menos mal! Nadie. Llego al baño y me escondo dentro, cerrando la puerta. Me vuelvo hacia el espejo y vuelvo
mi cabeza en una pobre imitación de la foto de Jill Sánchez que aparece en la revista *People*, tensando mi cuello para comprobar la magnitud del desastre: una oscura mancha roja, del tamaño y la forma de un limón. No es tan malo como
pensé. Pero tampoco nada bueno. Me quito las ropas y salto a la ducha. Me lavo
rápidamente, salgo de la bañera, tomo la toalla y me introduzco un tampón aro-
matizado de color rosa donde suelen introducirse. Me envuelvo en una toalla, me
escurro hacia mi cuarto, me pongo un par de viejos pantalones de hacer ejercicios
y una camiseta grande, y regreso a la sala con el cabello envuelto en la toalla.

Papá me mira con sospecha.

—¿Una ducha? ¿En qué has andado?

¿Por qué siempre supone que todas las mujeres del planeta, si no están siendo ferozmente vigiladas por algún hombre, se convierten en putas, incluida yo,
a quien él cree virgen?

—En nada, papi. Estoy cansada. Necesitaba agua para despertarme.

—¿Despertarte? ¿Por la noche?—dice en un tono aún más suspicaz.

—Tengo club de lectura—le digo—. Las Loquitas del Libro, ¿recuerdas?

—Oh, el club de la costura—dice con una sonrisa satisfecha, desdeñosa.

Menos mal que no tiene idea de las cosas fuertes que leemos. Dios no permita que alguna vez lea *Going Down*, de Jennifer Belle: uno de mis grandes favoritos. Le daría un infarto. Él cree que me reúno con un grupo de solteronas a tejer calcetines para bebés. No me importa. Que piense lo que quiera. De todos modos lo hará, sin importar que la evidencia indique lo contrario. Papi es así de raro. Inventa su propia realidad, a menudo directamente opuesta al mundo real que lo rodea. Él cree que se las sabe todas. Nosotros dejamos que lo crea.

La sala está separada del resto del pasillo, y del salón de recreo, por un escalón y un enrejado de poca altura. Uno debe abrir una puertecita con rejas para llegar a la sala. Crecí pensando que era normal tener rejas dentro de una casa. Después de entrar en la sala, me he sentado en el sofá. Papi me mira y suspira.

—Dilo de una vez—dice—. ¿Qué pasa?

—Nada.

—Dilo.

Suspiro y sopeso mis opciones. Escucho el aleteo rápido y seco de los canarios que revolotean en su jaula de hierro, en el contiguo patio trasero, y me identifico con ellos. Estoy atrapada. No importa lo que le diga, nunca verá que tengo un problema. Él piensa que mi vida es perfecta y no soporta bien las quejas.

—Me parece que mi trabajo no me gusta mucho, papi—le digo con lágrimas en los ojos.

Génova tiene razón. Soy una inútil. No pensé que yo fuera a reaccionar tan fuerte, pero *Cosmo* no ha dicho que sea malo llorar ante tu padre y, además, están las hormonas que se revuelven con tu período. Así es que supongo que está bien.

Se encoge de hombros y frunce los labios con ese gesto paterno que significa:

—¿Por qué? ¿Qué carajos te pasa? ¿Por qué me haces perder el tiempo con esto?

—No sé, es más bien degradante.

El rostro de mi padre se vuelve más duro y sombrío.

—Óyeme bien, pecosa—me dice, usando un apodo que detesto—. No existe ningún trabajo que sea degradante. Excepto bailar quitándose la ropa.—Se detiene para pensarlo bien—. Y prostituirse. Y ser un matón a sueldo.

—¿Un matón a sueldo? Tienes que dejar de ver *Los Soprano*, Papi.

Sigue hablando como si yo no hubiera dicho nada.

—Cuando llegamos a Miami, no teníamos nada—empieza. Aquí viene el "discurso" de siempre. ¿Cuántas veces lo he oído? Tantas, que puedo recitarlo a la par de él, pero no lo haré porque no quiero que se enfurezca.—Empezamos desde cero. Y trabajamos duro. Todos tenemos que empezar en algún sitio. Le estás dando una gran ayuda a tu tío. Deberías sentirte orgullosa.

—Ya sé—digo.

Cuando todo lo demás fracasa, digo "ya sé" o "ya veo" o "tienes razón". Es una buena estrategia y me funciona. Una aclaración: Papá sólo tenía siete años cuando llegó a Miami, y sus padres tenían bastante dinero. Se comporta como si hubiera tenido que irse a trabajar a una fábrica o algo así. Como si hubiera sido un pordiosero mendigando por las calles de Calcuta. Es un bicho raro.

—¿Qué es lo que no te gusta de tu trabajo?—pregunta, encogiéndose de hombros hasta que éstos le rozan sus grandes orejas y quedándose en esa postura durante todo su monólogo—. Tienes un escritorio agradable, aire acondicionado, te dedicas a llamar por teléfono. No estás en el campo cortando caña.

—Ya sé.

¿Caña? ¿Estará loco? Papá siempre está mencionando el corte de caña, no sé por qué. Nadie que conozcamos ha tenido que cortar caña. La gente de mi familia tiene muchas más probabilidades de cortar queso.

Abuela entra con su *Biblia*. Últimamente anda con ella todo el tiempo. Nunca fue muy devota de la *Biblia*, prefiriendo el método cubano de poner vasos de agua detrás de las puertas o de cualquier cosa. Pero ahora, a medida que se vuelve más vieja, necesita buscar consuelo en el libro.

—Cuídate de los falsos profetas—divaga en español—, que vienen a ti disfrazados de oveja, aunque por dentro son lobos salvajes.

—Está bien, Abuelita—digo.

—Evangelio de san Mateo—dice Abuela, blandiendo la *Biblia* en dirección hacia mí—. Mateo 7:15.—Abre el libro y lee—: Un árbol bueno no puede llevar frutos malos, ni un árbol malo frutos buenos.

Por un momento, pienso en responder, pero Papá me echa una mirada dirigida a callarme la boca. Observo el correo del día, agrupado en dos pilas ordenadas sobre la mesita de madera oscura, estilo español: una pila para ellos, otra para mí. ¡Ay! Ya llegó la nueva *InStyle*. No quiero seguir aquí con una toalla en la cabeza, discutiendo con mi padre por qué es una mierda trabajar como publicista de laxantes. Si alguien no lo entiende desde el inicio, no sé cómo podré convencerlo. Sólo quiero irme a mi cuarto y quedarme a solas con *InStyle*. Papi se pasa todo el día discutiendo con la gente, sobre alfombras que deben ir de un lado a otro, y cosas así, y parece que no puede dejar sus "consultas" cuando llega a casa. Es agotador y doy media vuelta para marcharme.

—Podrás renunciar a ese trabajo cuando te cases—dice, tratando de atraerme de nuevo a la conversación.

Me detengo y sonrío. ¿Cuando me case? ¿Qué es esto: los años 50? Lo miro directamente a los ojos y me doy cuenta de que no habla en serio, sino sólo como si fuera su deber de padre decir esas cosas. Se da cuenta de que lo estoy observando y comprendo que él sabe que yo sé que no habla en serio. Por un momento me pregunto qué es lo que piensa realmente, pero no tengo la paciencia ni el deseo de preguntar.

—Ya sé.

Me apunta con un dedo, sólo para hacerme saber que está hablando conmigo y no con . . . qué sé yo, el televisor. Mi padre, tan preocupado como siempre.

—Tu problema es que quieres demasiadas cosas. No deberías necesitar más de lo que encuentras en Miracle Mile. Esa calle tiene todo lo que una mujer de tu edad necesita.—Comienza a contar con los dedos—: Tiendas con trajes de novias, ropas para bebés y cunas. Deberías estar preocupada por eso . . . o deberías dejar de preocuparte.

Arruga el rostro como si supiera que algún día la vida moderna le dará una bofetada. No tengo corazón para hacer que eso ocurra hoy.

—Ya sé, Papi—le digo—. Tienes razón. Está bien. Mira, me duele un poco la cabeza. Estaré en mi cuarto.

Cierro la puerta detrás de mí y me dejo caer sobre la cama con la revista. Me apoyo sobre los codos y empiezo a leer. Hay mucha gente hermosa, con dientes muy blancos y ropas bellas. Suspiro. Y ahí, en la página 97, hay un artículo sobre el señor Ricky Biscayne, su preciosa esposa modelo, la serbia de cabellos oscuros y ojazos verdes, y su preciosa mansión en Miami Beach. El artículo lo define como "un típico hombre de familia", señalando que está aprendiendo a hablar serbio para que los hijos que planea tener algún día hablen tres idiomas. El artículo también asegura que Ricky es un fanático de la salud y que todos los días desayuna batidos de brócoli y germen de trigo. Su esposa continúa modelando y *Maxim* le dedicará un artículo en una próxima edición.

La vida es *tan* injusta.

Siento deseos de llorar otra vez. Porque no soy Jasminka. Porque no vivo en una mansión. Porque nadie pagaría por una foto mía en bikini. Porque la revista *People* siempre dice que Renee Zellweger, cuyos padres son inmigrantes como los míos, es la típica muchacha tejana, aunque continúan presentando a los hispanos como extranjeros con salero. Porque mañana tengo que embarcarme en un Crucero de la Confianza con mi madre y mi hermana, y ni siquiera tengo fuerza suficiente para negarme. Mi mamá recibe continuamente cosas gratis como este crucero continuamente a cambio de prometer que lo mencionará en su programa.

Justo cuando estoy a punto de hundirme en un tonel de autoconmiseración, mi teléfono suena. Sí, es un teléfono infantil en forma de gato. Ya sé que no ayuda a mi causa. El identificador de señales dice "Club G". ¡Perfecto! Mi glamourosa hermana ya tiene un número telefónico para el club que piensa abrir. Es una optimista consumada: otra razón más para odiarla. ¿Por qué no puede revolverse y quejarse y sufrir en silencio como yo? No tengo ganas de hablar con ella. Seguramente me contará lo maravillosa que es la vida. Rectifico: Lo maravillosa que es *su* vida.

La dejo hablar con la contestadora.

—Hola. Soy yo, Milán. Déjame un mensaje y que tengas un feliz día.

—Hola, M. Oye, no tienes que decir "soy yo, Milán". Suena redundante.— ¡Vete a la mierda!—. Bueno, te habla G. Acabo de almorzar con Ricky Biscayne y pensé que te gustaría saberlo.

¿Cómo dijo? Génova sabe que soy la secretaria del club de admiradoras no oficial de Ricky Biscayne. Ella sabe que he deseado a Ricky desde hace años. ¿Saben qué clase de persona es mi hermana? Es como una de esas personas que arroja sobras a los niños pobres. Malvada. Levanto el dedo del medio en dirección al teléfono, y me doy cuenta de lo feo que se ve, pero no se lo estoy haciendo al gatito, sino a mi infame hermana.

Génova hace un ruido como si tomara un largo sorbo de agua, seguido por un vulgar "gulp" y continúa:

—Lo he convencido para que invierta en mi nuevo club, y creo que serías ideal como agente de Relaciones Públicas para esto. ¿Qué piensas? Sería un contrato de tres, quizás cuatro meses, con buenas posibilidades de que aparezca más trabajo por el camino. Él también está buscando una publicista para trabajar a tiempo completo. Así es que podrías matar dos pájaros de un tiro. Dame una llamada si estás lista para dejar el negocio del estreñimiento con tío Mesías. Chausito.

Ahora me lanzo hacia el teléfono. Mientras lo hago, me doy cuenta de que me desplazo con la gracia de un león marino sobre las rocas. La toalla se desenrolla de mi cabeza y se embrolla sobre mi cara. Llego demasiado tarde. Génova ya ha colgado y el teléfono cae repiqueteando sobre las losas blancas del suelo.

Un ojo del gato salta. Reviso el teléfono para ver si aún funciona. Sí. Y entonces, por primera vez en no sé cuánto, marco voluntariamente el número de mi malvada hermana.

Con su ceñido mono de vinilo blanco, Jill Sánchez se detiene detrás del podio rosado que imita las conocidas curvas de su propio cuerpo y observa cómo dos lacayos levantan la tela de terciopelo rojo, ribeteada de armiño, para develar el gigantesco cartel de su nuevo perfume.

Un "ahh" colectivo brota de la muchedumbre de periodistas mediocres y ejecutivos de la industria del entretenimiento que pugnan por acomodarse en los almohadones y colchones dispersos por el suelo de BED, el club de moda en Miami. No resultó barato reservar este club durante tres horas para una fiesta privada un viernes por la noche; pero Jill Sánchez no escatima en gastos. De hecho, ha trabajado muy duro para que su nombre y su imagen se asocien con todo lo que sea opuesto a barato. No obstante, le disgusta la idea de gastar todo ese dinero para un grupo de *reporteros*. Ése es el lado feo de la fama. En su opinión, el club cobró de más porque ya sabía que Jill y la prensa se largarían antes de las diez y aún tendrían tiempo suficiente para conseguir una buena multitud que continuara el resto de la noche. Pero ¿qué otra opción tenía?

Jill les sonríe desde su podio como si fuera una reina suspendida en lo alto de una carroza, mientras todos sonríen mirando el cartel, y una vez más se regodea ante su futuro. Creció escuchando acerca de lo gran empresaria que era Madonna. Madonna esto y Madonna aquello. Pero Madonna no es mejor que Jill Sánchez. Nadie quería oler como *Madonna*, ¿verdad? Madonna daba la impresión de oler a sífilis. Lo mismo que nadie quiere oler como esa esquelética escultura de alambre llamada Celine Dion. ¿Y quién es esa otra que tiene su propio perfume? Reba McEntire o algo así. ¿Estará loca esa cabeza de calabaza? Nadie quiere oler como un duende pelirrojo. Pero todos quieren oler como ella, como Jill Sánchez, que, según sus propios estimados, tiene la imagen más atractiva y limpia del planeta. Incluso cuando los ejecutivos del cine declararon que era un desastre de taquilla dos años atrás, su línea de perfume había seguido vendiéndose mejor que las otras en todo el país . . . para sorpresa de todos, menos de ella. Ni siquiera el perfume de Beyoncé pudo competir; del mismo modo que, según la opinión de Jill, tampoco podía competir su trasero.

—Damas y caballeros—dice Jill, soltando una risita para llamar la atención, aunque ella no es el tipo de mujeres que suele reír.

Por un momento hace como si se tambaleara elegantemente sobre sus altísimas sandalias de plataforma, con suelas claras hechas especialmente para ella y para esta noche por los distinguidos caballeros de Prada, pero se recupera antes de caer. Años de baile, y un temperamento de leona hambrienta, la han preparado para que rara vez dé un paso en falso, incluso aquí, encima de unos zapatos costosísimos y difíciles de llevar, sobre un escenario cubierto de cristal Swarovski que vale doscientos mil dólares. Los cristales habían sido un despilfarro, pero Jill se había sentido muy celosa desde que Britney Spears apareciera cubierta de diamantes en el video *Toxic*, y ésta es su venganza contra la cantante, por haber tenido la audacia de creer por un momento que podía derrotar a Jill Sánchez en su propio territorio. Uno de estos días, Jill aparecerá en público vestida con unas breves cubiertas en sus pezones y unas pantaletas de hilo dental, todo hecho de diamantes.

—Cielos, ¡es enorme!—dice ella riendo mientras mira el cartel, aparentando estar tan asombrada como el resto de la concurrencia, aunque fue ella misma quien insistió en su tamaño pantagruélico.

Ha practicado esa frase, que pronuncia con los labios semiabiertos en forma de beso al estilo de Marilyn Monroe. Se ha preparado para que sus susurrantes palabras lleven una carga de insinuante sexualidad, como si su comentario no se refiriera al cartel, sino a otra cosa. La risita pretende moderar la descarada connotación sexual para ofrecer la imagen de la santa y la puta en dosis equivalentes. Le asquean las risitas. Pero los asquerosos medios parecen preferirla cuando ella ríe asquerosamente, así es que lo hace cuando están presentes. De lo contrario, rara vez suelta esas tontas risitas.

—Muy bien, les presento Llama flamenca, mi nuevo perfume, el perfume de Jill Sánchez.

De nuevo se ríe tontamente, para no mostrar el gran orgullo que siente de mostrarse como una vaca que presumiera de su propia marca. Incluso mientras lo hace, Jill siente el temor de que su maquillaje y la sofisticada iluminación que ha costeado para que se hallen en armonía perfecta, puedan revelar sus arrugas y sus líneas de expresión a un mundo que aún no sabe que las tiene. Pronto tendrá que volver a ponerse bótox, y quizás hacerse alguna lipo en el vientre. Jill Sánchez cree que la liposucción es uno de los mejores inventos de la humanidad. También pudiera convenirle un levantamiento de senos, porque todo ese bailoteo de años ha provocado ciertos descensos gravitacionales que ella no piensa tolerar. Jill Sánchez se cree superior a la gravedad y a otras leyes físicas.

El cartel es una réplica del anuncio comercial que, en tonos melocotón y lleno de rocío, pronto aparecerá en las revistas de modas y en los autobuses del mundo entero. En primer plano, se encuentra la botella rosada en forma de reloj de arena, cuyo diseño tomó como modelo la silueta del cuerpo de Jill . . . que está asegurado por una gran suma de dinero, puesto que, según la humilde opinión de Jill, no existe otra forma más perfecta. No es un asunto de vanidad, sino de honestidad.

Al fondo se ve a la propia Jill, desnuda como una ninfa de los bosques, aunque estratégicamente emplazada y difuminada, para que no pueda verse *nada* que no deba ser visto. Su cuerpo tiene curvas que nadie hubiera pensado que podrían vender—senos pequeños y caderas anchas—hasta que comenzó a superar a las otras. La atmósfera del cartel es brumosa y cálida, como si hubiera acabado de salir de la ducha para entrar a su dormitorio, envuelta en una Llama flamenca, la nueva fragancia de Jill Sánchez.

La prensa comienza a aplaudir. Jill actúa como si se sintiera perpleja y avergonzada.

—No es para tanto, chicos—dice dulcemente, parpadeando con sus sedosas pestañas—. Vamos, ¡es sólo un perfume! ¡Cielos!

En ese momento, las seis chicas atractivas que fueron contratadas porque eran casi tan atractivas, pero no tanto, como Jill, empiezan a pasearse por el club llevando bandejas de plata Tiffany repletas de fabulosos frasquitos de Llama flamenca, la nueva fragancia de Jill Sánchez. Dispersan y rocían por doquier, y el público no puede menos que extasiarse ante la mezcla perfecta de vainilla y limón. Jill piensa que es una de las mujeres más limpias del planeta, pues se baña varias veces al día y unge su cuerpo con cremas costosas que, hasta el momento, funcionan bien con el bótox y el ejercicio para convencer al público que ella sólo tiene veintiocho, aunque en realidad tiene treinta y siete. Años atrás, uno o dos artículos habían revelado su verdadera fecha de nacimiento, pero a medida que pasaba el tiempo y ella lucía más joven, nadie pareció cuestionarlo, excepto *The New York Times* que, de todas maneras, ninguno de sus admiradores leía. En Estados Unidos, el conocimiento se halla en decadencia, y nadie lo sabe mejor que Jill, quien se mantiene al día sobre las tendencias culturales del mismo modo que un corredor de bolsa conoce las fluctuaciones del mercado. ¿Para qué preocuparse por una prensa que de todos modos nadie lee?

—¿Qué piensan de esto, chicos?—pregunta con toda la modestia y sencillez que le es posible.

Una vez hizo el papel de una humilde doncella mexicana y casi fue nominada para un Oscar. O eso escuchó. No lo sabe a ciencia cierta. Sin embargo, ella piensa que se merecería un Oscar por *algo*.

La multitud estalla en aplausos y Jill Sánchez estalla en sonrisas.

—Oh, Dios. ¡Me alegra tanto que les guste!—Se lleva la mano al cuello, exhausta—. ¡Estaba tan nerviosa!

Para ser sinceros, Jill no sabe lo que son nervios desde hace siete años, cuando se convirtió en una de las actrices mejor pagadas de Hollywood. Dicen que Cameron Díaz gana más, pero eso cambiará tan pronto como todos se den cuenta de que la Díaz parece un gnomo de cara hinchada, montada en zancos, y que su éxito se debe principalmente a sus greñas tiesas a lo Ben Stiller.

En el momento justo, la iluminación disminuye y una cortina del pequeño escenario sube. Allí está el cuerpo de baile masculino de Jill Sánchez, incluidos esos dos con los que se acostó cuando se sintió aburrida en una gira. No recuerda sus nombres. Y allí está Jill prendida al micrófono, para dar la ilusión de que está cantando en vivo. Y ahí está la música, un hip-hop latino, escrito especialmente para el perfume por un joven compositor llamado Matthew Baker, aunque ella, Jill Sánchez, obtendrá un setenta y cinco por ciento del crédito sobre la composición musical, porque cuenta con uno de los mejores abogados de la industria y porque, como le dijo una vez Ricky, Matthew Baker—a quien ella contrató a través de Ricky—es medio imbécil.

Ella comienza a bailar y a cantar, con ademanes de fingida sorpresa ante sus propios y seductores giros, un ardid que le copió a la misma Britney Spears. Nada atrae más en este país que la mezcla de inocencia y lujuria. Jill Sánchez se siente orgullosa de tener mucha más edad que Spears, pero de ser igualmente admirada por las—y los—adolescentes. Pero tan pronto como lo piensa, se alarma al sospechar que la nueva hornada de jóvenes cantantes pudiera superarla. Hay una tal Lindsey algo, y una o más Ashleys. Ya ni siquiera sabe sus nombres, y si lo sabe, jamás lo admitiría.

Cuando termina, la multitud aplaude otro poco, y Jill Sánchez se dispone a responder preguntas. Por supuesto, casi todas se relacionan con su compromiso con Jack Ingroff, el atractivo intelectual de Rhodes, actor y guionista independiente. Su respuesta es extender su mano izquierda y chillar ante la vista del enorme diamante amarillo, como si lo estuviera mirando por primera vez o como si estuviera con un grupo de amigas, en lugar de encontrarse en un salón lleno de cretinos oportunistas.

—¡Dios mío! ¡Somos tan felices!—dice—. Cuando estoy con él, sólo soy una muchacha que cocina, y él es un tipo al que le gustan el béisbol y la cerveza.

—¿Qué sabes cocinar, Jill?—pregunta un reportero.

Y desde el fondo, una voz masculina grita en español: *Si cocinas como caminas . . . ¡ay, mami!*, lo cual provoca algunos aplausos del público masculino hispanoparlante que se encuentra presente.

—Bueno, el *asopao* de pollo de mi madre . . . Es un pollo que se cocina con pimientos verdes y ajo—dice, como si estuviera improvisando la explicación, cuando, de hecho, ella ha ensayado esta misma respuesta con un asesor de prensa la noche antes—. Quiero mucho a mi mamá. ¡Es una cocinera genial!

Jill sólo intentó hacer este plato una vez, y le salió entre quemado y crudo, con un sabor remanente a líquido de lavar platos. Jack se lo comió sólo por ser amable y luego tuvo diarrea durante varios días.

—¡A Jack le encanta el pollo! ¡Y a mí me encanta cocinar! Por fin encontré un hombre que me convertirá en una verdadera mujer.

A decir verdad, Jill Sánchez tiene tres *chefs* personales y no ha puesto un pie en un mercado desde hace por lo menos seis años. Casi ha llegado a pensar que los refrigeradores se llenan solos.

Una corpulenta reportera de la farándula del *Miami Herald*, a quien Jill reconoce, se acerca al escenario con una expresión severa en el rostro. Con sus pantalones caqui que se tensan sobre su abultado vientre, a Jill le recuerda una carcelera. Los bolsillos de sus costados se abren como los orificios donde se arrojan las pelotas en esos juegos de feria. Se llama Lilia, un nombre mucho más bonito que su dueña, y habla con ese seseo lesbiano que Jill detesta. Ni siquiera esa vez que Jill tuvo que hacer el papel de lesbiana en una película, adoptó ese seseo. Para Jill, resultaba demasiado espantoso imaginar ese sonido saliendo de los labios de la propia Jill Sánchez.

Por si fuera poco, Jill opina que Lilia se toma a sí misma—y a su trabajo—con mucha más seriedad de lo que debería. Y nunca deja escapar una oportunidad para pinchar a Jill en su columna "Almuerzo con Lilia", el único sitio del planeta, según piensa Jill, donde Lilia puede sentirse hermosa y popular. Los periódicos son para la gente cretina y fracasada, lo mismo que Internet es para los sociópatas, lo cual significa que son el único lugar donde esos tontos pueden relacionarse.

—Los rumores dicen—proclama Lilia—que ha estado viéndose de nuevo con Ricky Biscayne. ¿Cómo responde Jill a esto?

Su seseo lesbiano le hace decir "viéndoshe", en vez de "viéndose".

Jill suelta una risita y parece sorprendida, sintiéndose solamente abochornada del extraño emplazamiento de su nombre en la oración. Es como si la mujer estuviera imitando a los periodistas en las películas de Bogart. Sólo le faltaba llevar un lápiz sobre su enorme y carnosa oreja.

—Es la primera vez que oigo eso. Hasta donde sé, Ricky está casado y yo comprometida.—Mueve el diamante amarillo con la intención de impresionar y se ríe—. ¡Me encanta este anillo! ¿Y a ustedes?

—Así es que el hecho de que una de sus empleadas domésticas la viera hacer el amor con él en la cabaña de su piscina ¿no le suena?

Jill reprime el impulso de ruborizarse y, en cambio, se echa a reír.

—Eso es ridículo, Lilia. Tal vez sería mejor que te pusieras a dieta en vez de inventar historias. Para tu información, ni siquiera tengo una cabaña en mi piscina.

Lilia se ruboriza mientras sus colegas se ríen de ella. Aunque la mayoría de los periodistas son feos, pocos son tan feos como Lilia. Jill sabe que posiblemente su ocurrente salida provocará titulares, y que algún reportero emprendedor investigará los registros de bienes raíces y descubrirá que, en efecto, Jill tiene una piscina con cabaña; pero ¿a quién coño le importa? ¿Quién leerá eso? ¿Quién lee más allá de los titulares? ¿Quién se molestaría en leer siquiera los propios titulares cuando las fotos en colores son más que suficientes? Toda prensa era buena, incluso la que afirmaba que estaba teniendo relaciones con Ricky. Que esa fregona serbia de Jasminka se enterara y sufriera. Eso era lo que muchas celebridades no entendían de la prensa. La prensa es un instrumento que se confecciona para ser interpretado, y Jill era una virtuosa de ese arte.

—Sólo estoy bromeando, Lilia. Te ves muy bien. Pero no tomes esto como una invitación. Ya sé lo que sientes por mí.

Más risas mientras Lilia sale intempestivamente del salón garabateando con furia en su agenda. Sólo los reporteros deshonestos usan esas cosas, nota Jill. Los honestos usan grabadoras. Mira en torno y se da cuenta de que nadie tiene una grabadora.

Jill ríe de nuevo, les agradece a todos, ofrece champán y bolsas con regalos, y luego pide disculpas y se marcha del club, diciendo que tiene una reunión de negocios. Lo cierto es que Ricky Biscayne ha vuelto a la ciudad, y ambos tienen una cita.

Me he puesto una camiseta ancha con la imagen de Ricky Biscayne y un par de *jeans* Old Navy a media pierna que ya no se usan tanto como me gustaría creer.

Los compré hace tres años. Ya sé que la gente no lleva estas cosas, pero son cómodos y voy al club de lectura. También debería mencionar que calzo unas sandalias Easy Spirit, sin tacones, porque me gustan. Me gusta que sean cómodas. Acabo de pasar junto a una mujer que pedalea su bicicleta en tacones altos, lo cual es típico en Miami. No siempre estoy a tono aquí. A veces pienso que estaría mejor en Denver o San Francisco.

Como no logré comer mucho durante la cena, debido a que mi madre sonreía todo el tiempo como si no se hubiera pasado una hora hablando sobre clítoris, y a que mi abuela masticaba con la boca abierta, llevo mi Neon hasta la ventanilla de autos de El Pollo Tropical y ordeno yucas fritas y un batido de mango. Mmm. Me lo zampo todo en los diez minutos de viaje hasta Books & Books, en Aragon. Mientras paso frente a las tiendas para novias de Miracle Mile, trato de olvidar el desagradable consejo de mi padre sobre el matrimonio y los bebés. No es que no quiera casarme y ser madre, pero no quiero que ésa sea mi única meta en la vida. Pongo un casete en el estéreo. Ya sé. Casete. No tienen por qué recordármelo. Me gustaría tener una reproductora de CD, pero mi Neon es viejo. ¿Qué quieren? He puesto—ya lo adivinaron—¡a Ricky! ¡Sííííí, Ricky! Me sé de memoria todas las letras, todas las partes de la armonía, todos los toques de timbal. ¿Y en cuanto a sus canciones? Todas hablan de *mí*. Canta como un hombre que comprendiera a las mujeres. Ricky escribió esas canciones pensando en *mí*. Lo sé. Si pudiera conocer a un tipo así, quizás esas tiendas para novias me servirían de algo. ¿Y saben una cosa? Si lo que me dijo Génova es cierto, tal vez podría conocer al propio Ricky en ese proyecto de su club. ¿No es una *maravilla*?

Todos los parquímetros están ocupados, y no tengo ganas de ir hasta el parqueo que está enfrente. Me meto por un pasadizo que hay detrás de la tienda y dejo el auto en un sitio prohibido. Esta noche me siento intrépida. Todo porque Génova me dijo que tal vez conocería a Ricky, aunque sé que no debo darle mucho crédito a nada que prometa mi hermana. Hasta donde sé, podría tratarse de alguna broma cruel.

Corro hasta la librería porque llego tarde y no quiero perderme ni un segundo de la mejor parte de mi semana. Atravieso las puertas de entrada en dirección al patio. Este lugar es precioso. Apenas se entra, hay un patio con una barra para bebidas y estantes con revistas, y todas esas mesitas y sillas de hierro forjado. Las muchachas del club esperan por mí, allá afuera. Somos seis, además de mí. La propia tienda fluye alrededor de ese espacio al aire libre, dándole un toque español que me fascina. Para mí, esta librería es el lugar más tranquilo y perfecto del mundo, un sitio donde me siento totalmente libre de ser yo misma, de hacer chistes que mi padre encontraría subidos de tono o inapropiados para una mujer, de sentarme con las piernas abiertas, de soñar con mundos mejores que el mío y de ponerme valientemente en el lugar de las heroínas que viven en estas páginas. En Books & Books, ya no soy sólo Milán. Aquí soy Bridget Jones, Jemima Jones, Jojo Harvey, Emma Corrigan, Cannie Shapiro. Aquí soy fabulosa, adulta y se me permite actuar en libertad. Aquí me siento como si algún día pudiera llevar zapatos elegantes.

Incluso aunque no tenga un par así, puedo imaginarlo. Por si les interesa, le confieso que me encantaría tener un par de zapatos costosos y *sexies*, pero nunca he tenido una verdadera excusa para comprarlos, y también sé que, apenas encuentre la excusa, va a ser muy difícil que me conforme con uno o dos pares. Soy exagerada con la comida y la televisión, y me parece que seré igual con los zapatos y con las ropas elegantes cuando pueda comprarlos.

Las seis mujeres de mi club de lectura, cada una con su ejemplar de *Sexo, asesinato y latte doble*, de Kyra Davis, sobre el regazo, sonríen y me hacen señas. Todas nos sentimos felices de vivir sin un hombre . . . al menos, durante los momentos en que estamos aquí. Les juro que *viviría* en este club de lectura. Todas tiene ya su pastelito y su capuchino o té helado . . . Para decirlo en pocas palabras, todas son como yo. De pronto, vuelvo a sentir hambre. Quiero mis golosinas.

—Regreso enseguida—anuncio, dejando mi libro sobre la silla.

—Ve con calma—me dice una de mis amigas.

Entró a la cafetería y reviso la vitrina de los dulces. Pido una panetela de chocolate y un pastelillo con crema. Sólo se vive una vez. También pido un capuchino moca con crema, bien frío. Había pensado hacer dieta, pero ya no tiene sentido. Acabo de comer yucas fritas. Así es que da igual que siga. ¿Por qué no? Me siento bien. No me importa.

Mientras giro hacia el patio con todas mis golosinas en una bandeja, lamento haber comprado todas estas cosas, porque allí, haciendo cola junto a un hombre alto y guapísimo (¡y negro!), está mi hermana Génova, en un par de *jeans* largos y ajustados, otro par de espectaculares tacones de marca, y otro elegante *top* de marca bordado que le queda como si hubiera sido hecho para ella y para sus senos breves y erguidos. El hombre tiene tremendo cuerpazo y viste camisa deportiva de un amarillo brillante con *shorts* caqui. Parece un modelo de Ralph

Lauren y posiblemente sea el hombre más atractivo con el que la haya visto nunca. Desde hace tiempo sueño con robarle algún hombre, pero dudo que éste sea el apropiado. Está muy por encima de mis posibilidades. Casi está por encima de las posibilidades de Génova.

—¡Milán!—grita Génova, obviamente tan sorprendida de verme como yo de verla a ella—. ¿Qué haces aquí?

Quiero esconder la bandeja, pero no puedo. Sonrío como si no tuviera de qué avergonzarme. A lo mejor piensa que son para mi grupo.

—Club de lectura—digo—. Kyra Davis.

Mientras digo el nombre de la autora, tengo la seguridad de que mi hermana no tendrá idea de lo que estoy hablando.

—Ah, sí.

Génova sonríe extrañamente. El hombre arquea una ceja y se le queda mirando como si esperara por algo. Dios mío. Mi hermana ha salido con hombres guapos antes, pero nada que se parezca a *esto*. Génova lo mira y se ríe.

—Oh—dice—. Disculpa, Milán. Éste es mi . . . amigo Ignacio. Ignacio, ésta es mi hermana Milán.

¡Amigo, mierda! Me pregunto a quién se lo habrá robado.

Ella le sonríe al tipo, que le toma la mano. Ella no lo rechaza. Génova avanza en la fila, ignorándome.

—La lectura está a punto de empezar en el otro salón. Debemos irnos.

—Está bien.

¿Génova viene a una lectura? Me retiro.

—Gusto en verte—miento.

¡Qué extraño parece todo!

—Adiós, corazón—dice Génova con hipocresía.

Le lanzo a Génova un gesto de aprobación sobre el tipo y, para mi sorpresa, parece perpleja durante un instante. Luego sus ojos se iluminan, como si mi aprobación le importara.

Regreso a mi club de lectura y me siento. Tan pronto como me reúno con el grupo de lectoras, los músculos de mi espalda y mi cuello se relajan. Es como si la atmósfera se oxigenara y se volviera más placentera. Mi respiración se calma y me siento feliz. Hacemos nuestra habitual ronda de saludos y comentarios sobre el trabajo, los hombres, nuestras madres (¿por qué tenemos que mencionarlas siempre?) y el dinero. Entonces Julia, quien dirige el grupo, toma la palabra.

—¿Empezamos?—pregunta, sosteniendo el libro de cubierta rosa.

Muchos de nuestros libros tienen cubiertas rosa. Y piernas largas de mujer. Y un arma. ¿Cuántos hay iguales a éstos? Pero este libro es excelente. Ha sido uno de mis favoritos.

—Empezamos—digo.

Me inclino en mi silla y me siento como un niño que debe explicarle algo a otros. ¿Recuerdan esa sensación? Como si uno estuviera a punto de decir algo realmente importante que lo conectara con sus amigos. Eso es el club de lectura para mí. Me gusta el hecho de que aquí puedo tomar decisiones, y hacer y sugerir soluciones para que ocurran cosas. Casi, casi, como si yo no fuera una mujer fracasada.

—¿Qué fue lo que más les gustó del libro?—pregunta Julia.

—Me encanta Sophie—dice Debra, refiriéndose a la protagonista Sophie Katz—. Me gusta que es birracial. Como mujer negra y judía, me identifico totalmente con ella.

Debra se pasa la vida diciendo "como mujer negra y judía". Incluso la usa en frases así: "Como mujer negra y judía, me gusta la comida" o "Como mujer negra y judía, voy al baño".

—¡Yo también!—opino—. Me identifico completamente con ella.

Todas me miran como si me hubiera vuelto loca de remate.

—¿Qué pasa?—pregunto—. Yo también soy birracial.

Se ríen.

—Tú eres cubana—dice Julia.

—Mi familia en Cuba es blanca y negra—les digo—. Deberían ver a mi hermana. Es una mulata clara. Si no me creen, está ahí en el otro salón.

—Tú eres la persona más pálida que conozco—dice Gina.

—Bueno—dice Julia poniendo los ojos en blanco—, aparte de la herencia africana de Milán, ¿qué fue lo que más les gustó de Sophie?

—Su adicción a Starbucks—digo—. Como mujer negra, me identifico con eso.

—Por favor—dice Gina.

—Te agradezco que no te burles de mí, Milán—me dice Debra.

—¡No me estoy burlando!—protesto—. ¡Ah! Y también creo que es buenísimo que la autora mezcle la literatura rosa con el misterio.—Ya voy sintiendo el efecto de la cafeína y el azúcar—. ¿No se tuvieron que quedar despiertas toda la noche, sin poder soltar el libro? Creo que me lo leí en un día.

—¡Sí!—gritan.

Como siempre, asumo el control. En lo que se refiere a Ricky y a libros, nadie puede hablar más que yo.

—El modo en que describe cómo el tipo viene con todas esas tretas para perturbarla y hacerla parecer paranoica—digo y muerdo un trozo de panetela—. Todo eso fue increíble.

—Así es—dice Gina.

Le doy otra mordida a la panetela, y continúo comiendo y hablando con indiferencia, completamente feliz y cómoda en compañía de otras mujeres lectoras y modernas, sintiéndome libre de ser Milán, la chica cubana mestiza blanca (negra) y *holgazana, a la que le gusta leer y apenas nada más, excepto Ricky Biscayne y un buen* latte doble. Daría cualquier cosa por hallar la manera de ganar dinero a partir de mis intereses, obviamente limitados aunque intensos, en vez de andar vendiendo remedios para ir al baño.

Sábado, 16 de marzo

Mis hijas, que ni siquiera parecen tener algún parentesco conmigo o entre ellas, están sentadas en mi Jaguar mientras conduzco hacia el parqueo de los muelles donde parten los cruceros. Ninguna habla. La tensión es tanta que hubiera bastado para matar a un camello, o como diga el refrán. No me gusta hablar mal de mis hijas, pero estas dos son unas malcriadas. Desagradecidas, malcriadas y antipáticas la una con la otra. En Cuba jamás hubieran podido comportarse de esa manera: tan egocéntricas que no se dan cuenta de que no hay nada más importante que la familia. Me tienen harta. Si supieran lo que hemos luchado sus padres para darles la vida que tienen, se darían cuenta de cuán idiotas me parecen sus insignificantes rencillas. ¿No se dan cuenta de que al final lo único que cuenta es la familia? ¿No les importa? No sé por qué me preocupo.

—¡Llegamos!—digo tan animadamente como puedo.

—¡Viva!—dice Génova, sarcástica como siempre. Va hecha un ovillo en el asiento para pasajeros junto a mí, mirando ese aparatito al que llama Black-Berry. Odio todas esas cosas metálicas que lleva en la nariz y las cejas. Ha estado tecleando algo en la maquinita mientras se ríe. Perdida en su mundo, como siempre. A Génova nunca le ha importado lo que yo ni nadie piense de ella. Como mujer, se lo admiro, aunque como madre desearía que fuera diferente.

—¡Qué bueno!—dice Milán.

—Hace un día hermoso—digo—. Tratemos de pasarla bien.

Apago el motor, abro mi puerta y me estiro con los brazos en alto. Realmente hace un día hermoso. Soleado, con algunas nubes en el horizonte oriental. A nuestro alrededor, personas en atuendos turísticos parquean y se dirigen hacia los barcos arrastrando sus maletas de ruedas. Los muelles de esta zona sólo son para cruceros, y debe de haber seis o siete de ellos arrimados en este momento, preparándose para diversos viajes por el Caribe. Aquí florece el negocio de los cruceros. Lo sé porque una vez hice un programa sobre trabajadores sexuales ilícitos en estos barcos.

Mis hijas salen del auto. Génova lleva un atractivo *sarong* y un top de tiras muy escotado, ambos negros, con un chaleco de mezclilla bastante juvenil. Se ve linda vestida de negro o de cualquier otro color. Hoy lleva su rizado cabello recogido atrás con una cinta. Tiene un tatuaje nuevo: un anillo de flores alrededor del tobillo derecho. Posee una apariencia bohemia y artística. ¿Y Milán? Ay, Dios mío. No sé qué hacer con ella. Es una muchacha linda, casi tanto como su hermana, pero no parece importarle. Es como si quisiera esconder su belleza del mundo. Está vestida con un par de pantalones sudaderas desteñidos, de su época de la universidad, con las palabras *Go Ibis* en el trasero, y una enorme camiseta de Ricky Biscayne que siempre se pone. Odio esa camiseta. Odio toda la ropa que se pone. Se ve horrible. ¿Y esas sandalias? Es el tipo de sandalias que se pondría una mujer *hippie*, de ésas que tienen las piernas peludas. Su cabello luce grasiento y sin ningún corte. Nunca la he visto tan descuidada. Antes trataba de tomar más en serio su vestimenta. Yo le explicaba que las ropas, el modo en que uno se viste, es nuestra tarjeta de presentación ante el mundo. Pero dejé de insistirle porque no servía de nada. A mi esposo Eliseo le gusta que ella no trate de lucir bonita pues, por alguna razón, piensa que eso es un reflejo de su devoción hacia él. Tiene ideas raras sobre las mujeres, especialmente sobre sus propias hijas. Mientras más hermosa se ve Génova, más se incomoda él.

Yo me he puesto una combinación Liz Claiborne de hilo blanco, con zapatos cerrados, color beige, y joyas de oro. También llevo mi sombrero, una pamela de sol. Se supone que no debo tomar sol después de mis tratamientos para la cara. Saco mi maleta del auto y las niñas agarran sus bolsos. Génova lleva una maleta Vuitton. Milán una mochila, como si fuera un guía *sherpa*. Lo único que le falta es el yak. No sé cómo logra meter alguna ropa ahí. Por lo que parece, planea usar el mismo atuendo mañana.

—¿Están listas?—pregunto, tratando de parecer animada.

Milán asiente. Génova se coloca las gafas sobre los ojos y silba de un modo que denota a la vez aburrimiento y arrogancia. Hace traquear los huesos de su espalda, luego sus muñecas, y con ello se gana una mirada desagradable de Milán. Me pregunto dónde me equivoqué al criar a estas dos. ¿Sería porque estaba tan concentrada en mi programa radial que no les di suficiente amor? No sé.

El Crucero de la Confianza es el cuarto barco, muelle abajo. Es más pequeño que los otros, pero de todos modos de gran tamaño. Sospecho que debe haber un montón de gente que desconfía de otros caminando por el mundo. El barco pertenece a una de las grandes líneas de cruceros, pero ha sido reservado por una escritora local, que publica libros de autoayuda, a quien veo al pie de la rampa dándole la bienvenida a todos con un cálido abrazo y una sonrisa. Su seudónimo es Constancy Truth, y la admiro mucho. Desde hace tiempo había deseado conocerla. Esto va a ser muy bueno para mis hijas. Lo presiento.

En el instante en que pasamos junto al segundo barco—un gran trasatlántico blanco—, Milán recibe una llamada en su celular, y todas nos detenemos para que ella pueda hablar, porque al parecer mi hija más perezosa no puede caminar y hablar al mismo tiempo. La gente nos esquiva, tratando de llegar a sus barcos. Génova suspira y mira su reloj. Hasta el momento, la cosa no fluye como había pensado. Observo el barco que está junto a nosotras. Es enorme. Aún no entiendo cómo estas enormes naves de metal pueden flotar en el agua. La que se encuentra cerca pertenece a la empresa Carnival y también está siendo abordada. Milán me hace un ademán de pronunciar "club de lectura", moviendo exageradamente los labios y sin emitir sonido, como si eso fuera algo importante.

—No—dice Milán en el teléfono—. Nunca he oído hablar de ese libro.

Génova me mira como si esperara que yo hiciera algo para remediar esto, y pone los ojos en blanco cuando no hago nada. Milán y sus libros. Debería ser bibliotecaria. Me vuelvo y veo a un grupo de personas poco agraciadas con estuches de guitarra y otros instrumentos musicales que se abren paso por la rampa hacia el barco. Hay una mujer en el grupo y, por alguna razón, me recuerda un poco a Milán. Es una muchacha hermosa que trata de pasar inadvertida. Coquetea con un tipo tan peludo que no parece real.

—¿Cómo se llama?—grita Milán en el teléfono, escarbándose el oído libre con un dedo.

Frunce el ceño ante el ruido y la conmoción que nos rodea, tratando de escuchar lo que le dice la rata de biblioteca que está al otro lado de la línea. Esas son sus únicas amistades: un puñado de mujeres que lee demasiado. Milán debería estar conociendo hombres y forjando su futuro.

—¿Es un libro para niños? ¿Para adolescentes? ¿Pero lo escogiste para la próxima vez? ¿Cómo es? ¿*Infeliz*? ¿Ése es el título? ¡Oigo! ¿Me oyes?

Milán se quita el teléfono de la oreja, mira la pantalla, frunce el seño, suelta una palabrota y cierra la tapa del teléfono.

—¡Qué mierda!—dice—. No hay señal.

Mientras trastea con su teléfono, veo a un jovencito pelirrojo y zambo que pasa de largo frente a la rampa, y luego da la vuelta para regresar. Viste shorts arrugados y una camiseta raída, y se me antoja vagamente familiar. Está observando a la mujer que está con el grupo de músicos mientras ella se ríe con el individuo peludo. Estoy segura de que he visto a ese pelirrojo en otra parte. Me recuerda a un Conan O'Brien más bajito. ¡Eso es! El músico que tocaba en la banda de Ricky Biscayne en *The Tonight Show*.

Milán, que sólo mira la pantalla de su teléfono, empieza a caminar sin prestar atención hacia dónde se dirige, tratando de captar alguna señal. Génova suelta un bufido y se vuelve para dirigirse hacia nuestro barco sin esperarnos.

—Las veo arriba—dice.

Me quedo con Milán sólo por costumbre. Génova puede cuidarse sola. Milán vaga sin rumbo entre la multitud, regordeta y tropezando con la gente sin siquiera notarlo, concentrada en lo que está en su propia cabeza y en nada más. La observo mientras retrocede de espaldas y, en su ansiedad por captar una señal, choca con el pelirrojo en el momento en que éste iba a subir la rampa. Casi lo hace caer al agua, pero él se agarra a la cadena de seguridad de la rampa para recuperar el equilibrio.

—¡Dios!—grita él, mirando hacia el agua con expresión de susto.

La mujer que se encuentra en la rampa con los músicos, lo ve y se echa a reír. El hombre le devuelve la mirada.

—¡Vaya infeliz!—grita ella.

Él se sonroja y se vuelve para mirar a Milán. Aún concentrada en su celular, lo mira con ira, como si pensara que fue él quien tropezó con ella. El joven suelta la cadena y se endereza, aún aturdido por el tropezón de Milán. Le sonríe a mi hija y me atrevería a asegurar que la encuentra *atractiva*. Conozco bastante a los hombres como para saber qué significan sus miradas. Nunca he visto a ninguno que mire a mi hija de esa forma, y me erizo de pies a cabeza. ¡Sí! ¡Por favor, Dios mío, haz que conozca a alguien para que se mude de mi casa. Sé que uno debería querer a sus hijos siempre y recibirlos con los brazos abiertos, pero siempre he esperado el día en que mis hijas tengan su propia casa. Y Milán, según mis cálculos, ya se ha pasado seis años del límite.

Pero ¿ha notado Milán al hombre? No. Parece que se ha vuelto a comunicar con su amiga porque ha alzado una mano frente al hombre y se inclina para atender su teléfono. Él se encoge de hombros y espera a que ella termine. En realidad, es ella quien le debe una disculpa. Creo que él está esperando una. Pero lo único que hace Milán es echarle una segunda ojeada, como si tratara de ubicarlo, luego, distraídamente, le da la espalda y grita en el teléfono:

—¡Infeliz!

La expresión del hombre se desmorona y me doy cuenta de que piensa que ella lo ha insultado. Mira de nuevo a la mujer en la rampa y hunde sus hombros. Se ajusta la gorra de béisbol en la cabeza como si tratara de esconder algo y se aleja. Milán regresa adonde estoy, después de haber colgado.

—Por poco haces que ese joven se caiga al agua—le digo.

—¿Quién? ¿Él? Fue él quien tropezó conmigo.

—No fue así.

—Sí fue así.

—Era el muchacho de la banda de Ricky. ¿Te diste cuenta?

—¿Cuál muchacho?

—El músico.

—No, no era él, Mami.

—Vamos a llegar tarde, Milán—le digo—. Apaga tu teléfono.

—Perdona—dice—. Estaba hablando sobre el próximo libro que vamos a comentar.

—Déjame que adivine—le digo—. ¿Se titula Infeliz?

Ella asiente.

—¿Cómo sabes?

—Te oí—le respondo.

Pero lo que quisiera decirle es que ése hubiera podido ser el título de un libro sobre su vida.

Tengo una astilla en el trasero. Por culpa de las tribunas. Palpo con una mano y allí está, justo en la ranura que hay entre mi nalga y mi muslo. Me la he pasado sentándome y levantándome de estos bancos de madera, mientras grito durante el juego de fútbol de mi hija Sophia. No se trata de que esté jugando, sino que está *acabando* con ellos. Lo ha heredado de mí, pienso con una oleada de orgullo. Mi hija no sólo es inteligente y linda, sino que es un prodigio del fútbol.

De todos modos, ahora estoy en el parque, chillando y saltando en mis *shorts* caqui de Target, tenis de tela y una camiseta amarilla de mangas largas; al siguiente segundo, me he sentado y trato de ignorar las miradas que me arrojan otros padres.

—¡Gooooooool!—aúllo, como si fuera una fanática de esos programas deportivos en español.

Sophia se vuelve a mirar, avergonzada de mí, pero orgullosa de sí misma. Me saluda con la mano y luego me hace un gesto para que me siente. Me he dado cuenta de que los padres tienen que avergonzar a sus hijos. Es un requerimiento inevitable. Ay, me he sentado sobre la esquirla. ¿Cómo se saca uno estas cosas? Tendré que pedirle a Jim que me la quite. Soy afortunada de tener a alguien que pueda sacarme las astillas del culo. La vida es generosa.

—¡Gooooooool!—grito de nuevo.

Me tiro de los pelos, aúllo y silbo. Estoy armando un jaleo tan grande que mis gafas de sol caen entre los bancos y desaparecen bajo la tribuna. Soy grande, soy fuerte, puedo ser ágil, pero no en este momento. Apenas me doy cuenta de nada. Arrugo los ojos para protegerme del rudo sol de Homestead.

—¡Ahí va mi hija!

Siento las miradas de algunos padres. Suele ocurrir. Las mujeres me ponen mala cara. No tengo la culpa de que sus hombres sean unos sabuesos. No es culpa mía que necesite mantenerme en forma para mi trabajo y que muchas mujeres, al parecer, no tengan que hacerlo. No es difícil estar en forma. Sólo hay que cuidar lo que uno come y hacer ejercicios. Así de sencillo. La gente trata de complicarse con dietas especiales y el copón divino. Todo eso sobra.

Sophia se está poniendo muy bonita. El otro día le dije que eso me preocupaba y me respondió algo que me sorprendió: "Tú también eres linda, Mami. Te pareces a Kate Hudson". Es el primer elogio que me ha hecho en dos años. Confío en que hallamos limado ciertas asperezas y que siga mostrándose abierta a lo largo de la accidentada adolescencia. Espero que me pida consejos sobre sus salidas con chicos, aunque no puedo prometer que no diré nada estúpido y sobreprotector al estilo de: "Espera un poco, tómate tu tiempo, no seas como yo, primero termina la universidad".

¿No seas como yo? Sí, que no haga como yo, que estuve con Ricardo Batista, alias Ricky Biscayne. En aquella época creí estar muy enamorada, pero en realidad no sabía distinguir una cosa de otra. Vuelvo a sentarme y trato de no pensar en Ricky. Últimamente aparece por todas partes: las tiendas, la televisión, la radio . . . No puedo creerlo. Hubo un tiempo en que hubiera muerto por ese muchacho, y ahora ni siquiera sé si recuerda quién soy.

El recuerdo regresa como un conocido indeseado, pero con lujo de detalles. *Clase de inglés. Estamos discutiendo* The Red Badge of Courage, *de Stephen Crane, y la maestra nos dice que ese libro fue escrito en unos pocos días. Varios estudiantes, incluyéndome a mí, decimos que es imposible o, en caso de serlo, ningún libro escrito con tanta rapidez puede ser bueno . . .*

—Es posible—dice un joven sentado al final de la clase.

Es Ricardo Batista. Estrella del fútbol. Solitario. Hermoso. Un chico que se ríe sin motivo alguno de chistes que sólo él ha escuchado. Un joven al que sigo buscando, intentando que me mire a los ojos, pero ante quien me siento demasiado tímida. Creo que está bien mirarlo en clases, porque el resto del aula también lo mira. Es tan hermoso, con algunas espinillas que no le restan mérito a su físico. Y esos ojos. ¡Dios!

La maestra, una joven de cabellos largos y ondulados, sonríe.

—¿Tú crees, Ricardo? ¿Qué te hace pensar eso?

—Bueno—dice él—, yo escribí un libro de poemas la semana pasada. Doscientas páginas en total.

Casi todos los estudiantes se ríen, pero la maestra no. Yo tampoco. A mí también me gusta escribir poesía, y no puedo creer que a alguien más de esta frívola escuela, donde lo único que parece importar son la ropa y la popularidad, comparta mi pasión. Sin poesía, creo que moriría de tristeza y soledad. Últimamente, casi toda la furia de mi padre parece dirigida a mí. Mi madre se ha marchado desde hace dos semanas y nadie sabe dónde está. Es algo que hace a menudo, y siempre regresa. Trato en lo posible de no estar en casa, me destaco en la escuela, en el grupo de música, en natación, en todo, porque aunque sólo tengo catorce años, comprendo que la educación es la única vía para escapar de la vida que mis padres me han dado.

—¿De qué tratan tus poemas?—pregunta la maestra.

Éste es el momento en que, por primera vez, brotan alas de mi corazón, cuando Ricardo Batista, el muchacho que toda chica quiere tener, me mira y señala con su lápiz gris:

—Sobre ella—dice con la más dulce y tierna de sus sonrisas.

—¿Sobre mí?—repito, tocándome con una mano.

Algunos condiscípulos se ríen.

—Sobre ti—dice.

Es la primera vez que se dirige a mí.

—¿Por qué yo?

—Te he visto—continúa—. No es fácil para ti.

—¿Para mí?

—Irene Gallagher—dice él—. La muchacha más bonita y atormentada de esta escuela. En mis poemas te llamo "mi mariposita rota".

La maestra interrumpe el diálogo y nos pide que continuemos hablando después de la clase, llevando nuevamente la atención de todos hacia el libro. Me vuelvo para darle la espalda a Ricardo, pero puedo sentir el peso de su mirada sobre mi cuerpo durante el resto de la clase.

—¡Gol!—grita el entrenador Rob, mientras Sophia vuelve a anotar.

¡Otra vez! Casi me lo pierdo, sumergida en mi pasado. Por eso trato de no pensar en él. Sacudo mis recuerdos para regresar al presente, pero aún siento los dedos húmedos de aquel amor fantasma recorriendo mi piel. Me pongo de pie y grito.

Las chicas del equipo de Sophia comienzan a chillar y a reírse a gritos mientras mi hija corre a través del terreno para celebrar su más reciente gol. Sus compañeras la alzan en hombros durante un segundo, antes de dejarla caer accidentalmente sobre la hierba mojada y dura.

—¡Sophia!—grito horrorizada, cubriéndome la boca con una mano—. ¿Estás bien?—pregunto mientras corro hacia la cancha.

Sophia se vuelve a mí con su sonrisa torcida. A veces se parece tanto a su padre que resulta doloroso mirarla.

Ricky era muy bueno en fútbol durante nuestro tiempo de noviazgo en la secundaria. Había sido un chico inteligente que se destacaba en muchas cosas y, a juzgar por los indicios, su hija está igualmente bien dotada. Me esfuerzo al máximo para poder pagar las clases de baile y de música de Sophia, y también las de fútbol. Está empezando a pedirme mejor ropa, como lo que uno encuentra en la sección para adolescentes en las tiendas por departamentos elegantes. No puedo darme el lujo de comprarle esa ropa, pero me duele tener que admitirlo. He estado ahorrando algún dinero con la esperanza de tener suficiente como para vivir seis meses sin trabajar, cuando finalmente me decida a demandar a mi jefe por discriminación sexual. Sophia no sabe nada de los ahorros, ni del acoso. Simplemente piensa que su madre es una tacaña.

Me siento culpable. Debería contarle quién es su padre. Tal vez preparar una reunión entre ambos. Tal vez ver si él puede contribuir con algo para ayudarla. Durante todos estos años, mi orgullo se ha antepuesto a todo, y ahora me parece algo tonto. No sé. Fue terrible para mí. Realmente terrible. Sería como aceptar sus agravios después de todos estos años, ¿no es cierto? No sé qué hacer. Nunca lo he sabido.

—Le conté a mi mamá lo del bebé—me dice, mientras compartimos un Orange Julius en el centro comercial. Somos tan jóvenes.

—¿Qué te dijo?—pregunto.

Tengo la esperanza de que la madre de Ricky me adopte, me saque de casa, y nos críe a mí y a mi bebé.

—Quiere que nos libremos de él—dice Ricky.

—¿Qué?

Mi corazón se detiene y las lágrimas acuden a mis ojos. Ni siquiera en ese momento lloré mucho, después de haber aprendido a guardarme esas cosas. Pero no puedo evitarlo. Lo intento y no puedo.

—Soy católica—afirmo—. Me quedaré con este bebé.

—No puedes—dice Ricky—. Ella me aconsejó que lo diéramos en adopción.

—¿Qué? ¡No! Voy a tenerlo y a criarlo.

—No puedes.

—Puedo y lo haré, lo mismo si me ayudas que si no lo haces.

Ricky mira al techo, luego a mí. Parece furioso.

—No me hagas esto, Irene.

—¿Por qué tu mamá no me quiere?

He visto unas cuantas veces a su madre en su casa. Es la clase de madre que siempre quise tener: una mujer trabajadora y perseverante que mantiene su casa limpia.

—No sé—responde él, encogiéndose de hombros.

—Sí lo sabes.

Se pone de pie, aún molesto.

—Mi madre piensa que tu familia es pura escoria, Irene. ¿Estás satisfecha?

—¿Qué? ¿Cómo puede decir eso?

—No quiere que me asocie contigo. Piensa que eres una fuente de problemas.

—¿Qué piensas tú?

—Bueno, tienes que entender por qué ella piensa así. Tus padres . . .

—¡Ricky! Pensé que me querías.

—Somos muy jóvenes. Es ridículo. Mi madre tiene razón. Creo que deberías deshacerte del bebé. Tengo que irme.

Alzo la vista, sorprendida de tener lágrimas en los ojos. No. No buscaré su ayuda. No lo dejaré que conozca a mi hija. No tiene ningún derecho sobre ella, después de habernos ofendido, creyéndose que es mejor que nosotras, exigiendo que se la entregara a alguien.

No lo necesitamos.

Sophia me pide que vuelva a mi banco.

Por unos segundos, Sophia y las otras chicas conferencian con Rob, su joven y guapo entrenador, y luego todas se despiden para regresar con sus padres. Sophia corre hacia mí con sus largas y doradas piernas, y se hunde con un abrazo en mi pecho. Casi tiene la edad para sentirse avergonzada por semejante comportamiento, pero por suerte para mí aún le gusta acurrucarse . . . de vez en cuando.

—Eres fabulosa, mi hija—le digo, acariciándole el pelo castaño y revuelto—. Estoy tan orgullosa de ti que ni siquiera puedes imaginarlo.

—He estado practicando—dice Sophia con una sonrisa confiada.

—Ya lo he notado.—Recojo mis cosas del banco y me pongo de pie—. ¿Tienes hambre?

—¿Podemos comer pizza?

A Sophia le encanta la pizza, casi más que el fútbol, y ahora que tiene trece años parece tener hambre todo el tiempo.

—Claro—le digo.

Trato de volver a comportarme como una madre que no se preocupa por pequeñeces . . . como el dinero. Pero no dejo de preguntarme si los cheques que escribí la semana pasada ya fueron cobrados. Si es así, no quedará dinero para pizzas, ni para nada más. Y si no, quizás logre hacer algunos malabarismos hasta el día del cobro la próxima semana.

—¡Qué rico!—grita Sophia.

No se necesita mucho para que se sienta feliz.

Caminamos tomadas de la mano y atravesamos la cancha hacia el parqueo. Noto que Rob, el entrenador, nos mira, y ahora viene trotando hacia nosotras. Es simpático. No hay dudas. Y estoy segura de que le gusto. Siempre quiere hablar conmigo. Nunca he respondido a sus galanterías porque creo que le desgraciaría la vida a Sophia si tuviera relaciones con su entrenador, especialmente si las cosas no funcionaran entre nosotros.

—¡Hey, Irene!—llama.

—Hola, Rob. ¡Tremendo juego! Qué clase de jugadora, ¿eh?—le revuelvo el pelo a Sophia.

—Sophia es la mejor—dice el entrenador. Me mira de arriba abajo y se sonroja, adoptando una expresión culpable—. ¿Puedo hablarte en privado un segundo?

Sophia me da un codazo. Con una sabiduría que sobrepasa su edad, Sophia continúa caminando hacia nuestro Isuzu Rodeo azul que se encuentra en el parqueo.

—Te espero en el auto, Mami—dice con una sonrisa pícara.

Sophia piensa que el entrenador Rob está enamorado de mí. Es una idea esperanzadora para una niñita sin padre.

Rob espera a que Sophia se aleje para colocarme una mano sobre el hombro. Mmm. Agradable. Ojalá no lo hiciera. Ignoro todo sentimiento agradable que pueda sentir, y trato de pensar en Jim, el policía cristiano.

—No quería decir esto delante de ella, ni de nadie—dice, crispando el rostro y bajando la voz—, pero tu cheque para los uniformes no tenía fondos.

Ay, no. Mi estómago se sacude de miedo como si me estuvieran persiguiendo. Los problemas monetarios me provocan ese efecto: quiero pelear o escapar. Mi impulso habitual es salir corriendo.

—No puede ser—miento.

—Lo siento—dice—. Le di el uniforme a Sophia, pero necesito que me hagas llegar esos sesenta dólares lo más pronto posible.

—Por supuesto—le digo, humillada hasta el tuétano—. No hay problema. Debe haber sido un error del banco.

Rob sonríe, y sus ojos descienden para fijarse en mi boca.

—Todos atravesamos por tiempos difíciles—dice suavemente—. De veras me gustaría que Sophia asistiera al campamento deportivo este verano. La necesitamos. Sé que esto es repentino. Si no puedes arreglártelas, tenemos algunos padres que pueden ayudar. Yo podría . . .

—Puedo *arreglármelas*—miento. ¡Trescientos dólares! ¡Ay, no!

—Bien, pero sé que los bomberos no ganan lo suficiente. Y eso está mal. Ustedes se la pasan arriesgando el pellejo.

—Te veo la semana que viene.

Doy media vuelta antes de que pueda ruborizarme. ¿Campamento deportivo? De ninguna manera podré pagar por un campamento deportivo durante todo el verano. Corro hacia el Izusu con lágrimas en los ojos. ¿Cómo llegué a esto? ¿Cómo? ¿Cuándo me ocurrió? Mis aspiraciones eran más ambiciosas. ¿Cómo podré escapar de esto?

—¿Estás bien, Mami?—pregunta Sophia, inclinándose hacia el carro, mientras hace rebotar su pelota de fútbol sobre su cabeza antes de recibirla con las manos.

Esta niña parece psíquica a veces. Es increíble que uno nunca logre escamotearle la verdad a sus propios hijos.

—No—le digo mientras abro la puerta del auto—. Pero me las arreglaré. Entra al carro.

Avanzamos durante un rato sin decir nada, mientras Sophia se entretiene pasando las estaciones de la radio. Trato de no llorar, pero termino por hacerlo. Si sólo hubieran sido lágrimas de tristeza o lágrimas de rabia, habría podido controlarlas. Pero esta vez lloro por ambas cosas a la vez.

—¿Qué pasa, Mami?

—Lo siento, Sophia. Debo ser honesta contigo. Tenemos algunos problemas de dinero esta semana.

—¿Otra vez?—pregunta Sophia.

Se encoge en su asiento como si no quisiera que nadie viera lo pobre que es, sentada en ese carro.

—Sí—respondo.

—¿Entonces no hay pizza?

—Hoy no, lo siento. Podemos preparar algo en casa. Tal vez Abuelita ya lo hizo.

—¡Viva!—dice Sophia con cinismo—. A lo mejor prepara bocaditos de mayonesa.

—Lo siento.

—No, Mami, está bien—suspira Sophia—. De verdad comprendo. Ha sido una semana difícil, con todo lo del arreglo de las ventanas y los dientes de Abuelita.

Me asombra de veras la madurez y la capacidad de recuperación de Sophia. A principios de esta semana, alguien rompió a pedradas cuatro ventanas de nuestra casa. Luego descubrí demasiado tarde que había dejado que se venciera el seguro de la casa. Así es que tuve que pagar por eso. Luego el puente dental de mi madre se desprendió. El dentista nos dijo que el seguro de Medicare no volvería a pagarlo. Así es que también tuve ese gasto. Además, pagué la hipoteca y las cuentas. Los principios de mes son los peores. Nunca hay suficiente dinero. Es así de simple.

Sophia busca una estación de música pop y de inmediato se escucha por las bocinas el éxito en inglés de Ricky Biscayne. Por puro instinto me lanzo a apagarlo.

—Estoy a punto de una promoción—digo.

Probablemente no la consiga, pero vale la pena mencionarlo.

—Eso es bueno, Mami. Pero ¿trabajarías más?

—Sí.

Tendría que estar cuatro días y noches fuera de casa, y en la estación, por semana. Ésa es la razón principal por la que he dejado que Alice viva con nosotras.

—Bueno—dice Sophia.

Parece triste. Desde que era niña, siempre quise ser bombero, pero se trata de una pésima opción para una madre soltera. Ahora lo sé. Pero ¿qué puedo hacer? En estos momentos no puedo encontrar ningún otro trabajo donde gane tanto.

Ricky. Al carajo con Ricky. Ahora es rico. Tenía quince años la última vez que hablé con él. Eso significa que ahora tendrá veintiocho. Quizás haya cambiado. Quizás podría ayudarnos. No quisiera necesitar nada, pero aún así . . . ¡Dios! No sé qué hacer.

—¿Tienes tarea o algo?

—Sí, un poco—responde Sophia—. Matemáticas.

—Y cómo nos gustan las matemáticas.

—Cierto—dice Sophia, que comienza a dominar el arte del sarcasmo.

Ambas odiamos los números. Me encanta comer. Me estoy muriendo de hambre.

Me arrimo a la entrada de nuestra casa y apago el motor.

—Oye, Mami—dice Sophia mientras atravesamos el jardín y un trueno ruge en la lejanía.

—Dime, m'hijita.

—Ese tipo que cantaba en la televisión la otra noche . . .

Mi corazón se acelera, pero trato de disimular.

—Sí, ¿qué hay con él?

—Creo que se parece a mí.

Siento sus ojos sobre mí, pero no le devuelvo la mirada. En vez de eso, meto la llave en la puerta.

—¿Tú crees?—pregunto encogiéndome de hombros.

—Sí.

Trato de reírme como si nada en el mundo me preocupara.

—Entra, corazón—le digo.

Sophia me mira confundida.

Antes de entrar a la casa, Sophia me observa unos instantes con los ojos entrecerrados. Hay olor a hamburguesas que se fríen.

—¿Ves que Abuelita hizo comida, Sophia? ¿No es una maravilla?

—No tengo hambre—dice Sophia, echándose sobre el barato sofá Ikea, con cara de pocos amigos.

—¡Pero acabas de decir que tenías hambre!

—Bueno, era mentira—dice Sophia, con descaro.

—¿Para qué tenías que decirlo?—pregunto distraídamente.

Sophia me observa con tanta intensidad que termino por devolverle la mirada.

—Porque es obvio que en esta familia todos mienten.

Domingo, 17 de marzo

Lo único que quiero es dormir, pero todo el camarote se mece de un lado a otro con tanta fuerza que tengo que tensar cada músculo de mi cuerpo para no vomitar. Génova dormita en una cama cerca de mí, como si no ocurriera nada. Incluso con todas estas sacudidas, y en medio del sueño, se las arregla para levantar una muñeca y hacerla traquear. Dormida. ¿Cómo puede hacerlo? Debe estar poseída. Es la única respuesta que se me ocurre. Sólo alguien endemoniado podría parecer lo bastante adormilado, y seguir durmiendo, en medio de todo este parque de diversiones en que se ha convertido nuestro camarote.

Me pongo de pie y entro tambaleándome en el bañito, consciente del precario zumbido que hacen los motores del barco bajo el suelo. No sé dónde estará Mami. En los barcos, todo está clavado o soldado al suelo y a las paredes. Ahora sé por qué. Miro hacia la claraboya y veo el agua que chapotea a través del cristal. Lindo. Se supone que estemos cinco pisos por encima del nivel del océano. ¿Por qué hay agua salpicando por aquí? ¿Vamos a volcarnos? ¿Es esto normal? No tengo alma de marinero, pienso mientras tropiezo y me caigo.

—¡Ay!—chillo.

Génova se mueve en su cama y me mira con un ojo medio abierto. No tiene manchas de maquillaje en los ojos porque, a diferencia de mí, ella recuerda quitárselo antes de irse a dormir.

—¿Estás bien, Milán?—pregunta.

No puedo saber si su tono es sarcástico.

—Estoy bien—digo.

Me levanto y continúo tambaleándome hacia el baño. Los cruceros son una mierda, ¿saben? Para que se sepa y quede constancia por los siglos de los siglos.

Llego al bañito y cierro la puerta. Es casi tan pequeño como el baño de un avión. No quiero vomitar. Sólo quiero orinar y volver a dormirme. Miro mi reloj. Las seis de la mañana. Oigo el siseo caliente del líquido que sale a chorros de mí y cae en la taza, y me pregunto cómo vine a parar aquí.

Salgo del baño y me encuentro a Génova sentada en la cama, revisando nuevamente su BlackBerry. Es una adicta a sus *e-mails*. No puedo creer que eso funcione aquí. ¿Dónde estamos? En algún lugar cerca de Cuba, circunvalando la isla de los condenados, como si no existiera. Éste es un crucero malísimo porque no hace escala en ningún sitio. Estamos en el mar todo el tiempo, supuestamente aprendiendo a confiar en el prójimo. Quisiera que Génova continuara durmiendo porque quiero lanzarme sobre el paquete de pastelillos de crema de guayaba que he escondido en mi maletín, pero no quiero que me eche la misma mirada de siempre.

La puerta del camarote se abre y nuestra madre entra bailando un vals, como una de esas actrices de comedia, alegre y desenfadada, vestida y maquillada a la perfección. ¿Es que nunca luce mal? ¿Cuándo tuvo tiempo para planchar un pantalón de hilo negro? Se ve fantástica, con su pañuelo amarillo atado alrededor del cuello.

—¡Buenos días, muchachas!—trina, con sus dos vasos encerados y cubiertos con tapas de café Starbucks—. ¿Quién desea un poco de cafeína? También conseguí Dramamine para el estómago.

Sonríe como una maestra de primaria. Génova extiende una mano para recibir su café y murmura "gracias". Eso que tiene a un costado de su muñeca ¿es un tatuaje nuevo? Rechazo el café, pero de todos modos mi madre me obliga a coger la taza y la píldora.

—Me siento mal—digo.

Me tambaleo en la cama y me dejo caer.

—Para eso es el Dramamine—dice Mami.

Sí, gracias. Nunca lo hubiera adivinado.

Me pregunto cómo alguien puede tragarse unas píldoras con un líquido hirviendo, pero hago lo que puedo. El barco se sacude, cabecea y parece como si la proa se elevara y volviera a caer al mar con un furioso estruendo helado, como un agua que cae sobre cemento sólido o algo así.

—¿Qué fue eso?—pregunta Génova.

—Sólo una pequeña tormenta—dice mi madre.

Trato de calcular mentalmente si ya ha comenzado la época de huracanes. El barco se inclina a un lado y mi madre debe agarrarse al pequeño escritorio para no perder el equilibrio. No obstante, sonríe y se alisa los costados con sus manos como hace cada vez que está a punto de hablar sobre un hombre.

—Estaba hablando con el capitán hace un momento y dice que no hay por qué preocuparse. Esto pasará en una o dos horas. Es muy apuesto. Quiero que lo conozcan, chicas.

El barco se estremece y cae mientras Génova y yo intercambiamos una mirada en la que parecemos preguntarnos si Mamá no estará durmiendo con el capitán.

—Déjame saber cuándo atraquemos—dice Génova, que vuelve a zambullirse bajo la colcha y se tapa la cabeza con ella.

—Vamos, niñas—nos anima mi madre, que sorbe su café mientras se apoya contra la pared—. Vístanse. Hay un bufet muy bueno y después tendremos un agradable taller llamado "Abriendo nuestros corazones".

—Mi corazón está lleno de vómito en estos momentos—digo.

—No lo abras—me ruega Génova—. No sería nada agradable.

Génova y yo nos reímos. Juntas. Mi madre no nos secunda. Tal vez Génova y yo terminemos por establecer algún vínculo a expensas de nuestra madre.

Los ojos de mi madre se fijan en mí.

—He tratado de ser amable—dice—. Pero ambas me están sacando de mis casillas. Levántense y vístanse, y dejen de actuar como un par de mocosas malcriadas. Vamos a ir al puñetero desayuno.

Constancy Truth parece la caricatura de una jirafa que enseña aeróbicos con unos 80 años. Tiene un largo cuello delgado; cabello extraño, mitad negro mitad rubio, terminado en puntas que desafían la gravedad y el buen gusto; y enormes ojos negros con pestañas falsas. Está en medio de un círculo de personas, en un salón parecido a cualquier insípido salón de conferencias de cualquier hotel. Lleva unos cortos *shorts* de color rosa subido y una blusa de brillo plateado. Esta gente da lástima. Es la única palabra que encuentro para describirlos. Deberían estar en una reunión de Alcohólicos Anónimos o algo así, ya ustedes me entienden. Parece como si estuvieran necesitados, desesperados o maltrechos. Es el tipo de gente que cree cualquier cosa. Constancy se muestra tan agitada como una rana. Quizás esté drogada, bajo la influencia de anfetaminas o algo así. Le da rápidamente la vuelta al círculo, estrechando manos y mirando nuestros ojos con exagerada intensidad. Va descalza, aunque lleva unas medias para calentamiento, gruesas y grises. ¿De dónde diablos sacó unas medias para calentamiento? Mi madre piensa que es encantadoramente excéntrica y original. A mí se me antoja inquietante y aterradora. Génova parece coincidir conmigo, porque se inclina hacia mí y susurra:

—¿Crees que nos pedirá que bebamos Kool-Aid con cianuro? ¿Deberíamos haber traído Nikes negros?

Nos reímos con malicia y nuestra madre nos lanza una mirada de inquietud.

—Muy bien, gente—grita la señorita Sabelotodo, que tiene un acento caribeño. ¿Jamaica? ¿St. Thomas?—. Tómense de las manos.

—Ay, Dios mío—murmuro.

Génova se ríe burlona. Mamá nos agarra las manos y las coloca juntas.

—Por favor, traten de cooperar—farfulla.

—¡Digan: yo me quiero!—grita la jirafa gurú.

—¡Yo me quiero!—grita la incauta multitud.

—¡Griten: quiero a todos los presentes en este salón!

—¡Quiero a todos los presentes en este salón!—gritamos.

—Ahora, silencien su corazón—dice Constancy.

—Corazones—me susurra Génova—. No compartimos el mismo corazón. Si fuera así, no tendríamos problemas de confianza con el prójimo.

Constancy continúa:

—Quiero que cierren los ojos y sientan la bondad y la compasión de las personas que tienen cerca. Respiren profundamente.

Respiro profundamente y siento olor a pedos. Pedos con peste a col, a frijoles, húmedos, asquerosos. Eso es, por cierto, bondad y compasión. ¿Quién fue? No fui yo. Usualmente soy yo, así es que estoy sorprendida. Dios mío, realmente apesta. Abro los ojos y miro a Génova. Sus ojos están abiertos como platos.

—¿Tú?—susurro.

—Te apuesto a que fue Mami—dice Génova.

Comenzamos a morirnos de la risa. Constancy sigue mascullando algo, sabe Dios qué, y mi hermana y yo tratamos de no ahogarnos. De pronto, el barco da una sacudida y la mitad de la gente rueda por el suelo. Génova y yo nos tambaleamos, nos quedamos de pie y nos miramos.

—¡Tranquilos!—chilla Constancy—. ¡No permitamos que esto sea un problema! ¡Confiemos en que saldremos de esto! ¡Confiemos en que el tiempo mejorará! ¡Confiemos en que esto ocurre para darnos una gran lección a todos!

Un par de personas han vomitado por el mareo. Primero fue una mujer de ojos tristes con un peinado tieso. Un hombre la vio y eso le hizo vomitar, lo cual hizo que una tercera mujer también vomitara. Constancy grita:

—¡Únanse! ¡Únanse! ¡Confiemos en la fuerza colectiva para unirnos y celebrar!

Al olor de pedos se suma ahora un olor a vómito. Voy a morirme.

—Debemos sentarnos en el suelo como los indios—dice Constancy, quien corre de un lado a otro empujando a la gente para hacerles formar un círculo—. ¡Debemos confiar! ¡Confiar en que no nos caeremos si nos sentamos!

La gente gime y gruñe, y el barco sigue meciéndose violentamente. Voy a vomitar.

—¡Qué peste!—dice alguien con unos ovarios mejor puestos que los míos—. ¡Dios mío!

Bravo por ellos.

—Ignoren el olor—dice Constancy, quien hace una inspiración profunda con una falsa sonrisa en el rostro, levantando los brazos sobre su cabeza con dramatismo—. Pensemos que el mal olor es un regalo del universo, un símbolo de aquello que llevamos en el corazón y que no nos deja confiar en la gente. ¡Confiemos en que el mal olor sea agradable!

—¿Eso no es engañarse a sí mismo?—me pregunta Génova, quien luego mira a mi madre—. Mamá, Constancy está tergiversando las cosas.

Nuestra madre coloca una mano sobre su boca y su nariz, como si esto pudiera bloquear el olor.

—Tratemos de sacarle el mejor partido a esto.

—Con permiso—digo con mi mano en la boca.

Siento unos deseos terribles de vomitar y salgo corriendo del salón rumbo a cubierta. El aire fresco me hace sentir mejor. Me inclino sobre la baranda y siento las salpicaduras de agua salada sobre mi piel. Génova me sigue y se coloca junto a mí.

—Nuestra madre se ha vuelto loca—dice, moviendo la cabeza como una bailarina.

Oigo como traquea su cuello. Qué asco.

—¿Tú *crees*?

—¿Confiemos en el *mal* olor? ¿Qué *es* eso? ¿Por qué Mamá nos hará esto?

Suspiro con fuerza.

—Supongo que su novio estaba ocupado este fin de semana.

Génova me observa.

—¿Sabías eso?

—Sí—digo—. ¿Y tú?

—Claro que sí. Una vez los vi en una cafetería. Salí corriendo.

—Se parece a Jack LaLane, ¿verdad?

—¡Cielos! ¡Es igualito!

Nos reímos como dos bribonas. Somos tan malcriadas. Es terrible, pero de algún modo necesitamos liberar la tensión.

—¿Puedes creer que Mamá tenga un amante?—pregunta Génova.

—Más poder para ella. Papá la ha estado engañando durante años.

—Bueno, pero de todos modos es raro.

Siento una mano en el hombro y me vuelvo para ver a nuestra madre. No sé cuánto tiempo lleva escuchando, pero tiene una expresión extraña y triste en el rostro.

—Ah, hola, Mami—dice Génova con los ojos llenos de culpabilidad.

—No vayas a decírselo—le ruega ella—. ¿Está bien?

Lunes, 25 de marzo

Un lunes, a primera hora de la mañana, Ricky Biscayne entra en la blanca propiedad barroca de Jill Sánchez, en Bal Harbour, viajando en la parte posterior de una camioneta que realiza entregas diarias provenientes de una florería local. El chofer y Jill mantienen una estrecha relación de confianza, y Jill sabe que él mantendrá la cosa en secreto. Aunque incluso si no lo hace, ¿qué más da, verdad?

Jill le ha dado el día libre a sus empleados y se encuentra sola en casa, con la excepción de los guardias de seguridad apostados afuera. Espera por Ricky en su cuarto, donde arden cien velas blancas, vestida con un *négligé* de encaje, blanco y traslúcido, de La Perla, un Rolex de oro blanco y diamantes, su anillo de compromiso con el diamante amarillo, crema hidratante Crème de la Mer (concebida para la cara, pero que ella usa en todo el cuerpo) y nada más. Ricky entra en su cuarto, con unos *jeans* rasgados que parecen harapos de Billy Ray Cyrus, un suéter de *jockey* y zapatillas Diesel. Su anillo de bodas le pesa en el bolsillo.

—No me jodas. Esto no fue lo que acordamos—dice él débilmente, esforzándose por no mirar su estupendo cuerpo.

Está allí para hablar de negocios. Quiere pedirle consejo sobre su inversión en ese nuevo club nocturno, Club G, y preguntar si debe contratar a una nueva publicista, ahora que Boolla Barbosa, su anterior agente, pronto irá a la cárcel por contrabando de armamentos y robo de recetas para medicinas o alguna otra mierda por el estilo. Jill siempre sabe cómo contratar el personal apropiado y él necesita ayuda. Ayuda técnica.

Pero ahora no puede concentrarse en eso. Sólo puede pensar en ese cuerpo. ¿Cómo se las arregla para que su piel parezca tan suave y tersa? Jasminka era bonita, pero pálida y huesuda. En cambio, el cuerpo de Jill parece esculpido en helado de café o en una vela de avellana, y su aliento huele a leche fresca.

—Prometimos que esta vez nos portaríamos bien. Sólo vine a escuchar tus grabaciones.

Cuando ella se pone de pie a unos pasos de él y deja caer su bata, Ricky comienza a sudar y a temblar. Sus pezones erguidos y vivaces poseen una coloración exquisita rosácea marrón. Son pequeños. Jasminka tiene pechos caídos de modelo con ese tipo de pezones enormes que ya había visto por primera vez cuando era un niño en el vestidor de YWCA con su madre, pechos semejantes a largos rostros británicos. Prefiere el cuerpecito apretado de Jill al cuerpo larguirucho y descarnado de su mujer. Adora el cuerpo de Jill, piensa, con una pasión y un deseo que lo mantienen despierto por las noches. Uno casi podría colocar, encima de su culo, un vaso de cerveza o la página de un pieza musical.

Jill escucha los esfuerzos de Ricky por detenerla. Él ama a su mujer, masculla en su intento, pero también dice que jamás dejó de amarla a ella. Jill no está segura, pero le parece como si él se esforzara por no llorar. Si ella no lo hubiera echado, continúa él, todavía estaría con ella. Jamás se hubiera casado con Jasminka. Pero ahora está casado y quiere hacer lo que es correcto, portarse con honestidad, ser un buen hombre, como le enseñó su madre. No quiere ser un sinvergüenza como su propio padre, que está en algún sitio de Venezuela con una nueva familia. Y bla, bla, bla. . .

—Ven conmigo—ronronea ella, sacando un pie de esmerada manicura por encima del otro. Los pies de Jill nunca tenían ampollas ni callos como los del resto de la gente. Parecían los pies de una figura de cera—. Nunca es demasiado tarde, ¿no?

Lo besa en la mejilla, luego en su cuello. Le acaricia la entrepierna con su mano, y presiona. Él se resiste durante seis largos segundos antes de agarrarla y empezar a esparcir mordidas sobre su piel perfumada. Los perfumes personales de Jill provienen de una tienda secreta en Francia.

Ricky ahueca las manos sobre sus pechos y se agacha para tomar un pezón en su boca. Jill gime aparatosamente, advirtiendo al hacerlo que podría estar sobreactuando.

—Así, papi—dice.

A Ricky le encanta cuando ella lo llama "Papi", y eso lo motiva a morderle suavemente el pezón.

—Así—dice—. Muérdeme duro, Papi.

—¿Te gusta a lo bestia, eh?

—Mientras más bestia, mejor—dice ella.

Ricky suelta sus pechos y le agarra el cabello y la nuca. Le tira de los mechones y el dolor la hace sonreír.

—Más duro—lo desafía.

Él tira más fuerte, obligándola a arquear el cuello y la espalda mientras la empuja hasta hacerla arrodillar, manipulando su cabeza hacia el zíper de sus *jeans*.

—Mámame el bicho—le ordena él.

Jill le abre la cremallera y obedece. Los pantalones de Ricky bajan hasta la mitad de los muslos. Ella no se siente precisamente impresionada por el estado algo flácido del miembro, pero de todos modos gime y se queja, como si lamerlo para sacarlo de aquel estado la excitara más que cualquier cosa. Sigue haciéndolo mientras se masturba, hasta que decide que ya es suficiente. Entonces se pone de pie.

—Vamos a la cama—le ordena.

—Oblígame.

—Muy bien—dice Jill, que le da la espalda y se inclina, valiéndose de su mano para abrir y mostrarle con nitidez su mercancía cuidadosamente afeitada. Ella sabe que a la pálida luz naranja de las velas luce tersa, suculenta e irresistible. Ricky observa y dice—: Mierda.

Jill se desliza y se arrastra por la cama como una gata, elevándose y doblándose sobre el colchón. Con los pies en el suelo y el pecho sobre la cama, alza sus nalgas y arquea su espalda, llamándolo con un gesto mientras se vuelve para mirarlo. Sus cabellos se despliegan sobre la cubrecama color melocotón. Su entrepierna, al igual que el resto de su persona, late de ansiedad.

—Ven—dice ella—. Pégame.

Ricky se va quitando las ropas mientras va hacia ella, llenando el amplio e inmaculado dormitorio con sus ropas. Tiene esa mirada salvaje que a Jill le encanta. Se toca y acaricia a medida que avanza hacia ella.

—No te muevas—le ordena.

Jill se muerde el labio inferior y espera. La nalgada es rápida, ni muy dura ni muy suave.

—He sido muy mala—le dice ella—. Podrías castigarme más.

Él vuelve a golpearla con más fuerza. A Jill le encanta.

—Te quiero—dice ella—. Te necesito adentro.

Ricky obedece y continúa dándole nalgadas mientras la penetra. Jill cierra sus ojos y se imagina cómo se verá mientras hace esto. Está segura de que luce hermosa. Deja escapar el tipo de ruidos que ha oído hacer a las actrices porno, y eso excita a Ricky. Ella sabe exactamente lo que debe hacer para que él la complazca. Entonces, en el instante en que cree que lo tiene bajo su control, Ricky la sorprende metiéndole un dedo por el otro orificio. El dolor es casi paradisíaco. Ella grita y, esta vez, no finge.

—Eres malvado—dice ella—. Cochino.

Ricky sale de ella y se inclina para lamerla allí. Por todas partes. En lugares donde no se supone que la gente debería lamer. La naturaleza prohibida del acto enloquece a Jill.

—Cochino—repite.

—Seré un puerco, pero te gusta—responde—. A ti te gusta que te dé candela por el culo.

Jill se vuelve y levanta sus esculpidas piernas en el aire. Ricky le mete la lengua en sus orificios expuestos, luego un dedo y otros.

—Te amo—le dice ella.

—Yo también.

—Pero te odio—le recuerda ella.

Él introduce toda su mano y ella grita de agonía y placer. Es bruto por naturaleza, pero su confusión y agonía lo hacen más bruto aún. Jill está embriagada de excitación. El sexo con Jack se ha vuelto aburrido después de tres meses de noviazgo, tras haberse conocido en el set de la película que protagonizaron. Jack tiene ese trastorno puritano que sólo le permite actuar como un salvaje con las mujeres (¿o los muchachos?) a los que odia, y él realmente *quiere* a Jill. Pero con Ricky, la tensión del amor no correspondido y de la admiración mutua, mezclado con un trasfondo de verdadera irreverencia, mantiene la relación fresca, y él actúa como si lo hiciera para una audición, manoseando todos los orificios de su cuerpo como ella nunca imaginaría que un marido puede manosear a su mujer.

Cuando terminan, Ricky se viste rápidamente con una sombra de turbación en el rostro.

—No puedo seguir haciendo esto—dice—. Necesito que respetes lo que yo quiero.

—Sé lo que quieres—dice Jill—. Y creo que acabo de respetarlo.

—Sabes lo que quiero decir. Estoy tratando de cambiar.

Jill se estira a todo lo largo de la cama y sonríe como el gato de Cheshire.

—Divórciate de ella—le dice—. Dejaré a Jack. Tú y yo nos casaremos. ¡Imagínate la prensa!

Ricky titubea. La mira con deseo y amor, pero enseguida se recupera.

—No—dice—. No voy a dejarme engañar de nuevo.

Y enseguida sale del cuarto como una exhalación. Jill vuelve a ponerse su bata, y echa a andar por las losas blancas y rosadas del pasillo, para seguirlo hasta la cocina donde él se sirve un vaso de agua helada.

—Yo quiero a mi esposa—insiste con furia cuando ella entra—. Es una mujer maravillosa.

Jill bosteza con exageración.

—No tienes idea de las cosas por las que ha pasado en su vida—prosigue él a punto de llorar.

Jill se da cuenta de que siente lástima por Jasminka; eso lo ha mantenido atado a ella. Pero la lástima no es una razón para permanecer en un matrimonio, y Jill lo sabe.

—Todos hemos tenido nuestras malas rachas—admite Jill.

—Jasminka sobrevivió a una masacre étnica, Jill. ¿Tienes siquiera una idea de lo que debe haber sido eso?

Jill asiente. Una vez ella hizo el papel de una mujer que sobrevivió a algo semejante. Sabe lo que se siente.

—No volveré nunca más—anuncia Ricky, que se traga toda el agua y vuelve a llenar el vaso antes de levantar un dedo admonitorio—. Ésta es la última vez.

—Lo que tú digas—dice Jill, subiéndose al mostrador y levantándose la túnica para mostrar más sus piernas.

—Dios mío—dice él, mirando sin querer mirar—. ¿Por qué me haces esto?

—Porque te sigo queriendo—confiesa ella.

Ricky tiembla con violencia.

—Esto no es justo—protesta, dejando el vaso sobre el mostrador.

En el amor y en la guerra todo está permitido, piensa Jill, que se considera en guerra con Jasminka.

—Ven aquí—dice Jill.

—No.

—Ven.

Jill salta al suelo, se vuelve para que su torso descanse sobre el mostrador, y se levanta la bata, exponiendo su exquisito culo acaramelado. Por un momento Ricky arrastra el vaso por el mostrador y luego, como ha hecho toda la vida, se rinde a las exigencias de Jill.

—Todo eso de la prensa es muy riesgoso—susurra ella mientras él la penetra por detrás, extasiada como siempre ante el peligro y su propio comportamiento—. Al fin y al cabo, yo soy la novia de América.

—No, cariño, ésa es Julia Roberts—dice Ricky—. Tú eres la puta hispana y rica de América.

—Cállate—le ordena Jill, mordiéndole la mano.

Debió haber sido un mordisco juguetón, pero es demasiado fuerte, demasiado real. Ella prueba el sabor de su sangre sobre la superficie de porcelana blanca y pulida.

Ricky retrocede ante su ataque y la agarra con fuerza por la nuca. A ella le gusta el sexo con rudeza.

—¡Jodida puta! ¿Por qué me odias?—pregunta él.

—No sé—dice ella, volviendo la cabeza hasta que puede mirarlo a los ojos—. Sólo sé que te odio.

Él se queda mirando sus enormes y frías pupilas negras, sintiéndose cada vez más excitado, y la penetra con más violencia.

Lunes, 1 de abril

Tengo la frente dormida por la inyección de bótox que me puse esta mañana. También hice que me inyectaran en las axilas para ayudar a contener el sudor. Siendo madre de dos hijas que ya son mujeres, no creo que deba sudar bajo los brazos. No es correcto.

Me ajusto la boina roja sobre mi melena rubia y me columpio en la silla frente a la consola del estudio radial. Fijo los audífonos sobre mi boina y me concentro en los tres jóvenes que se sientan frente a mí en el programa. Tonto, tontuelo y tontón, me digo. Hoy participarán en el panel de mi programa sobre "Prostitutos cubanos en Miami: por qué lo hacen y a quién se lo hacen". Estoy grabando este programa para guardarlo y usarlo si llego a estar enferma.

—¡Bienvenidos al programa de Violeta!—grito en español frente al micrófono—. Hoy estaremos hablando con hombres que han vendido su cuerpo por dinero, y veremos cómo los comunistas han llevado a muchos a hacer eso en Cuba con alarmante regularidad, convirtiendo a verdaderos hombres en putas miedosas. Y bien—me dirijo al más guapo de ellos, apuntándole con una uña pintada de rojo—, tú eres un hombre inteligente y bien parecido. Nadie podría adivinar que has vendido tu virilidad fértil y joven a las mujeres a cambio de dinero.

—Mucho dinero—bromea el más feo, que parece drogado.

Buena pieza es éste. No puedo imaginar por qué razón una mujer en su sano juicio se acostaría con un hombre así, y mucho menos que pagara por él. Hay tantos hombres en los bares con deseos de acostarse. No es que hable por experiencia propia. Bueno, tal vez sí, pero nadie necesita saber esas cosas, aunque sospecho que mis hijas saben sobre uno de mis amantes por lo menos. Espero que no se lo digan a Eliseo. No sé cómo reaccionaría.

Alzo una mano para pedir silencio al prostituto feúcho que habló sin esperar su turno, y me concentro en el más guapo que, dicho sea de paso, no hubiera dudado en llevarme a la cama sin pensar. Tengo una vida sexual mucho más activa de lo que mi marido o mis hijas pudieran sospechar, gracias a algunos discretos caballeros de Miami, incluyendo uno en Broward a quien le gusta ir conmigo a un kiosco de videos pornos por lo menos una vez al mes.

—Déjame preguntarte algo, ¿qué te inspiró a involucrarte en este tipo de trabajo? ¿Tuviste una infancia difícil?

—Pues no—comienza en su pastoso español cubanizado de la calle—. Mira, tuve una niñez normal. No crecí queriendo ser un jinetero. Fue algo que pasó.

—Sí, pero ¿cómo pasó? ¿Te forzaron los comunistas a hacerlo para los turistas? Cuéntame exactamente, con todo detalle, cómo pasó. ¿Cuál fue el papel de Castro en tu camino a la degradación?

—Bueno, te encueras y te acuestas con las mujeres, y ellas te pagan.

De pronto me arrepentí de haberlo considerado "inteligente". A veces uno es demasiado generoso con los invitados. Éste parece ser tan listo como un vaso de papel.

—Sí—digo—, creo que todos *entendemos* eso. Lo que quiero saber es: ¿cómo hiciste ese cambio de ser un hombre normal a convertirte en prostituto? ¿Fue por Castro? ¿Tuvo él algo que ver con eso? Y si no fue Fidel Castro, ¿fue *Raúl* Castro? ¿Cuál de los Castro fue responsable de que te convirtieras en puto?

—Bueno—empieza, y se lanza a contar una historia de cuando él era portero en el Hotel Nacional en La Habana y una hermosa turista francesa de cierta edad le pidió que la ayudara a cargar sus maletas hasta el cuarto— . . . y cuando llegué allí, ella cerró la puerta y empezó a quitarse la ropa. Hice lo que cualquier otro tipo hubiera hecho y cuando terminé, me pagó. Nunca me lo esperé.

Los otros panelistas intercambian risas cómplices y chocan las palmas entre ellos.

—Pero a mí no me importaba el dinero—continúa el hombre—, y muy pronto la señora francesa se lo contó a sus amigas, y me templé a unas cuantas que al final me ayudaron a salir de Cuba, y aquí estoy.

Miro al productor. Sé que no se sentirá feliz con la palabra *templé*. Está bien. Es sólo una palabra. Todas las palabras tienen su lugar. Me indica que debemos irnos a comerciales, poniendo el tema musical del programa que señala la pausa.

—Fascinante—digo sin detenerme—. Bien, Miami, regresamos enseguida con más relatos para conocer más sobre el lado oscuro de la prostitución, contado por estos tres encantadores jóvenes corrompidos por el régimen de Castro que los arrastró a una vida de libertinaje y degradación, y para pensar qué podemos hacer para evitar que nuestros propios hijos entren en esta terrible y peligrosa profesión, inmediatamente después de esta pausa comercial.

Miro el reloj. Son las cinco y media, y mis hijas llegarán en cualquier momento al estudio. Saldremos de tiendas para conseguirle algo apropiado a Milán para su entrevista de trabajo con Ricky Biscayne. Amo a mi hija, pero reconozco que se viste como una maestra retirada. Es bastante triste.

Me quito los audífonos y saco mi cabeza al pasillo, fuera del estudio. Mis hijas ya están aquí. Milán lleva otro de sus vestidos anchos y bebe un enorme vaso de café helado de Starbucks, mientras lee un libro. Génova se ve elegante y dolorosamente hermosa en sus *jeans* sencillos, blusa y sandalias negras. Parece como si estuvieran conversando. El crucero debe de haber funcionado.

Les silbo para llamar su atención y las saludo con la mano.

—Hola, Mami—dicen ambas a la vez.

Tienen ese aspecto de perro vapuleado que adoptan cuando se avergüenzan de mis programas. ¡Cómo si nunca hubieran pensando o hablado de estos temas! ¿Por qué los hijos esperan que sus madres sean santas? Es demasiada presión.

—¿Han estado oyendo el programa?—pregunto. Quiero que algún día puedan apreciar que su madre es una inconforme que se rebela contra los tabúes. Las muchachas asienten, y parece como si Génova intentara aguantar la risa mientras Milán intentara no llorar—. Bueno, ¿y qué opinan?

Ambas intercambian una mirada de desconcierto, y ya me imagino lo que piensan. Sin esperar por una respuesta que obviamente no quieren darme, les digo:

—¿Por qué no entran y me ayudan a hacer algunas preguntas a estos jóvenes?

—No, gracias, Mami—dice Génova, aún mirando su aparatito electrónico.

—¡Anda, vamos! ¡Sería divertido! Sería buenísimo tener el punto de vista de los jóvenes sobre el asunto. Tendríamos a la soltera promiscua y a la virgen. Eso debería picarlas. ¡Sí! Ambas levantan la vista, furiosas.

—Yo no soy promiscua—dice Génova.

Milán me sonríe con inconformidad.

—¿Qué?—Génova me mira, esperando una disculpa—. Yo no soy promiscua.—Parece ofendida y se vuelve hacia Milán—. Y tú ya no eres virgen, ¿no es así, Milán?—Milán fija la mirada en el libro, ruborizándose intensamente—.

Oh, Dios mío—dice Génova y una sonrisa malvada cruza su rostro—. ¿Has estado mintiéndole a Papi y a Mami sobre eso? ¿Por qué?

—Tengo que entrar. ¿Quién viene conmigo?—pregunto, rezando para que Milán no siga virgen a sus veinticuatro años.

—Ah, yo iría, pero tengo que terminar de leer este libro antes de la semana que viene—dice Milán—. Club de lectura.

Me muestra el libro, algo llamado *Posdata: Te amo*. Ella y su club de lectura.

—¿Y tú?—le pregunto a Génova.

—Yo iré—dice ella, lanzando una mirada competitiva a su hermana—. No tengo miedo de intentar cosas nuevas.

Siento pena por Milán, que pretende leer su libro, pero a quien seguramente no le ha gustado ese comentario. Mientras cierro la puerta del estudio, elevo una pequeña plegaria a la Virgen de la Caridad del Cobre y le ruego que Milán logre hacer un trabajo tan bueno, ayudando a su hermana con la publicidad del club, que Génova vea lo que se ha negado a ver hasta el momento: que Milán es tan lista como ella. Entonces tal vez Milán adquiera más confianza en sí y consiga un mejor trabajo, y pueda ver un poco de mundo. Quiero que Milán le dé a Génova una razón para sentirse celosa de *ella*, al menos una vez. Como madre, me gustaría verlo.

Mi productor sale disparado y coloca un par de audífonos en la cabeza de Génova, mientras yo retomo mi papel de anfitriona. Noto la mirada hambrienta que los gigolós le lanzan a Génova, y eso no me gusta. Por suerte, Génova no parece tener mucho interés en ellos.

—Hoooola, Miami—digo—. Bienvenidos de regreso al programa. Hoy estamos hablando con tres de los más importantes prostitutos que viven en Miami sobre su profesión, su clientela y las dificultades (y peligros) de su profesión. Durante el último cuarto de hora tengo una invitada especial, mi propia hija, Génova Gotay, graduada de la facultad de negocios de Harvard, para que me ayude con las preguntas que sé que a todos les gustaría hacer si estuvieran aquí con nosotros. Génova, bienvenida al programa.

—Gracias, Mamá—dice Génova con un tono sarcástico.

—¿Verdad que son guapos?

—Ajá—dice Génova con una sonrisa torcida que me pone nerviosa.

—¿Tienes alguna pregunta para ellos?

Génova asiente y se vuelve hacia los hombres.

—Pues—dice—, ¿verdad que creen que mi mamá es guapísima, o no?

Todos sonríen y me chiflan, como si hubieran estado esperando por una señal.

—Claro—dice uno. El feo, por supuesto.

—¿Y se acostarían gratis con ella?

—Sin duda—dice el más apuesto.

No me sonrojo fácilmente. Para eso soy la reina de la radio tabú. Pero esto me hace sonrojar por primera vez en años.

Génova me sonríe y dice:

—¡Es una broma, Mami!

No me gusta mostrar preferencia por mis hijas. Pero ¿y por esta niña? Te digo que es casi imposible no admirar a Génova por sus cojones. En otro tiempo y lugar, creo que me hubiera gustado ser como ella.

Y después que me hablen de ignominia. Es degradante tener que subirse al asiento trasero del nuevo Jaguar de mi madre, un auto incómodo y horrible que todavía apesta con la química que sueltan los asientos de piel. ¿Acaso soy la única que piensa que el Jaguar se parece al Ford Taurus? Y digo degradante porque, una vez más, Génova se ha sentado en el asiento del pasajero delantero. Claro que sí. ¿Acaso alguien tiene más derechos a todo lo que uno quiere en la vida que ella? Porque lo que soy yo, ya saben, a Milán no le interesa casi nada, no necesita casi nada, así es que métela atrás. Dejemos que las dos más bonitas se sienten delante. Desde que éramos niñas, siempre me tocó ir atrás. ¿Y Génova? Delante, siempre delante. Sé que esto no debería importarme tanto. Hubiera podido conducir mi propio auto y seguirlas. Pero Mamá quiere que vayamos de compras juntas, con el fin de conseguir algo para mi entrevista con Ricky Biscayne. Sucede que él está buscando una publicista nueva y Génova me recomendó. Todavía estoy en *shock*. Mamá quiere que vayamos de compras y cenemos juntas, y seamos como esos hijos adultos a los que les encanta pasear con su madre, una madre que se ha pasado la tarde hablando con unos gigolós habaneros.

¿Ya les he comentado que me gustaría cambiar de vida? Estoy ansiosa por tener esta entrevista. Siento que todo va a cambiar.

Mamá se acomoda en su asiento y pone en marcha el motor, que ronronea con suavidad, a diferencia de mi Neon que eructa y produce detonaciones. La vida es justa. Mamá no trabaja por necesidad, pero consigue cosas bonitas. Yo trabajo y no consigo nada.

—¿Adónde vamos, niñas?—pregunta Mamá.

¿Para qué nos pregunta a ambas? Vamos de compras para *mí*, ¿no es así? No para Génova.

Por supuesto, Génova contesta primero porque estoy demasiado ocupada farfullando sobre tanta injusticia.

—¿Qué tal las tiendas de Bal Harbour?

Quiero gritar. Sólo mujeres muy menudas, con bolsos muy menudos y perros muy menudos, compran allí. Y mujeres diminutas que tienen por maridos a enormes atletas profesionales.

—No, gracias—digo.

—No—añade Mamá—, Milán tiene razón.—¿Será qué finalmente va a preguntarme qué es lo que quiero?—Están muy lejos—dice. ¡*Por supuesto!*—. ¿Para qué manejar tanto? ¿Por qué no Merrick Park? Está casi al doblar de la esquina.

Génova se encoge de hombros.

—Por mí está bien—acepta—. Pensé pasar por casa y dejar que Belle saliera un momento para hacer sus necesidades. Pero si se desesperara mucho, podrá usar su puertecita de perros que da al patio.

—De acuerdo entonces—dice Mami.

¿Cómo? ¿De acuerdo? ¿Ni siquiera puedo dar una opinión y ya está "acordado"? Quisiera entrarles a pellizcos a ambas hasta que sangraran, pero sólo puedo emitir un sarcástico:

—Ajá.

—No tienes que mostrarte tan excitada—dice Génova, que se vuelve en su asiento para mirarme con suficiencia—. No tenemos que *hacer* esto, ¿entiendes? *Podríamos* enviarte a la entrevista vestida como una *amish* solterona.

Entrecierro los ojos y espero que interprete mi expresión: "Te odio".

Le doy un golpecito en el hombro a nuestra madre.

—Ah, Mami, quería decirte que la otra noche vi a Génova en la librería.

Le echo una mirada a Génova para hacerle saber que pienso contarle a Mamá sobre Ig-na-cio, el príncipe africano. Génova entra en estado de pánico. Sus ojos se abren como platos mientras trata de comunicarse telepáticamente conmigo. Ése es el único significado posible para esa expresión de su rostro.

—¿Qué pasa, Génova?—le pregunto.

—¿Qué hacías en la librería, Génova?—pregunta Mamá.

—Comprando *libros*—responde Génova.

—Con un tipo—agrego.

—Un amigo—dice Génova, enviándome la mirada más amenazante que he visto en mi vida.

—Pórtense bien—nos pide Mamá, que repasa sus labios pintados y sus cabellos en el espejo retrovisor, aún con el auto detenido en el parqueo. Satisfecha con el resultado, cierra el lápiz labial, mueve la palanca de cambios para dar marcha atrás y sale del sitio—. Vamos a pasar una tarde *agradable* juntas, como una madre y dos hijas que disfrutan de una cena *agradable* y salen a comprar algunas ropas bonitas para que Milán pueda verse *agradable* en su entrevista de trabajo. ¿Me entienden?

—Vaya, Mami, ¿crees que puedas repetir "agradable" varias veces más?— pregunta Génova con un resoplido sarcástico, mientras Mamá conduce el lustroso Jaguar negro por Red Road.

Realmente no me sentiría mal si le diera una trompada a mi hermana. Eso es lo que me asusta. No puedo soportarla. Y justo cuando pensaba que estábamos empezando a llevarnos bien. ¿Qué tienen de malo mis ropas? Nada. Eso me lo dice sólo porque no me visto como Génova o como mi madre. Pero yo estoy bien así.

—*Agradable*—repite mi madre, dirigiéndose a Génova—. Ésa es una cualidad que *podrías* aprender de tu hermana.

Sonrío aviesamente, pero mi momento de gloria no dura mucho.

—Y *tú*—añade Mamá con perfidia, buscando mi mirada por el espejo retrovisor—. *Tú* podrías aprender un poquito más de modas con tu hermana. Creo que todas tenemos que aprender de las otras. Esto es lo maravilloso de una familia. Ahora vámonos de compras. Se acabaron las riñas de gato.

Miau.

Se acabaron las riñas de gato. Se acabaron las riñas de gato. Ésa es la frase que repito mentalmente mientras caminamos por el garaje en dirección al pasillo del centro comercial. Mamá y Génova van juntas, cada una llevando sus costosas carteras sobre el hombro izquierdo.

—¿Eso es una Tod's?—le pregunta Mamá a Génova, refiriéndose a su cartera amarilla con costura beige.

—Una Carlos Falchi—responde Génova.

—Es bella—dice Mamá.

Me ignoran. Es algo simbólico. Así es mi vida. Ambas son altas y delgadas. Mamá viste un traje negro con esa ridícula boina roja. Génova va con sus *jeans* y su impecable blusa negra. Mi ropa aletea junto a ellas como los velámenes baratos de algún bote de vela. Mi cartera es Cherokee, de Target. Muy elegante.

Trato de mantenerme a cierta distancia detrás de ellas, mientras avanzan por el pasillo. Señalan y hacen exclamaciones ante los gigantescos afiches de la joyería Tiffany & Co. Tengo que tener eso, dice Génova. Es tan asiático. ¿Qué lío tiene últimamente con las cosas asiáticas? No lo entiendo. Ahora mismo lleva joyas de jade para que le den buena suerte, según me ha dicho. Por favooor. Lo más desconcertante de todo es que Génova se parece tanto a la modelo del anuncio que Mamá se detiene y la coloca delante del cartel. Me doy cuenta de que se parecen, pero Mamá tiene que restregármelo en la cara.

—Milán, mira esto.

—¿Qué?

—Génova y la modelo. Son idénticas.

Génova se zafa y, para mi sorpresa, extiende un brazo en ademán amistoso, como si alguna vez hubiéramos hecho algo parecido.

—Bueno—dice, poniéndole los ojos en blanco a Mamá—, ¿qué quieres comprarte?

Me encojo de hombros, aunque quiero preguntarle por qué le preocupa mi opinión. Cualquiera diría que le guardo cierto rencor.

Salimos por el pasillo del parqueo hacia el centro comercial. Debo admitir que es un sitio muy agradable y bonito. Sólo he estado aquí un par de veces antes, en ambas ocasiones con mi madre. Con sus cuatro pisos de altura, el centro hace una especie de U alrededor de un terreno donde abunda la vegetación, con fuentes y palmeras. Cada pasillo techado tiene decenas de enormes ventiladores de techo que mueven el aire. Estamos en el segundo nivel, y al mirar por el balcón, veo que también hay esculturas allá abajo. No hay casi nadie aquí, sólo algunas señoras que caminan con expresiones preocupadas. ¿Por qué será que mientras más dinero tiene la gente, menos diversión parece encontrar en gastarlo? Si yo tuviera ese dinero, sería feliz. Veo a tres mujeres caminando por el área del patio, cerca de las flores amarillas y moradas, y las tres tienen idénticos bolsos Louis Vuitton, de la misma clase de plástico transparente que todas llevan por aquí en estos días. El uniforme de compras *du jour* parece ser pantalones estrechos, casi como de equitación, y colas de caballo altas. Incluso las mujeres que parecen tener 50 y 60 años se visten así. Todas parlotean en español por sus celulares y, a veces, en portugués o inglés. Los hombres llevan el pelo aplastado hacia atrás, como los malos en las películas del canal Lifetime, y la mayoría lleva anillos extravagantes y una doble papada colgante. No me gustan. Sus cejas se alzan cáusticamente como si recelaran de algo o como si quisieran que todos supieran que son ricos. Son hombres miamenses.

—¿Adónde vamos?—dice mi madre, uniéndose a nosotras en la baranda.

La observo y me doy cuenta de que se esfuerza por hundir el vientre. Es algo que suele hacer en estos lugares. La edad no es remedio contra la vanidad.

—Me da igual—digo sinceramente.

No importa lo que me compre, de todos modos me quedará mal.

—¿Neiman Marcus?—pregunta Mamá.

—No—dice Génova—. Anthropologie. Milán es una chica Anthropologie.

Y se engarzan en una discusión sobre el sitio donde me comprarán las ropas. Me recuerda la primera vez que intentaron acicalarme en la *junior high*.

—Está bien—acepta Mamá finalmente—. Anthropologie.

Las sigo mientras avanzan con brío, y me pregunto qué milagro pudiera ponerme al mismo nivel que la esposa modelo de Ricky. Ninguno. Pero supongo que estaría bien lucir mejor que *esto*. En realidad, estoy empezando a sentirme un poco excitada con todo.

—Vamos—dice mi madre, que me agarra de la mano y tira de mí con una sonrisa—. Relájate. Será divertido.

Intento "divertirme", pero apenas entramos en la tienda, me espanto. Es grotesco. Primero que todo, ni siquiera parece una tienda de ropas, sino una ferretería y una tienda de alfombras en las que hay ropas tiradas sobre las mesas, llenas de cubos y azadones. Los zapatos se exhiben en maletas sobre el suelo. Es demasiado exagerado. Y todo parece viejo y mohoso, aunque se supone que sea elegante y chic. Hay enormes faldas abombachadas, suetercitos bordados. Ropas *poodle*. ¿Génova piensa que soy una chica Anthropologie? ¿No fue eso lo que dijo? ¿Está tratando de insultarme?

—Pero busquen, ya—dice Mamá.

—No sé.

Me he quedado inmóvil en el umbral de la tienda, como si fuera la chica más bobalicona de la secundaria en medio de un baile.

—Vamos—dice Mamá poniendo los ojos en blanco—. Mira a tu *alrededor*. No vas a morirte por mirar.

Avanzo un poco dentro de la tienda y alzo la etiqueta del precio en una blusa: ¿98? ¿Por esta blusa? ¿Se trata de un chiste?

—No puedo pagar esto—digo.

—No has pagado alquiler jamás en tu vida—me recuerda mi madre—. ¿Dónde metes el dinero?

—Ahorro.

—¿Cuánto tienes ahorrado?

Eso no le importa. Pero tengo cerca de veinte mil dólares. Me encojo de hombros. Mamá sacude su cabeza y dice:

—Tienes suficiente dinero. Así es que gasta un poco.

Génova se nos acerca bailando, siguiendo el compás de la música que proviene de todas partes.

—Ven conmigo. Vamos a hacer las cosas rápidas y fáciles. Soy una experta en compras. Seré tu asesora.

La sigo, mientras ella me escoge algunas cosas. Las miro y arrugo el ceño. Elige varias faldas abombadas a la altura de las rodillas. Ni pensar que esas cosas se verán bien en mí.

—No voy a una audición para actuar en *Grease*—le digo—. Me gustan más largas que ésas.

—¿Crees que no lo sé? Te gusta vestirte como una monja. No, retiro eso. Te vistes como un cura. Eso va a terminarse.

—Luzco mejor en faldas largas, por mis piernas.

—No vivimos en el siglo XIX, Milán. Se trata de Ricky Biscayne.

—Tengo los tobillos gruesos.

—Tus tobillos están *bien*—dice Génova—. *¡Dios!* ¿Por qué eres tan *insegura*?

Tal vez porque antes me llamabas cerda gorda, pienso. Tal vez porque todos los hombres que alguna vez me gustaron me dejaron por ti. Me encojo de hombros. Génova me arrastra hasta un área de probadores, rodeada de muchas puertas, donde hay enormes sillones forrados de terciopelo para que ellas descansen mientras me disfrazo con estas ropas de payaso. Qué agradable.

Una vendedora toma las ropas, abre una puerta y me hace pasar. Cierro la puerta detrás de mí y respiro con fuerza. Soy una imbécil. Si supiera cómo vestirme, escogería algo por mí misma, pero no sé qué pueda servir.

Me despojo de mi vestido de hilo Dress Barn. Está sudado en la espalda y en la zona que quedó en la entrepierna mientras iba sentada en el carro. Evito mirarme con el desgastado sostén y las pantaletas anchas con el desgarrón en la cintura. Para mi horror, la puerta del compartimiento se abre en ese momento y Génova se queda allí, observándome.

—Me lo imaginé—dice, mirándome de arriba abajo.

—¿Qué?—cierro la puerta de un tirón.

—Próxima escala: tienda de lencería—anuncia Génova.

Puta.

Cierro la puerta y me pongo las estúpidas ropas.

Sólo que no son estúpidas.

Espera un momento. Me estoy mirando en el espejo y ¿saben qué? La falda llenita y negra, a la altura de la rodilla, se ve bien. Mis tobillos no están mal. Todo luce muy halagüeño. Me vuelvo una y otra vez. ¿No es raro? ¿Cómo es posible que ésa sea yo? Y la blusa también. Nunca escogería una blusa como ésta. No tiene mangas, por el amor de Dios, y es suelta al frente, escotada. Yo no uso nada sin mangas. Ni suelto. Ni escotado. Pero la blusa se ve bien. El estampado y los colores brillantes equilibran el negro básico de la falda, y mi cuerpo parece recuperar de inmediato su armonía. La holgura da la ilusión de un busto más amplio.

El pomo de la puerta traquetea.

—¿Cómo va la cosa ahí?—pregunta Génova.

Abro la puerta, salgo y me ruborizo un poco. No me veo nada mal. De veras.

—¡Guay!—chillan.

Se ven muy felices. ¿Por qué no pueden mostrarse igual de contentas cuando leo un libro que me gusta? ¿O cualquier otra cosa que no sea verme mejor?

—Ya tienes el trabajo—dice Génova, que parece más sorprendida que nunca—. Realmente pareces la publicista de una celebridad.

Sí, pienso. Es cierto.

Martes, 2 de abril

Estoy ante mi escritorio, con las ventanas abiertas, y una brisa fresca sopla desde los árboles. Me encanta mi oficina. En realidad es el dormitorio mayor de un apartamento que se encuentra en un edificio de dos pisos, de arquitectura *deco*, situado en Meridian, entre las calles 7 y 8. En este vecindario tranquilo de South Beach, puedo escuchar los pájaros. Yo vivía en este apartamento, con sus pisos de madera y sus viejos equipos electrodomésticos, en la tranquila calle bordeada de árboles, antes de que hubiera ahorrado lo suficiente con mi negocio de fiestas para comprar una propiedad en el Portofino Tower. Conservo el apartamento de Meridian como oficina. Me gustan los vecinos y la tranquilidad del lugar. He amueblado el sitio con algunas piezas de estilo contemporáneo y muebles *deco* de mucho colorido. Tengo una colección de pinturas caribeñas. Me encanta este lugar. Algunas noches hasta duermo aquí. Sigue siendo pequeño, hogareño, cómodo. Aquí fue donde comencé mi carrera. Me siento unida a él. En la oficina de la entrada, que antes fuera una sala, mi asistente calcula el costo del servicio de bebidas y los artefactos del baño. En el dormitorio trasero, mis planificadores trabajan en otra ostentosa fiesta rapera. Mi segundo asistente tiene el día libre hoy. Pronto necesitaré un tercero. No puedo hacerlo todo yo sola, aunque soy una obsesa por controlarlo todo y, honestamente, me gusta hacerlo.

Tomo un sorbo de mi agua embotellada Fiji—la única que bebo—y escucho la música. Tengo los CD amontonados sobre el escritorio y los estoy escuchando todos. Fueron enviados por algunos de los principales DJ de la ciudad—y también de Nueva York y Los Ángeles—, que recibieron mi carta donde les pedía una demostración basada en la filosofía del Club G. Hay algunos interesantes. Y varios desaciertos. También tengo apilados los cartapacios con los diseños de interiores. Deberé escoger uno de ellos. Acabo de firmar el contrato para el alquiler en la calle Washington y la cabeza me da vueltas, tal vez como relatan algunas mujeres que les sucede cuando van a tener un bebé. Así es como me siento con el Club G. Estoy incubando, concibiendo, preparándome. ¿Y sabes lo que ha ayudado muchísimo? Milán. Sí, mi hermana. Todavía no ha tenido su entrevista con Ricky, pero ya envió un comunicado de prensa sobre la nueva empresa de Ricky Biscayne, el Club G, y literalmente *cientos* de medios de prensa se han interesado. Después los bancos comenzaron a llamar. Todo va encajando en su sitio, como debe ser.

Belle duerme en su camita, debajo de mi maceta con la palma, y da patchitas en medio del sueño. Mientras escucho la muestra de *reggaeton*, garrapateo sobre un bloc de papel amarillo una lista de los servicios que ofrecerá Club G, en qué se diferenciarán de otros servicios similares ofrecidos por otros clubes de la ciudad y cómo se llevarán a cabo. En el bloc amarillo, escribo "uniformes". *Trajes de genios y de harén a la medida, en fuertes rojos, amarillos, rosados y morados.* Pienso un momento. El club tendrá empleados masculinos y femeninos que no sólo trabajarán detrás del bar, sino que también circularán por todo el sitio. Deberá haber tres empleadas mujeres por cada empleado hombre, sólo por el hecho de que los hombres y las mujeres se encuentran igualmente condicionados para apreciar la belleza femenina, y porque los hombres suelen sentirse intimidados por otros hombres atractivos.

Los empleados masculinos deben llevar el torso desnudo, decido, con brazaletes dorados, y pantalones cortos y plateados con bordados complejos. Las empleadas deberán tener una constitución parecida, o ser de tallas entre dos y ocho, no mayor, porque no es atractivo tener mujeres corpulentas paseándose por el club en atuendos reveladores, y también porque no deseo tener que gastar en uniformes más dinero del que tengo. Si los encargo sólo en tallas tres y cuatro, eso resuelve el problema. Realizo un bosquejo del disfraz ideal para una empleada femenina. Pantalones de harén transparentes con la cintura baja, y pantaletas de hilo dental enjoyadas. Zapatos sin tacón que se curvan en las puntas. Un sostén de bikini, con una chaquetita traslúcida y corta encima. Deberán llevar el pelo largo recogido en altas colas de caballo y velos sobre el rostro. Esta última parte será la más problemática, dado el estado del mundo musulmán y de las relaciones entre Estados Unidos y el Oriente Medio. Pero planeo enfatizar la influencia marroquí sobre España y las naciones de la diáspora española, con los recientes ritmos del *reggaeton* y del *hip-hop* latino, que presentan fuertes influencias de la música popular árabe. Además, hay pocas cosas más atractivas que mujeres con velos y ojos hermosos. No serán velos comunes, sino transparentes. Toda la atmósfera de Club G será *sexy*, de harén, y deliciosamente inmoral.

Busco en mi computadora los números telefónicos de varios diseñadores locales que conozco. Llamo a varios de ellos y describo los trajes para ver si es algo que les gustaría intentar. Todos se muestran interesados. Todos han oído hablar del club por su conexión con Ricky. Las noticias viajan rápido en Miami. Le pido a cada diseñador que cree prototipos basados en mi descripción. El ganador se lleva el contrato y publicidad gratis. Todos aceptan.

Voy al siguiente asunto. Servicios. Quiero igual variedad de servicios que la ofrecida por otros clubes locales de alta categoría, incluyendo paquetes sociales que se venderían con nombres atractivos, tales como . . . Mordisqueo el extremo de mi pluma y pienso. Abro Explorer y hago una búsqueda por "Gengis Kan", revisando la información en busca de palabras clave. Una de ellas sobresale. Nokhor. Una palabra mongola que significa "camarada" y que suena parecido al inglés *knock whore*, que significa "puta chingona". Me gusta. Club G ofrecerá un paquete Nokhor para mujeres que deseen llevarse a su casa un tipo que conocieron en el club, pero que quieren sentirse seguras. Incluirá—y anoto todo esto—condones, crema comestible para el cuerpo, diversos afrodisíacos, una cámara desechable, y rociador de pimienta y teléfonos de emergencia en caso de que las cosas no sucedan según lo previsto. ¿Cómo se empaquetarán esas cosas? Pienso otro poco. ¿Qué tal si se colocan dentro de "ánforas del genio" plásticas, de color dorado, con la punta en forma fálica? ¡Eso es! Con borlas y una soga roja alrededor. Bingo.

—Fabuloso—murmuro, mientras tomo nota. Se me ponen los pelos de punta. Es algo que me sucede cuando ando sobre la pista de algo bueno—. Esto va a quedar *tan* bien.

Escucho un toque en la puerta de la oficina. Cuando alzo los ojos, veo asomarse la cabeza de Ignacio, mi amigoamante. Todas mis amigas tienen uno. La diferencia es que el mío es muy inteligente, tiene dos títulos en psicología, y yo estoy empezando a enamorarme de él. Hice suposiciones falsas sobre su persona las primeras veces que nos acostamos, probablemente porque tiene la piel muy negra y yo soy una idiota. Asumí cosas como que sólo era instructor de un gimnasio. Lo cierto es que es un famoso bailarín cubano que desertó hace algunos años y se trajo a toda su familia. La mía me excomulgaría si se enterara que estoy saliendo con un negro, aunque tenemos suficientes rasgos e historia familiar que indican que nosotros también tenemos sangre negra. Bienvenidos a la hipocresía, estilo cubano.

—Hola—saludo.

Son casi la doce y treinta. Acordé acompañarlo a su clase de *zumba* a la una de la tarde y no me di cuenta del tiempo. Eso sucede cuando la estoy pasando bien.

—¿Estás lista?—pregunta.

Sonríe como si estuviera enamorado de mí. Me derrito. Guardo la pluma en el estuche, agarro mi bolsa de gimnasio y me pongo de pie.

—Sí. Vamos, corazón.

La Estación 42 en Pinecrest Bay es un edificio al estilo mediterráneo, que parece una mansión enorme, con un garaje enorme para guardar el camión y la ambulancia. Es una casa más que nada, y es la casa donde paso cuarenta y ocho horas semanales seguidas en compañía de hombres. En una unidad de doce hombres, yo soy la única mujer, lo cual supongo que significa que se trata de una unidad de once hombres. Llego a la puerta principal y me registro con el teniente que sale. Me pone al día sobre lo ocurrido en el último turno, que es prácticamente nada. Le doy las gracias con un "señor" al final, y me dirijo a la sala.

Como cualquier otra casa, tenemos una sala a la que llamamos el cuartito de la TV. La televisión suele estar sintonizada con noticias o el canal ESPN, lo cual me da igual, porque no soy una gran amante de la televisión. Ya están aquí un par de tipos que visten, como todos aquí, las camisetas y los pantalones azul oscuro que constituyen nuestro uniforme. Tenemos una cocina donde cocinamos la comida que compartimos y que da al cuartito de la TV. Saludo a los muchachos con un "hola".

—Hey, Irene—dice uno—. ¿Qué hubo, linda?

Sonríen. Les devuelvo la sonrisa y actúo como si no me molestara. Sé que sólo están tratando de ser amables.

—¿Qué hay de desayuno?—pregunto—. ¿Cuál de las muchachas cocina hoy? Chicas, para mí huevos revueltos, no fritos.

—Ya te revuelvo yo—bromea uno.

—Voy a preparar el campamento—anuncio, dirigiéndome al cuartito de las literas—. Regreso en un momento, señoras, y procuren tener lista mi tostada con mantequilla.

Camino como un hombre, sin meneos ni risitas, porque no quiero sentir sus ojos sobre mí. Tampoco quiero revelar lo furiosa que estoy. Al principio traté de evitar la cocina, porque no quería que pensaran que yo era una mujercita que ellos podían mangonear. Hablé con Jim, mi amante policía, sobre la manera en que me trataban los hombres aquí, y pareció pensar que si estaban haciendo esas alusiones sexuales era porque yo hacía algo que las provocaba. Eso mismo dijo. Creo que ya es hora de dejar de contestar las llamadas de Jim. No necesito tener encima la presión de un novio religioso que cree que soy una provocadora. Si Dios, como diría él, quiere que tenga novio, me enviará a alguien mejor que Jim. Y yo tengo fe.

Entro al cuarto de las literas, allá en el fondo. Tenemos dos en esta estación, y dos cuartos privados más pequeños para el capitán y el teniente. Los cuartos de literas son enormes y desahogados, con piso de losas blancas y casilleros colocados de tal manera que dividen el cuarto en pequeños compartimientos. Cada uno de éstos tiene una cama gemela con un colchón a rayas—nada de *box spring*—, un televisor pequeño y apenas alguna cosilla más. No hay afiches, ni nada que pueda ofender o distraer. Parece una prisión en términos de diseño y funcionalidad, principalmente porque nuestro objetivo aquí *no* es pasarla bien. Nuestro objetivo es subsistir y existir con el solo propósito de responder ante un fuego o cualquier otra emergencia. Las estaciones de bomberos no se diseñan teniendo en cuenta la comodidad.

Pongo mi bolsomaleta sobre el delgado colchón y me preparo a desempacar mis cosas y ponerlas en el casillero metálico. Veo que mi casilla está medio abierta, y que dentro hay un nuevo "regalo". Nada imaginativo. Quienquiera que fue, ya lo hizo antes. Esta vez es un montón de revistas pornos, con una foto de mi cara pegada sobre las mujeres de las revistas. Una nota garrapateada, estoy casi segura que por L'Roy, dice: *"Te verias bien asi"*. Sin acentos. Nadie ha dicho nunca que L'Roy sea *culto*. Con treinta y cinco años, sigue siendo el adolescente más viejo del mundo, sin incluir, por supuesto, la parte universitaria. Es un buen tipo de Daytona Beach que se parece a Burt Reynolds en sus años mozos, un error de la genética que lo ha llevado a creer que es invencible y que tiene permiso para tratar a las mujeres como se le antoje. ¿Y cómo le gusta tratarnos? Digamos que su restaurante favorito es Hooters. Se ha casado y divorciado cuatro veces. Me invitó a salir una vez y, después que lo rechacé, comenzó su propia campaña para ganarse mi afecto con regalos como éste. Para mí es un Neandertal. Realmente no creo que se dé cuenta de que está haciendo algo incorrecto. Piensa que con eso me conquistará.

Suspiro y meto las revistas en mi bolso. Las guardaré en el contenedor del garaje de mi casa, donde he estado guardando todas estas cosas. ¿Quién sabe? Tal vez algún día pueda darles algún uso. Un uso legal.

Regreso al cuartito de la TV y me recuesto contra la pared. La mayoría del grupo está aquí ahora y los tipos del turno pasado van saliendo del edificio.

—Eh, ¿dónde están mis huevos revueltos?—exijo con audacia y el mejor guiño masculino que logro hacer—. ¿Ernest? ¿Billy? ¿Quién va a cocinarme hoy?

Un nuevo reclutado llamado Kevin saca su cabeza del refrigerador.

—Yo lo haré, Irene—dice.

—No olvides las tostadas, chica—le digo.

Mientras Kevin hace el desayuno, el resto nos alineamos en la oficina para el pase de lista. De inmediato noto que hay alguien nuevo. Un tipo *muy* bien parecido. Alguien joven y nuevo realmente atractivo. La mayoría de los bomberos son atractivos y fuertes debido a los requerimientos de fortaleza que exige el trabajo, pero este tipo tiene el rostro y la mirada brillantes que se ven bien con su maravillosa constitución física. Debe tener unos veintisiete años. La mayoría de los hombres aquí está en sus treinta. El novato tiene el rostro totalmente afeitado y un inconfundible parecido con *The Rock*, que es mi ideal de hombre. Tengo una chifladura con *The Rock*. Una chifladura *chiflada*. Me gustan los hombres fuertes. El tipo nuevo descubre que lo estoy mirando, y vuelvo el rostro avergonzada.

El capitán Sullivan pasa la lista. Por alguna razón, deja mi nombre para el final.

—¡Gallagher!

—Presente, señor.

L'Roy lanza unos besitos sonoros. Sus amigos se ríen. Lo ignoro. Mejor así.

—Bien—dice el capitán Sullivan, ignorando a los muchachos—. Quiero presentarles al nuevo miembro de nuestro equipo, Néstor Pérez, que viene de la ciudad de Nueva York.

El joven guapo da un paso al frente y sonríe con una dulzura que me toma desprevenida. Nunca he visto que un uniforme le quede tan bien a un hombre, estirado en la espalda y lo suficientemente ajustado al frente para revelar un respetable—por no decir sorprendente—envoltorio.

—Démosle la bienvenida.

Después rompemos filas.

Pérez, el tipo nuevo, se apresta a inspeccionar los equipos y trata de comportarse como si siempre hubiera estado aquí. Algunos le dan la mano. Sin embargo, cuando Kevin hace circular el jarro de café con la idea de recoger dinero para las compras del día, Néstor Pérez se sonroja y dice que se ha olvidado de traer efectivo. Es precisamente lo que estaban esperando L'Roy y sus aprehensivos compinches.

—¿Qué pasa, Nestico? ¿No te gusta comer?—pregunta L'Roy, que al parecer piensa que su función consiste en hacerles novatadas a todos, como hacía antes en su club universitario. Estoy segura de que nos zurraría si se lo permitiéramos.

—Claro que sí—dice Pérez, sorprendido ante su hostilidad.

—¿Y no te gusta comerte a las chicas?—pregunta L'Roy, con una sonrisa dirigida a mí, que prefiero ignorar—. A algunos por aquí nos gusta eso, ¿verdad, Irenita?

—Es cierto—afirmo—. A L'Roy le encanta lo que cocina Kevin.

Los hombres aúllan, pero Néstor parece incómodo. Me doy cuenta de que, para quienes vienen del mundo exterior, este tipo de humor masculino puede ser bastante ofensivo. Pero ¿no ha estado antes en una estación de bomberos? Debe ser muy nuevo en este tipo de trabajo.

Néstor Pérez se queda mirando a L'Roy y sus ojos azorados se van frunciendo lentamente.

—¿Qué dijiste?—pregunta, con el ceño fruncido de ansiedad y disgusto, igual que *The Rock* en esa película donde hace el papel de un *sheriff* que se hace responsable de todo el pueblo.

Siento la tensión en mi útero. Da un paso hacia L'Roy y dice:

—¿Qué es lo que acabas de preguntarme?

Los otros sueltan unas risitas y siento que me ahogo. Abro la puerta donde se guardan los equipos y reviso los tanques de oxígeno. Están llenos.

—Te pregunté si te gustaba *mamársela* a las mujeres—dice L'Roy, acercándosele aún más.

Todo esto es tan machista y tan estúpido. Casi no puedo creer lo que estoy viendo. Pérez se yergue en toda su estatura, que suma unas dos pulgadas más que

L'Roy, cerca de los seis pies. Demonios. Es tan bello, tan bello. Saca el pecho, inclina su cabeza, sin ningún miedo, frunce el ceño y habla:

—No te conozco lo suficiente como para responder esa clase de preguntas—dice Pérez—. Y ahora que estoy tan cerca, ni siquiera sé si me caes lo suficientemente bien como para que *alguna vez* desee conocerte mejor. Pero lo que *sí* sé es que aquí hay una *dama* y que lo que has dicho está totalmente fuera de lugar.

Me sonrojo cuando me menciona.

—No soy ninguna dama—digo.

Dennis revisa las mangueras y suelta una risita:

—Irene es uno de los nuestros.

—¿Qué? ¿Eres marica?—le pregunta L'Roy a Néstor Pérez.

Sé que L'Roy sólo está bromeando, o eso me parece, pero creo que Néstor no comparte su sentido del humor. Se encoge de hombros.

—*Tampoco* te conozco lo suficiente como para responder a eso —le dice provocativamente, observando cada centímetro del rostro de L'Roy con toda calma y parsimonia.

¿Es *gay*? ¡No puede ser! Me cuesta creerlo. Nuestro primer bombero *gay*. Y yo creí que mi vida era difícil. Este tipo sí que tiene problemas.

—Pero incluso si yo *fuera* homosexual—dice Pérez acercándose aún más y observando deliberadamente los labios de L'Roy, mientras se moja los suyos—, supongo que no tendrías ningún problema con eso, ¿verdad?

Es la primera vez que he visto a L'Roy quedarse sin habla. No creo que ninguno de los hombres de la estación sea homosexual.

—El trabajo en equipo es esencial para los bomberos—dice Pérez—. Al menos, es lo que leí en mi manual de entrenamiento. El trabajo en equipo . . . y el respeto. Y no me gustaría pensar que discriminas a nadie, especialmente porque tu trabajo es salvar vidas de personas de toda clase.

—La gente tiene que *ganarse* mi respeto—murmura L'Roy.

—Déjame decirte algo—dice Pérez, inclinándose aún más hacia L'Roy y bajando la voz, mientras arquea una ceja, vuelve a mojarse sus seductores labios y dice con suavidad—: L'Roy. Ése es tu nombre, ¿verdad?—L'Roy no contesta—. Bueno, déjame decirte algo, *L'Roy*. Incluso si yo *fuera* gay, creo que deberías saber que no eres mi tipo.

Pérez me sonríe y yo le devuelvo la sonrisa. ¿De veras es *gay*?

En ese instante las alarmas comienzan a sonar en la estación, avisando que hay un fuego. El despachador llama a través del sistema de radio para alertarnos a nosotros y a varias estaciones más. Esto significa que no sólo se trata de un incendio grande, sino de uno muy serio. En ese momento olvidamos nuestros prejuicios y diferencias, y nos ponemos en acción.

Nos lanzamos sobre los ganchos que hay en la pared y nos metemos en nuestros pantalones búnker, nuestros chalecos y nuestras enormes botas amarillas, todo con rapidez y pericia. Néstor nos sigue y parece tranquilo, a pesar de que un rato antes parecía no tener experiencia. Nos colocamos nuestros tanques de oxígeno y los cascos en las cabezas. Luego ocupamos nuestros puestos en los carros. Yo me cuelgo de un costado, cerca de la manguera. Néstor se haya directamente opuesto a mí.

Mientras el carro sale a la calle, puedo escuchar las llamadas pidiendo refuerzos en la radio de la cabina. La sirena se enciende y nos ponemos en marcha. No hay nada en el mundo como la descarga de adrenalina. No quiero admitirlo, pero estoy excitada . . . y en última instancia, ésa es la razón por la que estoy aquí con estos tipos.

Tal vez seamos diferentes en origen social, sexo y otras cosas; pero en lo más profundo, nos sentimos igualmente atraídos por el peligro. Cada persona que viaja en este camión, siente una pasión masoquista por un buen incendio.

Me llamo Jasminka, y sigo estando hambrienta.

—Necesitas comer más, Jasminka.

El doctor, un joven negro de doble papada, me mira por encima de sus gafas.

—Esto es serio. Si no empiezas a comer más, tendrás muchas probabilidades de tener un bebé de bajo peso o, en el peor de los casos, de perderlo.

Me siento más erguida, tratando de recuperar un poco de dignidad. Siento crujir bajo mi cuerpo el papel que cubre la camilla de reconocimiento. Debo conservar alguna sustancia para hacerlo crujir así. Aún no me he vuelto completamente invisible.

—Muy bien—digo—. Como más, ¿es eso?

—Depende de lo que estés comiendo.

Suspira y se sienta en una silla que está junto a la pared, se quita las gafas y se frota el puente de la nariz. Es obvio que lo agoto. ¿Por qué? Soy sólo una mujer.

—Existen grupos de apoyo para la anorexia—me explica—. Te sugiero que comiences a asistir a alguno.

Me encojo de hombros.

—No estoy anoréxica.

Se echa a reír. ¿Está bien que los médicos se rían?

—¿De verdad? Mmm. Entonce bulémica. Oye, cuando una mujer mide seis cinco once pulgadas, pesa ciento quince libras y está embarazada, hay una gran probabilidad de que tenga un desorden alimenticio. No existe ninguna otra razón que explique por qué estás tan peligrosamente baja de peso, a menos que estuvieras enferma, y tú no lo estás. Ése es un problema serio que ocurre en tu profesión; y si te preocupa la salud del bebé y la tuya propia, deberías preocuparte por esto.

Tiene razón. Sé que tiene razón. Sólo que no quiero admitirlo.

—Es posible—admito—. Entonces como más. Más comida.

Me entrega algunos folletos sobre desórdenes alimenticios y otro sobre la nutrición. Me dice que aumente mi ingestión de calorías hasta dos mil diarias por lo menos.

—La mayoría de las mujeres no debería aumentar más de veinticinco libras durante un embarazo, pero tú podrías subir fácilmente cuarenta o más y estar saludable—dice—. De hecho, podrías subir cuarenta libras *sin* estar embarazada y seguir saludable. Más saludable de lo que estás ahora.

Salgo de la clínica y regreso a casa en el Cadillac Escalade dorado que Ricky me compró. Estoy embarazada ¡Estoy embarazada! Casi diez semanas. Voy a tener un bebé. No puedo creerlo. Entro en la senda de autos de un McDonald y encargo una hamburguesa con queso y papitas fritas. Me las zampo mientras manejo, saboreando cada bocado salado y lleno de grasa. Me siento culpable cuando termino, y tengo que luchar contra el impulso de encontrar un baño para vomitar. Trato de hallar algo que me entretenga.

Me dirijo al estudio que hay detrás de la casa para ver qué está haciendo Ricky. Me acomodo en el ridículo sofá rojo y blanco, de estilo español, que está en la saleta, y escucho los sonidos de una balada que salen de la cabina de grabaciones. Es una canción bonita. Todas las canciones de Ricky son hermosas. Me encanta su música. Pero ¿esta habitación? Me da ganas de vomitar otra vez. Los colores son funestos. Rojo, blanco, amarillo y azul. Ricky es talentoso y atractivo, pero no sabe un ápice de decoración. Quiero remodelar toda esta casa. Parece como si hubiera sido decorada por un borracho que exprimiera una botella de *ketchup*. Es una casa muy bonita, pero se está cayendo a pedazos. Me dijo que pagó dos millones de dólares al contado por la casa. Me pregunto por qué no podría gastar un poco más para mantenerla mejor o para que un profesional se la decorara. Tiene una mesa de billar y un gramófono en la sala. Éste no es el tipo de casa donde quiero criar a mi hijo. Parece . . . ¿cómo explicarlo? . . . Un albergue para estudiantes. Es como si Ricky no acabara de reconocer que está casado o que yo pueda tener algún derecho de cambiar las cosas aquí. Ricky sigue llamando a esta casa de Cleveland Road "su" casa, como si yo fuera un huésped. Tendré que hablarle de esto.

A través del cristal de la cabina de mezcla, puedo ver a Matthew Baker. Hay algo muy reconfortante en su rostro. A decir verdad, en toda su persona. Es muy equilibrado, espiritualmente hablando. Me cae bien. También parecer tener un gran talento y hallarse totalmente consagrado a Ricky. La gente no puede evitarlo. Ricky tiene un aire de extravío que inclina a querer rescatarlo. Matthew levanta la vista de la consola donde manipula palancas y botones, y me sonríe. Hay sentido del humor en esos ojos; unos ojos que podrían derretir el corazón de cualquier mujer. Se merece a una buena compañera; mejor que esa extraña muchacha islandesa que a veces pasa por aquí, cuando el crucero donde trabaja toca puerto. No me gusta. Se llama Eydis. No tengo la suficiente confianza con Matthew para mencionarle el asunto. Pero soy buena juzgando a la gente y hay algo compulsivo en esa muchacha.

Matthew abre la puerta.

—Hola, Jasminka, ¿qué hubo?

—Hola, Matthew—respondo—. ¿Dónde está mi esposo?

—Aquí mismo, cariño—dice Ricky, asomándose detrás de Matthew. Se lanza sobre mí como un cachorro feliz. Me besa. Se arrodilla y me toma de la mano—. ¿Qué dijo el médico?—Le hablo sobre el problema de la comida y frunce el ceño—. ¿Qué sabe ese médico? Tú estás saludable.

—Quiere que coma más.

—Entonces tendrás que comer más—dice—. Le diré a Mami que venga a cocinarte.

Lo abrazo y le beso en el cuello. El embarazo me da náuseas y lo único que parece disminuirla es el olor de su cuello. Me encanta. Me hace recordar por qué me siento tan mal: llevo su bebé dentro . . . creciendo. Empieza a frotarme la espalda, casi como si supiera que me duele. A veces puede leer el lenguaje de mi cuerpo, como si fuéramos una misma persona. Es asombroso.

—Más abajo, por favor—le pido.

—¿Así?

Se inclina para besarme la clavícula y me acaricia la espalda, mientras sus brazos se cruzan detrás de mi cuello.

—Te amo—dice.

—Yo también, cariño—digo.

—Ejem—tose Matthew.

Ricky me besa en los labios, me aprieta y sonríe a su productor.

—Perdona, viejo—dice—. Cuando uno tiene una esposa tan linda que lleva a tu propio hijo, ya sabes . . .

—¿Tu *qué*?—Matthew me mira y sonríe—. ¿De verdad estás embarazada? Hago un gesto de asentimiento.

—¡Qué notición tan cojonudo!—grita, y corre hasta Ricky para abrazarlo y darme una palmadita en la espalda—. ¡Increíble! Un Ricky chiquitico corriendo por ahí. ¡Del carajo!

Algo que he notado en los músicos es que usan las malas palabras todo el tiempo, sin darse cuenta. Es como un idioma propio. Ricky se pone de pie y se inclina hacia la mesita para tomar sus papelitos de bambú con los que se fabrica los pitillos y la fuerte picadura de tabaco tailandés. Últimamente fuma mucho. Yo he dejado el vicio y le he pedido que lo haga; pero me ha dicho que no puede.

—Ricky, no fumes—digo—. El bebé.

Lo suelta todo y hace un gesto.

—Tienes razón. Lo siento. Se me olvidó.

—Jaz, tienes que oír esta canción que estamos haciendo—dice Matthew.

—Suénala—le dice Ricky a Matthew, quien corre hasta la cabina de control y aprieta varias teclas hasta que la canción empieza.

Regresa, y ambos se sientan en el sofá conmigo. La canción es bellísima, una delicada pieza con sabor flamenco, que habla sobre el dolor de perder a una mujer en brazos de otro hombre. Ricky y Matthew comparten esa maravillosa cualidad masculina que tienen los músicos de concentrarse, inclinándose para escuchar mejor, mientras intercambian sonrisas sobre asuntos que el resto de los seres humanos no percibe o no entiende. Envidio esa relación de amistad entre Ricky y Matthew. Me pregunto si alguna vez conoceré a alguna mujer en la que confíe tanto. Entre las modelos, la competencia siempre se interpone frente a la amistad.

Por un momento ruego a Dios que me envíe una amiga. Una mujer común.

Casi en el mismo instante, suena el timbre de la puerta. Yo creo en las señales. El sonido de este timbre es elegante, como una melodía con un millón de notas que suenan interminablemente. Voy a casa principal. Cynthia comienza a secarse las manos como si fuera a contestar la puerta. Estoy cansada de sentir que ésta no es mi casa. Como si los empleados contratados tuvieran más derechos que yo.

—Yo contesto—la atajo.

Voy hacia la casa y entro. El perro Mishko renquea desde la sala y menea la cola al verme. Es un buen perrito. Mi familia. Lo quiero. Le rasco detrás de las orejas.

—Ven conmigo, viejo—le digo en serbio.

Camino por el largo pasillo hasta la entrada, me aliso el pelo hacia atrás, más por costumbre que por otra cosa, y abro la puerta. De pie en los escalones de la entrada, hay una joven llenita que se parece tanto a mi madre que me quedo sin aliento. El universo se comporta de maneras muy extrañas.

—Lo siento—se excusa la mujer—. ¿Te asusté?

—No, no me asustaste—digo.

Tiene un cabello rubio, bastante claro, a la altura de los hombros, teñido con rayitos y cortado con elegancia. Usa un discreto maquillaje en tonos melocotón y dorado. Y viste una bonita falda negra y amplia, con tacones rojos, y una blusa sin mangas roja y morada. En su hombro descansa una preciosa cartera Vuitton, la de color claro. Tengo una igual.

—Son las ropas—murmura la mujer, bajando la vista para estudiarse como si llevara algo feo encima—. Te asusté.

—¿Tus ropas?

—Mi hermana me obligó a ponérmelas—explica, dando un tirón incómodo al ruedo de su falda, que me recuerda una falda serbia tradicional, de algodón grueso; es algo folclórica, pero a la vez moderna—. Lo siento. Soy Milán Gotay.

La mujer se sonroja y extiende su mano. ¿Milán? La canción que Ricky acaba de mostrarme, ¿no era sobre esa ciudad? Otra señal. Dios me ha enviado a una amiga. Lo sé.

—Estoy aquí para entrevistarme con el señor Biscayne para la posición de publicista.

¿La posición de publicista? ¡Ah, sí! Ricky tiene una vacante. Su publicista anterior está en la cárcel. Eso sucede con la gente que suele escoger.

—Bienvenida—digo.

Le doy la mano. Su apretón, como su cuerpo, es firme y nada ligero. La encuentro deslumbrante e interesante, y me siento celosa y atraída hacia ella al mismo tiempo. Admiro a las mujeres con vientres planos y enormes traseros.

—Soy Jasminka. Soy esposa de Ricky.

—¡Sé quién eres!—dice efusivamente con una vocecita infantil—. Eres muy hermosa.

—Hoy no me siento muy hermosa. Estoy un poquito enferma—y quiero añadir que estoy embarazada, pero Ricky y su representante desean que espere todo lo posible para dar la noticia—. Pasa, por favor.

El rostro de la mujer resplandece de asombro cuando entra a la casa. En otra época pude haber pensado que ésta era una mansión lujosa, pero las he visto mejores desde que estoy modelando y no creo que Ricky sepa cuidar de ésta.

—Tienes una casa preciosa—dice ella con su entrecortada vocecita infantil—. ¡Cielos!

—Te llevaré a Ricky—le digo, rezando para que la contrate—. Sígueme.

El incendio ha invadido la mitad del complejo de apartamentos de dos pisos en una zona pobre de Cutler Ridge, y puedo sentir el calor a través de mi traje. Es como si no llevara el casco ni la máscara de oxígeno sobre mi cara. Percibo el calor como si alguien estuviera sosteniendo una antorcha frente a mi rostro.

Salto del camión y agarro un hacha. Una de las reglas de oro de la extinción de incendios es que uno lleve siempre una herramienta, da igual si cree que la necesitará o no. Enciendo mi enorme linterna roja y me preparo para enfrentar el fuego que tengo delante. Ya no distingo quiénes son los bomberos que tengo a mi alrededor. Nos acercamos al edificio como si fuéramos un solo cuerpo. El capitán Sullivan nos informa que a nuestra estación se le ha asignado la labor de búsqueda y rescate, lo cual significa que aún hay personas atrapadas dentro; personas que pudieran estar vivas o muertas. Nuestro trabajo es sacarlas.

Corremos hacia el edificio en llamas, con altruismo, preparados para sacrificar nuestras vidas. Nunca me siento más viva que en estos momentos en que tiento al destino, desafiando al fuego y a otros elementos y potencias para que traten de destruirme, y pensando que no podrán imponerse mientras yo esté aquí. Voy a ganar esta batalla. El calor me golpea como una tormenta del infierno y me abalanzo a través del umbral, en medio del humo y de una oscuridad casi absoluta. Respiro oxígeno, pero de todos modos el sabor y el olor a humo me rodean por todas partes. Escucho gritos y llantos, y sigo la dirección de los sonidos a través del corredor lleno de humo. Escucho el inconfundible crepitar crujiente de la madera en llamas. Corro, sintiendo el peso del tanque y del uniforme que presionan sobre mi espalda.

Al final del pasillo, encuentro una puerta cerrada. Los gritos provienen del otro lado. La abro de una patada y entro. Dentro hay tres niños, dos de ellos temblando de pie en una esquina, y el otro, un bebé que yace inmóvil en el suelo. Cargo al bebé y percibo que hay otro bombero a mis espaldas. No puedo saber quién es. Se precipita dentro y agarra a las dos niñas.

—Vamos, rápido—dice.

No reconozco su voz. Regresamos de prisa con los niños, a través de las llamas y el humo, en pos de la luz, en el mismo instante en que un madero cae en medio del pasillo, eludiéndonos por unos centímetros a mí y al bebé que llevo inconsciente en mis brazos. Entrego el pequeño, una niña en pañales con hebillitas rosadas en su pelo, al paramédico más cercano. Se la llevan y comienzan a evaluar su estado y a revivirla. El otro bombero, que ahora me parece que es Néstor Pérez, le entrega las otras dos niñas a los paramédicos. Ambas gritan que su primo sigue allá adentro, en su cuarto, y también su madre.

Regreso a toda prisa hacia el edificio y trato de abrirme camino por el pasillo. Hay otros dos bomberos aquí y, por sus gestos y sus voces, reconozco a Dennis y L'Roy. Traen al niño. Dennis pasa velozmente junto a nosotros con el niño, y grita algo sobre un hombre que se niega a salir del cuarto. Néstor y yo corremos hacia allá con L'Roy, y encontramos a un hombre muy drogado o muy borracho que parece comportarse como un suicida. Se resiste cuando tratamos de sacarlo del cuarto. Peleamos con él y lo sacamos de la cama. Néstor se echa el hombre sobre un hombro y sale apresuradamente del cuarto. L'Roy y yo intentamos seguirlo, pero apenas llegamos al umbral, éste se desploma y las llamas se abaten desde lo alto, rodeándonos. L'Roy cae al suelo, golpeado por la madera rota. Lo escucho aullar de dolor. Miro en torno al cuarto para ver si hay otra salida, pero no veo ninguna. Todo arde. La única manera de salir es a través de la ventana, pero el camino está bloqueado por los escombros y las llamas.

—Aguanta, L'Roy—le grito—. ¿Puedes moverte?

—¡No! ¡Me he jodido la pierna! ¡Oh, Dios, cómo duele!

Actúo tan rápido que siento como si me observara a mí misma desde algún sitio muy lejano. Salto entre las llamas y le entro a hachazos a la pared que rodea la ventana, rezando por que esto no provoque un derrumbe en el edificio. Golpeo enloquecida con el hacha, una y otra vez, hasta que surge un hueco y entonces, milagrosamente, un pedazo de pared cede y aparece una abertura lo suficientemente grande como para que pasemos los dos. En medio de los hachazos, mi máscara se ha soltado y siento que el humo me ahoga. Me ajusto la máscara, pero no cierra bien. Debería salir ahora mismo, pero no puedo dejar que L'Roy se quede aquí solo. No puedo hacerlo.

—¡Vamos!—grito, regresando en busca de L'Roy.

Hacer esto va totalmente contra mi instinto. Este hombre no me cae bien. No me respeta. Estoy arriesgando mi vida por salvarlo y no puedo pensar en ninguna razón de peso que me impulse a hacerlo, excepto que es un ser humano. Siento que me quemo. Me estoy quemando, en cada pulgada de mi cuerpo, y apenas puedo soportarlo, siento agujas en la piel, puñales en mis pulmones. No voy a dejar que este hombre muera aquí, pienso.

—¡Agárrate de mí!—le grito.

L'Roy extiende los brazos y coloca sus manos alrededor de mi cuello, y lo saco a la luz. Entre las llamas, a través de los escombros y Dios sabe cómo, logro que ambos salgamos. Lo alejo del edificio tanto como puedo y me dejo caer en la hierba con él, y hago que ambos rodemos por el suelo para apagar las llamas. L'Roy grita de dolor, pero no me importa. Morirá si no logro sofocar las llamas que nos envuelven. Y luego nos quedamos allí, y los otros vienen, y hay gritos y estoy mareada. Alguien me alza del suelo como si yo no pesara nada. Miro a través de la máscara y veo a Néstor Pérez, con los ojos que le lloran a causa del humo o de algo más.

—Gracias a Dios—dice con la voz ahogada de emoción—. Gracias a Dios que estás viva.

En ese instante, un Lincoln Towncar negro, de cristales oscuros, pasa junto a la garita custodiada de la propiedad de diez millones de dólares donde vive Jill, en Bal Bay Drive, en dirección a la entrada de autos circular cubierta de losas rosadas, y se detiene al pie de la redondeada torreta blanca que sirve de entrada formal al patio que conduce a la puerta. Pese a ser una mujer que ha hecho fortuna con canciones como "Sigo siendo tu chica pobre", y pese a su supuesta "fama de chica de barrio", Jill vive ridículamente enamorada de las formalidades. Mientras más ridículas y exageradas, mejor.

Jack Ingroff, maltrecho por el cambio de horarios y un doloroso ligamento lesionado durante una estúpida acrobacia de sexo comprado a un precioso travesti japonés, abre la puerta trasera del auto. Lo hace, aunque el chofer, un profesor de física de Azerbaiján que trabaja muy por debajo de su nivel, se apresura todo lo que le permite su corpulenta humanidad y corre desde su asiento de chofer, rodeando la parte trasera del auto, en un nervioso esfuerzo por atender a Jack de la misma manera que su novia exige que la atiendan a ella. Pero Jack, un socialista en teoría—si es que no lo es también en la práctica—, acostumbrado a unos medios más modestos, no funciona de ese modo. Él se abre sus propias puertas, paga sus propias cuentas y, bueno, excepto ese asunto del sexo comprado, se considera a sí mismo un tipo normal y bondadoso.

—Compadre, deja eso. En serio, Yaver, déjalo—dice Jack mientras se pone de pie, con sus *jeans* y camiseta arrugados, y pestañea bajo el brillante sol del sur de la Florida.

Jack nota la sorpresa en el rostro de Yaver al oírle mencionar su nombre, y deduce que Jill jamás se ha molestado en aprender los nombres de quienes trabajan para ella. Y si se ha *enterado* del nombre de Yaver, posiblemente jamás se ha molestado en usarlo. Jack, quien fue criado por su madre soltera, poeta y profesora universitaria, en un pequeño pueblo de Massachussets, siempre se sorprende—y a veces se siente intrigado—por la indolencia natural de su futura esposa. Como él mismo tiene una personalidad intelectual sensible y alguna vez fue un esquelético chiquillo asmático que ahora anhela ser considerado el tipo duro que una vez interpretó (bastante mal, según su opinión) en una película mediocre, Jack tiene la esperanza de que, con el tiempo, podrá contagiarse con parte de la crueldad de Jill. Si esto ocurre, piensa él, le será mucho más fácil lidiar con Hollywood y con toda esa mierda que viene asociada con éste. Si eso ocurre, hasta podría atreverse a comprar de nuevo en cualquier mercado de víveres. Como están las cosas, la mera visión de un mostrador con todas las revistuchas de chismografía que lo rodean le llenan de pánico. Es una suerte que Jill tenga sus empleados particulares que mantienen la casa llena de comida y abastecimientos, porque Jack cree que de otro modo sólo podría comer en restaurantes. La idea de contratar a alguien para que le haga las compras le disgusta tanto como la idea de esperar a que un físico azerbaijano, viejo y gordo, le abra la puerta del auto.

Yaver corre a dar la vuelta para abrir el maletero, ansioso de poder abrir *algo*. Jack nota que el viejo cojea, y enseguida se da cuenta de que ambos andan cojeando. En esta coincidencia hay algo patético y casi intrigante que le produce risa. Tiene la mala costumbre de reírse de chistes que él mismo se ha contado mentalmente, lo cual le ha dado fama de loco en algunos círculos. En otros, simplemente se le considera un imbécil.

—Lo siento, señor—dice Yaver, sacando del auto una de las dos maletas Louis Vuitton de Jack—. ¿Hice algo que lo molestara?

Jack coloca una mano compasiva sobre el hombro de Yaver y sacude la cabeza, sonriendo.

—No, mi viejo, no. Nada de eso. Has sido muy amable. Pero yo llevaré las maletas.

Yaver parece ofendido y confuso por esta última maniobra.

—¿Está seguro?

—Son mis puñeteras maletas—dice Jack, con una sorprendente carga de agresividad dirigida a él mismo.

Se siente culpable de estafa por haber ganado más de doce millones de dólares en una película, cuando él ha sido el primero en reconocer su propia mediocridad. Jack siempre está buscando la manera de despilfarrar su dinero, porque la sola idea de tenerlo en sus cuentas bancarias hace que él mismo se deteste.

Yaver no conoce ninguna de las razones que provocan el estallido de Jack, y piensa que debe ser un drogadicto posiblemente peligroso, nada de lo cual es cierto, aunque se trata de algo ampliamente popularizado por los tabloides de los supermercados.

—Lo siento, señor.

—No—dice Jack, pasándose una mano irritada por los cabellos alborotados—. No quise decir eso. Lo que quiero decir es que soy un pendejo por hallarme en esta situación donde alguien como tú, un buen tipo, un hombre educado, tiene que cargarme mis jodidas y estúpidas maletas de marca.

—Está bien—dice Yaver, manteniendo su distancia.

Jack vuelve a reír con su sardónica sonrisa de medio lado que ha hecho que millones de mujeres en el mundo, incluidas algunas de Azerbaiján, se enamoren de él.

—Tal vez parezca un pelele afeminado, pero todavía puedo arrastrar mi propia porquería. Eso es lo que estoy tratando de decir, Yaver.

Yaver hace una ligera reverencia, haciendo que Jack se sienta horriblemente mal. Yaver quisiera lucir tan "pelele" como Jack, y no sabe de qué se queja ese hombre tan hermoso.

—Oye, viejo—dice Jack—, no tienes por qué hacer todo eso.

Jack imita las reverencias y los gestos de Jack. Baja la voz y se da cuenta de que las cinco botellas de Saporo que se tomó durante el vuelo aún no se han desvanecido del todo.

—De veras que no. Sé que eres un físico. Eres diez veces más inteligente que yo o que Jill. Me doy cuenta de eso y estoy seguro de que tú también.

Yaver se pone muy rojo y mira fijamente el suelo.

—Tú también lo sabes, ¿verdad? No me jodas. Te das cuenta de que trabajas para un par de jodidos imbéciles, ¿cierto?—Jack sonríe y Yaver guarda silencio—. Así es que ¿estamos en paz, verdad?

Yaver asiente sin levantar la vista. Jack deja los maletines en el suelo y se acerca al viejo, coloca su mano bajo el mentón de Yaver y le levanta el rostro. Por primera vez, sus miradas se cruzan.

—Sabes que tengo razón sobre lo que dije de ti—dice Jack con una sonrisa, señalando el pecho de Yaver.

Éste pestañea varias veces y sonríe.

—Sí—dice suavemente—. Creo que sí.

Hasta ahora, sólo la esposa de Yaver conoce su total desprecio hacia Jill Sánchez y sus conocidos.

—Buen chico—dice Jack, y le da una palmadita en el pecho—. Ahora, si me disculpas, tengo que subir los escalones de esta estúpida y ridícula mansión que parece un merengue.

—Sí, señor—dice Yaver, tratando de tragarse la risa.

—*Es* ridícula, ¿no te parece?

Yaver observa el estuco blanco y toscano de la mansión con sus ribetes rosados, las blancas columnas de mármol y las cascadas de las fuentes con sus querubines gordos que retozan en los burbujeantes surtidores azules.

—Supongo que sí, señor.

Jack se encoge de hombros y baja la voz, mirando a su alrededor como un conspirador.

—Estoy tratando de cambiarla, ¿sabes?

Yaver asiente solemnemente y hace un esfuerzo por no poner sus ojos en blanco. Ya ha visto a otros hombres tratando de cambiar a Jill Sánchez que han corrido la misma suerte que quienes trabajan para guiar a Europa Oriental y Rusia hacia un gobierno honesto y justo.

—Tengo un plan—dice Jack con mirada soñadora—. Nuevo México. Ahí es donde me gustaría vivir. En algún sitio cercano a las montañas, con atardeceres espectaculares. Conseguir una casita de adobe, llenarla con obras de arte, criar algunos hijos. Santa Fe. En eso estoy pensando. Una vida completamente normal, esquiando, caminando. Eso es lo único que quiero, me creas o no.

Yaver sonríe en medio de su lástima y se abstiene de hacer una reverencia.

—Es un buen plan, señor—miente.

—*Jack*. Ni un "señor" de mierda más, ¿está bien?

—Está bien.

—Está bien, *Jack*.

—Ehh . . . Está bien, *Jack*.

—¿De acuerdo?

—De acuerdo.

Y con eso, Jack da media vuelta y va hacia la casa, dejando a Yaver bajo el sol ardiente, mientras él sube cojeando por los ridículos escalones de mármol hacia la torreta, arrastrando las dos estúpidas, presuntuosas y horribles maletas de marca que Jill le había comprado.

La esquelética modelo que Ricky Biscayne tiene por esposa abre la puerta del estudio de grabaciones que hay en el patio de su casa, y yo entro. ¿Les conté que la odio? Por eso, por ser tan bella, por tener ese acento exótico. Pestañeo y allí está. Ricky. En unos *jeans* y una sencilla camiseta blanca, descalzo y masticando, con la mitad de un bocadito en una mano. Tan normal y, sin embargo, tan divino. Suspiro. Comienzo a temblar. No sólo las manos. Estoy tiritando, nerviosa, casi al borde del desmayo. No merezco estar aquí, mirándolo, oliendo este cuarto que huele a pepinillos encurtidos, a mostaza y—¿a qué más?—cigarrillos. Ricky no fuma, ¿verdad? Quizás es el otro tipo, que se vuelve y se queda mirándome con los ojillos fruncidos como si me odiara. ¡Ay, Dios mío! Es ese músico que parece un Conan O'Brien más bajito, el que mi madre dijo que estaba en el muelle el otro día.

—Tú eres la mujer que por poco me lanza al agua—dice—. La que me llamó "infeliz".

—Yo no te empujé—le digo—. Fuiste tú quien me empujó.

Ricky le lanza una mirada rara, y el pelirrojo sigue mirándome.

—Ricky, ésta es Milán—anuncia su esposa—. Viene para la entrevista sobre el puesto de publicista.

Ricky da unos pasos hacia mí y casi escucho unos violines. Oh, espera un minuto. Estoy *oyendo* violines. Están escuchando una melodía, una canción de Ricky. ¡Yay! Estoy en el estudio de grabaciones en casa de Ricky Biscayne, escuchando una canción suya que nadie más ha oído, y él está a punto de darme la mano. ¿Qué pensarían de *esto* las muchachas del club Las Chicas Ricky? No veo la hora de contárselo. Debí haber traído mi cámara digital.

—Hola, Milán—dice con voz apagada y grave—. Génova me ha hablado mucho de ti. Pasa. Siéntate. ¿Puedo ofrecerte agua u otra cosa? Ponte cómoda.

Rechazo el agua. Me siento demasiado rara en estas ropas como para que pueda hacer algo tan normal como beber. La esposa dice que se va a la cocina para comer algo. Buena idea. Debería comer durante un año entero. El guitarrista medio calvo le pregunta a Ricky si le parece bien que añada algunas mezclas nuevas sobre las pistas, sea lo que sea eso. Es ligeramente corpulento y tiene un acento difícil de reconocer. ¿California? Como soy una masoquista con los hombres y el sexo, me gusta la expresión diabólica con que me observa. Aunque es rudo y casi me lanza al agua, les confieso que si este hombre me lo pidiera, me acostaría con él. Tal vez con Ricky y con este tipo a la misma vez, como he visto en las fotos de Internet. Ay, Dios mío. Eso sería tan maravilloso, como uno de esos cuentos que no se le cuentan a los nietos.

Ricky me presenta al tipo de la gorra. Se llama Matthew Baker, lo cual me hace recordar a mi abuela, que últimamente ha estado borboteando disparates sobre el Evangelio de San Mateo. Estoy a punto de comentar ese detalle, pero me lo pienso mejor. En vez de eso, zarandeo la mano de Matthew Baker.

—Qué mundo tan pequeño—dice con animosidad.

Tiene unos ojos expresivos y bonitos.

Me siento en el sofá y cruzo las piernas. No hay necesidad de mostrarle a Ricky tanto en tan poco tiempo, ¿me entienden? No, no estoy bromeando. Si me dice que tengo que mamársela para conseguir el trabajo, lo haré. Quiero morderlo por todo el cuerpo. Quiero pellizcarlo para ver si es de verdad. Se sienta junto a mí y huelo su colonia de hierbas. Quiero comérmelo. Completo. Con voracidad.

—Ay, Dios mío—digo—. Estoy tan nerviosa. Te adoro. Quiero decir, adoro tu música. En serio. Soy de veras tu admiradora más grande, la más idiota, en todo el mundo. Soy . . . no sé . . . la secretaria del club Las Chicas Ricky. ¿Lo conoces? ¿El club de tus admiradoras en Internet? ¿Has oído hablar de nosotras?

Veo que el Conan O'Brien en miniatura le hace un gesto a Ricky, poniendo los ojos en blanco, y me doy cuenta de que me he puesto en ridículo. Me repliego.

—Bueno, pero también soy una profesional. Una buena publicista. De veras que sí. Yo . . . Ay, Dios mío. No sé. Lo siento.—Miro mis manos—. Estoy actuando como una idiota.

—Eres guapa—dice Ricky, mirándome de arriba abajo.

—No soy *realmente* una idiota.—Me detengo cuando me doy cuenta de que Ricky acaba de decirme que soy guapa—. ¿Lo soy?

—Sí, sí—dice Ricky, que sonríe y me coloca una mano sobre la rodilla—. Respira profundo, Milán. Cálmate.—Se vuelve hacia Matthew—. Es bonita, ¿verdad?

Matthew se encoge de hombros.

—No creo que sea eso sobre lo que deberías estar hablando—dice.

¿Qué? ¿*Matthew* no cree que soy guapa? ¿Ni siquiera después de toda esta transformación al estilo Génova, con rayitos y corte de pelo y lecciones de maquillaje? Me esforcé de veras para lucir guapa hoy. ¿Por qué no cree que lo soy? Quiero que *ambos* piensen que soy guapa.

—¿De veras?—Ricky lo contempla con una expresión que parece indicar que estos dos discuten a menudo—. ¿Y sobre qué exactamente crees tú que deberíamos estar hablando, señor Perfecto?

—Su currículum o algo así—Matthew se pone de pie y sacude la cabeza—. Estaré en la cabina si me necesitas, Ricky. Milán, gusto en conocerte. Me alegra que no me hayas matado en los muelles. Siento que pienses que soy un infeliz. Una disculpa estaría bien. No dejes que él te haga nada que no quieras.

Ricky y yo permanecemos sentados en silencio hasta que la puerta de la cabina se cierra.

—No le hagas caso—dice Ricky—. Idiota.

—¿Quién es?

—Mi productor. Sólo está celoso. Tampoco es muy hábil con las mujeres. Sobre todo, las que son bonitas como tú. Bien. ¿De qué estábamos hablando?

—Ehh . . . ¿Crees que soy bonita?

Me siento como si estuviera mirando una película sobre la vida de otra persona. Esto es ridículo.

—Sí.—Se arrima más a mí y alza una ceja—. Una belleza natural.

Está mirando mi boca, como si quisiera besarme. Esto es extraño. Pero no imposible. ¿O sí? Muy bien. Piensa, Milán. ¿Por qué está haciendo esto? Acabas de ver a su mujer. Es perfecta, y tú no. Tú, Milán, eres una chica del montón. Pero éste es el tipo que escribe canciones que exaltan a las muchachas corrientes. ¿A lo mejor lo siente de veras?

—Esto es muy raro—dice Ricky, que aún está cerca y me sigue mirando.

—¿Qué?

¿Será que apesto? Me duché. Me restregué. Me afeité. Hasta me incliné como un gato y me afeité la chocha, por si acaso.

—Contigo siento algo que no me esperaba.

Doy una patada en el suelo para estar segura de que no sueño.

—¿Algo?—pregunto—. ¿Qué clase de algo?

—Como una energía buena—se pone de pie y me ofrece su mano—. Ven aquí.

Le tomo la mano y me pongo de pie. Esto . . . no.. está . . . pasando. Me conduce por un corredor hasta una puerta. El corredor es oscuro y la puerta está cerrada. Me coloca de frente a la puerta, y se detiene detrás de mí, justo pegado a mi cuerpo.

—Tienes un cuerpo hermoso—me dice.

No digo nada. Hay un cartel en la puerta que dice "oficina", lo cual me parece algo redundante, pero soy una chica bastante lista.

—Ésta es tu oficina—dice Ricky.

—¿Mi oficina?—chillo—. Pero no me has preguntado nada. Acabo de llegar.

Se inclina y hace girar el pomo. Me empuja dentro de la habitación en penumbras. Es una oficina con estantes y escritorio, plantas y alfombra. Es una oficina bastante agradable, con mucho espacio. La computadora es realmente elegante: una Mac con una pantalla enorme. Enormes afiches de Ricky adornan las paredes. Ricky entra después de mí y cierra la puerta.

—Milán—dice—. Vuélvete. Mírame.

Lo hago. Es precioso. Sé que es una descripción mediocre, pero no sé qué otra cosa decir. Ni siquiera puedo respirar, mucho menos hablar. Todo esto es incorrecto. Propicio para una tremenda demanda. Si se tratara de alguien como tío Jesús, estaría muy, pero que muy mal. Pero no es así. Se trata de Ricky Biscayne, y he hecho el amor con él miles de veces en mi imaginación. Por el modo en que me sonríe, es como si lo supiera. Siento como si ya lo conociera, como si lo hubiera conocido siempre.

—Ven aquí—me dice.

—¿Ahí?

—Aquí.

Voy hacia él. Me toca el rostro y dice:

—Yo no hago estas cosas. No acostumbro a tener sentimientos tan fuertes hacia las mujeres que trabajan para mí.

—¿No?

—No.

Me mira a los ojos y veo que los tiene inyectados en sangre. Debe trabajar mucho, dormir poco. Necesita mi ayuda.

—Pero debes saber esto de mí. Soy muy intuitivo. Puedo percibir cosas que el resto de la gente no percibe. Sé cuándo las cosas están bien o mal, simplemente porque las siento. Soy un poco vidente.

—¿Vidente?

—Ajá. Y confío en mis instintos. Siempre lo hago. Así es como he llegado hasta donde estoy, así es como me he convertido en Ricky Biscayne.

—¿Qué tiene que ver esto conmigo?—pregunto.

—Me gustas—dice—. Creo que nos divertiremos mucho trabajando juntos. ¿Te gusta pasarla bien?

¿Qué quiere decir eso? Asiento débilmente. Ahora espero que me bese, pero no lo hace. Se separa con una sonrisa, y enciende las luces, cegándome.

—Bienvenida a Ricky Biscayne Productions, Milán—dice—. Ésta es tu oficina.

¿Qué? ¿No hay beso? ¿Ni acoso sexual? No puedo creerlo. ¿Después de todo lo anterior? ¿Está loco este tipo?

—¿Me estás contratando?—pregunto.

Abre la puerta para marcharse.

—Sí—dice.

—Pero no me has preguntado nada. No sabes nada de mí.

Se vuelve a mirarme.

—Sé más de lo que piensas—dice—. Y confío en tu hermana. Puedes empezar ya. Tengo que regresar al estudio. Déjame saber si necesitas algo, preciosa.

Sale. Me quedo ahí, humillada por haber pensado que iba a seducirme. Total y completamente humillada. Lo sigo por el pasillo.

—¿Ricky?—lo llamo.

Se detiene en el pequeño recibidor y nos sentamos de nuevo en el sofá.

—¿Qué necesitas que haga? Es decir . . . quieres que empiece, pero ¿haciendo qué, exactamente?

Ricky vuelve a sonreírme y señala hacia la ventana de la cabina de sonido, donde Matthew Baker está sentado frente a una enorme consola, moviendo los controles.

—*¿Te gusta!*—pregunta Ricky.

—¿Qué?

—Matthew. ¿Te gusta?

Ricky observa a Matthew como si le disgustara por alguna razón.

—Yo . . . eh . . . no lo conozco.

—Mi mujer piensa que las mujeres lo encuentran atractivo. A mí parece que es un gnomo. ¿De qué bando estás tú?

¿Bando? ¿Tengo que decidirme por un bando? ¿De veras? De ningún modo. Eso no es justo. Pero quiero este trabajo. Y Ricky no parece emplear el tipo habitual de tácticas que se usan para contratar a la gente.

—Mmmm . . . Del tuyo, creo.

—¿Crees?

—Del tuyo. Estoy segura.

—¿Matthew es un gnomo? ¿Es eso lo que estás diciendo?

Asiento, pero me odio por ello. ¿Por qué lo hago? ¿Por qué estoy insultando a un tipo al que ni siquiera conozco? Pero entonces recuerdo que él se encogió de hombros cuando Ricky le preguntó si yo era bonita, así es que podría verse como una venganza. Al carajo Matthew Baker. De todos modos, es un grosero.

—¿Qué tipo de hombres te gustan?—me pregunta.

—Los que se parecen a ti—respondo con honestidad—. Tengo fotos tuyas por todo mi cuarto.

Se vuelve hacia mí y sonríe:

—Me estás tomando el pelo.

—No, señor. De ninguna manera.

—Entonces quizás debería haberte besado allá atrás en la oficina. Pensé que no ibas a querer.

Me quedo muda. Completamente sin habla. ¿Palabras? ¿Cuáles palabras? ¿Qué son las palabras? Esto es lo único que puedo hacer para seguir respirando y continuar viva. Se pone de pie riendo.

—Hey, no te pongas tan asustada. Sabes que estoy bromeando, ¿verdad?

—Eh . . . Sí—digo, pero no sé; no sé nada—. Claro.

—¡Sólo estoy bromeando!—dice riéndose con más fuerza ante mi expresión de sorpresa—. Eres bonita. Esa parte es verdad. Pero, Milán, yo soy un hombre casado.

Mareos. Respira, Milán.

—Eh . . . conocí a tu esposa—digo—. Es realmente muy amable.

—Todos somos amables. Aquí somos como una familia. Todos coqueteamos. Acostúmbrate. Bienvenida a la familia más loca después de los Ozbournes.

Ricky abre una caja de bambú que está sobre la mesita de centro, saca un cigarrillo de aspecto tosco y se lo pone en una esquina de la boca. ¡No! ¡Él no fuma! ¿O sí? Nunca leí nada al respecto. En sus entrevistas, Ricky Biscayne dice que cuida mucho su salud. Recuerdo perfectamente un artículo donde dice que todas las mañanas se toma un batido de bróculi y germen de trigo. Después de leerlo, hasta traté de mezclar bróculi con jugo de manzanas un par de veces, tratando de parecerme a él. Era vomitivo, y sólo aguanté dos días antes de regresar a los huevos y las salchichas.

Lo miro con la boca abierta.

—Me fumo uno de vez en cuando—dice Ricky encogiéndose de hombros, como si leyera mis pensamientos—. Pero estoy tratando de dejarlo.

Enciende el fósforo en la braguета de sus *jeans*, y siento un cosquilleo de excitación. Sonríe y me echa el humo en la cara. Tan lindo. Se ve tan lindo haciendo eso con sus labios, que se me olvida cuánto odio los cigarrillos.

Ricky toma un puñado de fotos suyas de la mesa de centro y comienza a inspeccionarlas mientras fuma.

—¿Qué crees de ésta?—pregunta.

Es una foto provocativa de Ricky, vestido con una camisa mojada y *jeans* ceñidos, recostado contra un muro con un palillo de dientes en la boca. Pectorales visibles. Jodidamente atractivo.

—La colgaría sobre mi cama—digo, pero me doy cuenta de que esto es inapropiado y me tapo la boca de un manotazo—. Oh, Dios. Lo siento.

—Me caes bien—me dice con un guiño.

¿Es cierto que acaba de guiñarme un ojo? ¿Está bien eso? ¿Qué hago sentada aquí como un venadito cegado por los faroles de un gigantesco Hummer?

—¿De verdad?

¿Qué pregunta es ésa? Idiota que soy.

Me aparta del rostro un mechón de cabellos.

—Veremos lo que puedes hacer, preciosa.

Boqueo en busca de aire, igual que ese *guppy* que tuve cuando era niña y que cayó al suelo de la cocina cuando saltó del recipiente de plástico, después que mi madre me pidió que limpiara la pecera. Lo vi jadeando, aunque no por falta de aire, sino de agua. Pero ustedes me entienden.

—Está bien.

Me mira fijamente a los ojos.

—A veces pienso que es una lástima que esté casado—dice.

Echa otra chupada a su cigarrillo, tan cerca de mí que oigo crepitar las brasas en el extremo encendido, mientras entrecierra sus ojos.

—Mi representante viene hoy para conversar sobre estrategias. Esta noche iremos a una fiesta en el Delano. Quiero que vengas con nosotros.

—¿Yo?

Ricky le da una última chupada a su cigarrillo, sosteniéndolo por un extremo entre sus dedos meñique e índice, y doblando los restantes en forma de puño. Me toca el mentón con una mano y parece estarme evaluando de nuevo

—Tú misma. Creo que le gustarás a Ron. Pero . . . eh . . . sería mejor que vinieras vestida de negro. Es mi sugerencia. De hecho, es mi única condición. Ah . . . y también que traigas a tu preciosa hermanita.

—¿Cómo?

¿Me está diciendo cómo debo vestir? ¿Mi preciosa hermanita? ¿Cómo? ¿Qué es esto? ¿Está tratando de seducirme o finge que me seduce para divertirse conmigo? Nada de eso está permitido, ¿no? Pero ¿por qué me gusta? ¿Por qué no me molesta para nada?

—No quiero ofenderte, preciosa. Pero tengo una imagen, y mi equipo tiene que ser parte de esa imagen. La mayoría de las chicas que trabajan aquí, y tengo algunas en mi nómina, usan *jeans* y tacones altos y blusas *sexies*. Se ven *sexies*. Visten mucho de negro, mi color favorito. Tú te ves graciosa y bonita, pero no luces *sexy*.

De nuevo se moja los labios, se acerca y los roza apenas con los míos. No llega a ser un beso, pero casi. Siento un doloroso y tenso estallido de fuego en mi vientre. Esto es demasiado bueno para ser cierto. Y añade, en voz baja, suave y seductora:

—Me pregunto cómo te verías *sexy*.

De pronto retrocede, busca un poco más entre las fotos y se detiene en una donde sólo aparece en ropa interior, tumbado junto a una piscina azul brillante.

—¿Qué tal ésta?—pregunta—. ¿Sirve para la publicidad?

Los ojos se me llenan de lágrimas. Me encanta este hombre. Realmente lo adoro.

—No puedo creer que vaya a trabajar contigo. Gracias, Ricky.

Ríe para sí, apaga el cigarrillo contra el revés de una de las fotos que, al parecer, no le gusta mucho, y se pone de pie como si de pronto hubiera perdido todo interés en mí.

—Debe ser tu día de suerte—dice mientras se aleja.

Supongo que es así.

Ricky entra en la cabina de grabaciones. Se ve triunfante. Matthew lo observa y cree que ha logrado que esa psicótica candidata al empleo se la chupara. Matthew acaba de verlos besarse en el sofá. Da asco. Es así como suele contratar a su personal, cuando se trata de mujeres atractivas. Se las coge, se las mama, hace que ellas se la mamen a él. Es un jodido puerco.

—Parece una buena persona—dice Matthew.

Siente lástima por la muchacha, aunque sea una grosera, porque Ricky es para la grosería lo mismo que el oro es para el metal. Probablemente ella no tenga la menor idea de la situación en que se está metiendo. Casi todas están tan deslumbradas por su fama que no saben cómo negarse. Quieren trabajo, dinero, fama y, sí, posiblemente la mayoría también quiera acostarse con Ricky. Da igual. A él no le interesa. Por eso Matthew se fue cuando Ricky se le acercó de esa manera en el sofá, sabiendo que su mujer está embarazada. ¿Y aún así lo hizo? Es chocante. Ricky es un sociópata.

—¿Te gusta?—pregunta Ricky—. ¿Te gusta la pequeña "milanesa"?

—No la conozco—dice Matthew tratando de mostrarse ofendido por la pregunta para darle una lección, para enseñarle a Ricky que uno no debe andar por ahí acostándose con mujeres que no conoce y que acaban de presentarte, especialmente cuando ellas esperan que las contrates.

—¿Te gusta? ¿Te la echarías?

—Es bonita—dice Matthew, encogiéndose de hombros.

Él no acostumbra a "echarse" a las mujeres. Él prefiere hacer el amor, y sólo después de enamorarse de ellas; y para enamorarse de una mujer, uno tiene que conversar y llegar a conocerla. Ésa es la filosofía de Matthew, pero Ricky jamás la ha entendido, porque la perspicacia representa para Ricky lo mismo que el Machu Picchu representa para los pueblos montañosos.

—¿Sí? Bueno, puedes olvidarte de ella—le dice Ricky con una expresión extrañamente triunfante en el rostro.

Matthew siente que se le abre un vacío en el estómago.

—¿Por qué?

—Le pregunté qué pensaba de ti mientras me la estaba mamando.

—Eres un asqueroso hijo de puta—dice Matthew.

—Ya sabes cómo soy, siempre preocupado por ti. Siempre tratando de conseguirte a alguien.

—Sí, muchas gracias.

¿Por qué Matthew siente ganas de vomitar?

—Tengo que ser completamente franco contigo.

—Prefiero que no lo seas—dice Matthew.

—¿Quieres saber lo que me dijo?

—No—dice Matthew, quien comienza a alejarse hacia la puerta.

No está de ánimo para escuchar rechazos. La noche anterior, en un momento de mala suerte, había llamado a Eydis al crucero, usando su teléfono de satélite, para rogarle que regresara con él. Ella se había reído y le contestó que lo pensaría.

—Me dijo que parecías un trol—afirma Ricky—. Un infeliz.

—Eso es mentira.

—Compadre, no te lo diría si no fuese cierto. Yo no te haría una cosa así.

—No fue nada amable de su parte decir semejante cosa.

—La contraté—dice Ricky—. Sabe dar buenas mamadas. Me gusta eso en una publicista.

Matthew está comenzando a odiar de veras a Ricky Biscayne. Se había hecho la idea de que cuando él madurara, su antiguo amigo y colaborador también lo haría. Pero Ricky parece estar involucionando.

Matthew apenas puede esperar a salir del estudio para alejarse de ambos.

Existe la impresión de que los bomberos son valientes, ¿no es cierto? Y lo somos, cuando tenemos que serlo. Pero la mayor parte del tiempo nuestras vidas son bastante aburridas. Éste es uno de esos momentos. Me han ordenado que le muestre a Néstor Pérez, el apuesto novato de Nueva York, cómo limpiar las ventanas de la estación. Por eso estamos bajo el sol blanco y ardiente, en esta humedad insoportable, con cubos, trapos y una escalera, frotando. En los instantes de inactividad de una estación de bomberos, todos realizan tareas que son tradicionalmente propias de la mujer: limpiar, cocinar, lavar. Es irónico. Una vez leí la entrevista que le hicieron al piloto de una aerolínea comercial, donde explicaba que pasaba la mayor parte de su jornada inmerso en un letargo aburrido y el resto en medio de un pánico aterrador. Lo mismo pasa aquí.

De todos modos, necesitaba salir de la estación. Por L'Roy. No se ha dignado a darme las gracias por haberlo salvado. Actúa como si eso no hubiera ocurrido. Nadie lo vio, así es que ha empezado a contarle a todos que ambos nos ayudamos para escapar del fuego al mismo tiempo. Se lo comenté a Jim, el policía con el he estado saliendo, y su consejo fue que dejara que el hombre mantuviera intacto su orgullo. Fue eso lo que finalmente me decidió a decirle a Jim la famosa frase: "Esto no está funcionando".

—Hazlo así—le digo a Néstor Pérez, mientras mojo la esponja en el cubo.

—¿Estás segura?—dice con una sonrisa irónica. Está mascando chicle y tiene acento neoyorquino—. Meto la esponja en el agua, ¿verdad? ¿No la dejo en el suelo? Déjame estar seguro de que entiendo la teoría básica de la limpieza de ventanas.

—Muy gracioso—le digo.

—Gracias.

Sonríe, y comienza a frotar un ventanal con brazadas grandes y amplias, poniendo de manifiesto los músculos de su espalda a través de la camisa. Dios. ¿Y qué importa si fuera *gay*? Sigue siendo el hombre más guapo y atractivo que he tenido a mi alcance. Si es *gay*, hablaremos sobre hombres. Al principio será doloroso escuchar sobre sus conquistas, pero ya me acostumbraré; y entonces Sophia y yo tendremos algo en común: un par de amigos íntimos, guapos y homosexuales.

—¿Lo estoy haciendo bien?—pregunta muy serio—. ¿Ni muy duro ni muy suave? Es que quiero estar seguro de que lo entiendo bien.

Le echo una mirada a Néstor y noto que sus bíceps se flexionan y contraen mientras frota la mugre del cristal. ¡Ay!

—Está bien—contesto.

Vuelve a cegarme con su sonrisa resplandeciente. Lo que le haría yo a *eso*. Trato de pensar en otra cosa. Lo primero que se me ocurre es Sophia, quien últimamente me ha estado dando a entender que sabe que Ricky Biscayne es su padre. Pronto saldrá de la escuela para las vacaciones de verano, sin ningún sitio adónde ir ni nada que hacer, excepto vagabundear con su amigo David, quien probablemente tratará de convencerla para que se perfore el cuerpo o asalte a alguien. Quisiera confiar en David, creer en él, pero es demasiado alocado y guapo para el bien de Sophia. No necesito que Sophia se enamore de un chico homosexual, pero miren quien habla ¿no? Me estremezco al pensar que Sophia pudiera estar teniendo algunas fantasías sexuales propias. Es terrible verlo. Se trata de mi niña. No puede estar creciendo tan rápido. Recién acabo de aprender cómo ser madre, ¿y ahora esto? ¡Tan pronto? No es justo. Ya no sé cómo manejarla.

El capitán Sullivan se acerca con su abultada panza y nos observa durante unos segundos antes de pedirme que lo acompañe a su oficina. Mi corazón da un vuelco y siento una descarga de adrenalina. ¿Para qué querrá verme? Siento como si me hubieran llamado a la oficina del director de la escuela. Dejo a un lado el cubo y el limpiador de hule, y con un chasquido me saco los guantes amarillos de goma.

—Yo me encargaré del resto—dice Néstor, que me sonríe y se sonroja.

¿Por qué tiene que sonrojarse un hombre *gay* cuando me mira? Muestra unos dientes perfectamente blancos y parejos, con una diminuta separación entre los dos superiores delanteros. Es encantador.

El capitán Sullivan me conduce de vuelta a la estación, a su oficina, y permanece junto a la puerta hasta que entro. Entonces cierra la puerta detrás de mí.

—Siéntate—me dice.

Su vientre asoma por encima de los pantalones. Su piel tiene el tinte gris de un hombre que ingiere muy pocos vegetales. Me siento en el sillón de vinilo.

—Sé que has estado estudiando para el examen de teniente—dice.

Hago un gesto afirmativo.

—¿Sabes que L'Roy y varios más lo quieren también?

Vuelvo a asentir.

Sullivan mira los papeles que descansan sobre su escritorio y frunce el ceño, suspirando.

—Tengo que ser honesto contigo, Gallagher. Eres uno de los candidatos más calificados para el puesto. Eso es obvio. Pero como capitán debo decir que no creo que en estos momentos seas la mejor opción para esa plaza.

¿Qué? Un puño invisible me golpea en el abdomen.

—¿Por qué no?

Suspira y el muy cobarde no se atreve a mirarme a los ojos.

—Como están las cosas en la estación, y con el tipo de personalidades que tenemos trabajando aquí, tuve que tomar la decisión que creí más apropiada para el bienestar del equipo, y no sólo para uno o dos individuos.

—No entiendo.

Otro suspiro. Mira a su alrededor por toda la oficina, a cualquier cosa menos a mí.

—Lo que quiero decir, con toda sinceridad, es que no creo que ahora debas perder más tiempo con ese examen. No me parece que algunos de estos tipos vaya a aceptar órdenes de ti, Irene. Aunque deberían. No es que yo lo vea así. Es que no creo que estén preparados.

—¿Preparados para qué?

—Para tener un supervisor femenino. No se trata de nada personal. Es sólo una cuestión de equipo.

Lo miro en silencio hasta que finalmente me hace un guiño. Las comisuras de mis labios se endurecen.

—Espera un minuto—dice—. No he terminado. Sé que la principal razón por la que quieres esa promoción es porque estás criando sola a tu hija. Por eso he decidido subirte el salario para que sea igual al del puesto de teniente. Así es que, de cierta manera, es como si hubieras conseguido la promoción. Al menos, desde el punto de vista monetario. No quiero que pienses que no valoro tu trabajo aquí.

—¿Eso significa que quiere pagarme como si hubiera logrado la plaza, sin haberme otorgado ninguna autoridad?

Suspira.

—Sé que esto no es fácil de aceptar, Irene, pero en un giro como el nuestro, uno debe pensar qué es lo mejor para el funcionamiento de todo el equipo. Lo sabes tan bien como yo. Y créeme que si no te considerara un verdadero miembro del equipo, si te viera como una de esas feministas fanáticas que se la pasan poniendo demandas por cosas como ésta, no hubiera sido tan sincero contigo. Estoy seguro de que entiendes.

Le doy las gracias al capitán Sullivan con el habitual "señor" al final de la frase, salgo de la estación sin hacer caso a los abucheos de L'Roy y reanudo en silencio mi tarea de limpiar los cristales de la estación.

—Hey—dice Néstor Pérez, arrojando su trapo en el cubo e intentando hallar mi mirada—. ¿Estás bien?

—Sinceramente, no. Pero ya lo estaré.

—¿Hay algo en que pueda ayudar?—pregunta.

Mis ojos van de sus prominentes músculos a su solemne rostro cuadrado, y pienso que sí, que podrías revolcarte conmigo en el asiento trasero de un auto antes de irme a casa, donde me esperan una miserable madre y mi hija adolescente.

—No—respondo—, pero gracias de todos modos.

Comienzo a silbar mientras trabajo, como si fuera un enano asqueroso. Como uno de los hombres.

Como si no me importara un carajo esta vida.

Ostentación. Ésa es la palabra que me viene a la mente. No es una palabra que me guste. No está en el vocabulario de Milán. Pero tengo que usarla porque, honestamente, no hay una mejor manera de describir el Hotel Delano donde me encuentro en este momento. Ostentación. Pronúnciala con pose, levanta un martini azul, haz un guiño, lleva atrás la cabeza y suelta una risa de cascabeles en beneficio de aquellos que, a tu alrededor, no la están pasando tan bien como tú. Sí, querida. Eso es. Ya entiendes. Ahora tú también perteneces al ambiente del Delano. ¡Mua, mua!

He pasado frente a este lugar un millón de veces, y he oído hablar de él a Génova y a otros. Seguro que lo conoces, aunque no te parezca. Piensa en unas enormes cortinas blancas en el exterior. Tal vez de un rosa muy pálido. Un edificio alto, *deco*, mate, blanco y rosa calcáreo, como caramelos de menta para después de la cena, sólo que es un hotel. El Delano se destaca por sus gigantescas cortinas blancas, de dos o tres pisos de altura, perfectamente limpias y lisas—Dios sabe cómo—ondulando suave y gentilmente con serenidad mágica. Ése es el exterior, al frente. Adentro, imagina un estilo minimalista, oscuros pisos de madera con inmensas columnas blancas y gruesas, como tizas gigantescas, todo ello tan impoluto, lozano y blanco que uno quisiera aspirar una gran bocanada mentolada que no termine nunca y salir flotando. Aquí los objetos guardan una proporción extraña como, por ejemplo, la gigantesca pantalla blanca de una lámpara que cuelga sobre un sofá diminuto, también blanco. Interesante. Me gusta. De veras me gusta mucho este lugar. Es a mí a quien no me gusta verme en él. Hasta esta mañana, yo era una publicista de excrementos. Eso deja secuelas en la autoestima de una chica. No creo que una mercachifle de caca pertenezca a este sitio. Yo, en el Delano, es algo tan absurdo como un payaso borracho en un bar *sushi*.

En realidad, ésta es la primera vez que vengo al sitio. Está en la playa, en South Beach, y es muy pretencioso, aunque se proclame como un sitio "elegante informal". Acabo de entrar con Ricky y el resto de su séquito. ¿Puedo usar esa palabra ahora? Séquito. Soy parte del *séquito*. Sólo que me siento como el payaso borracho de la comitiva, mientras el resto lo constituyen Jasminka, sus amigas modelos y otras personas que lucen mucho mejor que yo; y está Génova, a quien traje porque Ricky me lo pidió. Génova, mi "preciosa hermanita", se encuentra aquí en su elemento, con su perrita apestosa y su agua Fiji. Hasta saluda al administrador, después de traquearse las muñecas, y luego a varias personas más en el *lobby*, porque ella conoce a todos los aquí presentes de la época en que se dedicaba a organizar fiestas. La observo y trato de adoptar su mismo aire. Puesto que soy parte del séquito, tal vez yo pertenezca a este sitio mucho más de lo que pensaba, no sé. Pero lo que sí sé es que mejor dejo de repetir la palabra "séquito", porque ya me está empezando a dar dolor de cabeza, y porque soy una idiota que empieza a repetir cosas como ésta, sólo porque sí, cuando me pongo nerviosa como ahora. Séquito, séquito, séquito. Hablando de séquito, me pregunto dónde estará el hombrecito pelirrojo. ¿No es parte del séquito de Ricky?

El grupo y yo desfilamos, siguiendo a Ricky y a su representante Ron DiMeola, quien está casado con Analicia, la actriz de telenovelas mexicanas. Nos escolta un grupo del hotel. Díganme si eso no es chic. La gente normal tiene que arreglárselas para resolver cosas. A Ricky lo escoltan adondequiera que va. Le ofrecen agua embotellada, le hacen reverencias y le sacuden la ropa. Me gustaría que me hicieran reverencias y me sacudieran la ropa. Eso sería un sueño. Me está gustando este trabajo, incluso aunque me sienta una auténtica intrusa. Ya me acostumbraré. No, de verdad, lo prometo.

Pasamos por salones que huelen a madera y a laca, pasamos junto a gente fabulosa que cena comidas fabulosas en fabulosos cafés y restaurantes elegantes.

Salimos a un patio rebosante de tiestos de flores que huelen a cítricos y a tierra. Se acerca el crepúsculo y, con él, disminuyen las vibraciones sonoras en el aire. Miro a Génova y ella me sonríe. Sin sarcasmo. Como si se sintiera orgullosa de mí y un poco emocionada por todo esto.

—¿Es bonito, verdad?—murmura, mientras caminamos detrás de Ricky.

—Gracias—le digo, sinceramente agradecida por su ayuda para conseguir este puesto—. No puedo creer que esté aquí.

—Sí—dice ella, rascándole las orejas a Belle—. Tal vez deberías reservarte lo que piensas.

Plaf. Y con esto se desmorona mi idílica imagen del amor fraternal.

Llegamos a la playa. Aquí todo parece un circo muy elegante, con tiendas cuadradas de color blanco y verde pastel que se levantan aquí y allá—algunas son bares—y hermosos cuerpos en bikinis y . . . ¡por Dios! ¿No deberían estar prohibidos los Speedo para hombres? Es posible que sean la peor invención que se haya hecho para el cuerpo masculino. Allí hay un tipo enfundado en uno que se vuelve y deja ver . . . ¡horror de horrores! . . . una simple tira que deja al descubierto sus nalgas. Génova suelta una exclamación y me agarra el brazo.

—Qué asquerosidad—dice.

Nos reímos. Ah, la inseguridad. Nada te hace sentir mejor que menospreciar a alguien.

A medida que avanzamos hacia nuestro grupo de tiendas color pastel, con sus capirotes al estilo de los cuentos de hadas, me parece que no estoy tan mal como había pensado un minuto antes. Después de todo, Ricky me contrató. Incluso trató de besarme, aunque eso no se lo diré a nadie. Tal vez estoy siendo demasiado dura conmigo porque no creí que encajara en este ambiente. Y aunque es cierto que me gustaría ser más alta, más delgada, más rica, tener mejores ropas y—sí—contar con una piel más dorada para vestir algo semejante a cortinajes blancos, algo que caiga y flote y me haga lucir griega y escultórica, me conformo. No soy elegante, pero por el momento comienzo a sentirme majestuosa. Tráiganme un martini azul.

Vistiendo una atractiva camisa blanca de malla y shorts blancos de algodón, Ricky se acerca y me rodea con un brazo, conduciéndonos a mí y a Génova a una tienda. Nos pregunta qué queremos beber. Génova ordena un cosmopolitan. Yo pido un martini azul. ¡Dios! Es como si me hubiera leído el pensamiento. Allá va. No puedo creer que él mismo venga a traernos un trago. Siento que soy yo quien debería estar haciendo eso.

—Es encantador—dice Génova.

Estoy loca por contarle sobre el mediobeso, pero me aguanto.

—Te ves bien, Milán—dice ella, con un toque de sorpresa en su voz que no necesito.

Sus uñas repiquetean mientras se las limpia, y coloco una mano sobre las suyas para detenerla. Voy vestida con el saldo de nuestras compras de emergencia, realizadas a última hora: un par de *jeans* Moschino, de mezclilla azul oscuro y cintura muy baja, y una blusa negra Cavalli de mangas cortas, al estilo medieval. Me gustan las ropas, pero me preocupa el hecho de que la raja de mis nalgas se me sale todo el tiempo. Génova piensa que tengo un vientre bonito, y que debo concentrarme en eso, pero siempre me estoy preocupando por mi trasero. Me ha sugerido que me perfore el vientre, pero antes preferiría clavarme un palillo de dientes en el tímpano.

Génova lleva una variante del mismo conjunto, aunque sus *jeans* tienen unos minúsculos bolsillitos traseros. Mi hermana me ha prohibido que use cualquier marca de *jeans* que tenga minúsculos bolsillitos traseros. Mientras más grandes sean los bolsillos, mejor para mí, dice. Ambas vamos descalzas, con nuestros zapatos escondidos en las carteras. Génova sabía que iríamos a la playa y sugirió que lleváramos chancletas y grandes bolsos playeros.

Ricky regresa con los tragos y me lanza una de sus miradas. Una especie de mirada seductora. Luego se marcha a otra tienda a ocuparse de otra cosa, no sin antes volver la cabeza por encima de su hombro y hacerme un guiño rápido.

—¿Qué fue eso?—pregunta Génova.

—¿Qué?—digo.

—Ese guiño.

—¿Cuál guiño?

Génova me observa por encima de su cosmopolitan.

—Ándate con cuidado—me dice.

—¿Qué?

—No hagas nada estúpido.

Toca mi cabello recién cortado y teñido con rayitos, metiendo sus dedos entre las múltiples capas.

—No me canso de admirar tu pelo—dice—. ¿Por qué esperaste tanto para arreglártelo?

—No sé.

—¿Por qué nunca me haces caso?

—Porque siempre te he odiado por robarme los novios, Génova. Es por eso.

Se queda mirando la arena y mueve la cabeza.

—Lo siento. De veras. Era una muchacha estúpida e inmadura. Jamás volveré a hacerlo.

—Está bien.

—¿Te pondrás una argolla en el ombligo entonces?

—No sé.

—Tienes que dejar de decir eso siempre.

—¿Decir qué?

—"No sé". Lo repites demasiado.

—Lo siento.

—Y deja de decir "lo siento" también.

Observamos a las celebridades y a las modelos.

—Recuerda una cosa—dice Génova, inclinando su copa en dirección a Ricky y a su glamourosa . . . comitiva.

—¿Qué?

—Son seres humanos. Y la mayoría de ellos son muy inseguros y se encuentran muy perturbados.

—¿Por qué tienes que decirme eso ahora?

—Pareces deslumbrada por él—dice Génova—. No te dejes arrastrar. No es tan maravilloso. Sólo se trata de un tipo que no sabe vestir.

—Alguien está resentida.

—Sólo recuerda lo que te he dicho, y estarás bien.

Tres martinis y casi una hora después, seguimos aquí, observando cómo Ricky y sus amigos deambulan por el lugar y beben. Belle se ha dormido, gracias a Dios.

—¿Vamos a tener una reunión o algo? —pregunto.

Génova se ríe.

—¿Qué pasa?—pregunto—. Ricky dijo que era una reunión de negocios. Han estado bebiendo y pavoneándose durante una hora.

Génova sacude su cabeza avergonzada.

—Eres imposible—me dice.

—¿Por qué?

—Fiestar *es* el modo de hacer negocios en Miami Beach, corazón, ¿no lo sabías? Todos se la pasan observándose mutuamente. Supervivencia del más apto.

Observo a mi alrededor. Mucha bebida, mucha comida . . . y sexo. Jasminka está de regreso con su traje de baño y su *sarong*. Cada vez que Ricky se inclina sobre ella para besarla, siento una especie de punzada dolorosa en el cuerpo. Ese hombre es mío. ¿No lo sabe ella? Suelto un gruñido y me doy cuenta, demasiado tarde, de que lo he hecho en voz alta. Supongo que no debería beber en el trabajo.

—Olvídalo—dice Génova, haciendo rotar su tobillo hasta que traquea.

—¿Qué?

—No puedes acostarte con él.

—¿Con quién?

Su mirada me dice que ella sabe que yo sé lo que ella quiere decir y, además, que me considera una cretina.

—Incluso si te lo *ofrece*, dile que no. Tienes que decir no. ¿Lo entendiste?

—¿Qué cosa?

—Dejemos eso.

Jasminka y sus amigas modelos se lanzan a nadar en el océano, con sus traseros rasos que apenas se sacuden mientras saltan y retozan. Me recuerdan un rebaño de venaditos menudos. Finalmente Ricky, Ron y Analicia se reúnen con nosotras en nuestra tiendita. Ron cierra las cortinas. Yo saco una libreta de mi bolso playero. Génova saluda a todo el mundo y Ricky la presenta como su nueva socia de negocios para un "club de moda". Luego me presenta como a su "nueva mano derecha", sea lo que sea eso.

Ron está borracho. Es gordo y viejo, con un cuerpo parecido al de Jack Nicholson. Con su chaqueta de traje y sin camisa, y su mechón de pelo lacio que le cubre toda la calva, se ve elegante, sudoroso y grasiento, como el estereotipo hollywoodense de un mafioso italiano. ¿Por qué querrá parecerlo? Uno pensaría que un tipo italo-americano haría todo lo posible por alejarse del estereotipo. ¿Y por qué Analicia, una actriz de telenovela y cantante pop a quien todos adoran en Latinoamérica y en otras partes del mundo, escogería para casarse a este hombre, entre todos cuantos existen en este mundo? Ya era rica, ¿no? También es preciosa. Con su tez pálida y sus pecas, es casi una versión mía, mucho más delgada y hermosa. No comprendo qué puede ver una mujer bella y exitosa como Analicia en un cerdo indecente como Ron DiMeola, un hombre que, si no me equivoco, el año pasado fue despedido de un importante puesto en una compañía disquera. Pero eso no es asunto mío. Él debe tener al menos veinticinco años más que ella. Si yo luciera como Analicia, me buscaría un tipo como Ricky. Y punto.

—¿Comenzamos, caballeros?—pregunto, haciendo lo posible por mostrarme segura y confiada.

Génova entorna los ojos y se ríe de mí. Gracias por el apoyo, *ladrona de hombres*.

—Sí, en cuanto me tome algunas vitaminas.

Ron saca un capsulita metálica de su bolsillo. Ricky observa mientras la abre para revelar una montañita de polvo blanco, y sonríe. Analicia mira al vacío y pretende no ver nada mientras Ron introduce el extremo de un tubito plateado en la cápsula y el otro en su peludo orificio nasal. Bueno, nunca pensé encontrarme en medio de un mal episodio de *Miami Vice*. Lo juro. Lo único que falta es Don Johnson con un saco deportivo en melocotón.

Creo que me quedo con la boca abierta mientras Ron aspira con un gruñido que recuerda a un cerdo ante las trufas. Levanta los ojos hacia mí, con esa mirada consciente de que lo estoy mirando.

— ¿Quieres un poco, Milán?—pregunta en un tono de voz que me deja saber que *él* sabe que jamás he probado drogas.

El tono también implica que, si me escabullo, puedo darme por terminada. Me vuelvo a Analicia, pero la aspirante a estrella sigue mirando al vacío, retorciéndose un mechón de cabello castaño entre sus dedos.

—No, gracias—digo.

—¿Génova?

—No.

Recuerdo que, hace un par de años, Analicia hizo un montón de anuncios educativos sobre lo terrible que eran las drogas para los muchachos. ¿Cómo pudo mentir de esa forma? Me siento cada vez menos como un payaso borracho, y más como un niño que se ha despertado para ver si Santa Claus vino, sólo para descubrir que su mamá y su papá están haciendo el amor con un reno debajo del árbol navideño.

Ron le ofrece cocaína a Ricky. Ricky nos mira a mí y a Génova, y sacude la cabeza.

—No, viejo, gracias.

Ron se ríe.

—Como quieras.

Se vuelve hacia mí. Da la impresión de que tuviera un buen trozo de carne cruda y sanguinolenta en sus fauces.

—Bueno, Milán, si Ricky hubiera aspirado un poco de coca, cosa que el muy cabrón no ha hecho porque quiere dar una jodida buena impresión, *ésta* sería una de las cosas que obviamente no deberías contar a los reporteros.

Ron, Analicia y Ricky se ríen. Los martinis se me han subido a la cabeza y siento como si también debiera reírme, aunque no estoy muy segura del porqué. Me río como una estúpida, intentando ponerme a tono. Génova lo observa todo sin cambiar su expresión de reproche.

—Mira, muchacha. De vez en cuando te tropiezas con algún listo que pregunta esta clase de cosas—explica Ron—. ¿Y qué le dices?

—Nada.

¿Es esa la respuesta correcta? No tengo idea.

—Falso—dice Ron. Está bien, ya caigo—. Les dices que están locos de remate. Les dices que Ricky es tan saludable como Jane Fonda—. Le lanza una mirada de disgusto a Ricky y da un manotazo en su propia rodilla—. ¿A quién coño has contratado como publicista, Ricky, a una puñetera Betty Crocker?

—Milán ha tenido un día agotador—dice Génova, interviniendo en defensa mía—. Y eso—dice señalándole la droga a Ron—no es precisamente un comportamiento profesional.

Analicia, que viste una minifalda y un *bustier*, se sube al regazo de su marido para fumar un cigarrillo. ¡No es posible! ¡Ella también *fuma*?

—¿Quién es Jane Fonda, cariño?—le pregunta Analicia a Ron con su fuerte acento español, rozando con sus dedos los labios del hombre como si éste no fuera tan repulsivo como un gorila del zoológico que se come su propia porquería amarillenta.

—Nadie, olvídalo—le dice Ron a Analicia.

Sentirla sobre su regazo parece haberlo calmado, porque deja de hablar y sonríe. Entonces, delante de todos, le agarra uno de sus senos y lo aprieta.

—Están bien sabrosas—dice a Ricky, refiriéndose a los pechos—. Son nuevas. Se las llenó y levantó. Parecen unas cabronas pelotas de playa. ¿Qué te parecen?

—Seguro, viejo—dice Ricky mientras Analicia se ríe.

Ricky me lanza una mirada de disculpa. Siento lástima por él. No creo que tampoco le haga gracia.

—Mira—dice Ron, cogiéndole la mano a Ricky y colocándola sobre un seno de su mujer.

Génova y yo nos quedamos de una pieza cuando vemos que Ricky se lo aprieta y que Analicia suelta una sonora carcajada. ¿Están locos todos?

—Muy bonito—le dice Ricky a Ron, guiñándome nuevamente un ojo.

El pobre Ricky está avergonzado.

—Pues si crees que esto es bueno, mira esto otro.

Con ambas manos, Ron separa las piernas de Analicia que no lleva ropa interior. Muy bien. ¿Qué me importa? Me vuelvo para no mirar.

—Es la cosita afeitada más linda del mundo.

—Oh, Dios—susurra Génova, dándome un golpecito en mi pierna con la suya.

—Depilado brasileño con cera—le corrige Analicia—. Ya nadie se afeita, cariño. La cuchilla produce ronchas molestas.

Génova y yo nos miramos. Nos hemos metido en la casa de los espejos. Hemos entrado a la madriguera del conejo. O algo así. Esto es otra dimensión. Yo hubiera pensado que Génova sabría manejar una situación de este tipo, pero tampoco me parece que sepa lo que debe hacer. Echo otra ojeada a hurtadillas, justo a tiempo para ver que Ron se lame uno de sus dedos sucios y gordos para clavarlo en su mujer. Analicia gime de placer y le besa el cuello.

Ricky vuelve el rostro y le da una chupada a su cigarrillo. ¿Otro más? Cielos.

—Creo que nosotras saldremos hasta que esto termine—dice Génova, agarrándome por la mano.

—No, espera—dice Ricky, que se vuelve hacia su representante—. Ron, me parece que las damas se están sintiendo algo incómodas con tus cosas. Habrá que controlarse un poco.

—Está bien—dice Ron.

Su mirada parece cobrar nueva vida, y mientras Analicia le mordisquea el cuello, él retira su dedo de ella y se lo chupa.

—Dios santo—murmura Génova, que me mira con los ojos muy abiertos—. ¿En dónde te he metido?

—¿A mí? Tú misma acabas de cobrarle un cheque a ese tipo, Génova. Las dos estamos en lo mismo.

—¿En dónde *nos* hemos metido?—se corrige Génova, mientras Analicia muestra la expresión vacía de una drogadicta.

—Milán—dice Ron—, hablemos de una cabrona vez sobre negocios. Vamos a decidir entre tú—me señala con el dedo como si no acabara nombrarme—y yo cómo vamos a convertirlo a él—señala a Ricky—en el nuevo prodigio y toda esa mierda de la música pop latina: un americanito de pura cepa con caderas latinas.

Siento deseos de llorar. No sé por qué exactamente, ya que estoy un poco borracha y asustada, pero lo único que quiero es acurrucarme y llorar.

—¿Qué te pasa?—pregunta Ron—. ¿Estás nerviosa?

Miro a Génova, que no sabe qué hacer. Ninguna de las dos sabemos qué hacer. Siento simpatía hacia ella. Hacia mi hermana. Dios, me alegra que esté aquí. Vuelvo a quererla. Uno crea vínculos con la gente en medio de un desastre natural.

Ron mira a Ricky con desaprobación.

—Debiste de haberme consultado antes de contratarla—dice.

¿Irá despedirme? Oh, oh. Eso sí sería triste. Ser despedida sin haber tenido la oportunidad de acostarme con mi jefe.

—No es culpa de ella—dice Génova—. Ustedes dos están actuando como un par de cretinos. ¿Qué esperan?

Ron se encoge de hombres y parece ignorar a Génova.

—Pues ya que está aquí y que sabe ciertas cosas que no queremos que nadie sepa, tendremos que arreglar el problema.

Su acento neoyorquino y su apariencia mafiosa me hacen pensar que estoy a punto de ser borrada del mapa. Asesinada. Génova parece pensar lo mismo. ¿Qué carajo? ¿En qué me ha metido? ¿Por qué no podía quedarme siendo la secretaria del club de admiradoras en Internet? ¿Para qué quería este trabajo?

Jasminka mete su cabeza en la tienda.

—Hola—le dice a Ricky—. ¿Cómo está todo?

—Bien—dice Ricky, olvidándose de mencionar el espectáculo porno.

Veo cómo los ojos de Analicia brillan de rivalidad ante la presencia de la hermosa Jasminka. ¿Está celosa? ¡Qué raro! ¡Yo también!

—Vamos a subir a la *suite*—anuncia Jasminka, que me ve y me sonríe cálidamente—. ¡Hola, Milán! Me alegra que vayas a trabajar para Ricky. Necesitamos a alguien como tú por aquí.

Le devuelvo la sonrisa. Jasminka dice adiós con la mano y se escabulle de la tienda, sin tener idea de lo que acaba de suceder.

—¿Cuánto te está pagando?—me pregunta Ron.

Se lo digo. Es un salario bueno, casi un tercio más de lo que ganaba con mi tío.

—Triplícalo—le dice a Ricky.

—Mierda—se le escapa a Génova.

¿Va a pagarme un sueldo de seis cifras? ¿Gano ahora más que mi *hermana*?

Ron continúa:

—Y consíguele un carro nuevo. Ya vi la plasta de mierda en que llegó hasta aquí. ¿Qué carro es ése?

Mira a Ricky.

—Un Dodge Neon.

Ron sacude su cabeza mientras Analicia se echa a reír.

—Eso es inaceptable. Dile qué tipo de carro te gustaría tener.

Pestañeo.

—¿Cómo dijo?

Ron hace un gesto de impaciencia, como si ya hubiera escuchado eso un montón de veces.

—Vamos.

Titubeo, y Génova reacciona por mí.

—Un Mercedes—dice Génova—. A mi hermana le gustaría tener un Mercedes blanco.

¿Cómo? Bueno, es cierto. Pero ¿por qué ella está haciendo esto? ¿Acaso no debería renunciar? Esto es muy extraño. Pero tal vez así funcionen las cosas en las grandes ligas. Génova sabrá. Yo no.

—Trato hecho—dice Ron.

Me quedo mirándolo, enmudecida. ¿Qué diablos . . . ?

—¿Qué pasa? ¿También quieres ropa? Las mujeres siempre quieren las jodidas ropas. ¿Ricky?

—¿Sí?

—Triplícale el salario, consíguele el carro y dile a tu mujer que la lleve de compras. ¿Estarás contenta con eso, Milán?

No me muevo. No hablo. Estoy borracha y confundida. Quiero irme a casa. Ricky me lanza otra de sus miradas de disculpa, y ahora quiero acostarme con Ricky más que nada en este mundo. ¿Por qué? ¿Por qué me está mirando de ese modo?

—Milán—dice él—. ¿Puedo hablar contigo afuera un minuto?

Miro a mi hermana para pedirle permiso. No me pregunten por qué. Costumbre. Ella sonríe y se encoge de hombros. Sigo a Ricky al exterior, bajo el cielo nocturno.

—Tengo que disculparme por Ron—dice con una expresión de angustia en el rostro—. Está atravesando tiempos muy complicados. No puedo explicarte los detalles, pero . . . —hace una pausa y se muerde el labio inferior.

Me doy cuenta de lo atormentado que está y siento pena por él. Tal vez ésta no sea la forma en que Ron acostumbra a comportarse. Tal vez ésta sea una excepción. Tal vez todo volverá a la normalidad.

—Me siento realmente apenado—dice Ricky—. La compañía disquera me obligó a que lo contratara para que se ocupara del mercado inglés. He estado pensando en despedirlo desde hace algún tiempo, pero todavía no he encontrado quien lo reemplace. Lo siento mucho. ¿Estás bien?

Me toca el rostro.

—¿Aún quieres el trabajo?

—Creo que sí—digo.

Ahora se muestra tan sereno, tan normal. Como un ser humano corriente, no como una celebridad. Quiero abrazarlo. Quiero que me abrace.

—Hablaré con él—dice Ricky, respirando con fuerza y restregándose la punta de la nariz con el dorso de la mano. Lanza una mirada fiera hacia la tienda—. Es él quien trabaja para mí, no al revés.

—Está bien, Ricky.

—Hablo en serio. Siempre está haciendo mierdas como ésta. Voy a despedir a ese cabrón de lo que no hay remedio.

—Está bien.

—Lo juro, Milán. No volverá a suceder. ¿Me crees?

Se acerca, tira de mí y me besa.

Me besa.

En la boca. Con una mordida en mi labio inferior, pequeña y dulce. ¡Puta madre! No puedo respirar. ¿Dónde estoy? ¿Dónde están mis piernas? No puedo sentirlas.

Se aparta y le sonrío. Siento como si fuera a caerme en el suelo, o en la arena, o lo que sea que tengo bajo mis pies, ya no me acuerdo.

—Lo siento—dice suavemente con los ojos cerrados, y luego los abre como para mirarme el alma—. Tienes la boquita más preciosa que he visto. Tenía que hacerlo. He querido hacerlo desde que te conocí. No me gusta esta gente. Quiero que lo sepas. ¿Me crees?

No sé qué debo creer. Pero sigo amando a Ricky Biscayne más que a ningún otro cantante del mundo. Nadie es perfecto. He acumulado años de adoración dentro de mi corazón. Y es un cantante y compositor tan conmovedor que no es posible que sea tan vulgar y desagradable como el hombre de la tienda. Le sonrío. Adoro su música. Y eso, más que esa pesadilla con Ron, es el lenguaje de su alma. Lo conozco a través de su música. Lo amo.

—Te creo.

—La relación con mi esposa no es lo que parece. Tenemos problemas. He reservado una habitación separada de ella esta noche, y te quiero allí conmigo. Sé que esto es muy apresurado. Pero soy impulsivo. Y ya te lo dije: siento algo por ti.

—¿Por mí?

Parece deliciosamente avergonzado.

—Lo siento. No soy un cerdo. Sólo un hombre que siente algo por ti, Milán, algo que nunca antes había sentido . . .

Génova sale disparada de la tienda, trastabillando como quien tropezara en una mala comedia.

—Hola—dice, parpadeando sarcásticamente.

—Hola—respondo.

¿Lo habrá visto? No, imposible. Génova me toma del brazo y me aparta de Ricky.

—¿Qué estás haciendo?—le pregunto.

—Están haciéndose el amor—dice Génova con una sonrisa falsa.

—¿Quiénes?

—El cerdo y Analicia.

—¿Qué?

—Como un par de focas. Milán, no tienes que aceptar este trabajo. Puedo conseguir a otros inversionistas.

—No, está bien. Ricky me pidió disculpas. Dice que va a despedir a Ron.

—¿Estás segura? ¿Podrás manejar esto?

—Sí—le digo con la total conciencia de que acabo de besar a Ricky Biscayne, un pensamiento que desciende sobre mí como una bandada de palomas—. Es Ron, no Ricky. Ricky no es así. Su disquera lo obligó a contratar a ese tipo.

—Siento haberte metido en esto—dice Génova—. Debemos irnos ahora.

—¿Cómo? —titubeo.

Quiero quedarme, subir a la habitación con Ricky. Pero no puedo decírselo a Génova, quien ahora tira de mí. No sé qué hacer. Miro a Ricky por encima del hombro, y esta vez soy yo quien le lanza una mirada de disculpa. Lo veo alejarse, apuesto, comprensivo, gentil, con el corazón lleno de amor por una muchacha sencilla e interesante como yo. Sé que no es feliz en su matrimonio. Me lo ha confesado. ¿Y ahora Génova me aparta de él? Esto no está sucediendo. No puede ser. ¿Por qué a mí? No es posible.

—Vamos—dice Génova, mientras hace crujir los huesos de su cuello cuando mueve su cabeza—. Te llevaré a casa.

—Tengo mi carro.

—Estás borracha.

Mientras Génova me arrastra con toda la velocidad de su furia por el elegante *lobby*, alcanzo a ver a Matthew Baker sentado solo en un sillón. Curiosamente lee una guía de viajes sobre Milán. Qué raro. Es gracioso. Parece preocupado. Alza la vista y me ve. Me observa con una mirada extraña y triste, y me saluda cuando paso.

—Este trol infeliz se despide de ti hasta el lunes, muchacha—me dice, como si se despidiera de un compañero de oficina; como si esto fuera un trabajo normal, con personas normales; algo que está muy lejos de ser cierto—. Que tengas un buen fin de semana.

El segundo
trimestre

Domingo, 5 de mayo

Llena de sudor, después de pedalear tres millas por Homestead, Sophia encadena su Huffy rosada en el tronco de una palmera debilucha que se alza en el parqueo del Wal-Mart, y atraviesa el abarrotado terreno hasta la tienda. No había contado con que hubiera tanta gente. Tal vez un domingo no sea el mejor día del año para venir a robar en una tienda. Pero es el día en que su mamá trabaja, ella no tiene escuela, y eso significa que es su gran oportunidad.

Sophia lleva la camiseta y los *jeans* Faded Glory que venden en esta tienda—los mismos que se puso ayer, llena de vergüenza, para ir a la escuela. Hubieran estado bien un año atrás, pero ahora le parecen lamentables porque está en un grado superior de la secundaria donde la ropa es importante. Tiene la esperanza de no tropezar con nadie de su escuela que pueda darse cuenta de que ha usado la misma ropa dos días seguidos. Últimamente su madre no se ha mostrado muy diligente respecto a la lavandería, y su abuela es poco menos que inútil. Sophia piensa que debería empezar a lavar su propia ropa, pero la idea de ocuparse de su patético vestuario la enfurece. ¿Por qué no puede tener al menos *un* par de *jeans* bonitos? ¿Por qué su madre debe ser tan tacaña con todo? Otros padres también tienen trabajos normales, como la mamá de Sophia, pero por alguna razón parecen tener más dinero.

Sophia entra a la tienda y saluda al viejo decrépito con el chaleco de Wal-Mart que se halla junto a los carritos, y que supuestamente debe estar allí para darle la bienvenida a los que entran, aunque en realidad tiene aspecto de querer pegarse un tiro. La tienda está repleta de familias y de la habitual caterva de locos, algunos sin zapatos ni dientes. Es aquí donde Irene hace la compra de los víveres para la familia, una vez por semana, armada con cupones de descuento, y Sophia está tan familiarizada con la tienda como con su propia casa o escuela. Ella es la única muchacha de su edad aquí. Su corazón late de expectativa mientras camina por los pasillos, tratando de aparentar que busca a su padre. Y de cierta forma, así es.

Llega a la sección de música, y de inmediato ve el álbum en inglés de Ricky Biscayne, *Nada es gratis*, que se exhibe a todo lo largo del estante superior en el área de música pop, con una foto del cantante que sonríe en sus apretados *jeans* y camiseta. ¡Es idéntico a ella! Cualquiera con un dedo de frente se daría cuenta. Tal vez Mamá se haga la loca, pero Sophia no es estúpida. Ella sabe de qué habla. Ese tipo es su padre. Su madre lo sabe y Sophia también.

Escoge uno de los CD y le da vuelta, tropezándose con Ricky sin camisa, lleno de tatuajes y con un sombrero de ala ancha que le cae de medio lado, como si fuera un gángster de los viejos tiempos. Parece fuerte y listo. Si alguna vez fuera a recogerla tras sus prácticas de fútbol para llevarla a su casa, ninguna de las otras chicas volvería a burlarse de ella. Apenas le echaran una ojeada . . . ¡Ay, Sophia! Nos equivocamos contigo. Tú sí que eres lo máximo, hasta con esos *jeans* de Wal-Mart. Por supuesto, si Ricky Biscayne fuera su padre, probablemente no usaría esos *jeans* de Wal-Mart y posiblemente ella no tendría ningún otro problema. La madre de Sophia sólo le ha dicho que su padre es alguien con quien no necesitan relacionarse. Sophia ha tratado de sacarle más, pero siempre ha recibido la misma respuesta: Tu padre es un hombre sin el que estamos mejor; tal vez cuando crezcas puedas conocerlo, pero ahora eso no nos hará ningún bien.

Su pulso se acelera mientras se imagina cómo serán las cosas cuando él se entere de que tiene una hija. La sacará de Homestead y le dará un enorme dormitorio en una casa con piscina. Tendrá ropa linda, igual que Raven y esas otras chicas lindas del canal Disney. ¡Y zapatos! Montones de zapatos. Ahora sólo tiene dos pares, uno para la escuela y otro para el fútbol, y ambos son tenis. Ella está en una edad en que quiere al menos *probarse* zapatos más femeninos; pero su madre, esa bombero marimacho que odia a los hombres, no tiene nada femenino que ponerse, y posiblemente nunca le comprará algo así a Sophia. Las niñas de su escuela se burlan de ella, diciendo que su mamá es una "tortillera", pero ella no piensa que eso sea verdad. O al menos, no lo pensaba. Por el modo en que su madre ignora las atenciones de Rob, el guapísimo entrenador que obviamente está enamorado de ella, Sophia cree que sus compañeras de clase podrían estar en lo cierto. Eso estaría bien jodido. Entonces no sólo estaría sin padre y sin dinero, sino que tendría una madre de la que todos se burlan, y perdería toda esperanza de conseguir alguna falda o lápiz labial algún día. Eso sí que estaría jodido.

Sophia tiene que encontrar la manera de conocer a Ricky. En cuanto él la vea, sabrá que lleva su sangre y volará a sacarla de esa vida. Ella tendrá su propio cuarto con vista al agua y una litera; pero no una litera chiquita, sino una enorme, de tamaño matrimonial, para que ella pueda escoger todas las noches si quiere dormir en la cama de arriba o en la de abajo. Podrá levantarse en medio de la noche para cambiar de cama, si así lo desea. Y tendrá una de esas alfombras blancas de piel falsa, en forma de oso polar, y ella hundirá sus pies allí para mantenerlos calientes porque tendrán el aire acondicionado puesto todo el tiempo, no sólo durante las tres horas más calurosas del día, como hacen ahora. Las telas metálicas en casa de Ricky serán perfectas, no como las que hay ahora en casa, con unos huecos que los gatos aprovechan para colgarse mientras tratan de meterse en la casa; los mismos huecos que los mosquitos usarán más tarde para entrar y picarla mientras duerme, porque su madre es demasiado tacaña para poner el aire por las noches o para hacer que arreglen los paneles de tela metálica. A veces odia a su madre.

Después de todos estos años, Sophia se sentirá muy mal teniendo que abandonarla para mudarse con su padre, aunque tal vez no tenga que hacerlo. Tal vez Sophia pueda hacer que Irene y Ricky vuelvan a enamorarse, y así Sophia y su madre se mudarían a la mansión . . . si es que su madre no es lesbiana. Alguna vez se amaron, ¿verdad? Fue así como nació Sophia. Podría volver a ocurrir. Es posible que aún se amen en secreto, aunque no sepan cómo admitirlo, pero Sophia estará ahí para ayudarlos a vencer su timidez. Se casarán, y ella llevará un hermoso vestido resplandeciente, y le alcanzará a Ricky el anillo que él colocará en la mano de su madre. Dios, le encantaría ver a su madre con un vestido, aunque fuera solo una vez. Con maquillaje y el cabello arreglado. O si Ricky ya estuviera casado, tal vez le regalaría a ella y a su madre un montón de dinero para que se compraran una casa mejor, y entonces Sophia podría pasar los fines de semana y los días feriados con su papá, como hacen otros niños cuyos padres están divorciados. El simple sonido de la palabra "papá" hace que Sophia se sienta emocionada. Nunca ha tenido un padre, y he aquí que el suyo es uno de los hombres más famosos del mundo. ¡Es una chica con suerte!

Agarra el CD y busca otros en el estante de la B. Sólo ve éste. Encuentra a una empleada que arregla los libros de cristianismo, y la toca en el hombro.

—Disculpe—dice Sophia—, ¿tienen otros álbumes de este cantante?

Y sostiene el CD ante su rostro, pensando *de mi papá*, pero sin decirlo, con el estómago lleno de burbujas ante la idea de que lleva la sangre de un hombre tan importante y especial, y también ante lo que está a punto de hacer.

—¿Ricky Biscayne?—pregunta la empleada de acento hispano, cuyo rostro se ilumina cuando ve el CD—. Oh, sí, tenemos montones de discos suyos. Me encanta. ¿No te fascina? Es un tipo muy noble. Lo vi en el programa de Cristina y dijo que era un verdadero padre de familia.

Conduce a Sophia hasta una sección con un cartel que dice "Música latina", y señala una sección con otros cuatro álbumes de Ricky Biscayne.

—No los tenemos todos, pero hay algunos.

Sophia le da las gracias a la mujer y pasa los siguientes diez minutos explorando las cubiertas de los álbumes. Ricky Biscayne canta en inglés y en español. No en balde a Sophia siempre le ha atraído el español, aunque nadie de su familia—o nadie en la familia que ella haya conocido hasta ahora—lo habla muy bien. Uno debe hablarlo un poco para sobrevivir en esta área, pero la abuela de Sophia no es exactamente una amante de los latinos.

Sophia espera hasta que nadie está mirando, y entonces rasga las cubiertas plásticas de dos discos de Ricky Biscayne, incluyendo la parte que ella sabe que disparará los detectores de metal. Esconde las envolturas en las cajas, debajo de algunos CD. Embute los CD en el enorme bolsillo central de su sudadera y trata de mostrarse despreocupada. Vuelve a encontrar a la empleada.

—Se me ha perdido mi papá—dice—. ¿Puede llamarlo?

—Claro—dice la mujer, quien conduce a Sophia hasta el frente de la tienda y le pide que espere allí mismo mientras ella hace el anuncio—. ¿Cómo se llama tu papá?

—Rick—dice ella, pensando *Ricky Biscayne*.

Entonces, mientras el anuncio resuena por toda la tienda, Sophia se dirige hacia el parqueo, llevando contra su vientre los CD que pesan como una promesa.

Jack se estira sobre la costosa cubrecama de piel blanca de Jill, mientras lee *The Southern Mystique Radical 60s*, de Howard Zinn, sintiéndose políticamente nostálgico por el Día Nacional del Trabajo en Cuba. Desde hace un mes vive en casa de Jill, en Miami, y ya se está cansando del lugar. La gente dice que Miami es una ciudad internacional. Dice que es la capital de América Latina. Pero, para Jack Ingroff, es un páramo sureño y provinciano, con acento español, dirigido por una caterva de cubanos nazis que tratan de atraer la simpatía del público y

la prensa, haciéndose pasar por latinos, del mismo modo que los jornaleros mexicanos pretenden pasar por latinos. Vaya chiste.

No se ha bañado en dos días, y siente un placer extraño y viscoso en el sudor
acumulado entre sus nalgas y el aroma rancio del cuello de su camiseta Medias
Rojas de Boston. Sus partes privadas se balancean libremente bajo las sudaderas
grises. Sus pies apestan en sus dispares calcetines atléticos. Se siente como un
hombre, y sentirse así es agradable. Lo único que le falta, en su opinión, es una
gigantesca pizza dentro de su caja grasienta y media docena de cervezas Sam
Adams. Entonces sería la noche perfecta.

En la habitación contigua, que técnicamente es un clóset—aunque Jack
piensa que es un cuarto, porque es más grande que la mayoría de los apartamentos en los que vivió mientras estuvo en la universidad Emerson—, Jill se acicala
y emperifolla, preparándose para su tardía cena. El sistema estéreo del clóset—y
la obscenidad de semejante exceso no escapa a Jack—retumba con la voz de Jill
en una antigua interpretación del *single Born Again*, que el sello disquero ha escogido para que sea su primer disco cuando el álbum salga en un par de meses.

Jack sabe que si escuchara la canción accidentalmente, como cuando uno de
esos estúpidos la hace retumbar por la ventanilla abierta del Honda que usa para sus carreras ilegales, podría encontrarla interesante. Pero en ese mismo instante piensa que su novia canta como si uno de los Little Rascals hubiera
tragado helio. Nadie debería sonar así cuando canta. Jack prefiere los tradicio-
nales *blues*, Bessie Smith o incluso Billy Holiday. Algo con corazón y espíritu y
sustancia. Jack añora los tiempos en que las cantantes no tenían que ser hermosas.

Esta noche Jack quiere quedarse en casa y terminar su libro, pero Jill está
ovulando y él sabe lo que significa eso. Significa que necesita más atención de la
que usualmente requiere, y nada de lo que él intente será suficiente para ella.
Por eso necesita la curiosidad del público. Cuando la conoció, en el plató de
una película horrenda que ambos hicieron juntos, le pareció extremadamente
dulce, casi inocente, siempre riéndose de sus chistes, pero ahora comprende que
eso sólo ocurrió porque ella estaba tan identificada con su personaje—una mujer inocente, encantadora y dulce—que por un tiempo lo confundió consigo
misma. Ahora, por desgracia, ha regresado a su verdadera personalidad, miserable y superficial.

—¡Jack!—grita ella—. ¡Vete a bañar! Llegaremos tarde.

—Tómate el día libre, Jill—dice él—Es el Día del Trabajo en Cuba.

La voz de Jill deja traslucir su molestia.

—¿Qué?

Él grita para asegurarse de que ella le escucha.

—Un día para celebrar el espíritu de compañerismo entre gente noble que trabaja para ganarse la vida. Ah, espera un momento . . . Es que nosotros no sabemos lo que es eso. Perdona. Lo olvidé.

—¡Levántate!

—Está bien, está bien—dice él distraídamente en medio de su lectura, mientras levanta sus pies para colocarlos al borde de la cama—. Deberías leerte este libro, Jill. Es una maravilla. Cambiará tu vida. Cambiará para siempre tu modo de pensar sobre los pueblos del sur.

Jill aparece en el umbral, furiosa ante su indolencia, mientras se mete en un clásico corsé blanco adornado con lazos y flecos que cuelgan en los lugares apropiados, y unos *jeans* blancos de cintura baja, marca Jill Sánchez, con abundante pedrería. Lleva el cabello recogido en una alta cola de caballo. Gigantescos aros de diamantes resplandecen en los lóbulos de sus orejas. Él levanta la vista, seducido por la visión de sus previsibles curvas, pero temeroso ante la expresión helada de su rostro. Para ser una mujer tan hermosa, posee una rara maña para la crueldad.

—¿Qué pasa?—pregunta él—. ¿Por qué me miras así?

—Tenemos diez minutos, Jack. ¿Qué estás haciendo?

—Leyendo.

Ella pone los ojos en blanco.

—A menos que sea un guión, no tenemos tiempo—dice ella.

—¿Qué quieres decir con eso?

Últimamente ha estado encima de él porque no ha hecho tantas películas como ella. Incluso la noche anterior discutieron sobre cuál de los dos tenía mayor talento natural. Él no tiene tantas películas porque, a diferencia de ella, es más selectivo con lo que hace.

Ella ignora su pregunta.

—Te he puesto la ropa en el baño para cuando termines. Por favor, apúrate. Si no estás listo en cinco minutos, tendré que irme sin ti.

—¿Por qué tienes tanto apuro? Es una *cena*. No vivimos como personas normales, Jill. No tienes por qué estar allí a una hora específica. ¿Por qué no puedes ir a un restaurante como una persona normal?

—Porque no lo soy—dice ella, como si eso la convirtiera en alguien superior al resto.

Él se echa a reír con ganas.

—No, no lo eres—dice él, rascándose sus partes—. Con toda seguridad, no eres una persona normal.

—Por favor, apúrate.

—¿Por qué? Podemos ir cuando queramos.

—No. He hecho correr el rumor de que estaríamos allí a las siete, y a esa hora tendremos que estar.

¿Rumor? Jill tiene la costumbre de hacer que algunos de sus publicistas, como esa desagradable Lizzie Grubman, atiborren de información a los reporteros y a los fotógrafos sobre sus idas y venidas para asegurar, según sus cálculos, la continua comidilla de publicidad que garantiza una larga y saludable carrera en la industria del entretenimiento. Pero ¿acaso no sabe ella misma lo que es la saturación? La gente está aburrida de todos ellos. Carajo, él mismo está aburrido, y es uno de *ellos*. ¿Saben qué otra cosa odia? El modo en que Jill ha comenzado a llamar "saubi" a South Beach, como si fuera alguien que no sabe hablar bien. Es algo petulante y presumido, como ella. Jack es un hombre de intereses clásicos, pero se está alejando de sí mismo. Sus propios amigos ya no lo visitan si Jill está cerca, y tratan de alejarlo de esa relación.

Jack abandona la cama y va hacia la enorme ducha de mármol que hay en el baño principal, agarrando por el camino las vestimentas ya escogidas. Éstas se encuentran dispuestas como lo estarían en una *boutique*, incluso haciendo juego con los jodidos calcetines y zapatos. Por lo menos reconoce que Jill tiene ojo para el diseño, aunque éste se incline hacia lo extravagante o lo gótico, como llama él a sus pieles y sus tacones. Pantalones, camisa y corbata, todo suave y brillante, hechos sin duda por alguno de esos jodidos diseñadores cretinos que quieren que Jill sea su promotora ambulante. Todo eso está *tan* alejado de él. Se ríe al ver las ropas y luego se ríe de sí ante el espejo. No tiene ganas de ir a Rumi, ese pomposo restaurante donde Jill ha hecho reservaciones y donde seguramente pasará la noche más incómoda y artificial de su vida en medio de los destellos de las cámaras que estallarán cada treinta nanosegundos. El sitio se promociona como un "superrestaurante". Vaya mierda. Y él tampoco quiere usar estas estúpidas ropas. Las toma y lee las etiquetas. ¿Prada? ¿Qué clase de maricón usa esta mierda? Sus propios amigos ya no lo conocen, ahora que ella lo obliga a usar trajes de velvetón para correr y mierdas así, como si él fuera una especie de perrito faldero que siempre debe hacer juego con ella.

De nuevo lanza las ropas sobre el mostrador como si fueran envoltorios vacíos de hamburguesas. Sólo tiene ganas de leer y rascarse los huevos y eructar; y si los dos tenían que salir a comer, se hubiera sentido más feliz en algún tugurio de la calle Ocho, donde puede mirar a algunos viejos peleándose en un partido de dominó. ¿Rumi? A la mierda Rumi. Si tiene suerte, terminará viendo a alguien como Pauly Shore pateándole el culo a alguien como Robert Downey Jr.

En esencia, quisiera salirse de esta relación con Jill, pero no sabe cómo. Bueno, parte de él sabe. Otra parte de él piensa que todo el oropel y el brillo pudieran ayudarle a limar ciertas excentricidades sexuales de las que desea desprenderse. Algún tiempo atrás creyó que su casamiento con Jill podría curarle de esa necesidad de buscar relaciones sexuales anómalas con extraños compañeros de cama, pero ya se ha dado cuenta de que, como la mayoría de las cosas de Jill Sánchez, su atractiva imagen es sólo eso: una imagen. La verdadera Jill Sánchez siempre está demasiado ocupada como para tener tiempo para el sexo, y cuando finalmente se decide a tenerlo, parece estar más preocupada por el modo en que luce ante la cámara invisible que siempre la está filmando dentro de su cabeza que con el acto de complacerlo. El mayor placer de Jill es la propia Jill, quien piensa que si se complace a sí misma automáticamente hará que todos se sientan felices. Y eso ya no hace feliz a Jack.

—Esto está tan jodido—le dice a su imagen mientras arroja junto al inodoro el libro de Howard Zinn y se despoja de sus adoradas prendas habituales de descanso.

Coge la muda de ropa interior que ella le ha dispuesto. ¿Un calzoncillo Versace estilo hilo dental? ¿Es un chiste? ¿Saldrá Ashton Kutcher del clóset con una cámara?

Señala hacia su imagen con sonrisa furiosa mientras se prepara para saltar en la ducha y limpiarse lo suficientemente el culo como para encasquetarse esa ridícula ropa interior.

—¿Sabes lo jodido que está esto, verdad?

Sábado, 11 de mayo

Sábado. Matthew le teme a los sábados, principalmente porque le recuerdan, incluso más que los domingos, cuán solo se encuentra en su universo. Con la intención de mantener lo más lejos posible la depresión existencial de los sábados, ha empezado a cocinar y, en este momento, intenta sacar un enorme *wok* Calphalon de su caja de cartón. Sueña con que, si no fuera músico, le hubiera gustado ser un chef de la TV. Hay un montón de tipos que se ven en el canal de cocina Food Network que no son necesariamente guapos, pero a los que las damas parecen hallar seductores debido a su capacidad en la cocina. Mira a ese Bobby Flay. Realmente no tiene nada atractivo. Es sólo un pelirrojo como Matthew, pero está casado con una modelo porque a las mujeres les encanta la comida. Se dice que el camino más corto al corazón de un hombre pasa por el estómago, pero eso es más cierto cuando se refiere a una mujer. Ésta es la más reciente idea de Matthew para lograr que las mujeres lo quieran. Cocinará para ganarse un puesto en la cama de alguna.

Finalmente logra desprender el *wok* de la caja, y lo levanta como si se tratara de un recién nacido.

—Bello—dice, y roza con sus dedos las líneas suaves y redondas de la sartén.

Le gustan esas líneas circulares. Últimamente le ha tomado especial gusto a las líneas suaves y redondas de la nueva publicista de Ricky; ésa que lo llamara "infeliz" en los muelles y después "asqueroso trol enano". Bueno, quizás no dijera "asqueroso", ni "enano". Pero con toda seguridad lo llamó "trol", lo cual, *implicaba* que le estaba diciendo "asqueroso" y "enano".

No sabe por qué tiene que enamorarse siempre de la mujer más difícil. Pero es imposible no fijarse en Milán Gotay, con sus coquetos cabellos rubios y su asombroso trasero. Ricky se ha burlado del tamaño del culo de Milán, y Matthew le ha dicho que "¿qué coño estás diciendo, compadre?, si lo tiene espectacular". Y Ricky le ha dicho que ha "estado" con Milán y que está "regular", pero Matthew no quiere creerlo. Y eso que los vio bastante juntos en el sofá aquella vez. Pero Ricky es un cretino. Incluso después de decir que ha "estado" con Milán, dice que quiere acostarse con la hermana de Milán. Ricky piensa que Génova, la hermana de Milán, es más atractiva aún. Posiblemente muchos hombres estén de acuerdo con él, porque la mayoría de los hombres se dejan arrastrar por lo que es más evidente. Matthew no. Matthew se siente atraído por la belleza sutil de la mujer común, y su gusto en mujeres no tiene nada que ver con lo que aprueban las revistas de modas. Las mujeres como Génova son como melodías simples, como canciones de cuna. Uno puede transcribir su esencia en un nanosegundo. Pero las mujeres como Milán tiene múltiples capas y contrapuntos, con variables dentro de la melodía que uno debe escuchar atentamente para poder detectarlas. Él tiene la impresión de que Milán posee un filón salvaje, un anhelo oculto. Ricky es un comemierda. ¿Cómo es posible que un hombre normal no se sienta afectado por un trasero como el de Milán? La evolución ha programado a los hombres para que se fijen en las protuberancias de una mujer. Matthew ya comienza a preguntarse si Ricky pertenece a la misma especie que otros. Mientras Matthew mete el *wok* en el fregadero para lavarlo, se pregunta si en el fondo Ricky no será homosexual. No es que eso le importe. Muchos cantantes pop latinos son *gays*. Al parecer, la mayoría. Pero aun así . . .

¿Un trol?

—Al carajo—dice Matthew, que deja correr el agua hasta que sale hirviendo.

Mientras coloca el *wok* ya limpio sobre el escurridor de plástico, Matthew siente un toque en la puerta de entrada. La única. Es un apartamento pequeño. Sorprendido, se seca las manos en un papel secante, lo arroja al cesto que hay debajo del fregadero, y cruza a pasos largos la sala con sus piernas cortas. Mira a través del visillo.

—Me cago en la mierda—dice.

Con una mano se alisa los escasos cabellos y busca por la habitación una gorra deportiva. Ve el control remoto del TV, la revista *Details*, calcetines sucios, todos los *Heralds*. Pero ninguna gorra. No. Por favor, dime que no las llevé todas a la lavandería pública. Por favor, dime que no lo hice. Por un momento piensa en atarse una camisa alrededor de la cabeza, pero se da cuenta de que lo único digno que puede hacer es asumir honestamente su incipiente calvicie. Abre la puerta y allí está ella.

—Eydis—dice.

Viste *jeans* y una camisa brillante de aspecto barato, y el rostro infantil y triste que siempre lleva cada vez que llega a pedirle que vuelva con ella. Carga un bolso de playa naranja, y lleva las uñas pintadas de un morado ya descascarado. Es un desastre absoluto y adorable.

—¿Puedo pasar?—pregunta ella mientras se chupa la punta de un dedo.

—Claro—dice Matthew, quien se aparta y resiste el impulso de besarla.

Nada ha cambiado. No importa cuán desesperadamente desee que cambien sus sentimientos hacia ella, nunca ocurre. Mientras ella camina hacia el sofá, él observa su hermoso trasero.

—¿Qué haces por aquí?—pregunta mirando su reloj, porque más tarde tiene planes de cenar con un rapero cubano llamado Goyo, que viene de Los Ángeles, para hablar sobre un par de canciones para su nuevo álbum.

Ella se deja caer sobre el sofá y mira a su alrededor.

—Qué reguero.

—Sí, pero es mi reguero. Para eso es mi casa. ¿Qué haces aquí?

Eydis se encoge de hombros y sus ojos se llenan de lágrimas. No soporta cuando ella llora. Esta vez tendrá que mostrarse duro. Esta vez tendrá que decirle que no. Tal vez pueda hacerle el amor y después decirle que no. Pero así no funcionan las cosas. Tiene que sacarla de allí.

—Me ha abandonado—gime ella.

—¿Quién?

—Shasi, el baterista.

—¿El israelí peludo?

Eydis sonríe levemente, sin dejar de llorar.

—Sí—dice distraída—. Es muy velludo.

—¿Por qué?

—Es genético.

—No. Te pregunto por qué te dejó.

—La verdad es que lo sorprendí teniendo sexo con la masajista del barco.

Matthew se sienta en el suelo, junto al sofá, aunque no lo bastante cerca de Eydis como para que ella pueda tocarlo. Le gusta su acento cuando dice "sexo". Realmente es encantador. También piensa qué emocionante sería cogerse a una masajista. Posiblemente conozcan todo tipo de trucos. Luego se pregunta cómo lidiarán las masajistas con tipos peludos como el israelí. ¿Los afeitarán primero? ¿Les untarán más aceite que a otros?

—Lo siento mucho, Eydis. Pero eso todavía no explica qué haces aquí.

Ella se le queda mirando.

—Te amo—dice.

—Es gracioso cómo es que siempre me amas cada vez que te sientes sola.

Ella está a punto de decir algo cuando el teléfono de Matthew la interrumpe. Salta para contestar, lo cual Matthew encuentra alarmante y aterrador . . . y atractivo.

—¿Oigo?—responde con su voz ronca de contralto y hace una mueca como si hubiera probado algo malo—. ¿Puedo saber quién lo llama? ¿Milán?—Lo mira con ojos furiosos. ¿Qué coño le pasa? ¿Milán? ¿Milán lo está llamando? Eydis sigue hablando—: Hola, Milán. Te habla Eydis, la novia de Matthew. Ah, trabajas con él. Está bien. Espera.

¿Milán? Matthew se lanza hacia el teléfono que Eydis le tiende con una ceja en alto, en actitud acusadora. Matthew le arranca el teléfono de las manos y toma la llamada. Resulta que Ricky le ha pedido a Milán que llame a Matthew para preguntarle por varias canciones que faltan en el estudio.

—Dile a Ricky que me las traje a casa para trabajar en ellas el fin de semana—dice Matthew.

—Está bien—responde Milán.

—Espera un momento—dice Matthew—, ¿por qué Ricky te ha pedido que me llames un sábado?

Ricky es un cabrón dictador.

—No sé.

Matthew tiene el súbito impulso de mandar al carajo a todas las personas que conoce. A Eydis, por ser una puta cruel, celosa y manipuladora. A Ricky, por ser un dictador indolente. Y a Milán, por tener una voz tan hermosa como su rostro, y por llamarle "trol". ¿Un *trol*?

—Dile a Ricky que se tranquilice y que deje de molestar a la gente los fines de semana—dice Matthew.

Milán se echa a reír.

—Está bien. Que tengas un buen fin de semana. Perdona la interrupción.

—No, no interrumpiste nada.

—Bien, te veo el lunes.

—Está bien.

Matthew cuelga, camina recto hasta la puerta del apartamento y la abre.

—Fuera—le dice a Eydis.

Ella se le queda mirando fijamente, con sus claros ojos azules azorados.

—¿Cómo?

—Fuera.

—¿Pero adónde me iré?

—No sé—responde—. Pero dicen que el infierno es un lugar agradable en esta época del año.

—No hablas en serio—dice Eydis, poniéndose de pie y levantando su bolso.

—Muy serio.

—Nunca me habías echado.

—Ahora lo estoy haciendo.

—¿Podemos hablar?

Ella trata de tocarle el rostro, pero él le aparta la mano de un golpe.

—No.

Eydis comienza a llorar. No te rindas, se dice a sí mismo Matthew. No lo hagas.

—¿No me amas?—pregunta ella—. Dijiste que me amarías siempre, hiciera lo que hiciera. Cometí un estúpido error.

Matthew la empuja afuera.

—Eso fue antes de Shasi—dice—. Que la pases bien.

Matthew cierra la puerta y le pasa pestillo. Él no es ningún jodido trol, ni un infeliz.

Milán está afuera, en el umbral de La Carreta, con el teléfono en la oreja. Luce bonita, elegante y preocupada, tres cualidades que jamás pensé que vería en ella a la misma vez.

—Está bien, Ricky—dice de un modo que indica su deseo de que todos cuantos nos rodean sepan que está hablando por teléfono con Ricky Biscayne. Qué tontería—. Ya lo sé. Llamé a Matthew hace un rato, ya te lo dije, él tiene las grabaciones. Por favor, cálmate.

Mi hermana trabaja demasiado para Ricky. Es sábado, y ella no debe estar trabajando, sino en una cena familiar conmigo, nuestra madre, nuestro padre y nuestros abuelos. La penitencia, como me gusta llamarla. Dejé a Belle en casa. He decidido sacudir el barco familiar esta noche, anunciando mi amor por Ignacio, el bailarín de ballet, el negrito más lindo del mundo. Esto será interesante. Mis padres son muy racistas.

Me acerco a Milán, que me mira de arriba abajo. ¿Qué pasa? ¿Es ella quien me está juzgando ahora? ¿Quién se piensa que es? Por favor. Estoy con mi vestido corto de seda BCBG, tipo kimono, y un pañuelo del sudeste asiático en la cabeza, con una cartera roja Dior, en forma de riñón, y sandalias que hacen juego. Intento añadir el mayor exotismo posible a cada arista de mi vida para incorporar la esencia del club. La gente mira. Nada nuevo. Milán se ve bien. Bien de verdad. Es raro. Lleva una blusa nueva, verde brillante, que ella misma compró. No es un color que le quede bien a todo el mundo, pero con su pelo rubio le queda estupenda. Es desconcertante. Antes, yo era la única bonita. No estoy segura de que me guste este cambio.

Milán cuelga.

—Te ves . . . interesante—me dice.

—¿Hay problemas en Rickylandia?

Ella parece inquieta.

—Vive tan entregado a su arte—dice—. Es . . . no sé.

—¿Obsesivo? ¿Tirano?

—Sí.

¿Es mi imaginación o luce perdidamente enamorada? Coloca sus manos en las mías y añade:

—Por favor, deja las uñas, G. No estoy de ánimo.

Ni siquiera me había dado cuenta de que las estaba haciendo sonar.

—Tienes que establecer límites con él—le digo.

—Es que he estado escuchando su álbum y es tan hermoso. Logra penetrar en la esencia de las cosas, Génova. Su música es increíble. Es su alma. ¡Dios! Lo amo.

—Entremos.

Y por favor, deja de adular a ese tipo indecente. ¿Por qué no se da cuenta de que es despreciable? Entramos a La Carreta, uno de los principales restaurantes familiares cubanos en Miami, y nos reunimos con la colección de los Gotay en una enorme mesa redonda. Puedo jurar que, apenas me ven, sus rostros se colman de irritación.

—¿Tratas de parecer una geisha o una esclava?—me pregunta Mamá.

—Yo también me alegro de verte—respondo, ignorando el ataque.

Mi hermana y yo rodeamos la mesa, inclinándonos para abrazar a cada persona y plantar un beso en cada una de sus mejillas. Ocupamos nuestros puestos. Enseguida desdoblo mi servilleta para colocarla en mi regazo. Al verme hacer esto, Milán me imita. Así es ella: capaz de tomar decisiones inteligentes, pero extraña.

—¿Es verdad que Ricky Biscayne le dio un aumento a tu hermana?—pregunta mi madre.

¿Está tratando de que sienta celos? Toda mi vida—o al menos desde que Milán está en ella— mi madre ha parecido desear que Milán sienta que vale tanto como yo. Lo cual, dicho sea de paso, sólo ha servido para que ambas sepamos que Mamá me prefiere a mí y siente pena por Milán. Pero me da lo mismo.

—Estoy al tanto del aumento.—También estoy enterada del por qué. Es algo relacionado con cocaína, sexo y un representante asqueroso—. Yo estaba allí.

Milán se sonroja.

—Hablemos de otra cosa.

—Compró ropas y perfume—comenta Mamá.

Alarde y más alarde.

Papá estudia el menú con el ceño fruncido.

—Su trabajo anterior no tenía nada malo—le dice al menú—. Y está comenzando a vestirse como una . . .

—He oído que los camarones están buenos esta noche—interrumpe Mamá, por encima de la cabeza de Papá, protegiendo a Milán, la indefensa, dulce y "virginal" Milán. ¿Por qué no se dan cuenta de quién es ella realmente?

Mi padre baja el menú y señala a Milán con un dedo.

—Tu tío, mi hermano, te dio un trabajo muy bueno, Milán. Y ahora ¿a quién va a contratar, eh?—Se vuelve hacia mí, aún apuntando con su dedo—. Y tú. Tú eres la vergüenza de la familia con tus aventuras amorosas. ¿Por qué necesitas hacer alarde de tus salidas? No entiendo a ninguna de las dos. Tienen vidas más que buenas, y quieren más, más, más, mejor, mejor, mejor.—Su dedo apunta al techo. Siempre está apuntándole a algo—. En Cuba nunca habrían estado tan mal acostumbradas.

La camarera viene y toma las órdenes sin anotarlas, memorizando todos nuestros platos que rara vez varían. Masas de puerco para Papá. Sopa de pollo para Mamá. Camarones para Abuelita. Sopa de pollo y bistec cubano para Abuelito. Vaca frita para Milán. Yo pido lo de siempre: bistec cubano con papitas fritas y batido de mamey.

—Creo que podré abrir el club para el otoño—suelto apenas se va la camarera.

Todos murmuran sus felicitaciones. No tienen por qué mostrarse tan entusiasmados, pienso. No me entienden, ni entienden lo que hago.

El más desgraciado de todos parece ser Abuelo. Y no es el único. Todos los viejos en el restaurante se ven más deprimidos que el carajo. Siento lástima por ellos, pero en cierto modo, ellos mismos han creado su propia desgracia. Pudieron haber pasado los últimos cuarenta años sacando el mejor partido de las cosas, o al menos aprendiendo inglés, pero no lo han hecho. Se han pasado cuatro décadas completas quejándose y postergando todas las cosas inimaginables. No tengo paciencia para los remolones.

Papá se apodera de la conversación para hablar de su propio negocio. Supongo que debe resultar demasiado amenazante pensar que puedo estar ganando tanto como él. O más. Habla durante media hora y luego llega la comida. Después comienza a hablar de todos sus amigos con hijas que están a punto de casarse y de lo orgullosos que están sus padres de ellas. Puaf.

Es hora de armar relajo.

—No creo que vaya a casarme jamás—digo—. Me gusta estar soltera. ¿Para qué atarse a algún tirano dominante si no es necesario?

Sí, Papá. Me refiero a *ti*.

La mirada de Milán deambula hasta la puerta de entrada, y deja escapar un respingo. Nos volvemos para ver lo que está observando. Veo dos hombres, uno negro y otro pelirrojo medio calvo, de pie ante la entrada, esperando por una mesa.

—¿Qué pasa?—le pregunto a Milán.

—Nada, es ese *tipo*—baja la cabeza como si no quisiera ser descubierta.

—¿Cuál?

—El pelirrojo—dice—. Trabajo con él. Se llama Matthew.

—Ése fue el que tiraste al agua en los muelles—dice nuestra madre a Milán.

—¡Deja de exagerar! Fue él quien chocó conmigo, Mamá. Y nadie se cayó al agua, por Dios.

Para seguir la rima, nuestra abuela comienza a balbucear:

—"Y quien recibe en mi nombre a un niño como éste, a Mí me recibe"—dice—. "Pero quien ofendiera a uno sólo de estos pequeños que cree en Mí, más le valdría que le suspendiesen del cuello una piedra de molino, y que fuese ahogado en el fondo del mar".

—Aleluya—digo.

—¿Qué está haciendo aquí?—pregunta Milán—. Me lo encuentro en todas partes. Es muy extraño.

—Es jodidamente atractivo—digo, refiriéndome al muchacho negro—. Vaya. Reconozco a Goyo, un famoso rapero cubano, y se lo cuento a todos. Ninguno de ellos parece haber oído hablar de él, pero eso es normal en mi familia. Nadie sabe nada de las cosas que me interesan.

Las miradas de Milán y Matthew se encuentran, y ambos se saludan con un gesto torpe antes de que los hombres sean conducidos hasta una mesa que hay en una esquina apartada del salón posterior. Abuela guarda silencio, y todos nos ocupamos de nuestros platos. Las mejillas de Milán enrojecen, y me pregunto si se estará enamorando de Ricky y de cada hombre que hay en esa oficina. ¿Qué le he hecho a mi hermana? Jamás debí de haberla arrojado en este mundo ni enseñarle nada sobre ropas ni peinados. Ya no hay remedio.

Mientras todos comen, mi madre pregunta:

—Bueno, Génova, ¿con quién andas "soltera" en estos días? ¿Alguien en especial?

El brillo de sus ojos indica que sabe que estoy viéndome con alguien nuevo. ¿Le habrá contado Milán sobre Ignacio? Le lanzo a Milán una mirada al respecto, y ella mueve la cabeza como diciendo "no le he dicho nada".

Sostengo un trozo de carne cerca de mi boca.

—En realidad, sí—digo.

Milán pregunta, como si no supiera nada.

—¿Quién es? ¿Lo conocemos?

—Un bailarín de ballet cubano—digo.

—¡Ballet! ¡Qué cosa!—chilla nuestro abuelo.

—¿De Cuba?—pregunta Papá.

—Sí, acabado de desembarcar. Y es negro—sonrío y remuevo mi batido.

Mamá da un respingo. Papá tira el tenedor sobre el plato. Abuelo se queda mirando la pared con expresión desolada, mientras murmura algo para sí. Y Abuela es la primera en hablar, mientras se persigna.

—Bueno, ahí lo tienes. Te dije que no era una muchacha decente.

¿Dijo? Yo creí que mi abuela era quien me defendía.

—Es un hombre muy agradable—dice Milán—. Yo lo conocí.

Mamá se queda mirando a Milán con asombro.

—¿Lo conociste? Nunca me dijiste que lo habías conocido. Dijiste que lo habías *visto*, pero no que lo habías conocido.

—¿Le hablaste de Ignacio?—grito.

—No—dice Milán—. Es decir, sí.

Mamá finge que ha encontrado algo interesante en su blusa, y Milán trata de parecer acongojada. No conozco a estas mujeres. De veras.

Mi abuelo habla:

—Ninguna nieta mía se casará con un negro.

—¿Quién dijo que voy a casarme?—exclamo—. Sólo nos estamos acostando.

Todo el mundo se queda sin habla. Abuelo parece estarse ahogando.

Papá murmura entre dientes:

—No hables así en esta mesa.

—¿Alguien de los aquí presentes podría decirme cuál es el problema con los negros?—digo—. Mírense. ¿Soy la única que nota que la familia por parte de padre parece negra? Abuelo, tu propio padre era negro porque tu abuela se llevaba bien con su servidumbre. Todo el mundo lo sabe.

—No digas esas cosas—dice Mamá.

—¿Por qué? ¿Porque es cierto?

—No lo es—dice Mamá.

—Créanme. Si ustedes fueran a cualquier otra ciudad de este país, verían que en cualquier otro sitio de los Estados Unidos la gente como nosotros es negra. Excepto tú, Milán. No sé de dónde saliste.

—¿Del cartero?—bromea Milán, mientras el rostro de Papá enrojece—. ¿El tipo del cable?

—Ustedes no pueden hacerle esto a la familia, niñas—dice Papá.

Arroja su servilleta sobre la mesa y tira su tenedor para que todos sepan exactamente cómo se siente. De pronto parece como si todos hablaran a la vez, furiosos contra un hombre al que nunca han visto, furiosos contra el primer hombre en mi vida que realmente me hace feliz.

Lunes, 13 de mayo

La sensación de que tus caderas se van separando para hacerle sitio al útero en crecimiento es asombrosa y horrible a la vez. Es como cuando un barco se llena de agua y comienza a resquebrajarse. Todo me duele. Principalmente los pechos. Ya he aumentado veinticinco libras, y todavía puedo ponerme mis viejos *jeans* Yanuk, que son mis favoritos, pero sin subirme el zíper. Puedo llevar un blusón ancho encima y nadie nota la diferencia.

Estoy sentada en el soleado rincón del desayuno que hay en la gran cocina *gourmet* de mi casa, que en realidad aún sigue siendo la casa de Ricky. Le pregunté si podía empezar a decorarla, y me dijo que me limitara al dormitorio del bebé. No es justo. Se supone que cuando estás casada debes compartirlo todo a la mitad, pero Ricky no parece entender esa parte. O no quiere entenderla. Es muy posesivo en eso de mantener su casa tal como está.

Tomo un sorbo del té de jengibre que me ha preparado Alma, la madre de Ricky, en mi vaso favorito de cristal soplado con fondo azul. Creo que es un Kate Spade, pero ¿qué más da? Estoy cansada de diseñadores, de marcas, de modas... Odio el modelaje y toda la gente estúpida relacionada con él. Nunca debí haber caído en esta trampa, pero así ocurrió. Lo hice y ahora debo seguir adelante. Sin el modelaje, nunca hubiera conocido a Ricky. Y ahora mi vida se ha convertido en algo diferente: en ese bebé. Mi cuerpo crece. Los colores se ven mucho más brillantes cuando estás embarazada. El olfato, que en mí siempre ha sido un sentido muy desarrollado, ahora se ha desarrollado más. El embarazo se apodera de la palanca en el panel biológico y la acelera. Soy todopoderosa. O al menos así es como me siento, desde un punto de vista muy maternal y protector.

Alma camina suavemente por toda la cocina, atendiéndome, preparándome cosas que piensa que necesito y guardándolas en contenedores plásticos. Es una mujer amable, pero quisquillosa. El color fresco y vivo del cristal soplado hace juego con la bahía que se ve al otro lado de la ventana, y me tranquiliza. Con tres meses de embarazo ahora, siento que la horrorosa náusea comienza a disminuir por las tardes, aunque no por las mañanas. Esta mañana sentí un poco de náuseas, pero también mucha hambre. Mishko yace a mis pies, sobre las frías losas de travertina, jadeando un poco y esperando que algo delicioso caiga en su universo. Me gustaría ser como Mishko, tomando lo que llega, sin querer ni pedir demasiado, feliz con descansar y simplemente ser.

Alma se encuentra frente al horno, preparando crepas de plátano. Últimamente no me canso de comerlas con sirope de arándano. No sé qué ingrediente mágico contienen, pero las necesito. Mientras miro por la ventana, veo pasar a Milán bamboleándose en un par de tacones altos y *jeans* ajustados. Aún admiro el modo en que le queda la ropa a la curvilínea Milán, pero no me gusta la manera en que mira a mi esposo. Lo idolatra, y creo que lo quiere del modo en que una mujer quiere a un hombre. Eso me entristece. Demasiadas mujeres jóvenes que vienen a trabajar para Ricky tienen esa expresión en sus ojos. Yo creo que él me es fiel, pero sé que es débil y que su mayor necesidad es sentirse amado por las mujeres. Lo he visto mirar su cuerpo. Cualquiera podría pensar que, porque he sido modelo, me sentiría segura de mi aspecto en comparación con una mujer como Milán, pero no es así. Existe un tipo de belleza que pertenece a las páginas de las revistas, que pienso que suele ser admirada por otras mujeres y por los *gays*; y existe esa atracción animal que los hombres sienten hacia cuerpos como el de Milán, cuerpos que son agradables de tocar y de apretar. Siento celos. Y creo que la mejor manera de asegurarme de que Milán no haga nada con Ricky es convertirme en su amiga para que al menos sienta cierta lealtad hacia mí o, por lo menos, pueda llegar a conocerla lo suficiente como para entenderla.

Tal vez después que nazca el bebé yo también tendré unas caderas y un cuerpo como ése. No sé. Ricky ha comenzado a quejarse de mi peso. Ahora uso talla ocho, y me ha dicho que quiere construirme un gimnasio en casa para que pueda recuperar mi talla "normal" después de esto. Pero él no se da cuenta de que no tengo ninguna intención de hacerlo. Voy a quedarme con esta talla, o una mayor. Antes de que abandonara mi país natal, yo era gordita, posiblemente igual a una talla diez americana. Me gusta el peso del cuerpo sobre mis pies. Me siento firme, y no volveré atrás.

Suspiro pensando en Ricky. ¿Por qué siento tanto pesar? No hemos hecho el amor en dos semanas. Dice que no siente deseos. Yo lo siento todo el tiempo.

Aparto la vista de Milán, y me fijo en Alma. Con su sofisticada melena plateada, su piel melocotón y sus ojos oscuros, la madre de Ricky se ve verdaderamente espectacular y compuesta. Hasta sus ropas se ven cuidadas. Jamás están arrugadas ni torcidas en modo alguno. Hoy, Alma viste un pulcro traje pantalón amarillo pálido con sandalias crema. Siempre está impecablemente arreglada, como muchas mujeres de mediana edad que he visto en Miami; una ciudad donde las mujeres se preocupan por su belleza hasta que mueren. Adoro a Alma por su estabilidad. Toda su vida ha trabajado como asistente legal para la misma firma. No es el tipo de mujeres a las que les gusta arriesgarse. Prefiere las cosas previsibles, lo cual podría explicar por qué no aprueba el modo de vida de su hijo, mi marido.

—Bebe—dice Alma echando un poco más de té en mi taza antes de regresar a virar las crepas. Ella se crió en Mazatlán—. Te ayudará a sentirte mejor.

Alma deja las crepas para que se doren y vuelve su atención hacia una caja de jabones que saqué para que ella los probara. Los fabrico en uno de los dormitorios para huéspedes—un dormitorio que he transformado en una empresa de jabones que invento con todos mis productos químicos y mezclas. Escoge una barra de color salvia, en forma de hoja, y la huele.

—Exquisito—dice. Hace lo mismo con la otra media docena de jabones, todos delicadamente perfumados y hermosamente modelados. Pongo en esto todo el amor que siento por mi hijo. Lo disfruto—. No puedo creer que hayas hecho todo esto aquí, en tu casa—dice Alma—. Tienes mucho talento, mi'ja.

—No—digo—. Es sólo un pasatiempo.

—Si los empacaras bien, podrías venderlos en el canal de ventas. Son tan buenos como cualquier otro producto que haya por ahí.

Sonrío y bebo mi té. Alma es muy amable . . . conmigo. Más conmigo que con Ricky. Me siento mejor. De todos los remedios de Alma para las náuseas matutinas, este té frío es el mejor. Las curitas para el mareo son una pérdida de dinero. Meditar no ayuda. Pero el jengibre es un buen remedio. Excelente.

—¿Te sientes mejor?—pregunta y digo que sí con un gesto—. ¿Mejor como para ver la película?

Saca las crepas de la sartén, las coloca en un grueso plato azul y me lo pone delante. Hemos hecho planes para ver una comedia romántica juntas, y me he recuperado lo suficiente como para salir. Le digo que quiero ir y me sonríe. Creo que le gusta tener a alguien con quien hacer cosas. No creo que Alma tenga muchas amigas. Inundo las crepas en sirope de arándano y empiezo a comer.

—Están deliciosos, Alma. Gracias.

Alma me mira con tristeza y responde en voz baja:

—Eres demasiado buena para mi hijo—dice.

Sospecho que es un elogio.

La puerta trasera se abre con un quejido de bisagras. Ricky no mantiene la casa como debiera. Necesito llamar a alguien para que arregle la puerta y otras cosas. Milán mete la cabeza para decir que sólo quiere asegurarse de que todo esté bien. Las aletas de la nariz de Alma tiemblan y sus ojos se contraen. Puedo oler el perfume de Milán en la brisa que penetra. Huele a algo soleado y amarillo.

—¿Te dijo Ricky que vinieras a vigilarla?—pregunta a Milán.

—Bueno, algo así—dice Milán.

Alma sacude su cabeza como si esto la molestara muchísimo, y Milán se disculpa.

—Estamos bien, gracias—le digo, tratando de mostrarme amistosa. No es culpa de Milán que Ricky desconfíe de mí—. ¿Cómo anda la cosa por allá adentro?

—Estoy a punto de salir a almorzar—dice Milán—. Pero todo va bien.— Una sonrisa amplia se dibuja en su rostro—. Estoy muy feliz de estar aquí. No tienes idea de cuán divertido me resulta este trabajo. Llamo a la gente y la gente me presta atención. En mi trabajo anterior no era así. La gente ama a Ricky.

—Es cierto—admito—. Lo sé.

Milán resplandece y salta ligeramente sobre las puntas de sus pies.

—Acabo de colocar una entrevista en *Details*.

—Felicidades, corazón—dice Alma—. Ricky tiene suerte de que trabajes para él.

—Ven con nosotras al cine—suelto.

Tal vez sea inapropiado, pero esto se me ocurre demasiado tarde.

—¿Sí?—Milán mira a su alrededor como temiendo que alguien lo hubiera escuchado—. No sé. Tengo algún trabajo pendiente.

—Hazlo más tarde—dice Alma—. Ricky quiere que espíes a su mujer, así es que haremos algo mejor. Ven con nosotras. Vamos a divertirnos un poco.

—¿De verdad? ¿Crees que esté bien?

Milán entra en la cocina y cierra la puerta.

—Por supuesto—digo.

Alma asiente y dice:

—Tarde de paseo para las muchachas.

Me siento bien aquí, comiendo en una cocina llena de mujeres robustas y con el vientre lleno de una vida incipiente. Siento como si unas raicillas brotaran de las plantas de mis pies para asegurarme, finalmente, al suelo. Miro alrededor y mis ojos se detienen en el bloque de madera donde se guardan los cuchillos.

Por primera vez en mucho tiempo, me siento completamente libre del impulso de cortarme.

¿Qué estoy haciendo? ¿Yendo al cine con la madre y la mujer de Ricky? ¿Después de besarlo? ¿Y después de desear todos los días que quiero apartarlo de esta mujer? Esto es una locura. Antes de salir para su último viaje a Nueva York, Ricky insinuó que quería que intimáramos más a su regreso. Hasta ahora me he resistido porque me parece estúpido hacer otra cosa, pero no sé por cuánto tiempo más pueda hacerlo. Realmente no lo sé.

La señora Batista conducirá su Toyota Camry, que reniega y jadea como si necesitara mantenimiento. Me apresto a montarme detrás, como siempre, cuando Jasminka me dice que me siente adelante. ¿Cómo?

—¿De verdad?

—Sí, necesito recostarme. Y tú eres la invitada.

Imagínense.

Mientras Alma avanza por la entrada de autos, veo que Matthew le quita la cadena a su bicicleta para irse a almorzar. Se ve todo sudado.

—Pobrecito Matthew—exclama Alma.

—¿Por qué?

—Porque Ricky no aprecia lo que vale—dice.

—Yo creo que sí—dice Jasminka molesta, como si Alma hablara mal de Ricky todo el tiempo.

—Matthew es un buen hombre—dice Alma—. Algún día será tremendo marido para alguna mujer.

—He oído decir que tiene novia—digo, pensando en mi llamada y en la extraña mujer que contestó.

—No tiene—dice Jasminka, sorprendida.

—Sí, tiene una. Lo llamé el sábado, y una mujer que respondió dijo que era su novia. Tenía un acento raro.

Me doy cuenta demasiado tarde de que estoy hablando con dos mujeres que tienen acento. ¡Uy!

—Oh, no—dice Jasminka.

—¿Qué?—pregunta Alma.

Jasminka suspira.

—Volvió con ella. Pensé que había terminado con ella.

—Es bastante guapo—aventuro. Y lo digo en serio, pero también creo que, si parezco interesada en otro, eso ayudará a enmascarar mi interés por Ricky.

—Tiene algo, ¿verdad?—pregunta Alma, sonriéndome—. Tiene pasión y compasión. La pasión sin la compasión no vale la pena.

—No puedo creer que haya vuelto con ella—repite Jasminka.

Alma asiente.

—Ricky no tiene compasión.

¿Qué es esto? ¿Por qué diría algo así la madre de uno de los cantantes con mayor éxito del mundo? Qué extraño.

Jasminka se inclina y coloca una mano sobre el hombro de Alma.

—Alma, con todo respeto le pregunto: ¿por qué es tan dura con Ricky?

Alma se encoge de hombres.

—Una nunca puede ser demasiado cautelosa con los hombres.

¿Cómo? Esto es cada vez más extraño.

—Ay, Jasminka. Sé que tú amas a mi Ricky, y me siento bendecida por ello. Que una santa como tú se enamore de mi hijo y le dé un hijo.

Jasminka dice:

—Ricky es maravilloso. No sé por qué no puede verlo.

Sí, pienso. ¿Por qué no puede verlo? Yo lo veo. No debería, pero lo veo.

—Es bueno—dice la madre de Ricky—, pero es un hombre.

—No sé qué es lo que quiere decir—dice Jasminka.

—Ricky tiene sus debilidades. Me preocupa él, y me preocupas tú. Eso es todo.

—No, Mamá, no hay nada por lo que deba preocuparse.

¿Mamá? Llama Mamá a esta mujer y están hablando sobre cuánto esta "Mamá" odia a su propio hijo. Resulta raro. Escalofriante.

—Espero que no—dice Alma—. Desde que era pequeño, Ricky se sintió atraído por lo peligroso. Una vez trató de saltar sobre un canal y casi se ahogó en él.

Se detiene como si esto pudiera tener una conexión significativa con la vida presente de Ricky.

—Era un niño, Mamá. Los niños hacen cosas así.

Jasminka vuelve a reclinarse en el asiento trasero.

—Solía amarrar a las lagartijas y golpearlas contra una pared, ¿sabías eso?

—Me lo contó.

—Yo lloraba—Alma solloza como si fuera a hacerlo de nuevo—. Todas esas lagartijas sangrando y muertas en el patio. Pensé que se convertiría en un asesino. Lo miraba y pensaba: Dios mío, ¿de dónde salió este niño? ¿Quién es? ¿Cómo ha podido salir de mi cuerpo esta persona? Era tan distinto a mí.

Ahora me siento como una completa intrusa. Están hablando como si yo no estuviera allí. Y a decir verdad, no debería estar. No está bien.

—Creo que a Ricky le gustaría mucho saber que usted está orgullosa de él ahora, Mamá.

—¡Y lo estoy! Adoro a mi hijo.—Ahora llora abiertamente. ¡Auxilio! Sáquenme de aquí. He besado a Ricky. Soy una persona horrible—. Estoy orgullosa de él. Lo quiero, pero me preocupa. Toma malas decisiones, Jasminka. Todavía no te das cuenta, pero créeme que es así.—Finalmente me mira—. Me alegro que te haya contratado. Asegúrate de que esté rodeado de personas buenas, porque si él mismo decide escogerlas, no tomará buenas decisiones. Comete muchos errores.

Sí, pienso. Como yo.

Jasminka salta nuevamente para defenderlo.

—Él cuenta con personas buenas. Estoy orgullosa de Ricky, y me siento feliz por él.

Alma Batista detiene el auto frente a una luz roja y se vuelve para mirar directamente a Jasminka.

—Tú eres una muchacha demasiado dulce y buena—dice, como si esta fuera la verdad más triste del mundo.

Chéster, el gato negro adoptado por el novel bombero Néstor Pérez cuando vecinos menos bondadosos se mudaron del complejo de apartamentos y dejaron abandonado al animalito, maúlla. En realidad, supone Néstor, Chéster *cree* que está maullando. A decir verdad, Chéster hace un ruido que está a mitad de camino entre lo que emitiría una *banshee* furiosa y un bebé con un tobillo lastimado: ¡*Wrrrruuuaaauuuu!*

—¿Qué pasa, viejo?—Néstor se arrodilla en el suelo de su cocina y le rasca la base de sus destrozadas orejas.

Años de peleas territoriales en pleno Kendall hicieron de Chéster un gato bandolero, pero una reciente operación para castrarlo lo ha convertido en un animal melindroso.

¡*Wrrrruuuaaauuuu!*

Chéster se frota contra la suave pijama de algodón gris de Néstor, y ronronea. El veterinario le dijo a Néstor que el ronroneo era una buena señal, un indicio de que el gato no había sido siempre un animal salvaje. Alguna vez en la vida de Chéster, alguien le había dado cariño. Néstor Pérez se siente consolado al saber que Chéster ha vuelto a encontrar amor, y espera que algún día también pueda decir lo mismo de sí.

—Aquí tienes, viejito—dice Néstor, abriendo una de esas latas naranja de comida para felinos que sólo se le pueden comprar a un veterinario.

Son caras, pero Chéster se lo merece porque, en estos momentos, es el único amor en la vida de Néstor.

Mientras Chéster come de su platito azul decorado con peces, Néstor abre el refrigerador para ver qué tiene para desayunar. Odia los días libres. Le dejan demasiado tiempo para pensar en cosas pasadas de las que no quiere acordarse. Saca un envase de cartón con jugo de naranja y una bolsa de panecillos antes de cerrar la puerta del refrigerador. Entonces, se queda mirando las fotografías pegadas allí. La mujer regordeta con trenzas tiene una sonrisa que amenaza con invadir todo su rostro. Carga una niñita de dos años que es idéntica a ella. La niña sostiene un palito de madera con una banderita dominicana, recuerdo del día de la Marcha Dominicana. Juntas, madre e hija se sientan en lo alto de la enorme canal en el jardín de juegos del Parque Central, en Nueva York, mientras el sol de verano motea el suelo con millares de sombras. Néstor había tomado la foto un mes antes de que su esposa e hija murieran durante un incendio en su edificio de apartamentos de Washington Heights, mientras él estaba en sus clases nocturnas, estudiando para convertirse en un abogado de derechos civiles. Lisa, su esposa, tenía una galería de arte en la calle 125, dedicada a obras de la diáspora afro-dominicana. La hija de ambos, Fabiola, acababa de comenzar su preescolar y había hecho su primera amiga.

Durante los meses que siguieron al incendio, Néstor se hundió en la peor depresión de su vida, recurriendo al alcohol con un espíritu vengativo que sólo se disipó después que sus padres y hermanos, y la familia de Lisa, tomaron cartas en el asunto, reunidos en su hogar paterno del Bronx, e insistieron en que buscara ayuda. La buscó, y aunque su corazón continuó sumido en el dolor, y apagado en algún sitio de su pecho, tomó la decisión de convertirse en bombero, en lugar de abogado, para que al menos un día pudiera salvar de su destino a otro hombre como él.

Se había entrenado en Nueva York, pero ahora esa ciudad estaba llena de fantasmas. Los museos y las salas de cine independientes eran insoportables porque había sido la propia Lisa quien le había mostrado estos sitios por primera vez. El sonido de las risas o incluso el llanto de los niños que se escuchaban en cualquier punto de la ciudad, le provocaban pensamientos suicidas. ¿Dónde estaba su pequeña Fabiola? ¿Qué había sido de esa personita, una criatura tan activa, tan llena de vida, más vigorosa que nadie que él hubiera conocido? Aunque el cálido aroma de los cabellos de su hijita ya se habían desvanecido de la almohada sobre la cual Fabiola solía dormir a veces en casa de su madre, Néstor continuaba durmiendo con ella, apretada a su pecho, con el olfato ansioso por captar algún pequeño rastro suyo. ¿Dónde demonios estaba? ¿Cómo era posible que la persona más importante en su vida *desapareciera*? ¿Tendría miedo en la otra vida? ¿Necesitaba a su padre? ¿Era egoísta de su parte seguir viviendo cuando ella lo necesitaba al otro lado? A veces, durante semanas enteras, Néstor dejó de mirar la calle antes de cruzar, rogando a Dios que se lo llevara junto a su familia para poder acariciar nuevamente los cabellos de Fabiola y sentir el aliento de Lisa sobre su piel.

Finalmente, la propia madre de Néstor había sugerido que se fuera de la ciudad por algún tiempo y tratara de rehacer su vida en otro sitio. Él tenía una tía y varios primos en Miami, y allí fue adónde decidió ir. No podía ser peor que Nueva York.

Pero ahora que tiene su primer trabajo como bombero, ahora que se ha establecido en un limpio y recóndito estudio, y ahora que ha encontrado el alma perdida de Chéster para consolarle, Néstor descubre que el inmenso dolor acumulado en su cuerpo se está transformando en rabia. Sus manos tiemblan mientras se sienta ante la mesita y se sirve un poco de jugo. Se siente trastornado ante la enorme injusticia del mundo, por los desastres naturales que acaban con cientos de miles de personas inocentes, pero también por todos esos necios que le hacen la vida desgraciada a aquellos que se quedan atrás.

Chéster, el gato más glotón del mundo, ya ha terminado, y encuentra un cómodo sitio soleado para bañarse sobre la alfombra de la sala, lamiéndose con los ojos semicerrados en un gesto de total felicidad. Néstor le envidia al gato ese sentido de paz y gozo. Él ha olvidado cómo reír, cómo relajarse. Muerde un panecillo de pasas y se promete que volverá a disfrutar de los pequeños placeres: comer, tomar el sol, una ducha tibia. Pero no será fácil. Su vida aquí se perfila casi tan dolorosa como su vida en Nueva York. Los fantasmas no reconocen las fronteras. Los fantasmas viven en tus propias células.

—¿Qué haremos hoy, Chéster?—pregunta.

El gato sólo le responde aplanando levemente sus orejas. Lamerse exige mucha concentración. Está bien, piensa Néstor. Ya sabe lo que hará hoy. Hará lo que hace casi siempre que no trabaja. Montará en su bicicleta híbrida hasta que ya no pueda darle más a los pedales, y luego dará la vuelta y obligará a su fatigado cuerpo a pedalear de regreso a casa. Ha programado su iPod con canciones alegres, casi todas merengues, con la esperanza de que la combinación de músicoterapia con las endorfinas lo haga salir de su infierno privado. Usualmente eso le funciona durante algunas horas, pero luego regresa la culpa: la conciencia de su pérdida.

La madre de Néstor, una enfermera que ejerce en un hospital mental, cree que el único remedio para él sería volver a encontrar el amor, una mujer que pueda rescatar lo que ha quedado de él. Néstor no se enamora con facilidad, pero su espíritu comienza a anidar algo incipiente y suave por Irene Gallagher, esa hermosa colega de mirada ardiente.

Sus nuevos compañeros son unos tipos extremistas. La toman contra los débiles, los solitarios, los trágicos. Las mujeres. Néstor siempre pensó que los bomberos eran unos caballeros. O por lo menos, tipos galantes. Pero ahora sabe que no es así. Y en el pasado, Néstor hubiera asumido que alguien como Irene, con sus cabellos rubios y ojos azules, jamás hubiera podido tener una vida más dura que la de su propia madre de piel oscura por el simple hecho de tener la piel blanca. Pero, desde el incendio, Néstor ya no diferencia entre razas. El fuego que se llevó a su esposa e hija no había discriminado: se había llevado a blancos, a negros, a puertorriqueños, a italianos, a cualquiera que hubiese estado durmiendo esa noche en su cama. Y Néstor ha visto el dolor de quienes sobrevivieron a aquellos cuyas vidas se perdieron, y ese dolor es el mismo. Ahora, ni la vida ni aquellos que deambulan a través de ella en busca de un significado, tienen color para Néstor.

Al menos, su sufrimiento lo ha hecho particularmente sensible al dolor del prójimo, y en el caso de Irene Gallagher siente una soledad y una desdicha casi tan profundas como las suyas. No conoce su historia, no del todo, pero ya se enterará. No quiere presionarla. Prefiere esperar.

Incapaz de creer en el azar del destino, después que las dos vidas más queridas del mundo le fueran arrebatadas, Néstor está convencido de que existe una fuerza suprema que rige el universo. Ahora piensa que ha sido enviado a este lugar y a este tiempo para salvar, no a la víctima de un incendio, sino a una víctima del *departamento* de incendios. Ahora su meta es convertirse en amigo de Irene y convencerla de que se enfrente a esos idiotas que lo dirigen. Conoce lo suficiente sobre leyes, por haber dejado su carrera a sólo un semestre de graduarse, para saber que ella podría tener en sus manos una posible demanda por discriminación. También sabe que es una mujer excepcionalmente atractiva, y él siempre se ha sentido atraído por las mujeres fuertes y alegres.

Durante los últimos seis años estuvo convencido de que jamás volvería a amar, y ahora Néstor Pérez ha comenzado a dudar de esa convicción, gracias a un gato llamado Chéster.

Martes, 14 de mayo

He llegado a casa de buen humor, con la idea de beberme un batido proteínico, estirar mis piernas y espalda doloridas, e irme a dormir temprano. Justo cuando salía de la estación de bomberos tropecé con Néstor Pérez en el parqueo, mientras terminaba mi turno y él entraba. Cuando lo vi, él se inclinaba para sacar su maletín de trabajo del asiento trasero de su carro. Santo Dios. *Ésa* sí que fue una visión maravillosa, la más hermosa que he visto en años.

Me ha traído un regalo de verdad, si es que pueden creerlo: una cajita de chocolates Godiva, y una tarjeta que decía "No permitas que nadie te amedrente", refiriéndose a la posición de teniente. Incluía su número telefónico y añadía que si alguna vez me sentía en peligro o insegura en el trabajo, y él no estaba de turno, lo único que tenía que hacer era llamarlo y él estaría allí en cuestión de minutos. "Considérame tu hermano mayor", había escrito. Su caligrafía era clara y cuidadosa. Cuando la vi, me di cuenta de que Néstor era un tipo sereno y organizado. *Tenía* que ser *gay*. ¿Considérame tu hermano? Eso no me sonaba bien. En fin . . .

Entro en casa y me encuentro a mi madre tumbada en el sofá, dormida con una bolsa de Doritos sobre el pecho. Penoso. Escucho una música escandalosa que sale del cuarto de Sophia. Reconozco al cantante y se me enfría la sangre. ¿Ricky Biscayne? Oh, no, no, no. No, coño.

Bueno, es normal que los adolescentes escuchen música alta. Es casi un cliché. Pero no es normal que muchachas como Sophia escuchen las letras picantes de un tal Ricky Biscayne en el pequeño estéreo que originalmente compré para mí, pero que mi hija me ha robado. Antes lo usaba para oír mis CD de Norah Jones y Paule Cole, pero ahora es de Sophia. Las madres solteras no tenemos muchas cosas que nos pertenezcan.

Dejo mi bolsa en el corredor y abro la puerta del dormitorio de mi hija.

—¿Hola? ¿Se puede?—chilla Sophia ofendida, con su mano cubriendo el receptor del teléfono.

Está bien. Debí tocar. Pero estoy demasiado furiosa para eso.

—¿Con quién estás hablando?—exijo.

La muchacha está acostada sobre su vientre, con los estuches abiertos de lo que parecen ser dos o tres CD de Ricky Biscayne, desparramados en torno a ella.

Está vestida con sus *shorts* de jugar fútbol, una enorme camiseta y calcetines amarillos deportivos. Necesito comprarle más calcetines. ¿Cómo es posible que se me siga olvidando? Hace meses que los necesita. Estoy tan cansada.

Sophia levanta la mano para indicarme que haga silencio. Sostiene el teléfono con un hombro, mientras garrapatea algo en una de sus libretas escolares. Junto a la libreta hay una revista de chismes sociales con fotos de Ricky Biscayne, su mansión en Miami Beach y su hermosa esposa modelo. Leo los titulares al revés: *Ya son tres con el bebé*. Siento ganas de vomitar.

—Está bien, gracias—dice Sophia en el teléfono—. ¿Entonces tomo el autobús setenta y dónde hago el cambio? ¿Tengo que pagar dos veces? Está bien. Muchas gracias.

Me mira con un aire de traición en el rostro.

—No entres en mi cuarto sin avisar, Mami. Necesito mi privacidad.

Voy hacia el estéreo y lo apago.

—¿Con quién estabas hablando?

Siento que la sangre se me paraliza al tiempo que mi corazón se acelera. Como si mi organismo se preparara para una pelea. Espero que no haya estado hablando con Ricky. Es imposible que Sophia pueda haberse puesto en contacto con él, ¿no?

—Con nadie.

Habla como una malcriada. Me odio a mí misma por pensar siquiera en la palabra "malcriada", que mi propia madre usaba para acusarme cuando yo me estaba defendiendo.

Mejor rectifico: Sophia habla como una chiquilla. Tenía la esperanza de que mi hija nunca se convirtiera en ese tipo de criaturas que hablara así, como una "respondona", según decía mi propia madre. Yo misma fui una respondona de primera. Y aunque sé que esta cualidad podría servirle a Sophia más tarde en la vida, no quiero tropiezos con ella. Es demasiado doloroso perder a mi niña de ese modo, verla convertirse en una adolescente hosca y, sí, malcriada.

—¡Estaba oyendo eso!—dice Sophia, apuntando al estéreo—. ¡Ponlo otra vez!—Se sienta, haciendo una mueca—. ¡Ahora mismo!

¿Qué se le puede responder a una hija así? Prohibirle salir no funciona porque Sophia ignora los castigos. Nunca estoy presente para obligarla a cumplirlos. ¿Y Alice? Inútil. Me aprieto las sienes con los dedos.

—Ahora no, Sophia. Me duele la cabeza.

—Tú *siempre* tienes dolor de cabeza—dice en tono acusador.

Me siento en el suelo, cerca de la cama de mi hija, y contemplo el techo.

Tiene una mancha producida por una gotera. Pensaba arreglarla, pero lo olvidé. Sophia ha pegado allí varias estrellas que brillan en la oscuridad para cubrirla. No tenía idea. Odio ignorar cosas sobre ella, cosas obvias como ésta.

—Ya sé. Ya sé que siempre tengo dolor de cabeza. Ya sé que no me soportas. Ya sé que necesitas tu espacio. Ahora dime con quién estabas hablando.

Sophia se levanta y vuelve a poner la música, con el volumen más bajo.

—Me gusta más la tercera canción—dice.

Aprieta las teclas hasta que encuentra la canción. Me sorprende poniéndose a cantar en español, leyendo la letra de la cubierta del CD. No entiendo mucho el español, pero sí lo suficiente para saber que esa canción es una mentira, algo sobre el amor y la devoción, el amor hasta el final de los tiempos.

—Apaga eso—digo—. Ahora mismo.

Sophia me observa. Tiene aspecto de adulto, como de alguien que pudiera vencerme. Da miedo.

—Oblígame a hacerlo.

Vuelvo la cabeza para mirarla. Es alta y desafiante, y tiene la mirada de su padre. Uno no los cría para que sean como su padre, pero de todos modos sucede. Ordeno con cuidado los CD en el centro de la cama, y me siento en ella.

—¿Dónde los conseguiste?

—El hada de la *verdad* me los dejó debajo de la almohada.

—Muy gracioso. ¿Cómo los pagaste?

Sophia se encoge de hombres y hace un gesto sarcástico.

—No sabía que los hijos de Ricky tenían que pagar para oír su música. ¿Y tú?

Mi migraña crece.

—Sophia.

Sophia me imita.

—*Madre.*

—¿Con quién estabas hablando?

—No era con Ricky Biscayne, si eso es lo que te preocupaba. Pero lo haré. Ya verás.

¿Qué puedo hacer? ¿Conseguir otro trabajo que pague tan bien como el que tengo ahora? No. Pero no puedo seguir trabajando con este horario, dejando a esta niña a su albedrío. Me necesita ahora más que nunca. Puede que parezca una adulta, pero no lo es. Si no hago algo—y pronto—, Sophia estará condenada a terminar igual que el resto de las niñas sin padre, embarazada y drogadicta: una rebelde. Algo tiene que ocurrir. Y rápido.

—¿Dónde conseguiste estos CD, Sophie?

—Si quieres saberlo, me los robé de Wal-Mart.

—Bueno, ponte los zapatos.

Me pongo de pie y me estiro hasta que mi espalda cruje.

Sophia parece ofendida.

—¿Por qué?

—Vamos a regresar para pagar por ellos.

Sophia me mira con ira, mientras los ojos se le llenan de lágrimas.

—Te odio. Tú lo sabías. Siempre lo supiste y nunca me lo dijiste. ¿Por qué?

Siento que una congoja infinita se endurece en mi vientre como un trozo de granito duro y helado.

—Vamos, ponte los zapatos.

—No, no quiero ponerme los zapatos

Sophia agarra los CD y sale corriendo del cuarto. La joven en la que está a punto de convertirse desaparece un momento y da paso otra vez a la niña que ha sido siempre.

—¡Te odio!—chilla.

La sigo hasta la cocina, y la arrincono junto a la pequeña mesa de madera.

—No puedes llevarte las cosas de las tiendas, Sophia—digo—. Sabes bien que no debes robar, corazón.

Sophia se seca los ojos con el dorso de un brazo largo y desgarbado, y me mira dura y fríamente como un felino.

—Y tú también—dice—. No eres más que una hipócrita.

Sacudo la cabeza para hacerle entender que no entiendo de qué habla. Pero sí lo sé. Tiene razón. Lo sé. Lo sé, y duele más que el carajo.

—Tú me robaste a mi papá—chilla la niña, golpeándose el pecho con una mano—. Y creo que es hora de que me lo devuelvas.

—¿Por qué piensas que ése es tu padre, Sophia?

Es mi último refugio, pero tengo que hacer algo.

—No es que lo piense, lo sé—dice Sophia. Se golpea el pecho con un puño—. Aquí. Lo sé aquí adentro, Mamá. Lo sé.

Intercambiamos una prolongada mirada y entonces siento que las lágrimas comienzan a brotar de mis ojos. Me dejo caer ante la mesa y me siento agradablemente sorprendida cuando Sophia hace lo mismo. Alice, por su parte, ha continuando durmiendo en medio de todo. Me pregunto si mi madre estará volviendo a usar drogas. Es probable.

Comienzo a llorar suavemente, aunque quisiera detenerme.

—No quería que te lastimara como me lastimó a mí—confieso al fin.

—Sólo porque tú odiaras a tu propio padre, no significa que yo tenga que odiar al mío—estalla Sophia, sin la menor conciencia de cuán profundas han sido las heridas ocasionadas por mi padre.

Sólo Alice lo sabe, y posiblemente no recuerde todas las veces que mi padre me golpeó hasta dejarme casi inconsciente en un arranque de furia alcohólica.

—No es eso, Sophia—digo. Aunque posiblemente sí lo sea. Tengo una hija muy inteligente—. Ricky me abandonó cuando yo estaba embarazada, porque su madre le dijo que yo era una escoria, ¿oíste? Ésa es la verdad.

—Eso es estúpido—dice Sophia.

—Lo sé.

—No, es estúpido que tú digas eso. Los mexicanos no pueden ser racistas hacia los blancos.

Me echo a reír. Sí, claro.

—La gente es complicada, Sophia. Su madre proviene de una familia adinerada en México.

—Eso es estúpido.

—Nadie de su familia me llamó después que te tuve. Es como si nos consideraran parias. Como en la India. Así nos trataron.

Los ojos de Sophia se endurecen.

—Tal vez Ricky te hizo daño porque te odia tanto como yo.

Ay, santo Dios. Siento como si alguien me hubiera golpeado con la hebilla de un cinturón, como solía hacer mi padre, y suelto un respingo. ¿Cómo es posible que mi hija me odie tanto? Sophia sonríe al rostro que aparece en la cubierta del CD.

—Pero él nunca me lastimará. Estoy segura de eso.

Viernes, 24 de mayo

Mientras los destellos de las cámaras estallan, Jill Sánchez sonríe y se esfuerza al máximo para aparentar que se ríe, mientras trata de esconderse en el asiento trasero de su resplandeciente y blanco Lincoln Town Car que se abre paso en medio de los molestos *paparazzi* y reporteros. Intenta parecer sorprendida de que todos tengan la osadía de invadir su privacidad, aunque en realidad está reprendiendo duramente a su novio, Jack, quien se encuentra sentado a su lado haciéndole muecas a los fotógrafos.

—Deja de hacer muecas y sonríe—le dice ella entre dientes, sin dejar de sonreír.

No es culpa suya, sino de él, que deban reparar los daños causados por las historias que corren acerca de Jack y sus visitas a los clubes de bailarinas exóticas. Y esa tarde, la "reparación" incluye un vestidito de vuelos escandalosamente atrevido de Dsquared, muy apretado y en forma de corsé arriba, y lo bastante amplio en la mitad inferior como para generar rumores de que pudiera estar embarazada, aunque, por supuesto, no lo está. No existe mejor estrategia para que las revistas sigan publicando fotos y artículos sobre ti que aparentar estar embarazada, timando a las cámaras. A su vestimenta no le falta gracia. Es muy corta, y sus piernas maquilladas resplandecen a la perfección. Sus muslos dorados se asoman hábilmente sobre los suaves botines de gamuza a media pierna, de color crema y altos tacones afilados. Jill Sánchez quiere que su apariencia haga pensar en "una mamita muy sexy", y lo logra.

—El Rumi era una porquería, y este Tantra de mierda también lo será—dice Jack sobre la salida de hoy.

Se encuentra vestido con otro de esos atuendos escogidos por ella, con la intención, según dice, de conseguir una mezcla entre Ward Cleaver y Kurt Cobain. Justo el tipo de papi que una quisiera, piensa ella: uno que va a la oficina por las mañanas y te chinga como un salvaje por las noches. Viste una camisa de botones abierta y *jeans* oscuros que le gustan bastante, con unas jodidas sandalias que odia. Felizmente recuerda que deberá viajar a Los Ángeles, su ciudad favorita, para un asunto de negocios, y que pronto se verá libre de esta pesadilla y de regreso a sus propios predios.

Jill ha escogido Tantra para este "encuentro amoroso" debido a sus connotaciones sexuales, porque quiere aparentar una relación de amor y felicidad que pueda reparar los daños en su imagen. El restaurante y club nocturno de South Beach es famoso por su desvergonzado menú erótico, lleno de citas picantes al estilo de "una mujer nunca debería ser vista comiendo y bebiendo a menos que fuera con langosta y caviar", y por sus platos que garantizan mejorar, aumentar y, en último caso, disparar la libido.

Sólo los amantes felices y fogosos van a Tantra, según piensa Jill Sánchez. Van a Tantra para compartir el plato combinado del restaurante: ostras del Pacífico, camarones, ensalada de calamares, anguila asada en salsa de soja dulce, maripositas de langosta, muelas de cangrejo, sushi de atún y sorbete de wasabi. No es un sitio apropiado para el tímido o el mojigato, sino para los amantes modernos que no se avergüenzan de su pasión, incluso si se dirigen hacia el viejo y aburrido altar.

En realidad, ella y Jack llevan uno o dos días peleando—un territorio que Jill Sánchez prefiere frecuentar lo menos posible— con la suficiente violencia como para que él lleve la marca de un arañazo en su brazo. Por supuesto, él no le ha respondido de igual forma ni le ha pegado. No es esa clase de hombres. Se limitó a quedarse allí de pie, riéndose de ella, con uno de sus estúpidos libros en la mano. A ella no le gusta pensar en cuán violentas se vuelven a veces sus relaciones porque eso sería como admitir una especie de derrota. Y Jill Sánchez aún no ha terminado de luchar contra este demonio en particular; y por tanto, no se molestará en pensar sobre él hasta que no muera.

Jill no vuelve a mirar a Jack, pero supone que éste sigue haciéndole muecas burlonas a los *paparazzi* que aguardan fuera del Tantra, aunque ella ya se lo ha explicado un millón de veces: el sarcasmo deja una impresión de fealdad—y de furia— en las fotos. Ella no quiere que la prensa amarilla especule sobre una posible mala relación entre ambos. Quiere que destaque cuán felizmente enamorados están. Necesita contrarrestar esas historias horribles acerca de Jack acostándose con travestis en Tokio, y eso no pasará si Jack sigue burlándose de los reporteros, ¿verdad? Él debería acariciarle el cuello o besarla como si la prensa no estuviera allí. Debería hacer algo para mostrar cuán loca y desesperadamente enamorado se halla, mientras ella sonríe y sonríe hasta que los músculos del rostro le duelen, para probar ante el mundo que, en efecto, ella es la mujer más feliz, afortunada, hermosa y rica del mundo, una mujer a quien uno desearía imitar en el vestuario y en el perfume que usa, o con quien desearía acostarse.

A Jill Sánchez le molesta que Jack Ingroff no se tome la actuación con tanta seriedad como ella.

Jill Sánchez se siente orgullosa de actuar a toda hora, incluso aunque sólo actúe como a ella le gustaría que la gente piensa que es.

—Sonríe—repite ella—. No hagas monerías.

Jill Sánchez no es fea, y no cree que sus parejas deban serlo tampoco. Sólo hubo una excepción a esa regla, y fue D-Kitty, un rapero embaucador, con el dinero suficiente como para veranear en Cape Cod todo el año, generando su propia electricidad. Hay fotos suyas tomadas la semana pasada, en las que aparece jugando al tenis en su casa de Cape Cod, en medio del frío, calentado por unas luces gigantescas y calentadores personales. Jill sigue admirando su estilo y su garbo, aunque ella no está segura de lo que significa exactamente esa palabra. Salió con él lo suficiente como para ver que algunos tipos de su personal disparaban contra otro rapero. De inmediato ella se alejó de él, y en algunas entrevistas contestaba en medio de una risa nerviosa y sin sollozar; otras veces haciendo ambas cosas, sólo para apoyar su actitud de inocencia y desamparo en todo ese asunto. El público parece haber olvidado que el arma fue hallada oculta debajo de su propio asiento en la limo Escalade, o que ella había usado un pañuelo amarrado a la cabeza, como una pandillera más, durante esa etapa de su vida. A ella le gusta correr riesgos, pero un tipo peligroso y un personal violento no son riesgos que valgan la pena más de una vez, si uno intenta conquistar el mundo como piensa hacer Jill Sánchez.

¡Paf! Más estallidos de cámaras iluminan el ambiente de South Beach mientras Jack y Jill salen del Towncar hacia la acera llena de personas. Jill usa gafas oscuras para hacer el paripé de que no quiere que la reconozcan, pero puesto que se trata de un diseño "propio" para su línea de vestuario—con su propia marca, JSan, estampada en dorado a ambos lados de las monturas— es difícil confundirla con otra persona. Sostiene su cartera nueva, un bolso Celine de color amarillo crema, con el que espera ofrecer una mezcla apropiada entre "valija para pañales" y "bolsa sexy" con el fin de crear la imagen que ella desea. Una cosa es cierta: tan pronto como salgan las fotos, todos querrán una bolsa como esta. Dichosa Celine.

—Esto es una mierda—dice Jack, mientras los guardaespaldas de Jill y el bueno de Yaver, el chofer, apartan del camino a turistas y aspirantes a estrella.

—¡Jill Sánchez!—grita la gente.

A ella le encanta el impacto que produce sobre la gente. Todo el mundo necesita héroes. Mejor que sea ella y no otras personas que ahora le pasan por la mente.

Todos señalan con el dedo y la miran. Le tienden sus bolígrafos, gorras de béisbol o camisetas, con la esperanza de conseguir un autógrafo. Algunos piden la firma de Jack, incluyendo a un hombre muy *geek* que sólo quiere la de Jack, pero la mayoría quiere la de ella, lo cual prueba que tuvo razón en la discusión acerca de cuál de los dos era la celebridad más talentosa. Jack no canta, no baila, no posee el fuego creador que se encuentra en el vientre de Jill, y ella se siente feliz de ver que nada de esto ha escapado al público.

Jill firma algunos autógrafos y luego hace la señal secreta a sus guardias— asiente dos veces con la cabeza— para que le abran paso hasta la puerta.

—¿Qué haces aquí?—grita alguien.

Jill se vuelve antes de entrar al restaurante para ver de quién se trata. Es un reportero de la revista *People* al que reconoce, así es que decide responder.

Soltando una risita, saluda con la mano como si acabara de ver a un viejo amigo, protegiéndose los ojos con la mano a modo de pantalla como si aún no pudiera distinguir quien había hecho la pregunta, y dice: "A veces una se antoja de comerse un buen sushi, pero nada de pescado crudo durante un tiempo". Se lleva la mano al vientre, como si estuviera embarazada y hambrienta, y suelta otra risita. Después de eso se escabulle hacia el interior, como si estuviera sorprendida por toda la conmoción y los fotógrafos.

Mientras los acomodan en su mesa, Jill llama aparte al servil y emocionado dueño para pedirle que coloque cuatro meseros alrededor de su mesa para que sostengan grandes servilletas blancas mientras dure su cena, con el fin de obstruir la visión de ella y Jack al resto de la gente en el restaurante. El dueño obedece. Jill se sorprende cuando uno de los meseros la saluda y le pregunta cómo le va; comenta que no le gustó tanto su última película como las primeras, sugiriéndole que vuelva a hacer "filmes con sustancia".

¿Cómo? Sus comentarios están fuera de lugar. Ella no le responde. En vez de eso, pide al dueño que reemplace de inmediato a ese mesero por invadir su privacidad. Una vez que llega su reemplazo, Jill Sánchez y sus guardaespaldas colocan a los hombres con sus servilletas, dándole a uno o dos fotógrafos escogidos que se encuentran en la vereda un buen ángulo, con una "secreta" vista de ella, mientras deja a los otros en ascuas.

—Perfecto—dice ella.

—Oh, por favor—murmura Jack—. Estás hasta el tope de mierda.

—Una verdadera estrella tiene que trabajar estas cosas—dice ella, pinchándolo nuevamente donde más le duele—. O de otro modo, desaparece,

—Una verdadera estrella es alguien como Don Chadle o Gael García Bernal—dice Jack, refiriéndose nuevamente a alguien o a algo irrelevante—, que realmente deja huellas en la vida de las gentes.

Jack es tan aburrido. Jill siente un súbito impulso de alejarse lo más posible de Jack Ingroff. Es un tipo raro que entorpece su estilo. Pensando en eso, bebe un estudiado sorbo de delicioso champán, sonríe para las cámaras de la calle, y lo besa apasionadamente en los labios. Mientras más felices parezcan ahora, más artículos generarán luego de su ruptura.

Extraña terriblemente a Ricky, y apenas puede esperar por su regreso a Nueva York.

Jill Sánchez necesita junto a ella a un hombre de verdad, un hombre sin miedo.

Un hombre como Ricky Biscayne.

Lunes, 3 de junio

Es lunes, y las escuelas estarán cerradas durante el resto del verano. Sophia ha terminado oficialmente el octavo grado. Cuando regrese en el otoño, habrá pasado ya a la enseñanza media superior. Y no piensa asistir a la secundaria de Homestead. Ella se merece algo mejor. Está harta de todas las escuelas del vecindario, y si su madre no piensa hacer nada al respecto, ella misma tendrá que resolver el problema.

Por esa razón, Sophia camina ahora desde su casa hacia la parada de autobuses con su mejor amigo, un atractivo y avispado chico de quince años llamado David. Con sus casi seis pies de altura, sus tatuajes, su lenguaje afeminado y su corte de pelo a lo militar, David vive en un modesto apartamento con su madre, quien concursa en esos torneos de camiones gigantescos, y le gusta decir en broma que él es "el típico *gay* sureño". Es extraordinariamente guapo, simpático, cariñoso y un bromista increíble. Sophia se siente más a gusto con él que con cualquiera de sus amigas. Ambos también se apasionan por la misma clase de tipos, con la ventaja de que jamás existirá ninguna rivalidad entre ellos. Si un tipo se siente atraído por Sophia, posiblemente no sentirá nada por David, y viceversa. En estos momentos, ambos adolescentes están enamorados de Mario, que es delgado y bien parecido, y a quien tanto Sophia como David quieren proteger. Para ser sinceros, Sophia también está enamorada de David, pero no se lo puede decir. De todos modos, no tendría sentido.

—Va-a-mos *camino de ver al maa-go*—canta sarcásticamente David, mientras camina junto a Sophia—. ¿Qué piensas que hará tu madre cuando se entere?

—No me importa—dice Sophia.

Su madre, imbuida en su labor de Miss Bombero, no sabe que ella se dirija a algún sitio, y si todo transcurre según lo planeado, no se enterará. Si todo transcurre según lo planeado, Sophia conocerá a su padre y podrá regresar a tiempo para cenar con su madre y su abuela.

Esperan el autobús bajo la brillante claridad matutina. Sophia intenta parecer valiente y decidida en su camiseta y *jeans* desgastados. Lleva la mochila colgada de ambos hombros, aunque David jura que así parece una idiota y le ruega que, por lo menos, la lleve enganchada a la bartola de *un* hombro. En la mochila, lleva fotos familiares, su propio certificado de nacimiento y todo lo que ha logrado reunir hasta el momento relacionado con el hombre que ella está segura es su padre: recortes de revistas, CD e incluso el DVD de un concierto a lleno completo que una vez hizo en el Madison Square Garden. Sophia no puede correr el riesgo de que se lo roben todo, llevando el equipaje de una manera tan indiferente. Ella no se siente para nada indiferente.

En la misma parada de ómnibus hay dos hombres que parecen borrachos y desamparados. Cuando finalmente llega el bus, los borrachos no se suben. Sophia se da cuenta de que sólo estaban usando la parada como un sitio donde sentarse y nada más. Alguna gente la pasa peor que ella, piensa.

—Hola—le dice al chofer.

No hay respuesta. El chofer es un amargado. Si Sophia tuviera que conducir un autobús, también estaría de mal humor.

—Que tenga un buen día—dice David al chofer sarcásticamente, con la esperanza de que éste tome conciencia sobre la aspereza de sus modales, y volviéndose a Sophia, le dice—: La verdad es que no entiendo qué le *pasa* a la gente.

Se sientan al final, y David comienza a cantar *Redneck Woman*, lo cual, por venir de él, le hace parecer como si *él* fuera esa mujer. Se gana algunas miradas conminatorias de la gente que viaja en el bus y Sophia trata de hacerlo callar.

—¿Quieres que te den una paliza?—lo regaña—. ¡Tranquilízate!

Sophia nunca ha tomado un ómnibus. Su madre nunca la ha dejado. Trata de aparentar que sabe lo que hace. El viaje es largo, principalmente por todas las esperas en cada parada; pero aparte de eso, transcurre igual a como le explicara por teléfono la señora del transporte público.

Cuando finalmente llegan a Miami Beach, ya es avanzada la tarde y tienen un hambre atroz. Los hombros de Sophia están cansados, adoloridos y quemados por el sol.

—¿Tienes dinero?—le pregunta a David,

—¿Estás drogada o qué?—replica él—. Lo usé todo en ese jodido bus de pesadilla. Estoy tan arruinado como esos carritos que hay en el patio de mi abuela.

—No pensé que el viaje fuera tan largo. Tengo hambre.

—Yo también. Hagámonos la idea de que somos supermodelos y disfrutemos del hambre—dice David, que aspira aparatosamente llevando los brazos sobre su cabeza—. Asumamos nuestra hambre, ¿te parece? Vamos a experimentarla. Vamos a sentirla a plenitud.

Desde la última parada hasta la mansión de Ricky hay cinco cuadras. Sophia usó Internet para obtener un mapa hasta la casa de Ricky Biscayne, pero lo que el mapa no le ha dicho es que existe un portón y un guardia que impiden entrar al vecindario. Ella y David divisan al guardia dos cuadras antes de llegar, y se ocultan en una parcela de palmas medianas para pensar en una solución. Observan desfilar a varios autos, y luego ven cómo una mujer con dos perros pasa junto al guardia sin siquiera mirarlo. Nadie intenta detenerla.

—Haz eso mismo—le recomienda David.

—¿Qué?

—Camina como si supieras adónde y a qué vas—dice él.

—¿Tú crees?

Trata de aparentar que vives ahí. Si preguntan, diles que eres sobrina de Ricky y que yo soy tu novio. Eso es lo único que tienes que hacer. Yo me ocupo del resto.

—Nadie va a creerse que eres mi novio—dice Sophia.

—¿Por qué?—replica él con aire ofendido—. Yo puedo actuar como macho—se pone de pie y saca el pecho—. Yo Tarzán, tú Juana.

—Pareces un peluquero que se ha enojado.

—Qué hija de puta eres—responde David con una sonrisa torcida—. Vamos, te prometo que no actuaré como una loca.

Sophia levanta la cabeza, se ajusta su mochila, y comienza a caminar mientras silba para sí misma con la mayor despreocupación posible. David marcha a su lado, con su mejor pose de "hombre". Ella no mira hacia la caseta del guardia, sino que sigue por la acera a través de una pequeña entrada que hay en el muro, y trata de no mostrarse asombrada ante el tamaño de las mansiones que aparecen tras el muro. Son palacios.

—¡Eh! ¡Ustedes dos!

La voz femenina suena dura. Sophia se vuelve y sonríe diciendo adiós.

—¡Hola!—dice, leyendo de un vistazo el nombre de mujer que aparece en su credencial. Myrna. Qué nombre tan feo.

—¿Adónde creen que van?

—¿Myrna?—dice David, en plena postura actoral—. ¿No te acuerdas de nosotros?

El rostro de la guardia pasa de ser amenazante a inseguro, y Sophia felicita mentalmente a David. Sophia le toca tímidamente el pecho y sonríe con amabilidad:

—Soy yo, Sophia. ¿Te acuerdas? ¿La sobrina de Ricky que viene para las lecciones?

La mujer entrecierra los ojos.

—No me acuerdo de ti. Nadie recibe lecciones en verano.

—Para clases de canto, sí.

—Yo soy el novio de Sophia. Los dos somos concursantes del programa *American Idol*. Ricky nos está apoyando.

Sophia echa una mirada a la caseta de vigilancia, y nota una enorme botella verde clara de té verde Arizona que ella reconoce.

—La última vez que estuvimos aquí hablamos del té helado. ¿No te acuerdas? Yo tenía una botella de té verde, y me dijiste que a ti también te gustaba.

Trata de no mostrar cuán sedienta se encuentra.

—Por todos esos antioxidantes—dice David.

Sophia lo fulmina con la mirada porque la idea suena demasiado marica.

Aún confundida, Myrna sacude la cabeza con suavidad.

—Podemos llamar a su tío, si quieres—dice David con un gesto que pretende ser amenazante—. Pero déjame decirte que la última que lo hicimos se encabronó, porque ya les había dado instrucciones de que nos dejaran pasar cada vez que viniéramos, y él está trabajando en un nuevo álbum y no quiere que lo molesten a menos que sea algo urgente. Pero si quieres, podemos llamarlo ahora mismo. Puedo hacerlo desde mi celular.—David saca el teléfono del bolsillo de su pantalón y pretende marcar un número—. Odia las interrupciones, ¿verdad, amorcito?—le pregunta a Sophia.

—Muchísimo—responde Sophia asintiendo.

—Si nos metemos en un lío, será por tu culpa, Myrna.

Myrna sonríe y hace un ademán con la cabeza.

—Está bien. Ahora me acuerdo de ustedes.

¡Bravo! Sophia cree que David llegará a ser actor.

—Fenómeno. Gusto en verte otra vez. ¡Que tengas un buen día!

Sophia se vuelve y camina frente a los palacios, rumbo a la casa de su padre. David la agarra por una mano y se la aprieta. Ambos siguen andando, tomados de manos para afianzar el engaño, aunque David va dando saltitos.

No me daría trabajo acostumbrarme a esto, piensa Sophia, imaginándose en medio del hermoso vecindario con carros de lujo y acres de césped . . . incluso tomada de manos con un muchacho del cual estaría enamorada. Sí, piensa, yo podría.

Estoy acostada en el lecho amarillo de mi dormitorio amarillo, después de tener una conversación telefónica con Ricky Biscayne, en la cual le he dicho que me sentiría muy honrada de ser amante secreta, y me pregunto en qué clase de lío acabo de meterme. Estoy bebiendo un café moca helado que mi madre me hizo (muy amable de su parte), y barriendo de mi blusa los residuos de un festín de pastelitos de piña. Me dijo cosas que ningún hombre me había dicho antes, como que "el destino nos unió", y sé que no debería creerlas, pero lo hago. Desde hace años he sabido, en lo más profundo de mi espíritu, que somos almas gemelas. Y me maravilla que él también sienta lo mismo. He renunciado a mi puesto como secretaria de Las Chicas Ricky, señalando un conflicto de intereses. Recibí unos cuantos *e-mails* desagradables por parte de las miembros del grupo, donde me acusaban de arrogante. Me resulta difícil romper con el hábito de conectarme al portal del grupo, como acostumbraba a hacer antes todo el tiempo.

Trato de leer algunas páginas de la nueva selección del club de lectura para esta semana, *The Frog Prince*, de Jane Porter, pero no puedo concentrarme. Llego allí y no sé de qué están hablando. Todas se dan cuenta. Estoy rara, me dicen. Mi nueva elegancia tampoco es vista con buenos ojos. Piensan que mi nuevo trabajo me ha hecho cambiar de bando, o algo así. Ya no es igual que antes. No sé qué me está pasando. En un tiempo muy breve, mi vida ha dado un vuelco surrealista. Mi papá ni siquiera me habla porque cree que lo he traicionado al aceptar los beneficios que conlleva mi trabajo: el carro, las ropas y todo lo demás. Piensa que me estoy vistiendo como una prostituta, lo cual tiene algo de cierto . . . Pero ¿y qué? ¿Es que nadie en mi casa puede apreciarlo? Mi madre parece feliz y preocupada por mí. En mi familia todos se preocupan cuando las cosas marchan bien para el resto, como si eso fuera algo malo, como si no fuera a durar, como si existiera algo oculto detrás. Así es que, por supuesto, estoy segura de que hay algo oculto detrás de todo esto, y creo que se refiere al hecho de que el destino me ha escogido para ser la próxima mujer de Ricky. No sé cómo la gente reaccionará ante eso. Ni siquiera sé lo que haré al respecto. Sólo sé que lo amo. Sé que seré una buena esposa para ese hombre rico y famoso. Estoy segura de que podré acostumbrarme a eso.

Muy bien, ya es hora de levantarme y prepararme para el trabajo. ¿Sigue siendo trabajo si a uno no le parece un trabajo? ¿Sigue siendo trabajo si a uno le parece la cita amorosa más larga del mundo? No sé.

Camino hasta el baño en bata y pantuflas, me desvisto, ducho, afeito, salgo, recojo mi pelo en una toalla, vuelvo a ponerme la bata y regreso al cuarto. Abro la puerta del clóset y busco algo que ponerme. Antes esto no solía ser una decisión tan monumental. Antes me ponía cualquier vestido, y eso era todo. Hasta cierto punto me gustaba más la vida en esos días, sólo porque no requería tanto esfuerzo de mi parte. Todo este asunto de tratar de verme bien para Ricky me está agotando. Es tonto. No sé cómo otras mujeres cuentan con la energía que se requiere, día tras día, para mantenerse siendo una muchacha bonita. Recuerdo que en algún momento pensé que me gustaría, pero no es cierto. La verdad es que lo encuentro más bien fastidioso. La verdad es que sólo quiero ponerme sudaderas y leer revistas todo el día, pero esa posibilidad ya no existe.

Es pasado el mediodía. Ya sé. La mayoría de la gente estaría en su trabajo a esta hora. Pero existe una razón. Estoy organizando una audición para la prensa, que se celebrará esta noche en el estudio de Ricky. Bueno, no es para toda la prensa. Sólo la importante. *The New York Times, Billboard* y *People*. Ah, y un tipo de Associated Press. Todos piensan que tendrán una primicia exclusiva del genial Ricky mientras trabaja en su nuevo álbum en español. También le he dicho a cada uno de los críticos invitados que valoro su opinión más que ninguna otra y que, por tanto, quiero darles la oportunidad para que escuchen y me digan realmente lo que piensan. No existe nada a lo que los periodistas respondan mejor que un halago. Pero supongo que eso puede aplicarse a todo el mundo, incluyéndome a mí. Si no fuera así, ¿por qué estaría aquí de pie, calculando el potencial seductor de diversas piezas de vestir? ¿Por el trabajo?

Escojo un par de pantalones cortos y negros DKNY, una blusa naranja Dolce & Gabbana y un chal de algodón negro y ligero. Estoy comenzando a hablar como Génova, mencionando toda esa retahíla de marcas. Todas, cortesía de Ron DiMeola y su adicción a las drogas. Estas son las ropas que me compré con el dinero de Ricky. Me siento culpable y extraña por eso. Sucia. Me gusta sentirme sucia, pero no me *gusta* que me guste. Justifico este embrollo cada vez mayor, diciéndome que mi nuevo trabajo acarrea la responsabilidad de defender la elegante imagen de Ricky ante los miembros de la prensa.

Me visto y saco mi última adquisición: un par de sandalias de color mandarina que compré en la tienda Jimmy Choo de Merrick Park. La verdad es que no me interesan los zapatos, pero me comporto como si así fuera porque antes veía *Sex and the City*, y hay toda una escena en la que Sarah Jessica Parker piensa que su amiga casada debería regalarle unos zapatos a ella, que se ha quedado soltera, y la veneración que siente por un par de Jimmy Choo. ¿Y qué pienso yo? Que son unos zapatos muy caros por gusto. No hay nada que los diferencie realmente de otros. Estoy segura de que existen personas en el mundo que piensan distinto. Pero cuando me los pongo . . . bueno . . . no siento nada del otro mundo. La verdad es que preferiría usar tenis. ¿Realmente es tan malo eso? ¿Lo es? ¿Saben lo que es pagar seiscientos dólares por un par de zapatos cuando hay tanta gente hambrienta en el mundo? ¿Cuán *estúpido* puede ser eso? Bastante. Pensé que iban a gustarme más los zapatos. Nuestra sociedad le lava el cerebro a las mujeres para que piensen que los zapatos son algo especial.

Y ahora la parte realmente pesada. Regreso al baño a peinarme y maquillarme. Como ya saben, el peinado y el maquillaje son las dos pérdidas de tiempo más colosales, entre todas las colosales pérdidas de tiempo de Mujerlandia. Tengo que revisar las notas de mi estilista para saber qué hacer para que mi pelo luzca bien. Todavía no puedo mantenerlo fijo. ¿Y en cuanto al maquillaje? Es divertido hacerlo de vez en cuando, pero ¿todos los días? Es agotador. También es un poco asqueroso eso de tener que embadurnarte la cara con todo ese tinte. No lo entiendo. Es decir, me doy cuenta de que la gente me presta más atención cuando lo tengo puesto. Los hombres me abren las puertas. Ricky . . . mmm . . . me besa. Cosas así. Pequeños detalles.

Bueno, *grandes* detalles.

Uso el secador hasta que mi pelo está casi seco, luego me lo aliso para que quede suave y brillante, y de esa manera enfatizar mis rayitos. Uso una pequeña esponja blanca para maquillaje y me pongo la base líquida NARS. Aunque no distingo entre zapatos caros y baratos, sí distingo la diferencia entre maquillajes. NARS es lo mejor que me he puesto en la cara. Luego, me pongo *glimmer* para mejillas y labios de Benefit, en un color durazno cremoso. Me dejo los labios en un color bastante neutral y enfatizo mis ojos con sombra NARS en un color carbón y azul lavanda, y me aplico un par de capas de rímel negro Great Lash de Maybelline. Génova y todas las mujeres que conozco juran que es el mejor rímel del mundo, aunque se pueda comprar en una farmacia. Cuando termino todo eso, finalizo con una capa ligera de polvo Clinique. He quedado perfecta.

Mamá y Papá están en el trabajo. No sé de qué tratará el programa de mi madre hoy. No recuerdo. O prefiero no recordarlo. Ella me lo dijo. Y si me concentro lo recordaré. Mmm . . . ah. Puaff. Ya sé. Los peligros de la esmegma.

Busco a mis abuelos para despedirme. Ellos todavía me dirigen la palabra.

Me la dirigen para pedirme que le diga a Génova que deje al *negrito* antes de que éso destruya nuestra reputación familiar. ¿Cuál reputación familiar? Por favor. De todos modos, los encuentro en el portal trasero, jugando a las cartas y hablando de la gran fiesta que están ayudando a organizar para todos los exiliados cubanos de Trinidad. Han hecho esta ridiculez de fiesta durante años. La imagen de ambos es tan conmovedora y, a la vez, tan triste, que corro a darles grandes abrazos.

—Estaré trabajando hasta muy tarde—les digo—. No me esperen despiertos.

—¿Por qué tendríamos que esperarte?—me pregunta mi abuela—. Para eso está tu madre.

Bueno, gracias. Está bien.

Salgo de la casa y me subo al Mercedes. ¿Dije Mercedes? Esto no está bien. Me siento incómoda con este carro, como si me estuvieran comprando para que mantuviera la boca cerrada . . . Oh, espera. Es cierto. Eso es. Bien. De todos modos, no es que sea realmente mío, porque Ron lo alquiló en nombre de la empresa para mi uso. Así y todo, es un Mercedes blanco, ¿para mí? Quiero decir, ¿para usarlo? Es demasiado extraño.

Me subo al carro y aprieto la tecla *play* del estéreo. Una muestra del CD de Ricky en español, el mismo que los críticos vendrán a oír esta noche, entra en acción. Nota para mí misma: los aparatos de CD son mucho más chévere que las caseteras. Segunda nota para mí: el Mercedes es mucho más chévere que el Neon.

Dejo la entrada de autos. La canción me produce ganas de cantar a gritos. Me encanta. Me encanta que Ricky escriba y cante letras como ésta. Tiene un talento increíble. Me siento más enamorada de su música que de su cuerpo. Ahora que estoy tan cerca de él, no parece tan excepcional. Pero ¿esto? Es el mejor álbum que ha grabado, repleto de esas tontas baladas que adoro, pero también de esos ritmos pegajosos de baile que el resto del mundo ha llegado a asociar con los himnos que se cantan en las copas mundiales de fútbol.

Bajo el volumen y, mientras atravieso Coral Gables, llamo a la oficina desde mi celular. ¿Ves como suena eso? Llamo a la oficina desde mi celular. Es *chic*. Nada pedante. Fenomenal.

Me comunico con la asistente de Ricky, una chica llamada Penélope, y le pido que me conecte con los proveedores de la comida para la fiesta de esta noche. Que me conecte. Suena *chic*, ¿verdad? De cualquier modo, quiero asegurarme de que todos estemos en la misma frecuencia, listos, etc. Casi me creo calificada para todo esto. Me observo a mí misma y pienso que estoy haciendo un tremendo trabajo en engañar a todo el mundo. Esto no puede ser mejor.

Doblo por Dixie Highway, y confirmo que los cantineros estarán llegando con aperitivos y champán una hora antes de que comiencen a aparecer los invitados. Mientras pongo rumbo al norte por la carretera, que más bien parece un bulevar en esta parte de la ciudad, llamo a la asistente de Ricky y le pido que se asegure con los seis críticos de que todos vendrán. Después cuelgo, pongo la música y sigo manejando.

Cuando Dixie Highway se une con la 95 North, acelero el Mercedes sólo para sentir su enorme potencia. El Neon siempre se quedaba un poco rezagado en este tramo particular, mientras los otros carros le pasaban por el lado. Aunque dudo seriamente que Ricky Biscayne quiera ser mi amante, sé que me ha dicho que lo desea y eso es suficiente para que me apresure en llegar a él. Nadie volverá a dejarme atrás.

Con la caída de la tarde, parqueo el Mercedes en casa de Ricky y llego a tiempo para ver que Matthew Baker regresa en su pequeña bicicleta roja, con su gorra de béisbol y su camiseta del concierto de Green Day. Tiene un aire muy natural y masculino. Un aire muy poco miamense.

Lo saludo con un gesto. Parece sonreír con suficiencia antes de devolverme el saludo, y aparta la vista de inmediato. ¿Qué le ocurre? Es tan frío conmigo. Sospecho que ya sabe lo de Ricky (posiblemente) y que lo desaprueba (lo cual yo también haría). Estoy comenzando a pensar que he cometido un error besando a mi jefe. Mi jefe casado. Mi jefe famoso y casado. Una mala decisión. Y ahora que Jasminka me cae realmente bien y no puedo odiarla, es aún peor.

Salgo del Mercedes y aprieto el botón de la llave para cerrarlo. Matthew se apresura a unos pasos de mí.

—¿Almorzando tarde?—digo, esperando que se detenga.

Lo hace. Mete las manos en sus bolsillos y me mira como si yo acabara de insultarlo.

—En realidad, sí—responde.

—¿Estuvo bien?

Me acerco a él y trato de actuar como una colega cualquiera, con ganas de conversar. Todavía no sé qué pinta Matthew en mi vida, por qué sigo tropezando con él y con su nombre dondequiera que voy, y por qué me odia tanto. Tal vez sea un masoquismo de mi parte, pero cuando le caigo mal a alguien, no puedo evitar la tentación de intentar que cambie de opinión.

Matthew se da unas palmaditas sobre el vientre y vuelve a sonreír con desdén.

—¿Me parezco a alguien que no tenga siempre un buen almuerzo, Milán?

—Bueno . . . bien . . . —digo porque no sé qué otra cosa responder—. ¿Está Ricky? No lo he visto en todo el día.

Matthew abre el portón del patio y lo aguanta mientras paso. Espero por él, pero pasa junto a mí y no tiene la amabilidad de esperarme. Está apurado. O me odia. No sé cuál de las dos cosas. Murmuro: "También fue un gusto haber hablado contigo", pero no lo bastante alto como para que lo oiga.

Me quedo en el patio y trato de ordenar mis pensamientos. Escucho las olas que lamen el muro protector del patio y oigo que alguien pasa a toda velocidad en una moto acuática. ¿Qué es lo que iba a hacer? Ah, sí. La fiesta para la audición. Pero Ricky no está aquí. Decido ir a la casa y preguntar a Jasminka si Ricky le ha mencionado la fiesta, para comprobar si él se acuerda. Sería una vergüenza celebrar una fiesta sin que su anfitrión apareciera, ¿verdad? Toco el timbre de atrás, y casi enseguida Jasminka aparece, como si me hubiera estado observando. Es curioso.

—Milán, tú no tienes que tocar, puedes entrar cuando quieras—dice la modelo.

Se ve llenita y hermosa. Quiero odiarla a toda costa para que me sea más fácil robarle el marido, pero no puedo. Es demasiado bondadosa. Hasta me abraza y puedo escuchar su respiración ligera y, de cierto modo, maternal. Soy una mala persona. Muy egoísta.

Entramos en la cocina y le pregunto por Ricky. Me dice que ella tampoco lo ha visto en todo el día. Se encoge de hombros.

—Ha estado pasando mucho tiempo afuera—dice, y parece triste.

—¿Mucho trabajo?

—No, casi siempre anda con sus amigos.

—Bueno, si lo ves o sabes de él, ¿podrías decirle que se asegure de estar en la fiesta de audición a las siete? Es muy importante.

—Claro—responde Jasminka, que me tiende una caja de jabones para que la huela—. Acabo de inventarlo. Se llama "Celebridad". Espero que huela a pinos y a menta.

Lo huelo. ¡Vaya! Es una maravilla. Posee una calidad mentolada que produce lágrimas en mis ojos. Me despierta al momento.

—¿Lo hiciste tú?

—Sí, es un pasatiempo.

—Es muy bueno.

—Quédate con ellos—dice Jasminka—. Tengo que prepararme para las manicuristas. Vienen a la casa.—Mira en torno como si no quisiera que alguien más escuchara lo que va a decirme—. No sé si lo sabes, pero Ricky ya no me deja salir de casa. Dice que es peligroso.—Entorna los ojos—. Así es que de ahora en adelante, todos tienen que venir a verme: el estilista, las manicuristas . . .

—¡Vaya!—exclamo.

¿Ha dicho que Ricky no la dejaba salir? ¿Qué significa eso? No pensé que a los adultos se les pudiera prohibir que abandonaran su propia casa.

—Suena . . . agradable, ¿no?

Jasminka estudia mi rostro durante un segundo, lo cual me hace sentir como la persona más repugnante y deshonesta del mundo:

—Para mí, no—responde—. No es nada agradable. No me parece.

Así que es cierto. Están teniendo problemas. Ricky me ha dicho la verdad. Se irá después que nazca el bebé.

Me siento menos culpable.

Me encierro en mi oficina y hago algunas llamadas, principalmente a la prensa televisiva de la costa occidental, donde aún es bastante temprano. Tomo nota sobre una nueva campaña que se me ha ocurrido, dirigida a conseguir cobertura para Ricky en las revistas de viajes. Mientras estoy escribiendo, escucho el ruido que hacen unos pantalones al rozar entre las piernas gordas de un hombre, y luego, con el rabillo del ojo, veo aparecer la correspondiente mole mantecosa. Levanto la vista. Es Ron DiMeola, que entra bamboleándose sin molestarse en tocar, como el resto de la gente en mi vida.

—¡Ron!—parpadeo un par de veces con falsa sonrisa—. ¿Cómo estás?

¿No se estará ahogando dentro de ese traje y esa espantosa corbata? Hay mil grados de calor. Parece muy fuera de lugar. Me observa con mirada firme y sonríe usando la mitad de su cara.

—Te ves bien, Milán—dice—. Mucho mejor que la última vez.

Trato de borrar la imagen de este hombre mientras exhibía a su esposa drogada ante la vista de extraños, pero no lo logro. Pensé que Ricky iba a despedirlo, pero sigue arrastrándose y escurriéndose por todas partes. ¿Qué carajos está haciendo aquí?

—Te estarás preguntando qué hago aquí—dice Ron.

—Pues no, siempre eres bien recibido.

Ron continúa como si yo no hubiera dicho nada.

—Te preguntarás qué estará haciendo éste aquí. Estoy aquí porque quiero felicitarte personalmente por el buen trabajo que estás haciendo con Ricky.

¿Cómo?

—Eh . . . gracias.

—He estado al tanto de tu trabajo. Vi el artículo donde hiciste que Ricky hablara del huerto orgánico, el de sus obras caritativas.—Se echa a reír estrepitosamente—. Coño, es buenísimo.

—Gracias.

—Para serte franco, debo confesar que cuando hablé contigo por primera vez no pensé que te fuera fácil mentir. Pero ¿ahora? Creí que yo era el experto en decir mentiras.—Se ríe con su mentón enterrado en el cuello—. Pero ¿tú? Eres una mentirosa de primera clase.

¿Mentirosa? ¿Ron DiMeola acaba de llamarme mentirosa? ¿Cómo se atreve?

—¿Qué quieres decir?

—¿Ricky? ¿Un fervoroso practicante de la vida saludable?

—Es una persona sana.

—¿Cómo puedes dormir por las noches?—pregunta con una sonrisa torva, antes de ponerse de pie—. Eso es todo lo que quería saber, Milán. Cómo puedes vivir en paz contigo misma.

En realidad, es una buena pregunta.

—No sé lo que quieres decir, Ron. Ricky es una buena persona.

Una sonrisa lenta y resbalosa se extiende por el rostro de Ron, que ríe de nuevo.

Durante el pase de lista, noto con regocijo que Néstor Pérez está presente. En los dos meses desde que comenzó a trabajar, nos hemos hecho amigos como mismo entablan amistad las personas que trabajan juntas: comemos juntos, hablamos de programas de TV, de deportes o de política. La verdad es que coincidimos en política, lo cual es bueno. Me descubre en el banco de los periódicos, yo lo descubro a él. Le hablo de mi familia. Él nunca habla de la suya. Ni sé si tiene. Nunca me habla de su vida personal, excepto para decirme que le gusta montar bicicleta y que tiene un gato. Esto indica que es *gay*. Estoy segura. Todos los tipos en la estación están seguros, y hablan de eso todo el tiempo a espaldas de Néstor. Ninguno lo menciona en su cara, pero evitan pasar mucho tiempo con él, como si ser homosexual fuera una enfermedad contagiosa o algo así. Yo también soy una idiota porque he empezado a ponerme rímel y colorete para ir a trabajar, sólo por él, aunque me doy cuenta de cuán inútil es mi vanidad. Néstor es *homosexual* y mi maquillaje no cambiará eso.

El capitán Sullivan anuncia que tenemos un turno tranquilo, y vuelve a asignarnos la limpieza de las ventanas. Salimos con nuestros cubos y esponjas mientras chachareamos. Durante un rato trabajamos en silencio. Lo sorprendo mientras me mira.

—¿Todo bien?—le pregunto.

Arroja el trapo al cubo que descansa sobre la hierba, a nuestros pies.

—Irene, ¿puedo preguntarte algo?

—Claro—le digo mientras froto con brío una mancha de porquería.

¿De qué modo se las arreglan las aves para ensuciar en diagonal sobre las ventanas? ¿Es tan fuerte el viento en la Florida?

—¿Por qué dejas que L'Roy y los otros te mangoneen así?

Me echo a reír.

—¿Mangonearme? ¿Ellos? Por favor.

—Sé que te comportas como si no te interesara, pero debe molestarte—me dice.

—Hay cosas más importantes que eso.

—Deberías responderles—insiste—. Lo que te están haciendo es ilegal.

Me encojo de hombros.

—Supongo que no me importa gran cosa.

—Pues debería importarte—dice.

En ese momento, L'Roy y sus compinches salen para hacer algún trabajo. Néstor hace bajar su escalera para recoger su trapo.

—Hablaremos de eso más tarde—dice.

—Está bien.

—Hoy salgo temprano—sugiere.

—Yo también.

—¿Cenamos?

¿Una cena? ¿De verdad? Mi corazón se acelera al pensar por un momento que puede estarme invitando a una cita. Es poco probable. Los gays no tienen citas con mujeres, aunque éstas lleven maquillaje al trabajo.

—Claro—digo—. Me gustaría salir a cenar.

Sostengo puerta para que entren dos manicuristas. El calor de mediodía durante verano reverbera a través de la opresiva humedad de Miami Beach y me provoca soñolencio. Estoy cansada. Más de lo que nunca he estado.

—Gracias—dice Shelly, la primera manicurista, mientras ella y su compañera Diana entran con cajas de accesorios.

Sus verdaderos nombres vietnamitas son distintas y me cuesta trabajo entender su acento.

Estoy a punto de cerrar puerta cuando veo a chica que se acerca muy oronda junto a un muchacho. Ella es alta y bonita. Aguzo vista para ver si se trata de alguna modelo que conocí en algún sitio. Pero no. Esa muchacha en *jeans* comunes y en camiseta roja y empapada en sudor no tiene menor aire de modelo. Es segura y fuerte como atleta, y parece ignorar su propia belleza. El muchacho también es atractiva, aunque obviamente *gay*. Agarra el brazo de la chica y él mismo se ríe como si fuera una muchachita.

La joven consulta trozo de papel que lleva en mano, estudia la dirección de calle en la pared que rodea la casa, luego parece respirar con fuerza y se acerca como un bólido por el sendero de ladrillos, con muchacho pisándole las talones. Mantengo la puerta abierto y observo a la muchacha hasta que ésta se encuentra lo suficientemente cerca como para que me escuche.

—Buenas—llamo—. ¿Puedo ayudarla?

La muchacha levanta la vista y, cuando sonríe, siento como si los pulmones se me hubieran vaciado de aire. Es exactamente igual que Ricky. Se me pone la carne de gallina.

—Hola—dice la chica. Su voz es más potente y profunda de lo que uno esperaría en jovencita. Se dirige directamente hacia puerta y se detiene con las manos sobre costados del cuerpo. Su postura me recuerda a Ricky. Mi erizamiento se extiende desde los brazos hasta espalda—. Busco a Ricky Biscayne, por favor.

El muchacho llega a su lado y saluda con una sonrisa torpe.

—En estos momentos no está—digo, y es verdad. Ricky ya nunca está aquí. No sé adónde ha estado yendo—. Debería regresar pronto para fiesta de audición, pero no sé si llegará a tiempo.

—Lo esperaremos—dice el muchacho.

—¿Puedo ayudarlos en algo?—pregunto.

Huelen a sol y a sudor.

—Usted es su esposa, Jasminka, la modelo—dice ella—. De Croacia.

—Serbia.

—Serbia—dice el joven, dándole un manotazo a la chica.

—Es cierto, perdone—dice ella, devolviéndole manotazo.

—¿Y ustedes son?

La chica sonríe con más esfuerzo, como si le dolieran las mejillas, y extiende su mano.

—Perdone mi descortesía. Soy Sophia, la hija de Ricky. Y éste es mi amigo David.

—El típico *gay* sureño—dice David con una reverencia.

Me agarro a la puerta para no caerme del mareo.

—¿Qué dijiste?

—Puede que eso la sorprenda—dice el muchacho—, pero algunos de nosotros somos *gay*.

—No, no me refiero a eso—digo—, sino a la parte de Ricky.

—Él y mi mamá fueron novios en la secundaria—dice la muchacha—. No se sienta mal. Nadie lo sabe. Yo misma acabo de enterarme.

La sangre se congestiona en rostro y comienzo a parpadear, sin saber qué hacer. Esto no puede ser cierto. Él me lo habría dicho. Pero ella se parece a él. Mucho. ¿Qué está pasando?

—No se preocupe—dice la muchacha—. Ricky tampoco sabe nada. Mi mamá nunca se lo dijo.—Entorna los ojos—. A veces la odio. Buena pieza es. La verdad es que comprendo por qué él la abandonó.

—¿Podemos entrar?—pregunta el muchacho—. Hace mucho calor aquí afuera.

Permanezco inmóvil en la puerta, confundida, dolida, con deseos de vomitar.

—No sé—digo—. ¿Cómo puedo estar segura de que ustedes son quienes aseguran ser?

—¿Cómo dice?—pregunta muchacho, haciendo que el rostro de muchacha se vuelva hacia mí—. ¿La ha *visto* bien?

La muchacha se saca la mochila y busca en ella para sacar uno de los CD de Ricky, lo coloca debajo de mis narices e imita su postura.

—¿Ve?

La muchacha saca otro CD del bolso y vuelve a repetir pose. No tiene idea de que todo esto podría herirme. Se ve inocente y esperanzada, y todo eso me destroza.

—No sé qué decir—le confieso.

—Podría preguntarnos: ¿quieren un vaso de agua?—dice el muchacho—. Nos hemos pasado todo el día viajando en buses y trenes. Vivimos en Homestead.

—¿Homestead?

—Al sur—dice la muchacha.

—En los suburbios—explica el muchacho en broma.

Los contemplo fijamente.

—¿Cómo pudieron burlar la seguridad?

—Les mentimos—dice el chico—. ¿Podemos pasar ahora?

—Ehh . . . sí. Pasen—digo y me aparto para dejarlos entrar—. Iba a hacerme manicura.

Los hago pasar sin dejar de observarlos, mientras ellos admiran la casa estupefactos.

—¡R-r-regio!—dice el muchacho mientras acaricia con dedos todo que encuentra al entrar. Luego echa una ojeada a la sala, cruza brazos y pone mala cara—. Chica, pero esa mesa de billar en la sala luce muy, pero que muy pasada de moda. Está tan pasada . . . tan . . . diez años atrás.

—Así es que aquí vive mi papá—dice la chica, que parece orgullosa e incómoda a la vez—. Es fabuloso.

David se muerde los labios.

—Pensé que sería mejor. Es una casa bonita, pero ¿qué es ese tareco? ¿Una vitrola? No. No, no, no. No es que quiera ofenderla, miss Serbia, pero ustedes necesitan un cambio de diseño—. Chasquea los dedos repetidas veces como un invitado en el programa de Jerry Springer.

—Estoy de acuerdo—digo—. A Ricky le gusta.

—Entonces Ricky es un idiota—dice David, y luego abraza a la chica—. Lo siento, corazón. Ya sé que es tu padre. ¿Dónde están mis modales? Los tipos heterosexuales no tienen sentido de la elegancia. Es algo trágico.

Los conduzco al dormitorio principal, donde las manicuristas suelen montar su negocio en alcoba, junto a mesa de masajes. Shelly y Diana esperan por mí, con la pileta del masaje para pies echando vapor. El enorme salón está decorado en tonos azules y doradas, y una especie de falso escudo de armos que se repite por todos partes.

—Ay—exclama David—, esto tiene tan mal gusto como la *suite* de un dirigente universitario.

Me gusta este chico. No estoy tan segura de chica.

—¿Aquí es donde él duerme?—pregunta ella con reverencia.

—Los dos dormimos aquí—digo, aunque usualmente duermo yo sola.

Ya no sé dónde Ricky está durmiendo.

—Vaya.

—Hola—saluda Shelly a la chica—. ¿También vas a hacerte una manicura hoy?

Antes de que yo pueda responder "no", Sophia mete la cuchara.

—Claro—responde, atravesando toda la habitación con paso silencioso y sentándose despreocupadamente sobre el borde de la cama.

—¡Oh, oh!—grita el muchacho, agitando sus manos—. ¡Yo también!

Corre y se lanza sobre la cama. Ambos retozan sobre el lecho como si éste les perteneciera. La muchacha me sonríe y dice con inocencia:

—Jamás me he hecho uno manicura. Pero dadas las circunstancias, mejor me voy acostumbrando.

No sé qué decirle.

Unos veinte minutos antes de que se inicie la fiesta de la audición, Ricky aparece. Entra directamente en mi oficina y cierra la puerta tras él, ligeramente sudado y algo agitado. Viste unos *jeans* de carpintero y una camiseta Red Ringer, y tal parece como si hoy hubiera tomado un poco de sol. Se ve saludable, feliz y completamente . . . apetitoso. Mi corazón está a punto de rendirse y casi renuncia a seguir latiendo allí mismo, debajo de mi esternón.

—Hola—saluda.

Me ruborizo al recordar la conversación que tuvimos antes, por teléfono, donde le prometí que me entregaría . . . completamente. No sé qué hacer con mis manos, con mi cuerpo, todo está en el lugar equivocado haciendo lo que no debe. Por lo menos mis ropas están bien, me digo. Visto un traje, pero éste incluye una blusa y una diminuta chaquetita de mangas cortas. Debajo llevo una camisola de encajes. ¿Puedo decirles que ya estoy cansada de preocuparme tanto por mi vestuario? Es como si gastara la mitad de mi energía mental en esto. Pero supongo que se trata de gajes del oficio.

—Te extrañaba—dice—. No veía el momento de regresar para verte.

Antes de que sepa lo que ocurre, ya le ha pasado el cerrojo a la puerta, ha entornado las cortinas y ya está encima de mí, besándome. No puedo creer que esté viviendo esto. Me siento como si estuviera flotando sobre mí misma, observándolo todo, como esas personas que tienen experiencias cercanas a la muerte, sólo que yo estoy muy cerca de la vida. Siento que a mi espíritu le brotan alas y que estoy a punto de echar a volar.

Ricky me arrastra por las manos y caemos al suelo en una confusión de besos.

—Los críticos llegarán de un momento a otro—digo—. Y Jasminka está en casa.

—Al carajo—dice—. Es a ti a quien quiero.—Se separa de mí y me mira hasta el fondo de mis ojos—. ¿Sabes lo que es sentirse atrapado, Milán? ¿Sentirse atrapado y desdichado, y que la mujer con la que has soñado, sobre la que has escrito canciones, aparezca en el umbral de tu puerta? ¿Sabes lo doloroso que es eso?

Sacudo mi cabeza.

—No, lo siento, Ricky—lo beso de nuevo, suave, casi maternalmente, tratando de calmarlo. Quiero librarlo de toda su angustia—. ¿Qué puedo hacer para que te sientas mejor?

—Déjame lamerte allá abajo—dice.

Me sorprende esa humilde solicitud, dada la gravedad de su angustia existencial.

—¿En serio?—y aprieto mis muslos instintivamente, avergonzada.

Nunca he conocido a un hombre al que realmente le guste hacer eso, mucho menos que ruegue para que se le permita. Por lo general, una debe empujarlos en esa dirección o rogarles o, como dijo una vez Whoopi Goldberg, tienes que usar un caramelo Life Saver para entrenarlos.

—Por supuesto que hablo en serio. Me encanta dar placer a las mujeres.

—¿A las mujeres?

Pone los ojos en blanco.

—A ti. Quiero darte placer a ti, Milán. Te lo mereces.

—No creo que tengamos tiempo—digo—. De veras. Eso se demora *siglos*.

—Seré rápido—promete.

He ahí una frase que toda mujer quisiera oír, pienso para mí. ¿Por qué todo esto es tan cómico y tan triste al mismo tiempo? Él ya me está desabrochando mis pantalones y yo lucho por quitármelos. No puedo creerlo. Me veo rara, soy demasiado ancha por detrás, pero a él no parece importarle. No debería estar haciendo esto.

—Eres muy hermosa—me asegura.

Contempla mi cuerpo como si yo fuera una pintura valiosa que estuviera colgando de una pared del Louvre.

—No puedo creer que esté pasado esto—murmuro.

—Pues créelo—dice—. Fuiste hecha para mí.

Ricky me saca los pantalones y mi ropa interior, y hace lo que me había pedido que le dejara hacer, yo sentada en la silla de mi oficina y él arrodillado en el suelo. No puedo creer que Ricky Biscayne me quiera dar placer de ese modo. Es el momento más erótico y emocionante de mi vida. Sabe muy bien cómo hacerlo y estoy tan excitada que estallo en cuestión de segundos. Él me sonríe desde *allá abajo* y continúa, aunque estoy tan sensible ahora que quiero que se detenga. Pero no lo hace. Y para mi enorme sorpresa, vuelvo a lograr el clímax en un instante. Nunca pensé que pudiera hacerlo. Sé que hablaron de eso en el programa de las hermanas Berman, y en el repugnante programa de mi madre, pero no imaginé que yo fuera capaz. Ricky ejerce un poder mágico sobre mi cuerpo. Comienzo a tartamudear. Le digo que nunca me había sentido así, que creo que esto es amor, que es mi alma gemela, que sus canciones me han hecho valorarme a mí misma y amar mi vida, que soy la mujer más afortunada de la Tierra.

—Me alegra que te haya gustado

—Me gustó mucho—le aseguro. Y te amo, pienso.

—Ahora me toca a mí—dice Ricky, zafándose sus pantalones—. Vamos a mover ese trasero, niña.

¿A mover el trasero? ¿Ése es el lenguaje romántico que uno usa con su alma gemela? A veces Ricky habla tan descarnadamente que resulta difícil imaginar que se trate del mismo hombre que escribe canciones tan espirituales y poéticas. Sin embargo, me gustaría hacer el amor con él. Aunque realmente no tenemos tiempo. Sólo tenemos uno o dos minutos antes de que los críticos empiecen a llegar.

Ricky me obliga a dar la vuelta para ponerme boca abajo y luego me alza hasta que quedo en cuatro patas. Oigo cómo desenrolla un condón y vuelvo el cuello a tiempo para ver cómo se lo pone. Enseguida me penetra, antes de que yo tenga tiempo para darme cuenta de lo que ocurre. Chuac, chuac, chuac. Algo mecánico. No está mal, pero no es el acto amoroso que yo esperaba. A decir verdad, es más bien fastidioso. Mi celular comienza a sonar, y luego escucho a Matthew a través de la bocina anunciando la llegada del periodista de *The New York Times*.

—Por favor, apúrate—susurro a Ricky.

—Ya casi llego, nena—dice él.

Chac, chac, chac. Bum, bum, bum. ¿Aburrido? Esto no debería ser aburrido, ¿no? Me resigno, para decirlo de algún modo. No es terrible, pero no es lo que esperaba. Antes de que pueda darme cuenta, se ha derrumbado sobre mi espalda, aplastándome mientras se estremece y gime.

—Jill—murmura.

Lo empujo.

—¿Cómo dijiste?

Me apresuro a recoger mi ropa interior y mis pantalones.

—Mil—dice—. Es el nuevo apodo que te he puesto. ¿Te gusta?

Debo de estar imaginando cosas.

—Es gracioso—digo.

Me besa y enseguida se levanta de un salto y comienza a abrocharse los pantalones.

—Gracias, nena. Ahora vamos para la fiesta—dice con un guiño—. Fue divertido. Sabía que lo sería.

Néstor deberá ir a buscar a Irene en su Mitsubishi Gallant. Se apresura a llegar a su casa para cambiarse de ropa, rociarse con colonia Calvin Klein diversos rincones y resquicios de su cuerpo, y echarse desodorante.

La casa de estuco verde, y otras de los alrededores, están bien cuidadas. Pero él puede distinguir por doquier las señales reveladoras de un vecindario pobre: hombres que se sientan al aire libre, sin nada mejor que hacer; muchachas en ropas demasiado reveladoras para su edad; jóvenes que fuman y observan con expresión desafiante los autos que pasan, como el suyo, con las manos en los bolsillos, como si portaran armas. Néstor no quiere demorarse aquí mucho tiempo.

Irene sale de su casa antes de que Néstor tenga tiempo de salir de su carro, como si ella hubiera estado vigilando su llegada. Viste unos *jeans* y una camiseta de mangas largas, lo cual hace que él se sienta demasiado elegante en sus pantalones negros de vestir y su guayabera de seda azul claro. Él creyó que esto sería una salida formal, pero de pronto se da cuenta de que ella no lo ve así. Es probable que no salga con colegas. De todos modos, por el modo en que la tratan, no tiene ninguna razón para confiar en ellos. Tal vez él no sea su tipo. La humillación le quema las entrañas.

—¡Ey!—lo llama ella, haciéndole señas.

Néstor ve que la cortina de la ventana se descorre y tiene la sensación de que alguien lo observa desde el interior de la casa. Sale del auto para abrirle la puerta a Irene, pero ella insiste en hacerlo por sí misma. Por supuesto. No es una cita. No es una cita.

—Deja, está bien—dice ella mientras abre la puerta—. Ya lo hice.

Aunque Irene no está vestida con elegancia, se ha hecho *algo* en el cabello y se ha puesto maquillaje. Néstor piensa que es una buena señal. Nestor piensa que es una de las mujeres más atractivas que ha conocido. Le recuerda a Kate Hudson, con su par de ojos grandes y su piel blanquísima, pero con un andar seguro y un cuerpo poderoso y grácil en el que no puede dejar de pensar. Parece preocupada y le comenta que su hija no ha llegado a casa. Él siente un súbito pánico, pero se controla mentalmente. Desde aquel incendio que se llevó a su esposa e hija, ha tenido que refrenar sus emociones para evitar pensar siempre en lo peor. Con algún esfuerzo sugiere que la niña pudiera estar con unos amigos. Néstor tiene la impresión de que Irene es una persona que, aunque trata de pasar por jovial y tranquila, pocas veces deja de preocuparse lo suficiente como para relajarse del todo.

Néstor se asegura de que se ha abrochado el cinturón de seguridad, y pone el automóvil en marcha. ¿Adónde irán ahora?

—¿Quieres quedarte en Homestead?

Él no ha querido que el tono de su voz delate su miedo. Ella le lanza una mirada curiosa.

—O . . . podemos ir a otro sitio—le dice—. ¿Qué tipo de comida te gusta?

—¿Italiana?

—Me parece bien.

—Hay un Olive Garden en Pembroke Pines—dice ella.

Él tiene la impresión de que ella observa con perplejidad sus ropas elegantes y que se mira a sí misma con vergüenza.

—Es perfecto—dice Néstor, aunque en realidad prefiere las tiendas y los restaurantes independientes antes que las grandes cadenas.

He ahí la extraña danza de conocer a la gente y sus gustos, algo que no ha hecho en mucho tiempo.

Mientras conduce, hablan acerca del trabajo. Sobre todo, él indaga desde hace cuánto ha estado aguantando el hostigamiento de L'Roy y el resto. Ella trata de reírse al respecto, pero al final admite que empezó desde que entró a trabajar en la estación hace cinco años. Luego le cuenta, como si no tuviera importancia, que el capitán Sullivan le sugirió que no intentara conseguir una promoción, debido a los egos de sus colegas masculinos.

—¿Y por qué vas a aceptar eso?—pregunta él.

—Tengo una hija que mantener, Néstor. No es tan sencillo.

Néstor recuerda cómo su propia madre protestaba cada vez que la trataban injustamente, lo mismo si era en el metro que en el trabajo. Fue eso lo que lo llevó a querer luchar por la justicia en el mundo cuando fuera grande.

—¿Se te ha ocurrido que podrías ayudar mucho más a tu hija si ella viera cómo te defiendes?—pregunta.

—No—dice Irene—. Sencillamente no le cuento cuán malas están las cosas.

Néstor conduce en un mutismo pensativo, respira profundo y dice:

—Los muchachos son sorprendentes. Saben más de lo que suponemos.

—¿Qué quieres decir con eso?

—No me sorprendería que tu hija coincidiera con tus sentimientos mucho más de lo que piensas. No puedes proteger a tus hijos de todo.

—Sophia está bien—insiste Irene sonriendo, pero hay una sombra de tristeza en su mirada.

—No pretendo decir que conozco a tu hija—afirma él.

—Me alegro. Prefiero seguir la regla según la cual los hombres sin hijos no deben aleccionar a los mujeres que los tienen.

Irene cruza los brazos sobre su pecho y lo mira de una manera que parece desafiarlo a contraatacar con algo mejor que eso. Está tan acostumbrada a mostrarse áspera que él se pregunta si alguna vez prestará atención a sus sentimientos de mujer.

—Una vez fui padre—dice él suavemente.

—¿Cómo? ¿Fuiste?

—Mi hija murió.

Es la única manera de decirlo. Y mientras pronuncia la frase, él mismo apenas puede creerlo.

—Oh, Dios mío. Lo siento.

Néstor entra con su auto en el parqueo de Olive Garden.

—Se llamaba Fabiola—dice, mientras abre la puerta de su auto—. ¿Vamos?

Se acercan caminando al restaurante en silencio. Irene no habla hasta que se sientan ante una mesa y le sirven agua.

—¿Cómo murió?—pregunta.

—En un incendio—dice él, levantando su copa para brindar con un gesto triste—. Por nuestra profesión.

Irene no alza la suya.

—¿Eras bombero cuando ocurrió?

Néstor hace un gesto de negación.

—Soy bombero *porque* ocurrió.

—¿Tenías una pareja?

—También murió.

—¡Dios! Lo siento mucho.

—No lo sientas. No es culpa tuya.

—¿Qué hacías antes?

Néstor le cuenta que estaba en camino de convertirse en un abogado especializado en derechos civiles.

—Por eso es que me molesta verte en esa situación, sin que hagas nada. Tienes la ley de tu parte, Irene, si es que tienes pruebas.

Ella se ríe.

—Tengo camiones de pruebas.

Para su sorpresa, le cuenta que ha estado documentado todo cuanto le han hecho durante años, con la esperanza de defenderse algún día.

—Tú eres quien podrías demandarlos . . . por discriminarte—dice ella.

—¿Por qué?—pregunta él.

—¿Por qué va a ser? Por ser *gay*.

Por un momento Néstor se siente confundido, hasta que recuerda el primer día de trabajo. Por primera vez en mucho tiempo, se ríe con ganas.

—¿Qué te hace tanta gracia?—pregunta ella.

A Néstor le encanta cómo sus mejillas fluctúan del rosa suave al rosa subido cuando se pone molesta o a la defensiva. Es hermosa . . . y encantadora. Y no tiene la menor sospecha.

—Yo no soy *gay*, Irene—dice.

Ella parece sorprendida, y luego confundida.

—Lo siento—se excusa—. Es que . . .

—Ya sé. Quise darle esa impresión a L'Roy porque quería ver si intentaba joderme, perdonando la expresión—la observa sonriendo—. ¿Fue por eso que dijiste "pareja" hace un momento? ¿Pensabas que yo era *gay*?

Irene asiente y sonríe, y Néstor se siente aliviado por el malentendido. La tensión ha vuelto a romperse. Ahora no quiere pensar en el pasado. Quiere regresar a la vida.

—Estuve casado. Con una mujer. Una gran mujer . . . Me gustan las mujeres, Irene. Mucho.

Ahora es Irene quien se ríe y se ruboriza.

—Qué bueno—dice, y luego parece avergonzada por haberlo dicho.

—¿Qué es bueno? ¿Por qué?

—Bueno—tartamudea ella—, creo que me he sentido un poco atraída hacia ti.

—¿De verdad?—Néstor sonríe provocativamente y se arrima a Irene alrededor de la enorme mesa esquinera.

—Pero antes déjame preguntarte algo—lo ataja ella.

—Claro.

—¿Eres . . . muy religioso?

Néstor sacude la cabeza.

—Creo en Dios, pero se trata de algo muy personal. No me gusta mucho la religión organizada.

Ella le sonríe como si eso la aliviara.

—Me gusta que lo tomes así.

Él aprovecha ese momento para intentar besarla. Nada profundo, sólo un beso dulce e inocente. Se comporta como un inepto, es cierto. Pero ha perdido práctica. Mucha práctica. No son niños. Entonces ¿por qué se siente tan torpe? Ella se le queda mirando y le pregunta qué está haciendo con esa sonrisa a medias que esbozan las mujeres cuando saben exactamente qué está haciendo un hombre aunque se sientan obligadas a preguntarlo. Él se acerca más, lentamente, mientras su corazón late demasiado rápido, y entonces . . .

El teléfono de Irene suena . . . con el tema de *Star Trek*.

—Oh, Dios, lo siento—dice ella, separándose y buscando en su bolso.

Lo revuelve en busca de su teléfono, mira el número en la pantalla y le ruega que la disculpe.

—Es mi madre—dice ella—. Espera un segundo.

Néstor se reclina y come panecillos, aún sonriendo ante la confusión. Eso lo explica todo. ¿*Gay*? ¡Vaya! Irene es extraordinariamente sensual, incluso en su manera de sostener el teléfono. Es una mujer muy atractiva. Pero a medida que ella habla, la felicidad que siente por primera vez en mucho tiempo por hallarse en lo que parece ser una cita amorosa, es estropeada por las cambiantes emociones que cruzan el rostro de Irene.

La mujer garrapatea en una servilleta lo que parece ser una dirección y maldice varias veces. Cuelga el teléfono y de inmediato recoge su cartera y sus llaves.

—Lo siento, Néstor—dice—. Tengo que irme. Es mi hija. Necesito buscar mi auto lo antes posible.

Para Néstor, los sonidos del restaurante se convierten de pronto en un ruido confuso, como el de un disco que se tocara al revés.

—¿Es una emergencia?

—Se ha ido a casa de su *padre*—dice Irene, como si eso fuera algo peligroso—. Y su padre quiere que alguien vaya a buscarla de inmediato. Es un tipo tan imbécil que no puedo creerlo. ¡Y ella! Se ha metido en una buena. Puedo asegurártelo.

—¿Pero qué importa que haya ido a casa de su papá?

Irene mira al techo por un momento mientras resopla con fuerza. Luego habla claro, pero despacio.

—Su padre es un personaje famoso y ella acaba de enterarse. Es famoso, pero un imbécil. Y ella ha ido a su casa de Miami Beach sin avisarnos a mí ni a él; y ahora él está negando que ella sea su hija, lo cual es incierto.—Suspira y entorna los ojos—. Es un asunto complicado.

—Puedo llevarte—dice Néstor, ansioso por no quedarse solo en aquel silencio confuso.

Además, quiere saber quién es ese tipo famoso que es el padre de la hija de Irene. Con cada minuto que pasa, la atractiva Irene se vuelve cada vez más interesante.

—Me parece que llegaremos más rápido si no tenemos que regresar a tu casa, ¿no?

—Está bien—dice Irene—. Pero tenemos que ir hasta Miami Beach.

—Ya lo sé, acabas de decirlo—le recuerda Néstor, sintiéndose feliz de poder pasar todo ese tiempo con Irene y tratar de entender su reacción hacia el padre de su hija.

Tampoco le interesa que deberá conducir de vuelta todo ese largo camino llevando en su auto a una mujer furiosa y a una niña huraña. No le molestan los temperamentos fluctuantes de las mujeres. De hecho, en ciertos momentos le ha prometido a Dios que jamás volverá a hacer caso de esos cambios de humor premenstruales si algún día recupera la facultad de amar. Y éste, piensa Néstor, podría ser ese día.

Néstor es muy amable al ofrecerse a llevarme en su auto hasta Miami Beach, pero apenas nos acercamos a la entrada de la casa de Ricky, en Cleveland Road, desearía haber venido sola. En realidad, mientras observo el césped crecido y las palmeras alrededor de la enorme y ordinaria mansión blanca, que no resulta tan espectacular como yo esperaba, desearía haber estado sola y *lejos* de aquí. No quiero estar aquí. No quiero salir de este auto y tener que lidiar con Ricardo Batista, o Ricky Biscayne, o quienquiera que él cree que es.

—¿Estás bien?—pregunta Néstor.

—Ajá—gruño.

—¿Quieres que vaya a buscarla? Lo hago con gusto.

—No.

Abro mi puerta. Puedo oír el motor de una lancha que pasa por la bahía, detrás de la casa. Oigo grillos y aves nocturnas. Es un sitio tranquilo y, sin embargo, siento la misma descarga de adrenalina que cuando me enfrento a un incendio.

Néstor también sale del auto y me acompaña. Apenas ponemos un pie en el portal, Ricky abre la puerta como si hubiera estado esperando. Su aparición me corta el aliento, pero Néstor coloca una mano reconfortante sobre mi espalda, entre mis omóplatos, como si supiera cómo me siento. Ricky aguarda descalzo en el umbral, con un par de *shorts* verdes de baloncesto y una camiseta blanca. Apenas puedo distinguir su rostro porque su silueta se recorta en la luz que brota a sus espaldas. Puedo ver perfectamente todo el interior de la casa, desde la puerta de entrada hasta la sala, y el resto hasta el fondo. La luz resplandece sobre los suelos de madera. La pared del fondo parece hecha de cristal. Logro distinguir el centelleo turquesa de la piscina iluminada y, más allá, la bahía. Da la impresión de tener un muelle para yates.

—Estoy aquí—dice Néstor en un susurro—. Estoy contigo, Irene.

—Ricky—saludo, y sonrío contra mi voluntad.

Él da un paso y también me sonríe. Ahora puedo ver mejor su rostro, que es el mismo de antes, pero más envejecido alrededor de los ojos. Sigue siendo tan guapo como cuando estaba en la secundaria. Por un momento, siento como si el tiempo no hubiera pasado. Sus ojos me miran fijamente y, por un breve segundo, siento que su memoria también retrocede. Su mirada se endurece cuando distingue a Néstor. Una mujer, en la que reconozco a la modelo que se casó con él, se asoma detrás de la puerta y llama a mi hija. Siento un golpe de aire helado que escapa de la casa hacia la atmósfera húmeda y densa de la noche.

—Irene Gallagher—dice Ricky, como si mi nombre fuera la conclusión de un mal chiste—. Cómo ha cambiado mi vida, ¿eh?

Hace un gesto hacia la casa, como si de algún modo tuviera que sentirme orgullosa de él. Me hago la idea de que es un incendio, un enemigo, al que me han enviado a destruir.

—¿Dónde está Sophia?

Después de tantas cosas, después de haber compartido una hija, y ¿esto es lo único que se le ocurre decir? Vuelvo a revivir mi dolor. En aquel entonces era un muchacho egoísta y desalmado. Ahora también es un muchacho egoísta y desalmado. La única diferencia notable es que ahora tiene una mansión con piscina y una esposa costosa.

Sophia y su amigo David aparecen detrás de Ricky, que se aparta para dejarlos pasar.

—¡Mira, Sophia! ¡Ya llegó tu mamá con un tipo que está buenísimo!—chilla David, dándole un codazo juguetón con la aparente intención de aligerarle el ánimo; algo que es su especialidad—. No sabía que tu madre tuviera amigos tan buenotes, ¿y tú?—pregunta y luego me mira—. Disculpe, señora Gallagher, no es que quiera ofenderla, pero siempre pensé que yo era el único que conocía a tipos guapos.

—¡Mami!—grita Sophia al verme, furiosa—. Dile a Ricky que él es mi *papá*. Tú *sabes* que lo es. Se está haciendo como si no supiera de qué estoy *hablando*. Dice que no tiene hijos, y eso no es *posible* si yo soy su hija. *Díselo*.

David se reúne con nosotros en la entrada, con una sonrisa tonta.

—Tiene que reconocer, Irene, que Sophia se parece muchísimo a él—dice, y se vuelve hacia Ricky con la mano en el mentón—; la misma mirada de locos, el pelo estrambótico, esas piernas largas de grillo . . .

Miro a mi hija que está junto a su padre y son casi idénticos. De pronto siento náuseas. ¿Han sido todos estos años un error? ¿Hice lo correcto al mantener a estos dos alejados el uno del otro? Entonces Ricky cruza las manos sobre su pecho y evita mirarme a los ojos. Sin darse cuenta, Sophia cruza los brazos exactamente igual que su padre.

—Incluso el lenguaje corporal—continúa David mientras se frota el mentón como la estatua del Pensador—. El paquete completo.

—Cállate, David— le ordeno.

—Como usted diga—responde con una mueca.

—Estoy hablando en serio—le advierto—. ¡Cállate de una vez!

David hace el ademán de cerrarse la boca con una llave invisible y da una palmada como si quisiera sacudirse el polvo de las manos, antes de salir trotando hacia el auto.

—Vamos—le digo a Sophia—. Vamos a casa. Hablaremos de esto más tarde.

No pienso realzar la presencia de Ricky en este mundo admitiendo que es el padre de esta chica maravillosa y talentosa. No se la merece. Ella me pertenece.

—¿Más tarde?—grita Sophia, que baja los escalones echa una furia y me empuja—. ¿Por qué me haces esto? ¿Por qué me ocultas esas cosas?

Sus ojos están llenos de lágrimas y su boca se contrae de angustia. La agarro por las muñecas para que deje de golpearme.

—Sophia, vámonos—digo.

Se zafa de mis manos y vuelve a empujarme, luego se vuelve con furia hacia su padre.

—¡Los dos me dan asco!—grita—. ¡Tú *sabes* que soy tu hija! ¡Lo *sabes*! Puedo sentirlo, pero no quieres asumir la responsabilidad, y mi madre, por alguna razón estúpida, tampoco quiere que la asumas—y chilla volviéndose hacia mí—. ¡Te odio!

—¡Sophia!

—¡Te odio!—repite—. ¡Te odio!

—Quizás estés equivocada—sugiero, sin saber qué otra cosa decir.

Sophia pasa por mi lado como una tromba, rumbo al auto de Nestor.

—Y quizás no tengas una hija con la que podrías contar—gimotea—. Quizás tus mentiras terminarán por apartarme de ti como apartaron a Ricky. Quizás vas a terminar sola, como tu mamá, porque nadie te quiere.

Miro a Ricky, pero éste ya se ha vuelto para entrar en la casa y la puerta se cierra, sin que haya dicho una sola palabra al respecto.

—Lo siento—dice Néstor—. Los niños dicen ciertas cosas sin darse cuenta. Recuerda que no es culpa tuya.

Cegada por las lágrimas, camino hacia el auto.

—A veces las dicen con plena conciencia—murmuro, dándome cuenta de que yo era apenas un poco mayor que Sophia cuando quedé embarazada.

Era tan obstinada como ella, y también pensaba que odiaba a mis padres. En mi dolor, me refugié en los brazos del primer chico que me amó. En ese instante me doy cuenta de que si no empiezo a lidiar con el dolor de mi hija, voy a perderla para siempre. Siento los brazos de Néstor que me rodean los hombros en un apretón dulce y reconfortante, y le doy las gracias a Dios de que no sea *gay* . . . y que David *sí* lo sea.

Domingo, 23 de junio

Me detengo en el sombrío interior del abandonado hotel de Washington y la primera calle junto a Sara Behar-Asis, mi diseñadora de interiores. Nos hemos reunido aquí para evaluar y visualizar el futuro. Me quito las gafas y observo la ropa de Sara. Nadie quisiera tener que juzgar a otras mujeres por sus ropas, pero lo hago a cada momento del día, especialmente en Miami. Hasta nos juzgamos entre nosotras por lo que usan nuestros perros. Hoy mi perrita lleva gafas y un bikini. Le rasco el mentón a Belle y miro a mi alrededor.

Sara es una mujer de mediana estatura, rubia y de ojos azules, viste un elegante juego de pantalones y chaqueta de hilo, con una blusa de seda rosada, sandalias crema de tiras y una cartera que hace juego. No sé la marca, pero supongo que debe ser Ann Taylor o algo parecido. Algo básico, elegante, práctico. Incluso me hace sentir demasiado informal. Llevo unos *jeans* rotos en las rodillas, con una sencilla blusa blanca—sin sostén—y los costados bordados con cuentas. Mi pelo está nuevamente recogido en una cola de caballo, con un pañuelo alrededor de la cabeza.

—¿Qué opinas?—pregunta Sara.

Carpinteros y obreros dan martillazos mientras echan abajo unas paredes y levantan otras.

—Hasta ahora, todo bien—respondo.

Y es cierto. Está tan bien que me estremezco. Cobro conciencia de que realmente lo estoy haciendo. No puedo creerlo. Muevo mi cabeza y mis hombros.

—¡Ay!—exclama Sara, estremeciéndose.

Tal vez Milán tiene razón en eso de que hago sonar demasiado mis coyunturas.

—Disculpa—digo—. Es una mala maña.

Escogí a Sara para este proyecto porque presentó el mejor diseño computarizado, el que mejor resumía mi propia visión de Club G. Ha captado perfectamente toda la idea del harén, mediante detalles en los que nunca habría pensado. Por ejemplo, aromatizar el ambiente con un incienso auténtico que se quemará en receptáculos dorados, colgados por todo el club; las pequeñas tiendas beduinas dispersas aquí y allí, adornadas con almohadones, y que podrían cerrarse para mayor privacidad. También se le ocurrió la idea de crear un circo que se moviera por el club; una banda de acróbatas que actuaría para la multitud, del mismo modo que unos mariachis deambulantes cantan para los comensales en los restaurantes mexicanos. Algo muy chino, dice ella. ¡Brillante!

—Estoy tan emocionada—dice Sara—. Me alegra que hallamos comenzado.

—¿Cuánto crees que demorará todo?

—Depende. Pero pienso que podemos ser realistas sin pensamos en una apertura para el otoño. Tal vez agosto o septiembre.

Agosto suena bien.

Miércoles, 26 de junio

Ricky, con sus gafas de aviador Yves Saint Laurent, una antigua sudadera Adidas de color blanco brillante y descalzo, mastica su tostada del desayuno en una silla del patio trasero, y lee un artículo sobre la adolescente de Homestead que lo reclama como padre. Hace apenas unos días que estuvo aquí. ¿Cómo es posible que ya se publicara un artículo, a menos que esa gente sólo hubiera venido por su dinero? Era una campaña, posiblemente fomentada por uno de sus rivales. Tenía que ser. Al menos, es lo que intenta decirse, aunque en el fondo sabe que todo es cierto, que ella es su hija. Cualquiera que los viera podría darse cuenta, pero él no necesita una mierda así ahora. Ése es el problema. Si hubiera venido dos años antes o dentro de cinco años, habría sido diferente. Pero en estos momentos Ricky Biscayne se está transformando en el ídolo latino del país. No necesita un escándalo. No necesita que la gente piense que fue un irresponsable. Y sobre todo, no necesita que su nombre se asocie con el de Irene Gallagher, una muchacha de la que se enamoró, pero que siempre fue y será una lastimosa y desgraciada basura de gente. Incluso habría estado dispuesto a hablar con ellas en privado, llegar a algún arreglo discreto, pero ¿ahora que han ido a la prensa? Que se olviden. Ahora estaban en guerra.

Se vuelve hacia Jasminka, que se ha quedado mirando el agua de la bahía como acostumbra a hacer. Está sobre las losas del patio que tienen forma de palmera, con una pijama de seda. Ella no se ha molestado en cambiarse porque dice que quiere dormir todo el día. Se está comiendo un panecillo redondo con toneladas de queso crema. Antes nunca comía esas cosas. Hay que ver lo gorda que está. Hasta su *caraculo* se ve gorda. Se ve gordísima. ¿Pensará que es bueno abandonarse así? Cuando uno se casa con una modelo, no espera esa *mierda*. Está seguro de que Jill nunca se abandonaría de ese modo durante un embarazo. Continuaría haciendo ejercicios, como una mujer de verdad. A Jasminka le pasa algo. Está deprimida o algo así. Y él está cansado de eso. Está cansado de todo y de todos. Lo único que quiere es fugarse con Jill a un lugar tranquilo donde ambos puedan estar en paz y apoyarse mutuamente. En eso ella tiene razón. Ricky necesita estar rodeado de la mejor clase de gente . . . como Jill. Ella lo comprende. Ella sabría qué hacer en esta situación. No Jasminka. Mírala, está inflamada como un demonio y sigue comiendo. Siempre está comiendo. Asegura que el doctor se lo ha recomendado. Es asqueroso. Todo este lío con la gente de Homestead también fue culpa suya. No tenía que haberles dejado entrar, pero lo hizo. ¿Por qué? Fue algo estúpido e insensato. Nunca tuvo buen instinto, ése es su problema. Nunca ha sabido distinguir lo bueno de lo malo.

—¡Nunca!—estalla él, arrojándole el artículo a la cara—. *Nunca* vuelvas a dejar que alguien entre a esta casa sin pedirme permiso antes, ¿entiendes? Es tu jodida culpa. Todo esto.

Jasminka se chupa el labio inferior: una mala maña que le indica cuando está atemorizada. Nunca servirá un carajo para jugar al póquer. Ella observa la foto de la niña en el periódico.

—Es tu hija, ¿verdad?

Ricky tiene que recurrir a todas sus fuerzas para no abofetearla. ¿Por qué lo atormenta con esto? Tal vez la niña sea suya. No tiene la más puta idea. Tal vez. Pero no va a admitirlo ante ella. Ni ante nadie. Y de seguro que ninguna puta drogadicta con la que salió en la secundaria va a salirse con la suya sólo porque ahora es famoso. Uno no puede confiar en la gente. De ningún modo.

—No, no es mi jodida hija—contesta.

Él sospecha que miente al decirlo, pero cuando uno se acostumbra a mentir, aprende a mantenerse firme en sus afirmaciones. Hay que mentirle a todo el mundo. Incluso a tu esposa. Incluso a uno mismo. Debe creerlo, y aunque Ricky —o al menos una parte de él—recuerda que Irene le había dicho que estaba embarazada, que quería a aquel bebé y que lo tendría con o sin él, y aunque recordaba haberle dicho que Alma le había ordenado que se alejara de ella, no quiere admitirlo ahora. Sólo quiere la vida que ha construido: su imperio. No le gusta el pasado. No le gusta recordarlo, porque fue la misma época de su vida en que el hombre en quien había llegado a confiar como un padre abusó sexualmente de él. No quiere pensar en toda esa mierda, ni en ésta. Quiere regresar a su vida tranquila, como ésta de ahora. No quiere tener nada que ver con el pasado. Esa gente ha sobrevivido sin él hasta el momento. ¿Por qué están tratando de arruinarlo ahora?

—Lo siento—murmura Jasminka, poniéndose de pie trabajosamente mientras se sostiene la espalda con una mano.

Le vuelve la espalda y da la vuelta a la piscina para dirigirse a la casa. Ricky se mete otro pedazo de pan en la boca y la sigue. Nadie le da la espalda a Ricky Biscayne. ¡Nadie! Necesita otro pase de coca. Ya se le pasó el efecto de la que olió hace un rato, y eso es lo otro que lo encabrona. Ron lo viene estafando con toda esa coca floja y mala. Sabe que el muy hijo de la chingada le ha estado robando de alguna manera, pero no es hasta ese mismo instante que se da cuenta de que ha sido a través de la coca. ¿Qué ha estado haciendo Ron? ¿Diluyéndola con harina? Algo así. Necesita cocaína de verdad, no esa jodida mierda que le ha estado dando. Cocaína, hermano. Eso es lo único que podría calmarlo ahora. Necesita una medicina o un remedio. Se siente mal y solo.

—¡Vuelve aquí!—grita.

—Se parece a ti, Ricky. ¿Qué quieres que haga? Sólo trataba de ser amable. ¿Está llorando? ¿Por qué coño tiene que llorar? Todo está *tan* jodido.

—No huyas de mí, gorda asquerosa—dice.

—Has estado oliendo—dice—. Hablaremos cuando te despejes. Ahora sólo quiero descansar.

La agarra por el cuello de la pijama para detenerla.

—Te irás a descansar cuando yo diga que es hora de descansar—dice él—. Y de ahora en adelante comerás cuando yo te lo permita, mamabicho. Y empieza a hablar español correctamente con todos los artículos y adjetivos adecuados.

Jasminka lo mira a los ojos y él se da cuenta de que nuevamente le teme.

—Suéltame—le ruega débilmente—. Por favor, voy a vomitar.

¿Vomitar? ¿Por qué? Ricky recuerda que Jasminka lleva su hijo. Otro hijo más. Maravilloso, justo lo que necesitaba.

—¿Sabes lo viejo que se ve uno ante los ojos del público una vez que tiene hijos?—le pregunta y ella baja la vista—. No soy lo bastante viejo para tener *hijos*. Ni siquiera debería estar *casado*. ¿Lo sabías? ¡Quisiera no haberme casado contigo nunca! ¿Sabes que todo sería muchísimo mejor si jamás te hubiera *conocido*? ¡Vete pa'l carajo! Mírate. Te estás poniendo *enorme* como una vaca. Te ves espantosa. Me casé con una modelo. ¿Qué fue lo que te pasó?

Jasminka comienza a llorar y él la suelta.

—Me das lástima—le dice—. ¡Más fea que un culo! Ni siquiera mereces que me enfurezca contigo. Llorar, llorar, llorar. Eso es lo único que sabes hacer: quejarte y llorar y comer. Eres una estúpida. No sé cómo tuviste suerte para escapar y sobrevivir cuando dinamitaron tu casa.

—Te quiero—dice ella con expresión dolorida—. ¿Por qué me estás haciendo esto?

—Mírate el vientre—dice él—. Es un asco. ¿Quién puede querer a una mujer así? Nadie. Sólo algún cretino comemierda, sólo eso. Yo soy jodidamente famoso, Jasminka. Eso significa que puedo tener a cuanta mujer se me antoje. No deberías abandonarte sabiendo eso. ¿Entiendes? ¿Cómo puedes ser tan estúpida?

—Estoy embarazada, Ricky—solloza ella con el rostro totalmente deformado. Se ve tan fea ahora. La odia.

Ricky señala hacia su vientre.

—No *quiero* ese bebé. No *quiero* ningún niño.

Jasminka solloza.

—Dijiste que sí querías. ¿Qué te ocurre?

Ahora es Ricky quien le vuelve la espalda. Recuerda la coca que lleva en su bolsillo y la saca para aspirarla, sin que ella lo vea. Después aspira un poco más, excitado y listo para la pelea. No ve el momento de poder librarse de ella. Necesita más coca. La aspira hasta el final y de inmediato siente que comienza a elevarse por encima de todos. Ella no es más que un lastre que le impide despegar. Y Ricky es capaz de volar. Eso es lo que Jasminka no entiende. Él es *Superman.* Él no tiene poder, él es el poder. No hay nada que pueda detener a Ricky, ahora que es una estrella, y eso incluye a las mujeres y a los niños. Nadie se interpondrá en su camino.

—Piérdete de mi vista, perra—le grita, y Jasminka corre hacia la casa.

Ricky salta a través del patio, hasta el final del muelle de madera, gritando a todo lo que le dan sus pulmones en dirección a la bahía:

—¡Soy una jodida superestrella! ¡Me oyes?—recoge una piedra y la arroja al sol del mediodía—. ¡Una jodida estrella!

La piedra, obedeciendo las leyes de un universo del que Ricky se cree inmune, regresa a tierra y aterriza sobre su cabeza.

—¡Coño!—grita—. ¿Qué coño es esto?—se palpa el cráneo en busca de sangre.—¡Me han jodido! ¡Me han disparado!

—¿Ricky?

Levanta la vista para ver que Matthew Baker sale tropezando del estudio con una expresión de perplejidad en su rostro. El humilde esclavo corre hacia Ricky.

—¿Estás bien, viejo? ¿Qué pasa?

—Esa puta estúpida—ruge Ricky.

—Está bien, cálmate, compadre.

Matthew intenta controlar a Ricky, tranquilizarlo, pero Ricky no le hace caso. ¿Qué le pasa? ¿Resulta que ahora es *gay*? ¿Qué *es* esto?

—Contrólate—le dice Matthew.

¿Controlarse? ¿De qué cojones habla?

—Cálmate por un segundo. Vamos a hablar.

—Soy una estrella—dice Ricky—. Eso es lo que ella necesita saber.

—¿Quién?—Matthew parece confundido.

Él siempre parece confundido. Él *no* es una estrella. Es demasiado débil y flojo, como Jasminka y esa niñita de Homestead, y esa asquerosa puta, ladina y mentirosa, que es su madre.

—Todas las putas que hay en mi vida—dice—. Todas ellas.

Milán aparece en el umbral que lleva al estudio y a las oficinas, con esa mirada de azoro en el rostro. ¿Por qué será que cualquier mierda deja en *shock* a esa puta? Él ha tratado de mantenerla tranquila dándole lo que más quiere: la impresión de que él, Ricky, está enamorado de ella. Uno controla mejor a la gente cuando la gente cree que tiene el control.

—¡Y eso te incluye a ti, Milán!—grita Ricky.

—¿A mí? ¿Qué cosa?—dice ella mirando a Matthew.

—Tú sabes—dice Ricky—. ¿Qué? ¿No te acuerdas?

—Está pasando por una crisis nerviosa—le dice Matthew a Milán.

—¿Puedo ayudar en algo?

—Regresa a la casa—dice Matthew—. No necesitas ver esto. Olvida que lo viste.

—Está bien.

¿La habrán criado en una granja? Ella también es débil. Todos ellos. Todos son unos débiles. Ninguno tiene la fuerza de Ricky. Jill es la única persona digna de él en todo el jodido universo. Ella tiene poder y fuerza. ¿Qué tiene Jasminka? Un culo plano y un puñado de estúpidos jabones con los que juega en uno de los cuartos sobrantes que ella ha convertido en un laboratorio de mierda. Es como Frankenstein, demasiado alta para ser mujer, y con esos ojos raros y enormes parecidos a los de un extraterrestre.

—¡Vete a la mierda, Jasminka!—grita en dirección a la casa—. No podrás detenerme, tú no me jodes, ¿me oyes? ¡Ni tú ni ninguna otra puta!

Ella pensó que podría derrotarme con eso de la muchacha y el bebé, piensa él mientras repasa con la vista los árboles y los matorrales oscuros, en busca del asesino. Ricky se zafa de Matthew, corre por el muelle y pasa junto a la piscina en dirección a los matorrales que crecen a un costado de la casa. Comienza a pegarles patadas y puñetazos a todos los arbustos del patio.

—¡Sal de ahí, hijo de puta! ¡Dispárame otra vez! ¡No puedes matarme! ¡Soy invencible!

—¿Ricky?—lo llama Matthew avanzando hacia él como un cazador de serpientes ante una víbora, mientras le hace señas a Milán para que entre en la oficina. ¿Qué se cree Matthew ahora: que es el jefe?—¿Quieres entrar un rato, compadre? ¿Calmarte un poco?

—Ven acá—le dice Ricky a Matthew, sentándose sobre la hierba fresca, con la impresión de que unos dedos minúsculos recorren su piel—. Déjame contarte algo.

—Claro—dice Matthew.

El muy flojo y estúpido hijo de puta. Mira esas gafas. ¿Para qué usa esa mierda? ¿No se da cuenta de que lo hacen parecer un infeliz? Y tiene una doble papada.

—¿Qué pasa?

Matthew se sienta en la hierba junto a él.

—Deberías dejar la coca por un tiempo, Ricky—sugiere Matthew suavemente—. Recuperar tu voz, meditar un poco.

—No confío en mi mujer—dice Ricky con un susurro bajo y áspero.

—¿Por qué? Jasminka es buena.

—Necesito que me hagas un favor. Cuando yo no esté aquí, quiero que la vigiles.

—¿Qué quieres decir?

—Te doblaré el salario, pero no le pierdas la chocha de vista. Está tratando de arruinarme. Está perdiendo la forma, viejo.

—Eh . . . está bien, Ricky. Lo que tú digas, mi hermano.

Matthew no tiene aspecto de creerle a Ricky. Pero quizás él también forme parte de la conspiración. Se comporta como si no quisiera dinero por sus canciones, pero sí lo quiere. Quiere convertirse en la estrella, ¿cierto? Ésa es la clave de toda esta mierda. Jasminka siempre está hablando de lo atractivo que es Matthew, de lo noble que es, de su talento. Quizás ese bebé sea suyo, ¿eh? Pero escucha bien esto: la estrella no es Matthew. Ricky Biscayne es la jodida estrella.

Y las estrellas no pueden confiar en nadie.

Martes, 2 de julio

Estoy en la oficina de un abogado que no se parece en nada a lo que enseñan en las películas. No es tan agradable como uno esperaría, es decir, es agradable en el sentido de que se encuentra en un enorme edificio del centro y es espaciosa. Pero cada rincón del lugar está cubierto de papeles y basura. El tipo es un abandonado. Y uno no quiere tener de abogado a un tipo abandonado, ¿verdad? Uno quiere que su abogado sea pulcro y organizado. Néstor me lo recomendó. Se llama Sy Berman, y supuestamente es uno de los mejores abogados que hay por aquí. Pero si es así, ¿por qué viste una sudadera y una gorra de béisbol? ¿Por qué está comiendo pollo frito de un envase de poliespuma que tiene sobre el escritorio?

—Adelante—dice Sy Berman con la boca llena de comida—. Siéntense.

Me acompaña Néstor. Sy Berman me da la mano a mí primero. Eso me gusta. Casi siempre, cuando estás con un hombre, el resto de los hombres saluda primero al hombre.

—Encantado de conocerte, Irene—dice Sy Berman—. Llámame Sy. Siéntate. ¿Puedo brindarte algo? ¿Un refresco? ¿Otra cosa?

—No, gracias—digo.

Néstor y Sy se dan la mano, y Néstor se sienta a mi lado y también rehúsa tomar algo.

—Esta jodida construcción—dice Sy, señalando hacia la ventana con un trozo de pollo en la mano—. A donde quiera que mires están construyendo un jodido condominio. Antes tenía una vista que daba al agua. Ya no. Los condos me la han bloqueado.

Eructa cubriéndose la boca y toma un largo sorbo de su enorme vaso de cartón.

Creo que exageré vistiéndome tan elegante. Anoche fui a Dadeland y me compré alguna ropa para esta ocasión. Pensé que debería vestirme bien. Llevé a Sophia conmigo y también le compré algunas ropas. Me costó más de lo que puedo permitirme, pero a veces es necesario derrochar. En realidad, tomamos una revista *InStyle* como referencia, y nos reímos juntas sobre lo despistadas que estábamos en cuanto a moda. Le conté sobre la demanda, y pareció orgullosa de mí.

—Vas a ganarla—me dijo—. Y luego nos compraremos toda la ropa que queramos.

Estoy vestida con algo que llaman "*jeans* de vestir", hechos con una mezclilla oscura y gruesa, un *top* negro de mangas cortas, de Express, y zapatos negros de punta estrecha. Un conjunto elegante y sencillo. Néstor no deja de mirarme. Me gusta que lo haga, pero preferiría que no me gustara. Desde la noche de Olive Garden no hemos hablado de mi confesión. Ni siquiera sé si le intereso, y yo no puedo sacar a colación el tema. Es posible que éste sea el peor momento para enredarse con un hombre con quien trabajo, ¿no? Quiero decir, estoy a punto de entablar una demanda por acoso sexual y creo que estoy enamorada de Néstor. Qué estúpida. Estoy jugando con fuego al meterme en este asunto.

—Déjenme preguntarles ésto—comienza Sy, mirando distraídamente las páginas deportivas en un ejemplar del *Herald* que hay sobre su escritorio—. ¿Ustedes tienen alguna relación sentimental?

¿Será médium este tipo? Miro a Néstor, y él a mí. Me encojo de hombros. Él sacude la cabeza.

—No—dice.

—¿No?

—¿Están seguros?—pregunta Sy—. Necesito saberlo porque esto es algo que tratarán de usar en contra tuya. Sé que acabo de conocerte, pero no soy idiota.

Bate el aire frente a él, con el trozo de pollo en la mano:

—Hay una química entre ustedes.

—¿Cómo dice?—pregunto, atónita ante su insolencia.

—Así es. Tú lo miras a él, él te mira a ti. Me doy cuenta.

—Con todo respeto—dice Néstor—, ¿por qué está preguntando esto?

Sy se limpia la boca con una servilleta, la estruja y la arroja al suelo. Luego se inclina para mirarnos fijamente a los ojos. Tiene una mirada muy inteligente.

—Yo enfoco los casos desde el punto de vista opuesto—explica—. Tengo toda la información aquí. Sé que tienes un caso fuerte. También sé que ustedes son dos de las personas más guapas que he visto nunca y usarán esto contra ti, Irene, especialmente si hay sexo de por medio.

—No hay ningún sexo—afirmo.

—O afecto—agrega.

Néstor me mira a mí, y luego a Sy.

—Ella me atrae, señor Berman—dice—. No sé qué siente ella por mí, pero seré honesto. Irene me cae muy bien.

—¿En el sentido del que hablamos?

Néstor asiente.

—Creo que sí, en ese sentido.

Sy sonríe y se encoge de hombros.

—Bien, eso no es problema. El problema ocurre cuando no están dispuestos a ser completamente honestos conmigo, cuando hay algo que debo saber y que no sé.

Sy me mira. Y queda en suspenso, como si esperara que yo dijera algo.

—¿Qué pasa?—pregunto.

—¿Te gusta?

Me muevo en mi asiento.

—Sí—digo—. Bastante.

Sorprendido, Néstor me sonríe nerviosamente.

—Está bien—dice Sy—. Ya aclaramos eso. Sigan mi consejo y hagan todo lo posible por evitar que los tipos de la estación se enteren. Pueden toquetearse todo lo que quieran en su tiempo libre, pero no se acerquen mucho en el trabajo hasta que todo esto quede atrás. ¿Entendieron?

Hago un gesto de asentimiento, ofendida.

—Pero no hay ningún toqueteo—repito—. Sólo salimos juntos.

De hecho, la noche antes salimos con Sophia, que al parecer aún necesitaba consuelo por la fría acogida que le había dispensado su padre, para ver los fuegos artificiales. Pero estoy trabajando con ella en ese aspecto, intentando ser honesta, para ver si se me ocurre algo que le ayude a superarlo.

—Como tú digas—dice el abogado—. Mi punto es que no debes darles razón alguna para que te despidan. Ninguna.

Ya lo sé. Pero ¿quieren que sea honesta? Eso ya no me interesa. Casi desearía que me despidieran para poder recibir ayuda por desempleo y poder pasar más tiempo con Sophia.

Bajo el escritorio, Sy saca una caja de cartón destrozada y manchada. La levanta y la coloca junto a su almuerzo.

—Veamos lo que tenemos—dice.

Se trata de todas las pruebas que he estado reuniendo y que Néstor me pidió que enviara aquí hace algunos días. Sy sonríe como un niño.

—Aquí hay cosas bastante buenas. Y si puedes hacer que tu capitán te repita en una grabación que no quiere que aspires a la posición de teniente . . .

—Puedo hacerlo—digo.

—Entonces diría que ya tienes un caso cerrado.

Contemplo las imágenes pornográficas con mi foto pegada en los rostros; las sucias huellas digitales de los hombres, claramente visibles sobre las superficies de las fotos; juguetes sexuales; notas obscenas.

—Estos hombres (y uso esta palabra con liberalidad) han sido arrogantes y descuidados—dice Sy—. Nunca pensaron que te defenderías, Irene. Eso . . . o son unos cretinos.

—Posiblemente ambas cosas—dice Néstor.

Sy suspira.

—Quiero que sepas en lo que te estás metiendo, Irene. Me alegra ocuparme de este caso. Pero estos "hombres" tratarán de desacreditarte por todos los modos posibles. Te insultarán, te ofenderán, te arrastrarán por el fango. Incluso podrían amenazarte.—Fija su mirada en mí—. ¿Estás preparada para eso?

Sonrío. ¿Preparada? ¿Está bromeando?

—Acabas de describir un día normal en mi trabajo—digo.

El abogado se ríe, pero Néstor no.

—Probablemente tratarán de vincular esto con el artículo que Sophia le soltó al *Herald*—dice Néstor.

Siento un vacío en el estómago.

—Tienes razón—dice Sy—. Iba a llegar a eso. Dirán que estás tratando de conseguir dinero de todas las maneras posibles.—Hace una pausa para limpiarse los dientes con un meñique—. Así es que, ¿aún quieres seguir con esto?

Asiento y digo:

—Honestamente no veo qué pueda perder.

—Entonces . . . a patearles el culo—dice Sy Berman.

Esto comienza a gustarme.

Diez minutos después, estoy sentada en el Mitsubishi de Néstor que me lleva a casa. Me hundo en el asiento, me relajo y dejo que conduzca sin preocuparme por *nada*. En contra de mi agudo instinto de preservación, dejo que alguien se preocupe por un rato del entorno mientras yo me limito a descansar. Por cierto, es algo que nunca he hecho. Cierro los ojos y me imagino besando a Néstor. Aún no nos hemos besado. Es como si ambos tuviéramos miedo de hacerlo o algo así.

—¿Irene?—pregunta—. Dime qué pasó con Ricky. ¿Por qué lo odias tanto?

En otro momento, habría enmudecido. Pero no puedo seguir guiándome por mis instintos. No han funcionado. En estos momentos, sólo quiero seguir a Néstor. Por alguna razón, siento como si lo conociera desde hace mucho más tiempo que el que le conozco. Me siento segura con él. Así que le cuento. Le hablo del maltrato en mi hogar paterno, el desamparo, el dolor, la poesía. Ricky y su poesía. Su dolor. Cómo establecimos una conexión basada casi exclusivamente en el dolor, y cómo en medio de la agonía de la adolescencia, en el vacío de un hogar donde nunca sentí amor, Ricky fue mi propia casa. Lo curioso es que ahora me doy cuenta de que casi quise tanto a su madre como lo quise a él.

—¿Qué significa eso?—pregunta Néstor.

—Significa que amaba la idea de que esa mujer sobria y equilibrada pudiera quererme y cuidarme.

—Instinto de supervivencia—dice Néstor—. Buscar sustitutos. Completamente normal.

—Supongo que sí.

—Lo tienes en abundancia—dice mirándome—. Me refiero a ese instinto. Eres una sobreviviente.

Me relajo un poco más y le cuento el resto. Sobre Sophia. La sorpresa del embarazo. Sobre las relaciones sexuales que nunca fueron buenas, ni suaves, ni maravillosas como se suponía que fueran. Había sido mi primera y última relación. Y le conté de mi tristeza por el hecho de que Alma convenciera a Ricky para que me abandonara, y de cómo me rechazó y desapareció de mi vida en el momento más difícil. Las golpizas de mi padre. Los insultos. Tener que dejar la escuela. La escuela "especial" para muchachas solteras. Los trabajos, cada uno peor que el anterior. Los apartamentos horribles. Arreglándomelas lo mejor que podía. La fuga. La sensación de que había estado huyendo de mi propia *vida*, desde hacía años.

—Es algo que nunca cesa—le digo—. La huida. La adrenalina.

—¿No estás cansada?—pregunta, mientras nos detenemos ante una luz roja.

—Extenuada—confieso con lágrimas en los ojos, pero no son lágrimas de tristeza, sino de otro tipo.

—¿Quieres tener alguna compañía en esa carrera?—dice, inclinándose en el asiento hacia mí y rozando mi mejilla con su mano—. Eres una persona maravillosa.

Y Néstor me besa. Por fin. Cálida, suavemente, con los labios cerrados, el beso más tierno que jamás me haya dado hombre alguno. Un beso reparador. Las lágrimas se desbordan de mis ojos, y sonrío.

—Gracias—digo.

La luz cambia a verde, y Néstor me seca las lágrimas con sus pulgares antes de regresar a su labor de conducir.

—Una mujer maravillosa—repite.

Conduce con cuidado, teniendo siempre cuidado de usar el indicador luminoso para doblar, vigilando el punto ciego. Me siento tan segura. Observo las palmeras y los autos brillantes de Miami. ¿Por qué los colores son mucho más brillantes aquí que más al sur, donde vivo? ¿Por qué no tendré una vida llena de colores? Me gusta este sitio. Me gusta estar rodeada de colores, junto al hombre en quien confío conduciendo a mi lado. ¿Qué es esto que siento?

—¿Estás bien?—pregunta Néstor, echándome una breve ojeada, antes de volver a concentrarse en la vía.

—Estoy bien. Muy bien.

—Dime qué necesitas, Irene—dice—. ¿Comida? ¿Café? ¿Quieres ir a casa? ¿Quieres caminar un rato? ¿Qué puedo hacer? Pídeme lo que quieras.

Alzo la vista para mirarlo. ¿Cómo sucedió esto? Aunque él quisiera, no podría ser más maravilloso. Es dominicano. Eso ya lo sé. Sus padres son de República Dominicana. Pero es muy diferente de Ricky y su madre. No tiene prejuicios. Es capaz de amar. Amar de verdad. Es amable. Refinado. Al mirarlo, uno podría creer que se trata de uno de esos luchadores o matones o algo así, a juzgar por su musculatura o la forma de su mandíbula, pero no es cierto. Es como un perro *pitbull* muy dulce. Sólo que mucho mejor parecido, por supuesto. Lo que quiero acabar de decir es que quisiera estar en su cama, mientras él me abraza bajo las sábanas. Quisiera saber qué se siente cuando uno no tiene que pasarse el tiempo esquivando dificultades, qué se siente cuando uno comparte los espacios y pensamientos más íntimos con alguien considerado, estable . . . y hermoso.

—Un café estaría bien—respondo.

Con una mano me frota suavemente la nuca, mientras dice:

—Café entonces.

Me siento tan bien, mucho mejor que cuando Jim me tocaba. Los dedos de Néstor tienen electricidad, y puedo sentirlo. Mi cuerpo responde a ese contacto de una manera que jamás imaginé. Quiero que me abrace. Quiero sentirlo dentro de mí. Moviéndose suavemente, y después . . . tal vez no tan suavemente. Lo necesito del mismo modo en que una mujer sedienta necesita el agua.

—En realidad—digo—, preferiría no ir a ningún sitio público ahora.

—Está bien. ¿Quieres que te lleve a tu casa?

Me mira con una inocencia y una bondad que me hacen sentir avergonzada ante mi deseo carnal. No sé cómo pedirle a este hombre que me lleve a la cama. ¿Cómo se hace algo así? Observo a Néstor—los abultados bíceps que estallan bajo las mangas de su camisa, el vientre plano, la masculinidad de su cuello y sus manos, y siento que mi cuerpo arde. Lo que realmente quiero es que me lleve a su casa. ¿Cómo se pide eso? De ningún modo. No puedo hacerlo.

—Está bien—digo—. Llévame a casa.

—Lo que tú digas, sólo déjame saber—dice él, y parece decepcionado. ¿Lo está? ¿O es mi imaginación?

—En realidad, no puedo decirte lo que quiero—confieso.

—¿Por qué?

—No sé.

—¿No confías en mí?

Confiar. Ésa era la palabra que había estado buscando. Confío en él plenamente. El problema no es ése.

—En quien no confío es en *mí*—digo—. A solas contigo. Contigo en ese traje. Te ves muy atractivo en ese traje. Eso es lo que quiero. Tú.

Mis mejillas destilan fuego y puedo sentir la presión de la sangre en mi cabeza. Estoy avergonzada. Temerosa. En llamas, y sin un medio para sofocarlas.

Me sonríe y alza una ceja.

—Vaya—dice—, me gusta como suena eso.

—Vaya—digo. Y me sonrío.

Se aclara la garganta y me toma una mano. La suya es tibia. Muy tibia.

—Bueno, ¿por qué no hacemos lo siguiente?—dice—. Vamos para mi casa, y después veremos qué pasa.

Cada una de mis células está en llamas. Miro por la ventanilla y le sonrío al cielo:

—Está bien. Trato hecho.

Apenas entro en su apartamento, el deseo que siento se disipa y es reemplazado por el miedo. En parte se debe a que aún no he roto completamente con Jim, y no me gusta el engaño. Pero la otra parte se debe a que aún tiene fotos de su difunta esposa y de su hija por todas partes. No soportaría tocarlo sintiendo sus miradas que nos observan y, en realidad, siento como si nos estuvieran mirando. Él se da cuenta de lo que siento cuando me observa.

—Lo siento—dice—. Debería de haber guardado las fotos.

—No—digo, sentándome en el sofá—. Lo harás cuando estés listo.

Se sienta a mi lado y me toma una mano. Ése es todo nuestro contacto físico durante las siguientes dos horas, mientras establecemos una comunión más íntima. Hablamos. Hablamos de nuestras vidas y revelamos los dolores que nos unen.

Miércoles, 3 de julio

Me estoy sintiendo vivaz y seductora. No sé si esto es bueno o malo. Falda negra, blusa mandarina. Zapatos verde limón. Me estoy volviendo osada. Y siento como si estuviera desarrollando un estilo personal, aunque aún no soy lo bastante valiente como para preguntarle a otros, porque bien pudieran darme otra versión de mi realidad. Por ejemplo, que parezco un sorbete de vómito. No me gustaría oír algo así.

Con mis labios aferrados a la pajilla verde de otro *latte* helado, me desplazo danzarina por el pasillo y abro la puerta de mi oficina, casi esperando encontrar esos socorridos pajarillos de las películas de Disney que me traerán toda clase de objetos útiles en sus picos. En vez de eso, allí está . . . Ron. Ugh. Nada menos parecido a una avecilla de Disney. Y lo más parecido al Gollum en esas películas de *hobbits*. Un Gollum mal vestido. Lo cual podría ser redundante, porque Gollum, aunque llevara un buen traje, seguiría viéndose horrible. Debido a su propia "gollumnidad", Gollum convertiría un buen traje en algo horrendo, en algo chorreante y supurante.

—Milán—dice con esa extraña sonrisa suya.

Todavía lo veo metiendo sus manos en Analicia. Realmente asqueroso.

Aparto mis ojos de Gollum y veo que no está solo. "El Ricky" está aquí, en *shorts* y una camiseta corta, superatractivo y comestible; y con él, Jasminka y su perro. Ella y el perro se ven desconcertantemente parecidos en ese momento: algo tristes, afiebrados, cansados. Me gustaría reconfortarlos, pero no creo que sea una buena idea.

—¿Y ahora todos gritan "sorpresa" y me acuerdo de que hoy es mi cumpleaños?—pregunto en un débil intento por bromear.

Lo cierto es que me siento invadida, violada, asustada. Me acerco al escritorio con cuidado.

—¿Puedo sentarme?

Me quedo asombrada ante mi propia audacia frente a esa gente. Todo este asunto de la relación clandestina me está volviendo valiente.

—Siento haberte sorprendido—dice Ron. Y luego, casi como si fuera un chiste, se traquea los nudillos. B-b-bueno. Y ahora debe ser cuando los "mato-nes a sueldo" de los que siempre habla Papi salen del almacén y me acribillan a presillazos, ¿cierto?

—¿Qué ocurre?—pregunto.

Más vale que sea directa.

—Siéntate, Milán—dice Ricky con una sonrisa encantadora. Su sonrisita encantadora. ¿Está loco? ¿Frente a su mujer? Continúa—: No es tan malo como parece.

Dejo mi cartera y mi maletín, y me siento sobre el escritorio.

—Ricky necesita tu ayuda—dice Jasminka, cansada y desganadamente.

Después de haberla insultado en esa escena del patio, no entiendo qué está haciendo ella aquí. Al igual que su perro, es leal hasta el final.

—En realidad, todos la necesitamos—dice Ricky.

Oh, oh. Estudio sus rostros. Siento que la sangre se me enfría. Aquí hay al-go que no está bien. Lo siento. Ron se inclina y carraspea. Siento el sonido co-mo de una tela que se rompe. Creo que acaba de rompérsele la costura de sus pantalones, pero es sólo una suposición. No pienso levantarle la chaqueta para comprobarlo.

—Primero que todo, déjame decirte que me encanta la prensa que conse-guiste para el álbum de Ricky. Con *Rolling Stone*, ¿verdad?

—Sí.

—¿Cómo coño lo haces?

—Los adulo—digo—. Digo mentiras.

Todos se ríen como si estuviera bromeando, pero no es así.

—Ésa es buena—dice Ron, adoptando de pronto un semblante serio: el del Gollum serio—. He aquí el asunto. Ricky se enfrenta ahora a un problema . . . un grave problema.

Jasminka se muerde el labio inferior. Minsko gime al sentir el nerviosismo de su dueña y le empuja suavemente la mano.

—¿La chica?—pregunto.

¿Acaso piensan que no me he enterado?

Ron asiente, y Ricky se muestra herido y confundido.

—Tenemos reporteros llamando desde todas partes—dice Ron—. Y todos nosotros lo estamos negando, cada uno a su manera. Pero quería tener esta reu-nión para asegurarnos de que todos lo estemos haciendo de la misma forma.

—Reparar el daño hecho—digo—. Estaba planeando hacer lo mismo.

—Exacto. Bien.

Ahora es Jasminka quien habla.

—En realidad, no se trata de reparar daños, Milán, porque no existe nada que reparar. Ricky jura que esa niña no es suya, que esa gente vio una oportunidad para ganar dinero y arruinar nuestras vidas, y que la aprovecharon. Tengo que creerle.

—Pero ¿qué hubo realmente con ella?—pregunto.

Ricky y Jasminka se miran entre sí, y ella vuelve a hablar.

—Milán, primero tengo que decirte algo. El otro día, lo que viste aquí, con Ricky . . .

¿A qué se refiere? ¿Al ataque de nervios? ¿A la cocaína? ¿A la locura? Me encojo de hombros como si no supiera de qué me habla. Para ser sincera, he tratado de bloquear esa imagen. He decidido que los hombres geniales hacen ese tipo de cosas. Nunca antes he conocido a un artista genial, así es que asumo que todos son más o menos así. De todos modos, así son en las películas. ¿Por qué entonces no iban a serlo en la vida real?

—Tuvo una crisis nerviosa debido al estrés—explica Jasminka—. Eso fue lo que ocurrió.

—Sólo eso—interviene Ron, en un tono que parece una advertencia.

—Incluso si alguien trata de decir que hay algo más —comienza a decir Ricky, mientras Jasminka y Ron le lanzan una mirada—, eso no es cierto. No reacciono bien ante el estrés. Soy muy sensible.

—Por lo cual necesitamos que trates de echarle tierra a todo este asunto lo antes posible—dice Ron—. Ricky necesita encontrarse en óptimas condiciones. No podemos permitir que se derrumbe por un puñado de mentiras mierderas.

—Está bien—digo.

Debe ser jodidísimo que el mundo entero siempre esté pendiente de cada uno de tus gestos. Tener que preocuparse por el hecho de que si, por ejemplo, tus emociones premenstruales son un poco más fuertes de lo habitual, la prensa amarilla va a proclamar que estás loca. A eso le llamo el síndrome de "Mariah": es la tendencia que tiene la prensa a clasificar de loco a todo aquel con un poco de genialidad creadora y belleza física. A la prensa no le gustan los creadores atractivos. Ése es el problema. Se ponen celosos.

—Yo me ocuparé de defenderte, Rick. Ése es mi trabajo.

—Todo este asunto es jodidamente serio—dice él.

—Lo sé—contesto, añadiendo silenciosamente "mi amor".

Quiero llamarle "mi amor" y morderle las orejas. Lo amo. Odio sentir que lo amo tanto. Posiblemente esto no sea bueno para mí, pero lo amo de todos modos.

Ricky sigue hablando para contarme la historia de Irene Gallagher. Dice que "en el pasado" asistió a la secundaria con ella, pero que jamás fueron íntimos y que nunca volvió a hablarle desde esa época. Supone que toda su familia está tratando de llamar la atención y sacarle dinero, sólo porque se está convirtiendo en una superestrella.

—Eso es indignante—digo. Y emocionante, desde un punto de vista profesional. Me siento como un caballo de carreras en el corral de arranque, chispeante y listo para barrer con toda la escoria del mundo, especialmente si están atacando a mi Ricky. *Mi* Ricky. Porque es mío. Me vuelvo hacia él, lista para la batalla—. ¿Qué quieres que haga?

Ricky se mesa los cabellos y su mirada se pierde mientras contempla mi escritorio. Así debe verse cuando escribe música, como Mozart en esa película *Amadeus*, como si estuviera rastreando una señal de Dios. Su expresión torturada me rompe el alma.

—Para eso te contraté—murmura, bajando los ojos hasta posarlos en los míos; y hay un secreto en ellos, nuestro secreto. En este momento desearía que Jasminka desapareciera. Quiero arrebatárselo. Quiero despedir a Ron y convertirme en la mujer y el agente de Ricky. Seríamos invencibles—. Para que remediaras ese tipo de problemas. Pensamos que tú sabrías lo que debes hacer.

—Así es—afirmo—. ¿Sabes si han acudido a otro sitio, además del *Herald*?

—Aún no—dice Ricky—. Tenía la esperanza de que esto se diluyera, de que quedaría enterrado después de lo del *Herald*; pero Ron tuvo que huir de Nueva York anoche, porque todos continuaban echándoselo en cara allá arriba. Parece que todo el mundo lo hará.

—Ya lo vamos a arreglar—digo.

Ricky se muerde el labio inferior y se queda mirando el suelo nuevamente.

—No sé, Milán.

—La prensa sola podría arruinarnos—interviene Ron.

Ricky me mira con amor y deseo.

—Lo dejo en tus manos.

Soy *yo* quien lo quiere en mis manos. *Ahora.*

Ron vuelve a carraspear.

—¿Entendiste, Milán? Él conoce a la madre, pero no es el padre de la niña.

Quiero que encuentres toda la porquería que puedas sobre esa tal Gallagher, y que la desacredites todo lo que puedas.

Hago un gesto de afirmación. Por supuesto que lo haré.

—Haré lo que sea necesario.

Ron sonríe con amplitud y se pone de pie, acercándose hasta colocar una pegajosa mano gollumnesca sobre mi hombro.

—Eres una buena chica—dice.

Apesta igual que esas ropas húmedas que se han quedado toda la noche en la lavadora y han comenzado a criar moho. Le pregunta a Jasminka si ya está lista para salir.

—La estoy llevando a su cita con el gineco-obstetra—dice Ron.

¿Cómo? Eso me suena tan raro que ni siquiera deseo preguntar.

Me imagino que Ricky está preparando a Jasminka para la separación.

Ricky me mira como si presintiera mi pregunta y añade:

—Tengo que estar en el estudio toda la tarde y no creo que Jaz debería quedarse sola en estos momentos.

Qué tierno es.

Jasminka y el perro salen de la habitación después de Ron, despidiéndose de todos. Luego sólo quedamos Ricky y yo, que nos miramos. Él cierra la puerta y corre las cortinas. Siento que mi cuerpo se enciende.

—Gracias, pequeña—dice él, acercándose por detrás y rodeándome el cuello con sus brazos.

Se inclina y me planta un beso en la coronilla. Puedo oler su colonia de hierbas. Huele tan bien. Lo deseo. Ahora.

—Supe que podía contar contigo.

Giro en la silla para quedar frente a él, y ahí está de pie frente a mí. Mi cara está a la altura de . . . Bueno, ya sabes de dónde. Alzo la vista y, antes de saber lo que mis manos están haciendo, ya están a ambos lados de su pelvis, acariciándolo ligeramente de arriba abajo.

—Haría cualquier cosa por ti—digo.

Se acerca más. Trato de no pensar en Jasminka. Es una buena mujer, pero no satisface a Ricky. No se llevan bien. Lo sé. Le alzo la camisa y descubro la línea de vellos en su vientre endurecido. Retuerzo los vellos alrededor de un dedo, con delicadeza. No puedo creer que esté haciendo esto.

—¿Cualquier cosa?—pregunta Ricky.

—Cualquier cosa—respondo.

Me inclino para besar su vientre. Siento su piel fría bajo mis labios. Debo estar ardiendo. Sus manos están en mis cabellos y ahora me está dirigiendo, moviendo mi cabeza. Lo beso más abajo, sobre sus *shorts*. Y entonces siento su dureza contra mi boca. Oh, Dios. Me aprieta contra él, y lo siguiente que sé es que se está bajando los *shorts*.

Y ahí está el miembro de Ricky, ligeramente oscuro y morado, seguro de sí. Estoy sentada en mi oficina, mirando frente a frente el miembro rígido de Ricky Biscayne. He fantaseado mucho con esto, pero jamás imaginé que se viera o que oliera tan bien. Primero lo toco con mis manos, lo acaricio, y coloco el inquieto miembro donde pueda descansar. Lo escucho gemir.

—Sabes que estoy loco por ti—dice—. No puedo dejar de pensar en ti.

Sonrío mientras alzo la vista y nuestras miradas se encuentran. Me sonríe. Es un sueño hecho realidad. No puedo creer que esté aquí. Vuelvo a mirar al frente y me inclino, rozándolo con mis labios. Suavemente. Estas cosas son muy delicadas, pienso, cuando quedan expuestas de ese modo. Me apenan los hombres, aunque no mucho. Lo beso a todo lo largo del miembro y finalmente en la punta, con besos delicados, mientras mis manos lo sostienen por los costados. Entonces lo lamo como si fuera un helado. Tiene buen sabor. Recuerdo todo lo que he leído durante años sobre la masturbación oral masculina en los artículos de revistas femeninas, y protejo mis dientes con los labios. Lo recibo en mi boca y siento un manantial que se desboca entre mis piernas. Me inflamo deliciosamente por todas partes. Me muevo arriba y abajo, adentro y afuera. Lo quiero dentro de mí. Lo necesito tanto que estoy a punto de llorar.

—Así me gusta—dice él—. Me gusta mucho.

Alzo la vista para mirarlo. Ricky ha cerrado los ojos y sonríe ligeramente. Me recuerda una escultura. Haría cualquier cosa por él. Siento las palabras que brotan de mi alma, y no puedo contenerme. Lo saco de mi boca por un instante y digo:

—Te amo.

Ricky no abre sus ojos.

—Gracias—dice.

Se agarra el miembro con una mano y vuelve a acercármelo al rostro.

—No pares, Milán. Sigue.

—Ricky—le digo, volviendo a recibirlo para farfullar con la boca llena—, haré cualquier cosa que quieras.

Tengo la esperanza de que quiera hacerme el amor.

Pero en vez de eso, dice:

—Si es así, quiero echártela por toda la cara.

Son palabras muy extrañas y sensibles en boca de un bardo tan exquisito. Realmente muy extrañas.

Jill se apresura por el camino de piedras hasta el buzón, descalza, con sus cortísimos *shorts* y un breve pulóver, lo suficientemente bien peinada como para lucir bien en la ocasional foto tomada desde los árboles que rodean su propiedad. Coge su ejemplar de la revista *People*, corre hacia la casa, y se acomoda en el suave sofá blanco de la sala para hojearla, buscando fotos suyas. Como esperaba, sus fotos con Jack en Tantra están allí, con dos titulares que rezan: LOCAMENTE ENAMORADOS y BUSCANDO ALGO MÁS QUE AGUA. Los comentarios a las fotos dicen que ella y Jack se desean con tanta pasión que no pueden dejar de acariciarse, y señala las exigencias de privacidad que hiciera Jill. Perfecto. Los muy idiotas se lo han tragado de nuevo.

Jill se maravilla de lo bien que se ven ambos. Ella es mejor actriz y la más famosa, pero él tiene casi tanto talento como ella en el departamento fotogénico. Qué mentón. Qué hoyuelos en las mejillas. Qué cabello tan hermoso tiene, sin siquiera intentarlo, ligeramente rizado y muy brillante. Hubieran podido engendrar niños preciosos. Resulta casi trágico que ella tenga que dejarlo tan pronto. Pero ya se las arreglará. Jack, por el contrario, no podrá reponerse.

Jill cierra la revista y comienza a hojearla de nuevo, esta vez desde el principio, para averiguar qué están haciendo sus rivales. Está Beyoncé, con su novio rapero, comiendo pollos en Popeye otra vez y lamiéndose los dedos como si fuera la campesina que siempre ha asegurado ser. Qué vergüenza. Esa muchacha no tiene ninguna disciplina. ¡Es que no sabe que todas las campesinas terminan gordas y en el Cracker Barrel? Y ahí está mamacita Britney, sacándose el hilo dental de su pantaleta de entre las nalgas. Encantadora. Esa chica nunca se preparó para la escena, que parecía digna de un vecindario de casas móviles. Por un instante, Jill piensa en la posibilidad de quedar embarazada, pero la rechaza. ¿Para qué arruinarse el cuerpo de *esa* manera? Piensa en Nick y Jessica, peleándose y fornicando. Jill admira a Jessica Simpson por su capacidad para convertir su matrimonio en un producto comercial, y se maldice por no haber tenido esa idea antes. ¿Qué mejor manera de conseguir que todo el país te adore que ser esa esposa atractiva a quien todos quieren ver y tirarse? Se ríe mientras pasa los artículos sobre Mary Kate y Ashley, pero durante un rato se queda mirando las fotos de actrices pálidas como Cate Blanchett e Hilary Swank, que la intrigan.

Si existe un tipo de persona en este mundo que intimida a Jill Sánchez es esa clase de actrices independientes y famélicas a quienes no parece importarles cómo lucen, pero que lucen bellas de todas maneras. Ésas son las actrices de las que Jack habla siempre con reverencia. Pertenecen a un mundo tranquilo y elegante para el que Jill no tiene membresía; un mundo donde todos la mirarían con expresiones divertidas y se reirían, si Jill apareciera en el umbral de alguna fiesta privada. Están destinadas a tener largas carreras, como Susan Sarandon, porque son actrices de carácter y se las toma en serio. A veces Jill piensa que si pudiera volver a hacerlo todo de nuevo, tomaría ese camino. Pero no tiene lo que se necesita para comenzar de nuevo, y ahora tiene una imagen y un imperio que defender.

Vuelve otra página y tropieza con Ricky, que le devuelve la mirada. Es una foto bastante desfavorable, en la que aparece gritando desencajadamente a alguien, posiblemente a un fotógrafo. Parece un lobo escuálido. Ricky odia a la prensa y no oculta sus sentimientos hacia ella. El titular grita: ¿ES HIJA DE RICKY BISCAYNE?

¿Cómo?

La foto de una muchacha atractiva y con aspecto de pandillera, de unos trece años, con *shorts* de jugar fútbol y una ancha sonrisa, aparece sobreimpuesta sobre el vociferante Ricky. Jill lanza un respingo y se endereza. Ella sabe que no debe creer todo lo que se dice en esas revistuchas, pero lo cierto es que la mayoría de las veces revelan cosas reales sobre su propia vida, incluso cuando ella no quiere. Existe una posibilidad de que esta noticia sea cierta.

El artículo dice que una muchacha llamada Sophia Gallagher, de Homestead, Florida, está contactando a la prensa del sur de la Florida asegurando que es hija de Ricky. Hay otra foto de una mujer en traje de bombero, donde se dice que ella fue novia de Ricky durante la secundaria. Jill recuerda haber oído que Ricky mencionó su nombre. En el pasado habían salido juntos durante un año o algo así. El artículo dice que Ricky niega ser el padre de la muchacha y asegura que la madre sólo había sido una conocida suya en la escuela.

Jill sostiene la revista en alto para verla a la luz y estudia a la muchacha. Se parece mucho a Ricky, el mismo cabello negro rizado, los mismos ojos color miel. Siente correr la adrenalina por sus venas. No esperaba esto. No le gusta. Tiene pensado casarse con Ricky, pero abandonar a un hijo no resulta una acción grata ni inteligente ante la prensa. Sin embargo, no hay nada que le guste más a Jill que un desafío, que un rompecabezas publicitario que necesita ser acoplado, pieza a pieza, hasta lograr el cuadro exacto que ella quiere crear a todo color.

Toma el teléfono y marca el celular de Ricky.

—Hola, bombón—responde él, llamándola con su apodo íntimo.

—¿Qué hay?—dice ella—. ¿Por fin la niña es tuya?

Hay un largo silencio y Ricky suspira. Él sabe mentirle a casi todo el mundo, pero ante ella pierde su capacidad para controlarse. Ella sabe que le produce ese efecto. Jill siente una sonrisa cosquilleándole en la boca.

—No—dice él—. No es mía.

—Te ves muy gracioso cuando dices mentiras—ronronea ella.

—No estoy mintiendo—asegura él, y su voz se quiebra.

—Eres un actor horrible—responde ella.

—Tú también, según dicen los críticos.

Touché. Jill cierra los puños y hace una mueca.

—Ven aquí—dice ella—. Dímelo en mi cara.

—No iré. Voy a cambiar mi vida.

Jill se ríe.

—No, en serio. Esta vez lo haré. Amo a mi esposa. Tengo que hacerlo bien esta vez.

—¿Esta vez?

—Quiero ser un buen hombre.

—Lo eres. Eres el mejor que he tenido nunca.

—Jill, no lo hagas. Por favor.

—Estoy desnuda—susurra ella—. Estaré aquí en una hora.

Ricky guarda silencio y luego dice:

—Está bien.

Lunes, 8 de julio

Sucia, sucia, sucia. Así es como me siento. Estoy desayunando con mis padres en la inmaculada cocina blanca con gabinetes rojos que limpié esta mañana, porque así se esperaba que lo hiciera. Se supone que me esté preparando para ir a trabajar, pero sólo puedo pensar en lo mal que me he portado con Ricky. Me he portado muy mal, ¿verdad? Desde muchos puntos de vista. Pero me ha encantado hacerlo. Y no puedo dejar de pensar en eso. Sin embargo, estoy perdiendo interés en todo lo que antes me hacía ser yo misma, incluyendo el club de lectura al cual ya no asisto porque siempre estoy muy ocupada. Incluso las muchachas han dejado de llamarme para ver si voy. ¿Y Las Chicas

Ricky? Ni siquiera me dirigen la palabra, como si yo fuera una especie de traidora. Me he vuelto tan irreconocible para mis antiguas amistades como para mí misma. Miro mi tostada y le pregunto: *¿En qué me he convertido?*

—¿Qué ocurre?—pregunta mi madre, que me observa como si fuera un ave de rapiña mientras bebe su fuerte café cubano Bustelo, que también he colado para todos en la cafetera de mil dólares, gracias. (Papá no pone reparos en gastar dinero en las cosas "importantes").

—¿Cómo?—pregunto.

—Algo te pasa.

Mi padre, por su parte, nos ignora. Está molesto con las mujeres que lo rodean. Con todas nosotras. O al menos, conmigo y con Génova: una está enamorada de un "prieto" y la otra de su jefe casado y "mexicano". Lo único que quería de nosotras es que nos casáramos con cubanos blancos de éxito. Ya se ha dado por vencido, y ha empezado a decir cuánto le hubiera gustado tener hijos varones.

—No pasa nada—miento.

—Estás enamorada de tu jefe—dice ella.

Miro mi reloj.

—Tengo que irme, Mami, Papi. Los quiero.

Me escurro de la mesa para ponerme de pie. Llevo el plato sucio de mi padre hasta el fregadero. Mamá no deja de mirarme. Creo que me estoy ruborizando. Me apresuro a salir de la habitación, y luego fuera de casa, para subir a mi nuevo auto.

Mientras conduzco rumbo al trabajo, voy oyendo canciones de Ricky y me siento desconsolada. No quiero ser "la otra". No me gusta. Pero ser "la otra" de Ricky es mejor que ser la mujer de un tipo cualquiera. Así lo veo. Una cosa compensa la otra. Pero ¿por qué me siento tan insegura con todo esto? ¿Es que me siento culpable? Sí, eso es gran parte del problema. Jasminka me cae bien. Pero tan pronto lo pienso, me doy cuenta de que la esposa de Ricky no es mi problema. Es responsabilidad de Ricky. O de ella misma. Las evidencias están ahí. Si yo fuera ella, me daría cuenta de que él no está tan interesado en mí.

Mientras conduzco desde la 395 por el MacArthur Causeway hacia Watson Park, veo una familiar silueta por el borde de la calle, inclinada sobre el par de manubrios, con el estuche negro de la guitarra al hombro. ¿Matthew Baker? ¿Qué hace? ¿Trata de suicidarse? Hace un calor infernal allá afuera, y está empapado en sudor. En este tramo, la carretera se eleva a bastante altura sobre la bahía. Éste no es el mejor lugar que digamos para montar en bicicleta. Por un lado, puede caer al agua y morir ahogado. Y por el otro, puede ser atropellado por los automóviles que corren a toda velocidad. ¿Está loco?

Arrimo el Mercedes junto a su bicicleta y aprieto un botón para bajar la ventanilla del pasajero.

—¡Hey!—lo llamo.

Pero lleva audífonos en los oídos. No se percata de mi presencia, aunque los carros detrás de mí sí lo han hecho y comienzan a tocar los cláxones enloquecidamente. Por fin me ve. Su rostro se ve sorprendido y la bicicleta comienza a oscilar como si fuera a caerse. Ah, perfecto, pienso. Ahora resulta que voy a terminar matando a este tipo.

Se detiene y se saca los audífonos.

—Oh, hola, Milán—saluda, mientras el sudor se le escurre por la boca.

—¿Qué haces ahí?

Se ríe como si yo fuera tonta, se da cuenta de que estoy escuchando el CD de Ricky Biscayne y vuelve a reírse de nuevo. ¿Para qué tuve que detenerme? Matthew siempre se muestra muy cruel conmigo.

—Estoy montando mi bicicleta—dice.

—Ya me he dado cuenta. ¿Quieres que te lleve?

Sacude la cabeza.

—No, gracias. Necesito el ejercicio.

¿Está queriendo decir que a mí también me haría falta un poco? Siempre me hace estas cosas.

—Que te vaya bien—respondo.

—Además, las mejores ideas se me ocurren mientras pedaleo—añade, y hace una mueca—. ¿Estás oyendo a Ricky?

—Sí.

—¿No te parece más que suficiente oírlo en el trabajo?

—Ricky es un genio.

Frunce el ceño.

—Está bien—digo—. Te veo en la oficina.

—Vale, nos vemos.

Mientras me alejo, veo por el retrovisor que Matthew me lanza un beso. Es un tipo tan *raro*.

Llego al trabajo y me escondo en la oficina. Al parecer, soy la única que está aquí. Me alegro, porque no quiero perder el tiempo haciendo el amor con mi jefe. Bueno, eso es mentira. Pero tengo mucho trabajo.

Para la una de la tarde ya he encontrado diecisiete artículos relacionados con las falsas acusaciones de paternidad contra Ricky Biscayne, un devoto hombre de familia. Estoy decidida a probarle mi amor. No me pregunten por qué. Me doy cuenta de que mis motivos no son profesionales, pero realmente tengo fe en Ricky Biscayne. Me siento como un soldado, rescatando a mi amor de las garras del enemigo. El esfuerzo de hablar sobre Ricky, mirar sus fotos, escuchar su música, me hace sentir excitada y ansiosa. No quiero volver a compartirlo con nadie más.

Mientras estoy conversando con un reportero de *Entertainment Weekly* y haciendo algunos ejercicios Kegels para poner en perfecta forma mis músculos para mi jefe, Matthew Baker entra con el rostro encendido y un cuaderno de notas en la mano. Dejo de contraerme y espero que no lo haya notado. Se ha cambiado de ropa, pero aún se ve acalorado del viaje. ¿Qué querrá? Lleva una camiseta con una imagen de Bob Marley y unos *shorts* de algodón muy anchos, negros y largos. Sus piernas musculosas y velludas me recuerdan esos hombres que aparecen en las revistas deportivas montando canoas en corrientes turbulentas. Extraño los días en que solía vestirme como Matthew Baker. Tanto él como yo tenemos un estilo natural que se aviene mejor a algún sitio como Colorado, en lugar de Miami. La vida era mucho más fácil cuando no tenía que preocuparme todos los días por mi apariencia. Matthew se ve relajado y cómodo, sociable y guapo, como cualquier otro tipo que, aunque no sea tan guapo, resulta tan agradable que de todos modos le gusta a las mujeres. Apuesto a que su novia es bonita y honesta. Mucho mejor y más digna que yo.

—Voy a ordenar algo para el almuerzo—dice—. ¿Quieres algo?

Matthew me alarga un puñado de menúes mugrientos y estropeados. He estado tan ocupada que no me había acordado del almuerzo y tengo hambre. Mucha hambre. Todo parece bueno. Si estuviera sola, encargaría un montón de comida. Pero ¿delante de un hombre? Sólo un poco. Intento aparentar que el almuerzo no me interesa mucho.

—Desayuné tarde—miento.

Desayuné temprano, en medio del continuo interrogatorio de mi madre que me impidió comerme las tostadas y los huevos que hice para todos.

—Oh, vamos—dice él—. El sitio tailandés es muy bueno. ¿Te gusta la comida tailandesa?

Adoro la comida tailandesa. Adoro a los hombres que adoran la comida tailandesa. Adoro a todos los hombres y eso me avergüenza.

—Me gusta toda la comida—confieso.

Y le encargo una ensalada. Es muy femenino pedir una ensalada.

—Tienes que pedir algo más—dice Matthew.

—¿Por qué?

—Me gustan las muchachas que comen mucho—dice Matthew con una sonrisa avergonzada—. Es decir, creo que las mujeres deberían comer tanto como los hombres. No, espera. Me parece fenomenal que una mujer no tenga miedo de mostrar que come.

Trato de entender lo que quiere decirme. ¿Estará siendo sarcástico? ¿Comenzará a reírse de nuevo? ¿Por qué me sopló un beso antes? ¿Qué hay con este tipo? Con sospecha, vuelvo a mirar el menú y pregunto:

—¿A tu novia le gusta comer?

Ay, la palabra "novia" ha sonado sarcástica. Fue sin querer. Simplemente salió así.

—¿Quién?—dice Matthew, que parece verdaderamente sorprendido.

—Tu novia—digo, tosiendo mientras me cubro la boca.

Lamento haber sacado el tema. No es nada profesional.

Matthew se echa a reír.

—Ah, *esa*. Bueno, imagínate. Las muñecas inflables no comen mucho, Milán. Estoy confundida.

—¿Qué?

—No tiene importancia. Puedes ser sincera conmigo—dice él—. Sencillamente no quieres almorzar con un infeliz ni con un trol. Está bien. Entiendo.

Vuelve a sonreír con sarcasmo.

¿Trol?

—¿Cuál trol? ¿De qué estás hablando?

Matthew se sonroja y se acerca más a mí. Mira alrededor, con aire paranoico, y regresa para cerrar la puerta tras él.

—Mira, Milán—dice—, tengo que ser honesto contigo.

—¿Sobre qué?

Oh, Dios. ¿Sabrá algo sobre la mamada? ¿También va a pedirme una? ¿Es eso? ¿Ahora resulta que soy la puta oficial?

—Sobre mí. Soy un tipo raro. Lo reconozco. Lo sé. Me doy cuenta. Pero tengo que decirte algo.

—Adelante.

—He tenido sentimientos hacia ti desde que comenzaste a trabajar en este sitio, y por eso se me ha hecho muy difícil concentrarme en mi trabajo.

—¿Qué clase de sentimientos?

Yo pensé que me odiaba.

—Sentimientos de hombre hacia una mujer. Incluso los troles los tenemos.

—Pero ¿y tu novia? ¿Todos los hombres que hay aquí engañan a sus mujeres?

—¿Cuál novia?—grita—. No tengo *ninguna* novia, Milán. ¡Acabo de decírtelo!

—¿Me lo dijiste?

—¡Sí! Bueno, en realidad te dije que mi novia era una muñeca inflable, lo cual era mentira—. Vuelve a sonreír con ironía—. Ni siquiera tengo una muñeca inflable. Ellas no me encuentran atractivo.

—Bueno, cuando te llamé una mujer me dijo que era tu novia.

—Mintió. Es mi ex. Una desquiciada.

—Eso es lo que dicen todos—bromeo.

Él no se ríe. Parece furioso.

—Está loca. Y no tiene ninguna importancia. ¿Sabes cuál es el verdadero problema aquí?—dice sentándose en el borde de mi escritorio mientras comienza a jugar con la engrapadora, abriéndola y cerrándola—. Tú piensas que soy un trol insignificante y asqueroso. Ése es el problema. Tú crees que soy un infeliz. Lo pensaste desde la primera vez que trataste de ahogarme en el muelle de los cruceros.

—¿Por qué sigues mencionando a los troles, Matthew? No entiendo de qué hablas. ¿Tienes algún tipo de obsesión con los troles? ¿Y por qué sigues repitiendo que yo te llamé infeliz? Además, ¡no fui yo quien trató de lanzarte al agua! *Tú* tropezaste conmigo.

—Me llamaste infeliz en el momento en que me empujaste.

—¡Ni siquiera estaba hablando contigo! Era el título de un libro que leímos en el club de lectura.

—Oh—exclama como si no me creyera—, y da la casualidad que se titula *Infeliz*.

—Sí, así es. Es un buen libro. Deberías leerlo.

—Me parece que más bien debería escribirlo—dice—. Sería autobiográfico.

—Tal vez ése sea tu problema. Estás proyectando todos tus problemas de autoestima sobre mí.

Matthew se niega a aceptarlo.

—¿Y *no* dijiste que yo era un trol el primer día?

—¿Qué?

—Ricky dijo que tú pensabas que yo era un trol.

—¿Ricky? ¿Cómo? No, nunca . . . —me detengo. Recuerdo mi primera conversación con Ricky, cuando casi insistió para que yo admitiera que Matthew era . . . un trol—. Oh, eso. Más bien me presionó para que lo dijera. Nunca pensé que fuera a decírtelo.

—Así es que es cierto. Piensas que soy un trol. Y un infeliz.

—Nunca te llamé eso, Matthew. Deja de repetirlo.

—Está bien.

Se pone de pie para marcharse, ofendido.

—No, Matthew, no pienso que seas un trol. No quise decir eso. Yo quería un trabajo. Este trabajo. Admiraba mucho a Ricky. Hice lo que me pidió.

—Espera un momento—chilla Matthew—. ¿Ricky te obligó a decir que yo parecía un trol?

—Más o menos. No, no exactamente. No sé. Sí, lo hizo.

—¿Qué?

Trato de no reírme. Pero lo hago. Es gracioso. De una manera trágica, lo es.

—Lo siento—digo—. No eres un trol. Nunca dije que fueras un infeliz. Nunca dije que fueras un trol.

Su mirada se suaviza un poco. Trata de no sonreír.

—¿De veras existe un libro que se titular *Infeliz*?

—Sí, escrito por un tipo llamado Jerry Spinelli.

Vuelve a fruncir el ceño.

—Odio a Ricky.

Me encojo de hombros.

—Yo lo amo—digo.

No sé por qué, pero me parece que éste es el momento oportuno para revelar mi amor. Matthew se ríe amargamente.

—¿Que lo *amas*?

—Lo amo. Sí.

Hago un gesto con los hombros ante el peso de esa verdad. Y, añado para mí, creo que él me ama.

—¿Ya te hizo que se la mamaras?

Me quedo con la boca abierta.

¿Me *hizo*? ¿Si *ya* me hizo?

—¿Qué si ya me hizo?—pregunto—. ¿Qué significa eso?

Matthew mueve su cabeza.

—Ya lo hizo. Bueno, era previsible.

—¿Qué? ¿Qué cosa era previsible?

—Nada.

—¿Qué? ¡Dime!

Siento saltar mi corazón, como si fuera el de un ratón nervioso. ¿Cómo va a ser previsible la magia que existe entre Ricky y yo? Ricky me ama. Lo ha dicho. O por lo menos, creo que lo ha dicho. Aunque pensándolo bien, quizás no. Quizás nunca lo ha dicho.

—Milán. Ricky consigue mamadas de todas las mujeres que trabajan para él. Es algo sabido. Le gustan las mamadas.

—¿Qué?

—Es una obsesión que tiene. No sé. Sólo te advierto. Si no se lo has hecho todavía, es algo que espera recibir.

—¿Cómo dices?

Me siento destrozada y, a juzgar por la mirada de lástima que me lanza Matthew, debe vérseme en la cara.

—Oh, no—dice Matthew—. Tú también. Déjame adivinar. Te dijo que su esposa no era lo suficientemente apasionada. Te dijo que sintió algo por ti desde el primer momento en que te vio. Te dijo que eran almas gemelas. Que escribió sus canciones para ti.

Permanezco en silencio. Lo único que puedo hacer es tragarme las lágrimas y tratar de mantener la boca cerrada.

Matthew suspira y agrega:

—Conozco a Ricky desde hace diez años. Créeme. Habla muy bonito, pero cuando llega la hora de la verdad, todo se limita a una mamada.

Nos miramos el uno al otro sin hablar, durante un instante.

—Yo no lo hice—miento.

—Pero él quería.

—Sí.

Matthew se echa a reír.

—Cambiemos de conversación. Se me está quitando el hambre.

—Está bien.

—Bueno, pues no tengo novia. No se la mamaste a Ricky. No crees que parezca un trol. Yo diría que estamos en paz. ¿Quieres ir a almorzar?

Quiero llorar. Eso es lo que quiero. ¿No soy la única? ¿No soy la única para Ricky? ¿No me ama? ¿No va a abandonar a su esposa por mí?

—Creo que sí—respondo.

—No hagas pucheros.

—No estoy haciendo pucheros.

—Lo estás haciendo. Estás enamorada de Ricky y creíste que tendrías una oportunidad con él.

—No es verdad.

Parece como si me tuviera una gran lástima.

—He visto repetirse esta historia tantas veces que ni siquiera es graciosa, Milán.

—Nunca dije que fuera graciosa.

Me mira con simpatía.

—Ricky es muy atractivo—añade—. Soy hombre; pero, para serte franco, es posible que hasta yo mismo se la mamaría si me lo pidiera. Las mujeres se vuelven locas por su cuerpo. No hay nada malo en eso, muchacha. Eres normal.

—No es el cuerpo de Ricky lo que quiero—digo, mientras las lágrimas se empiezan a formar nuevamente en mis ojos—. Es su alma.

—Creo que hace tiempo se la vendió al diablo.

Estoy confundida.

—Lo que amo de él es su alma. Su música. La letra de sus canciones. Su voz. Su cerebro. Ésa es la parte de Ricky que lo hace tan especial.

Ladea la cabeza.

—¿De veras piensas eso?—pregunta.

—Sí—respondo, enjugándome las lágrimas—. Sin todo eso, sólo sería un tipo lindo. Hay montones de tipos bien parecidos en el mundo. No hay muchos cantantes ni compositores como Ricky.

—¿De verdad lo crees?

—Si Ricky se quemara en un incendio y se quedara lleno de cicatrices, seguiría amándolo por lo que lleva en su espíritu.

—¿Sí?

—Sí.

—Incluso si pareciera un trol.

—Incluso si pareciera un trol.

—O fuera un infeliz.

—Sí.

—¿Y si se pareciera a mí?

—¿Estás buscando que te elogie?

Este Matthew me gusta. Resulta agradable. No es nada raro, después de todo. Sólo un tipo agradable.

—No—dice él, mirándome fijamente a los ojos como si tuviera algo importante que decir. Abre la boca como si fuera a hacerlo, pero se detiene.

—¿Qué pasa?—pregunto.

Sonríe con tristeza y sacude la cabeza.

—Nada. Es que resulta agradable que digas esas cosas de Ricky—se estremece ligeramente y trata de mostrarse animado—. Ahora ocupémonos de ese almuerzo. Vamos a ordenar algo.

El timbre del teléfono me arranca súbitamente del sueño. ¿Quién estará llamando tan tarde? ¿Qué hora es? ¿Medianoche? Espero que sea importante. Sintiendo aún los músculos adoloridos, después de haber estado levantando pesas con Tommy y Néstor ayer en la estación, busco a tientas el teléfono en la mesa de noche.

—¿Oigo?

Es una reportera. Esa del *Miami Herald*. La misma que escribió la primera historia sobre Sophia.

—Siento mucho molestarla en su casa, pero acabo de revisar los archivos públicos, y quería asegurarme si era usted la misma Irene Gallagher que estaba poniendo una demanda de discriminación contra el departamento de incendios de Pinecrest Bay.

—Sí—contesto adormilada—. Soy yo.

—Y ¿es usted la misma que tiene una hija que reclama que Ricky Biscayne es su padre?

—Sí, pero yo no he reclamado nada. Fue mi propia hija quien decidió hacerlo.

—Eso es todo, señora. Sólo estaba confirmando esto. Siento haberla molestado. Buenas noches.

Le doy las buenas noches y cuelgo. Tengo un mal presentimiento sobre todo esto.

Muy malo.

Lunes, 15 de julio

Sophia está tan aburrida que ha empezado a bautizar con un nombre cada hojita de la planta que adorna la mesa de la cocina. Comenzó con los personajes de Disney, y luego con los de Dreamworks. Aunque su madre le ha traído montones de libros juveniles de la biblioteca y le ha dejado listas de cosas por hacer para mantenerla ocupada, y aunque todavía le quedan una o dos amistades que no la creen una chiflada por acosar a Ricky Biscayne (por cierto, es lo que todos piensan de ella en su vecindario), no tiene suficientes cosas de que ocuparse para evitar el aburrimiento cuando no está en el campamento de fútbol. David consiguió un trabajo en un mercado de víveres con el fin de reunir dinero para pagar la universidad, y apenas se ven. Sophia se siente sola. Ése es el problema.

Saca la pelota de fútbol que guarda en el fondo del clóset. Necesita un poco de aire. Despejarse. Necesita salir de este sitio ahora. No quiere quedarse aquí limpiando la cajita del gato o escuchando la risa de su abuela cuando los concursantes del programa competitivo meten la pata. ¿Es que abuela no tiene otra cosa que hacer?

Sophia sale de su casa y camina las dos cuadras hasta el terreno vacío donde acaban de empezar la construcción de un puñado de casas. Han limpiado y nivelado el suelo. Deja caer la pelota y comienza a patearla para practicar sus maniobras. Ya no se atreve a ir al parque. Todos los chicos que juegan allí piensan que está loca. Los odia.

Sophia se siente sola. Pero en esos momentos, al evaluar las cosas que la gente empieza a decir de ella, ha terminado por estar de acuerdo con la frase que su madre dice siempre cuando se le pregunta por qué no sale con ningún hombre: es mejor estar sola que mal acompañada.

Sorprendentemente me despierto con el aroma amargo y oscuro del café que se cuela, y no siento náuseas. Incluso tengo hambre. Desde que quedé embarazada, me esforcé por comer, pero ahora me muero por sentir la suavidad del pan entre mis dientes. Y hay algo concreto que quiero comer ahora: *wafles* con mantequilla y sirope.

Salto de la cama dejando a Ricky aún dormido, después de besar sus mejillas tibias, suaves y olorosas a hombre. Bajo las escaleras. Cynthia, la cocinera, ya está levantada, limpiando y preparando un sofrito para las comidas del día. Desde el comienzo de mi embarazo, he evitado entrar a la cocina por las mañanas porque el aroma de las cebollas y los pimientos verdes friéndose me daban unas ganas de vomitar espantosas. Pero esta mañana es diferente.

—Qué bien huele eso ¿no?—exclamo.

—Alguien se está sintiendo mejor—dice ella.

Le pido a Cynthia que me haga un *waffle* belga, y dirijo mi atención hacia el *Miami Herald* que está sobre la mesa. Leo el habitual repertorio de noticias internacionales deprimentes. Las cosas no cambian mucho en el mundo, y creo que nunca lo harán.

Busco la sección de Arte y Entretenimiento para conocer acerca de las últimas películas, preguntándome si alguna vez se me "permitirá" volver a ir a algún cine. Antes de casarme, me encantaba ir al cine con mis amigas. Pero ahora Ricky no quiera que salga con mujeres hermosas que puedan llamar la atención sobre mi persona. Así es que me ha exigido que deje de salir con otras modelos. Las únicas amigas que tengo son modelos, excepto Milán y de Alma. Me doy cuenta de que, por culpa de Ricky, apenas si me quedan unas pocas amistades. Jamás salgo de casa.

Voy hasta el comienzo de la sección en busca de noticias fílmicas, pero noto algo más. Un artículo sobre Ricky. El corazón me da un vuelco. Desde que Sophia llegó a esta casa, asegurando que Ricky era su padre, la prensa se ha enloquecido con historia y ha estado publicando cosas al respecto, casi a diario, durante todo un mes. En realidad, siento lástima por la niña. Y yo sospecho que Ricky está mintiendo. ¿Cómo es posible que él no sea su padre? La niña es idéntica a él, y él asistió a la misma secundaria de su madre. Y aunque le dijo a los reporteros que apenas conocía a Irene Gallagher, la niña mostró fotos donde ambos aparecían juntos en sus trajes de graduación. Ricky asegura que ella sólo había querido aparecer en la foto con él, pero Sophia dice que es mentira. Tendré que hablar con la madre de Ricky. Posiblemente sepa *la* verdad.

Este nuevo artículo es sobre Irene Gallagher, la madre de la niña y presunta novia de Ricky en la secundaria. Así es como la llama el artículo. Ésa es una palabra que aún no conozco: "presunta". Le pregunto a Cynthia qué significa. Estoy tratando muy duro de mejorar el español, mi español quiero decir.

—Significa "supuesta"—responde—. Cuando escriben eso en la prensa es como si dijeran que la persona que lo dijo está mintiendo.

—¿Verdad?

Yo pensaba que la prensa norteamericana era imparcial, pero no me parece imparcial usar el idioma para decir que alguien está mintiendo, sin atreverse a decirlo abiertamente.

El artículo afirma que Irene Gallagher no sólo está tratando de sacarle dinero al delicioso Ricky Biscayne, hombre de familia y marido devoto, sino que también está tratando de entablar una acusación contra su empleador, el Departamento de Incendios de Pinecrest, por haberla discriminado por ser mujer. "Las fuentes dicen que Gallagher, quien vive en una humilde vivienda de Homestead, no se detendrá ante nada para conseguir el dinero que ella piensa que necesita. Una fuente bancaria confirmó que el nombre de una tal Irene Gallagher de Homestead había sido recientemente añadido a Check Systems, un banco de datos que alerta sobre aquellas personas que suelen escribir cheques sin fondos.

El artículo cita a la nueva publicista de Ricky, Milán Gotay, quien afirma que Ricky "se hallaba fuera de sí ante el dolor que le provocaban estas acusaciones. Nada podía estar más lejos de la verdad. En la secundaria, Ricky fue un estudiante y atleta ejemplar que vivía concentrado en su sueño de tener algún día una carrera en el mundo artístico. Ni siquiera conocía bien a Irene Gallagher."

Contemplo la foto de Irene Gallagher que acompaña el artículo, y trato de comprender lo que revela la mirada de esa mujer. En mi corta existencia he conocido a muchos mentirosos, pero no reconozco la mentira en los ojos de esta mujer.

Lilia se retuerce un pelo de la mejilla ante su escritorio, en medio de la animada sala de redacción del *Herald*. Está emocionada. Y mientras más se emociona, más rápido se retuerce el pelo que brota de una verruga. Me refiero al pelo, no a la emoción.

La emoción burbujea en su estómago. ¿O son las papas fritas con queso y chile? No está segura. Lo que sí sabe es que, por primera vez en cinco años, está realmente excitada al hacer un artículo para el periódico. También es la primera vez que los editores le han permitido que deje de hacer su columna "Almuerzo con Lilia". No tienen el personal suficiente y necesitan que alguien con las suficientes conexiones en el mundo de la farándula trabaje en la última noticia sobre una posible hija ilegítima de Ricky Biscayne, el ídolo latino de Miami que va en camino de conseguir la fama en el mercado angloparlante. Lilia, dicho sea de paso, no tiene idea de que su modo de pensar, al igual que su estilo periodístico, gira en torno a clichés predecibles. Y los clichés, al igual que las emociones, la llevan a retorcerse los pelos.

Suena el teléfono, y el guardia de seguridad del primer piso avisa que una tal Milán Gotay está allí para verla. Justo a tiempo, piensa Lilia. Le gustan las publicistas puntuales. En Miami, eso es algo difícil de encontrar a veces.

—Dígale que voy para allá—dice Lilia.

Cuelga el teléfono del gancho plástico que ha fijado a su computadora, arroja el plato de papel donde estaban las papas con chile que trajo de la cafetería, se sale del sistema—una nunca sabe si uno de estos reporteros tratará de entrar a tu base de datos y directorio telefónico cuando te alejes—y se precipita escaleras abajo como un toro.

Milán Gotay se encuentra en el vestíbulo de entrada, vistiendo unos ajustados *jeans* de marca, una blusa negra y sandalias negras de tiras, con una cartera que Lilia reconoce de Louis Vuitton, sosteniendo un vaso de Starbucks para líquidos fríos, de plástico y color claro. Es el uniforme de toda miamense atractiva. Sonríe cuando ve a Lilia, quien tiene la impresión de que se ha encontrado con una vieja amiga. No le gusta esa impresión. Por lo general, a Lilia le gusta sentir odio o envidia hacia las personas que entrevista porque luego le resulta mucho más fácil destrozarlas en letra impresa. Será difícil, piensa Lilia, descuartizar a la adorable y dulce Milán.

—¿Cómo estás?—pregunta Milán—. Me alegra mucho poderte conocer. He sido una gran admiradora tuya desde hace años.

Todas dicen lo mismo, piensa Lilia, estrechándole la mano a Milán. Le agrada el contacto con su piel y, por un breve instante, imagina cómo podría ser la joven y dulce publicista en la cama.

—Disfruté especialmente el artículo que hiciste en el 2000 sobre Kid Rock—dice Milán—. Escribiste que olía como un emparedado de pan blanco en un vecindario de casas rodantes. Nunca olvidaré esa línea. Fue tan original.

Por un instante, Lilia estudia el rostro de Milán. Todas las publicistas acostumbran a halagarla, pero muy pocas, si es que hay alguna, podrían recordar una sola de las columnas que ha escrito.

—¿De verdad lo leíste?

—Leo todo lo que publicas.

Lilia no puede estar segura, pero tiene la impresión de que Milán está coqueteando con ella.

Lilia sonríe y hace que Milán firme en el registro de visitantes que hay en la recepción.

—Hablemos arriba—dice, imaginando por un instante que se encuentra en su condominio de Kendall, y no el vestíbulo de su trabajo.

—Está bien—dice Milán.

Lilia la conduce hasta la cafetería de la redacción.

—Escoge todo lo que quieras. Hay un balcón apartado donde podremos ir a hablar.

Milán toma una botella de agua y una galletita. Aunque su estómago ha comenzado a agitarse y a rugir tras la última tanda, Lilia pide otra ración de papas fritas con queso y chile y un enorme refresco.

Se acomodan ante una mesa que se halla en la terraza exterior. Lilia se siente orgullosa de esa terraza, que queda frente al agua y ofrece una espectacular vista de la elevada silueta citadina. ¿Cuántos periódicos podrían vanagloriarse de algo así? Ella había estado buscando trabajo en algunas redacciones del país, pero había decidido quedarse aquí por la vista y las mujeres.

—Es preciosa—reconoce Milán.

"Y tú también", piensa Lilia.

—Háblame de esta niña de Homestead—dice Lilia—. ¿Qué hay detrás de todo esto, Milán? ¿Es realmente la hija de Ricky?

Milán sacude la cabeza y frunce el ceño.

—Por supuesto que no. Ricky no tiene hijos. Lilia, tú conoces a muchos artistas famosos. Tú misma eres casi una celebridad y sabes cómo es la gente.

—Yo no soy ninguna celebridad—objeta Lilia.

—¿De qué estás hablando? ¡Eres una persona famosa! Todos te conocen. "Almuerzo con Lilia". El sueño de toda estrella es aparecer en tu columna.

Es cierto. Lilia es famosa. Muchas veces le molesta que las celebridades y sus agentes no reconozcan su poder y su prestigio. Pero esta preciosa mujercita es diferente.

—De cualquier modo—continúa Milán—, éste es otro caso más de un Don Nadie que trata de conseguir fama y algunos billetes asociando su nombre con el de una persona famosa. Tú conoces el método.

Lilia asiente.

—Pero en las fotos que he visto, la niña se parece a Ricky. ¿No crees?

—Precisamente, piensa un poco. Si estuvieras sin dinero y desequilibrada, y tuvieras problemas en el trabajo que parecieran indicar que van a despedirte o algo así, y tu hija se pareciera a Ricky, y alguna vez fuiste a la escuela con él, sería la oportunidad perfecta.

Lilia escucha mientras Milán describe a Irene Gallagher como a una de esas

típicas delincuentes que andan en busca de dinero, y mientras la publicista reci-
ta los nombres de otras celebridades que han sufrido falsas demandas de paternidad, comienza a creerle. Lilia también comienza a *desearla*. Es tan tierna, con su
boquita de corazoncito, esas pecas tan monas y esas cejas preciosas.

—Tú no eres como otras publicistas que he conocido—dice Lilia.

—¿No?

—No, la verdad es que me gustaría salir contigo alguna vez.

Milán sonríe y tose cubriéndose la boca.

—Eh. Mmm. Eso sería . . . divertido.

—¿Qué tal este fin de semana?

Lilia se sorprende de su propia audacia. Últimamente no ha andado de mucha suerte con las damas, y piensa que no puede perder nada siendo tan directa.
Después de todo, está segura de que Milán la desea.

—Eh, claro. Me parece que sí.

Lilia escribe el teléfono de su casa en un trozo de papel.

—Llámame. Conozco un restaurante brasileño maravilloso. Es nuevo. Van
un montón de celebridades.

—¿Te gusta ir a sitios de moda? Pareces de ese tipo.

Milán vuelve a toser, protegiéndose con la mano. ¿Estará enferma?

—¿Quieres algo para la tos?—dice Lilia, golpeando fuertemente a Milán en
la espalda—. Ya está. ¿Te ayudo?

Milán hace un gesto de dolor y tose de nuevo.

—Tengo algunas pastillas para la tos en mi escritorio.

Lilia disfruta con la idea de atravesar la redacción con Milán al retortero,
porque la gente comentará. Los periodistas tienden a ser chismosos, y todos saben que Lilia es lesbiana. También han visto cuán bonitas suelen ser sus amigas.

—No, no, estoy bien.

Milán se queda mirando el agua con expresión adolorida. A Lilia le resulta
gracioso que Milán se comporte tan nerviosa frente a ella.

—Sí, conozco todos los sitios de moda.

—Vaya—exclama Milán—, qué maravilla. Pues me parece que la verdadera
historia, a la que ustedes podrían prestar atención, está relacionada con un sitio
que creo te encantará.

—¿Cuál es?—pregunta Lilia, acomodándose en la silla para ofrecerle a Milán una mejor visión de sus brazos.

Lilia tiene un par de pesas en su casa con las que se ejercita todas las noches.
Posee unos brazos realmente imponentes.

—Ricky ha invertido en un nuevo lugar llamado Club G, que pronto se convertirá en el sitio más famoso de Miami, después de Mansion.

—Mansion está bien—dice Lilia, moviendo significativamente sus cejas—. Pero ¡alguna vez has estado en Lady Luck?

Milán se atraganta con su agua y le sonríe a Lilia ante la mención del más reciente club lesbiano. Lady Luck ha ocupado el lugar de Godyva. Alguna gente le llama al club Lady Lick, lo cual Lilia encuentra simpático y excitante a la vez. Por su reacción, Lilia sabe que Milán ha oído hablar del sitio. Qué carajo, piensa Lilia, posiblemente haya estado allí. Lilia sospecha que Milán es una lesbiana encubierta. Puede olerlas a una milla de distancia.

—Preferiría no hablar de eso ahora—dice Milán.

—¿De qué te gustaría hablar?—Lilia se inclina y despliega todos sus encantos en el flirteo, echando los hombros atrás y mostrando sus dientes como un animal salvaje—. ¿De ti? ¿De mí? ¿De nosotras?

Milán mueve las aletas de la nariz y pestañea rápidamente, como si le hubiera caído polvo en los ojos.

—Del nuevo club de Ricky. *Tienes* que escribir sobre él. Te aseguro que es una historia mucho más importante que la de esa niña.

—Sólo si vienes conmigo a Lady Lick—dice Lilia, haciendo énfasis en la imaginativa alteración del nombre, al demorarse en ambas "L" con la lengua entre los labios.

—Ehh . . . mmm. Bueno . . . este . . . mmm.

Lilia resplandece y lame la punta de su lápiz sin quitarle la vista de encima a Milán.

—Bien, cuéntame de ese nuevo club del Pequeño Ricky.

Jueves, 18 de julio

Jill Sánchez se ajusta su brillante muñequera blanca, se sube al aparato Stair Master, se observa en el espejo de su gimnasio doméstico y escucha las noticias del día mientras Rigor, su entrenador personal, se las lee en voz alta con su fuerte acento austriaco. Ella no tiene tiempo para leer, y hacerlo mientras se ejercita en las escaleras fijas le da náuseas.

—*Ya*—dice él—. Aquí dice aquí que Ricky Biscayne está invirtiendo en un nuevo club de moda en Miami Beach que se llama Club G.

—¿Qué más dice?

Jill admira los tendones de sus muslos mientras va de arriba abajo, tanto por la forma en que lucen frente al espejo como por el modo en que los siente cada vez que baja el escalón. Siente una oleada de adrenalina mientras imagina el instante en que ella y Ricky harán público su rejuvenecido romance.

—Dice que es un club muy *chic*—comenta Rigor, cuyo acento suena en los oídos de Jill como una mezcla entre Los Tres Chiflados y Arnold Schwarzenegger.

—Rigor, lee el artículo, por favor. No quiero tu sinopsis.

Rigor frunce el ceño y obedece. El artículo, escrito por esa horrible mujer llamada Lilia, habla de un nuevo club de moda financiado por Ricky Biscayne.

—Este nuevo y atractivo club ya tiene listas de espera para la sección VIP destinada a las celebridades, con nombres tales como Shalim y The Olsens. El club de Biscayne tendrá un estilo marroquí. El moderno club promete situar a Biscayne en el mapa como el artista más poderoso de Miami, destronando así a esa voluptuosa arpía de Jill Sánchez de una vez y por todas.

—Lee eso de nuevo—pide Jill, mientras la mirada le brilla con energía competitiva.

Rigor vuelve a leer.

—Puta—farfulla Jill.

—¿Quién, yo?—pregunta Rigor—. ¿Qué hice?

—Tú no, estúpido—dice Jill—. Lilia. Me odia.

Rigor suspira y dice con el más estropeado de los acentos:

—¿Cómo alguien podría odiarte, Jill?

Nunca he pasado mucho tiempo en Allapattah. Bueno, ninguno. Siendo uno de los vecindarios más pobres y más negros de Miami, cerca del Civic Center y del Jackson Memorial, nunca se halló precisamente en los primeros lugares de la lista de sitios a los que mi familia quería ir mientras yo estaba creciendo. De hecho, más bien lo evitábamos por todos los medios. El hecho de que colindara con Wynwood, y de que mis padres no quisieran que nos codeáramos con puertorriqueños (no, si ya les digo, mis padres muy bien podrían unirse al Klan y acabar de una vez), hace que me sienta casi completamente perdida en esta zona de Miami.

Mientras Ignacio me lleva en auto a casa de su madre en Allapattah, cerca de la calle 34 y la avenida 22 del noroeste—la casa donde vivió con su madre desde que llegó a este país, antes de que se comprara ese apartamento en Collins donde vive ahora—, contemplo los edificios deteriorados, las aceras destrozadas, la vegetación mustia y los rostros oscuros que abundan por doquier. Rostros africanos. Mi corazón se acelera con el miedo. ¿Por qué? Es estúpido. Me doy cuenta de cuán estúpida es mi reacción, pero ocurre de todos modos. Lavado de cerebro. Intento conscientemente liberarme de todos mis prejuicios, de toda la estupidez y el miedo que me han metido en la psiquis desde que era niña. Me recuerdo a mí misma que el setenta por ciento de quienes viven en esta barriada son cubanos, cubanos negros, y que, en ese sentido, me encuentro en medio de mi pueblo. El pueblo de Ignacio. Ése es el Miami cubano que nadie fuera de esta ciudad conoce porque no concuerda con el limitado concepto que se ha extendido en este país sobre quiénes son los latinos y a qué podemos parecernos. Voy a aventurarme aquí y decir que los cubanos, en general, no nos ajustamos a nuestro estereotipo en ningún sentido.

—Ésa es la biblioteca—explica él mientras pasamos junto a una edificación gris.

Me sorprende que haya una biblioteca en Allapattah, lo cual está mal de mi parte. Después de todo, vamos a una cena en honor de la sobrina de Ignacio, quien se graduó entre las primeras de su clase el pasado mes y viajará a Stanford en el otoño.

Pasamos junto a una casa que parece nueva y dice:

—Eso era un solar vacío donde mis sobrinitos jugaban a la pelota con sus amigos.

Reconoce a alguien en un portal y saluda con la mano. Baja la ventanilla para gritar en español:

—¿Cómo está la familia?

Escucho música que sale de los autos que pasan: música cubana. Timba y rap cubano a todo volumen. También puedo oler el aroma de la comida cubana en el aire, el aroma distintivo de la manteca, el puerco y el arroz blanco. Escucho a los niños jugar, reírse y gritar en español.

La propia casa es pequeña, de color azul brillante. Parece como si se le hubieran hecho adiciones ilegales, habitaciones de madera que se inclinan y ladean, un pedazo de metal aquí, un amasijo de sábanas en una ventana allá. ¿La verdad? Parece una estampa del Tercer Mundo, pero atendida con amor. El jardín tiene un gallinero y tomates sembrados en macetas.

Ignacio parquea junto a la acera y da la vuelta para abrirme la puerta. Tres niños salen corriendo de la casa y se abalanzan hacia nosotros, riendo. Cuando me vuelvo hacia ellos, se detienen bruscamente y se me quedan mirando sorprendidos. Todos están bien vestidos y limpios, y se ven saludables y hermosos.

Me parece que todos en la familia de Ignacio deben ser hermosos. Ignacio me los presenta, diciendo que son sus dos sobrinos y su sobrina, y yo los saludo haciendo un gesto con la mano. Todos se muestran tímidos. El más pequeño sale corriendo hacia la casa, gritando en español que Ignacio ha venido con una novia blanca. Ignacio me lanza una mirada de disculpa, y yo le sonrío para dejarle saber que todo está bien. No le digo que "novia blanca" es una frase mucho más amable que la que mi propia familia diría de él si yo lo llevara a casa.

Me toma de la mano mientras subimos los escalones del portal. Me quito las gafas y descubro una silueta detrás de la puerta de mosquitero. La puerta se abre para dejar salir a una mujer que luce muy bien con su distinguido traje de chaleco y pantalón, de algodón crema, un elegante collar de oro y pendientes que hacen juego: el mismo tipo de atuendo que usaría mi madre. Lleva los cabellos cortos, peinados de una manera que resaltan su bello y anguloso rostro. Sus oscuros ojos café me observan con cautela. Ignacio me la presenta en español como su madre. Él me presenta como su novia. Mientras le doy la mano, me pregunto qué edad tendrá. Luce demasiado joven para ser su madre.

—Pasa—dice ella en español, añadiendo sin mucha convicción—. Bienvenida.

Cuando entro a la pequeña sala, me invade el aroma del ajo y de los pimientos verdes. Los pisos son de madera y la habitación es fresca. Las paredes están pintadas de melocotón, y han sido decoradas con estampas religiosas baratas. Un grupo de niños, tal vez unos seis o siete, se encuentran sentados ante un pequeño televisor entreteniéndose con juegos de video mientras gritan entusiasmados, como suelen hacer los niños. Varios adultos ven un juego de béisbol frente a un televisor de pantalla grande, y puedo sentir que me estudian, aunque son demasiado educados para mirarme con insistencia. Descubro el clásico altar cubano sobre una mesa esquinada con La Caridad del Cobre y varios santos donde se funden el catolicismo con los cultos afrocubanos. Casi todo lo demás parece estar cubierto por tapetes de vinilo. Hay también muchas fotos de familiares.

Un hombre que parece una versión más vieja y rechoncha de Ignacio se levanta de un sillón marrón y se acerca lentamente como si le doliera la espalda. Viste una camisa verde deportiva, *shorts* caqui y unos tenis extremadamente blancos con largos calcetines blancos. A diferencia de la mujer, no me sonríe. Parece preocupado mientras Ignacio me presenta.

—Génova, éste es mi padre.

Le tiendo la mano para estrechársela, pero él se limita a permanecer mirándola. Después de un instante, la toma con reticencia y la sacude ligeramente.

—Es un buen muchacho—dice el hombre—. No quiero que nadie lo lastime.

La madre de Ignacio pone los ojos en blanco para tranquilizarme, y mientras su marido regresa al sillón arrastrando los pies, ella se inclina y me dice al oído:

—No le hagas caso. Protege mucho a sus hijos.

Ignacio me presenta al resto del grupo. Magdalena, su hermana, una mujer enjuta con peinado vagamente afro y largos pendientes de madera, entra a la habitación secándose las manos en una toallita. Parece desconfiar de mí y no me devuelve la sonrisa. Me mira de arriba abajo con desdén. De pronto, mis *jeans* y mis sandalias de cuentas parecen demasiado informales, y me siento avergonzada de no haberme puesto sostén. Aquí todas las mujeres están vestidas de una manera mucho más conservadora y formal. Incluso Ignacio lleva unos pantalones caqui y una camisa de seda naranja con sandalias tejidas. Está bien vestido. ¿Por qué me puse estos *jeans*? Cruzo los brazos sobre el pecho y deseo volverme invisible.

La madre de Ignacio desaparece para regresar momentos después con algo de beber en una bandeja.

—¿Quién quiere una doncellita?—pregunta.

Me alarga una de las bebidas sin esperar mi respuesta. Doncellita es un trago tradicional cubano que me encanta, hecho con licor de cacao y crema doble. Se sirve en vasos altos y gruesos, con una cereza encima y pajillas. En realidad es como un batido de chocolate con el que puedes emborracharte antes de que te des cuenta de lo que pasó. Para los niños, la madre de Ignacio trae leche con chocolate, mezclada con crema batida y una cereza encima.

—Ven, siéntate—me invita Ignacio.

Vamos hasta el comedor, que permite ver la cocina a través de una puertecita estrecha. Nos sentamos a la mesa y sorbemos nuestras bebidas. Es una de las mejores doncellitas que he tomado nunca y se lo digo a la madre de Ignacio. Ella asiente sin sonreír, y regresa a la cocina para reunirse con su hija y con una mujer que Ignacio me dice que es su tía.

—¿Puedo ayudar en algo?—pregunto.

Dicen que no, que ya está casi listo. Luego su madre abre el horno y saca tres bandejas de aperitivos que coloca sobre la gran mesa del comedor, la cual parece haber sido "abierta" para la celebración y ocupa casi toda la habitación.

Llama a la gente que se encuentra en el resto de las habitaciones para que vengan y coman algo que los sostenga hasta la cena. Coloca servilletas y platicos de papel, y regresa a la cocina. Los aperitivos consisten en comidas cubanas familiares. Hay croquetas, algo que parece jamón, yuca y malanga. También unos seis tipos diferentes de aceitunas, y algo que no reconozco y que Ignacio me dice que es una especie de tamal de plátano. Me explica que su familia es nativa de Oriente, y que allí tienen algunas comidas parecidas a las que uno hallaría en Haití. Pruebo uno de los tamales y me sorprende su sazón picante y la mezcla de sabores. Es delicioso.

Ignacio se me acerca y me mete una croqueta en la boca. Siento deseos de besarlo, pero me contengo. Ya es bastante que me vea mal vestida y fuera de lugar. Lo último que necesito es, encima de eso, dar la impresión de que soy una cualquiera. La gente se mueve a nuestro alrededor y escucho el murmullo de una docena de conversaciones que se producen a la vez. Hacen chistes, algunos de los cuales entiendo, y otros que parecen demasiado específicos para ser comprendidos por un intruso. Me pregunta qué pienso de lo que he visto hasta el momento. Le digo que me gusta su familia. Se parece mucho a mi familia, sólo que menos loca.

Mientras las mujeres cocinan, me hablan desde la puerta para hacerme las preguntas de siempre: de dónde soy, en qué trabajo. Resulta embarazoso, pero se vuelve cada vez menos incómodo a medida que la doncellita de mi vaso disminuye. Pronto me siento muy relajada. Y como hago lo que suelo hacer cuando me siento relajada en territorio extraño, me recuesto y observo. Me siento constantemente molesta con mi respuesta instintiva de seguir pensando en algo parecido a "vaya, si son como nosotros". Pero lo pienso de todos modos. No es algo de lo que me enorgullezca. De hecho, yo misma me encuentro odiosa. Me pregunto si ese sentimiento desaparecerá alguna vez, o si mis padres y el resto de la sociedad han desgraciado para siempre mi juicio en asuntos raciales.

La madre de Ignacio nos convoca a todos para comer. Los adultos, después de haberse tomado también algunos tragos, se muestran mucho más amistosos conmigo. Incluso yo me siento lo bastante cómoda como para ayudar a recoger las sobras de los aperitivos y poner la mesa. Ignacio se mantiene apartado a cierta distancia, observándome con una sonrisa tonta en el rostro. Es tan atractivo que siento ganas de saltarle encima, ahora mismo, en medio de la mesa del comedor. No sé si habré tomado demasiado. ¿Qué puso su mamá en esas doncellitas?

La cocinita, que es antigua pero limpia y ordenada, ha permitido hacer una enorme cantidad de comida. Quisiera saber por qué la gente como yo, que rara vez prepara algún alimento, necesita esas cocinas tan grandes y ostentosas, con esos estúpidos mostradores de granito y equipos de acero inoxidable. Si alguien debiera tener una cocina incómoda, tendría que ser yo. Jamás la uso. Si alguien debiera tener una cocina acogedora, debería ser la madre de Ignacio.

Ayudo al resto de las mujeres a llenar los dispares platos de barro cocido para montar un *buffet* para el comedor. Hay pimientos verdes rellenos y arroz amarillo con pollo. Hay puerco asado y arroz blanco con frijoles negros. Hay fufú, que es plátano verde machacado con ajo. También hay plátanos maduros fritos, de esos que son dulces y quemaditos. Hay yuca hervida con un aliño de aceite de oliva, zumo de limón y ajo. También hay sopa de ajiaco, que es una especie de potaje.

—La verdad es que se han esmerado haciendo tanta comida—exclamo.

La madre de Ignacio me lanza una mirada que parece decir *"la verdad es que esto no es nada"*. Las otras mujeres ni siquiera me miran, limitándose a alzar las cejas entre sí. Todos se ponen en fila, plato en mano, y comienzan a llenarlos. Me pongo en la cola. Ignacio está detrás de mí y se frota contra mi cuello.

—Me alegra que estés aquí—susurra.

Me vuelvo a mirarlo y lo beso ligeramente en los labios. No me importa si su padre está mirando y me odia. Quiero a este hombre y me siento alegre.

—Yo también—contesto.

Escucho un familiar gorjeo que brota del otro lado de la habitación. ¡Mi celular! Le tiendo mi plato a Ignacio y corro a cogerlo. Sé que puede parecer descortés, pero estando a punto de abrir Club G no puedo permitirme perder ni una sola llamada. Escarbo en mi cartera como una ardilla que busca una nuez y saco el teléfono.

—Hola, es Génova Gotay—respondo.

—Génova, soy Jill Sánchez.

¿Cómo? Me quedo callada. La mujer al otro lado de la línea vuelve a repetir su nombre.

Contesto:

—¿Jill Sánchez? ¿La misma Jill Sánchez que es actriz y canta?

—Se te olvidó mencionar que bailo y diseño ropas—agrega ella.

Me quedo en silencio.

—Quiero hablarte sobre la posibilidad de invertir en tu club.

—Ehh . . . Está bien.

Salgo hacia la sala, buscando un poco más de privacidad.

La persona que asegura ser Jill Sánchez, dice:

—Sea cual sea la cantidad de dinero que Ricky Biscayne esté invirtiendo, quiero poner el doble. ¿Qué me dices?

Quiero decir sí, muchas gracias, pero no puedo hablar. ¿Será cierto?

—¿Oigo?—dice Jill Sánchez.

—Sí, estoy aquí. Eso sería formidable. Es decir . . .

De pronto Jill Sánchez me interrumpe, y comienza a hablar más alto y más rápido que mucha gente que conozco. Me dice:

—Me está entrando otra llamada. Espera un minuto. Vuelvo enseguida.

Escucho un clic, pero la llamada no pasa a la otra línea. A continuación, escucho la ronroneante voz de Jill Sánchez que se derrama melosa como un sirope en mi oído:

—Me vuelvo loca sin ti, Ricky. Tengo la pantaleta empapada sólo de pensar en que me lo haces *por detrás* . . .

Carraspeo.

—Eh . . . ¿Jill? Soy yo, Génova.

Y pienso: "No existe suficiente dinero en el mundo que puedas pagarme para que se lo haga a Jill Sánchez *por detrás*".

Silencio.

—Ricky debe de haber colgado—añado.

—Sí—dice ella con una risita—. Bueno, no era importante.

Jill continúa diciéndome que quiere invertir en mi club. No puedo creerlo. De hecho, quiere invertir un carajal de plata en mi club. Acuerdo reunirme con ella, tratando de no mostrarme muy excitada; pero cuando cuelgo, suelto una exclamación y doy unos saltitos. Ignacio me encuentra en la sala y me pregunta por qué estoy tan contenta. Se lo cuento, y él se lo cuenta a toda la familia, después de arrastrarme hacia el comedor y de hacer sonar una cuchara contra un costado de su vaso.

—¡Atención todos!—grita.

Uno por uno, sus familiares hacen silencio.

—Quiero anunciar que Génova, mi encantadora novia, acaba de lograr, desde nuestra humilde vivienda, un sustancial acuerdo de negocios nada menos que con la superestrella puertorriqueña Jill Sánchez.

La gente murmura. Entonces el padre de Ignacio comienza a aplaudir, y poco a poco, uno tras otro, el resto de la familia se le une. Me sonríen con una especie de respeto que no mostraron antes, y cuando me siento a comer, yo, la mujer con la cual nadie parecía querer hablar antes, resulta súbitamente de gran interés.

Ningún americano, no importa cuán poco tiempo lleve en el país, es inmune al reclamo de la fama.

Viernes, 19 de julio

Milán, hija, me destrozas el corazón con ese asunto de tu lesbianismo.

Mamá me observa por encima de sus enormes gafas de abejorro. Parece una doble de Elizabeth Taylor, antes de que ésta se hinchara.

—¿Cómo?—pregunto.

Detrás de nosotras, un camarero deja caer una bandeja y rompe cerca de un millón de vasos. Ay, mis oídos. Acabamos de terminar un "delicioso" almuerzo entre madre e hija en una ostentosa cafetería de Miami Beach llamada Big Pink, recomendada por el propio Ricky Biscayne. Esperaba poder contarle a Mamá acerca de Ricky y de mí, en términos delicados, por supuesto, para ver qué consejo podía darme. Sus programas son a veces empalagosos y vulgares, pero en general mi madre suele ser bastante buena dando consejos a las mujeres, razón por la cual aún se mantiene en el aire. Pero me faltaron agallas. Me sentí demasiado avergonzada, y ella parecía tan orgullosa de mí y del trabajo que estoy haciendo que no quise destruir sus ilusiones y dejarle saber la verdad: que soy una puta rompehogares.

El ruido se acalla y ella sigue allí mirándome, con ojos desorbitados, como si ni siquiera hubiera oído el destrozo. Tiene nervios de acero, o quizás es que no puede mover los músculos de la cara.

—¿Mamá?—pregunto—. ¿Por qué me miras de ese modo?

—Porque no puedo creer que acabes de confesar que vas a ir a un club de lesbianas—explica como si yo fuera la más idiota de las mujeres.

Muy bien, vayamos atrás, antes de que los platos se rompieran. Le había contado a Mamá que le estaba haciendo un favor a Génova yendo a un club con Lilia, la periodista del *Herald*, para convencerla de que hiciera un extenso artículo sobre Club G. Nunca le mencioné que posiblemente fuera un club lesbiano.

—Nunca dije algo así—protesto.

—¿Crees que tu madre nació ayer?—dice, dándose golpecitos en la cabeza como si eso tuviera algo que ver con haber nacido ayer.

—No, en realidad creo que naciste hace casi sesenta años.

Mi madre parece ofendida y se inclina con rapidez.

—Shh—dice—. No tienes que anunciarlo, gracias.—Me mira entrecerrando los ojos—. Sé que vas a un bar de tortilleras porque conozco a los padres de Lilia, y ellos me han contado que su hija es tortillera.

Me contraigo de vergüenza cada vez que repite la palabra "tortillera". Suena tan inapropiado viniendo de sus labios que ni siquiera puedo describírtelo. No es que no esté habituada a que mi madre comente asuntos sexuales subidos de tono. De hecho, acababa de decirme, y con cierto regocijo—dicho sea de paso—, que iba a la estación para hacer un programa sobre el alargamiento de la vulva causado por la excesiva promiscuidad. Estuve a punto de preguntarle qué se consideraba promiscuidad "excesiva", y me pregunté si yo calificaría para una promiscuidad "limitada". Pero lo dejé pasar.

—Mami, no sé adónde iremos. Me pidió que saliéramos juntas y dije que sí. ¡Jesús, Mamá! Nunca pensé que estuviera invitándome a una cita formal.

—¡Pero, Dios mío, Milán! ¿Qué tienes en la cabeza? Esa periodista es tan marimacha como los huevos de un *bulldog*.

Me contraigo de nuevo.

—Te prohíbo que le cuentes nada de esto a tu padre—dice ella.

—Bueno, claro—mascullo.

Ni que yo pensara hacer algo semejante.

Mamá cruza los brazos y ladea la cabeza. Luego frunce los labios como si supiera algo que nadie más sabe.

—¿Es por eso que nunca salías con hombres? ¿Porque eres lesbiana?

—¡No soy ninguna lesbiana, Mamá!

Se encoge de hombros como si no me creyera.

—Puedes decírmelo. No importa. Me destrozará el corazón, pero ya me repondré porque soy tu madre y te quiero, y lo único que deseo es que seas feliz, incluso si sólo puedes serlo siendo lesbiana.

—¡Que no lo soy!

—Muchas mujeres sienten esa curiosidad. Hasta yo misma una vez . . . bueno, eso fue hace mucho tiempo . . .

Su mirada se vuelve imprecisa, como si recordara algo que de ninguna manera debo conocer.

—¡Mamá, no soy homosexual!

Coloca los codos sobre la mesa y adopta esa consabida mirada filosófica que detesto.

—¿Sabes lo que pienso? Yo creo que hemos evolucionado para vivir en harenes, y que las mujeres son bisexuales por naturaleza.

—¿Qué?—chillo, mientras me quedo en *shock* al darme cuenta de que mi madre ha probado el "marisco". Es demasiado ofensivo—. ¿Lo eres tú?

Se estremece y sonríe.

—No es eso de lo que estamos hablando. No estamos hablando de mí. Estamos hablando de lo que sientes por Lilia, de que eres lesbiana.

—¡No soy lesbiana!

¿Y mi madre es bisexual? ¡Ug!

—Entonces, ¿por qué vas a un club lesbiano, Milán? No le mientas a tu madre.

—Para un soborno. No sé. Yo quería conseguir un buen artículo para el nuevo club de Génova.

—¿Soborno?—su rostro se deforma en una mueca de disgusto—. ¿En qué te has convertido? ¿Qué le ha pasado a mi hija?

—No me pasará nada, Mamá. Será interesante.

—No, no lo será. ¿Qué demonios te pasa?

—Nada. Lo hago por Génova.

Mamá parece confundida.

—¿Génova es lesbiana?—Ahora su rostro se ilumina—. Eso explica muchas cosas.

—No, Mamá. Nadie es más heterosexual que Génova. Lo hago para que ella pueda conseguir una buena cobertura en el *Herald* sobre su nuevo club.

—Génova puede cuidarse de sí misma. Tú *no* vas a ir a ese club.

—Pero ¿qué pasa si la reportera se enfurece y decide vengarse?

Mamá sacude la cabeza mientras coloca su tarjeta platino Amex sobre la bandejita de la cuenta.

—Mira, Milán, conozco a los padres de esa marimacha. Lilia es quien debiera preocuparse de que no se sepa que ella está tratando de acostarse con sus fuentes. ¿Sabes que se ha medido el clítoris de las lesbianas, y que éste es mucho mayor que los clítoris de las mujeres heterosexuales?

—¡Mami!—Estoy a punto de vomitar. No, de veras que sí—. Deja eso, por favor. Hablemos de otra cosa.

Mi madre sonríe. Le encanta escandalizarme.

—¿Qué? ¿Acaso no es eso lo que ella está haciendo? ¿Tratando de enamorarte? Eso es lo que está haciendo. Tú lo sabes.

—No quiero pensar en eso.

—Sí, cómo no. Yo tampoco. Pero óyeme bien, si te molesta, hablaré de eso en mi programa. Y luego llamaré a sus padres. No voy a permitir que te moleste.—Mira su reloj—. ¿Hay algo más que quieras decirme, Milán? Siento que hay algo que no me estás diciendo.

Pienso en mis relaciones íntimas con Ricky, y sacudo la cabeza con una sonrisa.

—No—digo—. Vámonos de aquí.

El aroma de mi propio cuerpo—un cuerpo colmado con el líquido vital del embarazo y el olor del sueño—me reconforta tanto que no puedo dejar la protección de estas sábanas blancas y suaves. Aquí me siento tibia, y el aire acondicionado enfría el dormitorio. Estoy sola. No sé dónde está Ricky. Sólo sé que este bebé me está robando toda mi energía hoy, y que no puedo levantarme. Tengo que hacerlo, pero no quiero. Quisiera cerrar los ojos y dormir eternamente. De costado, por supuesto. Extraño dormir boca abajo. Una no puede hacer eso cuando está embarazada.

Me duele la espalda y pienso que sería agradable tener un marido que me diera masajes. Pero mi marido parece mucho más interesado en salir con sus "socios", refiriéndose al grupo de tipos que conoce desde la secundaria. Decir "tipos" es una palabra generosa. Ninguno de ellos es lo suficientemente maduro como para ser considerado un "tipo". Son muchachos, y sin ninguna de las otras asociaciones positivas que podría acarrear esa palabra. Son un puñado de marginados. ¿Y Ricky? Tal vez sean las hormonas, pero sospecho que es el Rey de los Marginados. El éxito no ha hecho nada por cambiar sus costumbres o compañeros de juerga. Estoy entrando en mi sexto mes de embarazo. Uno pensaría que estaría más tiempo cerca de mí; pero no parece interesado en este bebé, ni en mí, ni en nada que no sean sus amigos, sus fiestas y—finalmente debo aceptarlo—la cocaína. La verdad es que no sé cómo puede trabajar. Es muy extraño.

Me siento en la cama trabajosamente, ayudándome con las manos, y miro a mi alrededor mientras estiro los brazos por encima de mi cabeza. Llevo un largo camisón Laura Ashley blanco de algodón sin mangas. En el suelo veo un montón de ropas sucias de Ricky. Ayer, esa camisa de rayas en colores olía a alguien diferente. Últimamente huele a otra mujer. Él lo niega, pero yo tengo muy buen olfato. Conozco los perfumes, los jabones y las lociones. Para bien o para mal, conozco el olor a mujer. Sé que el olor que Ricky lleva en su piel—y extrañamente, hasta en su aliento—no es mío, ni de él. También resulta inconfundiblemente femenino y felino, con tintes de sangre. Como alguien o algo en celo.

Sé más o menos lo que Ricky trata de ocultar, pero no tengo la energía ni los recursos para lidiar con eso ahora. Si alguna vez ha existido un momento perfecto para que el hombre decida engañar a una mujer que no tiene empleo propio, ni familiares que le ayuden, el sexto mes de embarazo resulta ideal.

Ricky acaba de llamar, medio riéndose, medio disculpándose, diciendo que pasó la noche en casa de su amigo Hughie, después de una juerga con sus socios "del pasado". Prometió regresar pronto a casa y me pedía que le dijera a Matthew que comenzara a trabajar sin él.

—Llámalo tú—le he dicho.

Detesto su costumbre de estar delegando siempre en otros sus propias responsabilidades. Ricky me ha colgado, lo cual significa que si no bajo yo misma a decirle a Matthew que llegará tarde, nadie lo hará.

Forzándome a abandonar la cama, me envuelvo en una gruesa bata blanca. Camino tambaleándome por la falta de equilibrio, debido al bulto del bebé. He ganado unas cincuenta libras, y me encanta comer. Estoy usando una talla diez. Voy hasta mi clóset y me visto con mi par de *jeans* favoritos Robert Rodríguez, talla seis, dejando abierta la cremallera para mayor comodidad, y una blusa campesina Elie Tahari que oculta mi vientre. Sé que aún peso menos que muchas mujeres de mi talla que no están embarazadas, pero Ricky sigue diciéndome que estoy gorda. No me gusta eso, ni que me engañe, ni nada relacionado con él en este momento. No muestra ningún interés sexual por mí. El embarazo no ha disminuido mi deseo sexual. Yo pensé que lo haría. Uno ve mujeres embarazadas por la calle y jamás pensaría que pueden excitarse. Pero así es exactamente como me siento ahora. Más excitada que nunca. Me intriga cuál será el propósito de esto, desde el punto de vista evolutivo. ¿Por qué los hombres nunca han entendido que una mujer jamás se ha sentido más excitada que durante el último trimestre de embarazo? Me siento avergonzada por esto, pero jamás me había masturbado tanto como ahora. Debe de existir alguna razón científica para eso. ¿Será quizás que el cuerpo quiere fortalecer los músculos del abdomen con el fin de prepararlo para pujar? Debe ser algo así.

Me obligo a bajar las escaleras y atravesar el patio hasta el estudio, en mis suecos de jardín con suelas planas de corcho. Guardo estos zapatos en la terraza trasera. Me siento fuerte y ecuánime. No me quedaré con Ricky por mucho tiempo. ¿Cómo podría? No puedo. Pienso dejarlo tan pronto como nazca el bebé y recobre mi energía para enfrentarlo. Ya no soy una muchacha extenuada. Soy una mujer. Nunca antes me había sentido tan mujer como ahora, plena, abierta, llevando en mi cuerpo un alma.

Entro a las oficinas para descubrir que Matthew espera en el salón, con los audífonos puestos y los ojos cerrados, mientras se concentra en la música. Rasguea una guitarra acústica, al estilo flamenco. Es un sonido cautivante y hermoso. Lo observo un instante y pienso en lo atractivo que luce. Nunca se ven más atractivas las personas que cuando están creando, ya sea vida, música, literatura o, me gustaría pensar, jabones. De nuevo, puede que sean mis hormonas, pero Matthew posee una intensidad artística que escapa de él como el resplandor ardiente escapa de una estrella. Por un momento siento el impulso de seducirlo, es ridículo pensar que pudiera desear a la mujer embarazada de Ricky. Lo toco ligeramente en el hombro y salta. La música se detiene.

—¡Oh! ¡Hola, Jasminka!

Se saca los audífonos y sonríe. Matthew siempre es puntual y siempre parece estar de buen humor. Sus mejillas se ven tan rosadas que quiero pellizcárselas como haría con un niño. La concentración ha dejado una arruga diminuta en el espacio que hay entre sus cejas. Ya se desvanecerá. Se ve muy vital y rozagante. Debe comer muchos vegetales frescos para tener ese aliento tan limpio.

—Ricky acaba de llamar hace un minuto—le informo—. Dice que está atrasado y que empieces sin él.

Matthew le echa una ojeada a su reloj y sacude su cabeza en señal de contrariedad.

—El tipo tiene mi celular—dice—. No sé por qué no puede avisarme. ¿Tienes idea?

Suspiro y me siento a su lado, en el horrible sofá rojo. Puedo sentir el calor de su cuerpo contra la piel de mi brazo, aunque estamos sentados a un pie de distancia. Huele a deseo y a champú.

—¿No hay algo que puedas ir haciendo sin Ricky?

Matthew ríe para sí como si alguien acabara de sugerirle que se operara para cambiar de sexo.

—Ah, sí, claro—dice—. Ya lo creo. De hecho, podría hacer todo el álbum de Ricky sin él.

—¿Qué estás diciendo?—pregunto.

Matthew se pone de pie y pasea por la habitación durante unos instantes.

—¿Puedo preguntarte algo?—dice. Lo miro sin pestañar para indicarle que lo escucho atentamente—. ¿Hasta qué punto conoces a tu marido?

Me encojo de hombros, preguntándome si él sabrá algo sobre esa relación extramatrimonial. Tal vez sepa quién es ella. No creo que quiera enterarme.

—No sé—respondo—. Tanto como una mujer sabe de su marido.

Ahora parece hablar consigo mismo:

—No debería hacer esto.—Me mira adolorido—. Sí, debo hacerlo.

—Matthew—digo—, si es acerca de Ricky y de otra mujer . . .

Él parece confundido.

—No—dice.

Su confusión se convierte en compasión. Siente lástima por mí. Él sabe sobre la mujer. No me lo ha dicho. Está sorprendido de que yo lo sepa.

—No es eso.

—Oh.

Matthew me toma de la mano, sonríe tiernamente y me dice:

—Ven conmigo. Quiero mostrarte algo.

Lo sigo hasta el estudio de grabación. Me ofrece la silla giratoria de piel negra, mueve de un tirón las palancas que encienden las computadoras y los otros equipos electrónicos, luego se detiene a mi lado y comienza a apretar botones. De inmediato se deja escuchar el último éxito musical de Ricky "Tú eres mi chica". Sonrío a pesar de mí, porque Ricky me ha dicho que cantó esa canción sólo para mí. Escucho la música, pero la letra no comienza donde debería hacerlo.

—Muy bien—dice Matthew. Detiene la canción y la hace retroceder un poco—. Voy a la cabina de grabaciones.—Señala hacia la sala que está al otro lado de la enorme pared de cristal—. Cuando entré allí, quiero que aprietes este botón, y luego este otro. ¿Está bien? ¿Puedes hacerlo?

Digo que sí. Matthew entra a la cabina, alza un dedo y hago lo que me indicó. La canción comienza de nuevo, sin la letra. Matthew abre la boca y comienza a cantar. Siento que la piel de mis brazos se eriza. Veo moverse su boca, pero escucho la voz de *Ricky*. Cuando Matthew deja de cantar, la voz de Ricky deja de sonar en la grabación. Después de unos instantes, Matthew regresa a la cabina de mezcla.

—No entiendo—digo.

Matthew arruga el entrecejo.

—Ninguna otra persona lo entiende—dice él—. He ahí lo bello del asunto.

—Pero Ricky es un gran cantante—digo—. Todos piensan eso.

—Él es un cantante *muy* bueno—dice Matthew—, pero inconsistente. Sus . . . eh . . . intereses recreativos suelen interferir con esto últimamente.

—Las drogas.

Matthew se encoje de hombros.

—¿Las drogas?—pregunta sarcásticamente—. ¿Cuáles drogas? Ricky es un fanático de la salud. Lo leí en *Newsweek*.

—Ese artículo no dice la verdad—afirmo.

Matthew sonríe y me doy cuenta de que no entendí su sarcasmo.

—Ya lo sé, Jasminka—dice amablemente—. Lo sé desde hace tiempo.

—Es un adicto—añado.

Matthew asiente.

—Sí, es triste. Él lo sabe y yo lo sé. Supongo que me alegra que tú también lo sepas también.

—Lo sé hace tiempo, Matthew.

—Creo que Milán es la única que no se da cuenta—dice Matthew.

—¿No sabe?

Matthew hace una mueca como si yo le hubiera preguntado si él era Mozart.

—Oh, no. Milán es la mujer más inocente del planeta.

¿Hay amor en sus ojos? Sí. A Matthew le gusta Milán. No sé por qué, pero siento un gustillo a celos.

Contemplo la consola y el estudio, todo oloroso a electricidad y a caucho.

—¿Hasta qué punto cantas en las canciones de Ricky, Matthew?

Se encoje de hombros.

—No sé. Desde que comenzó he estado arreglándole cosas.

—¿*Arreglándole* cosas? ¿Qué significa eso?

Me mira como si yo no hubiera entendido la más simple de las ideas. Entrecierra los ojos como esperara que lo golpearan, y dice con suavidad:

—Eso significa, Jasminka, que yo canto casi todas las partes en las canciones de Ricky.

Siento que el corazón se me encoge en el pecho.

—No es posible.

Pese a todos sus defectos, siempre he podido mencionar el talento y el arte de Ricky como razones válidas para amarlo. Si ninguno de ellos es real, entonces ¿con qué me quedo? ¿Qué tengo? Resulta demasiado horrible para imaginarlo.

—Gracias a las maravillas de la tecnología moderna, todo es posible—dice Matthew—. Cualquiera puede ser cantante si tiene el personal adecuado tras bambalinas.

—¿Por qué le permites hacer eso?

Se encoge de hombros.

—Al principio parecía un buen arreglo para todos. Éramos amigos. Yo era el gringo a quien le gustaba la salsa, y él era el tipo bien parecido al que le gustaba llamar la atención. Cuando estaba en la universidad, nadie podía hacerme reír tanto como Ricky. Era un amigo a quien quería mucho. De ese modo, yo podía cantar salsa, lo cual me encanta, y escuchar mis canciones por la radio sin tener que hacerme una cirugía plástica en la cara.

Se ríe al decir esto último, como si fuera algo gracioso, pero yo permanezco seria.

—Pero Ricky es millonario, y tú . . .

—Ya sé, soy un jodido enano sin dinero.

Cuando sonríe, siento que de él emana algo semejante a la santidad porque él no es ninguna de esas cosas de las que habla. Es un regalo. En estos momentos, siento todas estas cosas al mirarlo.

—¿Por qué, Matthew?

—Soy enano porque no me gusta usar tacones—bromea y se me queda mirando, pero yo no me río. No puedo—. Mira—dice Matthew, inclinándose sobre la consola—, realmente no me interesa el dinero. Nunca me ha interesado. Me interesa la música. Ricky era un instrumento para dar a conocer mi música. De hecho, fue algo que yo busqué.—Se encoge de hombros, avergonzado, y pide disculpas. Luego dice—: Para mí, lo único importante ha sido siempre la música, la creación. Para Ricky, lo único importante ha sido siempre la fama y el escenario. Fue como si hubiéramos sido creados el uno para el otro . . . al menos, por un tiempo.

—Así es que es un mentiroso—lo interrumpo.

—Supongo que todos lo somos—admite Matthew—, pero últimamente han sucedido ciertas cosas en mi vida que me han hecho pensar que es mejor ser honesto con la gente. Y estoy empezando contigo.

—¿Así es que te convertirás en estrella?

Matthew sacude la cabeza.

—No. No quiero ser una estrella. No soy bueno en un escenario. No me gusta bailar, ni hacer movimientos de chingar en el aire. Tengo unos kilos de más. Soy pelirrojo, y ni siquiera tengo mucho pelo.

—Pero ¿no compones canciones y las cantas?

—Antes cantábamos casi por igual. Pero para este álbum en inglés, yo canté la mayoría de las cosas. Ricky también cantó bastante, pero tuvimos que cortarlo casi todo. Él no lo sabe.

—Pero sin tu voz, ¿el álbum no sonaría como Ricky Biscayne?

—Mira . . .

Matthew aprieta unos cuantos botones. Veo largas líneas onduladas que se mueven a lo largo de una enorme pantalla de computadora, parecidas a las líneas de un cardiograma clínico. La canción comienza con el canto de una sola voz. La voz de Ricky. Suena bien, pero nada semejante a lo maravilloso que suena cuando Matthew canta a la par. En realidad, suena un poco débil y anémica, así como yo era antes, también suena algo alto.

—Él no es realmente bueno con las armonías y los registros agudos. Y con toda esta cuestión del cruce al mercado anglo, no se desenvuelve bien en los fraseos pentatónicos al estilo *gospel*. Así es que lo ayudo. Yo estudié los *gospels* en la iglesia—sonríe—. Mis padres eran misioneros.

Levanto las cejas para expresar mi admiración ante este último comentario suyo, pero no puedo hablar. Siento un peso demasiado grande en el corazón. Nos quedamos en silencio durante unos instantes. Yo, con una lacerante sensación de pérdida; una emoción que se ha convertido en algo tan familiar como respirar y que se extiende lentamente por mi cuerpo, dejándome insensible frente a lo que acabo de escuchar.

Matthew levanta su mentón con una seguridad que nunca antes le había visto. De hecho, podría convertirse en un verdadero galán si quisiera; pero él no se imagina cuán bien parecido es. ¿No se da cuenta de que las mujeres encuentran hermoso incluso a los hombres más feos, si éstos son artistas? Y él no es feo.

—Lo más curioso—añade—es que mientras más creía el mundo que todo era obra de Ricky, más comenzaba a creérselo *él*, ¿sabías? Hasta el punto en que ahora actúa como si no me necesitara. Y para serte sincero, eso está empezando a encabronarme.

Me pongo de pie. Es demasiado. Siento ganas de llorar, siento calor, siento dolor. ¿Sobre qué otras cosas ha estado mintiendo Ricky?

—Disculpa—digo—. Tengo que salir a ver a alguien.

—No vayas a decirle nada de esto a Ricky—advierte Matthew—, sobre todo si está drogado. O no va a ser un espectáculo nada bonito.

—Ya no veo a Ricky—respondo mientras me levanto del sofá, sintiéndome torpe y cansada—. No me *importa* que sea o no bonito. No me interesa nada que sea bonito.

—¿Qué le digo a Ricky, si regresa?—pregunta Matthew.

—Nada.

—Me pidió que te vigilara, ¿recuerdas? Como si yo fuera el guardia de su cabrón harén. ¿Por qué dejas que te trate de esa forma? Es una locura.

La rabia brota a través de mi piel como si se tratara de vellos nuevos y delicados. Me siento como un animal acosado.

—Dile que me escapé.

Aunque estoy llorando, me las arreglo para conducir mi SUV Escalade hasta casa de la madre de Ricky, en la calle 4 del suroeste en Fort Lauderdale. Está dilu-
viando. Hay relámpagos. Truena como si alguien estuviera rodando un mueble
pesado por algún piso superior.

Me arrimo a la entrada de autos de la casita de estuco amarillo, y parqueo
justo detrás del Toyota Camry de Alma. Mientras miro el vehículo y la casa,
siento una especie de reverencia melancólica en la garganta. Quiero gritar, pero no puedo. Siento una tristeza tan grande, tan infinita. ¿Qué me sucede? Tiene algo que ver con el sufrimiento femenino, con el anonimato del orgullo, con
las hormonas que se cuecen en mi torrente sanguíneo mientras la vida crece en
mí. Y tiene que ver con esa tristeza universal compartida de la maternidad, en
cuyo inconsciente colectivo penetré hace poco. Los niños provienen de ti, pero
no son tú misma. Salen de ti, pero no los controlas. Y a veces van mucho más
allá de lo que esperabas. A veces debes dejarlos solos en este mundo para que
encuentren su camino o terminan matándote.

Salgo del auto y corro bajo la lluvia hasta la puerta. Siento las frías gotas que
caen sobre mi cráneo, mis mejillas, mis brazos. Quiero quedarme bajo la lluvia,
purificarme. Toco la puerta y luego el timbre. Momentos después, Alma abre secándose las manos en una toallita rota, pero limpia. Aunque no está esperando
visita, se encuentra bien arreglada con su sudadera aterciopelada roja y sus pendientes de oro. Su corta melena parece recién cepillada, y su rostro aún conserva rastros del cuidadoso maquillaje. Dudo que alguna vez se encuentre
desarreglada.

—¡Jasminka!—exclama sorprendida—. ¿Qué haces aquí? ¿Estás bien? No te
quedes en la lluvia. Vas a enfermarte ahí afuera.

Me hace pasar, cierra la puerta y me toma de las manos. La preocupación
marca su rostro.

—¿Qué ocurre?—pregunta, mirándome los ojos.

—No sé.

Alma me conduce a una sala pequeña y ordenada, y me hace sentar en el sofá. A diferencia de casa de Ricky, el hogar de Alma tiene decorado y diseño modernos. Ella no tiene mucho dinero, pero sabe emplearlo inteligentemente en
muebles de *Crate and Barrel* y ese tipo de tiendas. La casa de Ricky, pese a toda
la gente que siempre trabaja allí y el dinero que les paga, parece estarse cayendo

a pedazos. La casa de Alma parece un hogar, cómodo y abrigado, acogedor. No quisiera irme nunca.

—¿Qué hizo?—pregunta ella.

Le cuento sobre las grabaciones falsas. Alma no parece sorprendida.

—¿Eso es noticia para ti?—dice.

Parece como si sintiera lástima de mí y, a la vez, como si me encontrara graciosa.

—¿Usted lo sabía?—pregunto.

—Por supuesto—dice riéndose—. Es mi hijo. ¿Piensas que una madre no conoce las limitaciones de su propio hijo? ¿Piensas que escucho esas canciones en la radio y no me doy cuenta de que esa voz no se parece a la del niño que me llamaba en medio de la noche para pedirme agua? Una madre conoce la voz de un hijo.

Arrugo el ceño.

—¿Qué pasa?—pregunta Alma, poniéndose de pie—. ¿Crees que eso es cruel?

—Sí.

—Vuelvo ahora. Tengo algo en el horno.

Cuando Alma regresa, trae dos vasos de agua con hielo donde flotan finas rodajas de limón.

—Toma, bebe. Necesitas agua. Te ves pálida.

Acepto el vaso y digo:

—Alma, no estoy aquí por las canciones.

—Te escucho.

—Vengo por esa niña de Homestead.

Alma asiente y bebe de su vaso. Sabe exactamente de quién estoy hablando.

—Sophia Gallagher. ¿Qué pasa con ella?

—¿Es hija de Ricky?

Alma vuelve a reírse suavemente y me lanza otra vez esa mirada donde se mezclan la piedad y la diversión.

—Por supuesto.

—*¿Por supuesto?*

No puedo respirar. Estoy mareada. ¿Alma sabía y no me lo dijo?

La mujer suspira.

—Ricky amaba a Irene. Todos esos disparates que ahora le dice a los periódicos son tan falsos como sus canciones, querida.

Siento como si alguien estuviera apretando un cinturón en torno a mis costillas. La frente se me llena de nudos. Hago todo mi esfuerzo para no llorar. La mirada de Alma se suaviza. Me toca la mano.

—Lo siento—dice—. Eres demasiado dulce e ingenua.

—¿Está segura acerca de esa niña?

Alma asiente, se pone de pie y vuelve a salir de la habitación. Rompo a sollozar. Cuando Alma regresa, trae una enorme caja de fotos. Deja la caja en el sofá y aparta los adornos de porcelana de la mesita del centro antes de ponerla allí. Alza la tapa y la coloca con cuidado sobre el suelo de madera oscura.

Dentro de la caja hay reliquias de la infancia de Ricky, el tipo de cosas que una vez mis propios padres guardaron para mí, objetos que volaron en pedazos junto a mi pasado. Al verlos, los recuerdos de mi propia infancia perdida regresan a mí.

Alma busca entre ellos, escogiendo algunos para colocarlos sobre la mesita. La observo, sorprendida ante las expresiones que aparecen en su rostro. Tristeza, alegría, de todo, mientras recuerda a su pequeño hijo. Sostiene una hoja de papel rayado donde aparecen grandes letras mayúsculas garrapateadas con un lápiz de punta gruesa.

—Era un niño maravilloso—dice ella—. Tan dulce, tan inteligente. Más inteligente de lo que podrías imaginarte. ¿Sabes que Ricky dijo su primera oración completa antes de que cumpliera el primer año?

No lo sabía.

—Pues lo hizo. Nadie me creyó. Pero era un niño brillante. Aprendió a leer solo a los tres años. Era un niño solitario, difícil y brillante.

Alma continúa rebuscando en el interior de la caja, deteniéndose ante el molde de la manita infantil de Ricky. Busca hasta que encuentra un sobre de manila, de ésos que se usan en las oficinas, con una soguita y un círculo de cartulina para asegurarlo. Alma desenrolla la soguita y vuelca el contenido encima del sofá, entre nosotras. Es un montón de cartas dentro de sus sobres, algunas escritas por la mano de Ricky, otras con una letra desconocida que reconozco como de caligrafía muy americana y femenina.

—Cartas de amor—dice Alma.

Abre una y la lee. Es de Irene Gallagher, dirigida a Ricky: una carta apasionada y llena de amor. Habla del amor que siente por él, y de su emoción al saber que él también la ama. Es una carta infantil, dulce y casi vergonzosa en su explicitez.

—¿Ésa es la mujer de Homestead?—pregunto y extiendo el brazo para coger la carta que Alma coloca amablemente en mi mano con un gesto de asentimiento.

Saca otra carta.

—Ésta es una de Ricky para ella, pero fue demasiado perezoso para enviarla.

La carta está bellamente escrita. No tenía idea de que Ricky poseía esa clase de talento. Habla poéticamente sobre la belleza de Irene y le ruega que le regale su virginidad. La voz de Alma se quiebra de emoción mientras la lee. Termina de leer, se saca las gafas y se frota los ojos y el puente de la nariz.

—La verdad es que no fue por vagancia—explica Alma—. Puedo decirte por qué Ricky nunca llegó a enviar esta carta. Era un perfeccionista y no creyó que fuera suficientemente buena.

Siento otra oleada de dolor.

—Sí—admito—. Así es él.

—Siempre ha sido así, incluso cuando era muy pequeño. No era como los otros niños, que se caían y lloraban para que sus madres vinieran a recogerlos. Si Ricky se caía, se enfurecía consigo mismo. No era así por mí. No lo crié para que fuera de ese modo. Simplemente era de esa manera. Antes yo lloraba porque sentía que él se mantenía alejado de mí, como si no quisiera que su madre lo ayudara a sentirse mejor.

—Ahora es así conmigo. Él mismo no se considera lo suficientemente talentoso.

—Bueno, tal vez con la música no lo sea—dice Alma—. El verdadero talento de Ricky siempre estuvo en la escritura. Escribía maravillosamente, pero él pensaba que escribir era aburrido. Quería estar en un escenario, sentirse amado por mujeres que pudiera ver.

Alma encuentra entre las cartas un puñado de fotos unidas por una banda elástica. Saca el elástico, las mira y me las entrega cuando termina. Las fotos muestran a un Ricky muy joven con un brazo alrededor de una linda rubia, ambos con sus raquetas de tenis sobre los hombros.

—Parte de todo esto es culpa mía—admite Alma.

—¿Culpa suya?

—No me gustaba su familia—dice Alma—. Eran americanos pobres. No confiaba en ellos. La chica no tenía un hogar cuando Ricky la dejó embarazada.

—Eso no fue culpa de ella. ¿Estaba embarazada entonces?

La gravedad de lo que Alma acaba de confesarme me abruma. ¿Ricky abandonó a una chica embarazada y sin hogar?

—Lo sé. Pero sus padres eran unos motociclistas drogadictos. Eran malas personas. No quería que él conviviera con esa clase de gente. Le pedí que la esquivara—confiesa Alma. La observo con dureza y sus ojos se llenan de lágrimas—. Me dijo que ella se había hecho un aborto y que se habían separado.

—Dios mío, Alma.

—Fue duro para Ricky. Dejó de hablarme. Dejó de escribir. Eso fue lo peor. Él tenía un don, Jasminka.

—Posiblemente esto fue más duro para la muchacha, Alma.

La línea de sus labios se endurece y aprieta las mandíbulas con fuerza.

—¿Ricky te contó sobre Alan?

Sacudo la cabeza en un gesto negativo.

—Más o menos por la misma fecha en que Irene salió embarazada, tuvimos un vecino llamado Alan que era amigo nuestro y solía venir a visitarnos para ayudar con algunas cosas de la casa. Era escritor. Ricky lo admiraba. Alan me dijo que quería llenar el vacío del padre de Ricky, llevarlo a pescar, cosas así, y yo lo dejé.—El labio inferior de Alma comienza a temblar—. Y el hijo de puta abusó de Ricky en su barco.

—¿Qué?

Me he quedado atónita.

—No le gusta hablar de eso. No sé exactamente qué pasó porque Ricky nunca me lo dijo. Sólo me contó que el tipo lo obligó a hacerle el sexo oral, y viceversa. Es lo único que sé. Así es que todo estaba pasando a la misma vez. No fue fácil para ninguno de los dos.

—Dios.

Miro las fotos en mi regazo. Las imágenes muestran a una feliz pareja de adolescentes arrullándose en un centro comercial, arrullándose en la playa, vestidos para la fiesta de graduación en traje largo y esmoquin.

—¿Me permite?—pregunto, cogiendo las cartas.

Alma asiente.

—Me siento terriblemente culpable, Jasminka. Quiero conocerlas, pero no sé cómo llegar ahora hasta ellas después de todo este tiempo . . . después de lo que dije sobre ella.

Paso la siguiente hora revisando las cartas que Irene Gallagher le envió a Ricky. Al principio las cartas eran tiernas, llenas de esperanza y exaltación. La Irene de dieciséis años decía que esperaba con ansiedad el momento en que cedería a los deseos de Ricky para permitirle que fuera quien la "desflorara". Concertaron una fecha para ello: la fiesta de graduación. Después del baile, el tono de las cartas cambia. Irene se pregunta si su padre lo sabrá, porque ha comenzado a beber más y la maltrata porque es "una puta cualquiera". Y luego, un mes después, la gran noticia: Irene le escribe que se ha hecho un examen de embarazo y que ha dado positivo. Quiere hablar con Ricky sobre ello. En la próxima carta le suplica a Ricky que le responda. Le escribe que lo ha estado llamando y que él la ha estado evadiendo. Luego vienen unas cuantas cartas más como ésta. Después vienen las últimas. Irene dice que no puede creer que Ricky le haya pedido que aborte a la criatura, a quien ella llama el "inesperado pero gozoso fruto de su unión". Al parecer, Ricky nunca le respondió porque, después de eso, sólo hubo otras dos cartas: una donde dice que va a tener el bebé sin él y que le da una última oportunidad para que cambie de idea y "se comporte como un hombre frente a esto". Y luego la carta final, diciendo que ha perdido todo derecho sobre la criatura porque, lo jura, jamás le dirá quién es su padre, porque un padre que niega a un hijo no merece conocer a ese hijo. "Y cuando tu hijo o tu hija logren grandes cosas en la vida, no se te ocurra, repito, no se te ocurra, venir a tocar en nuestra puerta a pedir limosna. No te reconoceremos. Ten presente mis palabras".

Doblo la carta y la coloco encima del montón.

—Eso fue lo que ocurrió—dice Alma.

—¿Por qué fue tan cruel de abandonar la niña así?

Su mirada se vuelve distante.

—No sé—dice—, pero podría estar relacionado con el hecho de que eso fue exactamente lo que le hizo su propio padre.

Estoy en un bar de lesbianas esperando por . . . Bueno, ya saben, posiblemente por la lesbiana más fea de todos los tiempos. ¿Y dice mi padre que no me reconoce? Bueno, ni yo misma me reconozco. Aquí estoy, esperando por una homosexual más fea que el carajo, vistiendo lo que creo que es un halagador vestido rosa Y-Yigal, abierto a la espalda, sólo que no puedo dejar de pensar que el escote en mis nalgas está revelando demasiado. ¡Y esta música! ¿Qué es este renacimiento de los noventa? *Rhythm is a Dancer?* Por favor. ¿Y qué le ha ocurrido a mi vida? Pensé que mi carrera tendría que mejorar, pero en este momento preferiría sinceramente ser una publicista de laxantes vestida con un buen par de sudaderas viejas.

Jalo el chal de *chiffón* para cubrirme más el cabello y me subo las gafas oscuras sobre el puente de la nariz, sintiéndome muy "Madonna-en-público". No quiero que nadie me vea a la entrada del club Lady Luck, esperando por Lilia. Sobre todo, espero que Lilia no me reconozca y pase de largo. Sería perfecto que llegara y se fuera. Así podría irme a casa.

No soy tan afortunada.

Lilia se acerca a toda velocidad atravesando la calle en un vestido negro escotado, taconeando en sus toscas sandalias, con la gracia de una locomotora de vía estrecha. Parece un *bulldog* fornido con un trajecito ajustado, y casi espero que la lengua le cuelgue de la boca.

—¡Milán!—me saluda con un poderoso abrazo que me inmoviliza. Es fea y tiene futuro en el deporte de la lucha libre—. Me alegra que hayas venido.

Puaf. Sácame las manos de encima.

Entramos al club y Lilia paga mi consumo mínimo.

No quiero que lo haga, pero ella insiste.

—Quítate las gafas y el pañuelo—ladra Lilia, que parece una parodia de Janet Reno—. Vamos a bailar.

—Lilia—grito por encima del estruendo de la música. Ella sonríe y trata de impresionarme con un paso doble. No sólo tiene futuro en la lucha libre, sino también en el baile campesino, si es que alguna vez vuelve a ponerse de moda—. Me voy.

—¿Qué? ¿Por qué?

—No debí haber venido. Quise decírtelo cuando llegaste. No quiero estar aquí. No soy *gay*. No me di cuenta de que esto era lo que te interesaba.

Lilia sonríe como si yo fuera la cosita más mona del mundo, lo cual es cierto. Pero eso no es lo que una quiere que piense una campeona pueblerina de lucha libre.

—Te entiendo—dice. ¿Qué está haciendo con la boca? ¿Rumiando?—. Sigues sin atreverte a revelar tu sexualidad.

—No, no es eso. Sólo vine para agradecerte la ayuda que me diste con Ricky y...

—¿Ayuda? Los periodistas no "ayudamos". Escribimos la verdad y punto. Me ofende que creas que te ayudé. No vuelvas a repetirlo.

—Lo siento. Quiero irme ahora.

—Está bien, está bien.

Lilia sale del club conmigo. Apenas salgo, Matthew Baker pasa montado en su bicicleta, con bermudas y camisa hawaiana, silbando una melodía rara. Me mira por un instante y vuelve a mirar de nuevo para asegurarse de que soy yo.

—¿Milán?

Casi se cae de la bicicleta y da un frenazo que la hace brincar. ¿Por qué este tipo siempre se está cayendo por dondequiera que paso? Lilia gruñe al ver que un hombre se me acerca y trata de pasar un brazo protector sobre mis hombros. Se lo agarro y, de un manotazo, lo lanzo lejos de mí. Parece que también voy a tener que escapar usando mis habilidades de luchadora furibunda.

—Hey—dice Lilia.

—No soy homosexual—farfullo en su cara. Y volviéndome hacia Matthew, digo—: ¡Hola! Estoy con Lilia, del *Herald*, trabajando un poco en la historia de Ricky relacionada con el caso Homestead.

Matthew asimila la escena, incluyendo a dos atractivas lesbianas que han comenzado a acariciarse cerca de la entrada. Sonríe como haría la mayoría de los hombres ante semejante escena.

—Vaya, Milán. Eres la persona más impredecible que he conocido—dice.

—¡No!—grito—. No lo soy. De veras que no. Te lo juro.

—Bueno, está bien. No te detengo—me dice, preparándose para seguir.

—¡No!—gimo, y me libero de las garras de Lilia—. Por favor, no me dejes.— Lo miro a los ojos—. Por favor—y añado en un susurro—, no sé cómo carajos vine a parar aquí y no quiero quedarme. ¿Puedes llevarme contigo?

Lilia se acerca y se detiene posesivamente cerca de mí.

—¿Quién es este mamarracho? ¿Te está molestando?

—Éste es Matthew, uno de mis colegas—Matthew y Lilia se saludan con una incómoda inclinación de cabeza, mientras yo me apresuro a pensar en algo de prisa—: y . . . mmm, mi novio.

Las cejas de Matthew se alzan con sorpresa y permanecen erguidas en lo que interpreto como goce.

—Sí—dice con demasiada rapidez—, soy su novio.

Me río con bastante rapidez, y siento que mi vientre se estremece cuando me toma de la mano. Matthew me dirige una sonrisa que nace de sus brillantes, pícaros y, pienso, bonitos ojos.

—Me estaba preguntando dónde te habrías metido. Cuando me pediste que vinieras a buscarte a Lady Luck, no tenía idea de que fuera esta clase de sitio.

—Yo tampoco—le digo.

Me parece maravilloso que me siga la corriente de ese modo. Qué buena gente.

—Eh, espera un momento—dice Lilia—. Pensé que esto era una salida para divertirnos, no para trabajar.

—Parece que no nos entendimos bien.

—Milán es heterosexual—dice Matthew—. ¿Verdad?

—Mucho—digo, y recuesto mi cabeza sobre el hombro de Matthew esperando que parezca un gesto juguetón.

La verdad es que he estado fantaseando con hacer un trío con un hombre y otra mujer, o hasta con una relación de chica a chica si llegaba a estar lo suficientemente borracha. Pero la muchacha de mis sueños nunca se pareció en nada a Lilia. La muchacha de mis sueños se parecía más bien a Shakira.

—Bueno, creo que ya me voy.

—Su padre está bastante enfermo y me ha pedido que la lleve a casa.

—¿En una bicicleta?—pregunta Lilia—. Todo esto me parece muy extraño.

—Yo también pensé lo mismo de Lady Luck. Mejor nos apuramos—dice Matthew—. ¿Dónde está tu auto?

Señalo hacia un parqueo que está cruzando la calle.

—Él siempre viene a buscarme y luego yo conduzco de regreso a casa, con la bicicleta en el maletero del carro.

Lilia gruñe.

—No pierdas el contacto—me despido, mientras Matthew y yo cruzamos la calle con su bicicleta—. Fue divertido. Gracias de nuevo.

Cargamos la bicicleta de Matthew en el maletero de mi Mercedes, mientras Lilia continua observándonos con sospecha.

—Súbete—susurro—. Te explicaré todo en un minuto.

Nos metemos en el auto y arranco.

—Todavía nos sigue mirando—advierto.

—Bueno, vamos a darle algo que valga la pena mirar—dice Matthew apenas nos detenemos en la señal de la esquina.

Se inclina y me besa en los labios. Siento que el corazón me da un vuelco en el pecho. No puedo explicar por qué este beso es diferente a . . . digamos, los de Ricky. Pero es diferente. Y nada desagradable.

—Vaya—me dice—. Sabes besar muy bien.

—No, nada de eso—contesto avergonzada.

No quiero que Matthew Baker piense que tiene la *menor* oportunidad de conquistarme. Estoy destrozada, pero mi corazón herido pertenece a Ricky. De todos modos, ¿qué mejor manera para reponer una herida amorosa que reemplazar a un hombre por otro? Excepto, quizás, que ambos hombres no deberían trabajar juntos. Eso podría resultar en desastre.

—Es cierto. Tienes unos labios maravillosos. Y un aliento agradable.

Me sonrojo, manejo hasta el apartamento de Matthew, obedeciendo sus indicaciones, y parqueo frente al complejo de apartamentos de dos pisos.

—Gracias por ayudarme—reitero—. Me salvaste de un apuro y te lo agradezco. No tenías que llevarlo hasta el extremo, pero realmente te lo agradezco.

—Por nada—dice—. ¿Te gustaría subir?

Oh, oh.

—¿Alguien te ha dicho que soy la puta de la oficina o algo así?—le pregunto. Parece ofendido.

—No es nada de eso. Sólo pensé que te gustaría ver alguna película, reunirnos como amigos.

—Oh—digo—. Sólo estaba bromeando con eso de la puta.

—Me alegro—dice, aunque parece como si se guardara algo. Creo que sabe lo que he hecho con Ricky—. Tengo algunos DVD de Netflix, si quieres. No suelo tener mucha compañía.

Pienso un poco. A ver, yo tampoco tengo nada que hacer. ¿Por qué no?

Apago el motor.

El apartamento de Matthew es sencillo: un cajón moderno con piso de losas blancas, cortinas verticales de plástico, clósets con puertas corredizas, un asiento inflable, un viejo sofá de futón, pero también cables y cordones por doquier, conectados a toda clase de teclados, amplificadores, computadoras y bocinas. Tiene más bocinas que una tienda de equipos electrónicos. De hecho, el apartamento parece una tienda de equipos electrónicos.

—Soy como uno de esos científicos locos—dice a manera de explicación—. Estoy componiendo mi propio monstruo.

Me ayuda a pasar por encima de algunos cables, tomándome de la mano. De todos modos, el tacón de una de mis—hasta ahora—fabulosas sandalias rosadas Via Spiga, se enreda con un cable y me caigo. Ése es el peligro de usar estos estúpidos tacones. Por suerte, la falda no se me desparrama por encima de mi cabeza. Se disculpa y me ayuda a levantarme.

—Iba a ofrecerte una cerveza, pero ya veo que has estado bebiendo demasiado—bromea.

—La verdad es que una cerveza me vendría bien—digo.

Matthew me deja acomodada en el sofá, y salta sobre los cables para dirigirse a la cocina. Observo sus movimientos. Hay cierta gracia en ellos. No como la de Ricky, evidente y sensual, sino una especie de convicción encubierta sobre su lugar en este mundo: una gracia espiritual. Él es exactamente lo que quiere ser. En realidad, no es mal parecido. Regresa con dos botellas de cerveza abiertas.

—Aquí tienes—me ofrece sonriendo.

Es guapo. Guapísimo

—Salud—dice, y hace chocar mi botella con la suya.

—Salud—repito. ¿Y ahora qué digo? ¿Qué puedo añadir?—. Mmm, tienes un lugar muy agradable.

Uf. ¡Eso no! ¡Cualquier cosa menos eso! Eres una estúpida, Milán. A veces me odio.

Matthew se ríe.

—Eres muy graciosa. ¡Una muchacha muy graciosa!

—¿Por qué?

—Mmm. Bueno, este lugar puede ser todo tipo de cosas, Milán. Pero "agradable" no se encuentra entre ninguna sus características.

Nos miramos, sonriendo estúpidamente, y desviamos la vista con vergüenza.

—Esto es raro—comento.

—Sí—dice él.

—Trabajamos juntos.

—Más o menos.

—Y está Ricky—digo. Ay, ¿dije eso?

—¿Qué pasa con Ricky?—pregunta.

Pienso sobre eso. ¿Debo decírselo? No. No existe ninguna razón en el universo por la cual Matthew deba enterarse de que he estado con Ricky.

—Nada—digo.

Bebe un largo sorbo, se seca la boca con el brazo y dice:

—¿Todavía no se la has mamado?

Me atraganto con mi propia cerveza, que sale despedida de mi boca como le ocurre a la gente en las comedias baratas. Hay cerveza por todas partes, incluyendo el rostro de Matthew. De todos modos, sonríe. No digo nada, pero desvío mi mirada ofendida.

—Lo sabía—dice él.

—¿De veras?

—Ricky me lo cuenta todo. Soy como su Ann Landers privado, sólo que jamás toma en cuenta mis consejos.

—Oh, Dios—exclamo.

Quiero irme. ¿Sería una grosería? Espera un momento. ¡Hablando de ser grosero! ¿Cómo se atreve?

—¿Cómo te atreves?—le digo.

—¿Cómo?

—Ése es un asunto muy personal.

—Lo siento. ¿Estás bien? ¿Vemos la película?

Agarra una copia de *Napoleon Dynamite* que está en el suelo, bajo los cables.

—Bonito sistema de almacenaje—comento.

—Gracias, a mí me funciona.

Se levanta, camina al otro extremo del saloncito, pone el DVD y regresa. Mientras pasan los avances de otras películas, agarra el control y quita el volumen.

—Dime, Milán—dice—. Sólo por curiosidad. ¿Por qué lo hiciste?

—¿Hacer qué?

—Ricky.

—La película está empezando—digo con la mirada fija en la televisión, pero sintiendo los ojos de Matthew sobre mí—. ¿Qué pasa?

Vuelvo a mirarlo y lo veo sonreír con cinismo.

—¿Por qué lo hiciste? ¿Qué tiene él?

—Hace años que me enamoré de Ricky—le digo.

—Sí, pero ¿por qué?

Me encojo de hombros.

—Por su música.

El rostro de Matthew se ilumina ligeramente.

—¿Sí?

—La película está andando.

Le devuelve el sonido a la televisión y se arrima a mí.

—¿Un masaje?—pregunta, dejando su cerveza en el suelo.

—Es un ofrecimiento un poco raro en este momento—digo.

—Soy generoso. Tengo buena mano. Puede que sea un trol, pero soy bueno dando masajes . . . gracias a mis dedos, como podrás imaginar.

Traquea sus nudillos y me observa.

—Nunca dije que fueras un trol—protesto.

Miro fijamente la pantalla, aunque en realidad no dejo de observar con cuidado a Matthew con el rabillo del ojo. Es un tipo raro.

—Lo tomaré como un "sí, Matthew, me gustaría que me dieras un masaje"—dice.

Se desliza hacia mí y me obliga a volverme, por lo que aún estamos sentados uno al lado del otro, aunque le estoy dando la espalda. Entonces comienza a frotar. Y tiene razón. Puede dar un buen masaje. Un masaje *maravilloso*.

—Oh, Dios. Qué bien—digo.

—Qué bueno—dice—. Tienes unos huesos preciosos en los hombros.

—¿En los hombros?

—Éstos—me dice, presionando sobre la parte redondeada de mi hombro.

—Éso es algo raro de notar.

—Yo acostumbro a notar cosas en las mujeres que la mayoría de los hombres pasa por alto.

—Oh.

—Olvidé preguntarte si ya habías visto esta película.

—Sí.

—Yo también.

—¿Por qué la alquilaste?

—No sé, no la había visto antes de alquilarla, la alquilé y la vi pero todavía sigue acá. Hagamos otra cosa—propone, saltando del sofá y apagando el equipo del DVD—. La película fue una estratagema para que subieras.

—¿Por qué?—pregunto—. ¿Para que pudieras interrogarme sobre nuestro jefe?

—Más o menos—admite, sonriendo como un lunático—. ¿Música?

Me señala con el dedo y abre su boca mientras da unos pasitos de baile. ¿Por qué la gente abre la boca cuando espera una respuesta? ¿Para oír mejor?

—Está bien.

—¿Qué clase de música te gusta? Y por favor, no menciones a Ricky Biscayne.

Me encojo de hombros.

—La verdad es que me gusta Ricky Biscayne.

—Me temía que fueras a decir eso. Ya lo hiciste. ¿Qué otra cosa? ¿David Bisbal? ¿Me acerqué?

—Sí.

Matthew pone música y regresa junto a mí.

—Así está mejor—reanuda su masaje—. ¿Cuál es tu canción favorita de Ricky?

—"Sin complicaciones", la que habla de la muchacha sencilla—contesto.

Matthew se ríe y se detiene un momento para tomar de su cerveza.

—¿Sí? ¿Qué es lo que te gusta de la canción?

Sus manos se desplazan hacia la región inferior de mi espalda, hacia el espacio que hay entre los omóplatos, y parece como si ahora usara sus pulgares para presionar la carne que hay entre mis omóplatos y mi columna. *Dios.* Es absolutamente maravilloso. Tanto que podría tener un orgasmo de sólo estarme frotando la espalda. Díganme si eso no es patético. *Soy* la puta de la oficina.

—Me gusta la letra y la voz de Ricky cuando sube de tono en esa parte. ¿Sabes a qué me refiero? Suena como un *gospel*, algo casi religioso. Y luego baja hasta volverse completamente flamenco. ¿Sabes a qué parte me refiero?

—Sí, creo que sí—dice Matthew.

Suelta una risotada tan grande que me asusta. ¿Se supone que la risa es un sarcasmo? ¿Por qué suena así?

—¿No te gusta esa canción?—pregunto.

Por muy bien que me caiga Matthew, jamás podré ser amiga suya si no le gusta esa canción. Esa canción habla de mí. Si no entiende esa canción, jamás podrá comprenderme.

—Es una canción bonita—dice Matthew—, si es el tipo de cosas que te gusta.

Ríe para sí. Lo siento deslizarse, presionando contra mí, mientras sus manos se mueven hacia el centro de mi espalda.

—Dime más. ¿Qué más te gusta de él?

—Me gusta mucho este masaje—digo—. Pero creo que estás demasiado cerca, ¿no?

Se separa.

—Lo siento.

Sigue masajeando. Cierro mis ojos. David Bisbal. Él también es fantástico, pero necesita un corte de pelo. Sus cabellos parecen fideos rizados. ¿Qué le pasa a las españolas que a todas les *gusta* ese estilo a lo Pauly Shore mojado?

—¿Qué otra cosa te gusta de la canción de Ricky?—pregunta Matthew.

Siento su aliento en mi nuca, lo cual provoca una oleada de estremecimientos que bajan por mi espalda y se apoderan de mí. Me estremezco, sorprendida por el escalofrío. La puta de la oficina, pienso. Soy la puta de la oficina. La culpa la tiene la manera en que me educaron. Fui criada para no tener sexualidad. Así es que debo de estarme vengando de alguien. No sé de quién. No puedo pensar en eso ahora, con todos los escalofríos y el aliento en la nuca. ¡Jesús!

—No sé—digo.

¿Por qué me está preguntando tantas cosas sobre esa canción? Qué raro.

—Simplemente me gusta—añado.

—¿Te gusta imaginar que él te la canta?—dice Matthew en un susurro.

Me está empezando a asustar de verdad.

—Me estás empezando a asustar—le digo.

Escucho un sonido húmedo, como si hubiera abierto su boca, pero no habla. No dice nada. Raro. ¿Por qué insiste tanto en esta canción? Ya sé que él es su productor, pero no tendría por qué sentirse tan excitado, ¿no? Qué tipo más raro.

—¿Por qué . . . ?

—Shh—dice—. No más preguntas.

Por un momento pienso que quizás Matthew pudiera tener un interés particular en Ricky. Un interés malsano.

—¿Estás enamorado de Ricky?—pregunto.

Suelta una resonante carcajada en mi oído. Me tapo el oído con una mano y grito de dolor:

—¡Ay!

Odio eso. ¿Cómo puede olvidarse la gente de lo sensible que es el oído, cuando uno está tan cerca?

—¡Dios!

—Oh, Milán, lo siento—dice, aún riendo—. No fue mi intención. Ay, Dios. ¿Estás bien?

Coloca su mano sobre la mía, que aún se cubre la oreja.

—Ya se me pasará—lo espanto con un gesto, y vuelve a darme masajes.

—Entonces, ¿te imaginabas que Ricky cantaba para ti?

—Más o menos.

—Qué bueno—dice Matthew.

Sus manos se mueven hasta la parte inferior de mi espalda y luego, lentamente, se mueven a mi alrededor para rodearme y descienden hasta mi vientre.

—¿Matthew?

—¿Sí?

—¿Qué estás haciendo?

—Abrazándote.

—¿Por qué?

Matthew me abraza por la espalda. Siento sus labios en el cuello. Quiero protestar, pero me siento excitada de tanto pensar en Ricky y en su música y . . . quién sabe en qué más. Quizás esto es lo que Ricky necesita para sentirse un poco celoso y hacerme suya de una vez y por todas.

—Porque te gusta imaginar que Ricky canta esta canción para ti—dice.

¿Cómo? Lo apartaría de un empujón, pero me he quedado paralizada ante esa excentricidad. *Su* excentricidad. Quisiera no sentirme atraída por lo excéntrico, pero así es. Supongo que soy una chica excéntrica. Pero esto se pasa un poco de la raya. ¿Le gusta que esté enamorada de Ricky? La gente es tan complicada que ni siquiera vale la pena tratar de entenderla. Pero supongo que esto es preferible a que le gusten los monos o algo así. Por lo menos, Matthew sigue perteneciendo a la especie humana, aunque tenga todas esas fantasías extrañas. Me muerde el lóbulo de la oreja, un lóbulo que al parecer tiene una conexión directa con mi región clitórica y con mi vagina fortalecida por los ejercicios *kegel*. ¡Gong! Tal vez debería de haber rechazado la cerveza. Ah, la cerveza. Eso es.

—¿Puedes guardar un secreto, Milán?

—Sí—murmuro.

Siento escalofríos por todas partes. Me suelta y, a continuación, se pone frente a mí. Me toma de las manos y me mira fijamente a los ojos. Parece un poco trastornado y debo confesar que eso me gusta un poco.

—Antes de que esto avance un poco más, Milán, tengo que decirte algo muy importante.

—¿Quién dijo que esto va a avanzar más?

Más vale que disimule. Después de haberlo dicho, me doy cuenta de que yo misma me estoy sobando el pecho con una mano. Estoy tan acostumbrada a estar sola que a veces olvido que no lo estoy.

—Bueno—sonríe cuando nota mi mano—, realmente eres la puta de la oficina.

—¡Hey!

Me observa con una mezcla perfecta de humor, excitación y ternura, su rostro se sonroja.

—Sólo cito *tus* palabras. Para *mí*, tú eres la muchacha de la oficina. Y el intelecto de la oficina. La rickóloga de la oficina.—Le respondería, pero sigo paralizada ante su excentricidad. Su expresión se oscurece y frunce el ceño—. Ahora, hablemos en serio por un segundo.

Oh, oh. Matthew se inclina y me besa, primero suavemente, con un tenue roce de labios, y luego con más firmeza. Tiene una boca maravillosa y besa tan bien como Ricky. En realidad mejor, excepto que Ricky es *Ricky*, y por tanto los besos mediocres de Ricky son mejores que los besos fabulosos de un mero mortal. No sé por qué estoy permitiendo que me haga esto, a no ser por el hecho de que realmente me gusta mucho, hablando en un sentido metafísicamente extravagante. Quizás la culpa la tiene la cerveza. Odio cuando la cerveza se me sube a la cabeza y me hace hablar. Una se vuelve tan incoherente. La gente dice que los hombres blancos no tienen labios, pero Matthew tiene unos labios llenos y hermosos.

—Bueno, Milán—dice, cuando ambos volvemos a respirar—, acerca de esa canción de Ricky que te gusta . . .

—Por Dios, Matthew—lo interrumpo.

Olvídate de esa canción y *acuéstate* conmigo, quiero decir. Por favor, deja de hablar. Tengo tremenda calentura. ¿Por qué está sacando ahora eso? Porque es un lunático, por eso. Necesita pensar en eso para poder seguir. Lo que sea. Dejaré que hable con tal de que después me coma viva. Eso es todo. ¿Es mucho pedir?

—Yo la compuse—asegura, sonriendo como si ahora me fuera a gustar más o algo así.

Me le quedo mirando.

—Eso no es gracioso—digo—. Por favor, no juegues conmigo ahora, Matthew.

—Es cierto, yo la compuse. De principio a fin. Completa. Esa canción es mía.

—Lo que tú digas, Matthew.

Me sé de memoria la carátula del CD, y allí dice claramente que Ricky la compuso. Este tipo está más loco de lo que pensé. Se excita con la idea del plagio.

—Y eso no es todo.

Me observa como si fuera a revelarme algo sumamente importante. Lo escucho. No quiero escucharlo. Quiero que me bese.

—Yo también la canté, Milán.

—El coro . . . ya sé. Lo vi en la carátula del CD.

En realidad, tengo la carátula fijada con tachuelas en la pared de mi cuarto, pero no tiene por qué saberlo.

—No, yo lo canté *todo*. Toda la canción. La voz principal. Completa.

—¿Qué?

—Ricky estaba demasiado drogado.

—¿Drogado? Por favor. Eso es imposible. Ricky no consume drogas.

—Claro que sí, muchísimo. Ricky estaba demasiado drogado ese día. Así es que tuve que hacerlo.

Por favooor. ¿Cuán desesperado está este tipo? Le doy un empujón y busco mi cartera. Acabo de darme cuenta de todo. Aunque estoy dispuesta a ser la puta de la oficina, no pienso convertirme en la puta del *chiflado* de la oficina.

—¿Qué estás haciendo?—grita—. ¿Qué estás haciendo?

Se apresta a agarrarme por el brazo.

—No . . . me . . . toques—gruño entre dientes

—¿Qué? ¿Por qué? ¿Qué ocurre?

—Eres patético.

—¿Yo? ¡Patético? ¿Por qué?

Mmm. ¿Por dónde empiezo? ¿Por el apartamento feo? ¿Sus mentiras? Abro la puerta.

—Lo hubiera hecho contigo sin necesidad de que mintieras—le digo.

—¿Mentir?

—Mentir. Eso es lo único que odio en el mundo, Matthew. Soy fácil de complacer, me gustan los hombres, pero no soporto a los mentirosos.—¿Qué tipo de estúpida crees que soy al tomar el crédito por algo que hizo Ricky? ¿Soportar a los mentirosos? ¿Acabo de decir una frases tan estúpidas?—. Me hubiera acostado contigo si hubieras sido . . . bueno, el lunático de la oficina. Pero no estoy dispuesta a ser la puta del *mentiroso* de la oficina.

—Me has confundido con Ricky—dice con una sonrisa de suficiencia . . . esa maldita sonrisita.

—Oh, no—digo—. *Tú* te has confundido con Ricky.

—No estaba mintiendo, Milán.

Sigue hablando, pero ya no sé lo que dice porque le he cerrado la puerta en la cara y corro hacia mi auto. Espero que no esté demasiado borracha como para manejar. Debería llamar a un taxi o a Génova. Pero ya me las arreglaré.

Me escapé por un tris, pienso, echando una última ojeada a la puerta del apartamentito. Infeliz. Después de todo, Matthew Baker es un infeliz. Y yo estuve a punto de acostarme con él. ¿Es tan baja mi autoestima que estuve a punto de acostarme con ese fracasado?

Papá tiene razón. He *dejado* de ser yo.

Lunes, 22 de julio

Saturado de coca y sentado junto a Matthew en el piso de la cabina, con la piernas cruzadas, Ricky escucha la canción y piensa en los Siete Enanitos bailando una giga. Para morirse de risa.

No está seguro de por qué lo piensa, pero le hace mucha gracia; y no puede recordar el nombre de los enanos, lo cual lo encabrona.

—¿*Cojito* era el nombre de uno de los cabrones?—pregunta Ricky, rascándose por encima de sus *jeans* atléticos.

Matthew, que viste sus acostumbrados *shorts* y una camisa de los Red Sox de Boston, lo ignora y ajusta el volumen. Ambos escuchan abrirse la puerta de la oficina y se vuelven para ver que entra Milán, vestida con un pantalón negro que destaca las formas de su cuerpo y una blusa de encajes de color amarillo plátano que acentúa su diminuta cintura.

—Eso es, compadre, a eso me refiero—dice Ricky.

Ha estado más caliente que el carajo desde que Jill lo llamó hace unos minutos y le dijo que quería que le diera *por detrás*. Esas fueron sus palabras. Esa mujer sabe qué teclas tocarle. Es vulgar e insaciable.

Matthew ve a Milán y la saluda con la mano. Ella no le devuelve el saludo, sólo le lanza una mirada furiosa y volátil.

—Oh—susurra Matthew—, ya me lo temía.

Ricky lo mira a él, luego a ella, y después otra vez a él.

—¿Temías qué?

—Nada—contesta Matthew, pero Ricky lo conoce lo suficiente como para saber qué significa esa expresión.

—Te acostaste con ella—afirma Ricky, mientras comienza a sonreír de medio lado.

—No, compadre—dice Matthew.

—Ella es *mía*. ¿Lo sabías?—le advierte Ricky—. Pero puedes acostarte con ella si quieres.

Levanta su puño para chocarlo juguetonamente con el de Matthew, pero éste se lo desprecia y no responde al gesto.

—Como quieras, compadre—dice Matthew.

—Cada mujer en este edificio es mía. Ésas son las reglas.

Matthew trata de ignorar a Ricky. Que se vaya al diablo.

Ricky sonríe. Le gustan los desafíos, la competencia . . . Competir es saludable.

—Regreso ahora—le dice a Matthew, y sigue en silencio a Milán, quien se dirige a su oficina situada al final del pasillo, mientras observa el bamboleo pendular de su redondo trasero.

Maldita sea Jill por mencionarle ese jodido "rómpeme por detrás". Ricky no es el tipo de hombre al que le guste cogerse a las mujeres por ese orificio en particular, pero Jill lo ha cambiado. Ahora le gustan los culos, y el de Milán está muy bueno. Realmente bueno. Es precioso. Ella entra en su oficina sin verlo y se vuelve para encontrárselo en el umbral, casi encima de ella. Da un respingo, sobresaltada.

—Lo siento—dice él con una gran sonrisa. Sin perder un instante, tantea con su mano detrás de él y cierra la puerta de la oficina. Le pone el seguro y sonríe—. ¿Me has extrañado, cariño?—Ella se muestra adolorida al escucharlo; confundida, pero fascinada. A él le gusta la manera en que parece fascinarla—. Y bien—le dice—, ¿cómo te fue con él?

—¿Con quién?

Incluso en medio de su confusión y su dolor, ella lo desea. Mira el modo en que se inclina sobre su escritorio y trata de componerse para estar en el mejor sitio para él. Es tímida y lo ama. Es tan bueno cuando las mujeres te aman así, piensa Ricky. Harían cualquier cosa por ti. Y él está listo para pasar a algo mucho mayor con Milán. Algo que demostrará cuánto está dispuesta a sufrir para complacerlo, algo que tiene el tamaño de su precioso trasero.

—Matthew—dice Ricky.

Milán abre la boca con sorpresa; esa dulce boquita. Es muy buena mamándolo. Mucho. Él se acerca más.

—Sí—le dice, acariciándole una mejilla y besándola con suavidad—. Matthew. ¿Te gustó?

—¿Qué te dijo de mí?—pregunta ella.

Ricky se aprieta contra ella y siente sus brazos que lo rodean. No puede evitarlo, piensa él.

—Me dijo que anoche te había cogido.

—Te juro que no es verdad—dice Milán con una expresión de pánico en la mirada—. Fui a su casa, vimos parte de una película, nos tomamos una cerveza y me dio un masaje. *Eso* fue todo.

—¿Cómo sé que me estás diciendo la verdad?—pregunta él. Ella se muestra culpable y temerosa—. Sabes que te quiero sólo para mí.

—¿No resulta eso un poco hipócrita de tu parte?—pregunta ella.

—Estoy resolviendo el asunto de mi matrimonio. Saldré de él, y entonces sólo seremos nosotros dos: tú y yo. Mi corazón es todo tuyo.

Mientras lo dice, tiene la misma sensación de *déjà vu* de un actor que tuviera que repetir la misma obra noche tras noche.

—Ricky, te juro que no tengo nada con Matthew. Trató de convencerme de que fue él quien compuso y grabó "Tú eres mi chica", como si eso fuera a servirle para que me acostara con él o algo así, y luego . . .

—¿Hizo qué?

Ahora la jovialidad abandona a Ricky, quien siente que la adrenalina se precipita por sus venas. Esa jodida comadreja de Matthew. Me cago en su madre.

—Estaba tratando de tener relaciones conmigo—explica Milán.

—¡Pero qué mierda! No le creíste, ¿verdad?

—No—contesta Milán—. Creo que dijo eso porque se siente inseguro y quería que yo le gustara del mismo modo en que tú me gustas, del mismo modo en que yo te *amo*.

Ricky hace su mejor esfuerzo por parecer romántico y adolorido.

—Puse todo mi corazón en esa canción. Matthew lo sabe ¿Cómo podré confiar en él nuevamente?

La mirada de Milán se suaviza y parece como si se dispusiera a rescatarlo. Le encanta cuando las mujeres adoptan esa expresión, porque eso significa que puedes hacer cualquier cosa con ellas. Incluso conquistarlas en el más pequeño de los orificios, aquél que las hace gritar de dolor.

—Eso duele—dice Ricky—. Uno trabaja muy duro para algo y tu productor trata de arrebatarte el mérito, sólo para conquistar a una mujer hermosa.

Ella sonríe, tímida.

—¿Crees que soy hermosa?

—Por supuesto, cariño—dice él. La besa en el cuello y se frota contra ella. Huele como el mar—. Dios, qué bien hueles. Te quiero mamar la chocha.

—Ricky—murmura ella, con una voz que él siente cargada de emoción—, no sé qué hacer.

Él la mira.

—¿Sobre qué, cariño?

—Sobre nosotros. No está bien. Me siento mal con todo esto. Nada de esto es bueno para mí.

Ricky la besa en la boca y le hace el mismo cuento de siempre, entre beso y beso. Ella se rinde, se aprieta contra él, incrusta sus caderas contra él. Gime y dice que lo desea, que finalmente está lista para entregárselo todo, que incluso ha aceptado el hecho de que quizás tenga que compartirlo con su esposa por ahora, hasta que nazca el niño.

—¿Llevas ropa interior?—pregunta él.

—Sí. ¿Por qué?

—Te mostraré.

Ricky la vuelve de espaldas y la hace reclinarse sobre el escritorio. Eso es. Ella se queda donde él la coloca, como si fuera una muñeca de trapo. A él le gusta eso. Le gusta que ella haga lo que él quiere. Le baja los pantalones y allí está su espectacular trasero blanco, redondo como una manzana, con una pantaleta de encaje negro con el hilo dental metido en el medio.

—Bonita ropa—dice él, mientras introduce un dedo bajo la tela y la aparta del camino—. Lindo.

—Ricky, no creo que esto esté bien—dice ella, pero de todos modos sus caderas comienzan a moverse.

Ricky se abre la cremallera de los *jeans* y los deja caer hasta la mitad de los muslos.

—Sabes que me importas, Milán—dice—. Vamos a hacer un casquete.

Se acomoda en su sitio y penetra con facilidad. Ella es flexible, puede sentirlo. Es una chica intensa. Él comienza a moverse y ella gime. Así, cariño. Le gusta la visión de su rostro enrojecido mientras se mueve, adelante y atrás, sobre los papeles del escritorio.

—No sé—dice ella, separándose de él y volviéndose—. No deberíamos hacerlo más.

—¿Me amas?—pregunta él.

—Te amo. No se trata de eso.

—Yo también tengo sentimientos muy fuertes por ti—dice él—. ¿No te gusta lo que estábamos haciendo?

—Sí, pero tengo que respetarme.

A veces es tan difícil mantener la sensatez en estas mujeres.

—Yo te respeto, cariño—le asegura—. Quédate conmigo. ¡Chiiinga!

—Pero es que ya no quiero compartirte—dice ella.

Todas terminan por decirlo, tarde o temprano.

—Ya sé, cariño, ya sé—dice él—. Espera sólo un poco más. Es todo lo que pido.

—Lo que tú quieras, Ricky—asiente ella.

Con una expresión que refleja sentimientos encontrados, permite que él vuelva a colocarla donde estaba y continúe.

Ella dice:

—Te amo.

Él no responde.

¿Por qué siempre tienen que enamorarse de él? Sería mucho más fácil si no lo hicieran.

Pues, sí, así mismo es. Soy oficialmente la puta de la oficina. No puedo creer lo que acabo de hacer. Mis pantalones negros están húmedos y podridos de culpa, y me pregunto si no se sentirá el olor a Ricky en mi blusa amarilla de encajes. Debería saber que no debo exponerme a una situación así. Dios, ¿cómo *puedo* ser tan estúpida? ¿Cómo puedo estar tan enamorada de este hombre? Vean si estoy enamorada de Ricky que estoy vigilando a su mujer por encargo suyo. Sí, así es. Vigilándola, como si yo fuera un guardia. Me ha pedido que no le pierda pie ni pisada, porque cree que lo está engañando. No me pregunten. Qué irónico, ¿verdad? Soy una infeliz. Me siento como una infeliz, pero una infeliz con esperanzas, porque parte de mí cree todo lo que él me dice . . . y está su música. Lo juro. Cuando canta: "Camina sola entre muchas otras, mortificada por su propio fracaso. No la valoran, jamás comprendieron que he descubierto la verdad de lo que puede ser. Hermosa. La mujer que se oculta tras unos ojos tristes, caminando sola entre muchas otras. Amor sencillo es lo que necesita. Respeto y justicia. ¿Por qué no puedo hundirme en su encanto y volar, siempre muy alto, muy alto . . . ?" Eso es lo que me lleva a hacer estas cosas: la música de Ricky en mi alma. Me ha pedido que espere y lo haré, aunque me erosiono con cada segundo que pasa.

Observo cómo Jasminka, en un colorido vestido de playa y sandalias bajas de color marrón, deambula de un puesto de frutas a otro, tocando los relucientes mangos y las papayas como si fueran joyas. Se ha pasado todo el día pidiéndole batidos a Ricky. Batidos, batidos, batidos. Eso es lo único en lo que piensa, me dice él. Me preguntó si yo conocía de algún lugar donde ella pudiera tomarse un enorme batido de coco, que es lo que asegura que le pide su bebé. Por supuesto que conozco el lugar perfecto, en la Calle Ocho. Y aquí estamos. En un verdadero mercado al estilo cubano, con todos los tipos de batidos que uno pueda imaginar y un montón de viejos cubanos que juegan al dominó allá afuera.

—Los colores son *tan* brillantes—dice Jasminka con su extraño y torpe español, mientras observa la fruta.

Quiero odiarla, pero no puedo. Es sólo una pobre inocente. Sostiene una enorme papaya mexicana bajo su nariz y la huele. Los hombres se quedan mirando a esa mujer alta y asombrosamente hermosa, con sus gafas y rizos brillantes que caen sobre sus hombros. Observo cómo tratan de recordar dónde pueden haberla visto. En una ciudad llena de mujeres hermosas, Jasminka tiene una hermosura diferente. La mayoría de las bellezas miamenses tienen ojos oscuros y antepasados obviamente latinoamericanos o españoles. Jasminka tiene un tipo de rostro muy diferente.

Vamos al mostrador y encargamos unos batidos a la mujer de aspecto aburrido que trabaja ahí. Nunca te miran a los ojos. Trato de ignorar las moscas. Se trata de un mercado al aire libre y es imposible evitarlas. Los batidos están buenos, a pesar de las moscas.

Cogemos los vasos de poliespuma blanca y nos sentamos en unos bancos de picnic, cercanos al parqueo. Me duelen los pies por culpa de mis elegantes zapatos. Estoy cansada de usar zapatos elegantes. Hace calor. La frialdad de la bebida refresca mi garganta. Jasminka se quita las gafas y me sonríe.

—Dime—comienza—, ¿por qué resplandeces tanto, señorita Milán?

—¿Yo?

Oh, oh.

—Tú.

—Tal vez sea la crema—le toco una mejilla con la mano y sonrío con un tímido gesto de hombros—. Ya sabes, esas cosas que una se pone en la piel.

Tal vez no sea el mejor momento para decirle que acabo de hacer el amor con su marido.

—No, es algo más. Pareces una mujer enamorada.

—¿Yo?

Oh, no. Pronto, piensa algo, rápido. No mientas. La mentira siempre se nota.

—Lo estoy—digo—. Estoy enamorada . . . o antojada.

Pronto, piensa. ¿De quién? ¿A quién puedo mencionar que no parezca raro? Estoy en verdadero peligro de ser descubierta. ¿Matthew? Jasminka da unas palmadas.

—Cuéntame de él.

Es tierna.

—No puedo—digo.

¿Matthew? No, no sé. ¿Podré inventar a alguien ahora mismo? Jasminka sonríe con mucha más dulzura. Es tan buena. Buena. Ésa es la palabra.

—Oh, está bien—digo—. Es Matthew.

La mirada de Jasminka se ilumina.

—¿De verdad?

—Sí, pero no sé si yo le gusto.

Oh, por favor.

—Uuuhh—dice ella, ladeando la cabeza como si estuviera mirando un cachorrito—. Estoy segura de que le gustas.

Entonces, con la misma rapidez con que se mostraba graciosa y tierna, su expresión se torna preocupada. Oh, oh. ¿Sé hábrá dado cuenta de lo que oculto? ¿Qué hago? Soy una persona malvada. Soy una puta de oficina realmente malvada.

—Milán, ¿podrías hacerme un favor?

Por favor, no me preguntes si me cogí a tu marido. Pestañeo con toda la inocencia de que soy capaz y digo:

—Claro, ¿de qué se trata?

Jasminka saca una carpetita de su cartera Louis Vuitton y me la entrega. La abro y encuentro una fotocopia de lo que parece ser una carta escrita a mano. Debajo de esa carta, hay muchas más.

—¿Qué es esto?—pregunto.

—Léela. Empieza aquí y sigue con el resto. Voy a buscar un dulce. ¿Quieres algo?

—No, gracias.

Comienzo a leer la primera hoja del montón. Es una hermosa carta escrita por un adolescente perdidamente enamorado llamado Ricardo Batista. ¿Ricky? ¿Ricky escribió esto? ¿Hace más de diez años? ¿Por qué Jasminka me está mostrando esto?

Leo el resto.

Una hora después, levanto la vista de la carpeta llena de cartas de amor cruzadas entre el joven Ricky Biscayne y la joven Irene Gallagher, con los ojos llenos de lágrimas, y veo a Jasminka sorbiendo su tercer batido.

—¿Te das cuenta de que acabo de trabajar como nunca en mi vida . . . y todo para arruinar la vida de esa mujer?—pregunto, notando al decirlo que hay algo de sentido literal en ello.

Jasminka asiente.

—Lo sé. Todos nos hemos portado mal con ella. Por eso te pedí que me trajeras aquí. Éste es el favor. Necesito que le muestres esto a la prensa. Tenemos que salvar a esta mujer de ser arrastrada por el lodo.

—¿Arrastrada por el lodo?

Se sonroja. Es tan hermosa y dulce que no puedo imaginar qué ve Ricky en mí pudiendo tener a un ángel como ella. Y hablando de Ricky, estoy teniendo un mal presentimiento sobre él. Muy malo.

—Sí, arrastrada. Pero Ricky no puede enterarse de que te he enseñado esto. No puedes decírselo.

—¿Por qué lo estás haciendo entonces?—pregunto.

—Es lo correcto. Y—se detiene con expresión preocupada—porque me está engañando. Lo sé. Puedo sentirlo.

—¿Tú crees?

—Sé quién es—dice ella—. Hice que un amigo mío lo siguiera.

Oh, no.

Sonríe con tristeza.

—Es Jill Sánchez. ¿Puedes creerlo?

¿Qué?

—¿De verdad?—pregunto y paso saliva—. ¿Jill Sánchez?

Jasminka asiente.

—Nunca pudo olvidarse de esa mujer. Está bien. Estoy bien. Después del bebé, lo dejaré—me mira—. Necesito que me ayudes con esto.

—Pero perderé mi trabajo—protesto, pensando que me gustaría mucho perder mi trabajo ahora mismo. ¿Jill Sánchez?

—¿No tenías un trabajo antes?

—Era publicista de laxantes—digo.

¿Jill Sánchez? ¿Jill Sánchez?

—Puedes hacerlo otra vez, ¿no?

A juzgar por la expresión vacía de Jasminka, sospecho que no sabe lo que significa ser publicista de laxantes.

Me encojo de hombros.

—Podría—admito.

¿Jill Sánchez? Siento una nauseabunda sensación de engaño. Ricky nos traiciona a ambas. Ya sé, es ridículo. No debería sorprenderme, pero me dijo tantas cosas hermosas. ¿Jill Sánchez? Parecía tan sincero. Hablando de competencia. Pero qué tonta he sido.

Jasminka se inclina para tocarme la mano.

—Encuentra otro trabajo—me anima.

Debe pensar que mi cara de tristeza tiene que ver con el trabajo, y no con Ricky. Al observar su brazo, descubro unos recientes arañazos rojos en él.

—¿Qué es eso?—pregunto.

Jasminka retira su brazo con rapidez.

—Algo que me hago—susurra.

Cuando dobla el brazo, su chal se desvía por un breve instante y noto una marca más oscura, un morado, en la parte superior de su brazo.

—¿Qué es eso?

Vuelve a cubrirse y trata de sonreír.

—Es de Ricky. A veces me aprieta muy fuerte. Esto es lo que me hizo.

—¿Por qué?

—Dice que estoy muy gorda.

—¡Tú no estás gorda!—Estoy más impactada por esto que por lo de Ricky engañándome con Jill Sánchez.

—Lo sé. Pero quiere que esté muy delgada.

Jesús. Si Ricky piensa que Jasminka está gorda, entonces debe pensar que estoy *obesa*. No sé qué decir; pero en un instante de iluminación, me doy cuenta de que la vida de Jasminka no es lo que parece. La vida de Ricky no es lo que parece. La vida de Irene Gallagher no es lo que parece. ¿Y la mía? ¿Es mi vida lo que parece? Tengo un auto nuevo, ropas nuevas, una posición de poder y el novio famoso, pero ¿qué es lo que realmente estoy haciendo? ¿Intentando que Ricky quede bien? ¿A costo de qué?

—Te ayudaré—digo, sintiendo un súbito resentimiento hacia Ricky que nunca antes creí posible. Y no a causa de Jasminka, ni siquiera de Irene Gallagher, sino por culpa de Jill Sánchez—. Aunque tenga que regresar a mi trabajo anterior.

Después de haber terminado el guión para el programa del día siguiente, donde se abordará el tema de las verrugas genitales, el cáncer cervical y la nueva vacuna para prevenirlo, Violeta se sienta con tranquilidad en su estudio nocturno y bebe su té helado Red Zinger. Lleva un conjunto de dormir Donna Karan, de color negro, cortado para que parezca un pantalón de yoga, una camiseta de tiras en los hombros, y una gruesa capa de crema antiarrugas Orlane Vitamin C sobre el rostro y el cuello. Eliseo duerme. Ella piensa despertarlo más tarde con suavidad para hacerle el amor. Hoy llegaron por correo unos broches para pezones que encargó a una tienda *online* de artículos eróticos y desea ver cómo reaccionará ante ellos. Ella sabe que su amante de Fort Lauderdale disfruta de las perversidades, pero quiere probarlas con Eliseo. A su marido ya no le interesa el sexo. Ha pasado mucho tiempo desde la última vez que tuvieron relaciones íntimas. Más de un mes. Su falta de apetito sexual le permite a ella justificar sus amantes. Además, en su opinión, su amante ha mejorado su vida sexual y sus sentimientos hacia Eliseo. Es algo demasiado complicado de comprender para su cándido y dominante marido, así es que lo mantendrá en secreto para siempre. Ambos están tan imbuidos en sus actividades diarias que terminan exhaustos; pero una mujer debe continuar esforzándose por mantener ese fuego vivo en su marido, incluso a su edad y después de tantos años de vivir juntos. No. *Especialmente* a su edad y después de tantos años de vivir juntos.

A Violeta le gusta creer que, entre sus muchas habilidades, se encuentran las psíquicas. Ese sexto sentido le ayuda en las entrevistas con sus invitados. Durante toda la noche ha sentido esa intuición de madre que le avisa cuando algo le ocurre a una de sus hijas. O a ambas. Ajusta sus oídos para percibir los sonidos de la casa: el murmullo del refrigerador, los pájaros que aletean en sus jaulas; en el dormitorio de sus padres, el General y María Katarina roncan al unísono como han hecho desde hace décadas, como dos engranajes oxidados de un motor viejo y resabioso; y en el cuarto de Milán . . . ¿qué es eso? ¿Risas? No. ¿Llanto?

Violeta se sienta y ladea un poco su cabeza para escuchar mejor. Pero ¿por qué demonios llora su hija en medio de la noche? Le preocupa Milán. Se levanta y camina por el pasillo para investigar. Se detiene fuera del dormitorio de Milán, escuchando.

Abre la puerta sin tocar. Han pasado muchos años desde la última vez que se tomó esa libertad con su hija, pero ésta es una situación excepcional. Además, con una hija que no muestra el menor deseo de mudarse sola o de salir con alguien, se pregunta si no tendrá un problema más serio y teme que algún día encuentre una nota suicida llena de oscuros secretos que apenas se atreve a imaginar.

Encuentra a Milán con sus pantuflas de conejito y su infantil camisón largo de algodón, su cabello recogido en dos colas de caballo, sentada en su cama rodeada de parafernalia: afiches, estampas de colección, camisetas, toda esa basura que ha estado coleccionando de Ricky Biscayne durante los últimos quince años, apilada como la basura de un vertedero.

—¡Mami!—grita Milán al ver el rostro ceñudo de Violeta ante la escena. Intenta esconder apresuradamente todo el reguero sobre Ricky Biscayne, sin resultado—. ¿No sabes que hay que tocar a la puerta?

—¿Qué te ocurre, hija?—pregunta Violeta, que se adelanta hacia la cama con los brazos abiertos para abrazarla—. ¿Por qué estás llorando aquí sola? ¿Por qué estás mirando todas esas fotos de Ricky Biscayne?

Milán guarda silencio, pero Violeta sabe la respuesta. Ya se había temido que eso ocurriera. Incluso había pensado en advertir a su hija sobre los peligros de enamorarse de su jefe, pero se abstuvo de hacerlo, confiando en que Milán fuera lo suficientemente sensata como para hacer lo correcto. Ricky Biscayne está casado, es famoso. No es probable que se enamore de alguien como Milán. Pese a lo mucho que Violeta quiere a su hija, sabe que es así.

—Ya sabía que esto ocurriría—asegura Violeta antes de que su hija tenga tiempo de responder—. Nunca debiste aceptar ese trabajo. Era un desastre seguro. Sólo una mujer equilibrada podría aceptar un trabajo así; no una mujer que enloquece por los hombres y actúa como una niña.

—¡Mami! ¿Cómo puedes decir eso?

—¿Te estás acostando con él? Dime, Milán. ¿Te estás acostando con Ricky Biscayne?

—¡No!

Violeta se sienta en la cama junto a Milán, dejando abierta la puerta del cuarto. Sabe cuándo su hija miente. Y éste es uno de esos momentos.

—Mami, cierra la puerta.

—¿Por qué? ¿Qué tienes que ocultar? ¿O es que nada de lo que hablemos aquí puede ser escuchado por alguien más en casa? ¿Es eso?

—¡Mami!

—¿Qué? ¿No quieres que Papi y Abuelita se enteren de que estás enamorada de Ricky Biscayne; que estás acostándote con el *marido* de una mujer embarazada?

—¿Qué?

—Mírate. No puedo creer que te estés haciendo semejante cosa. Es patético.

—¿Enamorada de Ricky Biscayne?—El rostro de Milán se deforma en una mueca de disgusto—. Mamá, ¿de qué estás hablando?

—Buu, buu, buu . . . Llorando por un hombre *casado*. ¿No has prestado atención a nada de lo que te he enseñado?—pregunta Violeta, tocando la frente de su hija como si se tratara de una puerta herméticamente cerrada—. ¿Hola? ¿Alguna vez escuchas lo que dice la gente que llama al programa de tu madre?

—Mami, tú no entiendes . . .

—Deberías pensar mejor lo que haces. Deberías . . .

—Mami, espera . . .

—Deberías tomar tu trabajo con mayor seriedad, Milán, y dejar tus sentimientos a un lado. ¿Te obligó a hacerlo? ¿Es eso? ¿Te dijo que te echaría, a menos que te acostaras con él? ¿Es eso lo que te ocurre?

—Déjame *hablar*. ¡Cielos!

Violeta observa a su hija como si estuviera harta y ya hubiera escuchado lo que Milán está a punto de decir.

—Habla entonces. Adelante.

—*No* estoy enamorada de Ricky Biscayne, Mamá—y añade suavemente—. Ya no.

Violeta contempla a Milán como si ésta acabara de decirle que la economía de Cuba ha mejorado con la llegada de Castro.

—Por favor—le dice—, no me vengas con mentiras. Te conozco mejor que tú misma. Has estado enamorada de ese hombre durante años. Mira todo esto.

—No, Mamá. Se acabó. *Pensé* que lo estaba. Estaba enamorada de un hombre que no existe. Por eso estoy llorando. Siento que Ricky Biscayne ha muerto y que parte de mí ha muerto con él.

Violeta piensa que esa última parte del comentario es algo trillado e inmaduro, pero observa a su hija con renovado interés. Esto no era lo que había esperado.

—¿Murió? ¿Murió cómo?

Milán solloza y saca un pañuelo de papel rosado de la caja que descansa sobre su mesa de noche.

—Él no es como yo creía.

—¿Qué quieres de decir? ¿Es un mal amante?

—¡Mami! No soy uno de tus invitados. ¡Deja de preguntar esas cosas! Tengo derecho a un poco de privacidad en mi vida.

—Está bien, pero no uses frases retóricas conmigo.

—Bueno, déjame contarte por qué estoy llorando. ¿Puede ser?

Violeta escucha con escepticismo mientras Milán le cuenta sobre las cartas y sobre el hecho de que la esposa de Ricky no puede salir de la casa si no es con un acompañante; que la esposa piensa que él se está acostando con Jill Sánchez, una mujer vulgar a la que Violeta detesta. Escucha cómo Milán le cuenta entre sollozos sobre las historias que ha colocado en la prensa para desacreditar a Irene Gallagher, y de su remordimiento por haberlo hecho. Dice que piensa que ha arruinado la vida de una mujer, y no sólo de una mujer, sino también de su hija.

—Me siento como la peor pecadora del mundo—dice Milán, mientras sus ojos se apartan del rostro de su madre para posarse sobre la estatua de la Caridad que descansa sobre el armario—. Leí que Irene Gallagher había perdido su trabajo.

—¿Y por qué razón es culpa tuya?

—Mamá, es espantoso. La echan a la calle y amenazan a su hija. Eso es lo que dicen los periódicos, y siempre citan ese estúpido artículo de Lilia donde decía que Irene Gallagher era una desquiciada, que fue la misma palabra que yo usé en la entrevista: desquiciada. Antes de la entrevista, pensé mucho para hallarla, e inventé toda esa historia para hacer quedar bien a Ricky, y ahora todo está fuera de control y la vida de esa mujer está arruinada, Mamá, por mi culpa.

—En ese momento, sólo estabas haciendo tu trabajo, ¿no?

—Eso no justifica nada . . . Nada se justifica cuando pienso en esa gente y en toda la mierda con la que tienen que lidiar ahora.

Violeta sonríe al escuchar que su hija está diciendo malas palabras. Eso está mejor, piensa. Le gusta ver que Milán piensa por sí misma, impone su voluntad, expresa opiniones fuertes y usa palabras fuertes. Ahora que lo piensa, le gusta ver a Milán vestida con sus atractivos pantalones de yoga y su rimel en las pestañas. Su hija es bonita. Siempre lo creyó.

—Bueno, entonces ya sabes lo que tienes que hacer—dice Violeta.

Milán asiente.

—Creo que sí.

—Dos cosas—continúa Violeta con dos dedos en alto—. Primero, dices la verdad y te disculpas ante esa madre y su pobre hija.

—Pero mi trabajo . . .

Violeta le lanza una mirada para ordenarle silencio por haberla interrumpido.

—Y segundo, vas a la ermita de la Caridad y rezas porque tío Jesús te perdone por haber abandonado la compañía.

Miércoles, 14 de julio

La existencia del Club G ya es oficial.

Me encuentro junto a la diseñadora, Sara, en medio del espacio ya terminado, y apenas puedo respirar. Es precioso y brilla con un resplandor de tierra prometida. Es igual a como lo había imaginado: las tiendas de techos puntiagudos, hechas con las relucientes telas de color granada y las banderitas doradas; el drapeado de seda roja que cubre las paredes con pliegues amplios y vúlvicos, que recuerdan las pinturas de O'Keefe. Perfecto.

—Eres una maga—le digo a Sara.

Sonríe y ambas observamos al fotógrafo de *Architectural Digest* que toma fotos para un artículo a doble página que la revista ha planeado sacar en octubre sobre el club más sensacional de la ciudad. ¡Qué triunfo!

—¡Es perfecto!—digo.

Abrazo a Sara con efusión, y ella me devuelve el abrazo.

—¿Génova?—dice colocándome una mano en el brazo mientras sonríe—. Tengo una sugerencia que quería presentarte.

—Dime.

—En realidad, no es mía, sino de mi amiga Elizabeth. Es una productora de mi programa.

—¿Sí?

—Bueno, ella es lesbiana y siempre se está quejando de que, bueno, aunque Miami tiene toda esta fama de ser un gran lugar para la comunidad *gay*, no hay muchas opciones para las lesbianas. Casi todo es para los chicos, ¿sabes?

Tiene razón. Me avergüenza no haber pensado en eso. Existe una enorme escisión entre las ofertas de diversión disponibles para los hombres y las mujeres homosexuales en la ciudad. Como si ellas fueran una idea de último momento. Miro a Sara y me pregunto si también será lesbiana. No lo creo probable, pero uno nunca sabe en este sitio. Algunas de las mujeres más hermosas de Miami son lesbianas.

—Pues bien, le estaba hablando de este proyecto y ella me sugirió que tal vez podrías dedicar una noche de la semana para las lesbianas. Sería la maravilla de la ciudad. Porque ahora mismo, lo único que tienen las mujeres es *Sax on the Beach*, que es un poco cursi, incluido el nombre. Y esto podría ser fabuloso con todo eso de la G, que sé que viene de tu nombre, pero que podría tener connotaciones relativas al punto G. No sé si te gustará la idea, pero podría dar mucho dinero.

—Vaya—admito—, tienes ciento por ciento razón.

Sara se encoge de hombros.

—Es sólo una idea.

—Me gusta. De veras que sí. Lo haré.

—Hay algo más—dice Sara—. Debo pedirte que llames a Jill Sánchez y que le digas que deje de venir a molestarme.

—¿Jill Sánchez? ¿Qué está haciendo?

—Quiere cambiarlo todo a su gusto—dice Sara, entornando los ojos—. Y no me entusiasman particularmente los gustos de esa mujer.

—¿Está viniendo *aquí*?

—Todos los días.

—¿Qué? Eso no está en su contrato como inversionista. No se supone que haga eso.

—Bueno, pues lo hace. Dice que éste es su club. Y lo quiere a su manera. Me está volviendo loca.

—Está bien, la llamaré.

Sin embargo, posiblemente no lo haga hasta después de la inauguración. Pero no digo nada. Necesito que esa caprichosa y dominante actriz participe en las fiestas y en las ruedas de prensa. No puedo darme el lujo de perderla.

Mi teléfono suena. Lo saco de mi cartera. Es el número de Milán.

—¿Qué hubo?

—Génova, tengo que hablar contigo—dice, con voz grave y apremiante—. Es sobre Ricky. ¿Puedes reunirte conmigo y con Jasminka dentro de un rato?

—¿Jasminka?

—La mujer de Ricky.

—¿Por qué con ella?

Milán se detiene un instante y puedo escucharla cómo suspira con fuerza.

—Le dije que podía mudarse a vivir conmigo, y con Mamá y Papá.

—¿Qué? ¿Por qué?

Ésta es la cosa más rara que he oído en mucho tiempo.

—No puede seguir quedándose con Ricky. Es demasiado peligroso.

—¿Peligroso?

—Mira, te lo contaré todo más tarde. ¿Sabes dónde están los jardines de Vizcaya? ¿El museo? ¿En Coconut Grove?

—Claro que sí—digo—. ¿Quién no? Hemos estado allí *juntas*, Milán.

—¿Sí? Lo siento. Bueno, estoy un poco atontada ahora. Nos vemos allí en una hora. Cenaremos más tarde.

—¿Por qué allí?

—No es el tipo de lugares que frecuente Ricky. Si se entera de esto, nos matará. A todas.

—Eres tan melodramática.

—Sólo ve. ¿Sí? Por favor.

—Está bien—digo—. Tiene suerte de que no esté ocupada.

Sophia y David atraviesan el parque, en dirección a la tienda de víveres, para comprar algunas chucherías para su abuela haciendo su mejor esfuerzo por aparentar indiferencia, porque allí se encuentra un grupo de chicos de la escuela. Aunque sí les importa y ya saben lo que se avecina.

—Ignóralos, corazón—le aconseja David—. Sigue caminando.

Con cada encuentro que Sophia tiene con ellos, la cosa empeora. Los muchachos se encuentran de pie o sentados alrededor de una mesa de picnic de la que se han apoderado físicamente, llenándola de letreros con sus marcadores. Siente sus ojos sobre ella.

—¡Hey, Sophia!—grita uno—. ¿Has hablado con tu "papá" últimamente?

Sophia trata de ignorar las risas, pero los golpes continúan.

—¿Y tú qué miras, maricón?—le grita otro a David.

—Siento mucho lo del trabajo de tu mamá—dice otro chico a Sophia.

—Sí—agrega otro—, tal vez puedas ponerle una demanda a este parque.

—O a mí. Todavía falto yo por demandar.

Los chicos se ríen con crueldad. Sophia endereza su espalda y levanta el mentón mientras David le echa un brazo sobre los hombros, con ademán protector, mientras ambos entran al mercado.

—Qué partida de ignorantes—murmura David—. Y créeme, mi amiga, que sé bien lo que es la ignorancia.

Pero a medida que Sophia avanza por el pasillo hacia las bolsas de papas fritas, la tristeza que siente ante su propia vida se vuelve una carga demasiado pesada. No quiere estar aquí. Necesita salir.

—Vamos—le dice a David.

—Pero ¿y los *Pringles* de Alice?

—Abuelita Alice está engordando demasiado. No necesita esas cosas.

Sophia da media vuelta y corre hacia el exterior, tropezando en el camino con uno de sus verdugos. Se ríen al ver la expresión de dolor en su rostro, pero a ella no le importa. Ya no le importa nada. David corre tras ella y logra atraparla una cuadra después.

—Hey—la ataja—, ¿qué coño te pasa, preciosa?

—No quiero quedarme aquí—farfulla ella.

—¿Dónde?

—Aquí, en Homestead. Odio este lugar.

—Los dos lo odiamos, mi niña.

—Vayamos a otro sitio—le ruega ella.

—¿Dónde?

—No sé.

—Vámonos a lanzar huevos a casa de tu papá—sugiere David.

—Me parece bien—acepta Sophia.

Una vez más, los dos toman un ómnibus en dirección al norte. Sophia le dice a David que no quiere regresar nunca más a su casa. Lo único que se encontrará al volver será a su mamá y a su abuela, desentrañando las "evidencias" y planeando la batalla legal que Sophia cree que están condenadas a perder.

Sophia paga su tarifa y se sienta cerca de un periódico abandonado. Lo toma y descubre otro artículo sobre Ricky Biscayne.

—No leas eso—le advierte David mientras trata de arrebatárselo de las manos.—No es bueno para ti.

Ella lo esquiva.

—Déjame—dice.

Y lo lee.

Su madre ha dejado de comprar el periódico y Sophia ha dejado de leerlo. La prensa sólo sabe hablar de lo maravilloso que es Ricky Biscayne y de la clase de escorias que son ella y su madre.

Esta vez, el artículo se relaciona con un nuevo club nocturno que Ricky está abriendo junto a Jill Sánchez y otras personas más.

—Aquí es adonde vamos—decide ella cuando termina el artículo—. Iremos a destrozarle el club.

Le alarga el periódico a David, que lo lee y concuerda en que se trata de un plan mejor, puesto que allí posiblemente no habrá guardias.

—Esto ya se está volviendo una costumbre en nosotros—dice David—: perseguir a Ricky Biscayne por South Beach. Me gusta. Es algo muy marica.

Sophia mira a su mejor amigo y le da gracias a Dios por tenerlo. Nadie como él puede comprenderla. Y nadie como él sabe cómo levantarle el ánimo. Decide llamar a su madre para decirle que llegará tarde a casa, pero no puede encontrar su teléfono.

—¿Dónde está?—le pregunta a David.

Buscan por todas partes, y deciden que debió dejarlo en la parada del autobús.

—Ya tendrás otro—la consuela David—. Ricky Biscayne tendrá que comprarte tu propia compañía de teléfonos celulares.

—Te quiero, David—dice ella, recostando su cabeza sobre su hombro.

—Yo también te quiero, loquita mía—le asegura él, plantando un beso maravilloso y completamente platónico sobre su cabeza—. Vamos a enseñarle a estos ciudadanos tarugos cuán temible puede ser la pequeña doña Sophia que habita en el quinto infierno.

Cuelgo el teléfono de mi oficina y comienzo a recoger mientras escucho el sonido del ventilador de techo que zumba y traquetea en círculos.

Repentinamente extraño mi antigua vida. Extraño mis antiguas ropas y mis viejas amistades. Sigo usando estas elaboradas estupideces de ropa. Esta vez es un *top* azul a crochet, ajustado con dos tiras al cuello, de Milly, y una amplia falda de vuelos azul y blanca. Un par de zapatos Prada que son demasiado altos y apretados. La falda me da picazón. Quisiera llevar sudaderas y una camiseta enorme. Quisiera vestirme de vez en cuando como Matthew Baker. Tal vez sólo me sienta deprimida, pero quisiera quedarme en cama durante muchos días con la sola compañía de un libro y una enorme caja de bombones de chocolate.

Tendré que hacer algo para detener esta vida elegante, pero cada vez más decadente . . . y rápido.

Pero aunque sé que debo distanciarme de Ricky, no puedo dejar de desearlo. De hecho, saber que ha estado viendo a Jill a escondidas y que tal vez tenga una hija, no ha servido de nada para aplacar mi lujuria por él. Extrañamente estos hechos han aumentado mi deseo, y no tengo el ánimo psicológico para saber por qué. Incluso ahora, mientras camino por el pasillo y pienso que debo hacer las cosas como Dios manda, fantaseo con la idea de llevármelo a mi oficina para una rápida revolcada, sólo por última vez. Una última y deliciosa vez, por su música y su voz, y todo lo que ha significado para mí durante años. Puede que esté perturbado y dañado, pero sigue siendo un artista extraordinario con un cuerpo para morirse.

Escucho una música que proviene del estudio de grabaciones, y decido complacer mi fantasía sólo para ver qué pasa. No puede hacerme daño. O más bien, no puede dañarme más de lo que ya me ha dañado. La puerta del estudio de grabaciones está cerrada, y me quedo afuera con el corazón destrozado, escuchando mientras Ricky canta del otro lado con toda su fuerza y su virilidad. Tiene tanto talento que apenas puedo respirar. Es tan sexy. Aún lo amo. Amo esa voz y la emoción que vuelca en cada nota de esa nueva canción en español. Es una balada tan hermosa que empiezo a llorar como una total cretina mientras lo escucho. Me odio por seguirlo amando. Pero ¿cómo se puede dejar de amar a un hombre con esa voz y ese talento? Díganme. ¿Cómo es posible? De ninguna manera. Así es. No es posible. No puedo. No lo haré.

Hago girar el pomo de la puerta muy despacio. Sé que a Ricky no le gusta que lo interrumpan cuando está grabando las pistas. ¿Verdad que suena bien? Grabando las pistas. Eso es parte de la jerga chévere de todo publicista musical, que he ido incorporando a lo largo del trabajo. Tal vez sea la puta de la oficina, pero por lo menos he adquirido alguna jerigonza apropiada.

Abro la puerta con la esperanza de echar una última ojeada al hombre de mis sueños, mientras canta la más hermosa de las canciones que he oído nunca, antes de darle la espalda y traicionarlo. Me siento como una mujer condenada a muerte que ha elegido la peor comida barata para su última cena. Esto no es bueno para mí, pero me importa un carajo. Necesito verlo, sentirlo nuevamente dentro de mí. Lo he amado durante tantos años que me temo que también me llevará años quitarme ese hábito.

Meto la cabeza, esperando encontrar a Matthew en el panel de control y a

Ricky en la caseta. En lugar de eso, encuentro a un hombre que jamás he visto, sentado frente al panel de control con audífonos en las orejas, y a Matthew . . . dentro de la ca[...] [oj]os cerrados, de pie ante el micrófono, cantando.
Ricky [...]

[...] ambos se encuentran demasiado
[...] [den]tro de Matthew se tensa de
[...] [p]aseo del *gospel*, y en to-

[...] [ha]blan de su adorable bo-
[...] [bel]leza de Matthew Ba-
[...] [qu]e había algo especial
[...] bueno, algo vincu-
[...] [en]fermizo o lastimoso.
[...] Aquella noche del

[...] [o]jillos café. De in-
[...] yo estaba allí. Me
[...] [se] con un poco de
[...] [vuel]ve para mirarme y

[...] como el demonio,
[...] de un riachuelo.
[...] [cint]a de grabaciones

[...] [en el] rostro. Ahora me doy cuenta de
[que su] sarcasmo y sus sonrisitas son mecanismos de defensa para un hombre que tiene un alma muy sensible y tierna. ¿Por qué no lo noté antes?

—Acabo de llegar—explico—. Pensé que había oído a Ricky aquí adentro.

Ambos hombres se miran entre sí, y Rory dice:

—Lo oíste, en esencia.

Matthew se encoge de hombros.

—Traté de decírtelo.

—Ay, Dios mío—exclamo, y la *verdad* me golpea; me golpea con toda su fuerza—. ¿Me estabas diciendo la verdad?

Matthew sonríe y no hay una gota de amargura en él.

—Ricky no ha grabado desde hace más de dos años.

—¿Tú compusiste esa canción que adoro?

—Más o menos todas.

Me he quedado sin aliento. Me sonrojo.

—Ay, Dios mío—repito.

Si Ricky no es quien yo pensaba, entonces ¿con quién demonios me he estado acostando? ¿Un mentiroso? ¿Un egomaníaco? ¿Un drogadicto? ¿Un abusador que golpea a su mujer? ¿Un tipo infiel? Ay Dios mío, ay Dios mío. Espero que Jill Sánchez no tenga hepatitis o algo peor.

Matthew me rodea los hombros con un brazo cariñoso.

—Así es que ya sabes, no soy ningún mentiroso. Y tampoco soy el psicópata de la oficina.

—No—susurro—. Ésa soy yo.

Día tras día van a verla en busca de consejo. Lanzan sus centavos al agua y entran con sus pecados secretos, pidiendo perdón. Ya los conoce a todos bastante bien, y por lo general, nada de lo que puedan hacer o decir la sorprendería. Ha estado oyendo la misma lista de pecados y virtudes, deseos y venganzas, durante cientos de años.

Pero hoy se trata de algo nuevo. Es Milán Gotay, cuyo rostro agradable se encuentra trastornado por la duda y el tormento. ¿Qué puede ocultar ella que la perturbe tanto? ¿Será acaso que aquel ruego inicial de conocer a Ricky Biscayne no le trajo lo que ella esperaba?

Los seres humanos son tan frágiles. La Caridad del Cobre sonríe para sí misma. A veces uno debe dejar que la gente aprenda por sí sola. A veces es imposible advertirles a través del miedo, porque sus vidas han estado demasiado protegidas como para que se comporten con cautela en los momentos apropiados.

A decir verdad, la Caridad del Cobre ha estado esperando a Milán. Sólo le sorprende que se haya demorado tanto. También le sorprenden las nuevas ropas, porque nunca pensó que Milán fuera superficial. La joven se arrodilla ante ella y le cuenta el problema. La Caridad del Cobre escucha. Ah, sí. Ricky Biscayne.

La superestrella. Durante años ha estado oyendo hablar de él a su sufrida madre, a varios desagradables narcotraficantes que se dan cuenta de sus errores demasiado tarde, y a Jasminka. Hay tanta gente que viene a susurrarle sus secretos sobre Ricky, a pedir paz y descanso frente a sus tempestuosos hábitos. La voz más audible proviene desde una gran distancia, de boca de una niña que no ha sido educada para conocer a la Caridad del Cobre, pero que lleva en sus venas la sangre de las personas que conocen a la virgen. La inmensa y solitaria tristeza de Sophia ha llegado hasta la Caridad, extendiéndose a través de la noche sobre el sur de la Florida y desapareciendo en dirección al mar. Cuando la Caridad siente el dolor de esa niña, sabe que tiene que hacer algo. Algo. Algo.

La Caridad ha estado conspirando para ayudar a Ricky. ¿Ayudarlo? Sí, ayudarlo a cambiar. Una lo intenta. No siempre funciona. La gente no siempre está dispuesta a oír lo que la Caridad tiene que decirle. En esta época es más probable que ignoren a la Caridad del Cobre a que la escuchen. Pero eso no la hace menos poderosa. Ella sabe que habrá una solución para su comportamiento. Ella no ha contado precisamente con que la solución estará relacionada con esa silenciosa joven de Coral Gables, cuya misión ha sido hasta ahora cuidar de su padre enfermo, hornear galletitas e ignorar esos deseos femeninos que amenazan con apoderarse de su vida. Ella había pensado que uniendo a Ricky y Milán, el resultado final sería que Milán se daría cuenta de que existía una Milán de carne y hueso, y que la gente de carne y hueso debía vivir una existencia de carne y hueso, y no desperdiciar su juventud y su energía aferrada a una fantasía que no sólo jamás sería suya, sino que no es para nadie. Esa había sido la meta de la Caridad del Cobre, que desprecia el mercantilismo y los falsos ídolos.

Pero a medida que Milán habla, la fuerza de sus palabras sorprende a la virgen. Milán ha descubierto algo más que la realidad. Ha descubierto el tormento. Le ha hecho el amor a Ricky mientras él se la templaba. Sí, la Caridad puede usar frases como ésta. Ella sabe más acerca de la naturaleza humana que nadie en el universo. Y ahora Milán está aquí, sabiendo que se ha enamorado, pero que dirigió ese amor al hombre equivocado. Milán ha aprendido. Aprendió la lección, aunque casi demasiado tarde.

—Ayúdame, virgen santísima, ayúdame a hacer lo correcto, a saber qué es lo correcto.

La Caridad piensa y piensa. Tiene que haber una manera de resolver esto. Tiene que haberla. Y de pronto se le ocurre, y la Caridad del Cobre sabe qué debe suceder. Aquí hay muchas lecciones que deberán aprender muchas personas. El placer de ser una diosa radica en entrecruzar los caminos para que se produz-

can las coincidencias, para que éstas puedan sorprender a las personas involu-
cradas de manera que les hagan comprender, del modo más amable e irónico
posible, que hay alguien que vela por ellas y que existe un propósito y un significado en todo.

Así va haciendo sus cálculos. Eso es lo que mejor saben hacer las diosas. Con
el mismo placer de un matemático que halla la solución de un problema complejo, se da cuenta de que hay una manera de resolverlo todo en un solo instante. Los mortales le llaman a eso "milagro". Pero la Caridad sabe que los milagros
ocurren con la participación de seres humanos que quieren ayudar a otros. Esos
son los mejores milagros. Y habrá uno. Muy pronto.

Ricky se pasea por el dormitorio vacío con un teléfono en la mano, su pijama de
algodón a rayas y nada más, ni siquiera ropa interior. Tiene los pelos de punta,
después que él mismo se los jaló. Se odia. Se culpa a sí mismo. ¿Por qué? Por haber jodido su propia vida. Por ser un huelebicho. Por perder a todos y todo lo
que una vez significó realmente algo para él: Jasminka, su madre, su padre. Él
tiene la culpa. Nunca fue lo bastante bueno.

Ricky se deja caer de rodillas sobre el suelo y se da cuenta de que está siendo
patéticamente melodramático. Vuelve a ponerse de pie y se cae otra vez. No sabe qué hacer con sus manos, con sus pies, con su cuerpo. Su mente va demasiado aprisa. Siempre ha ido demasiado aprisa y ha terminado por joderlo. Se
aburre con mucha facilidad, pierde interés con rapidez. Sigue su camino cuando
no debería hacerlo, espanta a las personas sólo para ver si regresarán. Es un imbécil. Se odia. Odia esta casa. No quiere seguir viviendo en ella. ¿De qué le sirve sin ella? La compró con la idea de hallar una esposa que se correspondiera
con ella. ¿Jasminka? La ama. La *ama*. Nunca ama tanto a una mujer como cuando ésta se convierte en algo inalcanzable, como ella es ahora. Ésa es la maldi-
ción de Ricky. Le gustan las mujeres heridas porque él puede rescatarlas.
Jasminka está herida ahora, y fue él quien la hirió. ¿Cómo pudo hacerlo? ¿Quién
lo hizo? ¿Quién pudo herir a una mujer como esa? Tan frágil. Profundamente
herida como una débil gaviota con las alas destrozadas. ¿Cómo pudo ocurrir esto? ¿Cómo ha llegado a esto? Lo ha jodido todo con su comportamiento insensible, con las drogas. Ésa es la mierda más insensible de las que hace. Él es un
tipo horrible y todo es culpa suya. Siempre ha sido su culpa. Nació de ese modo,
lleno de defectos, antipático, culpable, siempre culpable. Un jodido pendejo.

Siente una ausencia existencial en el vientre y no existe nada más, excepto el vacío, el silencio y el frío. Jamás será un individuo completo, porque nadie lo amará lo suficiente. ¿Por qué no es lo suficientemente bueno como para que las personas lo amen siempre? ¿En qué se equivoca? Trata de ser el mejor. Practica, baila, actúa. Pero nadie lo conoce de veras. No les importa. Y todo por su puñetera culpa. Se pone de pie, camina hacia el espejo y observa su rostro. No es un hombre hermoso, como todo dicen. Es horrible. Repugnante. Una persona hermosa no hiere de ese modo a otras. Una persona hermosa no necesita la cocaína para sentirse confiada, para olvidar. Las personas hermosas no tienen tantas cosas que olvidar, tantos fantasmas, y en tal cantidad que te destrozan cuando intentan salir de ti, hasta el jodido punto en que no puedes *respirar*.

Vuelve a llamar al celular de Jasminka y sigue sin recibir respuesta. Ha dejado mensajes, montones de mensajes. Y ella no contesta. ¿Adónde coño habrá ido? ¿No sabe lo peligroso que es el mundo? Ella lleva su hijo y, pese a lo que él mismo diga, sí quiere a ese bebé, los ama a ambos. Quiere llorar, pero hace muchos años que no lo hace. Es como si su cuerpo no supiera o recordara cómo hacerlo. Muchos años atrás en su vida había llorado, y eso no le ayudó. Uno deja de hacer cosas que no ayudan, si es que quiere progresar; y esa había sido la meta principal de Ricky desde la época en que tuvo conciencia de que podía tener metas. Escapar. Destacarse. Triunfar. Poseer, consumir, persuadir, ser el jodido soberano del jodido mundo. Casarse con la modelo que todos desean, para que todos lo miren cuando aparezca en las fiestas de los Grammy y esos hijo'eputas digan: Mira, tiene una mujer preciosa. Pero las modelos también son personas. Eso era la parte que no había entendido; que Jasminka no era una foto de una revista, que su aliento apestaba en las mañanas, y que lloraba y tenía un pasado, un pasado tan tremendo y oscuro—mucho peor que el suyo—que él no puede imaginarlo, y ahora que piensa en eso no imagina cómo coño ha podido ser tan hijo de puta cuando ella necesitaba, más bien pedía a gritos, que alguien la *protegiera*.

—Carajo.

Patea la almohada que ha pateado momentos antes. ¿Dónde está ella? ¿Por qué le está haciendo esto? ¿Por qué no puede amar mejor a las personas? ¿Qué le sucede? ¿Por qué Dios le ha enviado a este mundo con tantos defectos? Jasminka era lo mejor que le había ocurrido nunca—un espíritu dulce y amable—y tuvo que ser él quien lo arruinara todo, quien la alejara. Aprieta un puño y lo lleva atrás, preparándose para golpear la pared. Pero mientras lo hace, se da cuenta de que ése es exactamente su problema. Es un tipo débil, violento. Ahora mismo odia su propia imagen. No fue así como lo crió su madre. Ésta no es la persona que él piensa realmente que es.

Pone sus brazos en torno a sí y se abraza. Siente como si la cabeza se le fuera a partir en dos. Entonces vuelve a marcar el número de Jasminka.

—Contesta el teléfono—canturrea para sí—. Contesta el teléfono. Contesta el teléfono.

Se fija en el crucifijo de la pared, ése de madera que su madre le había regalado cuando consiguió su primer contrato de grabación, y le promete a Dios, a Jesús, a cualquiera que esté escuchando, que esta vez cambiará. Si sólo le dieran la fuerza . . . Entonces ocurre lo inesperado.

—¿Hola?

Es Jasminka, que responde al teléfono por primera vez en muchas horas y que moquea como si hubiera estado llorando, con una voz hueca y nasal como suele ponerse la gente cuando tiene un resfriado o un mal de amores.

—Jasminka, gracias a Dios que estás bien—dice Ricky.

Le dice cuánto la ama. Cae de rodillas sobre la suave alfombra crema del cuarto y le ruega que lo perdone por golpearla. Nunca antes la había maltratado de esa manera, y ni siquiera él mismo puede creer que haya podido hacer semejante cosa a la mujer más hermosa y maravillosa del mundo; la mujer que lo ha salvado de sus adicciones y de las malas amistades; la mujer a la que quiere amar por el resto de su vida; la mujer que pronto dará a luz a su hijo.

—Cometí un error—le asegura—, pero buscaré ayuda. Juro que lo haré. Iré a terapia. Haré cualquier cosa, lo que sea. Te lo juro, mamita. Si vuelves conmigo.

Jasminka guarda silencio por unos instantes, luego le pregunta si realmente lo hará. Él dice que sí, y le pregunta dónde está.

—Lo siento—responde ella—. No.

—Jamás volveré a hacerlo. Puedo aprender de mis errores, *de veras*.

Está siendo sincero. Jura por el jodido Jesucristo que está siendo sincero.

—No, Ricky.

¿No? ¿No?

—¿Qué coño te pasa?—grita él.

Nadie le dice que no a Ricky. Ha llegado demasiado lejos, ha trabajado demasiado duro para eso.

—No me hables de ese modo—dice Jasminka—. No voy a aguantarlo más, Ricky. Te aseguro que no.

De pronto, todos los sentimientos cálidos y generosos de Ricky, todo su re-mordimiento, desaparecen mientras se imagina a Jasminka con otro hombre. ¿Es por eso que está actuando de ese modo? ¿Porque se ha ido con otro tipo? ¿Porque está tratando de ocultar algo? Ella no le haría algo así, ¿no? No se lo ha-ría estando embarazada. A menos que su embarazo fuera resultado de relaciones sexuales con otro. Mientras esos pensamientos se agitan en su mente, una parte de Ricky se aleja para observar, consciente de lo absurdo de su comportamien-to. Es irracional. ¿Cómo debería actuar? Piensa un poco sobre eso y decide con-trolarse. No te enfurezcas, se dice a sí mismo.

—Por favor, cariño, regresa a casa—ruega, sabiendo en ese mismo momento que será jodidamente difícil no volver a pegarle cuando ella regrese.

—¿Estás molesto conmigo?—pregunta ella con suavidad, titubeando, vol-viendo a él.

Ricky siente la emoción de la victoria. Lo ha logrado. Ha podido reconquis-tarla. Después de lo que le ha hecho. La ha convencido. Es un jodido machazo.

—No, cariño—dice con una delicadeza que no tiene nada que ver con la fu-ria que hierve en sus entrañas—. Estoy molesto conmigo mismo. Y jamás volve-ré a hacerlo.

El timbre de la cabina de primera clase suena para indicar que el avión ha al-canzado los diez mil pies de altura y la azafata se acerca al intercomunicador pa-ra decir a los pasajeros que ya pueden usar sus "equipos electrónicos portátiles". Jack se pregunta si eso incluye los vibradores sexuales y considera la posibilidad de preguntarle a la azafata, que no está nada mal. Se da cuenta de que el mismo hecho de que se esté fijando en las azafatas bonitas es señal de que está perdien-do interés en su novia. La primera vez que se empató con Jill Sánchez, la mira-ba de la misma manera que la miran la mayoría de los hombres en el mundo: como la mujer más atractiva del planeta, una seductora criatura sin igual, exóti-ca, apasionada, aparentemente insaciable. La verdadera Jill Sánchez se encuen-tra tan lejos de su imagen pública que Jack se ríe en voz alta, recordando las ideas que tenía sobre ella. Creyó que sería una fiera en la cama, que se voltearía y se retorcería como hace en sus videos; que cuando estuviera debajo de él se comportaría con el mismo aire sensual que adopta ante las cámaras. Nada de eso. Se ríe con más fuerzas, atrayendo las miradas de sus compañeros de cabina.

—Son las drogas—bromea con ellos.

Y al decirlo se da cuenta de que existe una buena probabilidad de que, al día siguiente, vea en *Los Angeles Times* un comentario sobre su supuesta adicción. Hacia allí se dirige, hacia Los Ángeles, para pasar unos días en la comodidad de su propia casucha en Encino, y firmar un nuevo contrato cinematográfico.

Jack saca su computadora portátil de debajo de su asiento y comienza a escribirle una carta al director de *Vanity Fair*, relacionada con un reciente artículo que sacaron sobre el suicidio de Hunter S. Thompson. Él se había quejado de ese artículo frente a Jill la noche anterior, pero ella ni siquiera sabía quién era Thompson. En total, pasa dos horas elaborando la carta, y otras dos leyendo *Manufacturing Consent: The Political Economy of the Mass Media*, de Noam Chomsky y otros. Luego, sintiendo en la boca un repugnante sabor ante su país y su maquinaria propagandística, Jack se aferra con manos crispadas a los brazos del asiento, mientras el avión aterriza en el aeropuerto de Los Ángeles, bajando inconcebiblemente desde el este en medio de una estrepitosa tormenta.

Jack baja del avión hacia el área de los equipajes, aunque no tiene ninguna maleta. Todo lo que necesita está en su propia casa. Ha dejado el resto de sus cosas en la de Jill. Se desprecia a sí mismo por ser tan burgués, pero ¿qué puede hacer? ¿Cargar con todas esas asquerosas maletas llenas de mierda que no necesitará?

El chofer del estudio espera por él con un letrero que dice "Gaitero", la clave que le han dado esta vez. Es estúpido, porque cualquiera que lo vea sabe exactamente quién es: ese cretino de la barba de chivo, comprometido con Jill Sánchez. La gente, sobre todo aquellas que odian sus vidas, enloquecen con las celebridades. Lo señalan y hablan de él como si no estuviera allí; como si aún estuviera en el televisor, en una película, en las páginas de una revista, o en el último lugar donde los zonzos en cuestión lo hubieran visto. Odia todo ese concepto de la celebridad. Si tuviera que hacerlo de nuevo, jamás escogería esta vida. No estaba hecho para toda esa atención y estupidez que se requerían para el asunto. Si tuviera que hacerlo de nuevo, sería escritor o filósofo. Pero ya tiene treinta y cuatro años, lo conocen en casi todo el mundo y, en esencia, no tiene lo que se necesita para hacerlo todo de nuevo. Lo único que tiene, piensa, es una carrera ficticia y sobrevalorada de la que intentará sacar el mayor provecho mientras pueda, antes de que su nombre se esfume en ese olvido crepuscular del cual los productores mediocres y crueles escogen a sus víctimas para programas de cable al estilo de "¿Qué hacen ahora?"

Jack permite que el chofer le abra la puerta y entra sin su habitual letanía de protestas en defensa del proletariado. Esta vez no tiene la energía para entablar amistad con el hombre. Esta vez se queda con las gafas puestas y la boca callada. Está cansado y, cuando uno está cansado, es más fácil actuar como una jodida celebridad.

Los agentes, representantes, entrenadores y todo tipo de sanguijuelas variadas lo esperan en la oficina del presidente del estudio, vistiendo las habituales ropas negras y de moda, con las que intentan aparentar que no tratan de lucir bien. La firma del contrato es una formalidad. Ya ha acordado participar en el proyecto. Esta reunión sólo es para que conozca a la actriz Lara Bryant, un nuevo rostro de la televisión, de dientes grandes y complexión musculosa, nativa de Idaho, que hará el papel de su enamorada. Él ha visto su programa varias veces y siempre le ha parecido que tiene un aire reconfortante, como el de una joven estudiante universitaria, inteligente y con hoyuelos en las mejillas, que acaba de restregarse la cara con jabón abrasivo en el baño del dormitorio estudiantil. Parece el tipo de chica que usara el hilo dental dos veces al día.

Lara entra en la oficina unos instantes después de Jack, empapada por la lluvia. Usa *jeans*, suéter y botas altas, y parece una modelo del catálogo L.L.Bean a quien hubiera sorprendido una tormenta. No ha visto unas botas altas desde que se fue de Nueva Inglaterra, y eso lo hace sentir nostálgico. La muchacha no lleva maquillaje, y sus uñas cortas y posiblemente mordidas no están pintadas, ni tienen brillo, ni ningún otro de los desechos tóxicos sin los cuales Jill jamás sale de casa. Lara sonríe mientras le estrecha la mano, y sus dientes parecen naturalmente blancos, como si hubiera crecido comiendo frutas y vegetales y bebiendo abundante agua. No ha podido notar un solo poro en su rostro resplandeciente, pero lo que más lo impresiona son sus ojos. De color café y largas pestañas, irradian una profunda inteligencia que parece hallarse completamente libre de cinismo. Es lista y afable. Eso es lo que dicen sus ojos. Lo más interesante es que lleva un libro en la mano. *The Impossible Will Take a Little While: A Citizen's Guide to Hope in a Time of Fear*, de Paul Boeb. Vaya. ¿Existirá un Dios, después de todo?

—Jack Ingroff, hace mucho tiempo que quería conocerte—dice ella con una mirada que brilla por algún secreto que Jack siente una súbita urgencia de conocer—. Esto va a ser muy divertido.

Ha terminado mi turno y ya estoy listo para mis cuatro días de descanso. Desde que se enteraron de que planeaba hacer una demanda por motivos de discriminación sexual, los muchachos de la estación 42 han decidido no dirigirme la palabra. Así es. Como si yo no existiera. Es peor ser ignorada de ese modo a que se rían de uno abiertamente. He llegado al punto en que he comenzado a sentirme insegura con ellos en los incendios. Y, como me advirtió una vez el capitán Sullivan, apenas un bombero comienza a sentirse inseguro en un equipo, ha llegado el momento de pedir un traslado o de renunciar. Uno no puede dejar su seguridad en manos de hombres que te desprecian.

Néstor sale del cuartito de las literas, alto, limpio, con su cuerpo musculoso, y me sonríe del mismo modo que sonríe la gente a alguien a quien acaba de notar que tiene un brazo entablillado.

—¿Estás bien?—pregunta.

Siente lástima por mí. Es lo único que me faltaba.

Me encojo de hombros y meto una botella de champú Pantene en mi bolso.

—Sí, claro—respondo con sarcasmo—. Me siento de maravillas. No hay nada como sentir que la gente te ignora durante dos días seguidos, sólo porque quieres tener los mismos derechos que el resto.

Se sienta en el banco y suspira.

—Quería decirte que tienes mi apoyo.

—Sí, gracias—susurro—. Me siento apagada. Necesito irme a correr o algo así. O ponerme a cortar el césped.

—Hablaremos de eso durante la cena.

Siento un tibio escalofrío que me recorre el cuerpo cuando recuerdo la noche en que conversamos en su casa.

—Estás loco, ¿lo sabías?—pregunto.

—Eso me dijo el jefe cuando le comenté que eras una mujer valiente. Así es que supongo que no puede ser cierto.

Trato de no sonreír mientras suena mi teléfono. Es mi madre o mi hija. Adivina adivinador. Nadie más me llama nunca. Mira la pantalla del teléfono. Mi madre.

—¿Sophia está contigo?—pregunta Alice, antes de que pueda decirle "hola". Es un encanto.

—No—respondo—. ¿Por qué iba a estar conmigo?

—Esta mañana la mandé comprar unas papas chips y no ha *volvido*.

—Vuelto—la rectifico como siempre, pero ella nunca aprende—. ¿La llamaste a su celular?

—Lo hice. Contestó un tipo que no habla inglés, y se rió y colgó.

—Jesús, Mamá. ¿Por qué no empezaste por ahí?

El revuelo de apetitos femeninos que había sentido antes, el hambre por Néstor, se transforma inmediatamente en un nudo de terror materno.

Rory Clooney, el joven productor de música pop, se sienta en la cabina de control de su estudio de grabaciones en Miami con un puñado de sus colegas y trata de que Jill Sánchez no lo vea encogerse.

La superestrella Jill, con sus *jeans* de cintura baja y un suéter blanco de cuello alto y mangas largas, aunque corto como un sostén, se encuentra de pie ante un micrófono del estudio de grabaciones, al otro lado de la enorme ventana de plexiglás. Sus músculos abdominales se tensan y brillan. ¿Lleva brillo? ¿Quién se pone brillo para una sesión de grabaciones? Tiene los audífonos en la cabeza, encima de una brillante gorra blanca de béisbol que Rory le pidió que se quitara porque está refractando su voz de un modo que a él no le gusta, volviéndola más débil y más metálica. Cuando tienes la voz débil y metálica, lo menos que quieres es empeorar el problema. Ésa es la sabia opinión personal de Rory. Pero, como suele ocurrir, su opinión importa menos que la de Jill, si ella está presente. Jill Sánchez no quiere quitarse la gorra, que dice haber "diseñado" ella misma, aunque Rory y los otros que trabajan para Jill saben que los diseños de Jill son resultado de un equipo de diseñadores competentes que trabajan bajo sus órdenes y dejan que ella se lleven toda la gloria. Como hace el propio Rory.

El objetivo de esta sesión es que Jill corrija algunas de las voces que grabó meses atrás en algunas pistas de su próximo álbum, *Born Again*. La versión final de su álbum debe estar en la casa disquera a finales de esta semana, para que pueda llegar a las tiendas varias semanas después. Rory ha hecho los dos primeros discos de Jill. Y éste, al igual que los anteriores, está pidiendo a gritos que lo reformen como si se tratara de una habitación llena de asesinos.

—Está bien—dice él en su micrófono, manteniendo apretado el botón rojo que permite que Jill lo escuche a través de sus audífonos—. Eso estuvo mejor. Pero vamos a repetirlo de nuevo, sólo para estar seguros de que tenemos la mejor toma.

Suelta el botón, con lo cual Jill ya no puede escuchar lo que se dice en la cabina de control, en el estudio de grabaciones a prueba de sonidos. Junto a él, uno de los asistentes susurra:

—¿Mejor? Ésa es una opinión bastante conservadora, hermano, ¿no te parece? ¿No querrás decir que es mejor que un cubo lleno de mierda?

El otro asistente mete la cuchara:

—Mejor que un enema de ácido para baterías.

El primer asistente vuelve a la carga:

—Mejor que una cortada con papel en el ojo.

En el estudio, Jill arruga el entrecejo y carraspea, enderezándose y poniendo todo su empeño en actuar como una profesional que se dispone a hacer una grabación que asombrará a todos; una actuación digna de un Oscar. Rory endurece el rostro para impedir que Jill note los burbujeos de risa que producen en su enorme panza los comentarios de sus colegas. Como no logra controlarse, finge que tose con la mano en la boca.

—Ustedes son unos hijos de puta.

—Puta—repite el primer asistente—. A ver. Mejor que la puta de su madre.

—Mierda—dice Rory, que sigue "tosiendo".

—¡Hey!—chilla Jill por el micrófono—. El tiempo es dinero. ¿Están listos?

Habla como el ratón Mickey. En estas sesiones adopta una actitud de superioridad, como si fuera una cantante fabulosa. Tal vez *cree* de veras que es una cantante fabulosa. Si realmente supiera cuán espantosa es su voz, no lo haría. Pero lo cierto es que la mujer es sorda como una tapia. Él lo sabe, y también lo sabe cada músico, compositor y productor que trabaja en sus discos. Pero después que todos se quedan trabajando hasta tarde, haciendo magia computarizada con el afinador de tono y los cantantes pagados por el estudio que hacen las voces de "apoyo" para ella, Jill Sánchez consigue discos muy atractivos que venden millones. Luce bien en los videos y, en esta época, esto es muy importante. El propio Rory es un cantante y compositor extraordinario, pero es gordo y feo y, por tanto, está condenado a mantenerse en las sombras de la industria de la música moderna. Extraña los días de Fats Domino, pero no pueden darse el lujo de jugar con sus salarios, aunque Jill les recuerde el ruido que hacen las uñas al arañar una pizarra. La mayoría de sus productores vive ahora en mansiones y conduce autos de lujo a los que se han aficionado, y no quieren volver atrás. Rory está seguro de que nunca renunciará a su mansión de Pinecrest con las fuentes y la cocina al aire libre junto a la piscina. Tampoco quiere renunciar a su Range Rover.

—Lista, corazón—anuncia Rory—. Te daré la entrada con el coro. Arriba con esas notas altas, Jill, ¿estás bien? Mucho apoyo en el diafragma. No tengas miedo de cantar a todo pulmón.

Jill ladea su cabeza y se planta una mano furiosa en la cadera.

—No te atrevas a decirme cómo coño tengo que cantar—le suelta—. Ya tengo a Balthazar para que me diga cómo debo hacerlo, ¿oíste? Tú ocúpate de apretar botones.

Rory asiente, pero lo que realmente quisiera hacer es recordarle a Jill que apenas la semana pasada, en un artículo publicado en *Entertainment Weekly*, Balthazar, el instructor de canto más famoso de la industria, había negado su vínculo con el canto de Jill, aunque ella lo había tenido contratado a tiempo completo durante los últimos cinco años.

—Mejor que cortarte la pinga con la tapa de una lata de sopa—dice el segundo productor asistente, con un gesto que pretende expresar cuán benévolo es.

—Y echarla al inodoro—sugiere el primer asistente.

Los asistentes intercambian gestos contenidos y sonrisas maliciosas.

—Mierda—dice Rory, sintiendo una sensación muy perceptible entre las piernas. Luego presiona la tecla y, como toda la gente que recibe un sueldo para servir a Jill Sánchez, le miente:

—Tienes razón, preciosa. Cantas de maravilla. ¡Arriba!

Desde la cabina, Jill le informa a Rory que sólo tiene tres tomas para sacar lo que quiere.

Mientras Ricky enciende un cigarrillo en la tarde después de hacer el amor, y se acomoda en la cama de Jill para mirar MTV en Español, ella se envuelve en su bata de noche, se acurruca bajo las sábanas suaves y frescas, y abre el último número de la revista *Star* que una de sus asistentes le ha dejado abajo. En la portada hay una foto de Jack, que parece estar saliendo de un *Coffee Bean & Tea Leaf* de Encino, tomado de la mano con esa actriz de aspecto mediocre, Lara No-Sé-Qué . . . Bryant. Como Anita. Tiene unos dientes enormes.

—No, *imposible*—se enfurece Jill.

Ricky, con los ojos entrecerrados por el humo que escapa en volutas de su boca, se encuentra inmerso en el último video de los Kumbia Kings y no le presta atención. Acostarse con Jill lo deja exhausto.

Jill salta al artículo anunciado en la portada, que está en el interior, y halla varias fotos más de Jack con Lara. En una parecen estarse besando. Jill siente un torrente de emociones. No se trata de celos, ni siquiera está dolida. En los últimos tiempos ni siquiera le interesa con quién se acuesta él, siempre que lo haga a escondidas y el público crea que ambos son una pareja feliz. Lo que realmente le encabrona es conocer cuán *descuidado* ha sido Jack con el asunto. ¿Cómo no supo que la prensa lo estaba siguiendo? ¿Cómo ha podido ser tan ingenuo?

¿Acaso no *entiende* cuán importante es que sus admiradores crean que él sigue interesado en ella, en Jill Sánchez, y no en una desconocida actriz de televisión, que usa cuero negro y peluca rosada en una ignorada cadena televisiva? ¿Será estúpido?

El artículo dice que Jack y Lara se conocieron en una reunión donde firmarían el contrato de una nueva película que coprotagonizarían juntos, y que el flechazo se produjo apenas Jack vio que Lara compartía su interés por los materiales de lectura liberales. Qué ridiculez, piensa Jill Sánchez. ¿Es que nadie se daba cuenta de que el clima político general se estaba inclinando sólidamente hacia la derecha? Incluso aunque las simpatías políticas de Jill se inclinaban hacia el lado liberal de los temas, ella sabía bien que no era nada aconsejable andarlo anunciando a los cuatro vientos para que todos se enteraran, mucho menos ahora. ¿No había sido la propia Jill Sánchez quien había conseguido que, algún tiempo atrás, Jack pasara una temporada con los soldados en el Medio Oriente para consolarlos, con la esperanza de ganarle adeptos entre los conservadores? Y míralo ahí, arruinándolo todo. Realmente está comenzando a preguntarse si Jack Ingroff valdrá el tiempo y la energía que invierte en él. Ella había pensado esperar algunas semanas antes de romper la relación, a la espera de que saliera la película donde ambos actuaban juntos. Lo último que Jill Sánchez necesita ahora es que Jack se enamore realmente de esa muchachita flaca y se le ocurra abandonarla a ella, a Jill Sánchez. Resulta impensable que ningún hombre sobre la tierra pueda encontrar más interesante y atractiva a ese alfeñique de mujer que a la exótica y multitalentosa Jill Sánchez. La confusión la abruma. No puede entender cómo es posible que Jack haya podido tomar una decisión tan terrible.

—No puedo creer que me haya hecho esto—gime ella.

Ricky aplasta su cigarrillo en el cenicero de la mesita que hay junto a la cama y que tiene la silueta de Jill Sánchez, y se vuelve hacia ella. Le besa una mano, la muñeca, el brazo, el hombro, el cuello y los labios.

—¿Hacerte qué?

Jill le tiende la revista a Ricky, quien la lee con una mueca de sarcasmo. Jill cruza los brazos y sacude su cabeza.

—Debería comportarse con más tino—concluye ella, alzando un dedo amenazante—. Está jugando con fuego.

Ricky siente una emoción; pero, a diferencia de Jill, la *suya* sí es de celos. Él ama a esta mujer hasta el punto de idolatrarla, y aunque ella le dice que lo ama y que seguirá con él, todavía parece estarse preocupando por ese comemierda de su novio. La odia por eso.

—Eres una puta, ¿lo sabías?

Jill Sánchez vuelve súbitamente la cabeza para mirarlo con sus hermosos ojos entrecerrados como los de una serpiente.

—¿Qué has dicho?

—Dije que eres una puta.

Herida por la descuidada infidelidad de Jack y por el insulto de Ricky, lo abofetea. Ricky responde con una sonrisa furiosa y atractiva. Le agarra las manos y se las coloca detrás de la cabeza, contra la cabecera forrada de piel suave y rosada. Jill se retuerce, furiosa como una gata enjaulada, pero se rinde un minuto más tarde. Ricky acerca su rostro al suyo y habla con un tono suave e intenso.

—El problema con Jack Ingroff—le dice—es que no sabe cómo mantenerte a raya. No sabe que Jill Sánchez sólo es una mujer y que, al igual que el resto de las mujeres, le gusta que la pongan en su lugar de vez en cuando. No sabe que tú quieres que yo te diga mámame el bicho.

Jill escucha a Ricky, pero su bravuconería falsa y predecible no la impresiona en lo más mínimo. Ella sabe que si le ordena que se la coja, lo hará. Eso es lo mejor que tiene Ricky: salta cuando ella se lo ordena. Jill Sánchez tiene ese poder sobre la gente. Pero está pensando, planeando, y es mejor fingir que lo escucha para poder tener algún tiempo a solas con sus propios pensamientos.

—¿Te lo hace él como te lo hago yo?—pregunta él, todo acalorado y preocupado.

Jill no contesta. Mira los hermosos ojos marrones, casi amarillos, de Ricky y sopesa la situación. Lo más ventajoso para ella sería hacer el papel de la dulce y desvalida latina que es abandonada por un gringo poderoso, cruel y demasiado intelectual. Debería llorar su pena mientras es entrevistada por Barbara Walters o Diane Sawyer—o, mejor, por Oprah—, justo a tiempo para la presentación de su nueva película y de su álbum. Sus asesores le han advertido que el público se está cansando de su éxito constante y que ésta podría ser la solución perfecta. Si se muestra como una inocente enamorada, si pudiera hacer que Jack pareciera el malo de la película, el público volvería a adorar a Jill Sánchez. Y si el público vuelve a adorar a Jill Sánchez, pagarán más dinero por sus productos. Jill sonríe mientras un estremecimiento de excitación le recorre el cuerpo, y abre las piernas.

—No, mi cielo—le dice a Ricky—. Jack no me lo hace como tú.

Y para sí misma, añade: *Tiene la pinga más grande y se hace la idea de que soy un muchacho japonés.*

Ricky sonríe y presiona todo su cuerpo contra el de ella.

—Trágate la leche, Mamita.

—Ponme en mi lugar, Ricky—lo desafía ella, conteniendo un bostezo—. Chíngame.

—¿Tu madre sabe dónde estás?—le pregunta mi madre, con mala cara, a Sophia.

Así es. Génova acaba de aparecerse a remolque con Sophia, la hija ilegítima de Ricky. Ah, y con David, el amiguito *gay* de Sophia. Ni pregunten. Bueno, está bien. Pregunten. Se los contaré.

La chica y su amigo se presentaron en el Club G y empezaron a lanzar huevos contra la puerta. Génova estaba dentro con su diseñadora, y ambas escucharon el ruido y salieron. Génova tuvo que rogarle a la diseñadora que no llamara a la policía. Supongo que sintió lástima por la chica. Yo también, pero de todos modos . . . Nadie le entra a huevazos al club de mi hermana. Eso no está bien. Y ahora Génova los ha traído para que cenen, como si fueran unos niños abandonados que ha recogido en la calle.

Es extraño. Justo cuando ya has decidido que Génova no tiene compasión, ella va y hace algo así. Es casi tan extraño como el hecho de haber reemplazado mi obsesión por Ricky con una nueva obsesión por Matthew, sólo que estoy convencida de que Matthew me odia por no haber creído en él desde un primer momento y ahora no tengo ni la más remota posibilidad.

Jasminka sale del baño, sosteniéndose la parte inferior de su espalda con las manos. Sigue siendo delgada como un venado, pero con un vientre semejante a una enorme pelota de playa. Parece una hermosa extraterrestre embarazada. Ah, ¿ya les dije que ahora vive aquí? Parece que estoy albergando a todos los refugiados de Ricky.

—Mi mamá no necesita saber dónde estoy—refunfuña la chica, que es más alta que mi madre y cuya mirada echa chispas de indignación. Unos trece años en esta época equivalen a los quince de hace una generación—. Yo no le importo a mi madre.

Mi madre observa a Sophia con expresión dura.

—Por supuesto que tu mami se preocupa por ti—dice.

Su amigo—se llama David—sacude la cabeza en defensa de Sophia. Mi madre lo mira con fijeza y él retrocede. Piensa que tenemos una casa "fabulosa". Jasminka se recuesta silenciosamente a una pared mientras se come una pera.

—Todas las mamis se preocupan por sus hijos—susurra mi madre—. ¿Dónde está tu mami?

—En Homestead—responde Sophia, como si el mismo nombre le diera asco.

—La capital del Sunny-D, en el sur de la Florida—añade David.

—¡Pero Dios mío!—exclama Violeta, dando una palmada que asusta a los niños y levantando la voz del modo en que hacen los cubanos, mientras mira a Génova con consternación—. ¿Cómo llegaron hasta Miami Beach?

—En autobús—dice Sophia.

Génova hace un gesto, sintiéndose fuera de su elemento.

—¿En autobús?—repite débilmente.

Mamá le lanza ahora una mirada intimidadora a Génova. Dios, espero que la próxima no sea yo. Mamá dice:

—Vamos a llamar a tu mami para decirle que estás bien. Debe estar muerta de preocupación por ti.

—Por lo único que se preocupa es por ella—le aclara Sophia.

—Eso no puede ser cierto—interviene Jasminka, hablando por fin, con la boca llena de fruta.

—¿Qué sabes tú de eso?—le espeta Sophia—. Ni siquiera querías admitir que Ricky era mi padre.

—Lo siento mucho—dice Jasminka—. En ese momento no sabía lo que sé ahora.

—Ven, vamos a llamar a tu mami—la anima mi madre.

—¡No! Mi madre me odia—repite Sophia.

—Tonterías—dice Violeta, harta de los comentarios de Sophia.

Me ordena que le traiga el teléfono, como si ella misma no pudiera hacerlo. Muy bien. Todo siguen pensando que soy la hija obediente. Déjalos. No me importa. Eso es mejor que la verdad. Mi madre anuncia:

—Vamos a llamar a su madre.

—No sé su teléfono—dice Sophia.

Sí, seguro. Quién va a creerse esa estupidez. Regreso con el teléfono (estaba, nada más y nada menos, que al otro lado de la habitación) y veo que mi madre está estudiando el rostro de la pobre Sophia. Parece un ave de rapiña.

—Tú—le dice apuntando hacia la niña—. Tú me recuerdas—mira a Génova—a una muchacha muy malcriada que conocí.

¡Ja! Gané. Gané. Génova fue la niña malcriada.

Ja.

Sí, soy la hermana madura.

Mamá toma el teléfono y lo soba entre sus manos, disfrutando la incomodidad de la jovencita.

—Por favor, no la llame—le ruega Sophia.

Mi madre entrecierra los ojos y dictamina:

—Pareces hambrienta.

—Me muero de hambre—dice Jasminka.

—No es contigo—le aclara mi madre a Jasminka—. En tu caso, ya se da por sentado.

—Por favor, no llamen a mi mamá—ruega Sophia, esta vez mirando a Génova—. Me va a matar.

—La va a matar—repite Génova a mi madre, con una mirada de arrepentimiento.

—Yo crié a dos hijas y sé que tu mami debe estar preocupada—insiste mi madre.

Bueno, ya me está fastidiando tanta "mami". Le está hablando a una adolescente más alta que ella. Debería decir "mamá".

—Por favor—suplica Sophia—, quizás ni siquiera se ha dado cuenta de que me fui.

—Tal vez no—la apoya David—. Su madre nunca se da cuenta de nada. Tiene el síndrome del déficit de atención.

—¡David!—lo regaña Sophia—. Eso no es verdad.

—Sí lo es.

—No lo es.

En ese momento, mi teléfono Hello Kitty empieza a sonar en mi dormitorio. Estoy tratando de ser adulta y tengo un teléfono de adolescente sonando en el cuarto.

—Disculpen—digo.

Corro a ver quién me está llamando, con la desagradable impresión de que puede ser Ricky. Miro el identificador de llamadas y, efectivamente, dice Ricky Biscayne Productions. Contesto.

—Hola, Ricky.

Hay un silencio y luego escucho la voz de Ricky. Sólo que ésta dice:

—¿Milán? Es Matthew.

¿Matthew?

—Ah, hola.

Lo oigo reírse y no puedo creer que nunca antes notara que su voz, incluso al hablar, era la que yo había amado durante años. Todavía amo esas canciones. Mi corazón se acelera al pensar que el hombre que las ha creado está soltero, es cariñoso y *me está llamando*.

—Me estaba preguntando si aún querías intentar que volviéramos a ver esa película.

Sonrío para mí y siento mariposas en el estómago.

—Pero si los dos la hemos visto—le recuerdo.

—Mejor todavía—dice—, porque así podré concentrarme en el masaje.

—¿Qué te parece esta noche?

Pausa.

—Está bien.

—¡Eh! ¡Espera! Voy contigo—grita Néstor, corriendo detrás de mí por el parqueo de la estación de bomberos.

No tengo tiempo para despedirme de mis colegas. Dudo que lo noten. Marco el número del celular de Sophia y ahora me sale la grabación.

—No—digo, pero mis manos tiemblan y dejo caer las llaves al pavimento—. Tengo que resolver esto yo sola.

Néstor se acerca y recoge las llaves. Coloca una mano en mi brazo y me mira a los ojos.

—Irene, sé que eres una persona fuerte—dice—. Lo eres. Mírate. Estoy impresionado con las cosas que has logrado. Pero en estos momentos no deberías estar sola.

—No voy a estar sola—contesto bruscamente—. Iré a la policía. *Los* encontraré.

—La policía no es ninguna amistad—dice—. Necesitas un amigo.

Tiene razón, pero él no sabe nada de Jim. De cualquier modo, ni siquiera he tenido tiempo para pensar en amigos desde que nació Sophia. Desde entonces he estado corriendo, y jamás pensé que hubiera alguien más en el mundo dispuesto a correr conmigo. No quiero seguir sola. No quiero. Me esfuerzo por reprimir el llanto, mientras batallo a ciegas con la cerradura del auto y protesto:

—¿Por qué me ha hecho esto?—y me sale como un lamento.

—¡Ey!—me dice Néstor, colocando su mano sobre la mía para ayudarme a meter la llave en la cerradura y abrirla con calma, con paciencia, con amor—.

Quizás Sophia no haya hecho nada. Lo único que necesitamos es esforzarnos en lo posible por encontrarla. Sin culpar a nadie. ¿Está bien?

Me abre la puerta del auto y me ayuda a entrar. Me inclino para quitarle el seguro a la puerta del pasajero. La abre y se mete en el carro. Es un hombre tan alto, tan fuerte . . . y tan bondadoso. Apenas puedo creerlo. Mientras pongo en marcha el motor, la garganta se me cierra por el esfuerzo de reprimir el llanto. Siento su mirada clavada en mí. No quiero llorar delante de él. No quiero derrumbarme ahora. Sophia me necesita.

—Ella está bien, Irene—me consuela Néstor. ¿Resulta que ahora también me lee los pensamientos?—Estoy seguro de que está bien. Es sólo una adolescente, y está pasando por momentos muy duros. Tratemos de imaginar a qué lugares podría haber ido.

Saco el auto a la calle y me muerdo el labio inferior.

—No sé—me rindo—. Aparte del terreno de fútbol, la escuela y las casas de sus amigos, no sé.

—Empecemos por llamar a sus amigos—sugiere Néstor.

Es tan sereno, tan racional. Por supuesto. Sophia está en casa de un amigo. ¿Cómo no se me ocurrió? ¿Por qué mi primer impulso siempre es pensar en lo más negativo, prepararme para lo peor de lo peor?

Néstor saca su propio celular y lo abre.

—¿Tienes los números o los nombres? Llamaré mientras conduces.

—¿Adónde voy?—pregunto con la mente en blanco, abrumada, exhausta bajo el peso de mi alma.

—Hacia la estación de policía.

—Gracias.

Recito de un tirón el número de la casa de David. Néstor llama y la madre de David dice que tampoco sabe dónde está su hijo, pero que ella no está preocupada. Le pedimos el número del celular de David, pero no contesta. Le digo a Néstor que no creo que Sophia se reúna con alguien más. Todos los amigos de Sophia le han vuelto la espalda porque se han creído lo que dicen los periódicos de nosotras.

—Pensemos un minuto—insiste él sin alterarse, mientras yo conduzco—. ¿Crees que pueda haber regresado a casa de Ricky?

La sangre se me hiela. Ricky. Por supuesto.

—Que procure no haber ido—murmuro—. Le dije que se metería en un problema muy serio si volvía a hacerlo. Hablamos largo y tendido sobre eso.

Néstor se echa a reír.

—¿Cuál es la gracia? ¡Esto no es cosa de risa!

—¿Le dijiste que se metería en un problema?

—Sí, ¿y qué?

—¿Qué edad tiene Sophia?

—Trece.

Me mira sonriendo y no dice nada.

—¿Qué pasa?—pregunto—. ¿Por qué me miras con esa cara?

—Irene ¿te das cuenta de que tu hija está en una edad donde la sola idea de meterse en un problema resulta más bien un estímulo que un freno?

Me detengo en el parqueo de la estación de policía, sintiéndome algo más esperanzada. Tiene razón, una vez más. Néstor es un hombre sensible. Sophia *quiere* molestarme.

—Primero vayamos a casa de Ricky—propongo.

—Está bien—dice Néstor—. Creo que es buena idea. No necesitas meter a la policía en esto por ahora.

Salgo del parqueo y casi choco contra un auto que entra. Néstor se ofrece para manejar.

—Recuerdo el camino—me asegura—. Déjame ayudar.

Una hora después, mientras Néstor conduce por Miami Beach, suena mi celular. No es el número de mi madre. No es el de Sophia. No es el de David.

—¿Señorita Gallagher? Le habla Violeta Gotay. Su hija se encuentra aquí, en la sala de mi casa, y quiero que sepa que está bien. Tuve una hija así hace tiempo, y sé que debe de haber estado muerta de preocupación. Así es que no necesitas preocuparte, Mami. Ella está bien.

—¿Quién me habla?

—Soy la madre de la publicista de Ricky Biscayne. Tu hija acaba de cenar con mi familia y está lista para que vengas a recogerla.

Gracias a Dios que está bien. Pero ¿la publicista de Ricky? Eso no puede augurar nada bueno.

—Violeta, ¿podría hablar con ella, por favor?

—Mami, Papi, tengo que regresar al trabajo para ocuparme de algunos formularios que olvidé —anuncio.

Mis padres están sentados ante el barcito artesanal del patio, con sus amigos y mis abuelos, bebiendo coñac y hablando sobre—¿de qué otra cosa podría ser?—los buenos tiempos en Cuba. Acabo de decirles una mentira. Mi madre parece sospecharlo y arruga los ojos al mirarme.

—Trabajo, trabajo, trabajo—le dice mi padre a sus amigos. Ha estado bebiendo y habla más alto de lo habitual—. Este país me ha desgraciado a las niñas. Trabajan como hombres.

Saludo a Jasminka y a Sophia, quienes están hojeando en la sala el fabuloso libro ilustrado *La vida en Cuba*, y me escabullo por el pasillo. Me encierro en mi dormitorio y abro la puerta del clóset. ¿Qué me pondré para ir a casa de Matthew? Es de noche, pero Matthew no es exactamente el tipo de hombre que se vista de etiqueta ni con refinamientos. Estoy cansada de tenerme que vestir elegante todo el tiempo, pero quiero lucir bien. Quiero dar una buena impresión. Me gustaría poder darme una ducha sin que mi padre empezara a sospechar. La verdad es que estoy pensando que ya es hora de mudarme. Muy pronto.

Arrojo faldas, pantalones y blusas sobre la cama, y busco más cosas en mi armario. La Virgen mi observa con sus ojos de porcelana. Tiene una expresión divertida.

—¿Qué pasa?—le pregunto—. ¿Tenía que haber adivinado que Ricky era un mentiroso? ¿Cómo podía haberlo sabido? Lamento mucho haberte pedido que me dejaras conocerlo. ¿Estás contenta ahora? Hay que tener cuidado con lo que uno pide . . . Ya sé, ya sé.

Regreso a las ropas. Escojo un vestuario medio *hippie*, compuesto por una blusa de malla blanca Anna Sui que se cierra al frente al estilo medieval y una falda de vuelos verde musgo, con una enagua de ojetes blancos debajo, algo más larga que la falda. Completo mi vestimenta con zapatos bajos Marc Jacobs, de color azul. Me estoy volviendo más audaz al combinar los colores. O quizás me estoy volviendo más perezosa para intentar combinarlo todo siempre. Pongo mi mayor esfuerzo en la ropa interior. Me decido por un sostén Body by Victoria, algo rellenito, de Victoria's Secret—sin duda, el mejor sostén que jamás se haya fabricado—, que hace juego con unas pantaletas con diseño de hilo dental. A los hombres les gusta ese estilo de ropa interior. No debería pensar así. Debería aprender de mis errores y tomar esto con calma. Pero ahora que sé que Matthew es el talento y la voz detrás de las canciones que han cambiado mi vida—las canciones que me han hecho reír y llorar—, estoy lista para entregarme a él. Es el hombre más atractivo del mundo.

Salgo a hurtadillas de la casa y conduzco hasta Miami Beach escuchando las canciones de Matthew. Me siento mareada por la emoción. Matthew es el verdadero genio . . . y está disponible. Es humilde y simpático. Todo es mucho más lógico. Ahora que en verdad lo pienso, la personalidad de Ricky nunca pareció corresponder con sus canciones. Matthew es la imagen de esas canciones.

Parqueo junto a la acera, aunque el letrero dice que se requiere de un permiso. Espero que no me pongan una multa. Subo corriendo las escaleras hasta la puerta de Matthew y toco. Oigo música, algo con ritmo africano, con tambores y cantos. Escucho ruido y la puerta se abre. Matthew me sonríe. De nuevo lleva unos *shorts* anchos, esta vez con una camiseta verde pálido que dice "Apuesta el culo a que me gusta el *bluegrass*", y la imagen de un banjo encima.

—¡Hola!—saludo.

Se aparta para dejarme pasar.

—Los dos vestimos de verde—observo.

No es un comentario muy inteligente que digamos, pero es lo primero que me sale.

—Pues sí—dice Matthew.

El apartamento se ve mucho mejor que la última vez que estuve aquí, como si Matthew hubiera recogido un poco el reguero. Dos cervezas Red Stripe sin abrir esperan sobre la mesita del centro, cerca de una inmensa fuente de plástico azul llena de rositas de maíz. Comentamos algunas tonterías sobre el trabajo, el tiempo, el apartamento, lo bonita que él piensa que me veo, y luego nos sentamos en el sofá. Me sorprende que me encuentre atractiva.

—Y bien—dice mientras baja el volumen del estéreo—, tenemos varias opciones de películas. Está *Ocean's Twelve*, todavía no la he visto, pero no creo que esta noche quiera ponerme a competir con Brad Pitt y George Clooney. Está *Spanglish*, pero ya la vi y la verdad es que no necesitas ver toda esa mierda de estereotipos imperialistas y colonialistas, que repite la misma historia de siempre sobre la chica latina tan pobre y tan buena, y el macho blanco, tan buena gente y con tanto dinero. Una mierda absoluta. Y eso que soy un *loco* para las películas de Adam Sandler y James Brooks, pero esta vez la cagaron. Bueno, ¿qué más? Conseguí *In the Bedroom* porque pensé que era porno, pero resulta que es algo de Sissy Spacek.

—Qué deprimente—digo.

—Así es. Nadie quiere ver algo porno con Sissy Spacek.

—¿Alguna otra opción?

—Sí. *Hero*. Me temo que eso es todo.

—Está bien.

Matthew se levanta y lo sigo con la vista mientras cruza la habitación. Una vez más, me sorprende lo cómodo que parece sentirse dentro de su propio cuerpo. Sus piernas lucen fuertes de tanto pedalear su bicicleta, y me dan ganas de acariciar los vellos rojos que las cubren. Tiene una manera de ser muy masculina que no abunda en Miami. Parece capaz de subir una montaña o de armar una tienda.

—¿Qué pasa?—pregunta Matthew al notar que me he quedado observándolo—. ¿Tengo alguna mancha en el culo?

—No. Más bien tienes un culo muy mono.

—¿De veras?

—Sí.

Sonríe y mete el DVD en el aparato, apaga la luz del techo, enciende una lámpara que hay sobre una mesita en la esquina y se sienta a mi lado de nuevo.

—Qué gracioso—comenta—. Yo pienso lo mismo de ti.

Mordisqueo distraídamente algunas rositas de maíz mientras él se inclina sobre la mesa del centro, abre las cervezas y me tiende una.

—Salud—dice—. Por la verdad.

—Por la verdad—repito.

—Alguien dijo que te hará libre.

—Sí, yo también lo he oído.

Se recuesta, confiado en sí mismo, y coloca la vasija de las rositas sobre su regazo.

—Ven—dice.

—¿Ir adónde? Estoy aquí.

—No, más cerca. Vamos a compartir esto.

Me deslizo hacia él y siento el calor de su cuerpo a muy poca distancia. Toma el control remoto y salta los créditos. Trato de concentrarme en el comienzo de la película, pero no puedo evitar la distracción que me provoca su cercanía. Apenas puedo respirar. La idea de que estoy sentada junto al talento que originó la obsesión de mi vida es algo mucho más fuerte ahora de lo que sentía con Ricky, porque la verdad está aquí. Tengo fe en Matthew. Con Ricky, sentía que algo fallaba.

—¿Qué hay del masaje que me prometiste?—pregunto.

Matthew vuelve a colocar su cerveza y la fuente de las rositas sobre la mesa, y me sonríe.

—Pensé que nunca lo pedirías.

Termino de beber la cerveza, dejo la botella y le doy la espalda a Matthew. Al igual que antes, comienza a frotarme la espalda y los hombros con dedos cálidos y fuertes que parecen saber exactamente dónde y cómo necesito que me toquen. Es tan agradable que cierro los ojos y deseo que jamás termine. Al igual que antes, Matthew se acerca más y presiona su cuerpo contra el mío mientras frota y masajea para sacar toda la tensión de mi cuerpo. Siento sus labios sobre mi nuca y sus besos breves y delicados.

—Hueles tan bien—murmura con esa voz tan increíble y atractiva; esa voz tan hermosa.

Me quedo sin habla. Me besa de nuevo y sus manos continúan trabajando en mi espalda. Luego lenta, delicadamente, sus manos se deslizan debajo de mi blusa, hacia los costados. Me abraza por la cintura, con su pecho contra mi espalda. Me besa la oreja tierna, delicadamente, y percibo su aliento. Todo mi cuerpo se eriza.

—Me encanta tu olor—dice.

—Lo siento mucho—digo recostándome a él, tranquila, relajada.

—¿Por qué?

—Por todo este asunto de Ricky.

—No hablemos de él. Disfrutemos esto ahora.

Vuelvo mi cuello para mirarlo al rostro.

—Está bien—digo.

Beso su boca suave, delicadamente. Un beso sanador. Siento que de mí brota un calor que nunca antes había sentido; una conexión que sólo puedo describir como espiritual. He deseado a otros hombres en el pasado, pero nunca de este modo; nunca con la sensación de que nuestras almas se fundían y que las chispas que brotaban de esa unión recorrían nuestros cuerpos como si la electricidad brotara de cada poro.

Me vuelvo a mirarlo y nos besamos. Es un beso largo, apasionado e inquisitivo, donde exploramos, saboreamos, mordemos y apretamos. Una y otra vez. Los besos de Matthew no se parecen a los besos tan rápidos y agresivos de Ricky. Son tiernos y llenos de gracia, delicadeza y respeto. Eso es. Exuda un respeto y una reverencia que faltaban por completo en mis relaciones con Ricky.

—Eres muy hermosa—me dice.

Sus manos se deslizan delicadamente, rozando apenas la piel de mis propias manos, de mis brazos, de mis hombros, del cuello. Oigo vagamente la película que continúa andando. Mis propias manos exploran su cuerpo, palpando, tocando, agarrando. Quiero poseerlo. Quiero convertirme en parte de este hombre. Quiero devorarlo. Quiero que me consuma su fuego. Quisiera que ambos fuéramos un solo cuerpo.

—¿Quieres que sigamos en el cuarto?—pregunta.

—¿Está Sissy Spacek allí?

—Creo que ya se fue.

—Está bien.

Matthew entrelaza su mano en la mía y lo sigo a su dormitorio. Es sencillo y muy limpio, comparado con la sala. Muy despejado. Sólo una cama con una moderna armazón de metal negro, un armario y una silla. La cama está tendida y solo tiene sábanas grises. Aún de pie, me toma las manos, me atrae hacia él y me besa. Siento una sacudida en el pecho, como si nuestras energías se hubieran encontrado a mitad de camino entre nosotros, atrayéndonos como imanes. Caemos sobre la cama en un medio de un combate de besos. Las sábanas son muy suaves—ese tipo de sábanas con la textura de las camisetas. Sábanas de jersey.

Estoy acostada de lado, sobre uno de mis brazos. Matthew también, frente a mí. Nos besamos. Me atrae hacia cuerpo con su brazo libre y, por un instante, permanecemos abrazados. Puedo sentir cómo late su corazón bajo la piel del pecho. Mi brazo comienza a dormirse. Doy una vuelta y me siento a horcajadas encima de él. Me sonríe sorprendido.

—Eres un poquito loca, ¿verdad?—pregunta.

—No te muevas—digo.

Me agacho y rozo sus labios con los míos. Siento que sus manos me aprietan contra él, mientras me besa apasionadamente durante largo rato. Mi mano derecha se desliza desde su pecho hasta su vientre, y más abajo. Lo siento duro y grueso. Me gusta sentirlo así. Me gusta que tenga ese tamaño.

—Oh, Dios—susurra, empinando sus caderas hacia mi mano mientras aprieto.

Lo miro a los ojos, que me sonríen. En él no existe la indiferencia ni la agresividad que he sentido en otros hombres. Matthew está presente, como persona, y el Matthew de este instante es el mismo que el Matthew de otras veces. Es sencilla y llanamente Matthew . . . Y después de tantas complicaciones, es sencilla y llanamente lo mejor.

Aflojo mis garras y me agacho para sentarme sobre él, ambos completamente vestidos aún. Le sonrío mientras me quito la blusa y el sostén. Se me queda mirando.

—¡Dios!—exclama—. Eres preciosa.

Me sonrojo. Matthew se incorpora ligeramente y se saca la camisa. Él también es precioso. Me encanta su físico, su olor, su manera de ser. Es tan presente, tan accesible, tan atento, que es como si estuviera con un amigo. No recuerdo que en mi limitada experiencia con los hombres haya estado con alguno donde no me sintiera actuando, o como si no existiera algún tipo de distancia o animosidad entre nosotros.

Me inclino otra vez hacia él y siento los vellos de su pecho contra mis senos. Su calidez. Lo beso y me devuelve el beso. Entierra su cabeza entre mis pechos y los besa, rastreando mis pezones con su lengua y luego tomándolos en su boca. Dios, es divino.

Matthew me levanta y me hace girar, por lo que ahora quedo debajo de él. Sigue besándome los pechos y más abajo, más abajo . . . Llega hasta mi falda y me la saca con delicadeza. Luego la enagua. Luego mi pantaleta. Me besa las caderas, el ombligo y más abajo, más abajo. Mis piernas se abren y mi espalda se arquea sin que mi voluntad intervenga. Estoy desvalida frente a sus caricias. Y entonces llega allí. Me besa allí suavemente, sabiamente, delicadamente, como si supiera exactamente lo que necesito. Y luego sus dedos me penetran y siento algo que nunca antes he sentido. Es casi como si tuviera que orinar, pero no es eso. Jadeo sin aliento. Su lengua en mi clítoris, los dedos de una mano adentro, los dedos de la otra sobre mis pechos. De nuevo esas ansias de orinar, una sensación abrumadora que brota de mi interior, que supera cualquier placer. Nunca he sentido esto. Nunca.

—¿Qué estás haciendo?—le pregunto, alzándome mientras me apoyo en mis codos.

—El punto G— dice con una sonrisa resplandeciente—. ¿Lo encontré?

Me dejo caer sobre la cama, débil y retorciéndome entre sus garras, pletórica de un placer y un amor que nunca creí posibles.

—¡Sí!—grito. He encontrado al hombre perfecto—. ¡Sí! ¡Sí! ¡Sí!

Lunes, 2 de agosto

Me siento ante mi escritorio, escuchando el constante repiqueteo de la lluvia en el exterior. El plan está en marcha . . . Los planes. Me he puesto mi vestido de playa color uva de David Meister, que compré en Neiman Marcus. Luzco tierna en mi vestido de playa, que me compré sólo porque Jasminka se veía tan mona en el suyo. Nadie sospecharía nunca que una mujer en vestido de playa haría algo tan macabro como lo que estoy a punto de hacerle a Ricky.

¿No estará mal tenderle una trampa a un hombre? ¿Tenderle una trampa con un vestido así, que provoca ir dando saltitos colina abajo mientras le cantas a las ovejas? Y sin embargo, mucho peor es que él haya hecho sufrir a otras personas. Karma. Eso es lo que pienso. Ahora ya no soy la puta de la oficina, sino la vengadora de la oficina.

Me siento bien erguida, haciendo mi mejor esfuerzo por parecer una empleada feliz e ignorante de la empresa Ricky Biscayne Entertainment. Debería añadir la palabra "actriz" a la lista de mis habilidades. ¿Recuerdan cuando les decía que alguna vez tendría una vida que valdría la pena? ¿Algo con sentido? Bueno, creo que la he encontrado. Ahora voy a dedicarme a enmendar entuertos. Voy a desenmascarar a los mentirosos y a los estafadores. Supongo que también quiero vengarme de Ricky, pero esa no es una causa muy noble que digamos, así es que mejor no hablemos de ella. Tomo el teléfono y llamo a la oficina de relaciones públicas de la Cruz Roja, ofreciéndoles a Ricky como vocero, por si están interesados. Primer paso.

Tras quince minutos de una jovial conversación acerca de la importancia de Ricky como estrella naciente, la agencia—o la gente que trabaja allí—piensa que soy un genio. Una agencia no puede pensar. Pero yo sí. Y ya lo hice. Lo organizo todo para que Ricky haga un anuncio comunitario en el cual acepta valerosamente donar sangre a beneficio de los necesitados. Convenimos en que eso motivará a la aprensiva población miamense y latina de todo el país para que haga lo mismo. Les pido que me hagan llegar una petición formal por escrito para que Ricky vea que esta magnífica idea provino de ellos. Se muestran encantados de adjudicarse el mérito de la idea.

Una hora después, la carta de la Cruz Roja llega por servicio de mensajería y la llevo al estudio para mostrársela a Ricky y pedirle su opinión. Ricky está escuchando una canción, que ahora sé que fue compuesta por Matthew y cantada por Matthew. Un coreógrafo le enseña a Ricky algunos pasillos nuevos para usarlos en las variaciones de la guitarra. Ricky se mueve con elegancia, como siempre, pero tiene los ojos enrojecidos y ojerosos como si hubiera pasado las últimas noches en vela. Como sé que Ricky es un paranoico obsesivo al que le gusta hacer las cosas a su manera, finjo pensar que no me parece que sea una buena idea hacer lo de la Cruz Roja. Lo manejo de la misma manera que se utiliza con los niños y los adolescentes.

—Odio que me saquen sangre—digo—. Es algo desagradable. Bueno, no tanto. Algunas celebridades lo han hecho antes. La buena noticia es que sólo se lo piden a las grandes estrellas, así es que eso significa que estamos llegando. Y, bueno, supongo que no querrás hacerlo si no quieres que la gente descubra en tu sangre ciertas cosas que no te gustaría que descubrieran. Y no estoy diciendo que ése sea el caso.

Ricky se ajusta sus pantalones de sudadera y me sonríe como si pensara que va a lograr otra chingada. Infeliz hijo de puta. Bebe de su botella de agua y sacude la cabeza.

—Estás equivocada, Milán—dice—. En realidad, creo que es una buena idea. Hay mucha gente que necesita sangre y es una forma de realzar mi nombre. Tú sabes, puede que yo sólo tenga alcohol o algo así en la sangre.

—Piensa en eso, Ricky—digo, haciendo todo mi esfuerzo por lucir dudosa y aprensiva—. Ellos no te van a hacer ningún examen.

—No necesito pensarlo—me asegura—. Anótame.

Regreso a la oficina y llamo a la Cruz Roja.

—Sólo una condición. Ricky quiere que le guarden una o dos muestras de su sangre. No sé para qué. Supongo que es para algo parecido a lo que hizo Angelina Jolie, para ponerlo en un collar o algo así. Y no quiere que el resto se utilice para nada. Estoy segura de que comprenden que queremos ser discretos. Aquí entre nosotros, él toma algunas hormonas de crecimiento para sus músculos. Eso es todo. Pero no quiere que se sepa.

Increíblemente, aceptan.

Noto un movimiento con el rabillo del ojo, levanto la vista y veo a Ricky que entra a la oficina. Y cierra la puerta. Oh, oh.

—¿Qué hubo, Ricky? Te oyes de maravilla en esa canción nueva.

—¿Sí, eh?

—Ajá.

Me toma una mano y me mira fijamente a los ojos.

—Tengo que preguntarte algo, Milán.

—Ehh . . . Tengo mi período—digo.

Él ignora mi comentario.

—¿Sabes dónde está mi mujer?

Mi corazón pugna por salirse de mi pecho y escapar volando del cuarto. Miente. Miéntele al hijo de puta. Ya he mentido antes.

—¿Jasminka?—pregunto, tratando de ganar tiempo.

Me mira con ojos húmedos y drogados, totalmente frío.

—Lo siento. No tengo idea.

Ricky lleva mi mano a sus labios y planta pequeños besos en mis nudillos. Me lame la piel ligeramente.

—Déjame mamarte la chocha, Mamita.

—Eh . . . Ricky, ahora no puedo. Estoy muy ocupada.

Se lleva uno de mis dedos a la boca y lo chupa. Siento un estremecimiento que invade mi cuerpo. Pero en lugar de un sentimiento de deseo, como antes, se trata de un sentimiento de asco. Quiero que se vaya.

—He oído decir que estás viendo a Matthew—dice, avanzando hasta interponerse entre el escritorio y yo. Se arrodilla frente a mí y me abre las rodillas a la fuerza, poniendo sus manos sobre mis muslos.

—Hemos salido un par de veces—admito—. Me cae bien.

Trato de apartarme de él, pero me fuerza a permanecer sentada.

—No me importa que mis empleados tengan líos entre ellos—continúa, aproximando sus dedos al vórtice de mis piernas—mientras sigan conmigo. Tú me perteneces a mí. No a él. Recuerda eso, Milán.

—Ricky, no.

—¿Qué pasa, cariño? ¿Qué ocurre? ¿No quieres que Matthew nos vea?

—No—balbuceo—. Sí. No quiero volver a hacer esto.

—O quizás—dice Ricky mientras se yergue entre mis piernas y me planta un beso en la mejilla—, ¿sabes dónde está Jasminka?

Trato de empujar a Ricky, pero él forcejea hasta besarme en los labios.

—¿Qué estás haciendo?

Trato de escabullirme. Su mirada es hueca, helada. ¿Cómo no lo noté antes?

—La mayoría de las mujeres moriría por estar ahora en tu lugar—dice.

No reveles mucho, aún no, no hasta que el plan se haya puesto en movimiento. En ese momento, escucho un ligero toque en la puerta. Alzo la vista, más allá de Ricky que sigue entre mis piernas, y veo a Matthew parado en la puerta de la oficina con el menú para encargar comida.

—¡Matthew!—grito, mientras la boca de Ricky se cierra sobre la mía.

Matthew no dice nada. Se limita a mirarme con una mirada de dolor. Da media vuelta y se va.

—¡No!—grito, y aparto a Ricky de un puntapié—. ¡Matthew!

Empujo a Ricky y salgo corriendo detrás de Matthew, pero no está por ninguna parte. La puerta principal hacia las oficinas está abierta. Ha salido bajo la lluvia.

Ricky pasa por mi lado como si nada hubiera ocurrido.

—Bueno—dice—, ahora sabes cómo se siente uno cuando pierde a alguien que ama. Si te enteras de algo sobre Jasminka, déjame saber.

Corro hacia mi oficina, cierro la puerta y marco el número del celular de Matthew. No obtengo respuesta. Veo el archivo. Me lanzo sobre él, buscando los contratos. Los encuentro.

Leo durante dos horas y no puedo creer lo que veo. Ricky le ha estado robando brutalmente a Matthew desde hace años.

Entonces lo llamo de nuevo y dejo el recado en su grabadora.

—Matthew, no es lo que tú piensas, voy para allá—digo, ahogándome con las lágrimas—. Y te estoy llevando los contratos. Vamos a llamar a un abogado.

Néstor abre la lata de comida para Chéster, se lava las manos y saca su almuerzo—orgánico, de la marca Annie's—del blanco cajón radiactivo del microondas, del cual ha llegado a depender tanto para su sustento.

Se sienta en su silla favorita y vuelve a leer la carta donde le informan que ha sido aceptado en la facultad de leyes de la Universidad Internacional de la Florida. Están dispuestos a convalidar casi todos los créditos que obtuvo en la Universidad Estatal de Nueva York, y en un año podría obtener su diploma en leyes. Ha decidido que no está hecho para luchar contra los incendios. Al menos, no el tipo de incendios en los que uno normalmente piensa. Más bien está hecho para peleas de otra clase.

Levanta el teléfono de la mesa del centro y llama a Sy Berman, el abogado de Irene, sólo para saber cómo van las cosas. Irene está tan ocupada tratando de que su hija se quede en casa y no se meta en problemas, e intentando que su madre tome antidepresivos, que en lo menos que piensa es en esta demanda. Más bien parece como si estuviera cansada de luchar, de la prensa, y no quisiera seguir lidiando con eso. La última vez que habló con ella por teléfono, más temprano, parecía resignada a buscar un trabajo como camarera y "ocultarse durante un tiempo". Eso es inaceptable. Ante los ojos de Néstor, Irene es inteligente, capacitada y uno de los mejores bomberos que ha conocido el sur de la Florida. Néstor no va a permitir que se hunda sin luchar.

El abogado le asegura a Néstor que está haciendo todo lo que puede, pero también dice que con todos esos comentarios negativos de la prensa sobre Irene y Ricky Biscayne va a ser muy difícil hallar a un jurado dispuesto a ponerse de su parte. Néstor le recomienda que llame a una mujer llamada Milán Gotay, que podría tener cierta información que cambiaría su visión del caso.

—Eso sólo un presentimiento—dice.

El abogado le da las gracias a Néstor y promete que lo llamará más tarde.

Néstor pasa los canales de televisión para intentar olvidar sus fantasmas. Ya no lo visitan tan a menudo, pero a veces regresan. Se decide por un programa de entrevistas sobre el mundo de la farándula, algo superficial y con mucho brillo, lo bastante vistoso y alegre como para que pueda olvidarse de su vida por un minuto.

En la pantalla, una compungida Jill Sánchez está sentada junto a Oprah Winfrey, contando cómo Jack Ingroff se ha enamorado de otra y la ha abandonado.

—Lo hacía todo para él—solloza la actriz y cantante—, cocinaba, limpiaba . . . Me convertí en una verdadera ama de casa. Pero supongo que eso no era lo que él estaba buscando. Creo que, en el fondo, soy demasiado tradicional para él. Aún lo amo y siempre lo haré.

Jill lleva un vestido de cuello alto, como una maestra de pueblo. Oprah le toma la mano y enseguida la cámara se dirige al público. Las mujeres lloran abiertamente, conmovidas por Jill Sánchez, mientras un triste bolero suena en el fondo.

—Uf—exclama Néstor, que cambia el canal hacia una carrera de ciclismo en el ESPN.

Jill Sánchez y su vanidad lo desconciertan. No comprende cómo alguien puede pensar que esa mujer es atractiva.

Comparado con el sacrificio y la dedicación familiar de una mujer como Irene, o con la visión artística de una mujer como su difunta esposa, el interés del público por Jill Sánchez, una multimillonaria sin ningún talento perceptible, parece algo lastimosamente estéril.

El tercer trimestre

Lunes, 9 de agosto

Bang, bang, bang. Vamos, Matthew. Abre la puerta. Sé que él está en casa. He estado tocando desde hace seis minutos. Estoy segura de que está ahí. Su bicicleta está amarrada en la planta baja y escucho música al otro lado de la puerta. Traigo conmigo una buena cantidad de esos contratos mierderos que Ricky le hizo firmar de alguna manera, y necesito hablarle. Necesito explicarle que Ricky me forzó a besarlo. Debo hablarle porque creo que estoy enamorada de él.

Vuelvo a tocar otra vez. Y otra. Y finalmente grito:

—¡Abre la puerta, Matthew! Soy yo, Milán. ¡Tengo que hablar contigo!

Finalmente se rinde.

—¿Qué quieres?—dice a través de una minúscula rendija de la puerta.

Tiene un aspecto desaliñado, como si hubiera estado durmiendo, como si necesitara una ducha. Recuerdo los buenos tiempos en que yo lucía así.

—Lo que viste con Ricky no es lo que parece, Matthew—le digo.

Asiente con solemnidad, sarcástico.

—Por supuesto: Ricky entre tus piernas, con la lengua en tu boca. Es fácil que me haya equivocado.

Se sopla la nariz.

—Me forzó, Matthew.

Matthew suelta una risa forzada.

—Por favor, no vengas más por aquí—dice—. No me hace falta esto. De veras que no.

—Quiero que sepas que estoy llevando tus contratos a un abogado para comprobar si son válidos—digo.

—¿Qué?—Abre un poco más la puerta y me mira con horror—. ¿Por qué vas a hacer eso? ¿Quieres terminar de enterrarme, Milán? ¿Estás loca?

—Porque él debe pagarte por lo que vales.

—No *quiero* su dinero.

—Y porque la gente necesita conocer cuánto talento tienes.

—Para que yo consiga un contrato de grabación y luego puedas acostarte conmigo, ¿verdad? Ah, espera. *Ya* te acostaste conmigo. ¿Hay otro más a quien deba añadir en esa lista?

—No estás siendo justo—protesto—. Lo nuestro fue algo mágico.

El rostro de Matthew se contrae de dolor.

—Por Dios, Milán. Mi intención nunca fue compartir un hueco con ese tipo.

Me cierra la puerta en las narices y yo trato de contener las lágrimas. ¿Un hueco? Eso me ha dolido. No me gusta pensar que soy un hueco. Una puta tal vez, pero no un hueco. Vuelvo a tocar una y otra vez. No obtengo respuesta. Ahora acudo a las patadas. Finalmente me abre.

—Vete—me dice—. Tienes que descansar tus manos para más tarde, cuando tengas que masturbar a Ricky.

—¡Basta ya! ¡No tienes que ser tan cruel!

—¿Para eso que viniste? ¿Para acusarme de ser cruel? ¿No te parece irónico?

—Mira, sé lo que parecía. No te culpo. Pero te quiero, Matthew, y no me estoy acostando con Ricky. Él estaba tratando de asustarme.

Matthew vuelve a reírse.

—No sabía que estar "asustada" significaba "revolcarse con un semental".

—No pienso en él en esos términos.

—Por supuesto.

—Antes sí, pero ya no.

—Desde que estábamos en la universidad, Ricky ha estado robándomelo todo—susurra en un tono tan mesurado que me asusta.

—Él no me ha robado—le aseguro—. Soy tuya si me quieres.

—Siempre se ha llevado todo aquello por lo que he luchado o que me ha importado. Y ahora tú.

—No, Matthew. No es cierto.

—Entonces renuncia. Pruébalo. Consíguete otro empleo.

—No puedo.

—Por supuesto que no.

—Por el momento. No puedo renunciar hasta que pase un tiempo.

—Vete—dice Matthew.

—No tienes que hablarme nunca más, Matthew, pero hazme un favor. Ven a la inauguración de Club G para que entiendas por qué sigo trabajando para Ricky. Tengo un plan. Por favor.

—¿Qué?

Empiezo a llorar. No puedo creer que esté sucediendo esto. Odio a Ricky. Lo odio de veras.

—Sólo te pido que vayas. Entonces sabrás lo que estoy haciendo, ¿está bien? ¿Vas a ir?

—Te veo en la oficina—se despide Matthew, que me mira a los ojos durante un momento, al parecer sorprendido de verme llorar—. Adiós, Milán. Siento mucho que todo haya terminado así.

Y cierra la puerta, pero esta vez sin golpearla.

Viernes, 13 de agosto

Jill yace sobre uno de los elegantes y modernos *chaise longues* del distinguido club *Rain*, con una gorra común y gafas, *shorts* satinados muy cortos color durazno, botines de cuero blanco altos hasta los muslos y un *top* fino y plateado con un sostén Barely There, rodeada por un ejército de instructores, guardaespaldas y varias actrices bonitas (aunque no mucho), a las que ha contratado para que esa noche se hagan pasar por sus amigas. Antes tenía amigas de verdad. Pero ya no sabe sus teléfonos.

Ella necesita salir y codearse con las masas para mantener las apariencias, y ¿qué mejor lugar que éste? Una vez vio a José Canseco aquí. No le importa lo que la prensa diga de él: el tipo es irresistible. Además, Jill Sánchez no se considera una de esas mujeres que pueden ser mangoneadas por los hombres . . . a menos que ella misma lo permita.

Bebe agua de su botella y, por un momento, resplandece ante las miradas de compasión y las sonrisas de quienes pasan. Todos le tienen lástima y quiere dar la impresión de que, pese a su enorme pena, ella se esfuerza por salir con sus amigas para entretenerse. La gente parece *conmovida*. Perfecto. Su idea de hacerse pasar por la pobre mujercita abandonada ha tenido un rotundo éxito. Las principales revistas femeninas de chismes yacen amontonadas en el centro de la mesa, cada una con algún artículo sobre lo desconsolada que se encuentra. Los artículos relatan que ella ha aprendido una lección sobre el amor, y citan sus palabras cuando dijo que no permitiría que la crueldad de Jack la amargara, pero que jamás volvería a precipitarse en brazos del amor.

En el bar, una joven puertorriqueña llamada Lisette celebra su veintiún cumpleaños con un grupo de amigas. Acaba de perder veinte libras y viste con orgullo un vestido negro Caché de talla ocho. Se siente extraordinariamente hermosa y feliz. Cuando el grupo de mujeres levanta la vista de sus flirtinis y ve nada menos que a Jill Sánchez entre los visitantes del club, no pueden creer su suerte. La chica del cumpleaños, Lisette, es una gran admiradora de Jill. Sus amigas siempre se quejan de que se *viste* como ella, canta sus *canciones*, y algún día tiene la esperanza de tener tanto éxito en la actuación y en la música como Jill Sánchez. ¡Incluso ahora mismo lleva el perfume y los pendientes de Jill Sánchez!

Instigada por sus amigas, la tímida jovencita se levanta y se acerca con cautela a Jill y a su grupo. La hermana de la joven es una trabajadora social en Hialeah y le ha contado que Jill Sánchez es una figura muy importante para las jóvenes en las comunidades pobres y menesterosas donde ella trabaja, porque muchas veces es la única latina a quien pueden admirar. La joven ha leído acerca del reciente desengaño amoroso de Jill con Jack Ingroff, y piensa que Jill Sánchez necesita alegrarse y que le gustaría escuchar este tipo de noticias. Decide que ésta es una oportunidad que no puede desperdiciar.

La joven se las arregla para pasar entre los guardaespaldas de Jill, que se encuentran momentáneamente distraídos con la presencia de Christina Milián al otro lado del salón. A Jill Sánchez no le gustará enterarse de que la Milián está allí, robándole su público. Los guardaespaldas están buscando un modo de evitar que Jill vea a Christina porque saben que, apenas la vea, tendrán que trabajar el doble y dedicarse a molestar a la joven estrella hasta que abandone el salón.

—Disculpe—murmura la joven que celebra su cumpleaños, tocando a Jill en un hombro.

Lisette apenas puede creer lo bien que huele Jill Sánchez. Y también es muy hermosa—más de lo que había imaginado—y pequeña. En las fotos, Jill parece tener el mismo tamaño que otras mujeres, pero ahora que Lisette la ve en persona, piensa que es una versión de sí misma en miniatura: una mujer de cuerpo pequeño, una criatura irreal que casi le recuerda a una gacela.

Jill vuelve su cabeza con lentitud para ver quién la molesta y se topa con una chica gorda enfundada en un vestido negro y anticuado, con los cachetes rojos de tanto beber o de ejercitarse poco. ¿Y qué tiene en el pelo? ¿Tampoco conoce las pinzas de cejas?

—¿Qué quieres?—le pregunta cortante—. No firmo autógrafos en los clubes.

—Dios—exclama Lisette—. Señorita Sánchez, sólo quería decirle cuánto significa para mí. ¡Estoy tan nerviosa! Usted . . .

Jill la da un tirón al chaleco de un guardaespaldas.

—¿Bruno? ¿Qué estás haciendo?

Y señala a la intrusa con una uña cuidadosamente pintada.

Lisette se queda mirando con sorpresa los seis pies de estatura de Bruno.

—Lo siento, señorita—dice Bruno—, pero tiene que irse.

—Sólo le estaba explicando a Jill lo importante que mi hermana piensa que es para las jóvenes, especialmente para las puertorriqueñas como yo . . .

Bruno levanta a Lisette del suelo y comienza a atravesar el salón.

—Jill—llama Lisette—. ¡Sólo quería hablar contigo para darte las gracias!

—¡Por favor!—exclama Jill divertida mientras observa cómo la falda de la chica se sube—. ¿No ves que estoy ocupada, puta?

Bruno deja caer a Lisette delante de su grupo de amigas con una advertencia:

—Si vuelves a acercarte a ella, te voy a sacar los jodidos dientes.

Bruno regresa, diciendo que esa estúpida chica le había deseado suerte con su desengaño amoroso.

—¡Hay tanta gente imbécil!—le dice a Bruno—. Es casi gracioso. Pero ¿sabes algo? Mientras sigan hablando de mí, estaré feliz.

El representante de Jill le pregunta si está lista para la próxima semana.

—Va a ser una semana de locura. Tu película, tu disco, ¿qué era lo otro?

—Club G—dice ella—. Será mejor que consigamos algunas chaise longues como ésta. Asegúrate de que Génova sepa que quiero tener chaise longues.

—Eso era. El nuevo sitio de moda en Miami.

—¿Me oíste?—pregunta con brusquedad.

—¿Qué cosa?

—Chaise longues.

—Claro, está bien. Chaise longues.

—Creo que será el momento y lugar apropiados para dejar que todos empiecen a pensar que podría haber algo nuevo entre Ricky Biscayne y yo—dice ella.

—Pero Jill, no puedes ir por ahí inventando esa clase de mentiras. Las pequeñas están bien, pero ¿eso?

Jill sonríe.

—¿De dónde sacas que es una mentira?

—¡No me digas!—exclama su representante—. ¿Tú y Ricky? ¿De nuevo?

Jill hace un gesto como si usara una llave para sellar sus labios ya cerrados.

—Si quieres enterarte de toda la verdad, tendrás que asistir a la apertura de Club G. Ricky y yo estaremos allí. ¿Y quién sabe? Tal vez le demos una gran noticia a todos.

Luego, para mantener en vilo a su agente, y para fomentar los rumores de la prensa de que podría estar embarazada (lo cual no es cierto, pero bien sabe Dios que a sus ayudantes les gustaba chismorrear con los periodistas a sus espaldas), Jill suelta una risita y coloca sus manos arregladas sobre su bajo vientre, perfectamente plano, dando a entender un embarazo que está muy lejos de tener. A decir verdad, en esos instantes tiene su período y usa tampones aromatizados.

—¡No me digas!—repite el agente.

Jill sigue riendo con desenfrenada agresividad.

—Ya sabes que siempre he querido tener hijos. Sencillamente es algo que me encanta—dice con un rápido pestañeo de ojos—. ¿A ti no?

Sábado, 14 de agosto

Es como si toda esta gente quisiera matarme aquí mismo, en medio del Starbucks, lo cual, dadas mis adicciones, no sólo sería el lugar perfecto para morir, sino para enterrarme. Todos, excepto Sophia, la única del grupo que no está con los brazos cruzados. Ella es muy gentil, por lo menos sonríe. Pero la madre y su atractivo amigo están sentados con los brazos cruzados, mirándome furibundos por encima de sus *lattes* helados. Me recuerdan esas viejas fotos de los jefes indios americanos, hechas durante la firma de esos "tratados" con quienes habían venido a quitarles sus tierras. Sus expresiones de furia son semejantes.

—Realmente *estoy* de parte de ustedes—repito.

Me he puesto unos jeans y una camiseta, con zapatillas para correr. Mi madre sonrió cuando me vio salir de casa y creo que parte de ella se ha sentido aliviada al comprobar que vuelvo a sentirme cómoda conmigo misma. Pero ¿esta gente? Me odian. Aún siguen con el ceño fruncido.

—Habla—me conmina el hombre—. Nos pediste que viniéramos, ahora dinos qué quieres.

Bueno, eso es algo que no puedo hacer. Lo que realmente quiero es que Matthew vuelva a quererme, que sea mi novio, que se case conmigo algún día, que tenga mis hijos . . . No, espera. Soy yo la que debo tenerlos. Uf, lo olvidé.

—Miren—comienzo—, reconozco que soy la culpable de haberles complicado la vida. Honestamente, no sabía nada. Era nueva en el trabajo y me había sentido deslumbrada por la celebridad de mi jefe. Suena muy poco convincente viniendo de mí.

Irene mira hacia fuera, a través de la ventana, y no dice nada. Es muy bonita, incluso sin maquillaje y con sus sencillos *jeans*. Parece una de esas atletas esculturales.

—Mami, ella quiere ayudarnos—dice Sophia, que también es fuerte como una atleta y tiene un rostro bonito. La niña es definitivamente de Ricky, con su cabello negro ondulado y esos hermosos ojos café claro. Ella me recuerda a la actriz Sonia Braga, pero mucho más joven.

—Dale una oportunidad—continúa Sophia.

Irene se vuelve hacia su hija, con el rostro agobiado por el agotamiento.

—Si le doy una oportunidad, será sólo porque tú me lo pides.

Sophia sonríe a su madre.

—Me alegro.

Ahora Irene me mira con la misma expresión de cansancio en el rostro. Me siento mal por ella.

—¿De qué modo planea ayudarnos, señorita Gotay?

Le explico que he conseguido muestras de sangre del dragón Ricky, y que conseguí que me firmara unos papeles permitiendo que un laboratorio realizara un análisis completo de ADN.

—Ahora lo único que ustedes tienen que hacer es llevar allí a Sophia, hacer que le saquen un poco de sangre y comprobar que ambas coinciden.

—Coincidirán.

—No lo dudo—le respondo—. Podrían hasta resultar gemelos.

—Necesito que firmes estas planillas, Mami—dice Sophia—. Yo hubiera ido por mí misma, pero no permiten que los menores se hagan esta clase de pruebas sin el consentimiento de sus padres.

—¿Por qué te interesa probar que estás emparentada con él?—le pregunta Irene—. ¿No te ha demostrado ya cuán irresponsable es, Sophia?

Buen punto, pienso.

—Es mi papá, Mami. ¿No puedes entenderlo?

Otro buen punto, pienso

—¿Puedo decir algo?—pregunto.

Irene me mira con rencor. ¿Por qué? ¿Qué le he hecho? Ah, sí. Ya recuerdo. Fui yo quien le desgració la vida.

—Creo que existe una ventaja en que Sophia se haga la prueba. En primer lugar, le dará la tranquilidad espiritual y mental de saber quién es realmente su padre. Y segundo, Ricky tendrá que pagarles algún dinero legal de sustento infantil.

—No necesito su cochino dinero. Yo trabajo.

Sophia mira boquiabierta a su madre.

—Sustento *infantil*, no sustento *materno*. ¡No se trata de ti!—protesta la niña. Otro punto a favor para ella—. ¡Es para mí! Y quizás yo quiera comprarme alguna ropa nueva, o necesite dinero para pagar la universidad. ¡Creo que me lo merezco, Mami!

—Hay algo más—intervengo—. Ya hablé de esto con su abogado.

—¿Usted habló con mi abogado?

—Sí, su nombre aparece en el periódico. Lo rastreé.

Irene y el hombre intercambian miradas de sorpresa.

Continúo:

—A lo que quiero llegar es que su abogado y yo estuvimos de acuerdo en que si ustedes pueden demostrar la verdad sobre Ricky, entonces la prensa y el resto de la gente se verán obligados a echarle otra ojeada a sus denuncias contra el departamento de incendios.

Irene hace un gesto de desdén.

—Ya no me interesa eso.

El hombre habla por primera vez:

—Realmente es un plan bastante bueno—dice.

Se dirige a Irene con un respeto y un amor que envidio. Quisiera que algún hombre me mirara de esa forma. ¿Cómo sería? Nunca he conocido a un hombre así.

—Tal vez sería un buen plan—dice Irene—si me interesara. Pero la verdad es que no me importa, Néstor. Estoy cansada de todo esto.

Sophia parece dolida.

—¡Mami! ¡No digas eso!

Me arriesgo y le toco la mano a Irene.

—Irene, no te conozco. Acabo de verte por primera vez. Pero puedo decirte una cosa. A ti sí te importa. A ti sí te importan tu carrera y tu trabajo. Te importa tu hija. Mereces ganar esto.

—Milán—interviene el hombre—, ¿qué ganas tú con todo esto? ¿Por qué lo haces?

Me sonrojo. Decido que ya he mentido demasiado.

—Me gustaría decir que se trata de un asunto profesional—digo—, que estoy cansada de hacer cosas inmorales, que no me importa perder mi trabajo porque sé que al final vale la pena que la verdad salga a relucir. Pero . . . —hago una pausa—se trata de algo personal. Muy personal. Tengo razones de peso para despreciar a Ricky Biscayne. Razones muy personales.

El hombre sonríe.

—¿Tú también?—pregunta.

Irene me observa como si me viera por primera vez. Sonríe y me doy cuenta de que tiene sentido del humor. Eso es bueno.

—Es una especie de venganza, ¿verdad?

—Sí—respondo.

—Eso te hace más confiable—dice Sophia, y añade mirando a su madre—: ¿Ves? Te lo dije.

Irene hace un gesto de duda.

—No sé—dice—. Estoy cansada de pelear. Sólo quiero alejarme donde nadie me reconozca y pueda descansar.

—No tienes que pelear más—respondo—. Ahora soy yo quien pelearé por ti. Soy una publicista muy buena—. Y agrego algo que resulta disparatado para cualquiera que alguna vez haya *conocido* a un publicista—. Confía en mí.

Así es que esto es Club G, ¿eh? Muy elegante. Estoy sentada en el bar con Génova, mi genial hermana empresaria que toma agua Fiji y revisa su BlackBerry. El bar de madera roja y oscura tiene vetas intrincadas que cruzan la brillante superficie de laca marrón. Es un bar bien diseñado. El resto del club está cubierto por telas de terciopelo y seda que le dan la apariencia decadente de un harén donde se mimara a las mujeres. Incluso las columnas han sido esculpidas para que se parezcan, si uno se fija bien, al apéndice masculino más privado. Muy pícaro. No creo que a Papá le gustaría este lugar. ¿Y a Mamá? Bueno, ya sabemos bien quién es ella.

Génova, como sabemos, es tan audaz y elegante como su club, con su cabello recogido en una cola alta, una vaporosa blusa de aspecto bohemio y *jeans*. Mi hermana sí que puede usar *jeans*. Luce mejor con ellos que lo que luce la mayoría de la gente en las ropas más elegantes. Antes la odiaba por eso, pero ahora me estoy dando cuenta de que no tengo que ser como ella para verme atractiva. Ricky me encontraba atractiva. Creo. Posiblemente no. Pero Matthew sí. Al menos, hasta que lo jodí todo.

Es mediodía. Bebemos té helado de hierbas, esperando la reunión con una celebridad hacia la cual experimento sentimientos conocidamente desfavorables en estos momentos. No tenemos que esperar mucho. Génova me agarra por el brazo y susurra:

—Mira lo que trajo el gato.

Levanto la vista y veo a Jill Sánchez y a su ejército de ayudantes que entran por la puerta. La superestrella viste *jeans* a la cadera de su propia colección, una blusa transparente y un corto chaleco de visón. Los *jeans* le quedan mejor que a Génova, lo cual no es una tarea fácil.

—Dios, es preciosa—digo—. No es justo.

—Hasta que hablas con ella cinco minutos—susurra Génova.

Parpadeo con inocencia y digo:

—Oh, vamos. No puede ser tan malo. He leído que es una persona muy amable.

Génova me mira como si yo hubiera sugerido que se comiera el contenido de una bolsa de vómitos de una aerolínea. Sonrío y le doy un puñetazo juguetón en el brazo:

—Te pillé.

Jill espera a que su guardaespaldas le ofrezca una silla, antes de sentarse. Otro asistente le quita el chaleco y comienza a cepillarlo como si fuera una mascota, mientras otro coloca una libreta de notas y una pluma incrustada en diamantes sobre la mesa frente a ella. Entonces, el agente de Jill se acerca a Génova y a Milán.

—Jill quiere que sepan que ya está lista para comenzar la reunión.

¿Eh? No me digas. ¿Acaso no la estoy *viendo*? Si soplo fuerte, podría hacer que sus cabellos se movieran. ¿La estrella no está ni a diez pies de distancia y ha enviado a su mandadero para que le diga esto a Génova? ¡Qué pedante! Génova mira su reloj. Jill ha llegado con diez minutos de antelación.

—Todavía estamos esperando por Ricky Biscayne—contesta, poniéndose de pie—. Le diré que vamos a esperar otro par de minutos.

—No—dice el agente alzando una mano para detener a Génova—. Usted no podrá acercarse a la señorita Sánchez hasta el momento de la reunión . . . a petición suya.

¿Cómo dijo? ¿No es éste el club de Génova? ¿Ahora le pertenece a Jill? Es tan ridículo que resulta cómico. Quiero reírme. De veras. Me río y escucho a su agente que dice:

—Ella valora su privacidad y necesita este momento para meditar y organizar sus pensamientos.

El agente se aleja. Génova levanta sus cejas y me mira con aire de triunfo, como quien acaba de probarme que Jill Sánchez es una pesadilla de locos, de lo cual ya me había dado cuenta.

—Dios mío—susurro—, esto es increíble.

Génova pretende beber su té, pero murmura:

—Organizar sus pensamientos. ¡Ja! Seguro. ¡Ésa no ha tenido un solo pensamiento original en su vida!

Otro ayudante se apresura a acercarse a Jill Sánchez y le entrega una bolsa de papel blanco que parece provenir de una cafetería. Ella espera a que su asistente saque un paquete envuelto en una lámina de aluminio. Jill lo desenvuelve y coloca lo que parece ser un emparedado sobre la mesa. Todo su séquito observa desde su sitio para ver qué hará con él. ¿Y qué creo yo? Supongo que se lo comerá . . . ¿O no?

Nada de eso. Mi suposición es errada. Coge el emparedado y lo huele. Hace una mueca que me hace pensar que el emparedado está hecho de puro excremento.

—¡Eh!—grita Jill su agente—. Esto huele a crica.

¡Dios! Agarro el brazo de Génova e intercambiamos miradas de estupefacción. Jill estaba organizando sus pensamientos . . . y ¿fue esto lo que se le ocurrió? Por si alguien no lo sabe, *crica* es una palabra muy vulgar para designar la región genital de la mujer.

El agente de Jill corre junto a ella.

—Lo siento—dice, tratando de envolver nuevamente el emparedado para tirarlo.

Jill lo detiene y levanta el bocadillo hasta su nariz

—Huélelo—le ordena, mientras él la mira con expresión nerviosa—. Huele a crica.

—Sí, ya te oí la primera vez—contesta él, con desagrado.

Ella empuja el emparedado hacia él quien, fiel a su papel de esclavo, lo huele.

—¿Crica, verdad?—pregunta Jill.

Su agente asiente con solemnidad.

—Sin duda—asiente—. Sin duda . . . lo que dijiste.

Por suerte para él, la puerta principal se abre y Ricky Biscayne irrumpe junto a su séquito, que resulta exiguo en comparación con el de ella: simplemente dos, en lugar de las diez personas que acompañaban a Jill. Jill levanta la vista y llama:

—Hey, Gordito. Ven aquí. Mira este emparedado. ¿A qué te huele?

¿Gordito? ¿Popochito? Ella ya ha inventado un tierno apodo para él. Ricky se sienta a su mesa y lo olisquea.

—¿Atún?

—No, crica—dice ella.

—¿Cómo puedes saber semejante cosa?—pregunta Ricky.

—¿Podemos empezar ya?—pregunta Génova—. Y por favor, ¿podríamos dejar de hablar sobre tu emparedado?

—Tú—dice el agente de Jill, señalando hacia Génova—, nada de dirigirle la palabra a Jill hasta que ella decida.

Jill se decide dos minutos después. Nos hace firmar un acuerdo según el cual debemos mantener en secreto cuanto se discuta en la reunión, sin dejar que nada se filtre a la prensa sin su permiso, so pena de tener que pagar una multa de un millón de dólares. Increíble. Nos reunimos en torno a la mesa de Jill, cuyo emparedado se halla en el centro como si se tratara de una bomba apestosa, y empezamos a discutir los detalles sobre la actuación de la noche de inauguración, que es mañana: un dúo entre Jill y Ricky que será un avance del disco sencillo que la empresa disquera de Jill se ha apresurado a intercalar en "Born Again", previendo la gran noticia acerca de un nuevo romance entre ambos.

Jill lleva la voz cantante. Cuenta que ha diseñado un escenario que parece un dormitorio lujoso. Quiere que transmita una atmósfera de "novela española" de "mucho dramatismo y emoción". Ahora que Jasminka ha dejado oficialmente a Ricky, dice ella agarrando a su "Gordito" de la mano, no habrá ningún problema, desde el punto de vista publicitario, de contarle al público que ambos han renovado su relación. Trato de hacer contacto visual con Ricky, pero él no me mira. No puedo creer que yo me hubiera creído todas sus mentiras. Me da asco.

—Lo anunciaremos así—dice Jill, moviendo sus manos en el aire como si estuviera trazando un letrero gigantesco—. "Las dos principales estrellas hispanas de la cultura pop americana se consuelan entre sí después de haber sido cruelmente abandonadas por sus respectivos amores".

¿Abandonado por Jasminka? Eso sí que es cómico. Más bien, delirante. Los odio a ambos, pero me lo guardo y exclamo:

—¡Brillante!

Nadie me presta atención. Bueno, Jill continúa diciendo que, durante la apertura, el club regalará a todos copias gratis del nuevo CD de Jill, y después de mostrarles un avance de la nueva película de Jill, hablarán del club. Miro a Génova, que parece a punto de escupir.

—Y después de eso, hacemos el dúo—concluye Jill.

—¿Cantarás en vivo o doblando?—le pregunta Ricky.

—En vivo, por supuesto—responde ella.

Ricky se mueve inquieto, luego se inclina hacia ella sobre la mesa.

—¿Estás segura de que ésa es una buena idea, preciosa?

—Claro, Gordito—contesta ella con absoluto convencimiento. Luego se vuelve hacia mí.

—Tú, la de la . . . blusa. ¿Cómo te llamas?

—Milán.

—Muy bien, Marian. Ricky me ha contado que has estado manejando la parte publicitaria de esto, ¿es cierto?

Hago un gesto afirmativo con la cabeza, pensando en lo bien que me sentiría clavándole una horquilla.

—¿Quiénes son esos encantadores amigos de la prensa que van a venir?

Le recito un listado de todos los medios de prensa locales que valen la pena, así como también de una importante representación de los medios nacionales.

—Lo mejor—concluyo—es que será transmitido en vivo por MTV a todo el mundo.

—Muy bien—dice Jill con una sonrisa felina—. Gracias, Milton.

—Milán—repito débilmente.

—Da lo mismo—dice Jill Sánchez.

Lunes, 16 de agosto

Sophia se contrae en la silla de plástico naranja y permite que la enfermera le suba una manga. La silla parece un asiento escolar, sólo que la parte correspondiente a la mesa es muy pequeña y está diseñada para sostener el brazo mientras la enfermera clava la aguja. ¡Una aguja inmensa! Mira el tamaño de esa cosa, piensa ella mientras la enfermera le esteriliza el brazo con un algodón empapado en alcohol.

—No quiero—se queja Sophia a su madre, que aguarda junto a ella.

—No va a dolerte—dice la enfermera.

—Posiblemente te dolerá—dice Irene—. Pero sólo un poquito.

Sophia mira hacia otro lado mientras la enfermera le clava la aguja en el lado contrario al codo.

—¡Vaya vena que tenías ahí!—dice la enfermera.

Sophia echa una ojeada, y ve la sangre roja brillante que se vierte en una ampolla de cristal. Se le ocurre que la enfermera podría atarla y continuar sacándole la sangre hasta que estuviera muerta. El sistema médico posee demasiado control sobre nuestras vidas, piensa.

—Ya casi terminamos—anuncia la enfermera.

—Rápido, rápido—ruega Sophia, deseando estar en cualquier sitio menos ahí.

—Ya está—dice la enfermera—. Terminamos.

Sophia mira su brazo y sólo ve un cuadrado blanco de gasa, que los dedos de la enfermera aprietan firmemente contra su brazo.

—No fue tan malo, ¿verdad?

—Creo que no—dice Sophia, pensando que había sido lo *peor de lo peor*.

Chéster observa cómo Néstor busca entre las ropas de su clóset haciendo movimientos de baile y cantando "*Isn't she lovely?*", y siente toda la lástima que un gato es capaz de sentir por un ser humano.

Chéster aprecia a Néstor, pero no lo comprende. Lo ama del modo en que un gatito amaría a su madre: con el regocijo y la confianza de saber que Néstor siempre estará allí para servir a Chéster, sin importar lo que pase. Y eso que Chéster casi nunca tiene la menor idea de lo que dice Néstor.

Pero ¿la mujer y la niña? A *ésas* sí las entiende perfectamente. Por alguna razón, hablan el idioma de los gatos. También parece como si Chéster fuera la única criatura en el apartamento que pudiera verlas. A veces Néstor camina a través de ellas, mientras Chéster observa. Esto no le parece perturbador ni extraño al gato, por supuesto, porque, al igual que ocurre con todos los gatos, Chéster ha vivido en compañía de los fantasmas desde que nació.

—Míralo—dice la mujer, refiriéndose a Néstor.

Chéster mira. Puede hablar con ella del mismo modo que puede hablar con otros gatos . . . en silencio, mediante la telepatía.

—¿Por qué está tan nervioso?—pregunta el gato.

La mujer acaricia su pelaje negro y brillante.

—Tiene una cita—explica ella.

Chéster no sabe lo que es una cita, y se lo pregunta.

—Ha encontrado una mujer que realmente le gusta—explica ella—. Esta noche cenarán a solas.

—Nos alegra—dice la niñita.

—¿Por qué les alegra?—pregunta Chéster, quien recuerda sus días de gato callejero y las numerosas cicatrices que sufrió para asegurarse de que otros machos no usurparan su territorio o sus hembras—. Hubiera pensado que estarían escupiendo de furia.

—Oh, Chéster—susurra la mujer—. Tenemos otros sitios adonde ir. Y aún no hemos podido alejarnos porque Néstor nos ha necesitado.

—¿Néstor las ha necesitado?

Chéster está perplejo. Nunca hubiera pensado que Néstor necesitara a alguien. Néstor es quien abre las latas, las puertas, enciende las luces. Fue Néstor quien tomó la decisión de castrarlo. Parece controlar perfectamente toda situación.

—Nos ha estado reteniendo—explica la niñita con un gesto—. Y por eso no nos hemos ido.

—¿Ido?—Chéster observa a la niña, que juega feliz con una muñeca sobre el suelo a los pies de su madre—. ¿Adónde?

—Al cielo—responde simplemente la niña.

—¿Qué es eso?—pregunta Chéster.

—Un lugar maravilloso—dice la mujer.

—¿Hay gatos ahí?—pregunta Chéster.

—Montones de gatos—grita la niña.

—Más gatos que gente—aclara la mujer.

Néstor se halla de pie ante el espejo de cuerpo entero que dejó el inquilino anterior del apartamento. Nunca se le hubiera ocurrido comprar un espejo tan grande por sí mismo. Qué útil resultaba.

—¿Azul?—le pregunta a su imagen, sosteniendo una camisa—. ¿O rojo?

Chéster se pregunta cuál puede ser la diferencia entre ambas camisas. Siendo ciego para los colores, no entiende todo ese lío.

—¿Podemos irnos ya, Mami?—pregunta la niñita—. Mi bisabuela nos espera. Sigo oyendo que nos llama.

—Lo sé—dice la mujer—. Te diré dentro de un momento.

Chéster y los fantasmas observan cómo Néstor se pone una de las camisas y un par de *jeans*. Empieza a silbar y sonríe para sí, y tiene todas las características de un hombre feliz. Entonces descubre la foto enmarcada encima de su armario.

—Oh, no—dice la mujer—. No, no lo hagas, Néstor.

Chéster reconoce en la foto a la mujer y la niña, junto a Néstor, todos ellos sonriendo.

—Deja eso, Néstor—repite la mujer, pero parece que Néstor no la escucha. Toma la foto en su mano, le quita un poco el polvo con sus dedos y la besa.

—Las quiero—dice—. Espero que lo sepan, dondequiera que se encuentren.

—Lo *sabemos*, Papi—dice la niñita, frustrada y aburrida y lista para partir.

Está cansada de esperar. Chéster sabe cómo se siente. Hay noches en que el hombre olvida dejarlo salir, y tiene que mirar los insectos y los pájaros nocturnos desde la ventana del apartamento, apretujado entre el cristal y el traqueteo de las persianas plásticas de la cortina. Es pesadísimo esperar a que Néstor le permita salir.

—Déjanos ir—le ruega la mujer.

Néstor vuelve la cabeza a un lado, como si hubiera escuchado algo, y mira a su alrededor como si se hubiera pegado un susto. La gente cree que los gatos son asustadizos, pero Chéster sabe que las personas son peores. Néstor parece asustarse todo el tiempo.

—No puede ser—dice Néstor para sí—. Me estoy volviendo loco.

—Déjanos ir—repite la mujer.

Néstor sacude la cabeza.

—¿Que las deje *ir*? ¿Amor? ¿Eres *tú*?

La mujer no dice nada, y coloca un dedo en sus labios para acallar a la niña.

—Mmmiiiauu—dice Chéster en voz alta, sintiendo que puede ayudar a aliviar la tensión.

—Chéster—dice Néstor aliviado, como si eso explicara algo—. Olvidé que estabas aquí.

—Mmmmiiiauuu—repite Chéster.

—¿Quieres salir?—pregunta Néstor. Chéster salta de la cama y se frota contra sus piernas—. Está bien, viejo. Te dejaré salir. Espera un segundo.

Chéster espera pacientemente mientras Néstor toma la foto que ha estado sobre el armario y, después de un instante de duda, la guarda en la gaveta superior.

—Adiós, amores míos—dice a la foto mientras cierra la gaveta.

De nuevo comienza a tararear la melodía *"Isn't she lovely"*. Chéster no es precisamente un admirador de la versión original de esa canción. Tiene demasiada armónica. Los gatos, por si no lo saben, detestan las armónicas.

La mujer se pone de pie y toma de la mano a la niña, que sonríe y salta de excitación.

—¿Nos vamos ya, Mami?—pregunta.

La mujer asiente y mira a Néstor.

—Adiós, amor mío—susurra ella con una sonrisa, desapareciendo en el aire mientras Chéster espera a que Néstor le abra la puerta principal y lo libere también.

Estoy junto a Milán, frente al mostrador de la cocina en casa de los Gotay, y trato de recordar los pasos que se siguen para hacer un sofrito al estilo cubano. Pimientos verdes, cebollas, ajo, aceite, bijol. Una vez que la comida entra en tu vida, especialmente si estás embarazada, tu vida cambia. Estoy obsesionada con la comida. Ricky ha estado llamando a mi celular todo el día, y por fin lo apagué y lo metí en una gaveta del pequeño y acogedor dormitorio desocupado de los Gotay. Milán me observa y sonríe. Sophia se sienta a la mesa, hojeando el *Herald*, y comenta de vez en cuando lo feliz que se siente de que su madre esté saliendo finalmente con un tipo que le cae bien.

—Siempre salió con esa clase de tipos estirados, con aspecto de policía—dice Sophia—, pero ahora consiguió un abogado.

—¿Quieres probar?—me pregunta Milán, alargándome el triturador y dos dientes de ajos.

Los tomo.

—Está bien—asiento—. Pero no quiero echar a perder eso.

—¡Ah-já!—exclama Sophia, cerrando el periódico de un manotazo—. ¡Nadie me menciona!

—¡Eso es magnífico!—le dice Milán a Sophia—. No acostumbro a decirle a la gente que me alegra que no aparezca en la prensa. Mi trabajo es que ocurra lo contrario.

—Bien, mételos ahí, así, y luego aprieta los dos lados así—dice Milán, ahora dirigiéndose a mí.

Sigo sus instrucciones y de inmediato una masa de ajos sale por los huequitos del aparato. Me echo a reír. Es maravilloso estar aquí, en una cocina con otras mujeres, cocinando, viviendo, siendo. He aumentado sesenta libras. Estoy viva.

—¡Perfecto, Jasminka!—exclama Milán.

Desde la sala, la madre de Milán pregunta en voz alta cuánto falta para la cena. Milán le responde a gritos que todavía falta media hora más. Después suena el timbre de la puerta y la madre de Milán grita algo que no entiendo.

—Me ha dicho que será que mejor que cocinemos bastante, porque acaban de llegar algunos amigos del vecindario—explica Milán.

Momentos después, dos hombres y una mujer entran en la cocina con los padres de Milán, riendo y chachareando. La mujer le entrega una botella de vino a Milán y nos besa a todos en las mejillas, incluyéndome a mí. Me doy cuenta de que esta gente ha llegado sin avisar. En casi todo el país, esto se considera de mala educación, pero en mi propia cultura, y en la de la familia de Milán, es normal. La gente siempre es bienvenida. Siento una calidez y un regocijo en mi vientre, y me doy cuenta de que la niña me observa.

—¿Por qué estás tan feliz?—pregunta Sophia, que se acerca a inspeccionar mi trabajo.

—Me gusta este sitio—comento.

—A mí también—dice la niña.

Siento una fuerte patada en las costillas cuando el bebé se despierta con todo el ruido y la conmoción, y el aroma del ajo que se fríe. Coloco los ajos machacados en el mostrador y me pongo las manos en el vientre, estremeciéndome de dolor.

—Está pateando—le advierto a Sophia y a Milán.

—¿Puedo sentirlo?—pregunta Sophia.

—Claro—digo, colocando la mano de la niña sobre mi vientre—. Aquí. ¿Lo sientes?

Muchas veces le pedí a Ricky que sintiera cómo pateaba el bebé y siempre se mostró indiferente ante la idea, o hacía como que iba a devolverle la patada.

Sophia se ríe cuando siente al bebé y parece como si compartiera mi respeto y asombro ante la vida.

—Qué piernas tan fuertes tiene mi hermana, ¿verdad?—dice.

Me quedo de una pieza. ¿Su hermana?

Hace días, desde que dejé a Ricky y me mudé para acá, he estado pensando que tendría a este bebé sola en el mundo y que debería criarlo sola. Pensé que este bebé y yo seríamos una familia aislada; pero Sophia existe. Por supuesto que está ahí. Lleva la sangre de mi hija. Es la hermana de mi hija.

De pie, en medio del aroma y el hervor del ajo que se fríe y del ruido de la gente que habla y se ríe, con la mano de esta niña entre las mías, siento algo que no había sentido desde hace muchísimos años. Estoy en familia. Nunca me había sentido así con Ricky. No puedo hablar. Me limito a apretar la mano de Sophia, que responde a mi presión.

Noche de apertura: viernes, 27 de agosto

Lilia abre la boca y se echa en la lengua una o dos rociadas de Binaca. Ya la gente no usa ese producto, lo cual resulta fatal en su opinión. Binaca es lo mejor que existe contra el mal aliento, sin discusión alguna.

Convencida de que su aliento es lo suficientemente fresco como para enfrentar cualquier cosa que la noche tenga que ofrecerle, se ajusta las solapas de su esmoquin femenino y cruza la calle desde el estacionamiento hacia el antiguo hotel ahora conocido como Club G. A esta distancia, ya puede sentir las notas graves de la música bailable que hace vibrar su plexo solar. Sabe que no se trata de una *verdadera* noche de club, pero algo en la calidez húmeda del ambiente y en el mar de cuerpos que se dirige hacia Club G, hace que se sienta esperanzada y viva. Tal vez aquí encuentre el amor. Nunca se sabe.

Génova Gotay aguarda en la puerta con un ajustado vestido negro y su brillante cabello oscuro recogido en una apretada cola de caballo, rodeada por una cinta roja, atada en forma de lazo. Se ha hecho maquillar al estilo de una odalisca o algo así, y lleva brazaletes de oro a lo largo del brazo desde la muñeca hasta el codo. Apetitosa, pero definitivamente heterosexual, piensa Lilia. Muy diferente a su hermana, la lesbiana encubierta. Uno de estos días, Lilia le arrancará la coraza a la deliciosa Milán. Puedes apostar lo que quieras.

—Hola, Lilia—dice Génova, con esa sonrisa hipócrita de chica heterosexual que ella detesta—. ¡Bienvenida a Club G!

Génova tacha el nombre de Lilia de la lista VIP, sujeta en su tablilla, y se aparta para dejarla entrar.

La habitual caterva de rivales se encuentra presente. Lilia los detesta a casi todos, pero hace su mejor esfuerzo por parecer amistosa. Lo último que uno quisiera hacer es enemistarse con periodistas. Son chismosos; unos ególatras vengativos que simulan ser objetivos mientras atiborran al público con sus propios intereses personales y sus problemas psicológicos. Bien que lo sabe Lilia. Ella es uno de ellos. Desde hace años quiere abandonar este trabajo; incluso había intentado irse algunos años atrás, cuando una de esas compañías "punto.com" la llamó, sólo para quedarse afuera cuando la burbuja de los "punto.com" reventó. Lo más asombroso es que no tenía idea de cuántos clichés necesitó para revivir este recuerdo.

Hombres y mujeres atractivos, medio desnudos, por supuesto, deambulan por los salones portando bandejas con champán y aperitivos. Lilia no bebe cuando trabaja, aunque muchos de sus colegas sí lo hacen. Rechaza el champán una y otra vez, pero al ver a Milán sentada en el bar con una bonita mujer de cabellos cortos parecida a Kate Hudson, pero cuyo rostro no puede ubicar, chachareando como si estuvieran enamoradas, siente un ataque de súbita sed. Sin poder encontrar agua, toma una copa de champán, se la bebe de un golpe y se acerca a Milán.

—Hey—dice Lilia, inclinándose sobre el mostrador.

—Eh . . . Lilia, hola.

Lilia le lanza una mirada licenciosa a la rubia de pelo corto.

—Lilia, ésta es mi amiga Irene Gallagher.

Ahora Lilia recuerda. La mujer de Homestead.

—¿Ustedes son amigas?—pregunta, sintiéndose repentinamente algo perturbada.

—¿Usted es la periodista del *Herald*?—pregunta Irene, y un hombre enorme y musculoso, parecido a La Roca, se acerca y se sienta cerca de ella.

—Sí—dice Lilia, que mira a Milán—. Pero no entiendo. Pensé que ustedes dos no . . . Es decir . . .

No sabe qué decir.

Irene Gallagher no tiene el aspecto que había imaginado cuando escribía que se trataba de una lunática cazafortunas. Parece una persona cuerda.

—Ya entenderás—dice Milán—. Quédate hasta el final de la noche y entenderás.

—Oh—dice Lilia, moviendo una ceja a Milán—. Me quedaré toda la noche. No me iré hasta que te vayas, y entonces espero que podamos irnos juntas.

Milán se atora con su trago, y Lilia se da cuenta de que Irene y su acompañante aguantan la risa.

—¿Qué pasa?—pregunta Lilia.

Sería capaz de vencer en una pelea . . . contra ambos. Realmente podría hacerlo.

—Nada—dice Irene—. Encantada de conocerte.

Irene se pone de pie.

—Milán, creo que ahora nos meteremos en una de las tiendas para estar tranquilos un rato.

—Buena idea—dice Milán.

Lilia le guiña un ojo y continúa su camino, observando que Irene y el tipo grande entran en una tienda donde cree distinguir también a una jovencita. Probablemente *la* niña, *la* hija ilegítima de Ricky.

Cuando todos los miembros de la prensa terminan de llegar, el volumen de la música desciende y Jill Sánchez, vestida con un traje Versace de diseño atigrado y escote muy pronunciado, ocupa su lugar detrás de un podio en el escenario. Se ríe como es habitual, dando la bienvenida a todos al evento. Lilia está convencida de que Jill Sánchez es una de las mujeres con mejor gusto que camina sobre la faz de la tierra, y la escucha, extasiada y embelesada por sus gestos desenvueltos y su risa. Es absolutamente preciosa. Tan hermosa que resulta casi imposible describirla con palabras. Jill se disculpa por tener que robarse un momento para hablar de su película y su disco, "pero ya saben", dice, "ambos salen mañana y la empresa quería que dijera algunas palabras al respecto. Ya saben ustedes cómo son los publicistas". Suelta una risita. Lilia sabe muy bien cómo son los publicistas. Busca con la vista a Milán, que se encuentra al otro extremo del salón, pero no logra que le devuelva la mirada.

Cuando Jill termina de hablar de sus proyectos, las luces se apagan y una enorme pantalla situada en un extremo del salón muestra un avance de su próxima película. Todos aplauden al finalizar. La película parece muy buena. Jill hace el papel de una italiana que trabaja como ayudante de compras y que se enamora del marido de una de sus principales clientas. La clienta es una alimaña rabiosa, y el marido termina por darse cuenta de que en realidad ama a Jill, y terminan viviendo, supone Lilia, felices para siempre. Le gusta la idea general, pero se pregunta si ésa es la primera vez que lo hace, puesto que Jill siempre tiene que hacer el papel de italiana cuando no está haciendo el de empleada doméstica.

Tan pronto como regresan las luces, levanta la mano. Jill la ve y la señala.

—¿Sí, Lilia?

—¿Te obliga Hollywood a renunciar a tus raíces latinas para poder representar personajes que no son estereotipos por naturaleza?

Jill hace una mueca y suelta una risita.

—¿Cómo?—dice—. No entendí la pregunta. ¡La siguiente!

Después de diez minutos de cháchara insípida entre Jill y la prensa, casi toda

relacionada con el hecho de que ella y Ricky Biscayne han vuelto a caer mutuamente enamorados, tras haberse reunido para la apertura de este club después
de sus fallidas relaciones. A continuación, Jill anuncia una sorpresa especial.

—Ricky y yo—se detiene para soltar una risita mientras se mira sus botas
Dior de piel de cocodrilo—. Dios, esto es tan embarazoso.

—¡Vamos, Jill, cuéntanos!—grita un reportero, babeándose frente a su precioso escote.

—Bueno—continúa Jill—. Génova, quien es la G en el Club G, nos ha pedido que hiciéramos un dúo.

Todos aplauden. Lilia mira a Génova, a quien descubre sentada cerca de su
reprimida hermana, con la boca abierta de asombro. Lilia adivina que Génova
no le ha pedido semejante cosa.

—Y aunque todavía me siento un poco tímida cuando canto frente a la gente, aceptamos—dice Jill con otra risita—. Así es que ¡aquí va!

Una pequeña cortina se alza y, detrás de Jill, aparece un grupo. La música
cambia hacia una lenta y sentimental balada en español, y varios hombres car-
gan a Jill fuera del escenario. Momentos después, ella regresa con un flotante
vestido verde y el cabello recogido en un moño romántico, enmarcado en rizos
que caen a los lados del rostro. Es la imagen de Venus.

De inmediato, la voz de Ricky retumba a través de los altavoces, mientras la
multitud comienza a aplaudir. Se supone que sean periodistas, piensa Lilia. Deberían observar con imparcialidad, no aplaudiendo. Pero ya no quedan muchos periodistas auténticos, y ciertamente quedan muy pocos en el mundo del
entretenimiento.

Ricky, con un traje gris y una camisa blanca completamente abierta bajo su
chaqueta, se sienta junto a Jill sobre una enorme cama circular en el escenario.
La cama está drapeada en brillantes sedas y rasos. Ricky canta una estrofa bastante buena, aunque su voz suena algo más débil que en sus grabaciones, y entonces Jill se le une para el coro. Su voz es espantosamente mala. Parece el
graznido de un ave marina que agoniza. Hasta Lilia se da cuenta. Ella tiene todos los discos de Jill Sánchez, y ya había sospechado que existía cierta adultera-
ción en ellos. De todos modos, le parecen bien. Pero ¿esto? Suena como ese tipo
de sonidos que sólo los perros pueden oír. Un quejido de disgusto colectivo brota de la muchedumbre. Ricky lo nota y parece avergonzado, pero Jill pretende
que todo está bien. Sigue cantando, aunque los hastiados periodistas abuchean
y se ríen. Ella canta toda una estrofa completamente desafinada. Y cuando comienza la siguiente estrofa, parece como si Jill hubiera perdido toda noción del

tiempo en la canción. Ricky continúa intentando que recupere el tono, pero ella se desvía, cantando con furia e insistiendo, a través de su expresión facial, en que sea él quien se una a ella, como si fuera una gran cantante y nadie fuera a pensar lo contrario. Cuando él se rinde y deja de cantar, ella le golpea un brazo.

Por fin, piadosamente, la actuación termina. Nadie aplaude. La cámara de MTV panea sobre los rostros atónitos de la multitud, y un periodista de la cadena musical comienza a preguntarle a los asistentes lo que piensan de su interpretación.

—Una reverenda porquería—dice Lilia con una sonrisa, quizás pensando que pudiera haber alguna hermosa lesbiana mirando que, apenas pusiera sus ojos en ella, saldría a buscarla.

Jill trata de darle las gracias a la multitud, pero Ricky la agarra con firmeza por una muñeca y, como si se tratara de una niña que va a atravesar la calle, la saca a rastras del escenario.

Después que la banda se retira, Génova y Milán se apoderan del escenario.

—Eso fue una porquería—le dice Génova a Milán ante el micrófono—. ¿No crees tú?

—Sí—responde Milán—, una absoluta porquería, Génova.

Los periodistas reunidos se miran entre sí, confundidos.

—Pero—continúa Milán, volviéndose para mirar a la multitud—eso no es nada si lo comparamos con la última noticia que tenemos sobre mi jefe y, estoy segura, futuro ex jefe.

Génova explica a la multitud que su hermana es la asistente personal de Ricky y dice que tiene una información importante que presentar. Le pide a un médico que suba al escenario con ellas. Después le piden a la jovencita que está en la tienda, y a su madre Irene, que también se les unan. Lilia, que antes había estado aburrida, hasta el punto de que ni siquiera había pensando en sacar su cuaderno de notas, comienza a prestar atención.

—Muchos de los presentes saben que Sophia, la jovencita de Homestead, ha asegurado ser la hija de Ricky—relata Milán—. Y muchos de ustedes me entrevistaron al respecto y yo les dije que no era verdad. Bueno, quiero disculparme por eso ante ustedes, la hija de Ricky, Sophia Gallagher, y su madre Irene.

Se vuelve hacia Sophia y la toma de las manos.

—Lo siento, corazón. De veras que lo siento.

A continuación, Milán abraza a Irene. Lilia siente que los celos se le atragantan en la garganta, pero lo deja pasar en bien de una buena noticia.

Repentinamente los periodistas se quedan sin aliento cuando las luces vuelven a apagarse y aparecen en la pantalla las conocidas barras de las huellas del ADN, seguidas por hermosas fotos de Sophia Gallagher.

—El doctor puede explicarles más lo que están viendo en la pantalla—dice Milán.

El médico explica a continuación que la sangre extraída a Ricky y a Sophia mostraba, con más de un 99,9 por ciento de probabilidad, que él era su padre biológico. Enseguida, la copia de una carta de amor escrita por Ricky a Irene aparece en la pantalla e Irene toma el micrófono.

—Él fue mi primer amor—dice, su voz tiembla con nerviosismo—. Y durante mucho tiempo, pensé que sería el último. Jamás nos ayudó ni nos reconoció.

Una nueva mujer aparece en el escenario. Irene y Sophia parecen sorprendidas.

—Ésta es Alma Batista, la madre de Ricky, que también quiere añadir algo.

La anciana se acerca al micrófono, y Lilia se pregunta si también será lesbiana.

—Me siento avergonzada de estar aquí—dice Alma, que mira a Irene y a Sophia—. Casi todo esto es culpa mía. Yo era una mujer muy intolerante y le pedí a Ricky que ignorara a Irene debido a su origen familiar.—Alma se ve avergonzada al hablar—. Irene provenía de una familia pobre, eso es lo que quiero decir. Fue algo muy estúpido e ignorante de parte mía—Alma comienza a llorar—, y lo he lamentado. Quise ponerme en contacto con ustedes, pero no sabía cómo y tampoco sabía si me aceptarían.

Alma le entrega el micrófono a Milán. Irene observa a la mujer con aversión, pero Sophia no. La jovencita se acerca a Alma y la abraza con ternura. Alma, al darse cuenta de lo que ocurre, encierra entre sus brazos a la niña y la aprieta como si ésta fuera una balsa en un mar picado.

Cuando las luces del salón regresan, todos los brazos se alzan hacia el escenario, pidiendo la palabra, los micrófonos se lanzan hacia adelante y todos quieren saber la misma cosa. *¿Por qué Milán escogió esta noche para develar esa información? ¿Qué gana con eso Ricky, un inversionista importante del club?*

—Nosotras, mi hermana y yo, decidimos que ésta era la mejor noche para dar la noticia, porque todos ustedes iban a estar presentes y porque una jovencita de Homestead necesita apoyo por parte de ustedes en lugar de cinismo. ¿En cuanto a mi trabajo? Creo que acabo de despedirme de él. Pero tengo un trabajo nuevo del que quiero hablarles.

Génova interviene, diciendo:

—Después de esta noche, esperamos que tanto Jill como Ricky retiren su patrocinio del Club G, y nos alegra. De hecho, tenemos razones para creer que ambos han estado engañando a sus respectivas parejas durante mucho tiempo. Han estado mintiéndoles a ustedes, a nosotros y a todo el mundo, y esperando que el resto le siguiéramos el juego. Estamos cansadas de eso.

Varios hombres entran al escenario con un enorme letrero de neón que conectan. Sus letras dicen: Club Sophia.

—Hemos rebautizado el club en honor a Sophia que comparte el físico y el talento de Ricky, pero ninguno de sus defectos. ¡Es una muchacha increíble! Oirán hablar mucho de ella en el futuro.

Lilia siente que alguien choca con ella, y se vuelve para ver al individuo medio calvo que se había acercado en su bicicleta a Milán en Lady Luck. Parece preocupado y no nota que ha tropezado con ella. Lilia observa cómo su mirada se cruza con la de Milán, que le sonríe. Él le devuelve la sonrisa y la saluda con la mano, y existe algo secreto en aquella comunicación que Lilia odia. Levanta la mano.

—¿Pero cómo echarán a andar el club si Ricky y Jill se retiran?

—Ahí es dónde entran ustedes—dice Génova—. Esperamos que corran la voz para que podamos conseguir nuevos inversionistas.

Lilia grita otra pregunta:

—¿Cuál es tu nuevo empleo, Milán?

Milán sonríe y la música comienza a sonar.

—Pensé que nunca preguntarían—dice ella, y con un gesto le indica a Matthew que suba al escenario. Él niega con la cabeza—. Vamos—dice ella ante el micrófono—. Por favor, Matthew.

Matthew Baker sube al escenario, y Milán le dice a la multitud que, si él se lo permite, a partir de ese momento ella se convertirá en su agente. Luego le pide a todos que cierren sus ojos y escuchen cantar a Matthew. El tipo parece tímido, pero ella le entrega el micrófono y él comienza. A Lilia no le gusta que le digan lo que tiene que hacer, así es que no cierra sus ojos. Incluso así, ella hubiera jurado que quien cantaba era Ricky Biscayne.

Cuando la canción termina, Génova dice:

—Como pueden ver, ésta es la noche de los secretos.

—Y esa voz que acaban de escuchar—continúa Milán—, aunque les resulte familiar, no es la voz de Ricky Biscayne, aunque eso es lo que le quieren hacer creer este puñado de contratos ilegales—. Milán saca un puñado de papeles de una caja que está sobre el escenario—. Están disponibles para que todos los periodistas puedan leerlos. También tenemos a un abogado que ya lo está haciendo.

—Han escuchado la voz del novio de mi hermana—dice Génova—. Es Matthew Baker, oriundo de San Francisco.

Domingo, 29 de agosto

En la casa de Los Ángeles perteneciente a Lara Bryant, la única mujer cuya inteligencia y humor le ha permitido a Jack olvidar su apetito por los prostitutos travestis, Jack Ingroff lee el periódico del domingo junto a un vaso de jugo de naranja natural y se siente un hombre corriente. Lara y su dorado perro de presa acaban de regresar de correr, y ella se sienta junto a él, al borde de la piscina. A Lara también le gusta correr, esquiar y Nuevo México.

—¿Qué hay de nuevo?—pregunta Lara, inclinándose para besarlo.

Su olor es dulce, aunque acaba de terminar de correr sus seis millas diarias por las colinas de Hollywood.

—Mira esto—dice él con una sonrisa maliciosa, alargándole el periódico.

Ella lo toma y comienza a leer la columna que él le señala. Cuando termina, ella se le queda mirando con la boca abierta.

—Increíble—comenta él.

—¿Cómo pudiste aguantarla?—pregunta Lara.

—Todavía no te había conocido.

Se besan, y el cuerpo y el alma de Jack se inundan de deseo por esa mujer.

—Espera—le pide él—. No te muevas de ahí.

Se aleja y camina hacia la casa.

—¿Adónde vas?—pregunta Lara.

—Regreso enseguida—dice Jack—. Tengo que llamar a mi banquero y decirle que escriba un cheque a nombre de Génova Gotay.

—¿De quién?

—Sigue leyendo—dice él—. Ya te enterarás.

Lunes, 30 de agosto

Jill se encuentra sumergida en un cálido baño de burbujas en su tina Médicis, hecha a mano y policromada, de setenta mil dólares de Herbeau, y mientras su masajista personal bosteza al tiempo que le frota los hombros, llama a su agente para decirle que cancele todas sus presentaciones promocionales para las próximas dos semanas.

—Pero tienes un disco y una película que saldrán dentro de dos días—protesta él—. No puedes hacer eso.

—Hazlo o perderás tu empleo—dice Jill Sánchez—. Tenemos que decirle a todos que estoy enferma con gripe o tal vez con una inflamación en la garganta, y que tenía los ganglios inflamados cuando canté en la apertura de Club G.

Tose para producir esa impresión.

—Todos saben que tú no tenías gripe—le recuerda su agente.

—Estás oficialmente despedido—dice Jill Sánchez—. Que te vaya bien.

Cuelga el teléfono y pasa las estaciones de cable, asombrada de cuántas están hablando de ella, de Jill Sánchez. Y aunque no es la clase de programas que le hubiera gustado, es una firme creyente de que, en el mundo de la farándula, "todas las noticias son buenas noticias". La publicidad es publicidad, fin del cuento, aunque siguieran repitiendo esas cuatro notas cuestionables una y otra vez, como habían hecho unos años atrás con los problemas de doblaje de Ashlee Simpson.

Jill sale de la bañera, pero deja el agua para que alguna de sus empleadas la haga salir. No le gusta inclinarse para retirar el tapón. Tiene otras cosas de qué preocuparse. Su masajista le pasa una toalla y sale en silencio de la habitación. Jill se seca con las toallas más caras del mundo, unas gruesas toallas D. Porthault con bordes marinos, se embadurna todo el cuerpo con la crema para el rostro más cara del mundo, Crème de la Mer—si es lo suficientemente buena para el rostro, piensa ella, debe ser lo bastante buena para su cuerpo—y se viste con una de las batas de seda más caras del mundo.

Se acomoda en la cama de quince mil dólares con un guión y comienza a leer. Mientras, no menos de veinte de las más costosas velas arden en la habitación. Este guión vuelve a exigirle que haga el papel de criada. Una criada con conciencia. Una criada que se enamora de su patrón y le enseña, a través de sus simples valores latinos, que la dignidad es más importante que el dinero. Qué clase de mierda, piensa Jill. Ella duda si debe echar el guión en la basura, pero lo piensa mejor. Quizás, en estos momentos, lo que el público quiere es que ella haga el papel de una latina "simple", en lugar de las criadas sensuales y vengativas que ha hecho anteriormente. Le guste o no, el público en este insípido país quiere que las latinas sigan oprimidas de ese modo. O el público quiere que Jill haga de italiana. Lo que sea. Pero sabe que, si no lo acepta, alguien lo hará. Alguien como Christina Milián. Jill decide aceptar el papel.

Jill escucha descargar el inodoro, y enseguida Ricky entra al dormitorio arrastrando los pies en una bata Daniel Hanson de cachemir que ella le compró. Ricky tiene aspecto deprimido y los ojos hundidos de llorar y de quién sabe qué otra cosa. La semana anterior, recibió una carta de un juez diciendo que tenía que pagar más de un millón de dólares por pagos atrasados de manutención infantil a Irene y Sophia Gallagher, algo así como unos ochenta mil dólares por cada año de Sophia. El juez también le ordenó que soltara once mil dólares mensuales en manutención infantil a partir de ahora y hasta que Sophia cumpla dieciocho años. De otro juez había recibido los detalles sobre la solicitud de divorcio de Jasminka. Quería la casa de Miami Beach, seis mil dólares mensuales de pensión y once mil dólares mensuales de manutención infantil. Ricky lloró cuando leyó esas cartas y le dijo a Jill que se lo había gastado todo en drogas y que no sabía de dónde iba a sacar el dinero para toda esa idiotez de la manutención infantil. Ella tiene dinero, pero no piensa darle nada. Él lo sabe y su falta de generosidad lo deprime. Él la necesita, pero toda esa desesperación patética le da ganas de vomitar.

—¿Cómo te sientes, cariño?—le pregunta él—. ¿Estás bien?

—Por supuesto que estoy bien—responde ella con brusquedad—. ¿Por qué no *iba* a estarlo?

—Bueno—dice él—, no quiero ofenderte, pero tu álbum ni siquiera llegó a la lista de los cien más vendidos, y no parece que nadie esté yendo a ver tu película. Los periódicos dicen que es una basura.

—¿Qué saben ellos?—exclama con furia—. Recuperará las ganancias con las ventas en DVD.

—No sé—dice Ricky, que trata de acercársele en la cama, pero ella lo patea—. Sólo quiero que sepas que, no importa lo que pase, aquí estaré para apoyarte.

—Tengo dormitorios para invitados—dice ella, dándose cuenta de que posiblemente jamás vuelva a sentirse tan excitada por Ricky como cuando estaba casado y no disponible—. Úsalos.

—Jill—gime él—. No me hagas esto.

Jill lo observa un segundo.

—Está bien—le dice—, mira lo que pienso. Tienes un solo camino para recuperar tu carrera.

—¿Tú crees?

Ricky se arrastra hasta el acolchado sillón rosa de la esquina, y se sienta.

—Busca la religión.

Él parece confundido.

—No soy religioso.

Jill suspira con impaciencia.

—Tú y yo lo sabemos, pero ese público imbécil no lo sabe.

—¿Adónde quieres llegar?

—*Encuentra* la religión. Es el único modo que puedo pensar para que este país pueda perdonarte el pecado de dejar a tu mujer embarazada y abandonar a tu primer hijo.

—Yo no la abandoné.

—¿Ricky?

—¿Sí?

—Cállate hasta que termine.

—Perdona.

—Encuentra la religión, como si fueras uno de esos lunáticos cristianos, ¿entiendes? Vete a todas esas cadenas y cuéntale a esos predicadores y a sus esposas chifladas lo arrepentido que estás. Dices que has encontrado a Jesús y que él te ha perdonado tus pecados. Entonces, cuando todos esos cristianos simplones decidan aceptarte, lanzas un álbum religioso y te buscas a Jaci Velásquez o alguien parecido como estrella invitada para que te acompañe en un dúo.

—¿Por qué voy a querer hacer eso?

—Porque si Jesús te perdona—dice ella entre dientes, entrecerrando los ojos hasta convertirlos en breves ranuras—, ¿quién, en todo este país, se atreverá a discutir con *Él*?

—Eso no funcionará nunca—gime Ricky—. Estoy jodido.

—Una palabra—dice Jill, mostrando su hermoso dedito—. Hammer.

—¿Hammer?

—M. C. Hammer. ¿Qué crees?

El rostro de Ricky se ilumina, la mira como si la viera por primera vez y sonríe. Jill no lo ha visto sonreír así en mucho tiempo. Le gusta Ricky cuando se muestra confiado y cojonudo.

—Pedazo de puta genial, mamabicho, ¡eres una manipuladora perversa!—exclama.

—Dímelo en mi cara, mamagüevo—dice Jill, ofreciéndole su mejilla para que Ricky se la bese.

Él corre hacia ella, la besa en la mejilla y trata de arrastrarla nuevamente a la cama. Ella lo aparta.

—Tienes dos meses—le dice—. Dos meses para salvarte y salvar tu jodida carrera. Si la salvas, tendrás un poco de esto—concluye dándose una nalgada.

—Está bien—le dice Ricky—. ¿Puedo dormir ahora contigo?

—Cuarto de visitas—le dice Jill Sánchez, regresando a su guión—. Hay seis. Escoje uno.

Miércoles, 1 de septiembre

Me siento con Néstor en un banco del parque, comiendo almendras crudas de una bolsita y observando cómo Sophia persigue la pelota por todo el terreno, como una verdadera profesional, entre las otras chicas del campamento de fútbol. Once mil dólares mensuales. Eso es lo que recibiremos, encima del millón que nos pagará Ricky. No puedo apartar mi mente de eso. Ni siquiera puedo empezar a entender qué significa toda esa cantidad de dinero, qué puede comprarse con eso, cómo podría cambiar nuestras vidas. Estoy segura de que eso significará la casa de mis sueños en Coral Gables, mejores escuelas para Sophia y un apartamento para que mi madre pueda vivir sola. Aún sigo con la demanda contra el departamento de incendios, pero ahora no siento la desesperante sensación de que necesito pelear por conseguir dinero. No. Ahora necesito pelear para evitar esta clase de discriminación sexual contra otras mujeres en el futuro. Puedo tomarme mi tiempo, propagar la idea, hacerlo bien. Ahora que los de su defensa saben que tengo dinero, no tiene ningún sentido que traten de presentarme como si yo quisiera demandarlos por dinero.

Sophia se ha convertido en la estrella del equipo, de la noche a la mañana. Incluso ha conseguido atraer la atención de los cazatalentos de un par de escuelas preparatorias en el sur de la Florida. Me ha pedido que empiece a buscar una casa cerca de la escuela que más le gusta, en Coral Gables, y apenas puedo creer que ahora vayamos a hacerlo. Mi orgullo me impulsa a encontrar trabajo. No quiero vivir del dinero de Ricky. Quiero ser capaz de procurarme mis propias cosas. En el terreno, Sophia realiza un rápido movimiento casi danzario en torno a dos muchachas, patea y apunta un tanto.

—Es fabulosa—exclama Néstor, y ambos nos ponemos de pie y gritamos.

—¿Verdad que sí?

Mis ojos vagan por el terreno hasta el estacionamiento, donde un auto que se parquea me llama la atención. Es un Infiniti gris de cuatro puertas, que ya me resulta familiar. Es el auto de mi abogado. Últimamente he pasado tanto tiempo con él que he llegado a verlo casi como un amigo. Ese pensamiento me asusta, para ser sincera.

—Oh, oh—digo, y hago un gesto con el mentón hacia el carro—. Es Sy. Esto puede ser muy bueno o muy malo.

Néstor me agarra una mano y la mantiene apretada. De todas las cosas de Néstor que me encantan, ésta es la que más me gusta: su capacidad para reconfortarme sin necesidad de decirme qué debo hacer. Es raro el hombre que no siente la necesidad de arreglar el mundo.

Observo cómo Sy Berman sale de su auto y camina por el borde del terreno de fútbol, manteniendo la vista baja y el rostro invisible. Los latidos de mi corazón aumentan cuando veo que sostiene un expediente en una mano.

Alza la vista, nos ve y saluda con la mano. Le devolvemos el gesto y le pregunto a gritos qué hace aquí. Se apresura para llegar a nosotros, sonriendo.

—Buenas noticias—dice con una sonrisa.

Siento que mi espalda se relaja cuando Néstor coloca una mano mágica entre los huesos de mis hombros y comienza a frotarme suavemente.

Nos corremos para dejarle espacio a Sy, quien me tiende el expediente. Lo tomo y busco en su interior. Es una carta del departamento legal del departamento de incendios, ofreciendo un arreglo fuera de corte por la suma de ochocientos mil dólares. Parpadeo. Podría comprar una casa al contado. Podría invertir y no tener que volver a trabajar jamás.

—¡Vaya!—digo—. ¿Por qué han hecho esto?

Sy se sienta, se arrima a mí y me dice en un susurro:

—Han visto toda la prensa favorable que has estado recibiendo últimamente, y no saben cómo carajos podrían ganar esta jodida cosa. Eso es todo.

—¿Crees que deberíamos aceptarlo?

—No—dice Sy—, a menos que paguen mucho más que eso.

Nos detenemos un momento para gritar cuando Sophia patea su tercer gol en el juego.

—¿Crees que lo harán?

Sy sonríe y asiente.

—Tengo algo más para ti también.

Busca dentro del expediente y saca otra hoja de papel. Es una carta del departamento de incendios del área Surfside, que tiene una jefa de bomberos que me invita a unirme a su equipo. "Nos sentiríamos orgullosos de contar con un bombero tan destacado en nuestro equipo", dice la carta. "Y tenemos una plaza de teniente a su disposición, si alguna vez decide volver a buscar trabajo."

Sábado, 11 de septiembre

Ya he cumplido siete meses de embarazo. Éste es el instante en que todos sonríen y te ponen la mano en el vientre. Pero me siento bien, muy bien. Fuerte.

Conduzco mi nuevo Volvo de cuatro puertas por Fort Lauderdale, hacia la casa de Alma. Cambié el Escalade, que se correspondía más al gusto de Ricky que al mío. Mientras parqueo, veo a Alma arrodillada en el jardín. Viste unos *jeans* arrugados y una blusa de mezclilla abotonada, y se ve tan pulcra y arreglada como Martha Stewart. Levanta la vista, sonríe mientras parqueo y se quita los guantes. Ha estado podando los rosales.

Se reúne conmigo y me ayuda a salir del asiento del auto. Uf. Damos por sentado muchos movimientos hasta que estamos embarazadas.

—¿Cómo estás?—me pregunta.

Se ve en paz consigo misma, y sé que eso tiene algo que ver con Sophia, su nieta, que ha estado visitándola todos los fines de semana. Se llevan de maravillas, y yo me siento feliz por ellas.

—Estoy bien—respondo, mientras subimos de la acera al portal de Alma.

—¿Qué has estado haciendo?—pregunta.

—Buscando una casa—digo—. No puedo seguir quedándome siempre con los Gotay. Ricky me da dinero ahora. Puedo encontrar un lugar. Pero no sé si Ricky pagará, él ya no tiene dinero.

Alma me mira a los ojos con una expresión que no puedo descifrar, y me ayuda a cruzar la puerta. Me hace sentar en la sala.

—Te ves tan hermosa, Jasminka—dice.

Busca agua fría para ambas y me ofrece una fuente de frutas. Tomo una manzana.

—¿De qué querías hablarme?—pregunto.

Ella me llamó hace un par de horas para pedirme que viniera a verla tan pronto como me fuera posible.

—Ven conmigo. Quiero que me des tu opinión sobre algo.

Alma me conduce hasta un dormitorio, el antiguo dormitorio de Ricky, y abre la puerta. Ha sido completamente remodelado con muebles macizos.

—Es muy bonito, Alma—digo—. Me alegra que te hayas librado de todas las cosas que te ponían muy triste.

Alma me toma de la mano y me conduce al segundo dormitorio vacío. Abre la puerta. Está pintado con los rosas más claros, tiene muebles para bebés y una mecedora.

—No entiendo—le digo.

Alma continúa aferrada a mi mano, y esta vez me lleva al garaje. Abre la puerta y entramos.

Entro despacio. Veo el enorme espacio del mostrador. Las cubetas. Los ingredientes para hacer jabón. Los moldes y las herramientas. Es un taller para fabricar jabones. Alma no fabrica jabones. Yo sí.

—Ya conoces el refrán—dice Alma—. Cuando tu hijo se casa, ganas una hija. Cuando se divorcian, te quedas con la hija—sonríe—. Yo inventé esa última parte.

—Oh, Alma—digo, parpadeando para contener las lágrimas—. No tienes que hacer esto.

—Está aquí si lo quieres—dice ella con un gesto de hombros que pretende restar importancia a su ofrecimiento—. Para ustedes dos.

Matthew viste unos *jeans* destrozados que se ven muy bien y una camiseta satírica de Mötley Crüe. Estoy parada al final de la escalera trasera del Club G y lo observo mientras él sube con una enorme caja llena de mis papeles y libros.

—Ten cuidado—le advierto.

—Sí, tú también—me dice, tensándose—. No vayas a hacerte daño por estar parada ahí, Milán.

Me sonríe.

—Estoy esperando al hombre de la pizza—le recuerdo—. No puedo cargar nada ahora. Necesito tener las manos libres.

Llega al final de los escalones y se inclina sobre la caja para besarme.

—La pizza es una misión importante—dice él—. De acuerdo. Ahora, por favor, apártate del medio.

Me echo a un lado y él entra tambaleándose con la caja que deja caer sobre el suelo de mi nueva oficina. He alquilado el espacio encima del Club G de Génova. Es más pequeño que mi oficina en casa de Ricky, pero tiene un ventanal enorme sobre una palma, y es mío, y sólo mío. Pensé en regresar a trabajar para Tío Jesús, pero decidí que éste era el momento para intentar algo por mi propia cuenta: como representante artística, en general, y como representante de Matthew, en particular. También ando buscando un condominio. No será en el Portofino, como Génova, pero será en Miami Beach, y será mío. Sueño con la idea de casarme con Matthew algún día, pero no tengo prisa. La experiencia me ha enseñado que a veces se requiere bastante tiempo para conocer realmente a alguien. Tal vez necesite volver a embarcarme en ese "Crucero de la Confianza".

La verdad es que no estoy trabajando enteramente por cuenta propia. En realidad estoy en la nómina de Génova como publicista y contratista de talentos, lo cual servirá para mantenerme holgadamente, pero Matthew y yo también tenemos otros planes. En un mundo perfecto, las casas disqueras americanas hubieran debido responder con el mismo entusiasmo que el público demostró ante Matthew Baker. Tengo cajas llenas de cartas y correos electrónicos de gente que oyó cantar a Matthew por MTV, la noche de la apertura, y quieren saber dónde pueden comprar sus discos. Hemos establecido un portal web para Matthew Baker, que recibe miles de visitantes diarios. Las canciones originales de Matthew se encuentran entre las más vendidas por Internet entre los artistas sin casa disquera, en MP3 e Imusic.

Pero el hecho cierto es que ningún sello importante se muestra muy entusiasmado por él o por mí en este momento. Se nos considera elementos de riesgo. Matthew porque, aunque obviamente tiene el talento y "los sesos" (como él llama a su don) para crear canciones hermosas, es la persona más inapropiada por otras razones. En primer lugar, los ejecutivos de las casas con los que he hablado dicen que pertenece a la etnia equivocada. Matthew tenía razón en asumir que se mostrarían recelosos ante un "gringo salsero". En segundo lugar, piensan que es demasiado rechoncho y calvo. Pero el mayor problema que parecen tener es que se ha mostrado "desleal" a Ricky Biscayne y sus contratos, lo cual significa que Matthew es un riesgo porque finalmente sabe lo que en verdad vale. Si Matthew fue capaz de joder a Ricky, parecen decir las compañías, ¿podría jodernos a nosotros también?

Lo mismo sucede conmigo, de acuerdo con sus puntos de vista. Si fui lo suficientemente manipuladora como para tenderle una trampa a mi jefe cuando se portó mal conmigo, ¿no sería capaz de hacerle lo mismo a ellos? En realidad, la industria del espectáculo es un negocio cruel, lleno de personas crueles, y ninguno de nosotros puede lidiar con ella. Hemos enviado unos CD de Matthew y cartas, y sólo hemos recibido respuesta de algunas compañías, todas ellas en Europa. Hay una estupenda compañía independiente en Barcelona, y hacia allí viajaremos dentro de unos días para ver qué puede hacerse.

Con todo esto en miras, he tenido la idea de añadir un café al Club Sophia, donde Matthew podría cantar durante los mediodías los fines de semana. En estos momentos, se está construyendo la cocina. Matthew ha pensado llamar a sus viejos amigos de la época en Berklee para ver si estarían interesados en vagabundear por Miami algún tiempo, tocar en la banda del lugar y grabar un disco de pop latino por cuenta propia. Génova y yo estamos trabajando en un proyecto para conseguir algún dinero con el que más adelante podamos comenzar nuestro propio sello discográfico, Matt-Mill Records, dedicado a la buena música en cualquier idioma, hecha por personas de cualquier origen y etnia, con el lema de que el idioma y la cultura, como la música y el espíritu, no son cuestiones genéticas, sino sociales. Algunos cantantes prometedores ya han contactado a Matthew para que les sirva de productor, y la idea es comenzar un nuevo sello discográfico que responda a las necesidades de un público que ama la buena música, sin la parafernalia de la imagen superficial ni la interferencia de los temidos ejecutivos de los sellos existentes. En otras palabras, sin negociantes.

En el pasado, hubiera pensado que eso era un sueño imposible. Pero ver cómo Génova triunfaba con su club, y ver cómo Jasminka ha comenzado un negocio de jabonería en su último mes de embarazo—logrando un acuerdo con Burdines y Macy's para que le vendiera su mercancía—me ha dado esperanzas. Incluso ver cómo la carrera de Jill Sánchez se ha recuperado milagrosamente del desastre de la apertura, cómo se encuentra inmersa en la producción de una nueva película con una actriz madura que alguna vez fuera un ídolo *hippie*, y cómo ahora se encuentra (¡puaf!) comprometida para casarse con Ricky Biscayne, es una prueba de que en Miami, una ciudad llena de personas llegadas de otros sitios que intentan comenzar de nuevo con el respaldo de las personas apropiadas, cualquier cosa—realmente cualquiera—es posible.

Lunes, 11 de octubre, Día de Cristóbal Colón

Pop.

Me levanto temprano en mi nueva y confortable cama en casa de Alma. Podría haber tenido mi propio sitio, pero como el bebé está por llegar decidí permanecer con Alma por ahora. Y ahora, al parecer, es cuando el bebé ha decidido llegar. ¡Ahí viene!

Pop. No siento dolor. Aún no. Sólo he sentido un curioso *pop* hueco en mi bajo vientre. Me levanto y camino hasta el baño. Me siento en el inodoro y siento el chorro de agua caliente que brota de mi cuerpo. Sigue y sigue como si se tratara de la meada más larga del mundo. No se detiene. ¿Por qué estoy orinando tanto? Entonces me doy cuenta. ¡Es mi bolsa de aguas que se ha roto! En realidad, se ha desbordado.

—¡Alma!—grito.

El silencio de la casa se ha hecho añicos como un vidrio roto. Escucho un crujido, el sonido de algo que se cae en un cuarto lejano, pasos apresurados, y un toque discreto en la puerta del baño.

—¿Estás bien?—pregunta.

—¡Mi bolsa de aguas se rompió!

—¿Puedo abrir la puerta?

—¡Sí!

Me agacho sobre el inodoro y me inclino para ver el agua que se derrama entre mis piernas. Me recuerda una cascada de mi infancia.

—¡Oh, Dios mío! ¿Qué hago, Alma?

Alma abre el armario que está bajo el lavamanos y comienza a sacar rollos de papel sanitario y botellas de limpieza.

—Por favor, no me digas que las boté todas—dice.

Entonces saca un viejo y aplastado paquete de almohadillas sanitarias, con cubierta de plástico.

—¡Eso es! Tuve la menopausia hace dos años, pero no quise botarlas.

Me ayuda a colocar una almohadilla en mi ropa interior y me viste. Después me ayuda a empacar un maletín con algunas ropas para mí y para el bebé, y me lleva hasta el hospital en mi Volvo. Desde el asiento delantero del pasajero, observo el oscuro cielo matutino. Mi útero ha empezado a contraerse, muy ligeramente, apenas un calambre que acompaña el fluir del líquido que brota de mí. Pongo mis manos sobre el bajo vientre y me masajeo con delicadeza, tratando de mantener la calma. ¿Me dolerá mucho? Ya sé que sí. ¿Sobreviviré al dolor? ¿Le dolerá también al bebé, en su paso hacia el exterior? Me siento extrañamente tranquila y excitada a la vez. Es una especie de resignación y emoción serena ante las cosas que vendrán.

Llegamos al hospital Memorial Regional West a la salida del sol, y Alma me ayuda a cruzar el estacionamiento. Escucho los pájaros llamándose entre los árboles. Huelo el aceite del motor de los autos, pero también el aroma punzante de los *banyans* en la humedad matutina. Todos mis sentidos se agudizan, se avivan. Siento la emoción en cada célula. Ya llega. Mi bebé está en camino. Mañana, a esta misma hora, habré visto su rostro. La gente nos mira y sonríe al verme andar, tambaleándome en mi pijama, comprendiendo exactamente por qué estoy aquí. El nacimiento de un niño es uno de los pocos motivos alegres por los que la gente va a un hospital. El único, creo.

Me había registrado con antelación, y hemos llamado para avisar que estábamos en camino, así es que no esperamos mucho. Me conducen a mi cuarto privado, que tiene un baño privado. La doctora chequea mis signos vitales y pega sensores en mi vientre para medir mis contracciones. Falta un buen rato, dice. Mejor trato de ponerme cómoda, aconseja. Me paso un rato sumergida en la bañera con *jacuzzi*, un largo rato. Horas. Y las contracciones se hacen cada vez más intensas. Me visto con una bonita bata de dormir y camino por los pasillos tanto como puedo, mientras Alma y la enfermera me dan masajes en la espalda y tratan de mantenerme con buen ánimo. Las contracciones se aceleran y el dolor comienza. Lo que antes habían sido contracciones molestas ahora aumentan en intensidad, y aunque había pensando evitar los medicamentos contra el dolor, ahora los pido. He aguantado muchos dolores en mi vida, pero éste es demasiado para mí. Me ponen una epidural y el dolor disminuye un poco. Y entonces, doce horas después que se rompieran mis aguas en el baño de su abuela, nace ella, sosegada, respirando tranquilamente, y con los ojos muy abiertos. Sus pulmones funcionan bien y nadie trata de hacerla llorar. La envuelven en una sábana y la colocan sobre mi pecho. Ella me mira con ojos de un gris lechoso, y parpadea húmedamente. Nos miramos.

—Hola—le digo en serbio, besándola suavemente en la cabeza y aspirando su olor.

Huele a la tierra húmeda y suave de Slunj, a sangre, a mujer, a vida. Huele a mi historia que regresa para encontrarse conmigo en forma de alma nueva.

—Bienvenida al mundo.

La nombro Danijela, como mi madre, y le prometo que siempre la protegeré.

Mientras mi bebé duerme y yo dormito, escucho a Alma en la silla reclinable, al otro extremo de la habitación, que telefonea a todas las personas que se le ocurren para comunicarles la buena nueva. Una y otra vez repite lo mismo:

—Imagínate, una niña con sangre mexicana, puertorriqueña y serbia. Hermosa, ¿verdad? Igualita a su madre.

Llama a mis amigas modelos, y a Sophia y a Irene, y a Génova y a Milán y a sus padres. A todo el mundo. Y los invita para que pasen por el hospital más tarde para celebrar el nacimiento de la bebé, saboreando comida mexicana que ha encargado y champán. Dejo que la bebé duerma en su cuna y me doy una ducha, aspirando con fuerza el aroma del jabón que yo misma había fabricado para este momento con aceite de almendras, leche y hierbas, un jabón para la carne magullada. Me siento dolorida y sangrante entre las piernas, como algo cortado a la mitad y casi muerto, pero finalmente me siento viva y hermosa. Me seco el cabello con la secadora y me maquillo un poco. Me pongo una bata de casa satinada con mangas largas y abertura sobre los pechos para amamantar a mi niña. Sigo aquí, pienso. Estoy aquí. Sobreviví a Ricky y sobreviví al parto. No he muerto.

A eso de las seis, todas estas personas ya han abarrotado mi *suite* de maternidad: Sophia, Irene, Néstor (el novio de Irene), Génova, Milán y Matthew, Violeta, Eliseo, el General y María Katarina. Yo estoy muy hambrienta, muy pero muy hambrienta. La comida mexicana llega mientras todos le hacen mimos a mi hija. Enchiladas en salsa roja, frijoles refritos, tamales, arroz rojo, papas fritas, chips y salsa. Eliseo, el padre de Milán, parece incómodo en compañía de tantas mujeres que hablan de cosas relacionadas con nacimientos de bebés. Encuentra el control remoto de la televisión, y él junto con los otros hombres se reúnen en un rincón de la habitación para pasar los canales en busca de deportes o noticias. Sin embargo, descubren algo inesperado. En un canal religioso, un predicador peinado con una gran mota sobre la frente está sentado en un escenario ornamentado y dorado, entrevistando nada menos que a mi ex marido Ricky Biscayne. Me quedo escuchando con la boca abierta de asombro y sosteniendo mi plato de comida.

—Papá—grita Génova—, deja eso un momento.

—Oh, Dios mío—murmuro—. No puedo creer lo que veo.

Todas las miradas se dirigen hacia la pantalla mientras la cámara hace un primer plano al rostro de Ricky. Reconozco la expresión arrepentida: es la misma que usa cuando trata de actuar en las películas.

—Bien, Ricky—dice el predicador, con un fuerte acento tejano—, cuéntanos cómo fuiste salvado.

Mientras una música de violín suena en el trasfondo, Ricky cuenta cómo halló a Jesús. Habla de la grandeza de Jesús, y todos los presentes en el abarrotado auditorio donde está siendo entrevistado gritan y agitan las manos sobre sus cabezas. Un paneo de la cámara sobre el público muestra miles de hombres y mujeres con sus ojos cerrados, muchos de ellos llorando, mientras escuchan cada palabra que dice:

—He hecho muchas cosas malas en mi vida—dice Ricky, dejando escapar un sollozo y rascándose la nariz—. Lo peor de todo fue abandonar a mis hijos.

Pero estoy arrepentido y he cambiado mi vida. Apenas encontré a Nuestro Señor Jesucristo, caí de rodillas y le rogué que me perdonara por haber drogado . . . mejor dicho, dejado el camino.

—Amén—dice el predicador.

—Y que Jesús se apiade de mí—dice Ricky, mientras una falsa lágrima brilla en la punta de un ojo.

—Amén—repite la multitud.

—Eso es lo maravilloso de Nuestro Señor—continúa Ricky, que parece un político—. No importa cuán terrible sea el destrozo, no importa cuánto mal hayas hecho, nunca es demasiado tarde para pedirle perdón.

Ricky mira el suelo con humildad y solloza.

—Amén—murmura el anfitrión, tendiéndole un pañuelo de papel.

—Nunca es demasiado tarde para rogarle a Jesús que te acoja nuevamente en su redil—dice Ricky.

—Tienes un nuevo disco de música cristiana que está saliendo, ¿verdad, Ricky?—pregunta el predicador.

—No sólo eso—dice Ricky—, Jill y yo estamos tratando de tener un bebé.

—¿Un bebé? ¿De veras?

Ricky sonríe.

—Desde que encontré a Dios, me di cuenta de que yo había nacido para ser padre—dice—. Adoro los niños.

Danijela escoge este instante para llorar por primera vez en su vida. Su boca abierta como un círculo húmedo clama por mí. Corro junto a ella y la cargo, calmándola con mi seno. Todos en la habitación se me quedan mirando mientras Ricky sigue hablando desde la pantalla. Milán hace una mueca de asco y dice con sarcasmo:

—Oigan, ¿ustedes se creen eso?

Miro a Alma. Alma mira a Irene. Irene mira a Sophia. Sophia mira a Milán. Milán mira a Matthew. Matthew mira a Génova. Génova mira a Violeta. Y entonces, mientras todos se miran entre sí, todos empezamos a reír.

Sábado, 16 de octubre

Génova está de pie en el umbral de mi oficinita, con sus *jeans* True Religion y una blusa negra decorada con una bandera cubana, compuesta por cuentas brillantes, sobre un símbolo de paz. Papá lo detestaría.

Matthew y yo nos acurrucamos en un asiento inflable que hay en una esquina (esa fue su contribución) y escuchamos la cinta de muestra que hemos recibido de un cantante de rock metálico de Perú. Vamos vestidos de manera parecida, como tienden a hacer las parejas, con *jeans* Gap, camisetas y sandalias cómodas. No es que haya desistido de usar ropas elegantes, pero ahora sé que realmente no importan. Por lo menos, no a mí. Génova ni siquiera se siente decepcionada. Dice que es un alivio no tener que seguir ayudándome a vestir. Me doy cuenta de que a veces uno debe ser uno mismo, incluso en Miami. A veces ser uno mismo es lo que te lleva a tu destino.

—¿Están listos?—nos pregunta.

Escucho unas pisadas fuertes que suben por la escalera exterior y de inmediato veo el guapo rostro de Ignacio que se asoma por encima del hombro de Génova. Es un dios, y viste una camisa de polo rosada. Mi hermana ha encontrado un dios que se ve bien con ropa rosada. Asombroso.

—Estamos listos—digo, incorporándome con esfuerzo del asiento inflable con ayuda de mi novio—. ¿Y tú?

Génova e Ignacio intercambian una mirada de valentía y preocupación.

—Creo que sí—dice Génova.

Alza su mano izquierda y mira el diamante. Ignacio le coge la mano y se la besa con delicadeza.

Nos dirigimos a La Carreta para la cena semanal con nuestros padres, pero ésta será una cena semanal con dos grandes diferencias.

Diferencia uno: Génova lleva a Ignacio, a quien nuestros padres jamás han visto, con la idea de decirles que va a casarse con él aunque sea negro; éso tristemente les importa a nuestros padres, pero tal vez el hecho de que sea cubano podría ganarle algunos puntos a favor, no sabemos.

Diferencia dos: Yo llevo a Matthew, con la idea de decirles a mis padres que me estaré mudando dentro de un mes, soltera y desvergonzada, a mi propio apartamento que está a unas pocas cuadras del de Matthew. También les daré la noticia de que tengo un novio que ni siquiera es cubano. Ya me los imagino diciendo que por lo menos no es negro.

—Ignacio, compadre—dice Matthew mientras se levanta del asiento para estrecharle la mano al otro—, ¿estás listo para esto?

Ignacio se encoge de hombros y sonríe con la elegancia y la serenidad del bailarín clásico que es.

—No sé—admite—. Pronto lo averiguaremos.

Cerramos la puerta, bajamos las escaleras y nos metemos en el BMW de Gé-

nova para el viaje hasta Coral Gables, hechos un manojo de nervios, pero sin-
tiéndonos como el prospecto de familia que somos. Los chicos se sientan atrás,
y Génova y yo vamos juntas delante.

—¿Crees que Mami y Papi aceptarán esto?—le pregunto a Génova, y con
"esto" me refiero a los hombres y a nuestras propias ambiciones.

—Si no lo aceptan—me dice dándome una palmadita en la rodilla—, quiero que sepas que cuentas con mi apoyo, chiquita.

Sonrío y le aprieto la mano por un instante, mientras un estremecimiento
me recorre el cuerpo. Me doy cuenta de que en realidad nunca fui holgazana.
Era una mujer algo desaliñada y esencialmente independiente, atrapada en una
familia y una ciudad que no me aceptaban del todo como era. Y ahora, por fin,
me doy cuenta de que, suceda lo que suceda esta noche, una cosa es cierta. A
nosotras, las alocadas y maravillosas hermanas Gotay, de Coral Gables, siempre
nos será más fácil romper con la tradición y perseguir nuestros sueños si lo hacemos juntas.

—Te quiero, G—le digo a mi hermana, que sonríe y pone un rap reggaeton
en la grabadora de su auto.

—Yo también te quiero, loca—dice ella—. ¡Allá vamos!